KB118366

닥터 지바고 2

이 도서의 국립중앙도서관 출판예정도서목록(CIP)은
서지정보유통지원시스템 홈페이지(http://seoji.nl.go.kr)와
국가자료공동목록시스템(http://www.nl.go.kr/kolisnet)에서 이용하실 수 있습니다.
(CIP제어번호: CIP2018038467)

세계문학전집
172

Борис Пастернак : Доктор Живаго

닥터 지바고 2

보리스 파스테르나크 장편소설

박형규 옮김

문학동네

일러두기

1. 번역 대본으로는 이탈리아 펠트리넬리 출판사에서 1958년에 발간한 최초의 러시아어판을 사용했다. Борис Пастернак, Доктор Живаго, Milano: Giangiacomo Feltrinelli Editore, 1958.
2. 주석은 모두 옮긴이주이다.
3. 외래어 표기는 국립국어원 외래어 표기법에 준했으나, 일부는 현지 발음이나 관용에 따랐다.
4. 러시아어 외의 외국어는 이탤릭체로, 원서에서 강조한 부분은 고딕체로 처리했다.
5. 성서의 인용은 공동번역 개정판에 따랐다.

차례 ▐

주요 등장인물

유리 안드레예비치 지바고(유라, 유로치카) 의사이자 시인.

옙그라프 안드레예비치 지바고(그라냐) 그의 이복동생.

니콜라이 니콜라예비치 베데냐핀(콜랴) 그의 외삼촌.

인노켄티 데멘티예비치 두도로프(니카) 그의 벗.

미하일 그리고리예비치 고르돈(고르도샤, 미샤) 그의 유대인 벗.

알렉산드르 알렉산드로비치 그로메코(사네치카) 그의 장인. 대학교수.

안토니나 알렉산드로브나 그로메코(토냐, 토네치카, 톤카) 그의 아내.

아말리야 카를로브나 기샤르[기샤로바] 러시아에 귀화한 프랑스 여자.

로디온 표도로비치 기샤르(로댜) 그녀의 아들.

라리사 표도로브나 기샤르(라라, 라로치카, 라루샤) 그녀의 딸.

빅토르 이폴리토비치 코마롭스키 변호사.

파벨 페라폰토비치 안티포프 철도 노동자. 후에 정치범, 혁명가.

파벨 파블로비치 안티포프(파블루시카, 파샤, 파셴카, 파시카, 파툴랴, 파툴레치카) 그의 아들. 라리사의 남편. 후에 스트렐니코프.

아베르키 스테파노비치 미쿨리친 크류게르가의 전前 관리인.

아그립피나 세베리노브나 툰체바 그의 아내.

리베리 아베르키예비치 미쿨리친(립카) 그의 아들. 숲의 파르티잔 지도자.

세라피마 세베리노브나 툰체바(시마, 시모치카, 시무시카) 아그립피나의 여동생. 라리사의 벗.

라브렌티 미하일로비치 콜로그리보프 라리사의 후원자.

안핌 예피모비치 삼데뱌토프 우랄 지방 볼셰비키 유력자.

오시프 기마제트디노비치 갈리울린(유숩카) 라리사의 벗. 백군 장군.

키프리얀 사벨리예비치 티베르진(쿠프린카) 철도 노동자.

8장
도착

1

지바고의 가족을 이곳까지 태우고 온 열차는 아직 역 뒤쪽 대피선, 다른 선의 열차들에 가려진 채 서 있었지만, 여행 내내 이어졌던 모스크바와의 연결도 이날 아침으로 끊어져버린 듯한 느낌이 들었다.

여기서부터 또다른 영토의 지대가 열린 것이었고, 이곳만의 인력의 중심이 끌어당기는, 지방의 다른 세계였다.

이곳 사람들은 수도의 사람들보다 서로를 훨씬 더 친밀하게 알았다. 비록 유랴틴-라즈빌리예 철도 지대는 제삼자의 접근이 금지되고 적군赤軍이 봉쇄하고 있었지만, 교외에서 오는 승객들은 어떻게 그렇게 들어오는지, 요즘 유행하는 말로 하자면 '침투'를 해오고 있었다. 그들은 차량이 미어터질 만큼 타고 있었고, 차량 출입구까지 들어차 있었으며, 열차를 따라 선로 위에서 서성거리거나 자기가 탄 차량 입구 옆

철둑에 서 있기도 했다.

모두 아는 사이 같은 이들은 멀리서 이야기를 주고받기도 하고, 서로에게 쫓아가 인사를 나누기도 했다. 그들은 수도의 사람들과는 조금 다른 옷차림을 하고 있었고, 먹는 것도 습관도 달랐다.

그들이 무엇으로 살고 있는지, 어떤 정신적 물질적 양분으로 살아가는지, 이 어려운 시대를 어떻게 견뎌내고 있는지, 어떻게 법망을 피하고 있는지를 아는 것은 흥미로웠다.

그 대답은 이내 지극히 생생한 형태로 나타났다.

2

소총을 땅바닥에 질질 끌거나 지팡이처럼 짚으며 걷는 초병과 함께 닥터는 자기 열차로 돌아가고 있었다.

찌는 듯했다. 햇볕이 선로와 차량 지붕에 뜨겁게 내리쬐었다. 기름이 스며든 검은 땅바닥이 금박을 입힌 것처럼 노랗게 불타고 있었다.

초병은 소총 개머리판으로 모래 위에 자국을 남기며 먼지를 일으켰다. 소총이 침목에 부딪혀 덜커덕 소리를 냈다. 초병이 말했다.

"날씨가 누그러졌습니다. 봄 작물을 파종할 때가 왔어요. 귀리나 밀이나 수수, 가장 중요한 시기죠. 메밀은 좀 이르려나. 우리 지방에서 메밀은 아쿨리나의 날*에 뿌립니다. 우리는 이 고장이 아니라 탐보프

---

* 성녀 아쿨리나 축일로 6월 13일(신력 6월 26일).

도 모르샨스크 출신입니다. 아, 닥터 동지! 지금 이런 빌어먹을 내전이니 반혁명 전염병이니 하는 게 없었다면, 나도 이 시기에 객지나 떠돌진 않았겠죠? 계급투쟁이니 뭐니 하는 검은 고양이가 우리 사이를 가로질러가서* 이 꼴이 된 거 아닙니까!"

3

"고맙지만, 내가 할 수 있습니다." 유리 안드레예비치는 도움을 거절했다. 난방화차에 타고 있던 사람들이 그를 잡아주려 허리를 굽혀 손을 내밀었던 것이다. 그는 몸을 끌어올려 차량에 뛰어올랐고 다리를 펴고 선 뒤 아내와 포옹했다.

"드디어 돌아왔네. 무사해서 다행이야, 잘됐어." 안토니나 알렉산드로브나는 거듭 말했다. "하지만 이 무사한 결과는 우리한테는 새로운 소식이 아니야."

"그게 무슨 말이지?"

"모두 알고 있었거든."

"어떻게?"

"초병들이 알려줬어. 안 그랬으면 당신이 어떻게 됐는지도 모르는 채 우리가 어떻게 가만있었겠어? 아버지와 나는 금방이라도 미칠 것 같았어. 아버지는 지금 곤히 주무시고, 깨워도 못 일어나실 거야. 너무

---

* '사이가 나빠지다'라는 뜻의 관용 표현.

걱정하다 볏단처럼 쓰러지신 거지―못 깨워. 새로운 승객들이 탔어. 곧 소개할게. 그러기 전에 주위에서 뭐라고들 하는지 좀 들어봐. 열차 사람들 모두가 당신이 무사히 풀려난 걸 축하해주고 있어. 저분이 바로 그 사람이야!" 그녀는 갑자기 화제를 바꾸더니 고개를 돌려 어깨 너머로 새로운 승객에게 남편을 소개했다. 그는 다른 승객들에게 밀려 난방화차 안쪽 깊숙이 들어가 있었다.

"삼데뱌토프입니다." 안쪽에서 목소리가 들리고, 다른 사람들 머리 위로 부드러운 중산모가 쑥 올라오더니, 그가 빼곡한 몸들 사이를 헤치며 닥터에게 다가왔다.

'삼데뱌토프.' 그사이 유리 안드레예비치는 생각했다. '러시아 옛 영웅서사시에 나오는 무성한 턱수염에 폿돕카*, 징 박힌 벨트 같은 걸 하고 있을 거 같은 이름인데. 그런데 웬걸, 미술애호가 단체 회원같이 희끗한 고수머리에 콧수염, 염소수염이로군.'

"어땠습니까, 스트렐니코프를 만나니 간담이 서늘하지 않던가요? 솔직히 말해봐요."

"아닙니다, 왜 그렇게 생각하시죠? 우리는 진지한 대화를 나눴습니다. 어쨌든 그는 강하고 뛰어난 인물입니다."

"물론이죠. 나도 그 사람의 인품을 다소 압니다. 이 고장 사람이 아니라 여러분처럼 모스크바 사람이죠. 최근 우리의 신체제라는 것도 그렇습니다. 전부 수도에서 온 수입품이죠. 우리 머리로는 생각해내지도 못할 것들입니다."

---

* 허리선이 있는 가벼운 소재의 긴 외투.

12

"안핌 예피모비치*라는 분이셔, 유로치카, 모르는 게 없을 만큼 박식하시고. 당신도, 당신 아버지도, 나의 할아버지까지도 다 알고 계셔. 정말 모르는 사람이 없어. 알고 지내면 좋겠어." 그리고 안토니나 알렉산드로브나는 지나가는 말처럼 무표정하게 물었다. "이곳에서 학교 선생을 하던 안티포바도 분명 아시겠죠?" 삼데뱌토프도 무표정하게 대답했다. "안티포바와 무슨 일이 있었습니까?" 유리 안드레예비치는 모른 체 듣고 있었다. 안토니나 알렉산드로브나가 말을 이었다.

"안핌 예피모비치는 볼셰비키이셔. 조심해, 유로치카, 이분 앞에서는 말을 조심해야 해."

"정말입니까? 전혀 생각지 못했습니다. 예술가이신 줄 알았습니다."

"아버지는 여관을 하셨습니다. 트로이카** 일곱 대로 손님을 태우고 다니셨어요. 나는 고등교육을 받았습니다. 사실 나는 사회민주노동당원***입니다."

"유로치카, 안핌 예피모비치 말씀을 잘 들어봐. 그건 그렇고, 실례되는 말이지만, 당신 이름은 혀가 꼬여 발음하기 힘들어요. 그래, 유로치카, 들어봐, 이분이 말씀하시길, 우리는 정말 운이 좋대. 유랴틴 시에 열차가 들어갈 수 없다는 거야. 시내에 큰불이 나고 다리도 파괴돼서 지나갈 수가 없대. 그래서 이 열차도 지선으로 도시를 우회해서 다른 선으로 가야 하는데, 그게 우리의 목적지인 토르꺄나야 역을 지나

---

* 삼데뱌토프의 이름과 부칭.

** 세 필의 말이 끄는 썰매나 마차.

*** 1898년에 결성된 러시아의 마르크스주의 정당. 볼셰비키와 멘셰비키로 나뉘어 대립하다 볼셰비키가 정권을 잡은 후 1918년에 러시아공산당으로 개칭했다.

는 선이야. 생각해봐! 그러니까 우리는 여기서 갈아타지 않아도 되고, 짐을 들고 도시를 가로질러 역에서 역으로 끌고 다니지 않아도 돼. 대신 본선에 들어설 때까지는 여기저기로 선로를 이동해야 하니까 꽤 피곤할 거라지만. 한참 동안 열차 교체 작업을 해야 하니까 말이야. 안핌 예피모비치가 전부 설명해주셨어."

4

안토니나 알렉산드로브나의 예상은 들어맞았다. 열차는 차량을 교체하고 새 차량을 추가하며 복잡한 선로를 따라 앞뒤로 끊임없이 움직였는데, 그 선로에서 다른 열차가 움직이며 가로막았기 때문에 오랫동안 앞이 트인 곳으로 나아갈 수 없었다.

도시는 경사진 지형에 가려 시야에서 멀어져 있었다. 이따금 지평선 너머로 건물 지붕이나 공장의 굴뚝 꼭대기, 종탑의 십자가가 보일 뿐이었다. 외곽의 어느 한 곳이 불타고 있었다. 연기는 바람에 실려 날아갔다. 그리고 나부끼는 말갈기처럼 온 하늘에 퍼져 흘러갔다.

닥터와 삼데뱌토프는 난방화차 바닥 끝에서 차량문 밖으로 발을 늘어뜨리고 앉아 있었다. 삼데뱌토프는 먼 곳을 가리키며 계속 유리 안드레예비치에게 뭔가 설명했다. 때로는 화차의 쾅쾅 울리는 소리에 묻혀 그가 하는 말을 전혀 알아들을 수 없었다. 유리 안드레예비치는 다시 물었다. 안핌 예피모비치는 닥터에게 얼굴을 들이대고 귓전에다 방금 자신이 한 말을 목청껏 큰 소리로 되풀이했다.

"저건 영화관 '거인'이 불타는 겁니다. 사관생도들이 저기 잠복해 있었죠. 그러나 그들은 일찌감치 항복했습니다. 전체적으로는 아직 전투가 끝나지 않았습니다. 종탑 위 검은 점을 봐요. 저건 아군입니다. 체코군을 소탕하는 중이죠."

"아무것도 안 보이는데요. 어떻게 그런 걸 다 분간하십니까?"

"그리고 저건 호흐리키 지구, 수공업 지대가 타고 있는 겁니다. 그 옆이 상가가 있는 콜로데예보입니다. 왜 내가 그런 것에 관심이 있느냐고요? 우리 여관이 그 상가에 있기 때문이죠. 큰불은 아니군요. 그럼 중심가는 아직 무사할 겁니다."

"다시 말해주십시오. 못 들었습니다."

"중심가, 중심가라고요. 성당과 도서관이 있습니다. 우리의 삼데뱌토프라는 성은 산-도나토를 러시아식으로 고친 겁니다. 마치 우리가 데미도프 가문*에서 나온 것처럼."

"또 못 들었습니다."

"삼데뱌토프는 산-도나토를 고친 거라고요. 마치 우리가 데미도프 가문에서 나온 것처럼. 데미도프 산-도나토 공작 가문. 어쩌면 거짓일 수도 있습니다. 우리 집안에서 내려오는 이야기일 뿐이죠. 그건 그렇고, 여기는 스피리킨 니스**라고 불리는 곳입니다. 별장들, 유락장이요. 이상한 이름이죠?"

그들 앞에 들판이 펼쳐져 있었다. 철도의 지선은 들판을 종횡으로

---

* 표트르 1세 때 우랄에 주철 공장을 건설했고, 후에 귀족 칭호를 받고 사회복지 및 교육 분야에도 공헌한 대부호 가문.
** '하층, 저지대'라는 뜻.

갈랐다. 전신주가 7마일 간격으로 지평선 너머로 사라졌다. 넓은 포장도로는 리본처럼 구부러지며 철도와 아름다움을 다투었다. 그러면서 지평선 너머로 숨기도 하고, 한순간 커브길에서 커다란 호를 그리며 다시 나타나기도 했다. 그리고 다시 사라졌다.

"유명한 길입니다. 시베리아 전체를 가로지르죠. 징용자들의 노래에도 나옵니다. 지금은 파르티잔의 거점이고요. 뭐, 대체로 아무것도 없는 곳입니다. 살다보면 정이 들 겁니다. 도시의 진기한 것들도 마음에 들 거고요. 급수장 같은 게 그렇죠. 네거리마다 있습니다. 노천에 있는, 여자들의 겨울 클럽이죠."

"우리는 시내에 살지 않을 겁니다. 바리키노에 살려고 합니다."

"압니다. 부인에게 들었죠. 어쨌든 마찬가지예요. 어차피 볼일 때문에 시내에 나오게 될 테니까. 나는 처음 봤을 때부터 그녀가 누군지 짐작했습니다. 눈. 코. 이마. 크류게르의 판박이더군요. 할아버지와 똑같이 생겼어요. 이곳 사람들은 모두 크류게르를 기억하니까요."

들판 끝에 높은 원형의 등유탱크가 붉게 줄지어 있었다. 높은 기둥에 기업 광고탑도 보였다. 닥터는 그중 하나를 무심코 다시 보았는데, 다음과 같이 쓰여 있었다.

'모로와 베트친킨. 파종기. 탈곡기.'

"견실한 회사였죠. 우수한 농기구를 생산하는."

"못 들었습니다. 뭐라고 하셨습니까?"

"회사라고 했습니다. 들립니까, 회사라고요. 농기구를 생산했습니다. 주식회사였죠. 우리 아버지도 주주였습니다."

"여관을 하셨다고 하지 않았나요?"

"여관은 여관이죠. 그건 별개입니다. 아버지는 바보가 아니시라 최고의 기업에 투자를 하셨습니다. 영화관 '거인'에도 투자하셨어요."

"그것을 자랑스럽게 여기시는 것 같은데요?"

"아버지의 명민함 말입니까? 물론이죠!"

"그럼 당신의 사회민주주의는요?"

"아니 그게 무슨 관계죠? 마르크스주의자라고 해서 어리석고 우유부단해야 한다는 법이라도 있습니까? 마르크스주의는 긍정적인 과학, 현실에 대한 이론, 역사적 상황에 대한 철학입니다."

"마르크스주의와 과학? 아직 잘 알지 못하는 분과 이런 문제에 대해 논쟁하는 건 섣부르지만, 말이 나온 김에 말하겠습니다. 마르크스주의는 과학이라고 하기에는 자제력이 너무 없습니다. 과학은 보다 균형이 잡혀 있습니다. 마르크스주의와 객관성이라고요? 나는 마르크스주의만큼 폐쇄적이고 사실에서 멀리 유리된 사상도 없다고 생각합니다. 인간은 누구나 경험을 통해 자신을 점검하는 데 주의를 쏟지만, 권력을 가진 자들은 자신들에게 오류가 없다는 신화를 만들기 위해 온 힘을 다해 진실에 등을 돌리죠. 정치는 나에게 아무것도 말해주지 않습니다. 나는 진리에 무관심한 사람들을 좋아하지 않습니다."

삼데뱌토프는 닥터의 말을 우습고 괴이한 익살로 받아들였다. 그는 웃기만 할 뿐 반박하지 않았다.

그사이 열차는 선로를 바꿨다. 열차가 신호기 옆 각 포인트에 도달할 때마다 허리춤에 우유통을 찬 중년의 여자 전철수가 뜨개질감을 다른 손에 바꿔 들고, 허리를 구부려 전철용 레버를 조작해 열차를 후진시켰다. 열차가 조금씩 뒤로 멀어지자, 그녀는 몸을 바로세우고 열차를 향해 주먹을 을러댔다.

삼데뱌토프는 그녀가 자기에게 그런다고 받아들였다. '저 여자는 누구에게 저러는 걸까?' 그는 생각했다. '어디서 본 얼굴인데. 툰체바? 그녀일지도 몰라. 그런데 내가 뭘 어쨌다고? 아니겠지. 글라시카*치고는 너무 늙었어. 그런데 왜 나에게 저러는 거지? 어머니 루시가 혁명을 겪고 있고 철도 역시 혼란에 빠져 가엾게도 저 여자 역시 괴롭겠지만, 그게 내 잘못이라는 듯이 주먹을 을러대는군. 뭐, 지옥에나 가버리라지, 내가 왜 저런 여자 때문에 골치를 썩여야 해!'

여자 전철수는 마침내 기를 흔들더니 기관사에게 뭐라고 외치며 열차를 신호기 밖의 운행 가능한 넓은 선로로 통과시켰다. 난방화차 14호가 옆을 지나칠 때 그녀는 차량 바닥에 앉아 이야기를 나누던 눈에 거슬리던 두 사람을 향해 혀를 쑥 내밀었다. 삼데뱌토프는 다시 생각에 잠겼다.

5

불타는 도시 주변의 원통형 등유탱크와 전신주, 기업 광고탑이 뒤로 멀리 사라지자 어린 나무 숲과 야산의 새로운 풍경이 나타났고, 그 사이사이로 굽이진 길이 이따금 보이기 시작했을 때 삼데뱌토프가 말했다.

"이제 그만 자리로 돌아가죠. 나는 곧 내립니다. 다음은 당신들이 내

---

* 툰체바의 이름인 글라피라의 애칭.

릴 역이고요. 지나치지 않게 주의해요."

"이 근처를 잘 아시는군요?"

"샅샅이 알죠. 100베르스타 사방으로 모르는 데가 없습니다. 나는 변호사입니다. 이십 년간 종사했죠. 사건들. 출장들."

"지금도 그렇습니까?"

"물론이죠."

"요즘은 어떤 사건이 있습니까?"

"당신이 듣고 싶어할 사건이죠. 오래된 계약 관계, 상거래 관계, 이행되지 않은 채무 관계―목구멍까지 차올라 숨이 막힐 만큼 있습니다."

"그런 계약 관계들이 모두 무효가 된 게 아니란 말입니까?"

"명목상으로만 그렇죠. 그러나 실제 소송에서는 양립할 수 없는 일이 동시에 요구되고 있습니다. 기업의 국유화, 시市 소비에트에 대한 연료 제공, 도都 소비에트 국영농장에 대한 축력畜力 제공 같은 것이죠. 또한 그와 동시에 모든 사람이 삶을 이어가려고 하고 있어요. 아직 이론과 실천이 일치되지 못하는, 과도기의 특징이라 할 수 있습니다. 이런 때일수록 판단력 있고 기민하고, 나같이 굳센 사람이 필요합니다. 모르는 게 약이란 말은 바로 이런 걸 두고 하는 말이죠. 가끔은 따귀를 얻어맞는 것도 나쁘지 않습니다, 우리 아버지 말씀대로요. 이 도의 절반은 내가 먹여 살리다시피 하고 있습니다. 앞으로 장작 배급하는 일로 당신 집에도 들르게 될 겁니다. 물론 말이 다 나으면, 말을 타고요. 마지막 남은 말이 발을 절거든요. 말만 나으면 이따위 것을 타고 흔들리며 가겠습니까! 젠장, 이것 좀 봐요, 엉금엉금 기어가잖습니까, 이러고도 기차라니. 바리키노에 도착하면 내가 당신들에게 도움이 될 겁니다.

당신의 미쿨리친네 사람들에 대해서는 손바닥 들여다보듯 아니까요!"

"우리가 이곳에 온 목적을 아십니까, 우리 의도를?"

"대충 압니다. 짐작하고 있습니다. 알고 있어요. 흙으로 돌아가려는 건 인간의 영원한 동경이죠. 자신의 노동으로 살아간다는 꿈."

"그런데 어떻습니까? 당신은 찬성하시지 않는 건가요? 뭔가 하고 싶은 말이 있는 것 같은데요?"

"소박하고 목가적인 꿈이죠. 그런데 왜요? 하느님이 도우실 겁니다. 그러나 나는 믿지 않습니다. 유토피아주의. 가내공업."

"미쿨리친은 우리를 어떻게 대할까요?"

"문지방도 못 넘게 빗자루를 치켜들고 내쫓겠지만, 그건 그럴 만도 합니다. 당신들이 아니라도 그의 집은 소돔이고 천일야화니까요. 공장은 멈추고, 노동자들은 뿔뿔이 달아나고, 살아갈 길도 먹을 것도 없는데 설상가상 하필 이렇게 힘들 때 당신들이 불쑥 찾아오다니, 말도 안 되는 일이죠. 설령 그가 당신들을 죽인다 해도, 나는 그에게 무죄를 선고할 겁니다."

"어떻게 된 거죠, 볼셰비키인 당신은 지금의 현실은 생활이 아니라 뭔가 말도 안 되는 환각이고, 어리석고 비상식적이라는 걸 부정하지 않는군요."

"물론이죠. 그러나 이건 역사적인 필연입니다. 그러니 당신은 어떻게든 그걸 통과해야 합니다."

"어째서 필연입니까?"

"아니, 당신은 어린애입니까, 아니면 어린애인 척하는 겁니까? 달에서 내려오기라도 했습니까, 네? 식충이 기생충이 굶주린 노동자들 등에 올라앉아 죽을 만큼 부려먹어왔는데, 앞으로도 계속 그래야 한다는 겁니까? 또다른 형태의 학대와 폭압은 또 어떻고요? 인민들의 정당한 분노, 공평하게 살고 싶고 진리를 구하려는 욕구가 정말 이해되지 않는 겁니까? 아니면 국회나 의회 제도를 통해 근본적인 개혁이 달성됐다고, 독재 없이 해나갈 수 있다고 생각하는 겁니까?"

"우리는 서로 다른 것을 이야기하는 것 같군요. 이대로라면 백 년을 논쟁해봤자 평행선일 겁니다. 전에 나는 무척 혁명적이었지만, 지금은 폭력으로는 아무것도 얻을 수 없다고 생각합니다. 선善은 선으로 이끌어야 합니다. 그러나 지금 그건 중요하지 않습니다. 미쿨리친네 이야기로 돌아가죠. 만일 우리를 기다리고 있는 상황이 그렇다면, 우리가 갈 수 있겠습니까? 되돌아가는 수밖에 없죠."

"무슨 말도 안 되는 소립니까. 첫째로, 넓고 넓은 이 세상 천지에 미쿨리친네만 있는 건 아니잖습니까? 둘째로, 미쿨리친은 아주 선량한 사람입니다. 이루 말할 수 없을 만치 선량합니다. 조금 화를 내고 불평하겠지만, 곧 자기 루바시카를 벗어주고 빵 부스러기까지도 나눠줄 사람입니다." 그리고 삼데뱌토프는 이야기를 시작했다.

6

"미쿨리친은 이십오 년 전 공과대학 학생이었을 때 페테르부르크에서 이곳으로 왔습니다. 이곳으로 추방되어 경찰 감시를 받고 있었죠. 그는 여기서 크류게르 집안의 관리인 자리를 얻고 결혼도 했습니다.

그때 툰체프 집안에 체호프의 연극*보다 한 사람 많은, 네 자매가 있었는데, 유랴틴의 학생들이 모두 이들—아그립피나, 옙도키야, 글라피라, 세라피마 꽁무니만 졸졸 따라다녔습니다. 이 처녀들은 세베리노브나라는 부칭을 따서 세베랴카**라고 불렸어요. 미쿨리친은 그중 맨 위 세베랴카와 결혼했습니다.

부부 사이에는 곧 아들이 태어났습니다. 자유사상에 물든 어리석은 아버지는 아들에게 리베리***라는 희한한 이름을 지어주었죠. 립카라는 약칭으로 불린 리베리는 개구쟁이로 자랐지만, 다재다능하고 비범한 재능을 보였죠. 전쟁이 일어났습니다. 립카는 겨우 열다섯 살이었지만 출생증명서 나이를 속여 지원병으로 전장에 가버렸습니다. 본디 병약했던 아그립피나 세베리노브나는 그 충격을 이기지 못하고 몸져누워 그뒤 일어나지 못하다가 재작년 겨울, 그러니까 혁명 직전에 죽었습니다.

전쟁이 끝났습니다. 리베리는 돌아왔죠. 그가 어떤 사람이냐고요? 십자훈장을 세 번이나 탄 소위보, 물론 완전히 세뇌된 볼셰비키 전위 대표단의 일원이었습니다. '숲의 형제들'이라고 들어봤습니까?"

"아니요. 못 들어봤습니다."

"뭐 그럼 말해도 소용없겠군요. 효과가 반감될 테니까요. 그렇다면 여기서 가도를 바라보는 것도 의미가 없죠. 가도의 특징이 뭘까요? 현재로서는 파르티잔 활동입니다. 파르티잔이 뭘까요? 이것이야말로 내

---

* 「세 자매」를 말함.
** '북쪽 여자'라는 뜻.
*** '자유로운'을 뜻하는 라틴어 liber에서 온 이름.

전의 중추입니다. 이 군의 창설에는 두 가지 요소가 있습니다. 혁명을 주도한 정치조직과, 패전 뒤에 구정권에 복종하기를 거부했던 하급 병사층입니다. 이 두 요소가 결합해서 파르티잔 부대가 생긴 겁니다. 그 구성원은 아주 잡다합니다. 기본적으로는 중농층입니다. 그러나 그들과 함께 온갖 사람이 있죠. 빈민, 파계승, 부농인 아버지와 싸우는 아들들도 있습니다. 관념적 무정부주의자들, 여권 없는 부랑자들, 중등학교에서 퇴학당하고 나이만 먹은 결혼 적령기의 바보들도 있습니다. 또한 자유를 주고 조국으로 보내준다는 약속에 넘어간 독일과 오스트리아의 전쟁포로들까지 가담했죠. 그런데 이 수천 명이나 되는 인민군 부대들 중 하나인 '숲의 형제들'을 지휘하는 사람이 바로 레스니흐 동지, 즉 립카, 아베르키 스테파노비치 미쿨리친의 아들인 리베리 아베르키예비치입니다."

"그게 정말입니까?"

"그럼요, 정말이죠. 계속하겠습니다. 부인이 죽은 후 아베르키 스테파노비치는 재혼했습니다. 새로운 아내 옐레나 프로클로브나는 김나지움 학생이었습니다. 그러니까 학교 교실에서 결혼식장으로 직행하다시피 했던 겁니다. 그녀는 본성이 순박한데도 일부러 순박함을 내세우고, 안 그래도 젊은데 더 젊어 보이려고 하는 여자예요. 들판의 종달새처럼 끊임없이 재잘거리고 다니면서 순진한 처녀 같은 순박함을 흉내내죠. 그녀는 당신을 만나기가 무섭게 시험하려 들 겁니다. '수보로프*는 몇 년에 태어났을까요?' '면적이 같은 삼각형을 열거해보세요'

---

* 알렉산드르 수보로프(1730~1800). 러시아 장군. 러시아-터키 전쟁 등에 참가했고, 푸가초프의 반란을 진압했다.

하고 말입니다. 그리고 당신 말을 끊고 당신을 궁지에 몰며 환성을 지를 겁니다. 뭐 이제 몇 시간 뒤면 직접 그녀를 만날 테고 이 말이 사실이라는 걸 확인하게 되겠지만요.

'영감님'에게도 파이프나 신학생 같은 교회슬라브어식 말투라는 다른 약점이 있어요. '추호의 틀림이 없이 그러하도다' 같은 말이죠. 그의 활동 무대는 바다여야 했습니다. 그는 대학에서 조선학을 공부했거든요. 그것이 아직 용모나 습관에 남아 있습니다. 매일 면도하고, 온종일 파이프를 입에서 떼지 않으며, 파이프를 문 채 상냥하게 느릿느릿 말하죠. 애연가들이 그렇듯 아래턱이 나와 있고, 눈은 차가운 회색입니다. 아, 하마터면 중요한 것을 빠뜨릴 뻔했군, 그는 예세르, 즉 사회혁명당원이죠, 헌법제정회의 때 지방대의원으로 뽑혔습니다.*"

"그건 아주 중요한 문제로군요. 그러니까 아버지와 아들이 싸우고 있는 건가요? 정적政敵으로서?"

"명목상으로는 그렇죠. 하지만 실제로 타이가는 바리키노와 싸우고 있지 않습니다. 그건 그렇고, 이야기를 계속하겠습니다. 툰체프네 다른 딸들, 즉 아베르키 스테파노비치의 처제들은 지금도 유랴틴에 살고 있어요. 그들은 영원한 처녀들입니다. 시대가 바뀌고 처녀들도 변하긴 했지만.

남은 셋 가운데 맨 위의 압도탸** 세베리노브나는 시 도서관의 사서죠. 사랑스럽고 가무잡잡한 아가씨인데 지나치게 수줍음을 타요. 조금만 놀림당해도 작약처럼 빨개지죠. 도서관이라는 곳은 무덤처럼 조용

---

* 1917년 1월에 선출된 대의원 715명 중 155명은 볼셰비키와 사회혁명당원이었다.
** 옙도키야의 애칭.

하고 온종일 긴장돼 있죠. 그런데 그녀는 만성비염이 시작되면 연달아 스무 번도 재채기를 하는데, 그럴 때마다 무안해서 쥐구멍에라도 숨고 싶어합니다. 하지만 어쩌겠습니까? 신경과민이에요.

가운데 글라피라 세베리노브나는 자매들 중 가장 낫습니다. 대담한 처녀이고, 훌륭한 일꾼이죠. 아무리 힘든 일도 마다하지 않습니다. 사람들은 숲의 파르티잔 대장 레스니흐가 이 이모를 닮았다고 이구동성으로 말합니다. 재봉 아르텔*에서 일하나 싶었는데, 양말 공장에서 일하고 있었어요. 또 어느새 보면 미용사를 하고 있고요. 유랴틴 선로에서 우리에게 주먹을 을러대던 여자 전철수 보셨죠? 나는 글라피라가 철도 감시원이 되었구나 하고 생각했습니다. 그런데 아무래도 그녀가 아닌 것 같아요. 너무 나이들어 보였으니까요.

맨 아래가 시무시카**인데, 그녀가 이 집안의 십자가, 골칫덩이라고 할까요. 배운 처녀이고, 박식합니다. 철학을 공부했고, 시를 사랑하죠. 그런데 혁명이 일어나고 나서 세상의 분위기가 고양되고, 가두시위니 광장 연설이니 하는 것에 영향을 받고 머리가 좀 이상해져서는 종교에 미치고 말았습니다. 언니들이 문을 잠그고 일하러 나가면, 그녀는 창문으로 뛰쳐나가 한길에서 사람들을 모아놓고 그리스도의 재림이니 세상의 종말이니 하며 설교를 합니다. 아, 내가 너무 말이 많았군요. 내릴 역이 가까워졌습니다. 당신은 다음 역입니다. 준비하시죠."

안핌 예피모비치가 열차에서 내리자, 안토니나 알렉산드로브나가 말했다.

---

* 제정러시아 시대의 협동조합.
** 세라피마의 애칭.

"당신은 어떻게 생각할지 모르지만, 나는 그가 하늘이 우리에게 보내주신 분 같아. 앞으로 우리가 살아가는 데 도움이 되어줄 거라는 느낌이 들어."

"아마 그렇겠지, 토네치카. 하지만 당신이 할아버지를 닮아서 사람들이 당신을 알아본다는 것, 그리고 이곳 사람들이 할아버지를 잘 기억하고 있다는 것이 나는 조금 걱정이 돼. 스트렐니코프도 내가 바리키노라고 말하자마자 비웃듯이 '바리키노라고요, 크류게르가의 공장이 있었죠. 친척인가요? 상속인인가요?' 하고 되물었어.

나는 여기서 우리가 모스크바에 있을 때보다 한결 더 사람들의 눈에 띄게 될까봐 두려워. 사람들의 눈을 피하려고 모스크바에서 도망쳐 나왔는데 말이야.

물론 이제는 어쩔 수 없지. 이미 엎질러진 물이니까. 하지만 나서지 말고 숨어살면서 되도록 조신하게 행동하는 게 좋겠어. 어쩐지 좋지 않은 예감이 들어. 자, 모두 깨워서 짐을 챙기고, 끈으로 단단히 묶고 내릴 채비를 하지."

7

토르퍄나야 역 플랫폼에 내려선 안토니나 알렉산드로브나는 열차에 두고 온 물건은 없는지 가족의 수와 짐 수를 몇 번씩 다시 세어보며 확인했다. 그녀는 발밑에 잘 다져진 플랫폼의 모래를 느끼고 있었지만, 바로 눈앞에 열차가 멈춰 서 있는데도 내릴 역을 지나친 것이 아닌가 하는 두려움이 머리에서 떠나지 않았고, 달리는 열차 바퀴 소리가 계속 귓전을 울리고 있었다. 그래서 그녀는 뭔가를 보지도, 듣지도, 판단할 수도 없었다.

긴 여행길을 함께한 사람들이 난방화차에서 굽어보며 작별인사를 했다. 그녀는 그것도 알아채지 못했다. 열차가 떠나버린 것도 알지 못했고, 열차가 떠난 뒤 텅 빈 선로 너머로 푸른 들과 파란 하늘이 눈앞에 펼쳐진 것을 발견한 후에야 비로소 열차가 사라졌다는 것을 깨달았다.

역은 석조 건물이었다. 입구 양쪽에 벤치가 하나씩 있었다. 토르파나야 역에서 내린 것은 모스크바 십체프에서 온 여행객들뿐이었다. 그들은 짐을 바닥에 내려놓고 한쪽 벤치에 앉았다.

새로 도착한 사람들은 역을 에워싼 정적에, 공허에, 조촐함에 놀랐다. 노호하는 군중에 둘러싸이지 않은 것이 기이하기까지 했다. 시골 벽지의 삶은 역사에서 뒤처져 있었다. 아직 수도 같은 황폐화에 이르지 않은 것이었다.

역은 자작나무숲 속에 가려져 있었다. 그래서 역에 다가갔을 때 열차 안이 어두워졌던 것이었다. 희미하게 흔들리는 자작나무 우듬지의 그림자가 손과 얼굴, 플랫폼의 깨끗하고 축축한 노란 모래, 땅바닥과 지붕 위에서 일렁거렸다. 수풀 속에서 들려오는 새소리가 그 신선함에 어울렸다. 무지에 가까울 만큼 무방비하고 순수한 그 완벽한 울림이 온 숲의 구석구석으로 스며들었다. 수풀 사이로 철길과 시골길이 뻗어 있고, 자작나무숲은 그 양쪽 길에 마치 바닥까지 닿는 넓은 소맷자락처럼 사방으로 뻗으며 늘어진 가지들의 막을 드리우고 있었다.

갑자기 안토니나 알렉산드로브나의 눈과 귀가 뜨였다. 모든 것이 한꺼번에 그녀의 의식 속으로 들어왔다. 낭랑한 새소리도, 고립된 청명한 숲도, 주변을 둘러싼 차분한 평온도. 그녀의 머릿속에 이런 말이 준비되었다. '우리가 여기 무사히 도착했다는 게 믿기지가 않아. 그렇잖아, 그 스트렐니코프인가 하는 사람은 당신 앞에서는 너그럽게 당신을 풀어준 뒤 여기로 연락해 열차에서 내리는 우리 모두를 체포하라고 명령할 수도 있었어. 그래, 나는 그들이 고결한 감정을 지니고 있다고는 생각하지 않아. 모두 겉으로만 그런 척할 뿐이지.' 그런데 그녀의 입에서는 준비된 말 대신 다른 말이 튀어나왔다.

"너무 아름다워!" 주위를 둘러싼 황홀하리만큼 아름다운 풍경을 보자 그녀는 말했다. 다른 말은 한마디도 할 수 없었다. 그녀는 목이 메기 시작했다. 그리고 큰 소리로 울음을 터뜨렸다.

그녀의 울음소리를 듣고 역사에서 한 노인이 나왔다. 그는 종종걸음으로 벤치에 다가와 빨간 제모의 차양에 정중히 한 손을 대고 물었다.

"젊은 부인에게 진정제라도 드릴까요? 역의 구급함에 있는데요."

"별일 아닙니다. 고맙소. 곧 괜찮아질 겁니다."

"여행에 시달려 힘드셨나보군요. 흔히 있는 일이죠. 더구나 이 아프리카 같은 더위는 이 지방에서는 좀처럼 없는 일이고요. 게다가 유랴틴에서 그 난리까지 나는 통에."

"불타는 것을 오는 도중 열차에서 봤습니다."

"제 짐작이 틀리지 않다면, 당신은 러시아*에서 오셨겠군요."

"백악白堊의 도시**에서요."

---

* 유럽 쪽 러시아를 말함.
** 크렘린의 흰 석벽에서 유래한 말로, 모스크바를 가리킴.

"모스크바요? 그렇다면 부인이 그렇게 신경이 곤두선 게 놀랄 일도 아니죠. 돌 하나 남지 않았다고 하던데요?"

"그건 과장입니다. 하지만 사실 온갖 일이 있었죠. 이쪽은 내 딸이고, 이쪽은 사위입니다. 그리고 이들의 아이고요. 이쪽은 우리집 젊은 유모."

"잘 오셨습니다. 잘 오셨습니다. 정말 반갑습니다. 실은 미리 소식을 들었습니다. 안핌 예피모비치 삼데뱌토프가 사크마 대피역에서 철도 전화를 걸어주셨습니다. 모스크바에서 닥터 지바고와 그 가족이 오실 테니 최대한 잘 돌봐드리라고요. 당신이 그 닥터이십니까?"

"아닙니다. 닥터 지바고는 여기 이 사람, 내 사위입니다. 나는 분야가 다르죠. 농학 교수 그로메코입니다."

"실례했습니다. 잘못 알아보았군요. 죄송합니다. 만나서 반갑습니다."

"말씀을 들어보니 삼데뱌토프를 아시는 것 같군요?"

"어떻게 모르겠습니까. 그는 마법사입니다. 우리의 희망이자 우리를 먹여 살려주시는 분입니다. 그가 없었으면 우리는 진작 죽었을 겁니다. 최대한 잘 돌봐드리라고 하시길래 알았습니다 했죠. 약속을 했습니다. 그러니 말이건 뭐건 필요한 게 있다면 뭐든 도와드리리다. 어디로 가실 건가요?"

"바리키노로 갈 겁니다. 어떻습니까, 여기서 먼가요?"

"바리키노요? 그러고 보니 따님을 어디서 많이 봤다 했는데 생각이 나지 않았습니다. 그런데 바리키노에 가신다고요! 이제 전부 알겠습니다. 저는 이반 예르네스토비치*와 함께 이 길을 닦은 사람입니다. 곧 채비하죠, 출발 준비를 하겠습니다. 사람을 불러 짐마차를 구하고요. 도나트! 도나트! 잠시 이 짐을 대합실로 날라다 놓게. 말은 어떡할까요? 형제, 찻집에 뛰어가서 좀 물어봐주겠나? 오늘 아침 바크흐가 이 근처를 어슬렁거리는 것 같던데. 물어봐주게, 아직도 있을까? 바리키노까지 손님 네 분, 짐은 거의 없다고. 새로 도착하셨다고 말이야. 서둘러줘. 그런데 부인, 딸 같아서 드리는 충고라 생각하고 들어두십시오. 당신이 이반 예르네스토비치와 어떤 관계인지 굳이 묻지는 않겠습니다만, 조금은 조심하시는 게 좋을 겁니다. 누구에게든 속마음을 털어놓는 것이 꼭 좋은 것만은 아니죠. 시절이 이러하니 잘 생각해볼 일입니다."

바크흐라는 이름을 듣고 일행은 놀라 서로의 얼굴을 쳐다보았다. 그들은 죽은 안나 이바노브나에게 들었던, 무쇠로 새 창자를 만들었다는 전설적인 대장장이와 그 밖에 이 고장에 전해 내려오는 황당한 이야기를 아직도 기억하고 있었다.

8

덥수룩한 흰머리에 흰 수염, 귀가 처진 노인이 새끼가 딸린 하얀 암말이 끄는 짐마차에 그들을 태우고 갔다. 그의 모든 것이 여러 가지 이유로 모두 흰색이었다. 자작나무 껍질로 삼은 새 신은 아직 더러워질

* 크류게르의 이름과 부칭.

새가 없어 하얗고, 바지와 루바시카는 오래 입어 바래서 하얬다.

하얀 암말 뒤에서 곱슬곱슬한 갈기털에 밤처럼 색이 까만, 손으로 깎은 목각인형 같은 망아지가 아직 여물지 않은 가냘픈 다리로 땅을 걷어차며 달렸다.

짐마차가 물웅덩이에서 이따금 튀어오를 때마다 가장자리에 앉은 승객들은 떨어지지 않으려고 가로대를 붙잡았다. 그들은 평화로운 기분을 느꼈다. 마침내 여행의 끝으로 접어들며 꿈이 이루어지려 하고 있었다. 놀랄 만큼 맑았던 하루의 저녁이 광대하고 화사한 모습으로, 마치 시간을 지체시키려는 듯 흘러가고 있었다.

길은 숲속을 빠져나가기도 하고 숲의 널따란 빈터를 지나가기도 했다. 숲속의 쓰러진 나무등걸에 마차 바퀴가 받혀 흔들릴 때마다 승객들은 한곳으로 쏠려, 허리를 구부리고 얼굴을 찡그리면서 서로 바짝 붙어앉게 되었다. 그러다가 마치 공간이 기뻐하며 모자를 벗어 던져올리는 것처럼 보이는 탁 트인 공간으로 나가면, 모두 허리를 펴고 편안한 자세로 고치며 고개를 젓곤 했다.

이 일대는 산지였다. 산은 언제나 그렇듯 하나하나가 특유의 외관과 표정을 띠고 있었다. 산들은 강하고 오만한 그림자처럼 멀리서 검은 모습으로 조용히 여행자들을 지켜보았다. 유쾌한 장밋빛이 들판을 가로지르는 여행자들을 뒤좇으며 그들에게 안심과 희망을 주었다.

그들은 모든 것이 좋고, 모든 것이 놀랍고, 그중에서도 특히 조금 기인 같아 보이는 늙은 마부의 끊이지 않는 잔소리가 놀라웠는데, 그의 말투에는 오래전에 사라져버린 고대 러시아어 표현의 흔적과 타타르어의 특징, 그리고 이 지방의 특색이 그 자신이 만든 듯한 알아듣기 어려운 말과 뒤섞여 있었다.

망아지가 뒤처지면 어미는 발을 멈추고 기다렸다. 그러면 망아지는 물결치듯 껑충거리며 어미에게 따라붙었다. 새끼는 달라붙을 것 같은 긴 다리들로 서툴게 짐마차로 뛰어와 끌채를 매단 어미의 긴 목에 조그만 대가리를 들이밀고 젖을 빨았다.

"아무래도 이상해." 안토니나 알렉산드로브나는 마차가 흔들려 이가 부딪치거나 예상 못한 충격에 혀를 씹지 않으려고 조심하며 띄엄띄엄 큰 소리로 남편에게 말했다. "이 사람이 어머니가 말한 그 바크흐라니, 어떻게 그럴 수가 있지. 왜, 그 우스꽝스러운 이야기 기억나잖아. 싸우다가 창자가 빠져나온 대장장이가 무쇠로 새 창자를 만들었다는 이야기. 한마디로, 무쇠 배 대장장이 바크흐 말이야. 물론 전부 다 옛날이야기란 건 알지만. 하지만 정말 그게 이 사람 이야기일까? 이 사람이 그 사람일까?"

"물론 아니겠지. 첫째, 당신이 말한 것처럼 그건 옛날이야기, 민담이야. 그리고 둘째로, 어머니 시대의 민담은, 어머니도 말했듯이 백 년 전의 이야기라고. 하지만 어쩌자고 그렇게 큰 소리로 말하는 거야? 노인이 들으면 불쾌해하겠어."

"그는 귀가 어두워서 아무것도 듣지 못해. 또 듣는다 해도 모를 거야. 머리가 좀 둔해서."

"요놈, 표도르 네페디치!" 노인은 이 말이 암말이라는 것을 손님들보다 더 잘 알면서도 남자 이름으로 불렀다. "뭔 놈의 날씨가 이렇게 덥담! 페르시아 아궁이 속에 들어간 아브라함의 후예* 꼴이군! 어이어이, 이 망할 놈! 내 말이 안 들리는 거냐, 이 마제파**!"

그는 옛날 이 고장 공장에서 일하던 시절에 지어져 불리던 차스투시카***를 갑자기 띄엄띄엄 부르기 시작했다.

안녕, 본*사무소여,

안녕, 감독이여, 갱도여,

주인의 빵도 이젠 그만,

못의 물을 마시는 것도 진력이 난다.

백조가 발을 저으며,

강가를 헤엄쳐 가는구나,

내가 비틀거리는 건 와인 때문이 아니라,

바냐를 군대에 빼앗겼기 때문이지.

하지만 마샤여, 나는 실수하지 않아.

하지만 마샤여, 나는 바보가 아니야.

나는 셀랴바 시에 가서,

센테튜리하에게서 일하련다.

"이봐, 암말아. 하늘 무서운 줄 모르는구나! 여러분, 이 게으름뱅이 말 좀 보시오! 채찍을 휘두르려 하면 주저앉습니다. 자, 페댜-네페댜, 이제 그만 못 가겠니? 이 숲은 타이가라고 불릴 만큼 가도 가도 끝이 없어. 이런 숲에는 농민군이 잔뜩 있단 말이다. 우, 우! 이 숲에는 숲의

---

* 「신명기」 4장 20절에는 이집트가 도가니로 비유된다.
** 16~17세기 우크라이나 카자크 대장의 이름.
*** 러시아 민요. 주로 아코디언이나 발랄라이카를 타며 불렀다.

형제들이 있다니까. 이것 봐라, 페댜-네페댜, 또 서는 거냐, 이런 빌어 먹을 것, 악마 같으니!"

그는 갑자기 몸을 홱 돌려 안토니나 알렉산드로브나의 얼굴을 뚫어지게 바라보며 말했다.

"젊은 부인, 당신이 어디서 왔는지 내가 모를 거라 생각하십니까? 그렇다면 당신은 바보예요, 부인, 그렇고말고요. 하늘과 땅이 뒤집혀도, 나는 확신합니다! 확신하고말고요! 내 눈깔을 믿을 수 없을 정도로 당신은 그리고프를 빼박았소이다! (노인은 눈을 눈깔, 크류게르를 그리고프라고 말했다.) 그리고프의 손녀 아닙니까? 그리고프네 일이라면 나는 모르는 게 없습니다. 나는 한평생 그 집안에서 이가 빠져라 일했으니까요. 내가 손대지 않은 일이 없을 정도지요! 갱목도 박고, 윈치도 잡고, 마구간에서도 일했습니다…… 허, 움직이래도! 또 서는 거냐, 이 다리병신아! 저런, 내 말이 안 들리는 거냐?

당신은 내가 대장장이 바크흐가 아니냐고 했죠? 그렇다면 당신은 바보예요, 그런 눈을 가졌지만 부인은 바보란 말입니다. 당신이 말하는 그 바크흐는, 포스타노고프라는 별명을 가진 사람입니다. 무쇠 배 포스타노고프는 벌써 오십 년도 전에 땅속으로, 무덤 속으로 들어갔어요. 나는 메호노신입니다. 이름은 같지만 성이 달라요. 그 바크흐와는 다른 사람입니다."

노인은 승객들에게 미쿨리친가에 대해 차근차근 자기 나름대로 이야기를 들려주었는데, 대부분은 그들이 이미 삼데뱌토프에게서 들은 것이었다. 그는 그들을 미쿨리치와 미쿨리치나라고 불렀다. 관리인의 현재 부인을 두번째 부인이라 불렀고, '죽은 첫번째 부인'에 대해서는 꿀 같은 여자, 하얀 케루빔이라고 말했다. 파르티잔 대장 리베리 이야기로 옮아가, 리베리의 명성이 모스크바까지는 다다르지 않았고 숲의 형제들 이야기도 모스크바에서는 들은 적 없다고 하자, 노인은 자기 귀를 의심하는 것 같았다.

"듣지 못했다고요? 숲의 형제들에 대해 듣지 못했단 말입니까? 저런, 모스크바 사람들은 귀가 없는 거 아닙니까?"

황혼이 내리기 시작했다. 승객들 앞에 그들이 드리운 그림자가 차츰 길어지며 달려가고 있었다. 그들이 가는 길은 넓고 텅 빈 광야로 이어졌다. 나무처럼 높고 곧게 뻗은 명아주, 엉겅퀴, 분홍바늘꽃 줄기가 끝에 꽃송이를 달고 여기저기서 을씨년스럽게 자라고 있었다. 아래 지면에서 석양빛을 받아 투명해 보이는 줄기들의 윤곽은 말을 타고 들판에 나와 듬성듬성 배치된 움직이지 않는 감시병들 같았다.

멀리 앞쪽 끝에서 들판은 옆쪽으로 산등성이들이 이어지는 구릉지였다. 구릉은 벽처럼 길을 가로막고 있었고, 그 기슭에 골짜기나 강이 있을 것 같았다. 거기서는 마치 하늘이 성벽으로 둘러쳐져 있고 시골길이 그 성문으로 통해 있을 것 같았다.

가파른 언덕 꼭대기에 흰색의 길쭉한 단층집이 있었다.

"언덕 위에 탑이 보이십니까?" 바크흐가 물었다. "당신네 미쿨리치와 미쿨리시나*가 사는 곳입니다. 그 밑에 푹 꺼진 골짜기, 슈티마라고 부르는 골짜기가 있고요."

그쪽에서 총성이 두 방 잇따라 울리더니 길게 꼬리를 끌며 주위에

---

* 미쿨리치나를 잘못 말한 것.

메아리쳤다.

"저건 뭐죠? 설마 파르티잔인가요, 영감님? 우리를 노리는 건 아니 겠죠?"

"그리스도가 도우시길. 파르티잔이 뭔 말입니까. 스테파니치가 슈티마에서 늑대를 쫓아내는 겁니다."

9

관리인 부부와의 첫 만남은 그들의 집 마당에서 이루어졌다. 처음에는 잠잠하다가 이윽고 시종 시끄럽고 지리멸렬한, 피곤한 장면이 연출되었다.

옐레나 프로클로브나는 숲으로 저녁 산책을 나갔다가 그때 막 마당으로 들어서는 참이었다. 그녀 뒤로 저녁 햇살이 그녀의 황금빛 머리카락과 거의 똑같은 빛깔로 이 나무에서 저 나무로 숲 전체를 가로지르며 물들이고 있었다. 옐레나 프로클로브나는 가벼운 여름 옷차림을 하고 있었다. 그녀는 산책으로 상기된 얼굴을 손수건으로 닦았다. 드러난 목에는 고무줄이 걸려 있고 밀짚모자가 등뒤에서 흔들리고 있었다.

골짜기에서 올라온 그녀의 남편은 손에 총을 든 채 집으로 오고 있었는데, 연기가 나는 총신을 곧장 소제할 생각이었다.

그때 갑자기, 짐마차에 깜짝 선물을 실은 바크흐가 돌이 깔린 입구를 지나 안마당으로 의기양양하고 요란하게 바퀴 소리를 울리며 들어왔다.

곧 일행과 함께 짐마차에서 내린 알렉산드르 알렉산드로비치는 우물쭈물 모자를 벗었다 썼다 하며 설명하기 시작했다.

어안이 벙벙한 주인 부부는 잠시 우뚝 서 있었는데, 겉으로만 그런 것이 아니라, 이 불행한 방문객들이 창피한 나머지 시뻘게진 채 고개를 떨어뜨리고 있는 모습에 진심으로 망연자실한 듯했다. 그 상황은 당사자들은 물론 바크흐와 뉴샤, 슈로치카에게도 설명할 것도 없이 명백했다. 거북한 분위기는 어미 말과 망아지에게도, 황금빛 석양에도, 옐레나 프로클로브나 주위를 빙빙 날다 그녀의 얼굴과 목에 앉는 모기에게도 전염되는 듯했다.

"이해할 수가 없군요." 마침내 아베르키 스테파노비치가 침묵을 깼다. "이해할 수 없어요. 도무지 이해되지가 않습니다. 절대 이해 못합니다. 여기 남쪽에, 백군이, 수확할 땅이라도 있는 줄 알았습니까? 왜 하필, 어째서 고르고 골라 여기로 왔습니까?"

"재밌군요. 당신은 아베르키 스테파노비치에게 무슨 책임이 있다고 생각한 건가요?"

"레노치카*, 끼어들지 마. 그래요, 바로 그겁니다. 이 사람 말이 맞아요. 이러는 것이 나에게 어떤 짐이 될지 생각이나 해봤습니까?"

"제발. 그건 당신이 오해하는 겁니다. 무슨 얘기냐고요? 아주 짧고 간단한 얘기입니다. 당신들의 평화를 깨뜨릴 생각은 추호도 없습니다. 쓰러진 빈집 한쪽 구석이면 됩니다. 채소를 키울 수 있는, 아무도 쓰지 않아 놀고 있는 땅 한 뙈기면 족합니다. 그리고 아무도 없을 때 숲에서

---

* 옐레나의 애칭.

나무를 해서 가져올 달구지만 있으면요. 그게 정말 그렇게 과한 겁니까, 그게 그렇게까지 당신들을 침해하는 일인가요?"

"그래요, 그래도 세상은 넓습니다. 그런데 왜 하필 여기이고 우리입니까? 왜 다른 사람이 아니라 우리가 그런 명예를 누려야 합니까?"

"우리가 당신을 알고, 당신도 우리를 안다고 생각했기 때문입니다. 우리가 당신에게 완전히 남은 아니니까, 우리가 남의 집에 가는 건 아니라고 생각했습니다."

"아, 문제는 크류게르였군요, 당신들이 그분의 친척이라는 건가요? 아무리 그렇다 해도 지금 같은 세상에 어떻게 그런 말을 할 수가 있습니까?"

아베르키 스테파노비치는 이목구비가 반듯하고, 머리를 뒤로 빗어 넘기고 발을 널찍널찍 떼며 걸었으며, 여름에 입는 앞가슴이 비스듬히 트인 루바시카의 허리를 술이 달린 끈으로 매고 있었다. 옛날 같았으면 우시쿠니키* 같다 했을 테지만, 이 시대의 눈으로는 만년 대학생이나 몽상가 가정교사의 전형적인 모습이었다.

아베르키 스테파노비치는 해방운동과 혁명에 청년 시절을 바쳤는데, 그가 걱정한 것은 혁명 때까지 자신이 살아 있지 못하는 건 아닌가, 혁명이 일어나더라도 온건하게 흘러 자신의 급진적인 유혈의 갈망을 만족시켜주지 못하는 건 아닌가 하는 것뿐이었다. 그러나 혁명은 일어났고, 그의 대담했던 모든 예상이 뒤집히면서, 본디부터 노동자들을 사랑했던 그는 '스뱌토고르 보가티르' 공장에 처음으로 위원회

---

* 14세기에 코스트로마, 니즈니 노브고로드 등지의 강을 오가며 약탈과 교역을 하던 사람들.

를 조직하고 노동자를 관리한 사람들 중 하나가 되었지만, 이내 자신이 배신당한 걸 알게 되었고, 텅 빈 공장 도시에는 일자리가 사라지고, 노동자들은 도망쳐버리고, 그때 일부는 멘셰비키 쪽으로 돌아섰다. 그리고 설상가상으로 난데없이 크류게르가의 후예라는 불청객들이 찾아온 것이 마치 운명의 조롱, 운명의 의도적인 장난 같아서 인내의 한계를 넘어선 것이었다.

"아뇨, 이건 들어본 적도 없는 이야기입니다. 말도 안 되는 이야기예요. 당신들이 나를 어떤 위험에 몰아넣을지, 나를 어떤 처지에 내몰지 압니까? 졸도할 지경이군요. 이해할 수가 없습니다, 도무지 이해되지가 않습니다. 나는 절대 이해 못합니다."

"당신들이 아니라도 우리가 지금 화산 위에 있는 거나 다름없다는 걸 알기나 해요?"

"잠깐 기다려, 레노치카. 아내의 말이 딱 맞습니다. 당신들이 아니라도 우리는 지금 사는 게 말이 아니에요. 개의 생활, 정신병원이란 말입니다. 양쪽 총구 사이에 끼여 달아날 구멍도 없어요. 어떤 사람들은 어째서 그런 붉은 아들, 볼셰비키, 나로드파의 총아를 만들었느냐고 비난하고, 또 어떤 사람들은 내가 무슨 이유로 헌법제정회의에 선출되었느냐고 욕하고 있어요. 누구에게도 만족을 주지 못한 채 몸부림치고 있단 말입니다. 그런데 엎친 데 덮친 격으로 당신들까지 들이닥치다니. 당신들 때문에 총살이라도 당하게 되면 퍽이나 좋겠군요."

"그게 무슨 말입니까! 진정하세요! 그럴 리가 있겠습니까!"

잠시 뒤 미쿨리친이 분노를 가라앉히고 말했다.

"마당에서 옥신각신해봤자 무슨 수가 있겠습니까. 집에 들어가서 얘기합시다. 물론 뾰족한 수가 있을 리도 없고, 앞날을 알 수도 없죠, 이건 어둠 속 비구름입니다. 하지만 우리는 예니체리*도, 이교도도 아닙니다. 당신들을 숲으로 내몰아서 미하일로 포타피치**의 밥이 되게 할 순 없죠. 내 생각에는, 레노크***, 서재 옆 종려나무가 있는 방으로 이들을 데려가는 게 좋을 것 같아. 어디서 지낼지는 차차 상의하더라도, 나는 정원 어딘가에 살게 하면 어떨까 싶어. 집으로 들어갑시다. 어서 들어갑시다. 짐을 들여놓아주게, 바크흐. 이분들을 거들어주게."

명령대로 움직이면서 바크흐는 그저 한숨만 내쉬었다.

"동정이신 성모여! 순례자들의 짐이나 다름없군. 다 보따리뿐이야. 트렁크는 하나도 없어!"

10

추운 밤이 찾아왔다. 방문자들은 세수를 했다. 여자들은 제공된 방에서 잠자리를 준비했다. 슈로치카는 자신의 옹알대는 말투에 어른들이 무척 즐거워하자 어느새 그 말투가 버릇이 되어버렸는데, 지금도 모두의 관심을 끌기 위해 잘 돌아가지 않는 혀로 열심히 재잘댔지만 기분이 좋지 않았다. 오늘은 수다도 통하지 않았고, 아무도 관심을 가져주지 않았다. 아이는 검은 망아지를 왜 집안에 들여놓지 않느냐고

---

* 오스만제국 술탄의 친위 보병대로, 점차 막대한 권력을 누렸다.
** 곰을 의인화해 부르는 이름.
*** 레노치카의 애칭.

불평하다가 조용히 하라는 꾸중만 듣고 결국 울음을 터뜨렸는데, 말을 듣지 않는 나쁜 아이는 부모가 아기를 사 온 가게로 다시 돌려보낸다고 알고 있었기 때문이다. 아이는 진정한 공포를 큰 소리로 주위 어른들에게 표현했지만, 아이의 귀엽고 어리석은 행동도 평소와 달리 효과를 거두지 못했다. 어른들은 남의 집에서 신세를 지는 것에 거북함을 느끼고 평소보다 부지런히 움직이면서 저마다 걱정에 파묻혀 있었다. 아이는 화가 나서 유모들이 말했듯 떼를 썼다. 가까스로 밥을 먹이고 재우게 되었다. 마침내 아이는 잠들었다. 미쿨리친네 하녀 우스티냐가 뉴샤를 자기 방으로 데려가 저녁을 먹이고 이 가족의 비밀을 이야기해주었다. 안토니나 알렉산드로브나와 남자들은 이날 밤 차 마시는 자리에 초대받았다.

알렉산드르 알렉산드로비치와 유리 안드레예비치는 잠시 신선한 바람을 쐬고 싶어 양해를 구하고 현관 계단으로 나갔다.

"별이 참 많군!" 알렉산드르 알렉산드로비치가 말했다.

캄캄했다. 현관 계단에 선 장인과 사위는 두 걸음 떨어져 있는데도 서로가 보이지 않았다. 뒤쪽, 집의 구석진 곳에 있는 창문에서 램프 불빛이 골짜기로 떨어지고 있었다. 불빛 기둥 속에 덤불과 나무, 그 밖에도 뭔지 또렷이 분간할 수 없는 것이 차가운 안개에 젖어 어른거렸다. 하지만 그 불빛은 이야기를 나누는 두 사람에게는 미치지 않고 주위의 어둠만 더욱 짙게 했다.

"내일은 아침부터 그가 아까 말했던 별채를 살펴봐야겠어. 거기서 살 수 있을 것 같으면 당장 손을 봐야지. 여기저기 손질하다보면 흙도 정상으로 돌아오고 땅도 녹겠지. 그렇게 되면 때를 놓치지 말고 밭을 같아야 해. 아까 대화할 때 그가 씨감자를 나누어주겠다고 약속하는 것 같던데. 내가 잘못 들었나?"

"약속했죠. 약속했습니다. 다른 씨앗도요. 제 두 귀로 들었습니다. 그런데 우리에게 쓰게 해준다는 별채 말인데요, 아까 정원을 가로질러 올 때 봤던 그곳입니다. 어딘 줄 아시겠어요? 본채 뒤쪽, 엉겅퀴로 뒤덮인 곳입니다. 나무가 자라고 있지만, 건물은 석조입니다. 짐마차에서 가리켰었는데, 기억나세요? 저는 거기를 갈아 밭을 일굴 생각입니다. 제 생각에 거긴 꽃밭이 있던 자리예요. 멀리서도 그렇게 보였어요. 어쩌면 제가 틀렸는지도 모르지만요. 오솔길은 그냥 두겠지만, 예전 꽃밭의 흙은 거름이 잘되어 있고 부식질이 풍부할 거예요."

"내일 봐야겠군. 난 못 봤어. 틀림없이 잡초가 무성하고 돌처럼 단단할 거야. 부지에 분명 채소밭이 있었을 텐데. 어쩌면 남아 있는데 갈아먹지 않는지도 몰라. 내일이면 모든 것이 확실해지겠지. 여긴 아침마다 아직 서리가 내릴 거야. 오늘밤에도 분명 서리가 내릴걸. 아무튼 우리가 이미 이곳에, 이 장소에 있다는 건 정말 다행한 일이야. 이건 서로 축하할 일이지. 좋은 고장이야. 나는 마음에 들어."

"아주 좋은 사람들입니다. 특히 주인이요. 부인은 조금 거드름을 피우는 것 같지만요. 그녀는 자기 자신이 뭔가 마음에 들지 않고, 불만인가 봐요. 그래서 그렇게 계속 지껄이면서 일부러 쓸데없는 잔소리를 늘어놓는 거예요. 마치 나쁜 인상을 주기 전에 상대방의 주의를 자신의 외모에서 다른 데로 돌리려고 안달하는 것처럼요. 그녀는 모자 쓰는 걸 잊은 것처럼 등뒤에 매달고 있었지만, 방심해서 그런 게 아니에요. 그것이 자신에게 어울려서 그러는 거예요."

"그건 그렇고, 이제 방으로 돌아갈까. 여기서 너무 오래 있었어. 결례야."

식당에서는 천장에 매단 램프 아래 둥근 탁자에 주인 부부와 안토니나 알렉산드로브나가 둘러앉아 사모바르에서 차를 따라 마시고 있었는데, 사위와 장인은 불빛이 환한 그곳에 가던 중에 관리인의 어두운 서재를 지나갔다.

방에는 널따란 한 장짜리 유리창이 골짜기 위로 솟은 듯 벽을 가득 채우고 있었다. 밝을 때 닥터가 봐두었는데, 이 창밖으로 먼 골짜기와 바크흐가 그들을 태우고 지나온 들판의 광경이 내다보였다. 창가에는 역시 벽에 가득한 크기의 널따란 제도용 또는 설계용 책상이 놓여 있었다. 그 위에 엽총이 길게 놓여 있었는데, 좌우로 남은 아직도 충분한 공간이 책상의 크기를 더욱 강조하고 있었다.

서재를 지나가며 유리 안드레예비치는 새삼 부러운 눈으로 넓은 창문, 책상의 크기와 위치, 잘 꾸며진 널따란 방을 바라보았고, 알렉산드르 알렉산드로비치와 함께 식당으로 들어가 탁자에 다가가서 감탄하며 주인에게 말했다.

"정말 훌륭한 곳입니다. 그리고 당신의 훌륭한 서재는 일을 하지 않을 수 없게 부추기며 영감을 불러일으키는 것 같습니다."

"컵으로 하시겠습니까, 잔으로 하시겠습니까? 진한 것, 연한 것 중 어떤 걸 좋아하십니까?"

"이것 좀 봐, 유로치카, 아베르키 스테파노비치 씨 아들이 어렸을 때 만든 입체경이야."

"그 아이는 아직 미숙하고, 의젓하지가 못합니다. 물론 소비에트정권을 위해 코무치 쪽 지역을 탈환하려고 계속 싸우고 있지만요."

"뭐라고 하셨죠?"

"코무치라고 했습니다."

"그게 뭐죠?"

"헌법제정회의의 부활을 꾀하는 시베리아 정부의 군대죠."

"우리는 온종일 아드님에 대한 칭찬을 듣고 있군요. 모든 면에서 자랑하실 만합니다."

"이 우랄의 풍경, 이중의 입체사진도 아드님이 직접 만든 대물렌즈로 찍은 거래."

"이 레표시카*는 사카린을 넣은 건가요? 정말 잘 구우셨군요."

"오, 무슨 말씀이세요! 이런 시골에 사카린이라니요! 그런 게 우리에게 있겠어요! 순 설탕이에요. 금방 차에 설탕을 넣어드렸잖아요. 모르셨어요?"

"정말 그렇군요. 사진을 보고 있느라고요. 차도 자연의 것 같은데요?"

"꽃잎이에요. 두말할 것도 없죠."

"어디서 구하셨어요?"

"마법의 식탁보 같은 분이 있어요. 지인이에요. 현대의 활동가죠. 무척 좌익적인 성향을 지닌 분이에요. 도 인민경제회의의 정식 대표고요. 여기서 나무를 해서 시내로 가져가고, 지인이라는 인연으로 우리에게는 알곡과 버터, 밀가루를 보내주세요. 시베르카(그녀는 남편인 아베르키를 이렇게 불렀다), 시베르카, 설탕 그릇 좀 줘요. 그런데 그

---

* 납작하고 둥근 빵.

리보예도프*가 몇 년에 죽었는지 아세요?"

"태어난 건 1795년 같은데요. 그런데 언제 살해당했는지는 정확하게 기억이 나지 않습니다."

"한잔 더 하시죠."

"됐습니다, 고맙습니다."

"그럼 이번에는 다른 문제예요. 네이메헌조약**은 언제 체결됐고, 그 두 나라는?"

"그렇게 손님들을 괴롭히면 안 돼, 레노치카. 여독이나 풀게 해드리지."

"이번 문제는 내 관심사이기도 해요. 확대경에는 어떤 종류가 있을까요, 그리고 현실의 상, 반전된 상, 진짜 상, 가짜 상이 되는 건 어떤 경우일까요?"

"어디서 그런 물리학 지식을 얻었습니까?"

"우리 유랴틴에 훌륭한 수학자가 있었어요. 김나지움 두 곳, 남자 김나지움과 우리 학교에서 가르쳤죠. 설명이 정말 일품이었어요, 아주 기가 막혔죠! 흡사 신이었어요! 마치 모든 걸 잘 씹어서 입에 넣어주는 것 같았어요. 안티포프라는 사람인데, 이곳 여자 교사와 부부였어요. 여자애들이 모두 그에게 빠져 사랑하지 않았겠어요. 그런데 자원해서 전선으로 나간 뒤로 돌아오지 않았어요, 전사한 거예요. 그 신의 채찍, 복수의 신神이라는 인민위원 스트렐니코프를 무덤에서 되살아난 안티

---

* 알렉산드르 그리보예도프(1795∼1829). 러시아 극작가. 러시아 사실주의 연극의 선구자로, 농노제의 악덕을 풍자하는 작품 등을 썼다.
** 1672∼1678년까지 일어난 프랑스-네덜란드 전쟁을 종식하기 위해 맺은 강화조약.

포프라고 말하는 사람들도 있죠. 물론 근거 없는 이야기예요. 가당치도 않죠. 하지만 누가 아나요. 어떤 일도 일어날 수 있는 세상이니까요. 한잔 더요?"

9장
바리키노

1

    겨울이 되어 더욱 시간 여유가 생기자, 유리 안드레예비치는 이런저런 다양한 글을 쓰기 시작했다. 그는 노트에 썼다.

    지난여름 얼마나 자주 튜체프[*]와 이야기하고 싶었던가.

    멋진 여름, 아름다운 여름이여!
    그것은 진정 마법이런가,
    나는 묻고 싶다, 그것이 우리에게
    어떻게 아무런 이유도 없이 주어졌을까?

---

* 표도르 튜체프(1803~1873). 러시아 서정시인. 러시아 상징주의에 큰 영향을 끼쳤다.

해가 뜨고 질 때까지 자신과 가족을 위해 일하며 지붕을 이고, 끼니를 걱정하며 땅을 경작하고, 로빈슨처럼 자신의 세계를 창조하는 것은, 우주 창조의 조물주를 흉내내어 어머니가 자식을 낳듯 자신을 다시, 또다시 빛의 세상에 태어나게 하는 것은 얼마나 행복한 일인가!

근육을 사용하고 육체를 움직이며 거친 일을 하거나 목수 일로 바쁠 때, 성취를 통해 기쁨과 성공이라는 보상을 받고 지혜와 육체의 노고로 이룰 수 있는 온갖 목표를 세울 때, 축복받은 숨결로 살갗을 태우는 드넓은 하늘 아래서 여섯 시간이 넘도록 도끼로 나무를 찍거나 땅을 일굴 때, 얼마나 많은 생각이 뇌리를 스쳐가고, 또 얼마나 많은 새로운 생각이 떠오르는지 모른다. 그리고 이런 생각과 직관과 비유를 글로 쓰지 않고 한순간에 모든 것을 망각해버리는 것은, 잃는 것이 아니라 얻는 것이다. 위축된 신경과 상상력을 진한 블랙커피나 담배로 자극하는 도시의 은둔자는, 참된 결핍과 굳센 건강이라는 가장 강력한 약물을 알지 못한다.

나는 톨스토이적인 간소한 생활과 대지로의 귀환에 대해 더이상 언급하지도 설교하지도 않을 것이고, 사회주의 농업의 문제점에 대한 나 나름의 수정안을 모색하지도 않을 것이다. 나는 다만 사실을 확증하려는 것뿐이며, 우연히 맞닥뜨린 우리의 운명을 체계화하려는 것이 아니다. 우리의 사례는 논의의 여지가 없고, 결론을 내리기에도 적합하지 않다. 우리의 경제는 너무나 이질적이다. 노동을 통해 생활에 충당할 수 있는 건 극히 일부, 저장한 채소와 감자뿐이고, 나머지는 모두 다른 데서 구하고 있다.

우리의 토지 사용은 위법이다. 정부 당국이 정한 등록에 대한 임의적인 은폐다. 나무를 베는 행위는 도둑질이며, 지난날 크류게르가의 재산이었다 해도 현재는 국고에 속한 것이므로 변명의 여지가 없다. 우리와 거의 비슷한 방식으로 살고 있는 미쿨리친의 묵인 아래 그것이 가능하고, 도시에서 멀리 떨어져 살기 때문에 다행히도 그것을 들키지 않고 지낼 수 있는 것이다.

나는 의학을 버리고, 나의 자유를 제약받고 싶지 않아 내가 닥터임을 밝히지 않았다. 그러나 바리키노에 닥터가 산다는 소문을 들은 선량한 사람이 세상 어느 구석엔가 반드시 있었고, 그들은 암탉이나 달걀, 버터나 무엇이든 가지고 30베르스타가 넘는 거리를 걸어와 진찰을 부탁했다. 대가를 받지 않는다고 사양해도, 사람들은 무료 치료를 받으면 효과가 없다고 생각하기 때문에 받을 수밖에 없었다. 그래서 의료 행위로 약간의 수입을 얻고는 있다. 그러나 우리와 미쿨리친의 중요한 후원자는 삼데뱌토프다.

이 사람이 내면에 어떤 모순을 지녔는지는 알 수 없다. 그는 혁명에 성실하며, 유랴틴 시 소비에트의 신임을 받을 자격이 충분했다. 그는 우리와 미쿨리친에게 아무 말도 하지 않고 자신의 절대적 권한으로 바리키노 숲의 목재를 징발해서 가져갈 수도 있고, 그런다 해도 우리는 눈썹 하나 찡그릴 수 없을 것이다. 또한 그는 마음만 먹는다면 국유재산을 빼돌려 자기 주머니를 가득 채울 수도 있고, 그런다 해도 아무도 그것을 캐묻지 않을 것이다. 그는 누구를 매수하거나 누구와 나눠 가질 필요가 없다. 그렇다면 그는 왜 우리를 걱정해주는 것이며, 토르퍄나야 역의 역장과 이 지역의 모든 사람을 후원해주고 미쿨리친 부부를 도와주는 걸까? 그는 항상 돌아다니며 뭔가를 구해 가져다주며, 도스토옙스키의 『악령』이나 『공산당 선언』을 동시에 흥미롭게 비평하고 분석하기도 했는데, 나는 그가 그런 쓸데없는 일로라도 자신의 생활을 복잡하게 만들지 않았다면 권태 때문에 죽었을지도 모른다고 생각한다.

2

얼마 뒤에 닥터는 썼다.

우리는 낡은 저택 뒤꼍에 정착했고, 그곳은 안나 이바노브나가 어렸을 때 크류게르가 선택한 하인이나 재봉사, 가정부, 은퇴한 유모 같은 이들이 머물렀던 방 두 개짜리 목조 별채였다.

그 모퉁이는 황폐해져 있었다. 우리는 급히 수리했다. 기술자들의 도움을 받아 두 방으로 통하는 페치카를 새로 설치했다. 굴뚝을 지금처럼 배치해 더 따뜻해지도록 했다.

정원이던 그곳에 잡초가 자라 예전의 모습은 사라지고 없었다. 모든 생명이 죽고, 살아 있는 것이 죽은 것을 덮어서 가리지도 않는 겨울이라 눈에 덮인 과거의 윤곽은 더욱 선명해 보였다.

우리는 운이 좋은 편이었다. 가을은 건조하고 따뜻했다. 비와 추위가 오기 전에 감자를 캘 여유가 있었다. 미쿨리친에게 빌린 것을 갚고도 우리의 손에는 스무 자루가 남았고, 전부 지하 움막으로 옮

거 건초와 낡은 담요를 덮어두었다. 헛간에는 토냐가 소금에 절인 오이 두 통이 있었고, 양배추절임도 그만큼 있었다. 싱싱한 양배추를 두 통씩 짝지어 기둥에 대롱대롱 매달아놓았다. 마른 모래 속에는 저장용 홍당무를 묻었다. 무와 사탕무와 순무도 꽤 저장해두었고, 많은 완두와 콩은 대부분 다락에 보관했다. 헛간에는 봄까지 견딜 수 있을 만큼 장작이 쌓여 있었다. 나는 겨울의 새벽이 오기 전 이른 시간에 당장이라도 꺼질 것처럼 깜빡깜빡하는 등불을 들고 지하 움막의 문을 들어올릴 때 근채류와 흙과 눈에서 풍기는 겨울의 따뜻한 냄새를 사랑한다.

헛간에서 나와도 아직 동이 트기 전이다. 문이 삐걱거리거나, 갑자기 재채기를 하거나, 뽀드득 하고 눈 밟는 소리가 나면, 아직 단단한 양배추 심지가 눈 위로 튀어나와 있는 멀리 채소밭 이랑에서 놀란 토끼들이 도망치며 눈밭에 이리저리 발자국을 남긴다. 그리고 주위의 개들이 한 마리씩 길게 짖어댄다. 마지막으로 수탉들이 아침 일찍 한 차례 홰를 치고는 더이상 울지 않는다. 그리고 동이 튼다.

눈 덮인 평원에는 토끼 발자국 외에도 정성스레 실에 꿴 구슬처럼 이어지는 스라소니들의 발자국이 가로질러 찍혀 있다. 스라소니는 고양이처럼 조심스럽게 한 발 한 발 내디디며 밤사이 몇 베르스타를 돌아다닌다.

그놈들을 잡기 위해 함정이나 덫을 놓는다. 그러나 가엾게도 덫에는 스라소니가 아니라 생각지도 않았던 토끼가 걸려 있고, 눈에 반쯤 묻혀 꽁꽁 언 것을 꺼내야 한다.

처음에는, 그러니까 봄과 여름에는 몹시 힘들었다. 우리는 녹초가 될 정도로 일했다. 그러나 이제는 겨울밤의 휴식을 취하고 있다. 등유를 구해주는 안핌 덕분에 우리는 등잔불 주위에 둘러앉을 수 있다. 여자들은 바느질이나 뜨개질을 하고, 나와 알렉산드르 알렉산드로비치는 큰 소리로 책을 읽는다. 페치카는 뜨겁게 타오르고, 나는 온기가 빠져나가지 않게 제때 바람문을 닫기 위해 경험 많은 난로지기처럼 지켜본다. 장작이 다 타서 숯이 되어 더이상 불이 붙지 않으면 나는 연기가 나는 그것을 들고 나가 눈밭에 던져버린다. 숯은 불똥을 튀기며 횃불처럼 공중을 날아, 하얀 사각형 잔디밭이 있는 검은 정원의 표면을 밝게 비추다 눈밭에 떨어져 피식식 꺼진다.

우리는 『전쟁과 평화』, 『예브게니 오네긴』과 모든 서사시, 러시아어로 번역된 스탕달의 『적과 흑』과 디킨스의 『두 도시 이야기』와 클라이스트*의 단편소설들을 몇 번이고 계속 읽었다.

3

봄이 가까워졌을 무렵, 닥터는 다음과 같이 썼다.

토냐가 임신한 것 같다. 나는 그런 것 같다고 그녀에게 말했다. 그녀는 아니라지만, 나는 확신한다. 더 확실한 징후가 보일 때까지 기다릴 것도 없이 나는 앞서 나타나는 미묘한 징후를 알 수 있다.

---

* 하인리히 폰 클라이스트(1777~1811). 독일 극작가, 소설가.

여자의 안색이 차츰 변한다. 미모를 잃는다는 뜻이 아니다. 그러나 전적으로 그녀 자신이 통제하던 외모가 통제의 손길을 벗어난다. 이제 그녀가 아니라 미래, 그녀의 몸에서 나올 그 미래가 그녀를 지배한다. 그녀의 감시 아래 나타나는 여자의 얼굴은 일종의 육체적 혼란이고, 그 상태에서 여자의 얼굴은 생기를 잃고, 피부는 거칠어지고, 그녀가 원하는 대로가 아닌 다른 방식으로 눈이 빛나기 시작하며, 마치 이 모든 것을 관리도 하지 않고 방치한 것 같아 보인다.

토냐와 나는 결코 멀어졌던 적이 없다. 하지만 힘겨웠던 한 해가 우리를 더욱 *끈끈하게* 해주었다. 나는 토냐가 얼마나 민첩하고 강인하고 끈기 있는지, 또한 일을 선별해 되도록 짧은 시간에 해결하려고 얼마나 현명하게 대처하는지를 보아왔다.

모든 잉태는 순결한 것이라는 성모에 관한 교리 안에 나는 모성의 일반적인 관념이 표현되어 있다고 늘 믿어왔다.

해산하는 모든 여자에게는 버림받은 듯한 고독감, 소외감, 책임감의 그림자가 드리운다. 남자는 가장 본질적인 그 순간이 되면 완전히 사라져, 모든 것이 하늘에서 떨어진 것처럼 그는 무용의 존재가 된다.

여자들은 홀로 자식을 낳고, 그 자식과 함께 한결 더 조용하고 걱정 없이 요람을 둘 수 있는 두번째 존재 뒤로 사라진다. 그녀는 홀로 겸손한 침묵 속에서 아이를 먹이고 키운다.

성모에게 기도한다. "당신의 아들과 당신의 하느님에게 간절히 기도해주소서." 그녀의 입에서는 찬미의 시가 흘러나온다. "내 구세주 하느님을 생각하는 기쁨에 이 마음 설렙니다. 주님이 여종의 비천한 신세를 돌보셨습니다. 이제부터는 온 백성이 나를 복되게 하리니.* 그녀는 자기 자식에 대해 이렇게 말하고, 자식은 그녀를("전능하신 분께서 나에게 큰일을 해주신 덕분입니다**") 찬미할 것이며, 자식은―그녀의 영광이다. 모든 여자가 그렇게 말할 수 있다. 그녀의 하느님은 어린 자식 속에 있기 때문이다. 위대한 사람들의 어머니들은 모두 이런 기분에 익숙하다. 그러나 어머니들―위대한 사람들의 어머니들에게는 모든 것이 분명하고, 삶이 나중에 그들을 속일지라도 그것은 그녀들 잘못이 아니다.

4

우리는 『예브게니 오네긴』과 서사시를 계속 다시 읽고 있다. 어제 안핌이 선물을 가져왔다. 좋은 음식을 먹고, 표정이 밝아진다. 예술에 대한 끝없는 토론.

나는 예술은 수많은 개념과 파생되는 현상을 포괄하는 영역 또는 범주에 대한 명칭이 아니라, 반대로 더 집중적이고 제한적인 명칭, 예술작품을 구성하는 한 요소의 표지이자, 그 속에 적용된 힘이나 거기서 탐구된 진리의 명칭이라고 오랫동안 생각해왔다. 그리고 예술은 형식의 대상이나 그 일면이 아니라, 오히려 내용의 숨겨진 은밀한 부분이라고 생각한다. 햇빛처럼 자명해 나는 그것을 온몸으로 느끼지만, 그런 개념을 어떻게 표현하고 정의해야 할까?

---

* 「누가복음」 1장 47∼48절.
** 「누가복음」 1장 49절.

작품은 테마, 상황, 주제, 주인공 등 많은 것을 통해 표현된다. 그러나 무엇보다도 그 속에 담긴 예술의 현존으로 말한다. 『죄와 벌』에 담긴 예술의 현존이 라스콜니코프의 범죄보다 한층 놀라운 것도 바로 그런 까닭이다.

원시시대, 이집트, 그리스, 그리고 우리의 예술은 수천 년 동안 내려온, 변하지 않고 유일무이하게 예술로 남은 것이다. 그것은 삶과 생명에 대한 어떤 생각이고 주장이며 모든 것을 포괄하는 것이기 때문에 개개의 낱말로 분해해서 이야기할 수 없는 진술이며, 그 힘의 입자가 더욱 복잡한 혼합물의 구성요소로 들어갈 때 예술의 혼합은 다른 모든 것의 의미를 압도해 그 작품의 본질과 정신과 토대가 된다.

5

감기 기운이 좀 있고, 기침이 나고, 열도 조금 나는 것 같다. 목구멍이 부어 온종일 숨쉬기가 답답하다. 몸이 좋지 않다. 대동맥 때문이다. 심장병으로 평생 고생한 가엾은 어머니에게 물려받은 첫 징후다. 정말 그럴까? 이렇게 일찍? 그렇다면 밝은 세상에서의 내 생명은 그리 많이 남지 않았을 것이다.

방안에서 약간의 탄내가 난다. 다림질하는 냄새다. 불이 잘 타지 않는 페치카에서 이글거리는 숯을 꺼내 위아래 이가 맞물리듯 뚜껑이 덜거덕거리는 증기다리미에 넣는다. 뭔가를 기억나게 한다. 정확히는 기억나지 않는다. 몸이 좋지 않아 기억해내지 못한다.

안핌이 견과유로 만든 비누를 가져오자, 모두 크게 기뻐하며 이틀간 그동안 밀린 빨래에 매달렸고, 슈로치카는 그 이틀 동안 맘껏 뛰어다녔다. 내가 글을 쓸 때면 슈로치카는 책상 밑으로 기어들어가 의자다리 사이 가로대에 올라앉아, 우리를 찾아올 때마다 썰매에 태워주는 안핌을 흉내내면서 마치 나를 마차에 태운 것처럼 논다.

몸이 낫는 대로 시내에 가서 이 지방의 민속과 역사에 관한 책을 꼭 구해 읽어야겠다. 몇몇 부호에게서 기증받은 엄청난 양의 장서를 보유한 훌륭한 시립도서관이 있다고 한다. 나는 글을 쓰고 싶다. 서둘러야 한다. 머뭇대다가는 곧 봄이다. 그러면 읽을 시간도 쓸 시간도 없어진다.

두통이 점점 심해진다. 나는 잠을 제대로 자지 못했다. 나는 잠에서 깨는 순간 모두 잊어버리는 혼란스러운 꿈을 꾸었다. 꿈은 머릿속에서 날아가버리고 남은 건 잠에서 깬 원인뿐이었다. 나는 꿈속에서 허공을 울리던 여자 목소리를 듣고 잠에서 깼다. 나는 그 소리를 기억하고 재현하면서 내가 아는 여자들을 떠올려보았고, 그중 누가 그런 흉성을 가졌는지, 낮고 조용하고 촉촉한 그 소리의 주인공을 찾아보려 했다. 누구의 것도 아니었다. 나는 그것이 아마도 토냐의 목소리인데 내가 너무 익숙해서 귀가 무뎌졌는지도 모른다고 생각했다. 나는 그녀가 내 아내라는 사실을 잠시 잊으려 노력하며 진실을 알아내기 위해 그녀의 이미지를 멀찌감치 떼어놓았다. 그러나 그녀의 목소리도 아니었다. 그래서 그것은 밝히지 못한 채 남았다.

얘기가 나왔으니 꿈에 대하여. 사람들은 일반적으로 우리가 낮에 깨어 있을 때 받은 강한 인상을 꿈으로 꾸는 거라고 생각한다. 나의 의견은 정반대다.

나는 낮에 아주 잠깐 눈에 들어왔던 사물이나 뚜렷하지 않은 생각, 아무 생각 없이 내뱉고 잊어버린 말들이 밤에 피와 살을 붙이고 돌아와 마치 낮 동안에 무시당한 것을 보상이라도 받으려는 듯이 꿈의 테마가 된다고 생각한다.

6

청명하고 추운 밤. 보이는 것들의 보기 드문 선명함과 완전함. 대지와 허공, 달과 별들이 모두 서리로 한데 묶여 있는 것 같다. 정원에는 가로숫길을 가로질러 부조처럼 입체적인 또렷한 나무 그림자가 드리워져 있다. 마치 검은 형체들이 여기저기서 끊임없이 길을 건너는 것처럼 보인다. 커다란 별들이 파란 운모의 가로등처럼 숲속 나뭇가지들 사이에 걸려 있다. 작은 별들이 여름 들판의 들국화처럼 밤하늘을 수놓고 있다.

우리는 밤에도 계속해서 푸시킨에 대해 이야기한다. 1권에 나오는, 리세 재학 시절의 그의 시에 대해 토론했다. 시의 운율 선택에 얼마나 많은 것이 좌우되는지!

행이 긴 시에서 소년이 품은 야심의 대상은 아르자마스*까지가 한계였고, 선배들에게 뒤지고 싶지 않은 마음에 신화와 과장된 이야

---

* 1815년, 카람진에 의해 창설된 문학단체. 푸시킨은 리세 재학 시절 이 단체의 통신교육을 받았다.

기, 꾸며낸 타락, 에피쿠로스주의*, 그럴듯해 보이는 조숙한 분별력으로 아저씨들을 눈속임하려 했다.

그러나 오시안**과 파르니***의 모방에서, 또는 그가 쓴 「차르스코예 셀로의 회상」에서부터 「소도시」 또는 「누이에게 부치는 편지」에서, 또는 훗날 키시뇨프 시절에 쓴 「나의 잉크병에」에서 나타날 짧은 시행과 「유딘에게 부치는 편지」에서의 리듬을 발견하며, 미성년의 그에게서 미래의 푸시킨의 전모가 깨어나고 있었다.

그 시 속으로, 창문을 통해 방안으로 들어오는 것처럼 거리의 빛과 공기, 생활의 소음, 사물들, 현상의 본질이 흘러들었다. 외부 세계의 물체들, 일상의 물체들, 명사들이 빈번히 등장하며 시행을 장악하고 모호한 표현을 거둬내며 정립되었다. 물체들, 물체들, 물체들이 압운을 이루며 시의 가장자리를 따라 정렬되었다.

그뒤로 유명해진 푸시킨의 4음보 율격은 러시아 생활의 측정 단위이자 척도가 되었고, 그것은 장갑을 손에 맞게 만들 때 부르는 호수나 구두를 만들 때 윤곽을 그리듯 푸시킨이 전 러시아의 생활에서 추출한 기준이었다.

훨씬 뒤에야 러시아어 구어口語의 리듬, 구어의 노래하는 듯한 가락이 네크라소프****의 3음보 운율이나 강약약격의 리듬으로 표현되었다.

---

* 쾌락을 행위의 궁극적 목적이자 도덕적 기준으로 삼는 학설.
** 3세기 켈트족의 전설적 시인.
*** 에바리스트 드 파르니(1753~1814). 프랑스 시인. 푸시킨은 그를 자신의 스승이라 말하기도 했다.
**** 니콜라이 네크라소프(1821~1878). 러시아 작가. 혁명적 민주주의 잡지『동시대인』을 이끌었다.

나는 농사와 의료 행위와 함께 뭔가 후세에 남길 수 있는 중대한 일을 구상하고 학술서나 예술작품을 쓰고 싶다.

인간은 누구나 파우스트로 태어나, 세상의 모든 것을 깨닫고 모든 것을 경험하고 모든 것을 표현하고 싶어한다. 파우스트가 과학자가 된 것은 선조들과 동시대인들이 범한 실수에 대한 염려 때문이었다. 과학의 진보는 반발의 법칙에 따라, 지배적인 오류와 잘못된 이론에 대한 논박에서부터 출발한다.

파우스트가 예술가가 된 것은 스승들의 영감을 주는 실례實例 덕분이다. 예술의 진보는 끌림의 법칙에 따르며, 좋아하는 선구자를 모방하고, 계승하고, 찬양하는 것으로 이루어진다.

내가 일을 하고, 사람들을 치료하고, 글을 쓰는 데 방해가 되는 건 뭘까? 나는 그것이 가난이나 방황, 불안정성이나 빈번한 변화 때문이 아니라 미래의 새벽이니 새로운 세계 건설이니 인류의 등불이니 하는 과장된 구호가 만연한 우리 시대의 정신 때문이라고 생각한다. 그런 소리를 들으면 처음에 사람들은─상상력이 대단히 분방하고 풍부하다! 라고 생각한다. 하지만 실제로 그런 말은 재능 부족에서 비롯된 허풍일 뿐이다.

평범한 것만이 위대하다, 천재의 손을 거친다면. 이 점에서 최고의 실례가 푸시킨이다. 정직한 노동과 의무와 일상생활의 관습에 대해 얼마나 뛰어난 송가를 썼는가! 지금의 우리에게는 소시민이니 속인이니 같은 건 비아냥거리는 말로 들린다. 그는 이런 비난을 「족보」

의 시행에서 예언했다.

'나는 소시민, 나는 소시민.'

그리고 「오네긴의 여행」에도 나온다.

지금 나의 이상은―가정주부,

나의 소망은―평온,

그리고 시* 한 그릇, 그것도 큰 그릇으로.

모든 러시아적인 것 가운데 지금 내가 가장 좋아하는 것은 푸시킨
과 체호프의 러시아적인 천진함, 인류의 궁극적 목표니 자신의 구원
이니 하는 거창한 것에 대한 겸손한 과묵함이다. 그들 역시 그 모든
것을 잘 이해하고 있었지만, 그런 오만함과는 거리가 멀었다―그들
의 일도 아니었고, 그런 계급도 아니었다! 고골과 톨스토이와 도스
토옙스키는 죽음을 준비하고, 걱정하고, 삶의 의미를 추구하며 결과
를 끌어내려 했고, 끝까지 작가라는 천직을 통해 자신들에게 부여된
예술적 소명에 열중하고 그것을 타인들과는 무관한 개인적이고 평
범한 것으로 생각하며 조용히 살았는데, 그 평범한 것이 오늘날 우
리의 보편적인 관심사임이 밝혀졌고, 나무에서 딴 덜 익은 사과가
저절로 익어가듯 점점 더 단맛과 의미로 가득차게 되었다.

---

* 양배추 수프.

8

봄의 첫번째 징후, 눈석임. 달력이 말장난을 하는 것 같은 마슬레니차가 시작되고, 대기에서 블린과 보드카 냄새가 풍긴다. 숲의 태양이 졸린 듯 버터 같은 눈을 가늘게 뜨고, 숲도 졸린 듯 바늘잎 속 눈썹을 깜빡이고, 한낮의 웅덩이도 버터처럼 빛난다. 자연은 하품을 하고 기지개를 켜고 몸을 뒤척이다 다시 잠든다.

『예브게니 오네긴』 7장에서는 봄과 오네긴이 집을 비운 사이 황폐해진 저택과 언덕 아래 개울가에 있는 렌스키의 무덤이 묘사된다.

그리고 봄의 연인 꾀꼬리가,
밤새 노래한다. 들장미가 핀다.

왜 연인일까? 대체로 이 수식어는 자연스럽고 적절하다. 실제로 연인인 것이다. 또한 '들장미'와 각운이 맞춰져 있다.[*] 그러나 소리의 관점에서, 영웅서사시에 등장하는 솔로베이-라즈보이니크[**]라는 별명의 악당과도 겹치는 건 아닐까?

영웅서사시에서 그는 오디흐만티예프의 아들 솔로베이-라즈보이니크라고 불린다. 그에 대해 얼마나 잘 표현되어 있는지 모른다!

---

[*] 연인은 류보브니크(любовник), 들장미는 시포브니크(шиповник).
[**] 직역하면 '꾀꼬리-강도'로, 슬라브 민담에 무시무시한 소리로 상대를 제압하는 전사, 또는 날개 달린 괴물로 나온다.

꾀꼬리의 노랫소리 탓일까,

들짐승의 울음소리 탓일까,

그때 풀은 모두 엎드리고,

하늘색 꽃잎들은 우수수 떨어진다.

어두운 숲이 모두 고개 숙이고,

사람들도 모두 죽어 넘어진다.

우리는 이른봄에 바리키노에 왔다. 이내 모든 것이, 특히 미쿨리친의 집 아래쪽 골짜기인 슈티마에서 오리나무와 개암나무와 귀룽나무가 차츰 푸른빛을 더했다. 며칠 지나자 꾀꼬리들이 울기 시작했다.

그리고 다시, 나는 마치 그 소리를 처음 듣는 것처럼 놀랐고, 다른 모든 새소리 속에서 그 소리가 얼마나 특별한지, 자연이 점진적인 변화가 아니라 단숨에 전조하는 그 지저귐의 도약을 풍요로움과 우월함으로 얼마나 멋지게 수행하는지 감탄했다. 놀랍도록 다양하게 변하는 소리와, 멀리까지 뚜렷이 울려퍼지는 소리의 힘이란! 투르게네프는 이런 지저귐, 숲의 요정의 피리 소리, 종다리의 단속음을 묘사한 적이 있었다. 그중 다음의 두 구절이 인상적이다. 하나는 탐욕스럽고 넘칠 만큼 되풀이되는 "툐흐—툐흐—툐흐" 하는 소리인데, 때로는 3박자로, 때로는 헤아릴 수도 없이 되풀이되고, 그 대답으로 이슬에 온몸이 젖은 수풀이 즐거운 듯 몸을 떨어내고 바로 세웠다. 또하나는 두 음절로 나뉜 모티프로, 애원하는 듯한 진지한 호소 또는 경고처럼 들리는 소리다. "오치-니시*! 오치-니시! 오치-니시!"

9

봄이다. 농사지을 준비를 하고 있다. 이제 일기를 쓸 수 없다. 이 노트에 글을 쓰는 것이 즐거웠다. 그러나 겨울까지는 하지 못한다.

얼마 전, 진짜 마슬레니차 주간에, 눈석임으로 엉망이 된 길로 병든 농부가 썰매를 타고 와서 진흙탕과 웅덩이를 지나 마당으로 들어섰다. 물론 나는 진료할 수 없다고 잘라 말했다. "미안하지만, 친구여, 나는 이제 진료를 하지 않습니다—약도 청진기도 없습니다." 그러나 그는 물러서지 않았다. "도와주십시오. 피부가 말썽입니다. 자비를 베풀어주세요. 병이 나을 겁니다."

어쩔 수 없지 않나? 내 심장은 돌이 아니다. 진찰하기로 마음먹었다. "옷을 벗어보십시오." 나는 들여다보았다. "낭창이군요." 나는 그를 진찰하며 창가에 놓인 석탄산이 든 커다란 병을 곁눈질했다. (맙소사, 저것이 뭐든 어디서 구했는지 묻지 말자, 삼데뱌토프가 다 가져다주지 않는가.) 그러다가 나는 마당으로 또다른 썰매가 들어오는 것을 보았고, 처음에는 또다른 환자일 거라 생각했다. 그러나 그것은 구름에서 뚝 떨어진 것처럼 갑자기 찾아온 동생 옙그라프였다. 곧 토냐와 슈로치카와 알렉산드르 알렉산드로비치가 그를 반갑게 맞았다. 얼마 뒤 나는 환자에게서 풀려나 그들과 함께 어울렸다. 질문이 시작됐다—어떻게 지냈나, 어디서 오는 건가? 그는 늘 그랬듯 대답을 피하고 웃음을 짓고 기이하고 수수께끼 같은 이야기만 늘어

---

* '일어나라, 잠을 깨라'라는 뜻.

놓았다.

그는 유랴틴에 자주 다녔는데, 여기서 약 이 주쯤 머물다가 갑자기 땅속으로 꺼진 듯 자취를 감춰버렸다. 그 기간에 나는 그가 삼데뱌토프보다 훨씬 큰 영향력을 가졌다는 것, 그러나 그가 하는 일이나 연줄은 한층 더 불투명하다는 것을 알아챘다. 그는 어디서 오는 길일까? 그의 권력은 어디서 왔을까? 그는 무슨 일을 하는 걸까? 종적을 감추기 전 그는 우리의 살림이 나아지게 도와서 토냐에게는 슈라를 돌보는 시간 여유를 주고, 나에게는 의료 행위를 하고 문학에 매진할 수 있도록 해준다고 약속했다. 우리는 그가 그것을 위해 우리에게 무엇을 해줄지 궁금해했다. 그는 말없이 미소만 지었다. 그러나 그것은 거짓말이 아니었다. 우리의 생활 조건이 달라지는 조짐이 실제로 보이기 시작했다.

이상한 일이 아닐 수 없다! 그는 나의 이복동생이다. 그는 나와 성이 같다. 하지만 솔직히 말해서 나는 그를 잘 알지 못한다.

그는 이미 두 번이나 나의 모든 어려움을 해결해주는 구원자이자 선한 수호신으로 내 인생에 개입했다. 아마도 모든 사람의 인생에는 어떤 역할을 맡은 인물들 말고도 부르지 않았는데도 도움을 주기 위해 나타나는 거의 상징적인 인물이, 수수께끼 같은 비밀스러운 힘이 틀림없이 존재하는 듯하며, 내 인생에서는 동생 옙그라프가 그런 숨겨진 역할을 하고 있는 게 아닐까?

유리 안드레예비치의 글은 여기서 끝났다. 그는 다시는 일기를 쓰지 않았다.

10

유리 안드레예비치는 유랴틴 시립도서관 열람실에서 빌린 책들을 훑어보았다. 백 명쯤 들어갈 수 있고 창문이 많은 열람실에 긴 책상들이 좁은 끝부분이 창문을 향하도록 여러 줄 놓여 있었다. 열람실은 해가 질 무렵에 문을 닫았다. 봄철 저녁 시간에는 시내에 전기가 들어오지 않는다. 유리 안드레예비치는 어둠이 깔릴 때까지 자리를 지키거나 저녁식사 시간을 넘겨서까지 시내에 있지는 않았다. 그는 미쿨리친에게 빌린 말을 삼데뱌토프의 여관 마당에 매어두고, 오전 내내 책을 읽고 오후가 되면 다시 말을 타고 바리키노의 집으로 돌아갔다.

유리 안드레예비치는 도서관에 다니기 전에는 유랴틴에 가는 일이 거의 없었다. 그는 시내에 특별한 볼일이 없었다. 닥터는 그곳을 잘 알지 못했다. 서서히 열람실을 채우며 그에게서 멀거나 가까운 자리에 앉는 유랴틴 주민들을 눈앞에서 보면서 그는 자신이 복잡한 교차로에 서 있고 이 도시의 사람들을 잘 알고 있으며, 책을 읽는 유랴틴 주민들뿐만 아니라 그들이 사는 집이나 거리까지 함께 열람실로 들어오는 것 같은 기분을 느꼈다.

그러나 공상 속 유랴틴이 아니라 실제의 유랴틴이 열람실 창문 밖으로 보였다. 가운데 가장 큰 창문 옆에는 끓인 물을 담아놓은 물통이 놓여 있었다. 책을 읽던 사람들은 쉬려고 계단으로 나가 담배를 피우거나, 물통을 에워싸고 물을 마시거나, 개수통에 남은 물을 버리고 창가에 서서 도시의 풍경을 바라보거나 했다.

두 부류의 독자가 있었다. 이 지역 인텔리겐치아 출신 토박이들—

이들이 대다수였다―과 일반 서민들이었다.

첫번째 부류는 대부분 여자들인데, 초라한 옷차림에 제대로 단장하지도 않고 건강이 좋지 않은 듯 볼이 늘어지고 굶주림과 황달과 부종 등 여러 가지 병적 원인으로 부어 있었다. 그들은 열람실에 자주 와서 도서관 직원들과도 개인적으로 잘 알았고, 그곳을 자기 집처럼 여겼다.

아름답고 건강한 얼굴에 축제 때처럼 말끔하게 차려입은 일반 서민들은 교회에 들어오듯 머뭇거리며 조심조심 열람실로 들어왔는데, 규칙을 몰라서가 아니라 작은 소음도 내지 않으려는 긴장감 때문에 오히려 자신들의 건강한 발소리와 목소리를 조절하지 못해 다른 어떤 부류보다 시끄러웠다.

창문 반대쪽 벽에는 오목하게 들어간 곳이 있었다. 열람실을 분리한 카운터가 있는 조금 높은 그곳에서는 도서관 직원들, 즉 꽤 나이가 든 남자 주임 사서와 여자 조수 둘이 일하고 있었다. 그중 신경질적으로 생긴 여자 조수는 모직 플라토크를 두르고, 필요 때문이 아니라 기분에 따라 끊임없이 코안경을 썼다 벗었다 했다. 검은색 실크 재킷을 입은 다른 한 여자는 폐가 좋지 않은 듯 입과 코에서 거의 손수건을 떼지 않는데, 말할 때나 숨을 쉴 때도 마찬가지였다.

도서관 직원들도 책을 읽는 사람들 절반과 마찬가지로 얼굴이 부어 푸석하고 무기력해 보였고, 축 늘어진 피부는 절인 오이나 회색곰팡이처럼 푸른빛이 나는 흙색을 띠었다. 세 사람은 모두 똑같은 일을 교대로 했는데, 새로 온 사람들에게 도서관 이용 수칙을 나지막이 설명해주고, 도서 청구카드를 정리하고, 책을 건네주거나 받고, 틈틈이 연차보고서 같은 것을 작성했다.

그리고 기묘하게도, 창밖에 펼쳐진 실제 도시와 이 열람실 안에서 상상하는 도시의 얼굴 앞에서 떠오르는 생각들의 불가해한 중첩뿐만 아니라, 모두가 갑상선종에라도 걸린 듯 사색이 되어 퉁퉁 부은 얼굴을 하고 있다는 데서 연상되는 어떤 유사성에서, 유리 안드레예비치는 유랴틴에 도착하던 날 선로에서 보았던 여자 전철수의 심술궂은 얼굴과, 그때 멀리 보이던 유랴틴 시의 파노라마, 차량 바닥에 나란히 앉았던 삼데뱌토프와 그에게 이런저런 정보를 들었던 일이 기억났다. 그는 그때 시내에서 상당히 떨어진 곳에서 들었던 정보를 지금 눈앞에 보이는 시내 중심부의 광경과 연결해보려 했다. 그러나 그때 삼데뱌토프에게 무슨 이야기를 들었는지 아무것도 기억나지 않았다.

11

　유리 안드레예비치는 책들이 잔뜩 쌓인 열람실 한구석에 앉아 있었다. 그의 앞에는 젬스트보 통계보고서 몇 권과 지방의 민속지 몇 권이 놓여 있었다. 그는 푸가초프 반란의 역사에 관한 책도 두 권 신청했지만, 실크 재킷을 입은 사서가 손수건으로 입을 누른 채, 한 사람이 한 번에 그렇게 많은 책을 빌릴 수 없고, 관심 있는 연구서들을 대출받으려면 이미 빌린 잡지와 통계보고서를 일부 반납해야 한다고 나직이 말했다.
　그래서 유리 안드레예비치는 가장 필요한 책만 골라놓고, 나머지는 역사책으로 바꿔 대출하려고 아직 읽지 않은 책들을 부지런히 훑어보았다. 그는 눈길 한번 돌리지 않고 빠르게 책장을 넘기며 목차를 훑어 나갔다. 열람실이 북적거렸지만 그를 방해하거나 정신을 흩뜨리지는 않았다. 그는 책에서 눈을 떼지 않고 좌우에 앉은 사람들을 마음의 눈으로 보았는데, 창밖으로 보이는 도시의 교회와 건물의 자리가 움직이지 않는 것처럼 자신이 이곳을 나갈 때까지 이 사람들의 자리도 변하지 않을 거라는 생각이 들었다.

그사이 태양은 쉼없이 움직였다. 계속 움직이며 도서관의 동쪽 모퉁이를 돌았다. 그리고 지금은 근처에 앉은 사람들이 책을 읽을 수 없을 만큼 남쪽 벽의 창문들을 눈부시게 비췄다.

감기에 걸린 여자 사서는 높은 카운터 칸막이 안에서 내려와 창문 쪽으로 걸어갔다. 창문에 햇빛을 기분좋고 부드럽게 해주는 하얀 주름 커튼이 달려 있었다. 그녀는 창문 하나만 빼고 모두 커튼을 쳤다. 구석에 있어 아직 그늘이 져 있는 창문은 그대로 두었다. 그녀는 통기창을 열기 위해 줄을 당기면서 계속 재채기했다.

그녀가 열두어 번쯤 재채기했을 때, 유리 안드레예비치는 그녀가 미쿨리친의 처제이자 삼데뱌토프가 말했던 툰체프 집안의 자매 중 하나라는 것을 알아보았다. 유리 안드레예비치는 책을 읽는 다른 사람들 뒤에서 고개를 들어 그녀 쪽을 바라보았다.

그는 그제야 열람실에 일어난 변화를 알아챘다. 반대쪽 구석에 새로운 방문자가 앉아 있었다. 유리 안드레예비치는 한눈에 그녀가 안티포바라는 것을 알아보았다. 그녀는 닥터가 앉은 앞줄의 책상에 등을 지고 앉아 감기에 걸린 사서에게 나지막이 말을 걸었고, 사서도 라리사 표도로브나에게 몸을 숙인 채 그 자리에서 뭔가 이야기했다. 아마도 그 대화가 사서에게 유익한 영향을 준 것 같았다. 그녀의 지긋지긋한 감기 재채기가 멈추었을 뿐만 아니라, 긴장감도 순식간에 사라진 것 같았다. 그녀는 안티포바에게 따뜻한 감사의 눈길을 보내며 줄곧 입에 대고 있었던 손수건을 주머니에 넣더니 행복한 듯 자신감 있게 웃으며 칸막이 안 자기 자리로 돌아갔다.

사소하나 감동적인 이 모습은 몇몇 사람의 눈에도 띄었다. 열람실 사방에서 사람들이 한결같이 호의적인 얼굴로 안티포바에게 미소를 보냈다. 이 작은 반응을 지켜본 유리 안드레예비치는 그녀가 이 도시에서 잘 알려진 사람이고, 사랑받고 있다는 것을 알았다.

12

유리 안드레예비치가 느낀 첫번째 충동은 자리에서 일어나 라리사 표도로브나에게 가는 것이었다. 그러나 그는 곧 자신의 천성과는 거리가 멀지만 그녀와의 관계에서 느끼던 부자연스러움, 솔직하지 못한 감정에 지고 말았다. 그는 그녀를 방해하지 않고, 자신이 하던 공부도 멈추지 않기로 마음먹었다. 그는 그녀가 있는 곳을 바라보고 싶은 유혹을 떨치려고 책상에 옆구리를 붙이고 의자를 돌려 사람들에게 거의 등을 돌린 자세로 한 손에 잡은 책과 무릎에 펼쳐놓은 또 한 권의 책에 몰두했다.

그러나 그의 생각은 공부에서 멀어져 엉뚱한 데로 흘렀다. 그런 생각과 아무런 연관도 없이, 그는 언젠가 바리키노의 겨울밤 꿈속에서 들었던 목소리가 안티포바의 것이었다는 사실을 갑자기 깨달았다. 생각이 여기에 미치자 그는 깜짝 놀라 주위 사람들이 이상하게 쳐다볼 정도로 갑작스레 안티포바가 보이도록 의자를 원래 위치로 돌려놓고 그녀를 바라보았다.

그녀의 뒷모습이 거의 바로 뒤에서 반쯤 보였다. 그녀는 밝은색 체크무늬 블라우스에 넓은 허리띠를 두르고 어린애처럼 고개를 오른쪽 어깨로 살짝 기울인 채 책에 완전히 빠져 있었다. 가끔 생각에 잠겨 눈을 좁게 뜨고 천장을 올려다보거나 멍하니 앞쪽을 바라보기도 하고, 다시 한 손으로 턱을 괴고 편하고 빠르게 연필을 놀리며 책의 구절을 노트에 옮겨 적기도 했다.

유리 안드레예비치는 지난날 멜류제예보에서 관찰했던 것을 다시 확인했다. '그녀는 자신을 좋아해주길 바라지 않는다.' 그는 생각했다. '아름답고 매혹적으로 보이는 걸 원치 않는다. 그녀는 여성의 그런 본능적인 면을 경멸하면서 아름다운 자신에게 벌을 주는 것 같다. 자신에 대한 그런 도도한 적대심은 저항할 수 없는 그녀의 매력을 열 배나 돋보이게 한다.

그녀가 하는 일은 왜 이토록 전부 멋질까. 그녀는 독서가 인간의 지고한 활동이 아니라 마치 동물도 할 수 있는 단순한 일이라는 듯이 책을 읽고 있다. 마치 물을 긷거나 감자껍질을 벗기는 것처럼.'

이런 생각을 하며 닥터는 진정되었다. 기이한 평온이 그의 영혼에 내려앉았다. 그의 생각은 이 문제에서 저 문제로 치닫지도 건너뛰지도 않았다. 그는 자기도 모르게 미소를 지었다. 안티포바의 존재가 신경질적인 그 사서에게처럼 그에게도 영향을 미친 것이다.

그는 이제 자기 의자의 위치를 신경쓰지 않았고 방해를 받지도 정신이 산만해지지도 않았으며, 안티포바가 나타나기 전보다 더 집중해서 한 시간인가 한 시간 반쯤 공부를 이어갔다. 그는 앞에 쌓아둔 책더미에서 가장 필요한 책들을 골라내고, 내친김에 그 안에 실린 중요한 논문 두 편을 읽었다. 그 성과에 만족을 느끼며 그는 반납할 책을 모아 카운터로 갔다. 그는 온갖 잡념과 부끄러운 감정을 떨쳐버렸다. 그리고 딴생각은 전혀 없이 순수한 마음으로, 성실하게 공부를 마쳤으니 좋은 옛친구를 만날 권리가 있으며, 그 기쁨을 누려 마땅하다고 생각했다. 그러나 일어나서 열람실 안을 둘러보았을 때 안티포바는 보이지 않았고, 그녀는 이미 열람실에 없었다.

닥터가 책과 소책자를 가져간 긴 카운터 위에 안티포바가 반납한 책들이 아직 정리되지 않은 채 놓여 있었다. 모두 마르크스주의 지침서였다. 아마도 새로이 복직할 전직 교사로서, 집에서 스스로 정치적 재교육을 하고 있는 게 분명했다.

책에 라리사 표도로브나가 빌린 목록이 적힌 대출카드가 끼워져 바깥으로 튀어나와 있었다. 거기에 라리사 표도로브나의 주소가 적혀 있었다. 그는 쉽게 읽을 수 있었다. 유리 안드레예비치는 그 이상한 주소에 놀라며 옮겨 적었다. '쿠페체스카야* 거리, 조각상이 있는 집 맞은편.'

어떤 사람에게 그곳을 물어본 유리 안드레예비치는 모스크바에서는 교구의 명칭이 붙고 페테르부르크에는 '다섯 모퉁이'라는 지명이 있듯

---

* '상인의'라는 뜻.

이 유랴틴에서는 '조각상이 있는 집'이라는 식의 표현이 일반적이라는 것을 알게 되었다.

1세기 전 연극 애호가였던 상인이 가정家庭 극장으로 지은, 여신상 기둥과 손에 탬버린과 리라*와 가면을 손에 든 고대 뮤즈들의 조각상이 있는 짙은 강철색 집을 말하는 것이었다. 상인의 유족은 그 집을 상인조합에 팔았고 그 집이 있던 골목의 이름이 그대로 그 집의 이름으로 통하게 되었다. 그리고 그 주변의 장소들도 모두 이 이름으로 불리게 되었다. 조각상이 있는 집은 현재 당黨 시위원회가 사용하고 있었고, 경사진 언덕길을 따라내려가며 낮아지는 기단에는 전에는 연극이나 서커스 포스터가 붙어 있었지만 지금은 정부의 법령이나 결정문이 붙어 있었다.

13

바람이 불고 추운 5월 초순의 어느 날이었다. 시내에서 볼일을 마치고 잠시 도서관에 가려고 했던 유리 안드레예비치는 갑자기 모든 계획을 취소하고 안티포바를 찾아갔다.

바람이 모래와 먼지 회오리를 일으켜 종종 그를 멈춰 세웠다. 닥터는 눈을 감고 고개를 숙인 채 돌아서서 먼지바람이 지나가기를 기다렸다가 다시 앞으로 걸어갔다.

---

* 고대그리스 때부터 사용된 작은 발현악기.

안티포바는 쿠페체스카야 거리와 노보스발로치니 골목 모퉁이에 살고 있었는데, 닥터가 난생처음 보는 조각상들이 있고 어두컴컴하고 푸른빛이 나는 집 맞은편이었다. 별칭에 걸맞게 집은 기이하고 불안한 인상을 풍겼다.

위층 전체에 사람 키 절반쯤 되는 길이의 신화 속 여인상 기둥들이 죽 늘어서 있었다. 정면 현관을 가리며 불어대는 먼지 돌풍 사이로 닥터는 한순간 마치 이 집에 있는 여인들이 모두 발코니로 나와 난간에 기댄 채 그와 아래에 펼쳐져 있는 쿠페체스카야 거리를 내다보는 듯한 느낌을 받았다.

안티포바의 집에는 거리로 통하는 정면 현관과 골목에서 마당으로 통하는 두 입구가 있었다. 첫번째 경로를 보지 못한 유리 안드레예비치는 두번째 경로를 선택했다.

그가 골목에서 대문으로 돌아 들어갔을 때 바람이 마당에 쌓인 쓰레기와 흙을 흩날리면서 닥터와 마당 사이에 장막을 드리웠다. 시커먼 장막 저쪽에서 수탉 한 마리에게 쫓기던 암탉들이 꼬꼬 울며 그의 발밑으로 돌진했다.

구름이 가라앉자 닥터는 우물가에 서 있는 안티포바를 보았다. 회오리바람이 물이 가득찬 물통 두 개를 멜대에 달아 왼쪽 어깨에 걸친 그녀를 덮치고 있었다. 그녀는 먼지를 뒤집어쓰지 않으려고 머릿수건을 '뻐꾸기'처럼 이마에 매듭지어 쓰고, 치맛자락이 날리지 않게 두 무릎으로 눌렀다. 그녀는 물통을 지고 집으로 가려 했지만 다시 불어닥친 바람에 걸음을 멈췄고, 바람은 머릿수건을 벗겨 여전히 암탉들이 꼬꼬거리는 담장 끝으로 날려버렸다.

유리 안드레예비치는 달려가서 머릿수건을 주운 뒤 당황한 모습으로 우물가에 서 있는 안티포바에게 건넸다. 그녀는 놀라고 당황했으면서도 평소와 다름없는 자연스러운 태도를 유지하며 소리 한번 지르지 않았다. 그녀는 그저 이렇게 말했다.

"지바고!"

"라리사 표도로브나!"

"이게 무슨 기적이죠? 어떻게 된 일이에요?"

"물통을 내려놔요. 내가 들어줄게요."

"나는 하던 일을 도중에 그만두거나 미루지 않아요. 나를 만나러 온 거라면, 함께 가요."

"그럼 누굴 만나러 왔겠어요?"

"그걸 어떻게 알아요."

"아무튼 그 어깨의 멜대는 내가 멜게요. 당신이 애쓰는 걸 가만히 보고 있을 수만은 없으니까."

"애쓴다고 할 거까지 있나요. 그냥 둬요. 계단에 쏟기나 할 거예요. 말해봐요, 무슨 바람이 불어서 나를 찾아왔죠? 이곳에 일 년 넘게 살면서도 지금까지 찾아올 시간이 없었잖아요."

"어떻게 알았어요?"

"소문이 쫙 퍼졌으니까요. 그리고 당신을 도서관에서 보기도 했고요."

"왜 부르지 않았죠?"

"나를 보지 못했다고 말한다면, 나는 믿지 않을 거예요."

흔들리는 물통 때문에 약간 비틀거리는 라리사 표도로브나를 따라 닥터는 나지막한 아치 밑을 지나갔다. 그곳은 아래층의 컴컴한 뒷문 현관이었다. 거기서 라리사 표도로브나는 재빨리 몸을 웅크려 흙바닥에 물통을 내려놓고 어깨에서 멜대를 벗은 다음 허리를 펴고 어디서 꺼냈는지 알 수 없는 작은 손수건으로 두 손을 닦았다.

"어서 가요. 안쪽 입구에서 정문 현관으로 안내할게요. 거긴 환해요. 거기서 잠깐 기다려줘요. 나는 뒷문에서 물통을 옮기고 좀 치우고 옷도 갈아입어야 하니까요. 자, 이 멋진 계단을 봐요. 주철 계단에 무늬가 새겨져 있어요. 위에서는 한눈에 모든 걸 내려다볼 수 있어요. 낡은 건물이죠. 폭격이 있던 날 약간 흔들렸어요. 물론 대포였죠. 봐요, 돌에 금이 갔어요. 여기 벽돌들 사이로 구멍이 보이잖아요. 카텐카와 나는 외출할 때 이 구멍에 열쇠를 숨기고 벽돌을 올려두죠. 기억해둬요. 내가 없을 때 오더라도 문을 열고 들어와 집처럼 편하게 있어요. 그러면 나는 집에 돌아올 테니까요. 이게 그 열쇠예요. 하지만 지금은 필요가 없어요. 뒤에서 들어와 안에서 문을 열 거니까. 골칫거리는—쥐들이에요. 우글우글하지만, 방법이 없어요. 머리 위에서 뛰어다녀요. 낡아서 벽은 흔들리고, 여기저기 구멍투성이예요. 나는 최대한 쥐구멍을 막고 그놈들과 싸우고 있지만, 별 효과가 없어요. 언제 한번 와서 도와줄래요? 마룻바닥과 벽 아래 보드에 못을 치면 좋겠거든요. 네? 자, 여기 현관에서 기다리며 생각해봐요. 오래 기다리게 하지 않고 곧 부를게요."

그녀가 부르기를 기다리는 동안 유리 안드레예비치는 회칠이 벗겨진 입구의 벽면과 계단의 주철을 살펴보았다. 그는 생각했다. '도서관에서 나는 독서에 열중한 그녀의 모습을 이런 육체노동에 쏟는 정열과 비교했었다. 그러나 지금은 그 반대로 마치 책을 읽듯이 쉽게 물을 긴고 있다. 어떤 일에도 그녀는 정말 유연하다. 마치 어린 시절에 인생을 향해 질주하는 법을 터득하고, 지금 그것으로 모든 일을 시작하자마자 바로, 저절로, 자연스럽게 나오는 결과처럼 쉽게 해내는 것 같다. 그것은 그녀가 허리를 구부릴 때 드러나는 등의 곡선에, 입술이 벌어지고 턱이 둥글어지는 미소에, 그녀의 말과 생각에서도 나타난다.'

"지바고!" 위층 층계참에 있는 방문 앞에서 목소리가 울렸다. 닥터는 계단을 올라갔다.

14

"내 손을 잡고 잘 따라와요. 두 개의 방을 지나가야 하는데 어두운데다 천장까지 살림살이가 꽉 차 있거든요. 부딪히면 다쳐요."

"정말 미로 같군요. 혼자서는 못 찾겠어요. 왜 이렇죠? 건물 수리라도 하는 겁니까?"

"아, 아뇨, 전혀, 아무것도 하고 있지 않아요. 남의 건물이에요. 주인이 누군지는 나도 잘 몰라요. 우리는 전에 김나지움 건물 관사에서 살았어요. 그런데 그곳에 유랴틴 시 소비에트 주택위원회가 들어오자 나와 딸은 사람들이 살지 않는 이곳을 할당받게 됐어요. 여기는 전 주인의 살림이 그대로 남아 있어요. 가구가 엄청나게 많아요. 하지만 나는 남의 물건은 필요 없어요. 그래서 이 두 방에 모아놓고 창문에 하얀 페인트를 발랐어요. 내 손을 놓치면 안 돼요. 그럼 길을 잃을 거예요. 여기로. 오른쪽으로. 이제 미로는 지나왔어요. 여기가 내 방문이에요. 곧

밝아질 거예요. 문지방이에요. 헛딛지 말고요."

유리 안드레예비치는 안내를 받으며 방으로 들어섰고 방문 반대쪽 벽에 창문이 보였다. 닥터는 창밖의 광경을 보고 깜짝 놀랐다. 창문은 마당과 이웃집 건물 뒤쪽과 강가의 공터 쪽으로 나 있었다. 풀을 뜯는 염소들과 양들이 마치 단추를 푼 슈바 자락 같은 긴 털로 바닥의 흙먼지를 쓰는 것 같았다. 또한 그곳에는 두 개의 기둥에 닥터에게 익숙한 광고판이 서 있었다. '모로와 베트친킨. 파종기. 탈곡기'.

광고판을 본 닥터는 라리사 표도로브나에게 자신이 우랄 지방에 가족과 함께 도착했을 때 이야기를 가장 먼저 꺼냈다. 스트렐니코프와 그녀의 남편이 같은 인물이라는 소문이 있었던 것을 잊은 채 그는 열차 차량에서 인민위원을 만난 이야기도 했다. 라리사 표도로브나는 그 이야기에 특별한 관심을 보였다.

"스트렐니코프를 만났단 말인가요!" 그녀는 재빨리 되물었다. "지금은 당신에게 자세한 이야기는 하지 않겠어요. 하지만 정말 의미심장해요! 당신이 그 사람을 만난 건 어떤 운명이라고 할 수 있어요. 언젠가 내 이야기를 들으면, 당신도 깜짝 놀랄 거예요. 내가 제대로 이해한 거라면, 그는 당신에게 나쁜 인상보다 호감을 준 건가요?"

"네, 그래요. 그는 나를 배척하는 게 당연하죠. 우리는 그가 징벌하고 파괴한 곳들을 지나왔어요. 폭력적인 군인이나 학살광인 혁명가를 만날 줄 알았는데, 만나보니 그는 둘 다 아니었어요. 어떤 사람이 기대했던 인물이 아닐 때나 선입견과 다를 때면 기분이 좋죠. 하나의 유형에 속한다는 건 그 사람에게는 종말, 유죄판결이니까요. 만일 그를 어떤 유형으로 특정할 수 없고, 전형적인 특징이 보이지 않는다면, 그가 하는 일의 반은 이루어진 겁니다. 그는 자기 자신에게서 벗어나 불멸의 씨앗을 획득한 것이나 마찬가지예요."

"그는 당원이 아니라고 하던데요."

"그래요, 아마 그럴 겁니다. 무엇이 그를 그렇게 만들었을까요? 그건 운명입니다. 나는 그가 불행한 최후를 맞을 거라고 생각해요. 자신이 저지른 죗값을 치르게 될 겁니다. 혁명의 무법자들이 무서운 것은 그들이 악당이어서가 아니라 탈선한 열차처럼 통제할 수 없는 메커니즘이기 때문이에요. 스트렐니코프도 그들과 마찬가지로 미쳤지만, 그는 책자를 통해서가 아니라 경험과 시련을 통해 그렇게 된 거죠. 그의 비밀을 알 수는 없지만, 나는 그에게 비밀이 있다고 확신합니다. 그가 볼셰비키와 결탁한 건 우연이었어요. 필요가 있는 이상 그들은 그를 내버려둘 것이고, 또 그는 그들과 같은 길을 가고 있죠. 하지만 필요가 없어지면 이전의 수많은 군사 전문가들과 마찬가지로 그를 가차없이 팽개치고 짓밟을 겁니다."

"그럴까요?"

"틀림없어요."

"그럼 그가 살아날 길은 없을까요? 도망을 친다든가 하면요?"

"대체 어디로요, 라리사 표도로브나? 옛날 같은 제정시대라면 그럴 수도 있겠죠. 지금은 불가능해요."

"안됐군요. 당신 이야기를 듣고 보니 그에게 동정이 가요. 그런데 당신 변했군요. 전에는 이렇게 격렬한 어조로 혁명을 비판하지 않았어요."

"중요한 건, 라리사 표도로브나, 모든 일에는 정도가 있다는 겁니다. 이만한 시간이 지났으니 어떤 결론에 도달할 때가 되었죠. 명확한 것은, 혁명을 불붙인 사람들에게는 변혁과 격동—이것이야말로 유일하고 진정한 힘이고, 이 사람들에게는 빵이 아니라 뭔가 세계적인 규모의 일이 주어져야 한다는 거예요. 세계의 건설과 그 과도기—이것이 그들의 목적 그 자체죠. 그들은 그것밖에는 배운 것이 없기 때문에 어떻게 해야 할지 모릅니다. 그런데 이런 끝도 없는 준비가 아무 결론도 내지 못하는 이유를 알아요? 그건 그들이 재능도 없고 준비도 되지 않았기 때문입니다. 인간은 살아가기 위해 태어나는 것이지, 살아갈 준비를 하기 위해 태어나는 것이 아니에요. 살아가는 일 자체는, 삶의 현상은, 삶의 재능은 매혹적이게도 진지한 것인데도요! 왜 삶을 그렇게 미숙한 착상의 어린애 장난 같은 광대놀음으로, 그야말로 체호프의 학생들*이 미국으로 달아나는 것이나 진배없는 것으로 바꾸려고 하는 걸까요? 그러나 이쯤 하죠. 이제 내가 물어볼 차례군요. 우리는 이 도시에 봉기가 일어났던 날 아침에 도착했어요. 당신도 그때 여기 있었습니까?"

"아, 그랬어요! 그럼요. 사방이 온통 불바다였어요. 다 불타버릴 뻔했으니까요. 아까 말했듯이 이 집도 타격을 입었어요. 마당에 터지지 않은 포탄이 아직도 문 옆에 있어요. 약탈, 포격, 추악한 일들. 정권이 바뀔 때면 언제나 그래요. 하지만 우리는 이미 여러 차례 겪었기 때문에 익숙해요. 처음이 아니었죠. 백군 때도요! 개인적인 보복, 협박, 광란의 술판이 끊이지 않았어요. 아, 그런데 더 중요한 이야기를 아직 하지 않았어요. 우리의 갈리울린! 그는 이곳에서 체코 군대의 거물이 되

---

* 단편소설 「소년들」에는 미국으로 달아나려고 모의하는 소년들이 나온다.

어 있었어요. 총사령관 같은 거요.”

“알아요. 소문을 들었습니다. 그를 만난 적 있습니까?”

“꽤 자주 만났죠. 그 사람 덕분에 내가 얼마나 많은 사람을 구해주고 숨겨줄 수 있었는지 몰라요! 그에 대해서는 정당하게 평가해야 해요. 그는 나무랄 데 없는 기사처럼 행동했고, 소심한 카자크 대위들이나 경찰관들과는 달랐어요. 하지만 그때 주도권을 잡은 것은 그런 소심한 사람들이었지 착실한 사람들이 아니었어요. 고맙게도 갈리울린은 나에게도 많은 도움을 줬어요. 우리는 오랜 친구 사이거든요. 소녀 시절에 나는 그가 살던 집을 자주 찾아가곤 했어요. 그 집에는 철도 노동자들이 많이 살았어요. 나는 가난과 고생을 가까이서 지켜볼 수 있었죠. 그래서 나는 혁명에 대한 생각이 당신과는 달라요. 혁명은 나에게 친근해요. 그것 안에는 나와 혈연적인 것이 많아요. 그리고 그는 갑자기 대령이 됐어요. 주택청소부의 아들인 그 소년이요. 아니 백군 장군이었던가. 나는 민간인이라서 계급에 대해선 잘 몰라요. 그리고 내 직업도 역사 교사잖아요. 그래요, 나는 그랬어요. 지바고. 나는 많은 사람을 도왔어요. 그래서 자주 그를 찾아갔던 거예요. 우리는 당신을 추억하기도 했어요. 사실 나는 어느 쪽 정부에나 연줄과 후원자가 있었지만, 그들 모두에게서 실망과 비애를 느꼈어요. 사람들이 두 진영으로 갈라져서 서로 접촉하지 않고 살아가는 건 시시콜콜한 책에서나 나오는 이야기예요. 하지만 현실에는 모든 것이 서로 얽혀 있어요! 인생에서 한 가지 역할만 하고, 사회에서 늘 똑같은 위치이고, 항상 똑같은 의미를 부여하면서 살아가는 아무 가망도 없는 보잘것없는 존재가 될 수는 없잖아요!”

"아, 여기서 당신이 그랬다고요?"

머리를 두 갈래로 가늘게 땋아 내린 여덟 살쯤 된 여자아이가 방에 들어왔다. 아이는 가늘게 찢어진 눈 사이가 멀어 장난기가 많고 영악해 보였다. 웃을 때 눈꼬리가 조금 올라갔다. 아이는 어머니에게 손님이 와 있다는 것을 이미 문 뒤에서 알아챘지만, 문가에 나타나 뜻밖이라는 듯 놀란 표정을 지을 필요가 있다는 걸 알았고, 닥터에게 인사한 뒤, 외동딸로 일찍부터 사색하며 외롭게 자란 아이라는 것을 드러내듯 눈도 깜빡이지 않고 두려움 없는 눈으로 그를 응시했다.

"내 딸 카텐카예요. 서로 잘 지내면 좋겠어요."

"전에 멜류제예보에서 아이 사진을 보여줬었잖아요. 정말 몰라보게 자랐군요!"

"집에 있었니? 나는 나간 줄 알았어. 네가 집에 들어오는 소리를 못 들었거든."

"구멍에서 열쇠를 꺼내려는데 커다란 쥐가 있었어요! 나는 소리지르며 달아났어요! 무서워 죽을 줄 알았다고요."

카텐카는 귀여운 얼굴을 찡그리고 영악해 보이는 눈을 동그랗게 뜨고, 물 밖으로 나온 물고기처럼 작은 입술을 동그랗게 내밀며 말했다.

"자, 이제 네 방에 가 있어. 아저씨에게 함께 저녁 먹자고 할 거니까, 오븐에서 죽을 꺼내면 부를게."

"고맙지만, 그때까지 있을 수 없습니다. 내가 시내에 다니기 시작한 이후로 우리는 여섯시에 저녁식사를 하거든요. 나는 그 시간에 늦지 않게 돌아가는데, 집에 가려면 세 시간이 넘게 걸려서요. 그래서 이렇게 이른 시간에 찾아온 겁니다─미안해요─이제 일어날게요."

"삼십 분만 있다 가요."

"좋습니다."

15

"솔직하게 얘기해줬으니, 나도 솔직하게 말할게요. 당신이 얘기한 스트렐니코프는, 도저히 죽었다고 믿어지지 않아 내가 전선으로 찾아 나섰던 내 남편 파샤, 파벨 파블로비치 안티포프예요."

"나는 놀라지 않고 들을 준비가 되어 있습니다. 그런 소문을 듣고 말도 안 된다고 생각했었죠. 그래서 그 소문을 어느 정도 무시한 채 생각나는 대로 편하게 당신에게 그 사람 얘기를 했어요. 엉터리 소문인 줄 알았는데 아니었군요. 나는 그를 만났죠. 사람들은 어떻게 그와 당신을 연결시켜 생각한 거죠? 당신들에게 무슨 공통점이 있어서요?"

"하지만 모두 사실이에요, 유리 안드레예비치. 스트렐니코프—그는 내 남편 안티포프예요. 나는 사람들 의견에 동의해요. 카텐카도 그것을 알고 아버지를 자랑스럽게 여기고요. 스트렐니코프라는 이름은 다른 모든 혁명가와 마찬가지로 그가 쓰는 가명이에요. 그럴 만한 이유가 있어서 가명으로 살며 활동하는 거예요.

그는 유랴틴을 점령했을 때, 우리가 여기 있는 걸 알면서도 포탄을 퍼부었지만, 자신의 비밀을 지키기 위해 우리가 죽었는지 살았는지 알아보지도 않았어요. 물론 그것이 그의 의무니까요. 만일 그가 어떻게 해야 할지 우리에게 물었다 해도 우리는 그렇게 하라고 격려했을 거예요. 당신은 내가 침해받지 않고 살고, 시 소비에트가 조건이 괜찮은 주택을 제공한 것이나 그 밖의 것들을 보고 그가 우리를 몰래 돕고 있다는 간접적인 증거라고 말하겠죠! 그런다 해도, 나는 당신 생각에 동의할 수 없어요. 이곳에 있으면서 우리를 만나고 싶은 마음을 물리치다니요! 그건 내 머리로는 생각할 수 없는 일이고, 내 이해를 넘어서는 일이에요. 그건 삶이 아니라 로마 시민의 용기이거나, 이 시대의 특출한 사상의 하나겠죠. 나는 당신의 영향을 받아서 당신의 목소리를 따라하기 시작했어요. 하지만 내가 원하는 건 아니에요. 나는 당신과는 다른 생각을 가졌으니까요. 막연하거나 필수적이지 않은 일은 서로 이해할 수 있어요. 그러나 커다란 문제나 인생철학에서는 서로 다른 견해인 편이 나아요. 아무튼, 다시 스트렐니코프로 돌아가죠.

그는 지금 시베리아에 있는데, 당신 말이 맞아요, 그가 비난받고 있다는 얘기를 들었어요. 나는 심장이 얼어붙는 것 같았죠. 지금 그는 시베리아에, 강력하게 전진한 우리의 어느 전선에서, 어릴 적 친구이자 한때 전선의 동지였던 가엾은 갈리울린을 격퇴하고 있어요. 그는 갈리울린에게는 자기 이름과 우리가 부부라는 사실을 비밀로 하지 않았고, 갈리울린은 스트렐니코프라는 이름만 들어도 미친듯이 분통을 터뜨리지만 워낙 세심한 사람이라 나에게는 그런 감정을 한 번도 드러내지 않았어요. 그래요, 맞아요, 그는 지금 시베리아에 있어요.

그가 이곳에 있었을 때(그는 이곳에 오랫동안 머물렀지만, 대부분의 시간을 당신이 보았다는 그 차량에서 보냈어요), 나는 그와 마주치려고 계속 노력했어요, 우연히, 예기치 않게. 그는 전의 코무치, 즉 헌법제정회의군 사령부가 있는 건물에 이따금 들렀어요. 그리고 묘한 운명의 장난 같은 일이 있었죠. 사령부 입구는 내가 다른 사람들 일로 분주히 갈리울린을 찾아다닐 때 갈리울린이 나를 만나주었던 건물의 별채에 있었어요. 그때 육군견습사관학교에서는 사관생도들이 마음에 들지 않는 교관들을 볼셰비즘을 신봉한다는 구실로 습격 또는 사살한, 세상을 떠들썩하게 했던 사건이 일어났어요. 게다가 유대인 박해와 집단 학살도 시작됐어요. 바로 그때 말이에요. 우리가 시의 주민이고 정신노동자라면, 그 수의 절반은 유대인이었어요. 이 무섭고 처참한 일이 있었던 대학살 시기에 우리가 느낀 건 분노와 치욕과 동정만이 아니라, 위선적이고 불쾌한 뒷맛이 남는 정신적 공감이라는 무겁고도 이중적인 감정이었어요.

지난날 우상숭배의 굴레에서 인간을 해방시킨 사람들이나 지금 사회악에서 인간을 해방시키기 위해 헌신하는 그들 대부분은 자기 자신에게서 해방될 능력이 없고, 의미를 상실한 구시대의 낡은 명분에서 자유로워질 수도, 자기 자신을 극복하고 일어서지도 못하며, 다른 사람들의 종교적 기초를 세운 그들은 조금만 더 사람들을 이해하려고 노력한다면 훨씬 가까워질 텐데도 사람들 속으로 소리 없이 녹아들지도 못해요.

물론 여러 가지 박해가 이처럼 무익한 파멸 상태와 치욕스러운 재앙과 자기희생의 고립을 강요하고 있지만, 바로 거기에 내적인 노쇠와 몇 세기에 걸친 역사적 피로가 있는 거예요. 나는 그들의 아이러니한 자기격려, 궁색하고 평범한 판단력과 소심한 상상력이 싫어요. 그건 늙은이가 늙었다고 한탄하는 것이나 병자가 병이 들었다고 탄식하는 것과 같아요. 당신도 동의하죠?"

"나는 그것에 대해 생각해본 적이 없어요. 고르돈이라는 친구가 있는데, 그가 그런 견해를 가졌죠."

"아무튼 나는 파샤를 찾아가 몰래 지켜봤어요. 그가 들어가거나 나갈 때 만날 생각으로요. 전에 그 별채에는 사령관실이 있었어요. 지금은 문에 '청원국'이라는 팻말이 붙어 있지만. 혹시 당신도 봤어요? 시내에서 가장 아름다운 곳이에요. 문 앞 광장은 돌로 포장되어 있고, 광장을 가로지르면 시립공원이 있죠. 불두화와 단풍나무와 산사나무가 자라고 있어요. 청원자들은 길가에도 서 있는데, 나도 그곳에서 기다리곤 했어요. 물론 문을 박차고 들어가지도 않았고 그의 아내라고 말하지도 않았어요. 우린 성이 다르거든요. 감정에 호소해봐야 무슨 소용이 있겠어요? 그들은 완전히 다른 원칙으로 사는 사람들인데. 이를테면 과거에 정치범으로 유형을 다녀왔던 노동자 출신인 그의 친아버지 파벨 페라폰토비치 안티포프는 국도에서 가까운 어느 재판소에서 근무하고 있어요. 과거에 자신이 유배생활을 했던 곳에서요. 그리고 그의 친구 티베르진도 그곳에 있어요. 그들은 모두 혁명재판소 위원들이죠. 당신은 어떻게 생각해요? 아들이 아버지에게도 자신을 밝히지 않는데 아버지도 그것을 당연하게 받아들이는 거예요. 아들이 자신을 감추고 있는 이상, 알려주지 않아도 된다는 거죠. 그들은 인간이 아니라 부싯돌이에요. 원칙들뿐. 규율들뿐.

그래요, 끝내 내가 그의 아내라는 사실을 밝혔더라도 결과는 신통치 않았을 거예요. 아내가 무슨 의미가 있겠어요? 그런 게 가당키나 한 시절인가요? 세계 프롤레타리아나 세계의 개조, 이런 것들은 다른 얘기이고 나도 이해해요. 하지만 아내라는 두 발 달린 존재는—그래요, 쳇,

하찮은 벼룩이나 이보다 나을 게 없어요!

부관이 돌아다니며 질문을 했어요. 몇 사람을 들여보냈어요. 나는 성을 밝히지 않은 채 용건을 묻는 질문에 개인적인 일이라고만 대답했어요. 미리 말해두지만, 그건 실없는 소리였을 뿐, 거절당했어요. 부관은 어깨를 으쓱하며 미심쩍은 눈초리로 훑어보더군요. 그래서 나는 그를 한 번도 만나지 못했어요.

당신은 그가 우리를 무시하고 사랑하지 않고 우리를 기억하지 못한다고 생각하나요? 오, 그 반대예요! 나는 그를 잘 알아요! 그는 애정이 지나치게 넘쳐서 그러는 거예요! 그는 빈손이 아니라 승리자로서 영광을 안고 돌아와 우리 발밑에 전쟁의 월계관을 바치려는 거예요! 우리에게 불멸을 주고 우리를 빛나게 해주려고! 그는 어린애 같아요!"

카텐카가 다시 방에 들어왔다. 라리사 표도로브나는 놀란 딸을 두 손으로 번쩍 안아 이리저리 흔들고 간지럼을 태우더니 키스를 퍼붓고 숨막히도록 껴안았다.

16

유리 안드레예비치는 말을 타고 시내에서 바리키노로 돌아가고 있었다. 수없이 오가던 길이었다. 길에 익숙하다보니 무감각해져서 주의를 기울이지 않고 있었다.

그는 곧장 가면 바리키노로 향하고 옆길로 가면 사크마 강변의 어촌 바실리엡스코예로 향하는 숲속 갈림길에 다다랐다. 길이 양쪽으로 갈라지는 지점에 세번째 농기구 광고판이 보였다. 갈림길에서 가까운 곳에서 닥터는 평소와 다름없는 일몰을 맞았다. 어느덧 저녁이었다.

벌써 두 달도 더 된 일이지만, 어느 날 시내에 간 닥터는 저녁에 집으로 돌아가지 않고 라리사 표도로브나의 집에서 하룻밤을 보냈는데, 집에 가서는 볼일이 늦어져 삼데뱌토프의 여관에 묵었다고 둘러댔다. 그는 오래전부터 안티포바에게 말을 놓고 라라라고 불렀지만, 그녀는 그를 지바고라고 부르고 있었다. 유리 안드레예비치는 토냐를 속였고, 안티포바에 대해 숨겼으며, 날이 갈수록 심해져서 용납할 수 없는 정도에 이르렀다. 그것은 전에 없었던 일이었다.

그는 토냐를 숭배하리만큼 사랑했다. 그녀의 안정된 마음과 정신적 평온은 그에게 세상 어떤 것보다 소중했다. 그는 그녀의 아버지나 그녀 자신보다 더 그녀의 명예를 지켜주려 산처럼 버티고 서 있었다. 그녀의 자존심에 상처를 준 사람이 있으면 누구라도 자기 손으로 갈기갈기 찢어놓으려 했다. 그런 그가 지금 그녀를 모욕하고 있었다.

그는 집에서 죄를 들키지 않은 범죄자가 된 기분이었다. 아무것도 모르는 가족과 그들의 변함없는 애정은 그에게 죽음처럼 처참한 고통을 안겨주었다. 대화가 한창 무르익을 때면 그는 자신의 죄가 머릿속에 떠올라 온몸이 굳었고, 주위의 말소리가 전혀 들리지 않고 무슨 말인지 이해도 되지 않았다.

식탁에서 이런 일이 벌어지면 그는 음식이 목구멍에 걸려 숟가락을 내려놓고 접시를 밀어냈다. 눈물에 목이 메었다. "무슨 일이야?" 토냐는 당황했다. "시내에서 나쁜 소식이라도 들은 거야? 누가 체포됐어? 아니면 총살이라도 당했어? 말해봐. 내가 놀랄 거라고 걱정 말고. 말하고 나면 기분이 한결 나아질 거야."

다른 여자를 사랑하게 돼서 토냐를 배신한 것이었을까? 아니다, 그는 선택도 비교도 하지 않았다. '자유연애 사상'이니 '감정의 권리와 요구' 같은 말들은 그와 거리가 멀었다. 그는 그런 일을 입에 담거나 생각하는 것을 저속하게 여겼다. 그는 살아가면서 '쾌락의 꽃'을 딴 적도 없고, 자신을 신적인 존재나 초인이라 생각한 적도 없으며, 자신을 위한 특별한 혜택이나 우선권을 요구한 적도 없었다. 그는 더러워진 양심의 중압감에 지쳐 있었다.

앞으로 어떻게 될까? 그는 가끔 자신에게 이렇게 물었지만, 답을 찾지 못했고, 이 상황을 정리해주고 뒤바꿔줄 예상 밖의 어떤 개입이 있기를, 실현 불가능한 뭔가를 기대했다.

하지만 지금은 그렇지 못했다. 그는 강제로 이 매듭을 끊기로 결심했다. 그는 이런 결단을 품고 집으로 향했다. 토냐에게 모든 사실을 고백해 용서를 구하고 더이상 라라를 만나지 않겠다고 마음먹었다.

사실, 모든 일이 순조롭지는 않았다. 그는 라라에게 이제부터 영원히 헤어지자는 이야기를 명확하게 하지 못했다고 생각했다. 이날 아침 그는 라라한테, 토냐에게 모든 사실을 고백할 것이고 이제 다시 그녀와 만나지 않을 생각이라고 선언했지만, 지금 생각하니 그의 말이 너무 완곡하고 단호하지 못했던 것 같았다.

라리사 표도로브나는 무거운 모습으로 유리 안드레예비치를 슬프게 하고 싶지 않았다. 그녀는 말하지 않아도 그가 얼마나 고통스러워하는지 잘 알고 있었다. 그녀는 될 수 있는 한 마음을 가라앉히며 그의 이야기를 들으려고 노력했다. 그들은 라리사 표도로브나가 사용하지 않는 방, 쿠페체스카야 거리를 향한 전 주인의 방에서 대화를 나눴다. 라라의 두 뺨에는 비 오는 날 길 건너편 조각상이 있는 집에 세워진 석상들의 얼굴에 빗물이 흘러내리듯 자기도 모르게 눈물이 흐르고 있었다. 그녀는 진심으로, 조금도 거짓 없는 너그러운 마음으로 나직이 말했다. "내 걱정은 하지 말고 당신 좋을 대로 해요. 나는 다 극복할 수 있어요." 그녀는 자신이 울고 있다는 것을 몰랐고, 그래서 눈물을 닦지 않았다.

라리사 표도로브나가 자신의 말을 오해하고 자신이 그녀에게 헛된 기대감을 남겨놓은 것은 아닐까 하는 생각에, 그는 말을 돌려 시내로 되돌아가 못다 한 이야기를 마저 하고, 영원한 작별인사에 어울리는 훨씬 더 따뜻하고 다정한 이별을 하고 싶었다. 그는 겨우 자신을 억누르고 말을 계속 몰았다.

해가 저물며 숲은 한기와 어둠으로 가득찼다. 마치 목욕탕 탈의실에 들어갔을 때처럼 비에 촉촉이 젖은 활엽수의 습기가 콧속으로 스며들었다. 허공에는 물에 뜬 부표같이 모기떼가 미동도 없이 하나의 음으로 합창하듯 윙윙거리며 떠 있었다. 유리 안드레예비치는 쉴새없이 이마와 목에 앉는 모기들을 때려잡았고, 땀에 젖은 살을 손바닥으로 철썩 치는 소리에 안장 삐걱거리는 소리, 맹렬하게 진흙탕을 달리는 무거운 말발굽소리, 말의 배에서 일제사격처럼 터져나오는 메마른 바람소리가 장단을 맞추듯 호응했다. 황혼이 어슴푸레 남아 있는 먼 곳에서 갑자기 꾀꼬리가 울기 시작했다.

'오치니시! 오치니시!' 꾀꼬리는 설득하듯 울어댔고, 그 소리는 부활절 전날 '나의 영혼이여! 나의 영혼이여! 잠에서 깨어나라!' 하고 부르는 소리와 비슷했다.

유리 안드레예비치는 갑자기 아주 단순한 생각에 사로잡혔다. 왜 이렇게 서두르지? 그는 자신이 내린 결론에서 달아나지 않을 것이었다. 고백할 것이었다. 하지만 오늘 당장 그것을 해야 한다고 말하는 사람이라도 있는가? 토냐에게는 아직 아무 말도 하지 않았다. 고백은 다음으로 미뤄도 늦지 않을 것이다. 그날은 그가 다시 시내로 오는 날이 될 것이다. 그때는 모든 고통을 덮을 수 있을 만큼 깊고 진실하게 라라와 대화를 끝맺을 수 있을 것이다. 오, 좋은 생각이다! 정말 멋진 생각이다! 더 일찍 이런 생각을 하지 못했다는 것이 이상할 정도도!

안티포바를 다시 본다고 생각하자 유리 안드레예비치는 기쁨에 몸이 떨렸다. 심장이 마구 뛰기 시작했다. 그는 기대되는 모든 것을 이미 경험하고 있었다.

가로수가 울창한 교외 골목길, 널빤지 조각이 깔린 보도. 그는 그녀에게 가고 있다. 잠시 뒤면 도시의 공터와 널빤지 조각이 깔린 도로가 끝나고, 노보스발로치니 골목의 돌로 포장된 도로가 시작될 것이다. 책장을 검지로 천천히 넘기는 것이 아니라, 책 가장자리를 엄지의 도톰한 부분으로 누르고 한꺼번에 차르륵 넘길 때처럼 교외의 작은 집들이 섬광처럼 옆을 스쳐갔다. 숨이 막혔다! 저기 저 끝에 그녀가 살고 있다. 비온 뒤 맑게 갠 하늘에서 저녁의 하얀 빛줄기가 내리비쳤다. 그녀의 집으로 가는 길목에 늘어선 저 낯익은 작은 집들을 그는 얼마나 사랑했던가! 그는 그 집들을 안아올려 격렬하게 여기저기 입이라도 맞추고 싶었다! 지붕을 가로질러 푹 눌러쓴 모자 같은 외눈박이 중이층들! 물웅덩이에 비치는 촛불과 등불의 열매들! 비구름이 잔뜩 낀 길바닥의 하늘이 그리는 저 하얀 선 아래. 거기서 그는 다시 창조주가 하사한, 신이 창조한 백색의 매력을 선물받을 것이다. 그리고 검은 옷을 입은 사람이 문을 열 것이다. 그러면 마치 북쪽 하늘의 밝은 밤처럼 절제되고 차가운 그녀가, 이 세상 누구의 것도 아니고, 그 누구에게도 속하지 않은 그녀와의 친밀한 결속의 기대가, 어둠 속에서 모래사장을 따라 그대가 달려가는 바다의 첫 파도처럼 그대를 맞으러 달려나올 것이다.

유리 안드레예비치는 고삐를 놓고, 안장에서 몸을 굽혀 말의 목을 안으며 갈기에 얼굴을 묻었다. 이 애정 표현을 온 힘으로 달리라는 요구로 받아들인 말은 힘껏 달리기 시작했다.

말은 발굽이 지면에 거의 닿지 않을 만큼 날듯이 달리고, 그 지면이 끊임없이 발굽에 차이며 뒤로 멀어지는 동안 유리 안드레예비치는 기쁨으로 요동치는 자신의 심장소리 외에도 누군가의 고함소리를 들었지만, 잘못 들은 거라고 생각했다.

가까운 곳에서 그의 귀청을 찢는 듯한 총성이 들려왔다. 닥터는 고개를 들며 고삐를 잡아당겼다. 힘껏 달리던 말은 조금 옆걸음을 치다가 다리를 벌리고 뒷발로 서려는 듯 엉덩이를 낮추고 몸을 세웠다.

앞에는 갈림길이 있었다. '모로와 베트친킨. 파종기. 탈곡기' 광고판이 저녁 햇살을 받아 반짝거렸다. 길 건너편에 무장한 기병 셋이 길을 가로막고 있었다. 기관총 탄띠를 십자로 두르고 학생 모자에 풋툽카를 걸친 실업학교 학생, 장교 외투에 쿠반카를 쓴 기병, 누비바지를 입고 챙이 넓은 사제 모자를 깊숙이 눌러쓴 가장무도회 분장처럼 기묘한 차림을 한 뚱뚱한 사내였다.

"움직이지 마시오, 닥터 동지." 셋 중 가장 나이가 들어 보이고 쿠반카를 쓴 기병이 침착하고 뚜렷하게 말했다. "순순히 따른다면 당신의 안전은 보장하겠소. 안 그러면 어쩔 수 없이 총을 쏠 거요. 우리 부대 간호장이 죽었소. 그래서 당신을 의료 노동자로 징용합니다. 말에서 내리고 고삐는 젊은 동지에게 넘기시오. 기억해두시오, 조금이라도 도 망칠 생각을 했다가는 봐주지 않을 겁니다."

"당신은 미쿨리친의 아들, 리베리 레스니흐 동지인가요?"

"아니, 난 그의 수석 연락 장교 카멘노드보르스키요."

10장
가도에서

1

도시와 마을, 촌락이 있었다. 크레스토보즛비젠스크 시, 오멜치노 카자크촌, 파진스크, 티샤츠코예, 야글린스코예 개간지, 즈보나르스카야 마을, 볼노예 이주지, 구르톱시키, 케젬스카야 개척지, 카제예보 카자크촌, 쿠테이니 포사트[*] 마을, 말리 예르몰라이 마을.

그 마을들을 가로질러 먼 옛날에 만들어진, 시베리아에서 가장 오래된 우편마차 가도가 있었다. 그것은 길이라는 칼로 도시를 마치 빵처럼 둘로 자르고, 격자무늬로 줄지어선 농가들을 멀리 뒤로 남기거나 갈고리처럼 홱 휘감으며 뒤도 돌아보지 않고 마을들을 지나쳐 빠져나갔다.

---

[*] 도시 외곽의 주택 지구.

먼 옛날, 호다츠코예를 가로지르는 철도가 놓이기 전에는 우편마차 트로이카가 그 가도를 질주했었다. 한쪽에서는 차와 곡물과 제철 공장의 선철을 실은 짐마차 행렬이, 다른 한쪽에서는 호송되는 죄수들의 도보 행렬이 이어졌다. 하늘의 번개처럼 무섭고, 구원될 길이 없는 절망적인 인간들, 그들은 쇠고랑을 철걱거리며 일제히 발 맞춰 걸어갔다. 그리고 어둡고 뚫고 나갈 수도 없이 빽빽한 숲이 사방에서 술렁거렸다.

가도 주변의 주민들은 한 가족처럼 살았다. 도시와 도시, 마을과 마을이 교류하며 친밀하게 지냈다. 호다츠코예에는 철도와 가도가 만나는 곳에 철도 부속 시설인 증기기관차 수리 공장과 기계 공장이 있었고, 노동자 숙소에 우글거리는 빈민들은 비참한 생활을 이어가다가 병에 걸려 차례로 죽어갔다. 기계 기술이 있는 정치범 유형자들은 형기를 마친 뒤 이곳에서 근무하다 정착하기도 했다.

선로를 따라 곳곳에 세워졌던 혁명 뒤 최초의 소비에트는 이미 오래전에 전복되었다. 한동안 시베리아 임시정부가 권력을 쥐었지만, 지금은 이 지방 전역이 최고 통치자 콜차크* 손에 넘어가버렸다.

2

길은 어느 역 구간에서 한참 언덕으로 올라갔다. 멀리 펼쳐진 전망

---

* 알렉산드르 콜차크(1874~1920). 러시아 군인, 정치가. 쿠데타로 군사독재정권을 수립했으나 혁명군에게 체포되어 총살당했다.

을 보자 세상이 한눈에 들어오는 듯했다. 넓은 비탈길과 지평선이 끝도 없이 이어졌다. 말도 사람도 모두 지쳐 잠시 쉬려고 걸음을 멈췄을 때에야 비탈길이 끝났다. 눈앞에 보이는 다리 밑으로는 케지마강이 빠른 물살로 흘렀다.

강 건너편 한층 가파른 언덕 위로 보즛비젠스키 수도원의 벽돌담이 보였다. 길은 수도원 언덕을 휘감아 교외의 구석진 빈터를 몇 바퀴 돌고 도시 한복판으로 뻗었다.

그리고 길은 중앙광장에 있는 수도원 부지 귀퉁이를 다시 지나갔고, 녹색 페인트칠이 된 수도원 철문은 중앙광장을 향해 활짝 열려 있었다. 입구의 아치 위에 있는 성상화에는 반원형 화관 모양 테두리가 둘러지고 금박 글자가 새겨져 있었다. '기뻐하라 생명을 주시는 십자가여, 신앙의 굳건한 승리여.'

겨울이 끝나갈 무렵이었다. 사순절의 마지막 주일인 수난주간이었다. 해빙의 시작을 알리듯 길 위에 쌓인 눈은 검게 녹고 있었지만, 지붕에 쌓인 눈은 아직도 새하얘서 올이 촘촘한 높은 털모자를 쓴 것 같았다.

보즛비젠스카야 종탑에 있는 종지기들에게 올라간 소년들에게는 아래의 집들이 작은 성냥갑이나 상자를 모아놓은 것처럼 보였다. 작고 까만 점처럼 보이는 사람들이 이 집 저 집을 향하고 있었다. 종탑에서 그들의 움직임만 보고도 누군지 알아맞히기도 했다. 행인들은 벽에 나붙은 세 종류의 징집 연령층에 관한 최고 통치자의 포고문을 읽었다.

3

밤에는 예상하기 어려운 일이 많이 일어났다. 날씨는 계절에 어울리지 않게 포근했다. 공기처럼 가벼운 보슬비는 지면에 닿기도 전에 실안개처럼 허공을 흘러다니며 흩뿌렸다. 그러나 그렇게 보일 뿐이었다. 빗물이 만든 여러 가닥의 따뜻한 물줄기는 지면에 쌓인 눈을 깨끗이 씻어내기에 충분했고, 이제 대지는 마치 땀이라도 흘리는 것처럼 검은색으로 반짝거렸다.

꽃망울을 가득 단 키 작은 사과나무가 정원에서 담장 넘어 길가로 가지를 예쁘게 뻗고 있었다. 그 가지에서 널빤지 조각이 깔린 보도 위로 물방울이 불규칙하게 뚝뚝 떨어졌다. 북소리 같은 그 불협화음이 온 도시에 울려퍼졌다.

사진사의 집 앞마당에 매여 있던 강아지 토미크가 아침까지 깽깽거리며 짖어댔다. 강아지 짖는 소리에 화라도 난 듯 까마귀가 갈루진네 정원에서 온 동네가 떠나가라 깍깍거렸다.

아랫동네에서는 짐을 가득 실은 짐마차 세 대가 상인 류베즈노프의 집으로 들어갔다. 그는 자신은 결코 그런 물건을 주문한 적이 없는데 착오가 생긴 거라며 물건을 인수하지 않았다. 젊은 마부들은 시간이 늦었으니 하룻밤만이라도 묵게 해달라고 부탁했다. 상인은 그들에게 당장 치우라고 욕설을 퍼부으며 문도 열어주지 않았다. 그들의 승강이도 온 동네에 들렸다.

교회의 제7시, 즉 새벽 한시에 꼼짝 않던 보즛비젠스키 수도원의 가장 육중한 종이 부드러우면서도 은은하게 울리고, 가라앉은 감미롭고 그윽한 소리의 물결이 어두운 안개비와 섞였다. 종에서 흘러나온 그 물결은, 범람하는 하천 물에 씻겨 강기슭에서 떨어져나가 강물에 녹아드는 흙덩이 같았다.

성목요일 밤, 열두 복음의 날이었다. 그물 같은 비의 장막 뒤로 희미한 불빛이 사람들의 이마와 코와 얼굴에 어른거리며 흘러갔다. 단식하는 사람들이 새벽 예배를 드리러 갔다.

십오 분쯤 지나자 수도원에서 널빤지 조각이 깔린 보도를 걸어가는 발소리가 들렸다. 가게 안주인인 갈루지나가 이제 막 시작된 새벽 예배에서 빠져나와 집으로 돌아가고 있었다. 그녀는 머리에 플라토크를 쓰고 슈바 앞을 풀어헤친 채 불안한 걸음걸이로 뛰어가기도 하고 제자리에 멈춰 서기도 했다. 그녀는 교회 안의 텁텁한 공기에 속이 좋지 않아 바깥으로 나왔지만, 예배를 마치지 못한 것과 이 년 동안이나 금식을 지키지 못한 것이 부끄럽고 창피하기도 했다. 그러나 그것 때문에 슬픔에 잠긴 것이 아니었다. 그녀는 낮에 곳곳에 나붙은 징집 포고문을 보고, 바보나 다름없는 가엾은 그녀의 아들 테료샤* 생각에 온종일 비탄에 잠겼다. 불쾌한 일을 머릿속에서 떨쳐버리려 해도 어둠 속에서 허옇게 떠오르는 포고문 종이를 볼 때마다 그것이 생각났다.

팔을 뻗으면 닿을 만큼 가까운 골목에 그녀의 집이 있지만, 그녀는 바깥에 있는 편이 더 나았다. 그녀는 숨막힐 것 같은 집에 들어가지 않고 잠시 바깥바람을 쐬기로 했다.

우울한 생각이 그녀를 괴롭혔다. 만약 그것들을 하나하나 입 밖에

---

* 테렌티의 애칭.

내어 말한다면, 날이 새도록 해도 어휘도 시간도 부족했을 것이다. 하지만 거리에 있자 근심은 한꺼번에 날아갔고, 수도원 모퉁이에서 광장 한구석까지 두세 번 왕복하는 몇 분 사이에 모든 것을 잊을 수 있었다.

부활절이 코앞이었지만 모두 떠나버려 집안에 남은 건 그녀뿐이었다. 그런데, 정말 그녀 혼자뿐일까? 물론 사실이다. 양녀 크슈샤를 계산에 넣지 않는다면. 그럼 그 아이는 대체 누구인가? 다른 사람의 속은 알 수 없다. 그 아이는 그녀의 벗일 수도 있지만, 적일 수도, 비밀의 경쟁자일 수도 있다. 그 아이는 남편이 첫번째 결혼 때 입양한 딸, 남편 블라수시카*의 양녀였다. 혹시 그 아이가 양녀가 아니라 숨겨놓은 딸이라면? 아니, 친딸도 아니고 전혀 다른 뭐라면! 남자의 속을 어찌 알겠는가? 그러나 그 아이에 대해서는 흠을 잡을 수 없다. 총명하고 아름답고 모범적인 처녀다. 바보 같은 테료시카**나 양아버지보다 훨씬 현명하다.

지금은 모두 집을 나가 뿔뿔이 흩어졌고, 그녀는 성주간의 문턱에 홀로 있었다.

남편 블라수시카는 신병에게 연설하기 위해, 징집된 그들에게 전쟁에서 공훈을 세우라고 격려하기 위해 가도로 나섰다. 멍청한 사람, 자기 자식부터 죽음의 위기에서 구할 것이지!

아들 테료샤도 더이상 못 견디고 부활절을 하루 앞두고 달아나버렸다. 장소를 옮겨 바람도 쐬고 기분도 전환하기 위해 쿠테이니 포사트에 있는 친척집으로 간 것이다. 녀석은 기어이 실업학교에서 퇴학당

---

* 블라스의 애칭.
** 테렌티의 애칭.

하고 말았다. 한 학년씩 거르며 번번이 낙제하다가, 팔 년째 되던 해에 동정의 여지도 없이 쫓겨났다.

아 이렇게 답답할 데가! 오 주여! 어쩌자고 이렇게 두 손 다 들 정도로 모든 일이 잘못되어버린 걸까. 모든 것이 손에서 빠져나가고, 더이상 살고 싶지도 않다. 어쩌다가 이렇게 돼버렸을까? 혁명 때문일까? 아니, 그렇지 않다! 다 전쟁 탓이다. 전쟁에서 꽃 같은 사내들은 모두 죽고, 아무짝에도 쓸모없는 쓰레기들만 남았으니.

청부업자였던 아버지, 내 아버지의 집에서도 이랬었던가? 아버지는 술은 입에 대지도 않았고, 학식이 높고, 살림살이는 넉넉했다. 그리고 두 자매―폴랴와 올랴. 자매는 이름이 어울리듯 사이가 좋고 두 사람 다 미녀였다. 이름깨나 날리던 키가 후리후리하고 풍채가 좋은 대목수들도 아버지의 집을 열심히 드나들었다. 언젠가 자매는 필요도 없는데 한꺼번에 여섯 개 털실로 목도리를 짜겠다는 엉뚱한 결심을 했다. 그게 멋지게 성공하자, 군郡에서 화젯거리가 되었다. 아무튼 그때는 교회 예배든, 무도회든, 사람들이든, 예절이든 뭐든 친밀하고 조화로웠고, 가족은 모두 농민과 노동자 출신의 서민이었지만 만사가 즐거웠다. 러시아 역시 처녀 시절을 맞고 있었고, 오늘날의 오합지졸과는 비교도 할 수 없는 진실한 숭배자들과 옹호자들을 거느리고 있었다. 그러나 이제 그 빛은 사라지고 민간 변호사 나부랭이나 유대인들만 밤낮없이 혀를 놀려대고 있다. 블라수시카와 그의 친구들은 샴페인과 덕담을 주고받으며 옛날의 그 황금 같은 시절을 돌이킬 수 있다고 생각하고 있다. 정말 그것으로 잃어버린 사랑을 되찾을 수 있을까? 그러려면 산을 옮기고 땅을 뒤엎을 만한 노력을 해야 할 것이다!

4

갈루지나는 크레스토보즛비젠스크의 장터, 집하장까지 벌써 여러 번 왕복했다. 그녀의 집은 그곳 왼쪽에 있었다. 그러나 그녀는 거기서 매번 마음을 바꾸고 발길을 돌려 다시 수도원에 인접한 좁은 길로 정신없이 돌아왔다.

집하장 광장은 넓은 들판 같았다. 전에는 장날마다 농민들이 끌고 온 짐마차로 가득찼었다. 광장 한쪽은 옐레닌스카야 거리로 통했다. 반대쪽은 단층이나 이층의 아담한 건물들이 활처럼 굽은 모양으로 들어서 있었다. 그 건물들은 모두 창고나 사무실, 가게, 작업장으로 사용되었다.

평화롭던 시절에는 여성혐오자인 브류하노프가 활짝 열어놓은 네쪽짜리 철문을 등지고 널찍한 정면 입구 옆 의자에 안경을 쓰고 긴 프록코트를 입은 불한당 같은 모습으로 앉아 가죽, 타르, 수레바퀴, 마구馬具, 귀리, 건초 같은 것을 팔며 코페이카-신문*을 읽곤 했었다.

이곳의 작고 어두운 진열장 안에는 수년째 먼지를 뒤집어쓰고 있는 작은 종이상자들이 있었는데, 속에는 장식용 리본들과 부케들, 혼례용 양초들이 담겨 있었다. 밀랍 제품이 둥그렇게 쌓여 있는 것 말고는 가구도 없고 상품도 없는 창문 너머 빈방에서는 어디에 사는지 알 수 없는 백만장자 양초업자의 누군지 알 수 없는 대리인들이 수지, 밀랍, 양초 등을 거래했다.

---

* 1910~1918년 페테르부르크에서 간행된 통속 신문.

상점 거리 한복판에는 창문이 세 개 있는 갈루진의 커다란 식료품 상점이 있었다. 가게에서는 칠을 하지 않아 바닥이 갈라져버린 마루를 점원들과 주인이 온종일 마시는 차의 찌꺼기로 매일 세 번씩 닦았다. 신혼의 주부였을 때 그녀는 즐거운 마음으로 종종 카운터에 앉아 있곤 했었다. 그녀는 라일락색, 보라색을 좋아했는데, 그것은 사제의 법의 빛깔, 엄숙한 예복의 빛깔이고, 라일락 꽃봉오리 빛깔, 그녀의 멋진 벨벳 드레스, 그녀가 가진 유리 와인잔의 빛깔이었다. 또한 그것은 행복의 빛깔, 추억의 빛깔이었고, 혁명 전 처녀 시절의 러시아 또한 밝은 라일락 빛깔이었다. 유리병에 담긴 녹말과 설탕, 검은 까치밥으로 만든 진보랏빛 캐러멜 향기가 감도는 가게 안으로 비쳐드는 석양 또한 그녀가 가장 좋아하는 빛깔과 비슷했기 때문에 그녀는 카운터에 앉아 있는 것을 좋아했다.

　이곳 목재 창고 옆 골목에 낡고 사방에 금이 간, 회색 목조의 이층집이 마치 고물 대형 여행마차처럼 서 있었다. 그 안에 아파트가 네 개 있었다. 두 개의 입구가 정면 양쪽에 있었다. 아래층 왼쪽은 잘킨트의 약국이고, 오른쪽은 공증인 사무소였다. 약국 위층에는 많은 식솔을 거느린 부인복 재봉사 시물레비치 노인이 살았다. 재봉사의 집 반대편, 즉 공증인 사무소 위층에는 문에 도배된 다양한 간판과 명함으로도 알 수 있듯 많은 세입자가 살고 있었다. 시계 수리공, 제화 기술자도 있었다. 또 주크와 시트로다흐가 공동으로 운영하는 사진관과 카민스키의 판화 공방도 있었다.

　방들이 다닥다닥 붙어 있었으므로 사진관의 젊은 조수들인 세냐 마깃손과 대학생 블라제인은 통나무로 지은 안마당의 사무실에 실험실 비슷한 것을 만들었다. 사무실 창문에서 시력이 안 좋은 듯 깜박거리는 빨간 현상용 램프의 흘기는 눈으로 보아 그들은 지금도 그곳에서 작업을 하는 것 같았다. 바로 그 창문 밑에서 매어놓은 수캉아지 토미크가 옐레닌스카야 거리 전체에 들릴 정도로 짖어대고 있었다.

'카할*'이 다 모여 있군.' 갈루지나는 회색 건물 앞을 지나며 생각했다. '빈곤과 불결의 소굴이야.' 그러면서도 그녀는 블라스 파호모비치**가 유대인을 증오하는 건 옳지 않다고 생각했다. 그들은 대국의 운명에 어떤 의미를 지니기에는 수적으로 보잘것없었다. 그런데도 러시아가 왜 이런 무질서와 혼란에 빠졌느냐고 시물레비치 노인에게 물으면, 그는 얼굴을 찡그리고 이를 드러내고 히죽 웃으며 이렇게 대답했다. "그건 모두 레이브***들 농간 때문이지."

아, 하지만 대체 그녀는 무슨 생각을 하는 건가, 그녀의 머릿속에는 뭐가 들어 있는가? 그것이 뭐 어쨌단 말인가? 과연 그게 문제일까? 문제는 도시들에 있다. 러시아는 도시들에 좌우되는 것이 아니다. 사람들은 교육을 바랐고 도시로 가 손을 내밀었지만 닿지 않았다. 그들은 기슭에서 떠나왔지만, 다른 기슭에 닿을 수 없었다.

어쩌면 그 반대로 모든 죄악은 무지에 있는지도 모른다. 학식이 있는 사람들은 온 지구를 넘어, 모든 것을 미리 내다본다. 그러나 우리는 목이 잘리고서야 모자가 없어졌다는 것을 안다. 마치 어두운 숲속에

---

* 유대인 종교 공동체, 또는 떠들썩한 군중 무리를 일컫는 말.
** 갈루진의 이름과 부칭.
*** 레이브는 레프 다비도비치 트로츠키를 암시하며, '레프'는 이디시어(동부 유럽에서 쓰던 유대어)로 레이브(Leib)다.

있는 것처럼! 그렇다고 지금 세상에서 교육을 받은 사람들이 편히 사는 것도 아니다. 식량난으로 도시들에서 쫓겨나고 있다. 그래 이건 알아두어야 한다. 하도 복잡한 문제라 악마도 자빠지고 말 것이다.

그러나 아무래도 문제는 바로 시골에 사는 우리 친척들 아닐까? 셀리트빈네, 셀라부린네, 팜필 팔리흐, 네스토르와 판크라트 모도이 형제가 그렇지 않나? 그들은 자기 손이 주인이고, 자기 머리가 임금인 사람들이다. 가도의 새로운 농장들은 훌륭했다. 파종 면적은 각각 15데샤티나쯤 되고, 풀밭에는 말과 양과 소와 돼지 등 온갖 가축이 있다. 삼 년 치 식량이 비축되어 있다. 농기구들도 볼만하다. 수확기까지 있다. 콜차크는 사람들을 자기편으로 끌어들이려 하고, 인민위원들은 숲의 민병대에 가담하라고 회유한다. 전쟁에서 '게오르기' 훈장을 받고 귀향했으므로 앞다퉈 교관으로 채용하고 싶어하는 것이다. 견장을 찼든 안 찼든. 교육을 받은 사람은 어디서나 필요하기 때문이다. 아직 쓸모없진 않다.

어느덧 집에 돌아갈 시간이었다. 여자가 오랜 시간 거리에서 배회하는 건 꼴사나운 일이다. 자기 집 마당이라면 상관없지만. 여기저기 진창이라 자칫하다가는 진흙탕에 빠져버린다. 조금은 마음이 누그러진 것 같다.

이렇게 이런저런 생각을 했지만 아무런 갈피도 잡지 못한 채 갈루지나는 집으로 다가갔다. 그러나 집 문턱을 넘어서기 전, 현관 앞에서 발을 구르는 동안 또다시 많은 생각이 머릿속에 몰려들었다.

그녀는 현재 호다츠코예의 지도자들을, 즉 수도에서 유배 왔던 정치범 티베르진과 안티포프, 무정부주의자인 검은 깃발 브도비첸코, 이 마을 수리공인 과격한 고르셰냐 등을 머리에 떠올렸는데, 그녀와도 어느 정도 안면이 있는 사람들이었다. 그들은 모두 자기들 꿍꿍이가 있었다. 그중 대부분은 과거에 세상을 떠들썩하게 했고, 지금도 무슨 음모를 꾸미려고 작당하고 있었다. 그들은 그런 것 없이 살 수 없는 사람들이었다. 한평생 기계를 만지며 살아왔기 때문인지 그들도 기계처럼 무자비하고 냉혹했다. 그들은 스웨터에 짧은 재킷을 걸치고 다니고, 뼈로 된 물부리로 담배를 피우고, 전염병에 걸리지 않기 위해 끓인 물을 마셨다. 블라수시카에게 기대할 건 아무것도 없지만, 이들은 모든 것을 자기들 방식으로 뒤집어버리고 고집대로 처리한다.

그리고 그녀는 자신에 대해 생각했다. 그녀는 자신이 훌륭한 여자이고 독립적이며, 자기관리를 잘하고, 현명하고, 악한 인간이 아니라는 것을 알고 있었다. 그러나 이 뒷골목뿐만 아니라 그 어디에서도 그런 자질은 하나도 인정받지 못했다. 그녀는 자우랄리예* 지방에 널리 알려진, 바보 여자 센테튜리하에 관한 노래의 외설스러운 후렴구를 불렀는데, 그중 처음 몇 줄만 여기에 옮길 수 있을 뿐이다.

센테튜리하는 짐마차를 팔아,
발랄라이카를 샀다네

그러고는 온통 외설스러운 말뿐이었는데, 크레스토보즛비젠스크에서는 자기를 빗대어 그 노래를 부르고 있다고 그녀는 생각했다.

---

* 우랄산맥 동쪽을 가리킴.

그녀는 깊은 한숨을 내쉬며 집으로 들어갔다.

5

그녀는 슈바를 입은 채 응접실을 지나 침실로 들어갔다. 침실 창문은 정원 쪽으로 나 있었다. 어느덧 밤이 되어 창문 안쪽과 바깥에 드리워진 그림자가 서로 겹쳤다. 창문을 덮은 벽걸이 천의 늘어진 모습은 희미한 윤곽을 그리며 정원에 헐벗은 채 검게 서 있는 나무들의 늘어진 형체와 비슷했다. 호박단*처럼 정원에 깔린 끝나가는 겨울의 어둠은 대지를 뚫고 다가오는 봄의 진보랏빛 열기로 따스했다. 방안에도 두 개의 흡사한 요소가 거의 같은 방식으로 혼합되어 있었는데, 잘 털지 않아 먼지가 잔뜩 쌓인 커튼이 조화를 이루고 있었고, 다가온 부활절의 진보랏빛 열기로 온화했다.

성상화에 그려진 성모마리아는 거무스름하고 가느다란 두 손바닥을 테두리 장식의 은의銀衣 밖으로 올리고 있었다. 그녀는 '신의 어머니'의 비잔틴식 호칭 메테르 테우 각 단어의 처음과 끝 그리스 글자를 두 손에 각각 들고 있었다. 황금빛 받침대에 놓인 잉크병처럼 짙은 석류빛 유리 덮개가 씌워진 어둠침침한 현수등은 침실 양탄자 위에 찻잔의 톱니 모양처럼 갈라져 별처럼 떨리는 불빛을 흩뿌렸다.

갈루지나는 플라토크와 슈바를 벗으려 무리하게 몸을 틀다 옆구리

---

* 얇고 광택이 나는 평직 견직물.

가 다시 쑤시면서 어깨 통증이 시작되었다. 그녀는 놀라 비명을 지르고 중얼거렸다. "슬퍼하는 자들 편에 서신 순결한 성모마리아시여, 어서 구원의 손길을 뻗어 세상을 보호해주소서." 그리고 그녀는 울음을 터뜨렸다. 통증이 가라앉기를 기다렸다가 그녀는 옷을 벗었다. 그런데 이번에는 옷깃과 등의 고리가 그녀의 손에서 미끄러져 부드러운 옷감의 주름 사이로 숨어버렸다. 그녀는 끙끙거리며 고리를 찾았다.

그때 양녀 크슈샤가 그녀가 들어온 것을 알고 잠에서 깨어 방으로 들어왔다.

"왜 어두운 데 계세요, 어머니? 등잔을 가져올까요?"

"아니 됐다. 이만하면 잘 보이니까."

"올가 닐로브나 어머니, 제가 벗겨드릴게요. 억지로 그러지 마세요."

"울고 싶을 만큼 손가락이 마음대로 움직이질 않는구나. 그 재단사가 고리 한쪽을 몸에 맞게 달지를 못했어. 눈먼 암탉 같으니라고. 옷단을 아래까지 몽땅 뜯어서 그놈의 얼굴에 집어던지고 싶구나."

"보즈비젠스키 수도원에서는 노래를 아주 잘 부르던데요. 조용한 밤이에요. 여기서도 들렸어요."

"잘들 불렀지. 하지만 난, 아, 좋지 않아. 또 여기저기 쑤시기 시작했어. 온몸이. 무슨 죄를 지어서 이 모양인지. 어째야 할지 모르겠어."

"동종요법 의사인 스티돕스키가 도와드렸잖아요."

"언제나 실천할 수 없는 충고만 했지. 그 동종요법 의사는 돌팔이야. 아무짝에도 쓸모없는 돌팔이. 그게 첫번째야. 그리고 두번째, 그는 떠나버렸어. 떠나버렸어, 떠나버렸다고. 그래 그 사람만이 아니지. 부활절이 되기 전에 모두 도시를 빠져나가버렸어. 대체 무슨 지진이라도 일어난다니?"

"전쟁포로인 헝가리 닥터에게도 치료받으셨잖아요."

"그것도 소용없어. 내가 말하지만, 정말이지 아무도 남지 않고 죄다 떠나버렸어. 케레니 라이오시는 다른 마자르인*들과 함께 군사분계선 너머에 있더구나. 그들은 우리 귀염둥이도 강제로 복무시키고 있잖아. 적군에 징집해서."

"어쨌든, 건강에 지나치게 신경을 쓰셔서 그런 거예요. 신경과민이요. 이럴 땐 단순한 민간요법이 아주 효과적일 수 있어요. 주술사인 병사 아내가 어머니에게 주술로 치료했던 걸 생각해보세요. 통증이 싹 사라졌었잖아요. 그 병사의 아내 이름이, 잊어버렸어요. 이름이 기억나지 않네요."

"그만둬라, 너는 나를 바보천치로 생각하는구나. 네가 내 등뒤에서 센테튜리하를 부른다고 해도 난 괜찮다."

"어떻게 그런 말씀을! 그건 죄악이에요, 어머니! 차라리 그 병사 아내의 이름을 기억나게 해주세요. 혀끝에서만 맴도니까요. 기억해내기 전까지는 계속 신경쓰일 거 같아요."

"그 여자는 치마보다도 이름이 많아. 네가 어떤 이름으로 알았는지 내가 어떻게 알겠니? 쿠바리하라고도 하고, 멧베디하라고도 하고, 즐다리하라고도 하지. 그것 말고도 열 개쯤 더 있어. 지금은 이 부근에 있지도 않아. 무대가 끝나자, 들판의 바람처럼 사라져버렸지. 그 하느님의 종은 케젬스카야 감옥에 수감됐어. 낙태를 시키고 무슨 알약을

---

* 몽골족에 속하는 헝가리의 주류 민족.

만들었다나. 하지만 그 여자는 감방생활이 견딜 수 없었던지 탈옥해서
는 극동 어디론가 달아나버렸다더구나. 정말이지, 모두 뿔뿔이 흩어져
버렸어. 블라스 파호미치도, 테료샤도, 폴랴 아주머니도, 다 마음이 약
해서 말이야. 농담이지만, 바보 같은 우리 두 사람을 빼놓으면 이 도시
에는 올바른 여자가 한 사람도 남질 않았어. 의료적인 도움도 전혀 받
지 못해. 무슨 일이 일어나도 그걸로 그만, 부를 사람도 없어. 참, 유랴
틴에 모스크바에서 유명한 닥터가 하나 왔다던데, 자살한 어느 시베리
아 상인의 아들이라더구나. 내가 그 사람에게 전갈을 보내려고 했는
데, 적군이 스무 군데에나 검문소를 설치해 재채기할 데도 없는 지경
이 돼버렸어. 뭐, 이건 다른 이야기다만. 이제 가서 자거라, 나도 좀 자
야겠다. 블라제인 학생은 너 때문에 제정신이 아니던데. 너는 뭐가 아
니란 거니. 어차피 다 숨기지도 못하면서, 봐라, 얼굴이 가재처럼 빨개
졌잖니. 그 가엾은 학생은 내가 맡긴 사진을 현상하려고 이 성스러운
밤을 꼬박 새우고 있을 거야. 자기들이 잘 수 없으니까 다른 사람도 못
자게 할 거고. 그들이 키우는 토미크란 놈이 온 동네가 떠나가라 짖어
대고. 우리 사과나무에서는 까마귀가 저렇게 울어대니 오늘도 쉽게 잠
들기는 글렀구나. 그런데 너는 왜 화를 내는 거냐, 더 건드렸다간 큰일
나겠는걸? 학생들이란 그저 처녀들에게 사랑이나 받으려 할 뿐이야."

6

"개가 왜 저렇게 짖어대지? 무슨 일인지 내다봐야겠는데. 쓸데없이

짖어댈 리가 없잖아. 잠깐만요, 리도치카, 잠시 기다려주세요. 주위를 살펴봐야 하니까. 갑자기 검문하러 들이닥칠 수도 있어요. 가지 말게, 우스틴. 시보블류이, 자네도 그대로 있게. 자네들 없이도 괜찮을 거야."

중앙에서 파견된 대표는 잠시 기다려달라는 부탁을 못 듣고 빠르고 피곤한 목소리로 계속 떠들었다.

"시베리아에 있는 부르주아 군사정권의 약탈, 금품갈취, 폭력, 총살, 고문에 자연히 그릇된 견해를 갖게 된 사람들은 눈을 떠야 합니다. 이 정권은 노동자계급뿐 아니라 본질적으로는 모든 근로 농민들까지도 적대하고 있습니다. 시베리아와 우랄 지방의 근로 농민들이 반드시 이 해해야 할 것은 도시 프롤레타리아와 병사들, 키르기스와 부랴트 지방의 가난한 농민들과의 연대를 통해서만이……"

그는 연설을 멈추라는 요구를 마침내 눈치채고 입을 다물었고, 손수 건으로 땀에 젖은 얼굴을 닦은 뒤 피곤한 듯이 눈두덩이가 퉁퉁 부은 눈을 감았다.

그의 주변에 서 있던 사람들이 낮은 목소리로 말했다.

"잠시 쉬십시오. 목 좀 축이세요."

불안해하는 파르티잔 대장은 이런 말을 들었다.

"뭐가 불안하십니까? 다 괜찮습니다. 창문에 신호등이 있잖습니까. 보초가 열심히 망을 보며 수신호를 보내고 있습니다. 그러니 보고에 대한 토론을 다시 시작해도 괜찮을 것 같습니다. 자, 말씀하시죠, 리도 치카 동지."

커다란 창고 안에 채워져 있었던 장작이 치워졌다. 말끔히 치운 한 쪽 구석에서 비합법 집회가 열리고 있었다. 천장까지 장작을 쌓아올려 그 문 옆에 붙은 사무소와 입구를 가리고 있었다. 비상시에는 지하로 내려갈 수 있고, 지하에는 수도원 벽 너머 콘스탄티놉스키 골목의 으슥한 뒤꼍으로 통하는 출구가 있었다.

메마르고 핏기 없는 칙칙한 낯빛에 검은 턱수염을 귀 밑까지 기른 보고자는 대머리를 가리려고 검은 무명 모자를 푹 눌러쓴 채 신경과민으로 땀을 흘리며 고통스러워했고, 계속해서 땀을 닦았다. 그는 탁자 위에 놓인 뜨거운 등유램프 위로 피다 만 담배꽁초를 대고 탐욕스럽게 빨아 불을 붙이려 하면서 흩어진 서류 위로 몸을 구부렸다. 그는 근시가 심한 눈으로 빠르고 신경질적으로 서류를 훑어보며 마치 냄새를 맡는 듯이 둔하고 지친 목소리로 말을 이었다.

"도시와 농촌에 사는 가난한 사람들의 연대는 오직 소비에트를 통해서만 실행할 수 있습니다. 좋든 싫든, 이제 시베리아 농민들은 이미 오래전에 시베리아 노동자들이 투쟁하기 시작했던 목적을 위해 노력하게 될 것입니다. 그들의 공동 목표는 인민에게는 혐오스러운 제독과 카자크 수령의 독재정권을 타도하고 전 인민의 무장 봉기를 통해 농민들과 병사들의 소비에트 권력을 확립하는 것입니다. 완전 무장을 한 부르주아 용병, 카자크 장교들과 맞서 싸우기 위해서는 정당하고 전면적이며 완강하고 지속적인 투쟁을 수행해야 합니다."

그는 다시 말을 멈추고, 땀을 닦은 뒤 눈을 감았다. 누군가가 규칙을 무시한 채 자리에서 일어나 이의를 제기하려고 손을 번쩍 쳐들었다.

파르티잔 대장, 정확히 말하자면 자우랄리예 파르티잔 부대 케젬스키 지구 연합사령관이 바로 보고자 코 밑에 거만하게 앉아 있다가, 상대를 털끝만큼도 존중하지 않는 무례한 태도로 말을 가로막았다. 아직 어린 티를 완전히 벗지 못한 젊은 군인이 대부대를 지휘하고 있다는 것은 고사하고, 부하들이 그를 따르고 존경한다는 것도 믿기 힘들 정도였다. 그는 기병대 외투로 손과 발을 감싼 채 앉아 있었다. 의자에 걸쳐놓은 외투의 몸통과 두 소매 밑으로 소위보 견장을 떼어내 거무스름한 자국이 남은 군복이 보였다.

그의 양옆에는 가장자리에 곱슬곱슬한 양털이 둘린 빛바랜 흰 양피 외투를 걸친, 그와 동년배로 보이는 두 젊은이가 입을 꾹 다물고 호위하고 있었다. 그들의 돌처럼 굳은 아름다운 얼굴은 상관에 대한 맹목적인 충성과 상관을 위해서라면 어떠한 일도 마다하지 않겠다는 각오만을 드러내고 있었다. 그들은 집회에도, 집회에서 다루는 문제나 토론 과정에도 무관심했고, 말하지도 웃지도 않았다.

그들 외에도 창고에는 열 명에서 열다섯 명 정도가 더 있었다. 일부는 서 있고, 일부는 다리를 뻗고 앉거나 무릎을 세우고 벽이나 벽 틈을 막는 데 쓰인 둥글게 튀어나온 장작더미에 기대앉아 있었다.

비중 있는 몇몇 손님을 위한 의자가 몇 개 놓여 있었다. 그들은 1차 혁명에 가담했던 고령의 노동자 서너 명이었는데 그중에 얼굴이 침울하게 바뀌어버린 티베르진과 그의 말이라면 언제나 동의하는 친구인 안티포프 노인이 있었다. 혁명의 모든 선물과 희생물을 그 발아래 바쳐 신성한 서열에 들어간 그들은, 정치적 오만함으로 인간적인 생기를 잃어버린 채 준엄한 우상처럼 말없이 앉아 있었다.

창고 안에는 주목할 만한 인물이 더 있었다. 러시아 무정부주의의 지주인 검은 깃발 브도비첸코는 잠시도 제자리에 가만있지 못하고 마루에서 일어났다 앉았다 하며 서성거리다가 창고 한복판에서 걸음을 멈췄는데, 몸이 비대하고 머리가 크고 큰 입과 사자갈기 같은 머리털을 가진 이 거인은 거의 마지막의 러시아-터키 전쟁과 아마도 러일전쟁 때는 장교였는데, 평생 자신의 환상 속에서 헤어나지 못하는 몽상가였다.

키가 크고 선량한 그는 사소한 일은 다소 공정하지 않더라도 대수롭지 않게 넘겨버렸는데, 집회에서는 모든 내용을 왜곡해서 해석하고, 상반된 견해를 자기 견해와 같은 것으로 받아들여 그 견해에 동의했다.

그의 옆에는 낯익은 숲의 사냥꾼 스비리트가 앉아 있었다. 스비리트는 비록 농사를 짓지는 않았지만 어두운 나사천 루바시카를 십자가 목걸이와 함께 움켜쥐고 몸을 문지르거나 가슴을 긁적이는 모습에서 농민적인 흙의 본질을 엿볼 수 있었다. 그는 부랴트계 혼혈로 글은 모르지만 성실하고, 숱 많은 머리를 가늘고 길게 땋고, 듬성듬성한 콧수염에 숱이 거의 없는 구레나룻을 기르고 있었다. 몽골인 같은 그의 얼굴은 미소를 지으며 얼굴에 주름이 잡힐 때마다 더 늙어 보였다.

중앙위원회의 군사적 임무를 띠고 시베리아 여기저기를 뛰어다니던 보고자는 그가 앞으로 찾아가야 할 광활한 지역에 대해 생각했다. 그는 회의에 참석한 사람들 대부분에게 관심이 없었다. 그러나 어렸을 때부터 혁명가이자 인민 옹호자였던 그는 맞은편에 앉아 있는 젊은 사령관을 존경이 담긴 눈빛으로 바라보았다. 그는 혁명정신이 잠재된 목소리로 노인인 자신에게 자기소개를 한 청년의 모든 무례를 용서했을 뿐만 아니라 그의 거침없는 공격성에도 감탄했는데, 그건 마치 사랑에 빠진 여자가 자신에게 명령하는 자의 거만하고 뻔뻔스러운 태도까지 좋아하는 것과 같았다.

파르티잔 대장은 미쿨리친의 아들인 리베리였고, 중앙에서 파견된 보고자는 한때 사회혁명당원이었고 한때 노동자파-협동조합주의자였던 코스토예트-아무르스키였다. 최근 그는 태도를 바꾸어 자기 강령의 과오를 인정하고 몇 개의 상세한 성명서를 통해 지난날을 뉘우쳤고, 이후 공산당에 입당했을 뿐만 아니라 입당 뒤 곧 현재의 중책까지 맡아 파견되었다.

군인도 아닌 그에게 그런 직책이 주어진 것은 혁명가로서의 경력이나 복역의 시련과 옥고에 대한 경의의 표시이자, 또 지난날의 협동조합주의자로서 농민봉기가 빈발한 서부 시베리아 농민 대중의 기분을 잘 알고 있을 거라는 기대 때문이었다. 이 문제에서는 그것을 잘 알고 있는 것이 군사적 지식보다 훨씬 중요했다.

정치적 신념의 변화는 코스토예트를 완전히 다른 사람으로 탈바꿈시켰다. 그의 외모, 행동, 습관까지도 바꿔놓았다. 대머리에 수염을 잔뜩 기른 그의 모습을 기억하는 사람은 아무도 없었다. 하지만 어쩌면 그것이 오히려 위조한 모습은 아니었을까? 당에서는 그에게 신원을 감추라는 엄격한 지령을 내렸다. 지하활동을 하는 지금의 그는 베렌데이 또는 리도치카 동지라는 비밀 호칭으로 불렸다.

지시사항을 낭독하던 도중 브도비첸코가 느닷없이 찬성 발언을 해서 일어난 소란이 가라앉자, 코스토예트는 말을 이어갔다.

"농민 대중의 점증하는 운동을 최대로 끌어내기 위해서는 도위원회 지구에 있는 모든 파르티잔 부대와 한시라도 빨리 손잡을 필요가 있습니다."

그리고 코스토예트는 회합 장소 마련, 암호, 기호암호와 통신 방법에 대해 설명했다. 그런 다음 다시 각각의 세부 사항을 발표했다.

"각 부대에, 백군의 기관과 여러 조직의 무기와 군수품 및 식량 창고가 있는 위치, 거액의 돈이 어디에 보관되어 있는지, 또 그 보관 체계까지 알려줘야 합니다.

각 부대의 내부 체제, 각급 지휘관들, 병사의 내부 규율, 지하활동, 부대와 외부세계의 접촉, 지방 주민들에 대한 태도, 군사혁명재판소, 적 세력권에서의 폭파 전술에 대해서는 교량, 철도, 선박, 화물선, 역, 기계 설비가 있는 수리 공장, 전신, 광산, 식량 등 모든 세부 사항까지 면밀히 검토해야 합니다."

리베리는 참을성 있게 들었지만 한계에 다다랐다. 그 모든 이야기가 그에게는 어설픈 잠꼬대로밖에는 여겨지지 않았다. 그는 말했다.

"훌륭한 강연입니다. 유념해두겠습니다. 아마 적군의 지원을 잃지 않으려면 그 모든 것을 아무 반대 없이 받아들여야겠죠."

"물론입니다."

"그 말인즉슨, 더할 나위 없이 훌륭하신 리도치카 선생, 제기랄, 포병과 기병을 포함한 우리 3개 연대 병력이 오랜 전투 끝에 적을 격퇴하고 난 지금에 와서 당신의 그 유치한 각본에 따르라, 그겁니까?"

'정말 대단하다! 대단한 힘이야!' 코스토예트는 생각했다.

티베르진은 논쟁하는 이들 사이에 끼어들었다. 그는 리베리의 무례한 말투가 못마땅했다. 그는 말했다.

"실례지만, 보고자 동지. 나는 잘 모르겠군요. 어쩌면 내가 지시사항 가운데 한 대목을 잘못 받아쓰셨는지도 모르겠습니다. 내가 한번 읽어보죠. 제대로 적었는지 확인하고 싶으니까. '혁명 당시 전선의 군대 조직에 소속되어 있었던 고참병을 위원회에 참가시키는 것은 아주 바람직하다. 하사관 한두 명과 군사 전문가 한 명을 위원에 포함시키는 것이 좋다.' 어떻습니까, 코스토예트 동지, 정확합니까?"

"정확하군요. 단어 하나하나까지. 정확합니다."

"그렇다면 이런 지적을 해야겠군요. 저로서는 군사 전문가에 대한 사항이 마음에 걸립니다. 1905년의 혁명에 가담했던 우리 노동자들은 군인이라면 불신하는 버릇이 있습니다. 그들 가운데는 언제나 반혁명 분자들이 있으니까요."

사방에서 고성이 빗발쳤다.

"그만두시오! 의결합시다! 의결합시다! 해산할 시간입니다. 너무 늦었어요."

"나는 다수 의견에 찬성합니다." 브도비첸코가 굵직한 저음으로 말했다. "시적인 표현을 빌리자면, 그건 이렇습니다. 시민적 제도는 대지에 심은 나무가 뿌리를 내리듯 그리고 땅에 심은 꺾꽂이가 자라나듯 민주주의를 대지 삼아 밑에서부터 성장해야 합니다. 울타리 말뚝처럼 위에서부터 박을 수 없는 겁니다. 자코뱅 독재정권의 과오가 바로 거기 있었고, 국민공회*가 테르미도르파**에게 무너진 것도 바로 그런 까닭이니까요."

"그건 당연한 말이죠." 방랑벽이 있는 친구 스비리트가 거들었다. "어린애들도 다 아는 사실입니다. 좀더 일찍 생각해냈더라면 좋았을

---

* 1792~1795년까지 프랑스를 통치한 의회.
** 프랑스혁명 때, 산악파 혁명정부를 무너뜨린 1794년의 쿠데타를 일으킨 사람들. 테르미도르는 프랑스 혁명력 제11월(7월 19일~8월 17일)을 가리킨다.

텐데, 지금은 너무 늦었습니다. 지금 우리의 사명은 물불 가리지 않고 싸워서 한걸음씩 전진하는 겁니다. 어쨌든 참고 견뎌봅시다. 일단 발을 내디뎠으니 이대로 물러설 수는 없지 않습니까? 스스로 차려놓은 음식이니 먹도록 합시다. 스스로 물속에 들어간 이상, 빠졌다고 소리치지 맙시다."

"의결합시다! 의결합시다!" 사방에서 촉구하는 목소리가 일었다. 토론은 좀더 이어졌지만, 갈수록 일관성 없이 저마다 떠드느라 산만해지다가 새벽녘에야 집회를 마쳤다. 한 사람씩 조심스럽게 집으로 돌아갔다.

7

가도에 그림 같은 곳이 있었다. 가파른 비탈을 내려오듯 뻗은 쿠테이니 포사트와 그 아래 드문드문 흩어져 있는 말리 예르몰라이 마을이었는데, 물살이 빠른 파진카강이 가르고 있긴 하지만 거의 맞붙어 있는 것처럼 보였다. 쿠테이니 포사트에서는 군대에 징집된 신병들의 환송회가 열리고 말리 예르몰라이에서는 부활절로 잠시 중단되었던 징병검사가 재개되었는데, 말로예르몰라옙스카야 읍과 인접 지역 징집 해당자들의 징병검사가 징병위원회 시트레제 대령의 지휘 아래 이루어졌다. 징병검사 때는 기마 민경民警과 카자크가 마을에 주둔했다.

늦은 부활절 기간과 이른봄에 걸맞지 않게 따뜻하고 바람 한 점 없는 부활절 사흘째 날이었다. 출발 준비를 한 신병들을 위해 마련한 음식이 놓인 탁자들이 통행에 지장을 주지 않게 가도에서 조금 떨어진 쿠테이니 포사트의 길가에 있었다. 땅에 끌릴 듯 하얀 천이 덮인 탁자는 반듯하게 놓이지는 않고 마치 구불구불한 호스처럼 길게 이어져 있었다.

마을 사람들은 음식을 추렴해 신병들을 대접했다. 기본적인 음식은 부활절 때 쓰고 남은 훈제 다릿살 두 쪽과 쿨리치* 몇 개, 부활절 과자 두세 개였다. 긴 식탁 위에 소금에 절인 버섯과 오이, 새콤한 양배추 절임, 집에서 구워 두툼하게 썬 빵이 각각 그릇에 담겨 죽 놓여 있고, 염색한 부활절 달걀을 높이 쌓아놓은 넓적한 접시도 몇 개 있었다. 대부분 분홍색이나 파란색으로 염색되어 있었다.

겉은 분홍색이나 하늘색이지만 속은 새하얀 달걀껍질이 식탁 주변 풀밭에 어지러이 흩어져 있었다. 재킷 속에 받쳐 입은 남자들의 루바시카도 분홍색이나 하늘색이고 여자들의 드레스도 마찬가지였다. 하늘색은 하늘의 색이었다. 분홍색은—마치 하늘이 여자들과 함께 흘러가기라도 하는 것처럼, 유유하고 가지런히 흘러가는 구름의 색이었다.

블라스 파호모비치 갈루진이 루바시카에 두른 비단 띠도 분홍색이었는데, 그는 장화 뒤축을 쿵쿵거리고 양발을 내차며 거의 뛰다시피 파프눗킨의 집—그 집은 탁자들이 놓인 곳보다 높은 위쪽의 언덕에 있었다—현관 계단에서 탁자 있는 곳으로 내려와 말하기 시작했다.

"여러분, 나는 샴페인 대신 집에서 담근 민중적인 이 술 한 잔을 여러분의 건강을 위해 들겠습니다. 길 떠나는 젊은이들이여, 영광 있기

---

* 부활절 때 먹는 원통형 빵.

를, 무사 안녕하기를! 신병 여러분! 여러 가지 이유로 나는 여러분과 축배를 들고자 합니다. 주목해주세요. 여러분 앞에 놓인 험난한 길은 동족상잔의 피로 조국의 산하를 물들인 압제자들로부터 조국을 결사적으로 수호하기 위한 십자가의 길입니다. 인민들은 피 흘리지 않고도 혁명을 달성할 수 있으리라는 희망을 품어왔지만, 볼셰비키당은 외국 자본의 앞잡이가 되어 총칼의 야만적인 힘으로 인민들의 염원인 헌법제정회의를 해산시키고, 아무런 방어도 하지 못한 사람들의 피로 강물을 이루게 했습니다. 장도에 오른 젊은이들이여! 우리 정직한 동맹국들에 대한 의무로 러시아군의 실추된 명예를 회복합시다. 우리는 적군_{赤軍} 뒤에서, 또다시 파렴치하게 고개를 쳐든 독일과 오스트리아를 지켜보며 스스로를 치욕에 빠뜨리고 있습니다. 하느님이 우리와 함께하십니다, 여러분." 갈루진의 말이 다 끝나기도 전에 '우라' 소리와 블라스 파호모비치를 헹가래치자는 소리가 그의 목소리를 덮어버렸다. 그는 술잔을 입에 대고 찌꺼기가 제대로 걸러지지 않은 흐린 보드카를 천천히 마셨다. 그는 술이 마음에 들지 않았다. 그는 우아한 향기를 풍기는 와인에 더 익숙했다. 그러나 사회적인 큰 희생이라는 의식이 그에게 만족감을 주었다.

"너의 아버지는 대단한 분이야. 정말 놀라운 언변이야! 정말이지, 국회에서 연설하는 밀류코프* 같군." 술에 취해 떠들던 사람들 속에서 고시카 랴비흐가 옆자리에 앉은 테렌티 갈루진에게 반쯤 혀가 꼬부라

---

* 파벨 밀류코프(1859~1943). 러시아 정치가, 역사가. 제정러시아 말기 부르주아적 성격을 띠었던 러시아입헌민주당(카데트당)을 이끌었고, 백군에 참가했다가 1920년 프랑스로 망명했다.

118

진 목소리로 그의 아버지를 치켜세웠다. "맞는 말씀이지, 대단한 분이야. 괜히 열을 올리시는 것 같진 않아. 연설로 너를 징집 면제가 되도록 하실 모양인데."

"무슨 소리야, 고시카! 나는 징집될 거야. 그런 말이 어디 있어, '징집 면제'라니. 너와 같은 날 통지서를 받았는데 징집 면제라니. 우리는 같은 부대에서 근무하게 될 거야. 그들은 나를 실업학교에서 쫓아냈어, 쓰레기 같은 놈들. 어머니는 비탄에 빠지셨지. 지원병이 아니어도 나는 좋아. 일개 졸병이 될 거야. 우리 아버지는 정말 연설을 잘하시지, 그쪽으로는 대가시거든. 그런데 중요한 건, 그런 재능을 어디서 얻으셨을까? 타고난 거야. 체계적인 교육이라곤 받아본 적이 없으니까."

"산카 파프눗킨 이야기는 들었어?"

"들었지. 고약한 병에 걸렸다는 게 사실이야?"

"평생 간대. 고생하다 결국 말라 죽는 거지. 다 자업자득이야. 찾아가지도 말라고 하더군. 중요한 건, 누구를 사귀느냐는 거야."

"그 사람은 이제 어떻게 될까?"

"비극이지. 자살을 기도했었어. 지금은 예르몰라이에 있는 위원회에서 징병검사를 받고 있는데, 통과할 거야. 그는 파르티잔 부대에 들어가고 싶어한대. 사회악에 복수하겠다고."

"이봐, 고시카. 너는 감염될 거라고 말하지만, 그 사람한테 가지 않더라도 다른 병에 걸릴 수 있잖아."

"네가 무슨 이야길 하고 싶어하는지 알아. 물론 너도 그런 경험이 있겠지. 그건 병이 아니라 비밀스러운 죄악일 뿐이야."

"고시카, 그런 소리 지껄이면 낯짝을 갈겨버리겠어. 친구한테 그런 말을 하다니, 이런 거짓말쟁이!"

"농담이야, 진정해. 너한테 할 이야기가 있어. 나는 파진스크에서 부활절을 보냈거든. 그런데 파진스크에 잠시 머물던 한 여행자가 '개성의 해방'이라는 제목으로 강연을 했는데, 상당히 흥미로웠어. 나는 그런 게 무척 마음에 들어. 나는 니미랄, 무정부주의자가 될 생각이야. 그가 말하는데, 힘은 우리 내부에 있대. 그리고 성性과 성격은 동물적인 전기電氣의 각성이라고 했어. 어때? 대단한 천재이지 않나. 그런데 난 술이 오르는 모양이야, 주위에서 너무 고함을 질러대서 귀가 멍멍한 게 아무것도 못 알아듣겠어. 더이상 참을 수가 없군. 테료시카, 입 좀 다물어. 이 암캐 젖퉁이, 주둥이 틀어막으란 말이야, 엄마 앞치마 같은 놈아!"

"고시카, 다시 말해봐. 나는 사회주의에 대한 건 한마디도 이해할 수가 없어. 예를 들면, 사보타즈니크*. 그건 뭘 말하는 거지? 무슨 얘기야?"

"내가 말했지만, 테료시카, 그런 말이라면 나는 교수 뺨칠 만큼 잘 알아. 귀찮게 하지 마, 나는 취했어. 사보타즈니크—그건 서로 한 패거리란 뜻이야. 소바타즈니크**다 하면, 상대와 네가 한 패거리라는 뜻이라고. 알겠냐? 이 멍텅구리야."

"난 그 말이 무슨 욕인 줄 알았어. 하지만 전기력에 대해서는 네 말이 맞아. 나는 광고를 보고 페테르부르크에서 전기 밴드를 주문하기로 했지. 활력을 높이려고 말이야. 대금 상환으로. 그런데 갑자기 새 혁명

---

* 프랑스어 '사보타주'에서 파생한 러시아어.
** 틀리게 말한 것.

이 일어난 거야. 밴드까지 신경을 쓸 수가 있어야지."

테렌티는 말을 끝내지 못했다. 가까운 곳에서 엄청난 폭발음이 술에 취해 시끄럽게 떠드는 목소리를 집어삼켰다. 식탁 주위의 소음이 멈췄다. 일 분쯤 지나자 한층 더 무질서한 소음이 일었다. 앉아 있던 사람들은 자리에서 뛰쳐나갔다. 그보다 굳센 사람들은 제자리에 일어서 있었다. 어떤 사람들은 비틀거리며 그 자리에서 달아나려고 했지만 견디지 못하고 식탁 밑으로 쓰러져 그대로 코를 골기 시작했다. 여자들은 비명을 질렀다. 대소동이 벌어졌다.

블라스 파호모비치는 원인을 찾으려고 사방을 둘러보았다. 처음에는 폭발음이 어딘가 쿠테이니 포사트 바로 옆, 어쩌면 식탁 바로 근처에서 난 거라고 생각했다. 그는 목이 뻣뻣해지고 얼굴은 새빨개진 채 목청껏 소리쳤다.

"우리 대열에 잠입해서 이런 짓을 하는 유다 같은 놈이 누구냐? 어느 망할 놈이 수류탄으로 장난질이야? 그런 불한당 같은 놈은 누군지 밝혀지기만 하면 내 자식이라 해도 모가지를 비틀어버리겠어! 시민 여러분, 이따위 장난을 친 놈을 그냥 둬서는 안 됩니다! 당장 색출해야 합니다. 쿠테이니 포사트를 포위해서 놈을 잡읍시다! 그 개놈이 빠져나가지 못하게 해야 합니다!"

사람들도 처음에는 그의 말에 귀를 기울였다. 그러나 곧이어 말리예르몰라이의 읍사무소에서 하늘로 서서히 치솟는 검은 연기 기둥에 정신이 팔렸다. 그곳에서 무슨 일이 벌어졌는지 보려고 모두 절벽으로 달려갔다.

불타고 있는 예르몰라이 읍사무소에서 징집 대상자 신체검사를 하던 시트레제 대령과 장교들과 옷을 벗은 신병들이 뛰쳐나왔는데, 한 신병은 신발도 못 신고 바지만 겨우 걸치고 있었다. 마을 여기저기에서 카자크들과 민경들이 말 위에서 몸과 팔을 뻗어 채찍을 휘두르면서, 마치 구불거리는 뱀에 올라탄 듯한 모습으로 이리저리 내달았다. 누군가를 찾고 누군가를 뒤쫓고 있었다. 많은 사람이 길을 따라 쿠테이니 포사트 쪽으로 달아나고 있었다. 뒤이어 예르몰라이 마을 종탑으로 올라간 종지기들이 울린 비상종 소리가 불안하게 울려퍼졌다.

사건은 무서운 속도로 꼬리를 물고 일어났다. 수색은 어둠이 깔릴 때까지 이어졌고, 시트레제와 카자크들이 이웃한 쿠테이니 포사트로 거슬러올라갔다. 순찰대가 마을을 포위하고 돌아다니면서 모든 집과 농가를 수색하기 시작했다.

그 무렵, 환송회에 모인 사람들의 절반은 술을 너무 마신 탓에 인사불성이 되어 땅바닥에 쭈그리거나 식탁에 엎어져 코를 골고 있었다. 어둠이 깔리고 나서야 민경대가 마을에 들어왔다는 소식이 전해졌다.

몇몇 젊은이가 민경대를 피하려고 서로 발길질을 해대고 밀쳐대며 마을 뒤쪽에서 빠져나왔고, 맨 처음 눈에 띈, 지면에 틈이 벌어져 있는 창고의 담 밑으로 기어들어갔다. 어둠 속이라 누구네 창고인지는 알 수 없었지만, 생선과 등유 냄새가 나는 것을 보아 소비조합의 상점 창고인 것 같았다.

거기 숨은 사람들은 양심의 가책을 느끼지 않았다. 잘못이라면, 숨은 죄뿐이었다. 대부분은 당황해서, 술에 취한 채 생각도 없이 도망쳤다. 그중 몇몇은 흠 잡혀 비난받을 만한 인맥들이 있었고, 그들이 생각하기에 그런 인맥들은 그들을 파멸시킬 수도 있었다. 지금은 모든 것이 정치적 색채를 띠었다. 소비에트 지역에서는 단순한 폭행과 비행도 명백히 검은 백인단*의 징표로 받아들여졌고, 백군 지역에서는 볼셰비키로 간주되었다.

마루 밑에는 먼저 들어와 숨은 사람들이 있었다. 흙바닥과 창고 마루 사이 공간에 사람들이 꽉 차 있었다. 쿠테이니 포사트와 예르몰라이 마을 사람들이 섞여 있었다. 쿠테이니 포사트 사람들은 거의 인사불성이었다. 일부는 코를 골면서 이를 갈거나 신음소리를 냈고, 토하는 사람도 있었다. 창고 밑은 한 치 앞도 보이지 않을 만큼 깜깜하고 통풍도 되지 않아 악취가 났다. 마지막에 들어온 사람들은 발각되지 않으려고 돌과 흙으로 들어온 구멍을 막았다. 잠시 뒤 코고는 소리와 신음소리가 멎자 사방이 고요해졌다. 사람들은 모두 평온한 모습으로 잠들어 있었다. 다만 겁에 질린 테렌티 갈루진과 예르몰라이의 싸움꾼 코시카 네흐발레니흐만 작게 속삭일 뿐이었다.

"이봐, 이 개자식아, 목소리 낮춰, 이러다간 모두 끝장이야. 잘 들어봐, 시트레제 일당이 왔다갔다하잖아? 마을 끝까지 갔다가 금세 돌아올 거야. 다 왔어. 죽은 듯이 있어, 숨소리라도 냈다간 목을 비틀어버린다. 아, 운좋은 줄 알아—멀리 갔군. 지나간 모양이야. 너는 대체 여기 왜 온 거냐? 바보, 숨어야 할 이유가 없잖아! 누가 너를 건드리기라도 한대?"

"이 바보야, 숨어, 고시카가 그러는 걸 들었어. 그래서 기어들어왔지."

---

* 20세기 초 러시아에서 일어난 초국민주의 운동 초르나야 소트냐(Чёрная сотня)를 말하며, 이 운동의 지지자를 체르노소텐치(Черносотенцы)라고 했다. 황실을 지지하고, 러시아 국민주의, 우크라이나 증오, 반유대주의 등의 성격을 띠었다.

"고시카야 그럴 만한 이유가 있지. 랴비흐네 가족은 모두 요주의 인물로 낙인 찍혀 있으니까. 호다츠코예에 친척들이 있단 말이야. 장인, 순전한 노동자지. 가만있지 못해, 이 바보 녀석아. 사람들이 여기다 토하고 똥을 싸질렀어. 움직이면 너만 오물에 빠지는 게 아니라 나한테도 묻는단 말이야. 냄새가 고약하지도 않냐? 너는 시트레제가 왜 마을을 돌아다니는지 알기나 해? 파진스크 사람들을 쫓고 있는 거야. 이방인을."

"대체 어찌된 일이냐, 코시카? 왜 이런 일이 벌어졌지?"

"모두 산카 때문이야, 전부 산카 파프눗킨 때문이라고. 우리는 옷을 벗고 신체검사를 받고 있었어. 산카 순서가, 산카 차례가 됐어. 그런데 옷을 벗지 않는 거야. 산카는 거기 들어올 때부터 이미 술에 취해 있었어. 사무원이 그걸 보고 말했어. 옷을 벗어주십시오, 라고. 공손하게. 산카에게 '당신'이라고 말하더군. 군사무원이. 그런데 산카는 그에게 무례하게 대답했지. '벗지 않겠어. 내 몸을 사람들에게 보여주고 싶지 않아.' 그는 부끄러움을 타는 것 같았어. 그러고는 마치 턱이라고 갈겨버릴 것처럼 팔을 쳐들고 군사무원에게 다가가더군. 그래. 그래서 어떻게 된 줄 아나? 눈 깜짝할 새도 없이 산카는 사무실 책상으로 다가가더니 잉크병이니 군사문서니 책상에 있는 걸 모두 마룻바닥에 엎어버릴 것처럼 모서리를 붙잡았어! 그때 시트레제가 사무실 문에 나타나 소리쳤어. '나는 말해두지만, 난폭한 행동은 용납하지 않을 것이다, 무혈혁명도, 공공장소에서 무법한 행동도 용납되지 않는다는 걸 가르쳐주지. 선동자가 누구냐?'

산카가 창문으로 다가갔어. '도와줘.' 그는 소리쳤어. '옷을 집어! 동지들, 여기 있다가는 모두 끝장이야!' 나는 옷을 주워 입으면서 산카 쪽으로 갔어. 산카는 주먹으로 유리창을 깨고 거리로 뛰쳐나가더니 바람처럼 들판을 향해 뛰었지. 나도 그를 따라 뛰었어. 몇몇이 더 따라오더군. 정말이지 죽을힘을 다해 뛰었어. 그들은 고함을 지르며 우리를 추격했어. 하지만 왜 그런 일이 벌어졌나, 라고 누가 묻는다면? 그건 누구도 몰라."

"그럼 폭탄은?"

"무슨 폭탄?"

"누가 폭탄을 던졌지? 아니, 폭탄이 아니라—수류탄인가?"

"세상에, 우리가 그런 짓을 했다는 거야?"

"그럼 누구야?"

"그걸 내가 어떻게 알겠어. 누군가가 그랬겠지. 혼란한 틈을 타서 읍사무소를 폭파할 생각을 한 사람이 있었나보지. 그런 때라면 의심을 받지 않을 테니까. 아마 누군가 활동가가 그랬겠지. 여기는 파진스크 출신 활동가들이 우글거리니까. 조용. 입 다물어. 사람 목소리가 들리잖아. 시트레제 일당이 되돌아오고 있어. 아, 이제 갔군. 조용히 해."

목소리가 다가왔다. 장화 소리와 박차 소리가 울렸다.

"따지지 마. 나는 그렇게 만만한 사람이 아니야. 분명 어디서 말소리가 들렸는데." 그것은 페테르부르크식 뚜렷한 발음으로 명령하는 대령의 목소리였다.

"잘못 들으신 겁니다, 각하." 말리 예르몰라이의 촌장인 늙은 어장업자 옷뱌지스틴이 말했다. "마을에서 이야기 소리가 들렸다고 해서 이상할 건 없지 않습니까. 여기는 공동묘지가 아니니까요. 사람들이 이야기를 나눌 수도 있죠. 말 못하는 벙어리들만 사는 것도 아니고요. 어쩌면 누군가가 꿈속에서 집귀신에게 가위 눌린 거겠죠."

"아니, 그렇지 않아! 당신이 바보 행세를 하고 있다는 걸 알아, 카잔의 고아라니! 집귀신이라니! 여기서 아주 편하고 해이해졌군. 이러다가 나중에는 국제적인 문제까지 떠벌리겠군, 그때 가서 후회하면 늦을 텐데. 집귀신이라니!"

"그럴 리가 없습니다, 각하, 대령님! 국제적인 문제가 다 뭡니까! 우거진 전나무숲도 빠져나가지 못하는 바보천치들입니다. 옛 기도서도 겨우 더듬더듬 읽을 정도인데요. 그런데 혁명이 무슨 말씀입니까."

"첫번째 증거가 나오기 전까지 당신들은 늘 그렇게 말하지. 어쨌든 소비조합 상점을 구석구석 다 뒤져. 여기저기 다시 싹 훑어보고 진열대 밑도 확인해. 인접한 건물들도 수색하고."

"알겠습니다, 각하."

"파프눗킨, 랴비흐, 네흐발레니흐가 살았건 죽었건 상관없어. 바닷속을 뒤져서라도 찾는다. 그리고 갈루진의 꼬마 녀석도 마찬가지야. 그놈 아비가 아무리 애국적인 연설을 많이 하고 지껄이고 다녀도 나는 관심 없어. 입으로만 떠들 뿐이지, 반동이야. 우리를 속일 수는 없어. 장사치 주제에 연설을 한다는 것부터가 틀려먹었어. 어딘가 미심쩍어. 자연스럽지 않아. 비밀 정보에 따르면 그놈이 크레스토보즛비젠스크에 있는 자기 집에서 정치범들을 숨겨주고, 비밀집회를 열고 있다더군. 그 아들놈을 잡아와! 아직 그놈을 어떻게 할지는 결정하지 않았지만, 잘못이 드러나면 본보기로 가차없이 처벌하겠어."

수색자들은 멀리 이동했다. 그들이 멀리 간 뒤 코시카 네흐발레니흐는 죽은 듯이 꼼짝 않는 테료시카 갈루진에게 물었다.

"들었어?"

"그래." 그는 제 목소리가 아닌 목소리로 속삭였다.

"이제는 너와 나, 산카, 고시카가 갈 곳은 숲속뿐이야. 영원히 거기 있겠다는 건 아니야. 그들이 마음을 바꿀 때까지 있자는 거지. 사태가 진정되면 그때는 돌아올 수 있을 거야."

11장
숲의 군단

1

유리 안드레예비치가 파르티잔의 포로가 된 지 벌써 일 년쯤 지났
다. 포로라지만 그 경계가 아주 모호했다. 유리 안드레예비치는 사방
이 벽으로 둘러싸인 곳에 포로로 잡혀 있는 것이 아니었다. 감시도 없
고, 미행도 당하지 않았다. 파르티잔 부대는 줄곧 이동하고 있었다. 유
리 안드레예비치는 그들과 함께 이동했다. 이 군단은 이동해 들어간
마을과 읍의 다른 민중과 구별이 가지 않았고, 담장 같은 것으로 분리
되지도 않았다. 군단은 민중과 뒤섞이고 그 속으로 녹아들었다.

닥터는 포로도 아니고 속박을 받는 몸도 아니지만 자유를 누리지 못
하는 것처럼 보일 뿐이었다. 포로로서 닥터가 받는 속박은 눈에 보이지
않고 손으로 만질 수 없는 인생의 다른 다양한 강제들과 별다르지 않
았다. 그러한 강제들도 실제로는 존재하지 않는 키메라*나 허구 같은

것이었다. 차꼬도 쇠사슬도 감시자도 없었지만, 닥터는 겉으로 보기에는 허구처럼 보이는 자유롭지 않은 상태에 예속될 수밖에 없었다.

그는 세 번이나 탈출 시도를 했지만 모두 실패로 끝났다. 처벌은 받지 않았지만, 그것은 불장난이나 다름없었다. 그뒤로 더는 시도하지 않았다.

파르티잔 대장 리베리 미쿨리친은 그를 너그럽게 대하며, 자신의 막사에서 지내게 하고, 그와 이야기하는 것을 좋아했다. 유리 안드레예비치는 그 강제적인 친밀함이 부담스러웠다.

2

그 무렵 파르티잔 부대는 거의 쉬지 않고 동쪽으로 후퇴했다. 때로 그 이동은 콜차크군을 서시베리아에서 몰아내기 위한 총공격 작전의 일환이었다. 또한 그 이동은 때로 백군이 그들의 후방에서 포위하려 시도할 때 후퇴로 바뀌었다. 닥터는 그러한 작전의 의미를 한참 동안이나 이해하지 못했다.

대부분 가도와 평행으로 이동했고, 때로는 가도로 갈 때도 있었는데, 도로변의 작은 도시들과 마을들은 전국戰局의 움직임에 따라 적군 수중에 있기도 하고 백군이 점거하고 있기도 했다. 겉으로 보아서는 그곳이 어느 쪽 지배 아래 있는지 판단하기 어려웠다.

---

* 그리스신화에 나오는 괴수.

농민의용군이 작은 도시나 마을을 통과할 때, 길게 줄지어 지나가는 그 군대가 그곳의 주역이었다. 도로 양옆의 집들은 마치 땅속으로 꺼져버린 듯 진흙탕 속을 나아가는 기병들과 말들, 대포들, 둘둘 만 외투를 등에 지고 떼 지어 걸어가는 장신의 저격병들은 길가의 집보다 높이 솟은 것처럼 보였다.

한번은 그런 작은 도시 중 하나에서, 닥터는 영국제 군용 의약품 재고를 전리품으로 징발하는 임무를 맡았는데, 캅펠의 장교 부대*가 버리고 간 것이었다.

비 내리는 우중충한 날에는 모든 것이 두 가지 색으로 보였다. 빛을 받는 곳은 모든 것이 흰색, 빛을 받지 않는 곳은 모든 것이 검은색이었다. 그리고 단순화된 어둠은 그 확연한 대조를 완화해주는 변화나 음영도 없이 사람들 마음까지 뒤덮었다.

끊임없는 군대의 이동으로 완전히 곤죽이 되어버린 길은 마침내 검은 진흙의 강으로 바뀌어 건널 수 없는 곳도 한두 군데가 아니었다. 길을 하나 건널 때도 건널 수 있는 곳이 서로 멀리 떨어진 몇 군데밖에 없어 멀리 돌아가야 했다. 그런 상황에서 닥터는 예전에 모스크바에서 기차를 탔을 때 동행했던 펠라게야 탸구노바를 파진스크에서 우연히 만났다.

그녀가 먼저 그를 알아보았다. 분명 눈에 익은 얼굴이지만 그는 그녀가 누구인지 얼른 생각나지 않았고, 그녀는 길 건너편에서 마치 운

---

* 백군을 지휘한 블라디미르 캅펠(1883~1920)의 부대. 캅펠은 1919년 옴스크 퇴각 때 모스크바 군단을 지휘하고, 1920년 1월 이르쿠츠크 퇴각 때 전사했다. 자바이칼과 극동의 콜차크군 잔병 부대를 캅펠의 장교 부대라 불렀다.

하의 대안對岸이라도 보는 것처럼 망설이는 시선을 던지고 있었는데, 만약 그가 알아보면 인사라도 하고 싶지만 그렇지 않으면 그대로 지나쳐도 어쩔 수 없다는 표정을 짓고 있었다.

잠시 뒤 그는 모든 것이 기억났다. 가득찬 화물열차, 강제노동에 동원되어 가는 사람들, 그들을 호송하던 병사들과 함께 땋은 머리를 가슴에 늘어뜨린 어느 여자 승객의 형상이 그림 한가운데에 떠올랐다. 삼 년 전 그의 온 가족이 이주하던 일이 세세한 것까지 선명하게 머릿속에 떠올랐다. 그가 죽을 만큼 그리워하는 혈육의 얼굴들이 눈앞에 생생하게 되살아났다.

그는 탸구노바에게 도로 조금 위쪽 진흙탕에서 튀어나와 있는 돌을 딛고 건널 수 있는 곳을 가리키며 그리로 오라고 고갯짓했고, 그도 그곳으로 건너 탸구노바에게 다가가서 인사를 나누었다.

그녀는 그에게 많은 이야기를 했다. 그녀는 그들과 같은 차량에 탔던, 억울하게 징용된 순진한 미소년 바샤를 상기시키더니, 자신은 베레텐니키 마을에서 그 바샤의 어머니 집에서 지냈다고 이야기했다. 그녀는 그 가족과 잘 지냈다. 그러나 마을 사람들은 외지 사람이라는 이유로 그녀를 곱지 않게 보았다. 그녀는 바샤와 정을 통한 사이라는 헛소문 때문에 비난까지 받았다. 결국 그녀는 쫓겨나기 전에 제 발로 떠나야 했다. 그녀는 크레스토보즛비젠스크 시에 사는 자매인 올가 갈루지나를 찾아갔다. 그리고 이곳 파진스크에 온 것은 여기서 프리툴리예프를 봤다는 소문을 들었기 때문이었다. 그러나 소문은 틀린 것이었고, 그녀는 이곳에서 일자리를 얻어 눌러앉게 되었다.

그사이 그녀의 소중한 사람들에게 불행이 덮쳤다. 베레텐니키 마을

이 식량 징발 규칙*을 어겼다는 이유로 군사제재를 받았다는 소식이 들렸다. 브리킨의 집은 불타고, 바샤의 가족 누군가가 죽었다는 소문도 있었다. 크레스토보즛비젠스크에서는 갈루진의 집과 재산이 몰수되었다. 형부인 갈루진은 투옥인가 총살을 당했다. 조카는 행방불명되었다. 처음 한동안 언니인 올가는 입에 풀칠도 못하는 지경에 처했지만, 지금은 즈보나르스카야 마을에 있는 먼 친척의 농가에서 허드렛일을 하며 겨우 살아가고 있다.

우연이지만, 탸구노바는 닥터가 징발하게 된 파진스크의 약국에서 부엌일을 하고 있었다. 그 징발은 탸구노바를 포함해 약국에서 일하며 생계를 꾸려가던 사람들 모두를 파멸로 몰아넣었다. 그러나 닥터에게는 징발을 멈출 권한이 없었다. 탸구노바는 물품을 옮길 때 입회하게 되었다.

유리 안드레예비치의 짐마차는 약국 뒤뜰의 창고 문 앞에 있었다. 창고 안에서 고리짝, 고리버들로 감은 병과 궤짝이 운반되어 나왔다.

약국 마구간에 매여 있던 지저분하고 삐쩍 마른 약사의 말도 사람들과 함께 반출 작업을 슬픈 눈으로 바라보았다. 비 내리던 하루도 서서히 저물고 있었다. 푸른 하늘이 조금 얼굴을 내밀었다. 한순간 비구름 사이로 해가 보였다. 해는 지고 있었다. 저녁 햇살이 진한 청동빛을 마당에 뿌리자, 분뇨가 쌓인 질척한 웅덩이가 음산한 황금빛으로 물들었다. 바람도 웅덩이의 오물을 흔들지 못했다. 질척한 분뇨는 너무 묵직해서 꿈쩍도 하지 않았다. 대신 길에 고인 빗물은 바람이 부는 대로 주

* 1919∼1921년까지 인민위원회에서는 잉여곡물이라는 명목으로 강제징발을 실시했다.

황색으로 물결쳤다.

군대는 사람도 말도 깊은 물웅덩이와 움푹 파인 곳을 피하며 길 가장자리를 따라 나아가고 있었다. 압수한 의약품들 속에서 온전한 코카인 한 통이 발견됐는데, 파르티잔 대장은 최근 그것에 중독돼 있었다.

3

파르티잔들 틈에서 닥터는 정신없이 바쁘게 일했다. 겨울에는 발진티푸스, 여름에는 이질, 게다가 군사작전이 재개되는 날에는 부상자가 더욱 늘었다.

패배와 잦은 퇴각에도 불구하고 파르티잔 부대는 농민의용군이 통과하는 지역에서 새롭게 봉기한 자들, 적 진영에서 넘어온 탈주병들의 가세로 끊임없이 불어났다. 닥터가 파르티잔 부대와 함께 있었던 약 일 년 반 동안 병력은 열 배로 늘어났다. 크레스토보즛비젠스크의 지하사령부 회의에서 리베리 미쿨리친은 자신의 병력을 열 배로 부풀렸었다. 그런데 이제는 실제로 그만한 규모가 되어 있었다.

어느 정도 경험이 있는 위생병 몇이 유리 안드레예비치의 조수로 새로 배치되었다. 의무대에서 그의 오른팔은 헝가리인 공산당원으로 오스트리아군에서 군의관이었고 숙영지에서는 라유시*라고 불리는 포로 출신의 케레니 라이오시였고, 역시 오스트리아군 포로 출신의 크로아

* '짖는, 컹컹거리는'이라는 뜻.

티아인 간호장 안겔랴르도 있었다. 유리 안드레예비치는 라유시와는 독일어로 말했고, 안겔랴르는 발칸의 슬라브인이라서 그럭저럭 러시아어가 통했다.

4

국제적십자 협약에 따르면 군의관과 위생대원은 무장하고 전투행동에 참가하지 못하게 되어 있다. 그러나 닥터는 어느 날 자신의 의지에 반해 이 규칙을 어겨야 했다. 그가 전장에 있었을 때 전투가 시작되어, 전투원들과 운명을 같이하며 총을 들 수밖에 없었던 것이다.

닥터가 사격에 맞닥뜨려 부대의 통신병과 함께 엎드렸던 파르티잔의 산병선은 수풀가에 있었다. 뒤는 타이가이고 앞은 탁 트인 숲속 빈터였는데, 차폐물이 아무것도 없는 넓은 그 공간으로 백군이 진격해 왔다.

그들은 바짝 다가와 벌써 눈앞에 있었다. 닥터에게는 그들의 얼굴이 하나하나 똑똑히 보였다. 원래 군인이 아닌 그들은 수도의 지식인층 출신의 소년들과 젊은이들, 예비역으로 동원된 중년의 병사들이었다. 그러나 주축을 이루는 것은 김나지움 8학년* 학생들과 최근에 지원병이 된 대학 신입생들이었다.

닥터는 그중 누구도 알지 못했지만, 절반가량은 어디선가 본 적이

---

* 최종 학년이다.

있는 것처럼 얼굴이 이상하게 눈에 익었다. 몇몇은 김나지움 시절의 급우를 떠올리게 했다. 어쩌면 그들의 동생이 아닐까? 옛날에 극장이나 거리에서 마주쳤던 것 같은 얼굴도 있었다. 왠지 모르게 사람을 끄는 풍부한 표정을 지닌 그들의 얼굴이 일가붙이처럼 느껴졌다.

자기 나름의 의무감에 고무되어 불필요하게 용기를 과시하는 그들은 막무가내로 돌진해 왔다. 산개대형으로, 근위대의 행진도 무색하리만큼 꼿꼿한 자세로, 뛰거나 땅에 엎드리지도 않고 마음만 먹으면 쉽게 몸을 숨길 수 있는 지형의 요철도 무시한 채 허세를 부리며 당당한 자세로 전진해 왔다. 파르티잔의 총알은 거의 백발백중으로 그들을 우수수 쓰러뜨렸다.

백군이 진격해 오는 벌거벗은 넓은 들판 한복판에 불타 죽은 나무 한 그루가 있었다. 벼락을 맞았거나, 모닥불에 탔거나, 이전의 전투에서 포화에 쪼개지고 불탔을 것이다. 전진하던 지원병들은 저마다 그 죽은 나무를 쳐다보며 나무 뒤에서 한결 안전하게 표적을 노리고 싶은 유혹과 한순간 싸웠지만 결국 그 유혹을 물리치고 계속 전진했다.

파르티잔은 탄약에 한정이 있었다. 함부로 쏠 수 없었다. 근접 거리에 올 때까지는 쏘지 말고, 확실히 보이는 목표만 쏘라는 명령이 내려져 있었다.

닥터는 총 없이 풀밭에 엎드려 전투 추이를 지켜보았다. 그의 마음은 영웅적으로 죽어간 소년들 쪽으로 동정을 느끼며 기울어 있었다. 그는 진심으로 그들이 승리하기를 바랐다. 아마도 그들은 정신적으로 그와 똑같은 교육을 받고, 똑같은 도덕관, 똑같은 사고를 지닌, 그와 비슷한 가정의 자식들일 것이다.

열린 그 공간으로 달려나가 투항하고 지금의 처지에서 벗어나고 싶다는 생각이 그의 뇌리를 스쳤다. 그러나 그건 위험한 일, 위험천만한 일이었다.

두 손을 들고 달려나가 들판 한복판에 닿기도 전에 이쪽에서는 배신의 벌을 주기 위해, 저쪽에서는 그의 진의를 모르기 때문에 양쪽으로부터 가슴과 등에 총알 세례를 받을 가능성이 컸다. 지금까지 여러 차례 유사한 상황에 놓인 적이 있었으나 그 가능성 여부를 요모조모 충분히 생각한 끝에 그는 그런 탈주가 아무런 소용도 없다는 것을 이미 오래전에 깨달았다. 닥터는 모순된 감정을 달래며 여전히 총도 없는 상태로 풀밭에 엎드려 들판의 상황을 지켜보았다.

그러나 주위에서 죽기 살기로 맹렬한 전투가 벌어지는 걸 보고만 있는 것은 인간의 인내를 넘어서는 일이었다. 문제는 그가 억류되어 있는 진영에 대한 충성이나 자기방어가 아니라, 지금 이 상황의 결과, 지금 그의 눈앞과 주위에서 일어나고 있는 사태의 법칙을 따르느냐 따르지 않느냐였다. 제삼자로 머무는 건 규율 위반이었다. 그도 다른 사람들과 똑같이 행동해야 했다. 전투는 계속되고 있었다. 그들이 그와 그의 동료들을 공격하고 있었다. 그도 응사해야 했다.

그와 나란히 산병선에 있던 통신병이 몸을 부르르 떨다가 이윽고 쭉 뻗고는 움직이지 않자, 유리 안드레예비치는 통신병에게 기어가 탄약함을 풀고 총을 손에 들고 자리로 되돌아와 한 발 한 발 쏘기 시작했다.

그러나 동정심이 그가 매력과 공감을 느낀 젊은이들을 겨누게 해주지 않았다. 그런다고 허공에 대고 총을 쏘는 것은 너무 어리석고 무의미한데다 그의 의도에도 반하는 짓이었다. 그래서 그는 불타 죽은 나무를 겨냥하고 표적에 아무도 없는 순간을 노려 방아쇠를 당겼다. 그는 자기만의 방식으로 쏘았다.

겨냥을 하고 조준이 차츰 정확해지면 천천히 방아쇠를 당기지만, 마치 총을 쏠 의도가 전혀 없는 것처럼 끝까지 당기지는 않고 그러는 동안 저절로 공이치기가 공이를 쳐 예기치 않게 총알이 발사되는 식이었는데, 닥터는 손에 익은 정확성으로 죽은 나무 주위에 떨어진 아래쪽의 말라 죽은 가지를 연달아 쏘기 시작했다.

그러나 오 그 공포란! 사람이 맞지 않게 그토록 주의했지만 한 사람, 또 한 사람이 결정적일 때 그와 나무 사이로 뛰어들어 발사 순간 화선火線을 가로질렀다. 그는 두 사람에게 부상을 입혔고, 갑자기 나타나 나무 옆에 쓰러진 세번째 불행한 자는 치명상을 입은 것 같았다.

마침내 백군의 지휘관도 무의미한 시도라고 판단하고 퇴각 명령을 내렸다.

파르티잔 쪽은 소수였다. 주력 부대의 일부는 행군중이었고, 다른 일부는 조금 떨어진 지점에서 좀더 규모가 큰 적의 부대와 교전하며 측면으로 후퇴하고 있었다. 파르티잔 쪽은 병력이 적은 것을 드러내지 않으려고 적이 퇴각해도 추격하지 않았다.

간호장 안겔랴르가 들것을 든 위생병 둘을 수풀가로 데려왔다. 닥터는 그들에게 부상병 간호를 지시하고, 아까부터 꼼짝도 않고 누워 있는 통신병에게 다가갔다. 아직 숨이 붙어 있다면 살릴 수도 있다는 막연한 기대를 품고 있었다. 그러나 통신병은 이미 숨져 있었다. 확실히 확인하기 위해 유리 안드레예비치는 그의 셔츠를 풀어헤치고 심장소리를 들어보았다. 그의 심장은 멎어 있었다.

전사자의 목에는 끈에 매단 부적 주머니가 걸려 있었다. 유리 안드레예비치는 그것을 떼어냈다. 접은 모서리가 헐어 누더기가 된 종이쪽지가 안쪽 천에 누벼져 있었다. 닥터는 반쯤 부스러져 넝마가 된 쪽지를 펼쳐보았다.

쪽지에는 「시편」 90장*에서 발췌한 글귀가 적혀 있었는데, 민중이 기도할 때 바꾸거나 덧붙인 곳이 몇 군데 있었고, 그래서 기도는 되풀이되는 동안 차츰 원전에서 멀어진 것이 되었다. 교회슬라브어 원문의 단편이 러시아어 문법으로 고쳐 쓰여 있었다.

「시편」은 '전능하신 분의 그늘 아래 머무는 사람아(지비 Живый)'라는 구절이었다. 그런데 러시아어 문법에 따라 이것은 '생생한 Живые 가호'로 주문呪文의 제목이 되었다. 「시편」의 '낮에 날아드는 화살을 두려워 마라'는 '싸움터에서 날아오는 화살을 두려워하지 마라'라는 격려의 말로 바뀌었다. 또 「시편」의 '나의 이름을 아는(포즈나 позна) 자를'은 '나의 이름은 나중으로 늦춰지고(포즛노 поздно)'로, '환난(스코르비 скорби)중에 그와 함께 있으리니 나는 그를 건져주고(이즈무 изму)……'는 '곧(스코로 скоро) 겨울에(지무 зиму) 그를'로 바뀌어 있었다.

「시편」의 이 대목은 총알로부터 지켜주는 부적으로 영험이 있다고 믿어졌다. 병사들은 지난번 제국주의전쟁 때부터 그것을 부적으로 몸에 지녔다. 그리고 수십 년이 훨씬 지난 지금도 죄수들은 그것을 옷에 누벼두고 한밤중에 수사관의 심문에 불려갈 때마다 그 구절을 입속으

---

* 한국 공동번역 성서에서는 91장이다.

로 되뇌었다.

유리 안드레예비치는 통신병 곁을 떠나, 그가 쏜 총알에 죽은 젊은 백군 병사의 시체가 있는 빈터로 갔다. 청년의 아름다운 얼굴에는 모든 것을 용서한 듯한 고통과 무구함만 새겨져 있었다. '왜 그를 죽였을까?' 닥터는 생각했다.

그는 죽은 남자의 외투 단추를 열어 앞자락을 넓게 펼쳤다. 안감에는 어머니의 손길이 분명해 보이는, 정성과 사랑이 담긴 세료자 란체비치라는 전사자의 이름과 성이 흘림체로 수놓여 있었다.

세료자의 셔츠 깃 밑에서 사슬에 달린 십자가와 목걸이, 그 밖에도 납작한 금 케이스인지 코담뱃갑 같은 것이, 뚜껑이 못으로 친 것처럼 움푹 파여 망가진 채 굴러나와 대롱거렸다. 금 케이스는 반쯤 열려 있었다. 그 속에 접혀 있던 종이쪽지가 삐져나와 있었다. 닥터는 그것을 펼쳐 보고 자신의 눈을 의심했다. 그것 또한 「시편」 90장이었는데, 이번에는 교회슬라브어 원전대로 인쇄되어 있었다.

이때 세료자가 신음을 내뱉더니 몸을 죽 뻗었다. 그는 살아 있었다. 나중에 안 일이지만, 그는 가벼운 내부 타박상으로 실신했던 것이었다. 총알이 어머니가 준 부적 뚜껑에 맞은 덕분에 그는 목숨을 건질 수 있었다. 그러나 의식을 잃고 누워 있는 이 청년을 어떻게 해야 할까?

그 무렵 교전하는 양쪽의 잔학함은 극에 달해 있었다. 포로는 정해진 장소까지 살아서 다다른 적이 없고, 적의 부상병은 그 자리에서 총검으로 찔러 죽였다.

당시 숲의 파르티잔은 새로운 지원병들이 들어오기도 하고 오래된 대원들이 달아나 적 쪽으로 넘어가기도 하며 유동적이었기 때문에, 란체비치도 입만 굳게 다물면 새로 입대한 신참으로 위장할 수 있었다.

유리 안드레예비치는 이 생각을 안겔랴르에게 털어놓고 도와달라고 한 뒤 전사한 통신병의 윗옷을 벗겨 의식이 돌아오지 않은 청년에게 갈아입혔다.

그와 간호장은 청년이 회복될 때까지 간호했다. 완전히 회복한 란체비치는 생명의 은인들에게 자신은 콜차크군으로 돌아가 적군과 계속 싸울 거라고 숨김없이 말했고, 그들은 그를 놓아주었다.

5

가을이 되자 파르티잔은 리시 오토크에서 숙영했는데, 그곳은 높은 언덕 위에 있는 작은 숲으로 삼면이 강으로 둘러싸이고 거품이 이는 빠른 물살이 강기슭을 파먹으며 흘렀다.

파르티잔 부대가 오기 전에는 캅펠의 군대가 겨울을 난 곳이었다. 그들은 인근 마을 주민들의 노동력을 빌려 이 숲을 요새로 만들었으나 봄이 되자 그곳을 떠났다. 폭파되지 않은 엄폐호와 참호, 연락 통로에 이제 파르티잔 부대가 머물렀다.

리베리 아베르키예비치는 자신의 움막에 닥터를 기거하게 했다. 그는 내리 이틀째 밤을 의사를 붙잡고 이야기하며 잠도 자지 못하게 했다.

"나의 존경하는 부모님이 지금 어떻게 지내시는지 알고 싶군요, 존경하는 파테르―나의 파파헨*."

'오오, 정말이지 이 놀아나는 꼴을 참을 수가 없군.' 닥터는 한숨을

내쉬었다. '그 아버지와 판박이잖아!'

"지금까지 이야기로 미루어보면, 당신은 아베르키 스테파노비치에 대해 상당히 잘 아시더군요. 그리고 그분에 대해 나쁘지 않게 생각하는 것 같고 말이죠. 어떤가요, 선생?"

"리베리 아베르키예비치, 내일은 부이비셰에서 선거 전 집회가 있습니다. 게다가 밀주를 제조한 위생병에 대한 재판도 코앞이고요. 나와 라이오시는 아직 이 사건에 관한 자료 준비를 하지 못했습니다. 그래서 우리는 내일 만나기로 했습니다. 그런데 나는 이틀 동안 자지 못했습니다. 이야기는 나중으로 미룹시다. 제발 좀 봐주십시오."

"안 됩니다. 다시 아베르키 스테파노비치 이야기로 돌아가죠. 그 노인을 어떻게 생각합니까?"

"당신의 아버지는 아직 한창 젊으십니다. 리베리 아베르키예비치. 당신은 왜 그런 식으로 말하죠? 그렇다면 지금 대답하겠습니다. 나는 종종 이야기했습니다만, 여러 종류의 사회주의에 대해 그 세세한 차이를 잘 알지 못하고, 더욱이 볼셰비키와 다른 사회주의자들의 특별한 차이점도 모르겠습니다. 당신의 아버지는 최근 러시아의 혼란과 소요에 대해 책임을 져야 할 사람들 가운데 한 분이죠. 아베르키 스테파노비치는 혁명적인 인물의 한 전형, 한 성격입니다. 당신과 마찬가지로 그도 러시아의 효모酵母, 그 대표자입니다."

"그게 무슨 말입니까, 칭찬인가요, 비난인가요?"

"다시 한번 부탁합니다, 이 논의는 적당한 때로 미룹시다. 그건 그렇

---

* 아버지를 뜻하는 독일어 Vater, Papachen을 러시아어로 음차한 것.

고, 당신이 코카인을 남용하는 데 대해 주의를 촉구합니다. 당신은 내가 관리 책임을 지고 있는 비축품에서 마음대로 그것을 가져가고 있습니다. 그건 독물이고, 내가 당신의 건강을 책임져야 하는 사람이란 걸 차치하고라도 우리에게는 다른 목적을 위해 필요한 물품입니다."

"당신은 어제도 학습에 나오지 않았더군요. 당신의 뒤처진 사회의식은 일자무식한 시골 아낙들이나 보수반동인 속물의 그것과 다를 게 없습니다. 그런데도 당신은 교양이 높은 닥터이고, 심지어 무슨 글까지 쓰는 모양이더군요. 어찌된 조합인지 설명할 수 있습니까?"

"글쎄요, 어떻게 그런 건지 모르겠습니다. 아마도, 조합이 되지 않겠죠. 어쩔 수 없는 일입니다. 나는 불쌍한 존재입니다."

"지나친 겸손은 오만보다 나쁩니다. 그렇게 신랄하게 비웃을 게 아니라, 우리의 학습 프로그램에 대해 잘 알게 된다면 오만할 문제가 아니라는 걸 인정하게 될 겁니다."

"그럴 리가요, 리베리 아베르키예비치! 오만은 무슨 오만입니까! 나는 당신의 교육 활동에 감복하고 있습니다. 문제 일람은 통지서에도 실리더군요. 나는 그것을 읽고 있습니다. 병사들의 정신적 발전에 대한 당신의 생각도 잘 알고 있습니다. 나는 감탄하고 있어요. 동지, 약자, 의지할 데 없는 자, 여자, 순결과 명예에 대해 인민군 병사들이 가져야 할 태도에 대해 당신이 말한 모든 것은 두호보르파*의 조직 원리와 거의 같은, 일종의 톨스토이주의이고, 이상적인 삶에 대한 몽상이

---

* 18세기 중엽에 성립된 러시아정교회의 한 분파. 두호보르란 '영혼을 위해 싸우는 자'라는 뜻으로, 이들은 농민의 유토피아적 공동체의 이념을 좇고, 사유재산을 인정하지 않고 국가에 대한 납세, 병역을 거부함으로써 심한 탄압을 받았다.

며, 나도 십대에는 그런 생각으로 머리가 가득했었습니다. 내가 어떻게 그것을 비웃을 수 있겠습니까?

하지만 첫째로, 10월 혁명 이후에 등장한 전체의 개선이라는 이념은 나를 불타오르게 하지 않습니다. 둘째로, 실현까지는 아직 먼데도 아직도 그것에 대해 이러니저러니 말만 하며 피바다가 되는 엄청난 대가를 치렀지만, 목적이 수단을 정당화할 순 없습니다. 셋째로, 이것이 가장 중요한 점인데, 삶의 개조니 하는 말을 들으면 나는 자제심을 잃고 절망에 빠지게 됩니다.

삶의 개조라! 그런 생각을 할 수 있는 사람은 어쩌면 인생 경험은 많이 쌓았을지 모르지만 삶이 무엇인지 한 번도 생각해보지 않았던 사람들, 그 정신, 그 영혼을 느껴본 적이 없는 사람들일 겁니다. 그런 사람들에게 삶이라는 것은 아직 자기들의 손이 닿아 좋아지지 않은 것, 그래서 이제부터 그들이 가공해야 할 원재료 덩어리일 뿐입니다. 하지만 삶은 지금까지 원재료였거나 물질이었던 적이 한 번도 없습니다. 삶이 그렇단 말입니다, 알겠습니까, 자기 자신을 끊임없이 갱신하고 영원히 자신을 변화시켜가는 것, 삶 그 자체는 당신과 나의 어리석은 이론을 훨씬 뛰어넘는 것입니다."

"뭐 그렇지만, 집회에 나가 우리의 뛰어나고 훌륭한 사람들과 교류한다면, 분명 당신도 고양될 겁니다. 우울증에 빠지지 않을 거란 말입니다. 나는 그 이유가 어디 있는지 알죠. 당신은 지금 우리가 몰리고 있으니까 앞날이 보이지 않아 의기소침한 겁니다. 하지만 벗이여, 절대 두려워하지 말지어다. 나는 개인적으로 훨씬 더 무서운 일도 알지만—지금 그것을 털어놓진 않겠지만—그래도 흔들리지 않았습니다.

우리의 패배는 일시적인 겁니다. 콜차크의 멸망은 피할 수 없는 일입니다. 내 말을 명심해요. 두고 보십시오. 우리는 이깁니다. 안심해요."

'아니, 이건 뭐 어쩔 수가 없군!' 닥터는 생각했다. '정말 어린애 같군! 정말 근시안이야! 나는 입이 아플 만큼 우리의 견해가 정반대라고 말했는데, 이자는 나를 힘으로 제압하고 힘으로 여기에 붙들어두면서, 자기의 패배가 나를 실망시켰을 거라고, 또 자기의 예상과 희망이 나에게 용기를 불어넣어줄 거라고 생각한다. 제 앞도 못 보는 장님이 아닌가! 이자에게는 혁명의 이해나 태양계의 존재나 다 똑같은 것이다.'

유리 안드레예비치는 얼굴을 찌푸렸다. 그는 아무 대답도 하지 않고, 리베리의 유치함에 화가 치밀어오르는 것을 겨우 참고 있다는 것을 숨기지도 않으면서 어깨를 으쓱했다. 리베리도 그것을 알아차렸다.

"유피테르, 그대가 화났다는 건 곧 그대가 틀렸다는 것이다.*" 그는 말했다.

"그런 것이 나와 전혀 무관하다는 걸 이제 알지 않습니까. '유피테르'니 '두려워하지 말지어다'라느니 'A라고 말하면 B라고 말해야 한다'라느니 '무어인은 할일을 끝냈으니, 가도 된다**' 같은 진부하기 짝이 없는 모든 비속한 말은 나와는 맞지 않습니다. 나는 'A'라고는 말하지만 'B'라고는 말하지 않을 겁니다, 찢겨 죽는 한이 있더라도. 당신들이 러시아의 횃불이자 해방자이고, 당신들이 없으면 러시아는 빈곤과 무지 속에 빠져 망하고 만다는 것을 인정하겠습니다, 그렇다 치더라도 당신들은 나에게 아무것도 아닙니다. 침이나 뱉어주고 싶을 뿐, 당신

* Iuppiter iratus ergo nefas, 라틴어 경구.
** 프리드리히 실러의 희곡 『큰 실수 Fiesco』에 나오는 구절.

144

들이 싫습니다. 당신들 따위 모두 엿이나 먹으라고 말하고 싶단 말입니다.

당신의 정신적 지도자들은 경구를 좋아하지만, 사람의 환심을 억지로 살 수 없다는 중요한 사실은 잊고 있으며, 원치도 않는데 사람들을 해방해놓고는 행복하게 해줬다고 생색내는 버릇이 들었습니다. 분명 당신 역시, 나에게 당신의 캠프나 집단보다 더 좋은 곳은 없다고 생각하고 있을 겁니다. 내가 포로가 되어 가족과 자식과 집과 일로부터, 다시 말해 소중하기 이를 데 없고 내가 살아가는 보람이었던 모든 것으로부터 멀어졌는데, 당신은 거기서 나를 해방시켰으니 내가 고마워하고 기뻐해야 한다고 생각하고 있죠.

러시아인이 아닌 정체 모를 부대가 바리키노를 습격했다는 소문이 돌고 있습니다. 마을은 짓밟힐 대로 짓밟히고 약탈당했다고 하고요. 카멘노드보르스키도 아니라고 하진 않더군요. 내 가족과 당신의 가족은 간신히 도망친 모양입니다. 신화에나 나옴직한, 눈꼬리가 치켜올라간 사람들이 바트니크*에 파파하를 쓰고 혹한에 얼어붙은 린바강을 건너 마을의 살아 있는 모든 것을 말 한마디 없이 다 쏘아 죽인 뒤 나타났을 때와 마찬가지로 허깨비처럼 사라졌다고 했어요. 그것에 대해 뭐라도 아는 것이 있습니까? 그게 사실입니까?"

"말도 안 됩니다. 날조예요. 근거도 없는 말을 퍼뜨리는 자들의 헛소리입니다."

"만일 당신이 병사들의 도덕 교육에 대해 설교했던 것처럼 선량하고

---

* 누비 재킷.

관대한 사람이라면, 나를 놓아주시오. 내 가족을 찾아야겠습니다. 나는 그들이 살아 있는지, 어디에 있는지조차 모릅니다. 그렇게 안 해줄 거면 제발 입 다물고 나를 좀 내버려둬요. 나는 다른 일에는 아무 관심이 없고, 내가 무슨 말을 할지 책임질 수도 없습니다. 아무튼 마지막으로 말하지만, 제기랄, 나에게도 잘 권리는 있잖소!"

유리 안드레예비치는 침상에 엎드려 베개에 얼굴을 파묻었다. 그는 리베리의 변명을 듣지 않으려고 안간힘을 썼고, 리베리는 그를 안심시키려고 봄까지는 백군이 꼭 격멸될 거라며 말을 늘어놓았다. 내전이 끝나면 자유와 번영과 평화가 찾아올 것이다. 그때는 아무도 닥터를 붙잡아두지 않을 것이다. 그러니 그때까지 견뎌야 한다. 이렇게까지 모두가 견디고 이만큼의 희생을 치르면서까지 그날이 오기를 기다려왔으니 이제 얼마 남지 않았다. 닥터가 지금 어디로 간단 말인가. 그를 위해서라도 지금은 혼자 어디로도 가게 할 수 없다.

'늘 똑같은 말이지, 제기랄! 또 그놈의 잡소리! 몇 년이고 똑같은 말만 되풀이하는군, 부끄럽지도 않나?' 유리 안드레예비치는 분개하며 한숨을 내쉬었다. '그는 자기 말에 취해 있지, 말만 번드르르한 불행한 코카인쟁이. 그에게는 밤이 밤이 아니야, 제기랄, 잠을 잘 수가 있어야지. 오, 정말 싫은 놈이야! 이러다가는 언젠가 내 손으로 저놈을 죽이게 될지도 모르겠군.

오, 토냐, 가련한 내 사람! 당신 살아 있어? 어디 있지? 그래, 분명 오래전에 아기를 낳았겠지! 출산은 어땠어? 아들이야, 딸이야? 내 그리운 사람들, 어떻게 지낼까? 토냐, 내 영원한 죄, 양심의 가책이여! 라라, 당신 이름을 부르기가 두려워, 내 영혼이 당신의 이름과 함께 빠져나갈 것 같아. 주여! 주여! 이 가증할, 감정도 없는 짐승 같은 자는 아직도 연설을 늘어놓고 있군. 제발 닥쳐! 오, 언젠가는 더이상 참지 못하고 결국 저놈을 죽일 것이다. 나는 저놈을 죽이고 말 것이다.'

6

아낙들의 여름도 지나갔다. 황금빛 가을의 화창한 날이 이어졌다. 리시 오토크 서쪽 한구석에 지원병들이 구축한 작은 목조 요새의 탑이 지면에 솟아 있었다. 유리 안드레예비치는 거기서 조수인 라이오시 닥터와 만나 몇 가지 일을 의논할 예정이었다. 유리 안드레예비치는 약속 시간에 그곳에 도착했다. 동지를 기다리는 동안 그는 허물어진 참호 둔덕을 오르내리며 초소에서 발을 멈추고 기관총 진지 앞 총안 틈으로 강 건너 멀리 숲이 펼쳐진 정경을 보았다.

가을은 벌써 침엽수림과 활엽수림의 경계를 뚜렷이 보여주고 있었다. 거무스름한 성벽같이 우뚝 솟아오른 울창한 침엽수들 사이로 활엽수들이 불꽃같은 포도주색 얼룩처럼 타오르고 있었는데, 울창한 숲속에 그 숲에서 벤 통나무로 지은 황금색 망루의 성들이 있는 고대 도시를 방불케 했다.

닥터의 발아래 참호 속의 흙, 수레바퀴 자국이 새벽의 서리로 단단하게 얼어붙은 숲길에는 바싹 말려 대패로 민 것처럼 작은 버들잎들이 원통 모양으로 잔뜩 덮여 있었다. 갈색의 쌉쌀한 마른 잎들과 그 밖의 온갖 것에서 가을 향기가 풍겼다. 유리 안드레예비치는 서리를 맞은 사과의 향기, 마른 가지의 씁쌀한 향기, 달콤한 습기와 물을 끼얹은 모닥불과 방금 끈 불에서 피어오르는 냄새와 닮은 푸른 9월의 연무를 탐욕스럽게 들이마셨다.

유리 안드레예비치는 라이오시가 뒤에서 다가온 것을 알아채지 못했다.

"안녕하세요, 동지." 그는 독일어로 말했다. 둘은 일을 시작했다.

"세 가지 문제가 있습니다. 밀주 제조 문제, 진료소와 약국 개편 문제, 그리고 세번째는 내 제안인데, 행군중의 정신병 환자 외래진료 문제입니다. 어쩌면 당신은 꼭 그럴 필요는 없다고 생각할지 모르지만 내가 관찰한 바로는, 친애하는 라이오시, 우리는 지금 미쳐 죽어가고 있어요. 그리고 이 현대적 광기는 다분히 전염성이 있고 감염의 소지가 있습니다."

"아주 흥미로운 문제로군요. 하지만 그 문제는 나중에 다루기로 하고, 그전에 할말이 있습니다. 숙영지 내에 불온한 움직임이 있어요. 밀주를 만든 자들을 동정하는 사람들이 있습니다. 그뿐만 아니라 백군에 점령당한 마을에서 피란해 오는 가족의 운명에 대해서도 많은 사람이 우려하고 있습니다. 파르티잔 일부는 자기 아내와 자식, 노인들을 태운 수송 열차가 곧 도착한다며 출동을 거부하고 있습니다."

"그렇죠, 기다려야겠죠."

"그런데 이런 상황에서 통합사령부의 선거가 있습니다. 직접 우리 관할이 아닌 다른 파르티잔 부대도 포함한 총사령부 선거 말입니다. 내 생각으로는 리베리 동지가 유일한 후보자입니다. 그런데 젊은 그룹에서는 다른 사람을 밀고 있는데, 브도비첸코입니다. 이자를 미는 사람들은 밀주 제조자들을 동정하는 이들로 우리와는 이질적인 자들, 부농들, 장사치 자식들, 콜차크군 탈주병들입니다. 그자들이 특히 소란을 피우고 있습니다."

"밀주를 만들어 판 위생병은 어떻게 될 것 같습니까?"

"내 생각에는 총살형이 선고되고 그들이 탄원하면 집행유예로 판결이 바뀔 것 같습니다."

"너무 말이 길어졌군요. 일을 시작할까요. 진료소 개편, 이걸 가장 먼저 검토하고 싶은데요."

"좋습니다. 그런데 미리 말씀드립니다만, 선생이 제안하신 정신병 예방 문제는 전혀 놀랄 것이 없습니다. 나도 같은 생각입니다. 시대에는 일정한 특징이 있는데, 이 시대의 역사적 특징에 직접적인 관련이 있는 어떤 전형적인 정신질환이 퍼지고 있는 게 사실입니다. 차르 군대에 있었던, 아주 의식 수준이 높고 계급적 본능을 타고난 팜필 팔리흐라는 병사가 있습니다. 바로 그런 사람이 자기와 가까운 사람들에 대한 걱정에 사로잡혀 정신이 이상해지는 거죠. 자기가 전사할까봐, 또는 가족이 백군에게 붙잡혀 자기 때문에 보복당할까봐요. 참으로 복잡한 심리 상태죠. 그의 가족은 아마 피란민 대열에 섞여 우리를 따라오고 있을 겁니다. 말이 잘 통하지 않아서 그에게 자세히 캐묻지는 못하겠습니다. 안겔랴르나 카멘노드보르스키에게 알아보라고 하면 되겠죠. 그를 진찰해야 합니다."

"나는 팔리흐를 잘 압니다. 내가 어떻게 그를 모르겠습니까. 한때 군 소비에트에서 그와 자주 마주쳤습니다. 검은 머리에, 잔인하고, 이마가 좁은 사람이죠. 그의 어떤 점이 우수하다는 건지 나는 이해되지 않

습니다. 언제나 극단적인 조치를 내리고, 가혹하고, 사형에 찬성하는
자였습니다. 그래서 나는 늘 그를 멀리했죠. 하지만 좋습니다. 그를 진
찰해보죠."

7

맑고 화창한 날이었다. 지난주 내내 그랬듯이 조용하고 건조한 날씨
였다.

숙영지 안쪽에서는 대규모 숙영지 특유의 먼 해명海鳴 같은 둔한 소
리가 들렸다. 숲을 돌아다니는 발소리, 사람들 목소리, 도끼 찍는 소
리, 모루 두드리는 소리, 말 울음소리, 개 짖는 소리와 수탉들이 우는
소리가 번갈아 들려왔다. 햇볕에 타서 이빨만 하얗게 보이는 사람들이
웃는 얼굴로 숲속을 돌아다니고 있었다. 닥터를 아는 사람들은 인사를
하고, 모르는 사람들은 인사 없이 그냥 옆을 지나쳐 갔다.

파르티잔들은 뒤따라오는 가족들의 짐마차가 도착할 때까지는 리시
오토크를 떠나는 데 동의하지 않았지만 그 가족들이 지금쯤 숙영지 가
까이까지 와 있을 것이었으므로 숲에서는 슬슬 진지를 철수해 더욱 동
쪽으로 이동하기 위한 준비가 한창이었다. 수리하고, 청소하고, 궤짝
에 못을 박고, 짐마차 수를 세어보고, 고장난 것이 있는지 점검했다.

숲 한복판에 풀이 짓밟힌 커다란 빈터가 있었다. 일종의 쿠르간*, 또

* 남러시아 초원에 있는 고대의 무덤.

는 고성의 폐허 같은 데인데 이 고장에서는 부이비셰라고 불렸다. 그곳에서 통상 군사 집회가 열렸다. 오늘도 중대 발표를 위해 전체 집회가 예정되어 있었다.

숲에는 아직 노랗게 물들지 않은 푸른 잎이 많았다. 숲 깊숙한 곳의 나무들은 아직도 싱싱하고 푸르렀다. 약간 서쪽으로 기운 오후의 태양이 숲 뒤쪽에서 그 빛을 투사하고 있었다. 햇빛이 나뭇잎을 투과하며 투명한 유리병의 녹색 불꽃처럼 뒤쪽에서 불타고 있었다.

문서보관소 옆 탁 트인 풀밭에서는 수석 연락장교 카멘노드보르스키가 입수한 캅펠 군대의 문서 가운데 검토가 끝나 쓸모없어진 종잇더미를 자기가 관할하는 파르티잔 관련 보고서와 함께 태우고 있었다. 모닥불의 불길은 태양을 등지고 있었다. 태양은 숲의 푸른 잎과 마찬가지로 투명한 화염을 투사하며 빛났다. 불꽃은 보이지 않았고, 뜨거워진 공기가 운모처럼 흔들리는 것을 보고서야 뭔가가 붉게 타고 있다는 것을 알 수 있었다.

숲속은 황새냉이의 화려한 술, 늘어진 딱총나무의 벽돌색 열매, 불두화나무 열매의 희고 붉은 술 등 곳곳이 온갖 열매들로 알록달록했다. 얼룩덜룩한 불꽃 같기도 하고 나뭇잎 같기도 한 투명한 잠자리들이 유리 같은 날개를 파닥거리며 천천히 공중을 날고 있었다.

유리 안드레예비치는 어렸을 때부터 타는 듯한 저녁놀에 잠긴 숲을 좋아했다. 그런 순간에는 빛의 기둥이 자기 몸을 관통하는 것 같았다. 마치 살아 있는 정령의 선물이 가슴속에 들어와 전 존재를 가로지르고 마침내 한 쌍의 날개처럼 어깻죽지 밑으로 빠져나가는 것 같았다. 누구에게나 평생에 걸쳐 형성되고 그후 그 자신의 내면적인 얼굴, 개성으로 영원히 기능하게 되는 청년 시절의 원형이 문득 원초의 힘 자체로 그의 내부에서 되살아났고, 자연이나 숲이나 저녁놀이나 눈에 보이는 모든 것을, 그와 마찬가지로 모든 것을 포용하는 한 소녀의 원초적인 모습으로 변모시켰다. "라라!" 그는 눈을 감고 반쯤 속삭이듯이, 아니 그의 전 인생을 향해, 하느님의 온 대지를 향해, 햇빛을 받으며 자기 앞에 끝없이 펼쳐져 있는 온 공간을 향해 마음속으로 불러보았다.

그러나 초미의 사태가 잇따라, 러시아에서는 10월 혁명이 일어났고, 그는 파르티잔의 포로가 되었던 것이다. 그는 자기도 모르게 어느 틈에 카멘노드보르스키의 모닥불 쪽으로 다가가 있었다.

"문서를 태우는 겁니까? 아직도 다 못 태웠습니까?"

"웬걸요! 며칠이 더 걸릴지 모르겠습니다."

닥터는 장화 끝으로 종잇더미를 하나 차서 무너뜨렸다. 백군 사령부와 주고받은 통신문이었다. 서류 속에 란체비치라는 이름이 있지 않을까 하는 생각이 어렴풋이 떠올랐으나 그 생각은 이내 빗나갔다. 암호화된 작년의 보고서들이 쌓여 있었고, 모두 뜻을 알 수 없이 생략된 재미없는 것들뿐이었다. '옴스크 장군 사무실 첫번째 복사 옴스크 자군自軍 지역 옴스크 지도 40베르스타 예니세이스크 미도착.' 그는 다른 더미를 발로 찼다. 그 더미에서는 파르티잔의 오래된 집회 회의록이 굴러나왔다. 맨 위 서류에는 이렇게 쓰여 있었다. '초긴급. 휴가 관련. 감사 위원회 위원 재선. 당면 문제. 이그나톳보르치 마을 여교사에 대한 고발은 증거 불충분으로 군 소비에트는……'

그때 카멘노드보르스키가 주머니에서 뭔가 꺼내 닥터에게 주며 말했다.

"숙영지를 떠날 때 당신들 의무대에 대한 출발 지시서입니다. 파르티잔의 가족을 태운 짐마차가 가까이 와 있습니다. 캠프 내에서 엇갈리던 의견도 오늘로 다 정리될 겁니다. 언제든지 철수할 수 있습니다."

닥터는 서류를 흘끗 보고 탄식했다.

"지난번 할당보다 마차 수가 적잖습니까. 부상자는 더 늘었단 말입니다! 물론 경상자는 걸어서 갈 수 있죠. 하지만 그 수는 얼마 안 됩니다. 중상자를 어떻게 옮기라는 겁니까? 게다가 약품들, 침상들, 장비들은요!"

"어떻게든 압축해보십시오. 상황에 맞출 수밖에 없습니다. 그런데 다른 이야기 하나 하겠습니다. 우리 모두가 당신에게 청이 하나 있습니다. 실은 신념이 투철하고 믿을 만한, 충실하고 훌륭한 투사가 한 명 있는데 말이죠. 그가 아무래도 좀 이상합니다."

"팔리흐 말인가요? 라이오시에게서 들었습니다."

"맞습니다. 그에게 가주십시오. 진찰해주십시오."

"정신적인 거겠죠?"

"그런 것 같습니다. 그의 말로는 눈앞에 뭐가 지나다닌답니다. 분명 환각이겠죠. 잠을 못 잡니다. 머리도 아프다고 하고요."

"알겠습니다. 곧 가보죠. 마침 시간이 있습니다. 집회는 몇시부터죠?"

"벌써 모이는 것 같습니다. 하지만 당신하곤 관계가 없지 않습니까? 보세요, 나도 가지 않습니다. 우리가 없어도 잘 돌아갈 겁니다."

"그럼 팜필을 진찰하러 가겠습니다. 실은 졸려서 바로 드러눕고 싶지만요. 리베리 아베르키예비치가 밤마다 나를 붙들고 철학하는 통에 그렇죠. 팜필에게는 어떻게 갑니까? 그의 숙사는 어딥니까?"

"쇄석장 뒤 어린 자작나무 숲 아십니까? 그 숲입니다."

"찾게 되겠죠."

"숲의 빈터에 사령관의 텐트가 있습니다. 그중 하나를 팜필이 쓰고 있죠. 그는 거기서 가족을 기다리고 있습니다. 이번 수송대와 함께 그의 아내와 아이들이 오는 모양입니다. 그래서 사령관 텐트에 있는 겁니다. 대대장 대우로요. 혁명의 공로가 있기 때문이죠."

8

팜필을 진찰하러 가던 닥터는 더이상 한 발짝도 뗄 수 없다고 느꼈다. 그는 지칠 대로 지쳐 있었다. 며칠 동안 한숨도 못 자 엄습하는 졸음을 이길 수가 없었다. 엄폐호로 돌아가 잠시 눈을 붙일 수도 있었다. 그러나 유리 안드레예비치는 그곳으로 돌아가는 것이 두려웠다. 언제 리베리가 들어와 잠을 방해할지 몰랐다.

그는 숲속의 풀이 별로 우거지지 않은 곳에 누웠는데, 주위를 에워싼 나무들에서 황금빛 나뭇잎들이 잔뜩 떨어져 있었다. 나뭇잎들은 격자무늬 체커판처럼 깔려 있었다. 이 황금빛 양탄자 위로도 햇빛이 쏟아졌다. 이중으로 교차하는 빛과 그림자에 눈이 어른거렸다. 그래서 작은 글자를 읽거나 뭔가 단조로운 중얼거림을 들을 때처럼 이내 졸음이 쏟아졌다.

닥터는 부드럽게 바스락거리는 나뭇잎들 위에 누워, 땅 위로 불거진 울퉁불퉁한 나무뿌리를 쿠션처럼 뒤덮은 이끼 위에 팔베개를 하고 눈을 감았다. 그는 곧바로 잠들었다. 땅 위에 길게 누운 그의 몸은 어른거리는 햇빛에 격자무늬 명암으로 가득 덮였고, 빛과 나뭇잎들이 만드는 그 만화경 속에서 그의 모습은 마치 투명인간이 되는 요술 모자라도 쓴 것처럼 구별이 되지 않았다.

그러나 자고 싶다는 과도한 갈망이 그를 금세 눈뜨게 했다. 직접적인 원인은 균형이 잡힌 한계 안에서만 작용하는 법이다. 한계를 벗어나면 오히려 역작용이 일어난다. 휴식을 취하지 못하고 또렷이 깨어 있는 그의 의식은 격렬하게 공전했다. 상념의 단편들이 회오리바람처럼 또 수레바퀴처럼, 마치 부서진 마차 같은 소리를 내며 머릿속을 휘돌았다. 이 정신적 혼란에 닥터는 고통스러워하며 화를 냈다. '악당 같은 리베리!' 그는 분개했다. '안 그래도 세상에는 사람 미치게 하는 것들이 넘칠 만큼 많은데, 그는 그런 것들로도 부족하단 말인가. 포로생활이니 우정이니 하며 쓸데없는 잡담으로 멀쩡한 사람을 신경쇠약 환자로 만들고 있다. 언젠가 그놈을 죽여버리고 말겠어.'

갈색 얼룩무늬 나비가 색이 있는 날개를 접었다 폈다 하며 양지 바른 곳에서 날아왔다. 닥터는 졸린 눈으로 나비를 좇았다. 나비가 제 색깔과 가장 비슷한 것을 골라 갈색 반점이 있는 소나무에 앉자 나무껍질에 녹아든 듯 구별이 되지 않았다. 나무껍질 위에서 어느 틈에 모습을 감춰버린 나비는 어른거리는 햇빛과 그림자의 그물에 싸여 다른 사람들 눈에 흔적도 없이 사라져버린 유리 안드레예비치 같았다.

유리 안드레예비치는 전부터 익숙한 상념의 고리에 사로잡혔다. 의학 논문들 중에서도 그가 몇 번인가 간접적으로나마 생각했던 것들이었다. 완성에 이르는 순응의 결과로서의 의지와 합목적성의 문제에 대해, 의태疑態에 대해, 모방과 보호색에 대해. 적자생존에 대해, 어쩌면 자연도태의 길은 의식의 형성과 탄생의 길일지도 모른다는 것에 대해. 주체란 무엇인가? 객체란 무엇인가? 양자의 동일성을 어떻게 정의할 것인가? 닥터의 상념 속에서 다윈은 셸링*과 만나고, 날아간 나비는 현대 회화, 인상파 미술과 만났다. 그는 창조와 피조물, 창작과 모방을 생각했다.

그는 다시 잠이 들었다가 이내 또 깼다. 가까이에서 들리는 우물거리는 듯한 말소리에 깬 것이었다. 유리 안드레예비치는 띄엄띄엄 들리는 몇 마디만 듣고도 곧 그들이 뭔가 비밀스러운 불법적인 계획을 꾸미고 있다는 것을 알아챘다. 음모를 꾸미는 게 분명한 자들은 그가 있다는 것을 알아채지 못했고, 가까이에 누가 있으리라고 생각하지도 않는 것 같았다. 지금 그가 조금이라도 몸을 움직였다가 들킨다면 목숨이 위태로울 것이었다. 유리 안드레예비치는 숨을 죽이고 미동도 없이 귀를 기울였다.

몇몇의 목소리는 귀에 익었다. 파르티잔 중에서도 찌꺼기의 찌꺼기 같은 산카 파프눗킨, 고시카 랴비흐, 코시카 네흐발레니흐, 이들을 편들던 테렌티 갈루진, 그리고 온갖 더럽고 추악한 짓을 저지르는 마필 당번들이었다. 자하르 고라즈디흐도 그들과 함께 있었는데, 그는 가장 음흉한 인물로, 밀주 사건에 관여했으면서도 주범들을 밀고하는 배신으로 일시적으로 고발을 면한 자였다. 유리 안드레예비치는 대장을 개인 경호하는 '은銀 중대'의 파르티잔 시보블류이가 끼여 있다는 데 놀

---

* 프리드리히 셸링(1775~1854). 독일 관념주의 철학자.

랐다. 리베리의 두터운 신임을 받는 이 심복은 라진과 푸가초프를 계승하는 의미에서 아타만*의 귀로 불렸다. 그런 그가 음모에 가담하고 있는 것이었다.

음모자들은 적의 전선 기병 척후대가 파견한 밀사들과 교섭을 벌이고 있었다. 배신자들에게 이야기하고 있는 적측 대표들의 목소리는 너무 낮아 전혀 들리지 않았는데, 유리 안드레예비치는 속삭이는 소리가 이따금 끊길 때에야 지금 적측 대표들이 말하고 있다고 짐작할 뿐이었다.

줄곧 상스러운 욕지거리를 하며 헐떡이는 목쉰 소리로 누구보다 많이 지껄이는 자는 자하르 고라즈디흐가 틀림없었다. 그가 주동자인 것 같았다.

"이제 잘 들어, 여보게들. 중요한 건—아무도 모르게, 비밀리에 해야 한단 거야. 누구라도 겁을 먹고 배신이라도 하면, 이 핀란드 칼** 보이나? 이 칼로 배때기를 쑤셔버리겠어. 알겠나? 이제 우리에게는 빠져나갈 데라곤 없어, 어디로 가나 교수대야. 그렇게라도 해서 사면을 받아야 한단 말이지. 세상이 깜짝 놀랄 만한 수를 써야 해. 이 사람들은 그자를 산 채로, 포박한 채로 넘겨달라고 하고 있어. 지금 저쪽 대장 굴레보이가 이 숲 쪽으로 오고 있어. (이름이 틀리다고 누군가 말했지만, 그는 알아듣지 못한 듯 '갈레예프 장군'이라고 정정했다.) 이런 기회는 두번 다시 없을 거야. 저쪽 대표들도 여기 이렇게 와 있어. 이제부터 너희에게 모든 것을 말해줄 거야. 이 사람들은 꼭 산 채로 잡아서

---

* 카자크의 우두머리. 카자크 기병 지휘관이란 뜻.
** 자작나무 손잡이가 달린 핀란드의 전통 칼 푸코(puukko)를 말함.

넘겨달라고 하고 있어. 그럼 직접 동지들에게 물어보십시오. 자, 뭐라고 말 좀 해봐, 형제들."

적측 사람들이 말하기 시작했다. 유리 안드레예비치는 한마디도 알아들을 수 없었다. 모두 침묵하고 있는 것으로 보아 대충 무슨 이야기일지는 상상할 수 있었다. 또다시 고라즈디흐가 말했다.

"들었나, 형제들? 우리가 어떤 끔찍한 놈을, 어떤 독약을 만났는지이제 너희도 알았을 거야. 그런 놈 때문에 목숨을 내놓을 수 있나? 그놈이 인간이야? 그놈은 괴물에 바보천치, 젖내기나 은둔자처럼 버림받은 놈이야. 너는 왜 히죽거려, 테료시카! 얻어터지고 싶냐, 이 소돔 같은 놈아! 널 말하는 게 아니야. 그래. 그놈은 사춘기도 못 벗어난 고행자야. 그놈 말을 듣다가는 결국 우리 모두 수도사나 고자가 되고 말 거라고. 그놈이 무슨 연설을 하던가? 욕하지 마라, 술 마시지 마라, 여자와 자지 마라. 어디 그렇게 살 수 있기나 해? 내 결론은 이거야. 오늘밤나는 그놈을 강 건너 돌을 쌓아둔 곳으로 불러낼 거야. 거기서 모두 한꺼번에 덮치는 거지. 그런 놈 하나 해치우는 게 일이겠어? 그건 식은죽 먹기야. 그럼 뭐가 어려울까? 이 사람들이 바라는 대로, 생포한다는게 어려워. 포박하는 거. 그래서 만일 생각대로 일이 굴러가지 않으면나는 나 혼자서라도 어떻게 해볼 생각이야, 이 손으로 처치할 거라고. 이 사람들도 지원할 사람을 보내줄 거야."

그가 계획을 설명하며 사람들과 함께 멀어져버려 닥터는 더이상 엿들을 수 없었다.

'그러니까 리베리를 해치우려는 거로군, 비열한 놈들!' 유리 안드레예비치는 자신이 그 박해자를 얼마나 저주하고 얼마나 그가 죽기를 바랐는지도 잊어버린 채 놀라고 분개했다. '악당들, 그를 백군에 넘기거나 죽일 작정이로군. 이 일을 어떻게 저지하지? 우연을 가장해 모닥불 쪽으로 가서 이름은 대지 않고 카멘노드보르스키에게 알려야겠다. 어떻게든 리베리에게 위험을 알려줘야 해.'

카멘노드보르스키는 아까 그 자리에 있지 않았다. 모닥불은 사그라지고 있었다. 불이 번지지 않게 카멘노드보르스키의 조수가 불을 지켜보고 있었다.

그러나 그 계획은 실행되지 않았다. 미연에 저지된 것이었다. 나중에 알게 되었지만, 음모는 사전에 발각되었다. 그날로 전모가 드러나 일당이 체포되었다. 시보블류이가 염탐과 선동의 이중 역할을 한 것이었다. 닥터는 더 역겨워졌다.

9

아이들을 데리고 나온 피란민들이 벌써 이틀이면 닿을 거리까지 왔다는 것이 알려졌다. 리시 오토크에서는 가족들과의 재회가 다가오자 숙영지에서 철수하고 떠날 준비를 하고 있었다. 유리 안드레예비치는 팜필 팔리흐를 찾아갔다.

닥터는 손에 도끼를 들고 텐트 입구에 서 있는 그를 발견했다. 텐트 앞에는 베어놓은 어린 자작나무 통나무가 높이 쌓여 있었다. 팜필은 아직 가지를 다듬지 않고 있었다. 어떤 나무들은 그 자리에서 베었는지 쓰러질 때 나무 무게 때문에 부러진 큰 가지 끝이 축축한 흙 속에

박혀 있었다. 그는 가까운 데서 다른 나무를 끌고 와 맨 위에 올렸다. 자작나무들은 짓눌린 탄력 있는 나뭇가지에 받쳐져 부들부들 몸을 떨며 지면에 닿지도 않고 서로 겹쳐지지도 않았다. 마치 자기들을 베어 눕힌 팜필에게 팔을 뻗치며 저항하는 듯이 초록 잎 무성한 생나무들이 그대로 팜필의 텐트 입구를 막고 있었다.

"귀한 손님들을 기다리고 있어." 팜필은 자기가 하고 있는 일을 설명했다. "아내와 아이들에게는 텐트가 너무 낮아. 그리고 비가 오면 새거든. 말뚝으로 위를 받칠 생각이야. 그래서 도리로 쓸 나무를 베어 왔어."

"쓸데없는 짓이야, 팜필, 가족을 텐트에서 살게 해줄 것 같은가? 병사도 아닌 여자와 아이들을 누가 군대 안에서 함께 살도록 해주겠어? 어느 외곽에 가서 짐마차에서 살게 될 거야. 시간이 나면 언제든 만나러 갈 수 있겠지. 하지만 군 텐트에는 어림도 없어. 그건 그렇고, 내가 찾아온 건 다른 일 때문이야. 당신은 요즘 계속 야위고, 먹지도 자지도 못한다고 하던데? 보기에는 아무렇지 않은 것 같군. 그저 털이 좀 자랐을 뿐."

팜필 팔리흐는 검은 고수머리에 울퉁불퉁한 이마, 턱수염을 기른 기골이 장대한 사내로, 이마 뼈가 남의 두 배는 될 것처럼 크고, 관자놀이는 구리 테나 고리를 끼운 것처럼 보였다. 그래서 이마 밑에서 눈을 치뜨고 내려다보는 것 같은 심술궂은 인상을 풍겼다.

혁명 초기에는 1905년 때와 마찬가지로 이번 혁명도 지식층의 역사에서 일어난 단기적인 사건으로 하층 계급에는 아무런 접촉도 파급도 없이 끝나는 게 아닌가 하는 우려가 있었기 때문에, 사람들은 온 힘을 다해 민중을 선동하고, 혁명 이념을 퍼뜨리고, 소란을 일으키고, 동요시키고 격분을 불러일으키려고 노력했다.

그 초기에 병사 팜필 팔리흐 같은 사람들은 특별히 선동하지 않아도 지식층과 귀족 계급, 장교 계급에게 격렬한 증오와 원한을 품고 있었기 때문에, 열광적인 좌익 인텔리겐치아들에게 뜻밖의 횡재로 여겨지며 각별한 대우를 받았다. 그들의 비인간성은 계급의식의 경이로 여겨졌고, 그들의 만행은 프롤레타리아의 불굴의 의지, 혁명적 본능의 본보기로 간주되었다. 팜필이 얻은 명성은 그런 것이었다. 그는 파르티잔 대장과 당 지도자들 사이에서 높은 평가를 받았다.

유리 안드레예비치에게는 이 우울하고 비사교적인 장사壯士가 냉혹한 성격과 단순함으로 보나, 그의 기호나 관심사의 빈곤함으로 보나 도저히 정상이 아닌 괴짜로 보였다.

"텐트 안으로 들어가지." 팜필이 말했다.

"아니, 그럴 것 없어. 내가 들어갈 일이 뭐 있겠나. 바깥이 더 나아."

"그래. 당신 말대로 하지. 좁은 굴이나 다름없거든. 그럼 저 빛더미에서 떠들어볼까(그는 쓰러져 있는 긴 나무들을 이렇게 불렀다)."

두 사람은 낭창낭창 흔들리는 자작나무 줄기 위에 앉았다.

"말은 쉽고 실천은 쉽지 않다는 말이 있지. 내 이야기는 그리 간단하지가 않아. 삼 년이 걸려도 다 못할 거야. 어디서부터 이야기해야 할지 모르겠군.

그래, 어쨌든 이런 거야. 나는 아내와 함께 살고 있었어. 젊었지. 아내가 살림을 맡아 했어. 그런대로 만족스러웠지, 나는 들일을 했고. 아이들이 생겼어. 그리고 나는 군대에 끌려갔지. 측위 전선으로 보내졌어. 그래. 전쟁. 그건 당신에게 이야기할 것도 없겠지. 당신도 봤으니까, 닥터. 그리고 혁명. 나는 눈을 떴어. 일개 졸병이 깨달은 거야. 적은 낯선 독일인이 아니라 내 나라 녀석들이라는 걸. 세계 혁명의 병사들이여, 총검을 버려라, 전선에서 돌아가 부르주아를 쳐부수자! 이러고저러고. 이것은 당신도 다 알고 있는 일이야, 군의관. 또 이러고저러고. 그리고 내전. 나는 파르티잔에 들어갔어. 이 대목은 건너뛰겠네, 안 그러면 언제 끝날지 모르니까. 자, 이야기를 줄이자면, 지금 내가 무엇을 보고 있는 것 같나? 적은, 그 기생충 같은 녀석은, 러시아 전선에서 제 1, 제2 스타브로폴스키 연대를 철수시켰어. 그리고 제1 오렌부르크스키 카자크 부대도. 내가 어린애도 아닌데 그걸 모르겠나? 내가 군대에서 복무를 안 한 것도 아닌데? 아무래도 상황이 좋지 않아, 군의관, 심상치가 않단 말이야. 그 개자식이 뭘 노리는지 아나? 대군을 끌고 와 우리를 덮칠 생각인 거야. 우리를 포위하려는 거라고.

나에게는 아내와 아이들이 있어. 만일 그놈이 이긴다면, 내 아내와 아이들은 어디로 달아나지? 그놈이 과연 아내와 아이들에게는 죄가 없고 아무런 상관도 없다는 걸 생각해주겠나? 인정사정없을 거야. 나 대신 아내를 결박하고 고문하겠지, 나 때문에 내 아내와 아이들이 고문당해 몸뚱이 뼈가 모조리 으스러질 거야. 이런데 내가 어떻게 잠을 자고 음식을 먹을 수 있겠나. 무쇠로 만들어진 인간이라도 미치지 않고는 못 배기지."

"당신은 이상해, 팜필. 나는 이해하지 못하겠어. 몇 년이고 내팽개쳐 두고 소식 하나 없어도 아무렇지 않았잖아. 그러다가 이제 오늘내일이면 만날 수 있게 됐는데 기뻐하기는커녕, 이건 뭐 장례라도 치르는 것처럼 난리로군."

"전에는 그랬지만 지금은 완전히 달라. 지금은 하얀 견장을 찬 더러운 놈들에게 당할 판국이야. 그리고 나는 어떻게 되든 상관없어. 어차피 죽을 몸. 아무래도 그게 내 운명이야. 하지만 아내와 아이들을 저세상으로 데려갈 순 없어. 만일 그놈들에게 잡히면, 놈들은 그들의 몸에서 마지막 피 한 방울까지 짜내고 말 거야."

"그래서 뭔가가 보이나? 자네 눈앞에 뭔가가 지나다닌다고 하던데."

"괜찮네, 닥터. 내 이야기 아직 안 끝났어. 중요한 건 아직 말하지도 않았어. 그래 좋아, 내 껄끄러운 진실을 말하지, 당신이 싫지 않다면, 당신 얼굴을 똑바로 보고 말하겠네.

나는 당신 같은 사람들을 수없이 죽였고, 내 손은 나리 양반들과 장교들의 피로 물들었지만 그런 건 아무것도 아니야. 나는 그들의 이름도 수도 기억 못해, 피가 강물처럼 흘렀으니까. 그런데 한 애송이 녀석이 머리에서 떠나질 않아, 내가 총알 한 발로 없앤 그 녀석을 잊을 수가 없어. 왜 그 소년을 죽였을까? 오히려 녀석은 나를 배 아플 만큼 웃겨줬는데. 말도 안 되지만, 나는 우스워서 그애를 쐈네. 이유도 없이.

2월 혁명 때였지. 케렌스키 정부 때. 우리는 반란을 일으켰어. 어딘가의 철도였지. 어린 선전원이 우리에게 파견되어 왔어. 연설로 선동해 우리를 전선으로 복귀시키려고. 승리할 때까지 싸워야 한다고. 혀끝으로 우리를 진정시키려고 온 녀석은 견습사관학교 생도였어. 아주 비실비실한 놈이었지. 승리하는 그날까지, 그것이 녀석의 슬로건이었네. 그 슬로건을 외치면서 역에 있는 소화용 물통으로 뛰어올라갔어. 물통 위로 뛰어올라가 높은 데서 전선 복귀를 호소할 작정이었던 건데 갑자기 물통 뚜껑이 홱 뒤집히면서 녀석이 물속에 빠진 거야. 발을 헛디뎌서. 오 웃겨 죽는 줄 알았네! 나는 배를 잡고 웃었어. 웃다 죽는 줄 알았네. 얼마나 우스운가! 나는 총을 들고 있었어. 나는 웃고 또 웃고, 도무지 웃음이 멎질 않았을 뿐이야. 마치 녀석이 내 온몸을 간질이는 것 같았지. 그런데 말이야, 나는 녀석을 조준하고 그 자리에서 쏘아버렸어. 나도 내가 왜 그랬는지는 모르겠어. 누가 내 팔을 쿡 찌른 것 같았네.

그래, 그것이 내 앞에 나타나는 그것이야. 밤만 되면 그 역이 눈에 어른거려. 그때는 배를 잡고 웃었지만, 지금은 불쌍하다는 생각이 들어."

"멜류제예보 시의 비류치 역이었나?"

"몰라, 잊어버렸어."

"지부시노 주민들과 함께 반란을 일으켰던 것 아닌가?"

"잊어버렸어."

"어느 전선이었지? 어느 쪽이었나? 서부전선?"

"서부전선이었나. 어쩌면 그럴지도 몰라. 잊어버렸어."

12장
눈 덮인 마가목

1

파르티잔의 가족들이 아이들을 데리고 가재도구를 싣고 짐마차로 주력 부대를 따라다닌 지도 벌써 오래되었다. 피란민의 짐마차 대열 꽁무니 뒤에서 수천 마리의 가축떼가, 주로 젖소들이 따르고 있었다.

숙영지에 파르티잔의 아내들과 함께, 병사의 아내이자 주술로 가축을 치료하는 수의사, 은밀하게 점쟁이도 하는 즐다리하 또는 쿠바리하라고 불리는 새로운 얼굴이 나타났다.

그녀는 늘 피로크처럼 생긴 약모略帽를 비스듬히 쓰고 스코틀랜드 왕실 저격병들이 입는 카키색 외투를 입고 다녔는데, 그것은 영국군이 최고사령관에게 원조해준 것들이지만 정작 그녀는 죄수의 콜파크*와

---

* 주로 실내에서 쓰는 원뿔형 모자.

윗옷을 직접 고쳤다고 했고, 이렇다 할 이유도 없이 콜차크군에 붙잡혀 케젬스카야 중앙감옥에 갇혀 있다가 적군赤軍이 해방시켜주었다고 했다.

그 무렵 파르티잔 부대는 새로운 곳에서 숙영하고 있었다. 처음에는 주변을 정찰하고 본격적인 장기 월동에 적합한 숙영지를 찾기 전까지 임시로 머물 예정이었다. 그러나 사정이 달라져 결국 파르티잔 부대는 그곳에서 겨울을 나게 되었다.

이 새로운 숙영지는 이전의 숙영지 리시 오토크와는 완전히 달랐다. 인적이 드문 그곳은 울창한 숲이 끝없이 펼쳐져 있었다. 큰길과 숙영지에서 조금만 나가면 한쪽은 끝도 없는 타이가였다. 부대가 캠프를 짓고 그곳에 자리잡을 준비를 하던 처음 며칠간 유리 안드레예비치는 얼마간 시간 여유가 있었다. 그는 숲을 살피려고 여기저기로 깊숙이 들어가보았는데, 길을 잃기 십상인 곳이라는 것을 알게 되었다. 숲을 살피는 동안 그의 주의를 끈 곳은 두 곳이었는데, 이 첫번째 산책에서 그는 마음을 정했다.

숙영지 밖, 가을도 깊어 나뭇잎이 모두 떨어져 모든 것이 훤히 들여다보이는 숲에, 마치 텅 빈 그 공간을 향해 문을 연 것처럼 선 나무 한 그루, 모든 나무 중에 유일하게 잎이 떨어지지 않은 고독하고 아름다운 적갈색 마가목이 있었다. 이 나무는 낮은 늪지대의 언덕 위에서, 단단한 선홍색 열매 덩어리를 둥근 방패처럼 매달고 초겨울 납빛 하늘로 뻗어 있었다. 혹한의 노을처럼 산뜻한 빛깔의 깃털에 싸인 산까치와 박새 같은 겨울새들이 나뭇가지에 앉아 알맹이가 큰 열매를 골라 느긋하게 쪼아 먹으면서 작은 머리를 뒤로 젖히고 목을 길게 늘여 가까스로 삼키고 있었다.

새들과 나무 사이에는 뭔가 살아 있는 친밀한 관계가 형성되어 있는 것 같았다. 마가목은 모든 것을 지켜보며 오랫동안 고집을 부리다가 아무래도 새들이 불쌍해져서 양보를 하고, 어머니가 갓난아기에게 젖을 물리듯 앞가슴을 풀어헤친 것 같았다. '그래, 알았다, 어쩔 수 없구나. 자, 먹어라, 날 먹어라. 실컷 먹어라.' 그러고는 미소를 짓는 것 같았다.

숲속의 또 한 곳은 더욱 훌륭했다.

그곳은 높은 언덕 위에 있었다. 그 언덕은 꼭대기가 뾰족한 형태였는데, 한쪽은 가파른 낭떠러지였다. 얼핏 보면 낭떠러지 아래쪽에 언덕 꼭대기와는 달리 강이나 골짜기, 아니면 잡초가 자랄 대로 자란 황량한 풀밭이 있을 것 같았다. 하지만 낭떠러지 아래쪽도 꼭대기와 다를 것이 없었고, 다만 아찔한 심연의 밑바닥, 발아래 멀리 또하나의 높이에서 나무 우듬지들이 가지런히 보일 뿐이었다. 아마도 산사태의 결과일 것이다.

마치 하늘을 찌를 듯이 솟은 거인 같은 숲이 그 옛날 발을 헛디뎌 낭떠러지 아래로 굴러떨어졌고, 땅을 뚫고 지옥에 떨어졌어야 하나 결정적인 순간에 기적적으로 땅 위에 멈춰 지금처럼 아무 일도 없었다는 듯이 저 아래서 술렁거리고 있는 것 같았다.

그러나 이 언덕의 숲이 볼만한 것은 다른 특징 때문이었다. 이 대지는 둘레를 깎아낸 것처럼 수직으로 치솟아 갈비뼈처럼 서 있는 한 덩이의 화강암으로 되어 있었다. 그것은 선사시대 고인돌 유적에서 볼 수 있는, 판판하게 다듬은 덮개돌처럼 보였다. 유리 안드레예비치는 처음 이곳에 왔을 때, 바위로 이루어진 이 대지가 자연적인 것이 아니라 분명 사람의 손이 닿은 흔적이 있다고 확신했다. 고대에 이곳은 알려지지 않은 우상숭배자들의 이교적인 사원이었고, 여기서 성스러운 의식을 행하고 번제물을 바쳤을 것 같았다.

춥고 흐린 아침, 바로 이 자리에서 음모 사건의 주모자 열한 명과 밀주 사건의 당사자 위생병 두 명의 사형이 집행되었다.

사령부 소속 특별경호병을 중심으로 한, 혁명에 가장 충성스러운 스무 명의 파르티잔이 그들을 여기로 끌고 왔다. 호위병들이 사형수들을 반원형으로 둘러싸고 거총하면서 그들을 낭떠러지 끝으로 바짝 몰아붙였고, 그들은 낭떠러지 아래로 몸을 던지는 것 말고는 달아날 길이 없었다.

심문과 오랜 구금, 감시, 굴욕적 고문으로 그들은 이미 인간의 형상이 아니었다. 머리털과 수염이 길게 자라고, 얼굴은 새까맣고, 망령처럼 초췌하고 무서웠다.

그들은 조사가 시작된 순간 무장해제되었다. 그래서 누구도 처형 전에 다시 몸수색할 생각을 하지 않았다. 죽음을 눈앞에 둔 사람들에게 그것은 너무도 지나친 우롱이었기 때문이다.

갑자기 브도비첸코와 나란히 걷고 있던 그의 벗, 그와 마찬가지로 철저한 무정부주의자인 늙은 르자니츠키가 호송병 대열의 시보블류이에게 권총을 겨냥하더니 세 발 쏘았다. 르자니츠키는 명사수였지만 흥분으로 손을 떠는 바람에 빗나가고 말았다. 그러나 이때도 호송병들은 한때의 동지에 대한 예의와 연민 때문에 르자니츠키에게 달려들지도, 발포 명령 없이 즉시 그를 쏘아죽이지도 못했다. 르자니츠키의 권총에는 아직 총알이 세 발 남아 있었지만 그는 총알이 빗나간 데 화가 나서 그 사실을 잊어버린 듯 브라우닝*을 그대로 바위에 내동댕이쳐버렸다. 그 충격에 브라우닝에서 네번째 총알이 발사돼 사형선고를 받은 파치콜랴의 발에 맞았다.

위생병 파치콜랴는 외마디소리를 지르더니 한쪽 발을 움켜잡고 주저앉아 고통스러운 비명을 계속 질렀다. 바로 옆에 있던 파프눗킨과 고라즈디흐가 그를 일으켜 모두가 흥분한 혼란 속에서 동료들에게 밟혀 죽지 않도록 양쪽에서 부축하며 끌고 갔다. 다친 발을 디딜 수 없는 파치콜랴는 끊임없이 신음하고 한쪽 발로 껑충거리면서, 처형될 사람들과 함께 바위 끝으로 몰려갔다. 인간의 소리 같지 않은 그의 외침소리가 모두에게 전염되었다. 마치 무슨 신호라도 되는 듯 모두가 한꺼번에 자제력을 잃고 말았다. 가공할 뭔가가 벌어졌다. 욕지거리가 빗발치고, 기도하고 간청하는 소리가 들리고, 저주의 말이 울려퍼졌다.

미성년자인 갈루진은 노란 테두리가 있는 실업학교 학모를 아직도 쓰고 있었는데, 그것을 냅다 벗어던지고 무릎을 꿇더니 그대로 기어서 동료들이 있는 무서운 바위 쪽으로 뒷걸음쳤다. 그는 호송병들을 향해 연신 땅바닥에 머리를 박고 엉엉 울며 반쯤 정신이 나간 채 말끝을 길게 끌며 애원했다.

"잘못했어요, 형제들, 용서해줘요, 다신 안 그럴게요. 죽이지 말아요. 살려주세요. 나는 살고 싶어요, 아직 어리다고요. 한 번만이라도 어머니를, 어머니를 만나고 싶어요. 용서해주세요. 형제들, 용서해주

---

* 미국의 총포 기술자 브라우닝이 발명한 자동소총.

세요. 형제들 발에 입을 맞출게요. 형제들을 위해 물을 길어 올게요. 아, 제발, 제발—어머니, 어머니, 나 죽어요."

모습은 보이지 않았지만 그들 속에서 또 누군가 울며 애원하는 소리가 들렸다.

"친애하는 선량한 동지들! 어떻게 이럴 수가 있나? 생각 좀 해보게. 두 번의 전쟁에서 함께 피를 흘린 사이 아닌가. 하나의 같은 과업을 위해 함께 싸웠잖은가. 가엾이 여기고 보내주게. 그 은혜는 평생 잊지 않을 것이고, 감사하는 마음을 증명해 보이겠네. 귀가 먹었나, 왜 대답이 없지? 자네들에게는 신도 없나!"

시보블류이에게 누군가 외쳤다.

"야 이놈아, 그리스도를 팔아넘긴 유다 놈! 우리가 너에게 어떻게 배신자란 말이냐? 개자식, 너는 세 번이나 배신했어, 너야말로 교수형감이야! 충성을 맹세한 황제를 쳐죽인 걸로도 모자라 이번에는 충성을 맹세해놓고 우리를 배신하는구나. 네놈의 악마 레스노이*에게나 입맞춰라, 그놈을 배신하기 전에. 어차피 네놈은 또 배신할 테니까."

브도비첸코는 죽음을 앞두고도 조금도 흐트러지지 않았다. 고개를 꼿꼿이 쳐들고 바람에 백발을 나부끼며 그는 코뮈나르**가 코뮈나르에게 말하듯 모두에게 들리도록 르자니츠키에게 큰 소리로 외쳤다.

"너 자신을 욕되게 하지 마, 보니파치! 항의해봤자 저자들에게는 통하지 않아. 새로운 오프리치니크***들, 이 새로운 고문실 놈들이 네 말을

---

* '숲의'라는 뜻. 리베리를 가리킨다.

** 1871년 파리코뮌 지지자.

*** 16세기 이반 뇌제가 창설해 공포정치를 펴는 데 활용했던 친위대.

이해할 리가 없어. 하지만 실망하지 말게. 역사가 모든 것을 판가름해줄 테니. 후손들이 이 인민위원 제국의 부르봉 같은 놈들과 그들의 검은 사업을 폭로해줄 거야. 우리는 세계혁명의 여명에 이상을 위해 순교하는 거야. 정신 혁명이여 영원하라. 세계의 무정부주의여 영원하라."

저격병들만 알 수 있는 소리 없는 신호에 따라 스무 자루의 총이 일제히 굉음을 울리며 사형수의 절반을 쓰러뜨렸고, 대부분 즉사했다. 남은 자들에게 두번째 일제사격이 퍼부어졌다. 테료샤 갈루진이 가장 오랫동안 몸을 떨었지만, 그도 마침내 몸을 쭉 뻗고 움직이지 않았다.

2

새롭게 겨울을 날 곳을 찾아 다시 동쪽으로 이동한다는 계획은 곧바로 폐기된 것은 아니었다. 비츠코-케젬스키 분수선을 따라 계속해서 기병 척후가 파견되고, 지형 정찰이 오랫동안 이어졌다. 리베리도 자주 닥터를 혼자 남겨놓고 숙영지를 떠나 타이가 속으로 들어갔다.

그러나 어딘가로 이동하기에는 이미 늦은데다 갈 만한 데도 없었다. 파르티잔은 최악의 난국에 빠져 있었다. 백군은 최후의 궤멸을 앞두고 일제공격으로 숲의 비정규 부대와 마지막 결판을 낼 각오로 사방에서 전력을 다해 포위망을 형성했다. 파르티잔은 사방에서 압박을 받고 있었다. 포위망의 반경이 조금만 더 좁았다면, 파르티잔은 파멸했을 것이다. 그러나 포위망이 아주 넓었기 때문에 그들은 무사할 수 있었다. 적군敵軍은 겨울 문턱에서 길도 없는 빽빽한 타이가 속에서 전선을 펼치며 농민군을 압박할 수는 없었다.

어쨌든 어디로도 이동할 수가 없었다. 물론 군사적으로 확실한 이점이 있는 이동 계획이 있었다면, 새로운 진지를 향해 포위망을 돌파하는 작전이 감행되었을 것이다.

그러나 그러한 계획은 전혀 나오지 않았다. 사람들은 지칠 대로 지쳐 있었다. 젊은 지휘관들은 본인들부터 사기가 떨어져 부하들을 통솔할 힘을 잃어버렸다. 고참 지휘관들은 저녁마다 군사회의를 열었지만 앞뒤가 맞지 않는 결정만 내렸다.

겨울을 날 다른 곳을 찾는 것은 포기하고, 지금 있는 숲의 깊은 곳에서 겨울을 날 진지를 단단히 구축해야 했다. 겨울이 되면 눈이 깊이 쌓여 제대로 스키 장비를 갖추지 못한 적이 접근하기 어렵다는 이점도 있었다. 참호를 강화하고 식량을 비축해야 했다.

파르티잔의 병참 주임인 비슈린은 밀가루와 감자가 턱없이 부족하다고 여러 차례 보고했다. 그러나 가축은 넉넉해서 비슈린도 겨울 동안의 주식은 고기와 우유가 될 거라고 예상했다.

겨울옷도 부족했다. 파르티잔의 일부는 거의 벌거숭이였다. 숙영지의 개는 모두 도살되었다. 가죽을 가공해본 경험이 있는 사람들이 동원되어 파르티잔들을 위해 털이 겉으로 나오는 외투를 개가죽으로 지었다.

닥터는 짐마차 사용이 금지되었다. 짐마차는 더 중요한 용도로 돌려졌다. 지난 마지막 이동 때는 중상자들을 들것에 싣고 도보로 40베르스타나 운반했다.

유리 안드레예비치에게 남아 있는 의약품이라곤 키니네, 요오드, 글라우버염뿐이었다. 수술이나 붕대를 갈 때 없어선 안 되는 요오드도 결정체 상태만 있었다. 그것을 알코올에 녹여 써야 했다. 그러자 전에 밀주 설비를 모두 부숴버린 것을 후회했고, 죄상이 가벼워 처형을 면한 밀주 제조자들에게 부서진 증류기를 수리하거나 새로 만들라는 명령이 떨어졌다. 금지됐던 밀주 제조가 의료 명목으로 재개되었다. 숙영지에서 사람들은 서로 눈짓을 하고 고개를 저었다. 또다시 폭음이 늘어나 그것이 숙영지의 붕괴를 조장했다.

증류된 알코올은 100도에 가까웠다. 결정체의 약제들을 녹이기에는 충분했다. 유리 안드레예비치는 키니네 껍질을 담근 이 밀주로 그뒤 초겨울 추위와 함께 다시 시작된 발진티푸스를 치료했다.

3

그 무렵 닥터는 팜필 팔리흐와 그의 가족을 만났다. 그의 아내와 아이들은 그 여름을 먼지 이는 길 위에서 도망치며 보냈다. 그들은 온갖 무서운 일을 겪으며 겁에 질렸고 새로운 불안에 떨고 있었다. 떠도는 생활은 지울 수 없는 흔적을 새기고 있었다. 팜필의 아내와 세 아이, 아들 하나와 딸 둘은 밝은 아맛빛 머리칼이 햇볕에 바래고, 바람을 맞아 부르트고 볕에 까맣게 그을린 검은 얼굴의 하얀 눈썹은 험악해 보였다. 아이들은 아직 너무 어려 고난의 흔적이 얼굴에 남지 않았지만, 어머니의 얼굴에는 그동안 겪은 충격과 위험에 생기라곤 하나도 없고, 메마르고 딱딱한 표정이었으며, 실처럼 꽉 다문 입술에 자기방어를 각

오한 듯한 긴장된 고통의 그림자만 남아 있었다.

팜필은 가족을, 특히 아이들을 눈에 넣어도 아프지 않을 만큼 사랑했는데, 닥터는 *그*가 아이들을 위해 날카롭게 간 도끼날 한 귀퉁이로 섬세하게 토끼, 곰, 수탉 같은 목각인형을 깎아주는 것을 보고 놀랐다.

가족이 도착하자 팜필은 눈에 띄게 명랑해졌고, 기력을 되찾고 회복되기 시작했다. 그러나 가족이 함께 있으면 숙영지의 사기에 해로운 영향을 준다는 이유로 불필요한 비전투원들인 파르티잔 가족들을 숙영지에서 분리시켜, 이 피란민들의 짐마차 부대에 충분한 호위를 붙여 어딘가 좀더 떨어진 데서 겨울을 나게 한다는 소식이 알려졌다. 그 준비보다 실제로 그렇게 할 수 있는가에 대한 말이 더 많았다. 닥터는 그것이 실행될 거라고 믿지 않았다. 팜필은 다시 우울해졌고, 그 원령怨靈이 다시 돌아왔다.

4

겨울의 문턱에서 몇 가지 이유로 숙영지는 오랫동안 불안과 의혹, 험악하고 혼란스러운 상황 속에서 묘한 모순에 빠졌다.

백군은 반란자들을 포위하는 계획을 예정대로 완료했다. 작전의 지휘를 맡은 것은 비친, 크바드리, 바살리고 장군이었다. 모두 확고함과 단호한 결단성으로 이름을 떨치는 사람들이었다. 그들의 이름만 들어도 숙영지 내 반란자들의 아내들과 적의 포위망 뒤쪽의 마을에 아직도 떠나지 못하고 남아 있는 주민들은 두려움에 떨었다.

이미 언급했듯이, 적의 포위망이 더 좁아질 염려는 없었다. 그 점은 안심할 수 있었다. 그러나 주변 상황에 대해 아무런 대처 없이 있을 수는 없었다. 상황에 내맡긴 채 있는 건 적의 사기만 올릴 뿐이었다. 독 안의 쥐가 된 이상, 설령 그 독 안이 안전하다 해도 거기서 나가 포위망을 돌파하기 위한 시위 작전을 전개할 필요가 있었다.

파르티잔은 이를 위해 대병력을 갈라 포위망 서쪽 정면에 집결했다. 여러 날에 걸친 격렬한 전투 끝에 파르티잔 부대는 백군을 격퇴하고, 그 지점에서 적의 전선을 뚫고 배후로 진출했다.

이 돌파 작전으로 통로가 열려 타이가에 숨어 있던 반란자들에게 접근할 수 있게 되었다. 그들과 합류하기 위해 새로운 피란민들이 무리지어 잇달아 몰려왔다. 파르티잔의 가족들이 몰려오고 민간인 촌민들의 유입은 끝날 줄 몰랐다. 백군의 보복이 두려운 인근의 농민들이 죄다 조상의 터전을 버리고 자신들이 보호자로 의지하는 숲의 농민군에게 합류했던 것이다.

그러나 파르티잔측은 이 식객들을 피하고 싶은 심정이었다. 아무 연고도 없는 새로운 사람들까지 돌볼 여력이 없었다. 파르티잔에서는 대표자를 보내 피란민들을 도중에 멈춰 세운 뒤, 그들을 칠림카강 유역의 칠림스카야 개간지에 있는 제분소 쪽으로 향하게 했다. 그곳은 지주의 제분소를 중심으로 숲속 개간지에 형성된 작은 마을로, 드보르랴고 불렸다. 이곳에 피란민들이 겨울을 날 야영지를 만들고, 그들을 위한 식량보관소도 마련할 계획이었다.

그런 대책이 강구되는 동안 사태는 점점 진전되어 파르티잔 사령부로서도 도저히 손쓸 수 없는 상황이 되어버렸다.

모처럼 승리를 거뒀지만, 상황은 더욱 복잡해지고 말았다. 파르티잔 부대에 전선이 뚫려 뒤로 밀려났던 백군은 이내 연락을 회복해 돌파구를 폐쇄하는 데 성공했다. 적의 배후에 침투했다가 습격당한 파르티잔 부대는 타이가로 돌아가는 길을 차단당해 고립되었다.

피란민들도 큰 골칫거리였다. 길도 없는 깊은 숲속에서는 길이 엇갈리기 십상이었다. 파견된 대표자들은 피란민들과 길이 엇갈려 만나지 못하고 돌아오기도 했는데, 여자들은 본능적으로 타이가 안쪽 깊숙한 곳으로 들어갔고, 놀라운 수완을 발휘하면서 나무를 베어 다리를 놓고 나뭇가지와 통나무를 깔면서 길을 냈다.

그것은 파르티잔 사령부가 의도하던 것과는 완전히 반대라서, 리베리의 계획과 예상을 완전히 뒤집어버렸다.

5

그런 상황 때문에 리베리는 분개하며 스비리드에게 이야기했고, 두 사람은 타이가 가장자리에서 멀지 않은 큰길 근처에 서 있었다. 그 길가에서 참모들이 도로를 따라 뻗어 있는 전신선을 자를지 그냥 둘지 입씨름을 벌이고 있었다. 마지막 결단은 리베리의 몫인데, 그는 방랑자이자 사냥꾼인 스비리트와 이야기하느라 여념이 없었다. 리베리는 그들에게 손짓으로 곧 갈 테니 자리를 뜨지 말고 기다리라고 알렸다.

스비리트는 브도비첸코가 유죄선고를 받고 총살당한 것을 오랫동안 못마땅하게 여기고 있었는데, 브도비첸코의 영향력이 리베리의 권위와 맞서면서 숙영지 내에 분열을 초래했다는 것 말고는 그에게 물을 죄가 없다고 생각했기 때문이다. 스비리트는 파르티잔에서 떠나 예전의 자유로운 생활로 돌아가고 싶었다. 그러나 그것은 어림도 없는 일이었다. 그는 고용되고 종속된 몸이었다―그가 지금 숲의 형제들을 떠난다면, 총살당한 자들과 똑같은 운명을 맞을 것이었다.

날씨는 상상도 할 수 없을 만큼 최악이었다. 강하고 날카로운 바람이 그을음 같은 검은 구름 조각들을 땅에 닿을 듯이 실어 왔다. 갑자기 그 조각 먹구름에서 하얀 광기가 발작한 것처럼 눈이 퍼붓기 시작했다.

눈 깜짝할 사이 세상에 하얀 장막이 씌워지고 땅 위에는 하얀 천이 깔렸다. 그러나 다음 순간 그 덮개가 흔적도 없이 타올라 사라졌다. 숯처럼 검은 땅과 검은 하늘이 모습을 드러내고, 그 검은 하늘에 몸을 웅크리고 비스듬히 난 부종 같은 먼 구름에서 소나기가 쏟아졌다. 땅은 더이상 빗물을 받아들이지 못했다. 이따금 하늘이 개면 먹구름은 흩어지고 마치 하늘을 환기하듯 상공에서 창문이 모두 열리며 차가운 유리 같은 흰빛이 반짝거렸다. 땅 위에서도 흙이 빨아들이고 남은 물이 크고 작은 온갖 물웅덩이를 창문처럼 열고 똑같은 반짝임으로 응답했다.

빗물은 연기처럼 침엽수의 테레빈유와 수액을 머금은 바늘잎을 따라 미끄러졌지만 방수포가 물기를 튕겨내듯 스며들지는 않았다. 전신선에는 빗방울이 실에 꿴 유리구슬처럼 매달려 있었다. 빗방울들은 서로 떨어지지 않으려는 듯 바짝 붙어 있었다.

스비리트는 피란민들을 맞이하기 위해 깊은 타이가 속으로 파견된 사람들 중 하나였다. 그는 자기가 목격한 것을 대장에게 꼭 이야기하고 싶었다. 서로 모순된 명령들이 내려지고 있어 혼란만 야기할 뿐 아무엇도 실행되고 있지 않다는 것, 여자들 중에서도 가장 심지가 약하고 자신감을 잃은 사람들이 저지르고 있는 광적인 행위에 대해 이야기하고 싶었다. 자루나 보따리를 이고 지고 갓난애를 안은 채 걸어서 이동한 젊은 어머니들은 젖도 말라버리고 다리도 지칠 대로 지쳐, 마침내 정신을 잃고 자식을 길바닥에 내던지고 자루에 든 밀가루를 땅바닥에 흘리며 왔던 길을 되돌아가기도 했다. 오래 굶다 죽느니 차라리 바로 죽는 게 낫다, 숲의 짐승들 이빨에 씹히느니 차라리 적의 손에 떨어지는 게 낫다는 마음에서였다.

한편 의지가 강한 여자들은 남자 못지않은 용기와 극기심을 발휘했다. 스비리트는 그 밖에도 말해줄 것이 많았다. 이를테면 얼마 전 진압된 것보다 훨씬 위협적인 새로운 폭동의 위험이 숙영지 안에 도사리고 있다는 것에 대해서도 꼭 대장에게 경고하고 싶었으나, 리베리가 너무 성급하게 다그치는 통에 말문이 막혀 끝내 말하지 못했다. 그런데 리베리가 스비리트의 말을 줄곧 가로막았던 것은, 길에서 그를 기다리는 참모들 때문이 아니라 요 이 주일 내내 이미 같은 경고를 귀에 못이 박힐 만큼 들어서 모두 알고 있었기 때문이다.

"그렇게 다그치지 말게, 대장 동지. 안 그래도 나는 말주변이 없는 사람이야. 말이 목에 걸려 숨이 막힐 것 같네. 하고 싶은 말이 뭐냐고? 피란민 짐마차 대열에 가서, 그 찰돈카*들에게 어리석은 짓거리 좀 그만하라고 이르게. 지금 거긴 모든 게 엉망진창이야. 동지는 우리를 데리고 어디로 가려는 건가, '온 힘을 다해 콜차크를 타도하자!'는 건가,

---

* 시베리아에 정착한 러시아인을 가리키는 '찰돈'의 여성형.

아니면 여자들의 지옥으로 가자는 건가?"

"간단히 말해요, 스비리트. 봐요, 모두 나를 기다리고 있어요. 장황하게 하지 말라고요."

"그 숲에 있는 즐다리하인가 하는 그 마녀가, 뭐 그따위 여자가 다 있는지, 자기가 베트레냔카라고 지껄이지 뭔가……."

"베테리나르*겠죠, 스비리트."

"무슨 소린가? 나는 병든 가축을 치료하는 여자 베트레냔카를 말하는 걸세. 그런데 지금 그 여자가 가축을 돌보기는커녕 구교도 무사제파** 여교조로 둔갑을 해가지고는 암소한테 예배를 올리고, 새로 온 피란민 여자들을 나쁜 길로 끌어들이고 있네. 그 여자가 다 자기 탓이라며, 여자들에게 치마를 걷어 올리고 붉은 깃발을 들고 뛰게 될 거라고 말하고 있단 말이야. 다시는 도망치지 말라면서."

"어떤 피란민 여자들 말입니까? 우리 파르티잔의 여자들이요, 아니면 다른 사람들이요?"

"그야 다른 사람들이지. 새로 온 다른 지역 사람들."

"그들은 드보르의 칠립카 제분소로 보내라는 지령을 내렸잖습니까. 그런데 어떻게 여기에 나타났죠?"

"뭐, 드보르 말인가. 그 마을은 진작 홀랑 불타버렸네, 제분소고 뭐고 죄다 불타버렸어. 남은 건 잿더미뿐이네. 그들이 칠립카에 도착해서 본 건 아무것도 없는 허허벌판이었어. 절반은 정신이 나가 엉엉 울부짖으며 백군에게 되돌아갔지. 나머지 반은 뒤돌아 짐마차와 함께 이

---

* 수의사.

** 사제를 인정하지 않는 러시아정교회의 한 분파.

리로 왔고."

"그 울창한 타이가, 늪을 뚫고요?"

"도끼와 톱이 뭐 때문에 있겠나? 우리 쪽에서 호위로 보낸 남자들이 거들긴 했지. 30베르스타나 길을 냈다더군. 다리까지 몇 개 놓고, 지독한 것들. 그런 게 여자의 억척이지. 그 사나운 것들이 그런 일을 했어. 설마 사흘 만에 그런 짓을 하리라고는 꿈에도 생각 못했어."

"거위 같은 영감! 30베르스타 길을 낸 게 뭐가 기쁜 일이야, 멍청한 영감 같으니라고. 그건 비친이나 크바드리 같은 놈들에게 더없이 좋은 일을 해준 꼴이야. 그들이 타이가로 들어올 수 있게 됐잖아. 대포도 지나갈 수 있고."

"숨겨야지. 숨겨야 하고말고. 숨기게 파견 부대를 보내게. 그럼 되잖나."

"제기랄, 그런 것쯤은 당신이 아니어도 나도 알아."

6

해가 짧아졌다. 다섯시면 어두워졌다. 황혼 무렵 유리 안드레예비치는 며칠 전 리베리와 스비리트가 입씨름하던 곳에서 큰길을 가로질렀다. 닥터는 숙영지로 돌아오던 중이었다. 숲속의 빈터에서 가까운, 숙영지의 경계 역할을 하는 마가목이 있는 작은 언덕 근처에 이르자, 그가 농담삼아 자신의 경쟁자라고 부르는 가축 주술 치료사인 쿠바리하의 장난기 어린 쾌활한 목소리가 들렸다. 그의 경쟁자는 쩌렁쩌렁 울리는 목소리로 뭔가 밝고 씩씩한, 차스투시카가 분명한 노래를 부르고 있었다. 여러 사람이 듣고 있었다. 남녀의 공감하는 웃음소리에 노래가 이따금 중단되었다. 이윽고 모든 것이 잠잠해졌다. 사람들은 모두 흩어진 것 같았다.

그러자 쿠바리하는 주위에 아무도 없다고 생각하고는 혼자서 낮은 목소리로 다른 노래를 부르기 시작했다. 유리 안드레예비치는 늪에 빠지지 않도록 조심하며 어둠 속을 더듬어 마가목 앞 질척한 빈터를 빙 돌아가는 오솔길을 빠져나가다가, 갑자기 그 자리에 못박힌 것처럼 발을 멈췄다. 쿠바리하는 오래된 러시아 노래를 부르고 있었다. 유리 안드레예비치는 모르는 노래였다. 어쩌면 즉흥적으로 부르는 노래였을까?

러시아 노래는 방죽에 갇힌 물 같았다. 그 물은 가만히 멈춰 움직이지 않는 것 같았다. 하지만 깊은 곳에서 물은 쉴새없이 수문으로 흘러나오고 있었고, 수면의 잔잔함은 거짓이었다.

노래는 후렴과 대구 같은 온갖 것들로 서서히 발전되는 내용의 진행을 지연시켰다. 그리고 어느 한계에 도달하자 갑자기 전개되어 듣는 이를 뒤흔들었다. 애수의 힘이 자신을 억제하고 다스리면서 자신을 표현하고 있었다. 언어로 시간을 멈추게 하는 광기의 시도였다.

쿠바리하는 반은 노래하고, 반은 중얼거리고 있었다.

토끼가 하얀 세상으로 달아난다.
하얀 세상 하얀 눈으로.
토끼는 비스듬히 뛰어 마가목 옆으로,
비스듬히 뛰어가 마가목에게 하소연한다.

나는 소심한 토끼,

콩만한 가슴은 두근거리지.

토끼인 나는 짐승의 발자국이 무서워,

짐승 발자국, 굶주린 늑대의 배가.

나를 가여워해주렴, 마가목 숲이여,

마가목 숲이여, 예쁜 마가목이여.

너의 아름다운 열매를 심술궂은 적에게 주지 마라.

심술궂은 적에게, 심술궂은 까마귀에게.

붉은 열매 한 줌 바람에 뿌려다오,

바람에, 하얀 세상에, 하얀 눈 위에.

뿌려서, 고향땅에 전해다오,

마을 변두리 그 구석진 집에,

그 구석진 창문에, 그 안방에,

세상을 피해 그곳에 은둔한,

나의 그리운 사랑에게.

사랑하는 그녀의 귀에 말해다오,

뜨거운 사랑의 말을.

병사인 나는 포로가 되어 괴로워하고,

병사인 나는 타향에서 그리워하노라고.

하지만 나는 붙잡혀 있는 쓰라린 처지에서 달아나,

나의 열매, 사랑하는 예쁜 그녀 곁으로 갈 거라고.

7

　병사의 아내인 쿠바리하는 팔리하, 그러니까 팜필 팔리흐의 아내인 아가피야 포티예브나, 속칭 파테브나의 병에 걸린 암소에게 굿을 하기로 되어 있었다. 사람들은 암소를 무리에서 격리해 덤불 속으로 끌고 갔고 뿔을 나무에 잡아맸다. 암소의 앞다리 옆 나무 그루터기에 주인이 앉고, 뒷다리 옆 착유대搾乳臺에 주술사인 병사의 아내가 앉았다.

　나머지 수많은 소들이 그리 넓지 않은 숲속 빈터에 빽빽이 들어차 있었다. 어두운 침엽수림이 사방에서 산처럼 높은 삼각형 전나무 벽으로 소떼를 에워싸고 있었고, 전나무들은 아래쪽 가지를 사방으로 펼치고 있어 마치 살찐 엉덩이를 땅바닥에 대고 앉아 있는 것 같았다.

　시베리아에서는 스위스 품종의 우량종 젖소가 사육되고 있었다. 거의가 검은 바탕에 흰 얼룩무늬가 있는 소였다. 소들은 사람들 못지않게 먹을 것이 부족하고 먼길을 이동한데다 너무 빽빽이 모여 있어 숨을 쉬는 것도 힘들어했다. 서로 옆구리를 비벼대고 밀치락달치락하며 암소들은 거의 정신이 나간 것 같았다. 머리가 멍해진 암소들은 자신의 성별도 잊은 채 수소처럼 울어대며 무겁게 늘어진 유방을 간신히 끌어올리고 서로의 등에 기어오르려고 안간힘을 썼다. 어미 소에 깔린 송아지들이 꼬리를 세우고 밑에서 필사적으로 빠져나와 덤불과 나뭇가지를 짓밟으며 숲으로 달아나면, 노인과 아이 목동들이 소리치며 쫓아갔다.

　그리고 전나무 우듬지들이 겨울 하늘에 그린 좁은 동그라미에 갇힌 희끗한 눈구름들이 숲의 빈터 위에서 격렬하고 무질서하게, 역시나 밀치락달치락 얽히며 서로의 등에 기어오르고 있었다.

조금 떨어진 곳에 한덩어리로 뭉쳐 있던 호기심 많은 구경꾼들이 이 주술 치료사를 방해하고 있었다. 그녀는 무서운 눈초리로 그들을 머리 끝에서 발끝까지 훑어보았다. 그러나 방해를 받는다고 인정하는 건 자신의 권위를 떨어뜨리는 일이었다. 예술가 같은 자존심이 그녀를 제지했다. 그녀는 그들 따위는 안중에도 없다는 듯이 가장했다. 닥터는 구경꾼들 뒤에 숨어서 그녀를 관찰했다.

그는 그녀를 처음으로 차분히 관찰할 수 있었다. 그녀는 여전히 영국군 약모를 쓰고, 외국 간섭군의 카키색 외투를 입고 있었는데, 외투깃이 잘못 접혀 있었다. 그러나 이 젊지 않은 여자의 내부에 숨겨진 정열을 드러내는 듯한 애젊은 검은 눈동자와 눈썹은 그녀의 용모를 한결 오만해 보이게 했고, 그녀 자신은 무엇을 어떻게 입었느냐 따위에는 전혀 아랑곳하지 않는다는 것을 뚜렷이 보여주고 있었다.

그러나 팜필의 아내를 본 유리 안드레예비치는 깜짝 놀랐다. 그는 그녀를 알아보지 못할 뻔했다. 불과 며칠 만에 그녀는 무서우리만큼 늙어 있었다. 움푹 꺼진 두 눈은 금방이라도 눈알이 튀어나올 것 같았다. 짐마차의 채처럼 길게 뻗은 목은 잔뜩 핏줄이 부풀어 꿈틀거리고 있었다. 그녀의 내부에 감춰진 공포가 그녀를 그렇게 만든 것이었다.

"젖이 나오지 않아요, 아주머니." 아가피야가 말했다. "잠시 젖이 말랐나 했는데, 아니에요. 진작 젖이 나올 때가 됐는데도 전혀 안 나와요."

"젖이 마르기는. 젖꼭지에 부스럼 딱지가 앉았잖아. 돼지기름에 담근 약초를 줄 테니 발라줘. 그리고 주문도 외워주지."

"그리고 또 한 가지 고민은―남편이에요."

"바람피우지 못하게 해줄게. 그런 건 일도 아니지. 당신한테 딱 달라붙어 떼어낼 수도 없게 될 테니까. 세번째 고민은?"

"그게 아니에요. 차라리 바람이라도 피우면 좋게요. 그 반대예요, 나하고 아이들에게만 달라붙어 계속 걱정만 한단 말이에요. 그 사람이 무슨 생각을 하는지 나는 알아요. 그건 이거예요—숙영지가 갈라지면 우리는 떨어져 지내게 된다. 우리가 바살리고 부대에 잡히더라도 그는 우리와 함께 있지 못한다. 우리를 지켜줄 사람이 아무도 없다. 그자들은 우리를 괴롭히고 우리의 고통을 즐길 것이다. 나는 그 사람 생각을 알아요. 그 사람이 무슨 짓을 저지르지 말아야 할 텐데요."

"그것도 생각할게. 슬픔을 덜어주지. 이제 세번째 고민을 말해봐."

"세번째는 없어요. 암소와 남편이 전부예요."

"뭐, 불행이 그것뿐이라고! 하느님이 큰 자비를 베푸셨군. 요새 당신 같은 사람은 거의 없어. 두 가지 고민밖에 없는데다, 그 하나가 정많은 남편이라니. 암소를 고쳐주면 뭘 줄 생각이지? 슬슬 의식을 시작해볼까."

"원하는 게 뭔데요?"

"밀가루로 만든 카라바이*와 당신 남편."

주위에서 웃음이 터졌다.

"사람 놀리는 거예요?"

"아, 너무 비싸다면 카라바이는 관두지. 남편만으로 흥정할까."

웃음소리가 열 배쯤 커졌다.

---

* 크고 둥근 전통 빵.

"이름은? 남편 말고―암소."

"크라사바*요."

"여기 암소들 거의 절반이 크라사바로군. 그래 좋아. 시작해볼까."

그리고 그녀는 암소에게 주문을 외우기 시작했다. 처음에는 확실히 암소에 대한 주문이었다. 그러나 점차 몰입하더니 주술의 규칙과 방법에 대해 아가피야에게 훈계하기 시작했다. 유리 안드레예비치는 주술에 걸린 것처럼 고대의 장식 문자를 연상시키는 환상적인 주문에 귀를 기울였다. 전에 유럽러시아에서 시베리아로 옮겨왔을 때도 마부 바크흐의 화려한 요설에 귀를 기울였었다.

병사의 아내는 말했다.

"모르고시야 아주머니, 우리 손님으로 오시라. 화요일, 수요일에 와 썩은 부스럼을 떼어주시라. 암소 젖통이에서 고통을 가져가시라. 얌전히 서 있어, 크라사바. 의자 뒤엎지 말고. 산처럼 서서 강처럼 젖을 흘려라. 요물아, 괴물아, 옴딱지를 싹 벗겨 쐐기풀 속에 던져주어라. 주술사의 주문은 차르의 말씀처럼 영험이 뚜렷하도다.

이제 당신은 모든 걸 알아야 해, 아가피유시카**, 명령, 금지, 피하는 말, 받아들이는 말. 당신은 저것을 숲으로 보고 숲이라고 생각하지. 하지만 그렇지 않아. 저건 악마의 군세와 천사의 군세가 서로 죽고 죽이는 거야. 당신들과 바샬리고 군대가 싸우고 있는 것처럼.

그렇지 않으면 내가 가리키는 쪽을 봐. 그쪽 말고, 이봐. 뒤통수로 보지 말고 눈으로 봐야지, 내가 손가락으로 가리키는 쪽. 그래, 그래.

---

* '예쁜이'라는 뜻.

** 아가피야의 애칭.

당신은 저게 뭐라고 생각하지? 바람 때문에 자작나무 가지들이 칭칭 얽힌 거라고 생각하나? 새가 둥지를 치려는 거라고 생각하나? 천만에, 그렇지 않아. 저건 진짜 악마의 짓이야. 루살카가 제 딸에게 화관을 엮어주려고 그런 거야. 그런데 사람들이 지나가는 소리가 들리자 집어치웠지. 놀라서. 밤이 되면 다 엮을 테니, 두고 봐.

그렇지 않으면 또 당신들의 저 붉은 깃발을 예로 들어볼까. 당신은 어떻게 생각하지? 깃발이라고 생각하겠지? 잘 봐, 저건 깃발이 아니고 죽은 처녀들이 암적색 플라토크를 흔들며 사람을 꾀는 거야, 그래 꾀고 있어, 뭐하러 꾀느냐고? 플라토크를 흔들고 눈짓을 해서 젊은 사내들을 학살과 죽음으로 이끌고 역병에 걸리게 하려고 그런 거야. 그런데 당신들은 저것을—깃발이라고, 전 세계 프롤레타*와 가난한 자들이여 모여라, 하는 깃발이라고 믿고 있어.

이제 모든 것을 알아야 해, 아가피아. 모든 것을, 모든 것을, 모든 것을. 무슨 새인지, 무슨 돌인지, 무슨 풀인지. 이를테면 저 새는 옛날이야기에 나오는 찌르레기이고, 저 짐승은 오소리다 이렇게.

그건 그렇고, 만약 당신이 누군가에게 반했다고 쳐. 그러면 말만 해. 상대가 누구건 당신에게 미쳐 오금을 못 쓰게 해줄 테니. 당신들의 대장인 레스노이건, 콜차크건, 이반 왕자건 상관없어. 내가 우쭐해서 거짓말한다고 생각하겠지? 하지만 거짓말이 아니야. 자, 들어 봐. 겨울이 오고 들판에 눈보라가 몰아치면 회오리바람이 일어나 눈보라 기둥이 올라갈 거야. 그러면 나는 그 눈보라 기둥, 그 눈의 소용돌이를 단도로

---

* 프롤레타리아를 틀리게 말한 것.

찌르겠어. 칼자루까지 들어가도록 푹. 단도를 쑥 빼면 피로 빨갛게 물들어 있겠지. 어때, 본 적 있어? 어라? 그래도 내가 거짓말한다고 생각하는군. 말해볼까, 몰아치는 눈보라에서 어떻게 피가 나오는지? 그것은 바람, 즉 공기이고 눈의 먼지야. 그런데 이봐, 그 눈보라는 단순한 바람이 아니라 마법으로 변신한 여자가 딸을 찾아 들판을 헤매며 울고 있는 거야. 내가 단도로 찌른 것은 그 여자야. 그래서 피가 나오는 거지. 당신이 그 흔적을 원한다면, 그걸 도려내 당신 치맛자락에 명주실로 꿰매붙여주지. 그러면 콜차크건 스트렐니코프건 새로운 차르건 당신 뒤를 그림자처럼 따라다니며 떨어지지 않을 거야. 그래도 당신은 내 말이 거짓말이고, 전 세계 맨발인 자들과 프롤레타여 뭉쳐라, 그걸 생각하겠지.

또 이를테면 지금 하늘에서 돌이 떨어지고 있어, 비처럼 쏟아진다고 해봐. 누군가 집밖으로 한 발짝만 나서도 머리에 돌을 맞는 판이야. 또는 누군가가 본 것처럼 기사騎士들이 하늘로 말을 타고 가, 말발굽으로 지붕을 차면서. 또는 아득한 옛날의 마법사가 말한 건데―이 여자는 자기 몸 안에 곡식과 꿀과 담비 가죽을 가지고 있었어. 갑옷 기사들이 보물상자 뚜껑을 열듯 여자의 어깨를 칼로 갈라 열고 어깨뼈에서 밀을, 다람쥐가죽을, 꿀벌 집을 꺼내 갔어.”

이 세상에서 가끔 크고 강렬한 감정을 마주칠 때가 있다. 감정에는 언제나 연민이 섞여 있다. 우리가 숭배하는 대상을 더욱 사랑할수록, 그것은 우리에게 더욱 희생물처럼 보인다. 어떤 남자들에게 여자에 대한 동정은 우리가 생각할 수 있는 모든 한계를 뛰어넘는다. 가슴에서 솟구치는 동정은 그 여자를 세상에 존재할 수 없는, 오로지 상상의 세계에서만 존재할 수 있는, 도달할 수 없는 높이에 놓으며, 그들은 그녀가 호흡하는 공기, 자연의 법칙, 그녀가 태어나기 전에 흘러간 수천 년의 세월까지 질투한다.

유리 안드레예비치는 충분히 지식이 있었기 때문에, 주술사의 마지막 말이 어떤 연대기의 첫 부분이 아닌가 의심할 수 있었다. 『노브고로롯스카야 연대기』인지 『이파티옙스카야 연대기』*인지, 후대의 왜곡이 쌓여 외전外典이 되어버린 것이었다. 수세기에 걸쳐 주술사와 이야기꾼들의 구전으로 대대로 전해지는 사이에 완전히 왜곡되어버린 것이다. 그전에도 이미 여러 필사자가 잘못 옮겨 쓰며 왜곡되기도 했다.

대체 왜 그는 구비口碑의 포악한 힘에 그토록 사로잡힌 걸까? 왜 그는 이해할 수 없는 잠꼬대 같은 소리, 이 무의미하고 밑도 끝도 없는 말을 마치 현실의 상황처럼 받아들인 걸까?

라라의 왼쪽 어깨가 갈라졌다. 찬장 속에 만들어져 있는 비밀의 철문에 열쇠를 꽂듯 쑤신 칼날을 돌려 그녀의 어깨뼈를 열었다. 입을 딱 벌린 넋의 공동空洞 저 깊숙한 곳에 소중히 감춰두었던 비밀이 환히 드러났다. 전에 갔던 낯선 도시, 낯선 거리, 낯선 집, 낯선 공간이 리본 뭉치가 풀리듯, 리본 꾸러미가 밖으로 빠져나오듯 잇달아 펼쳐졌다.

오, 그는 그녀를 얼마나 사랑했던가! 그녀는 얼마나 아름다웠던가! 그가 언제나 동경하고 꿈속에서 그리던 여자, 그에게 꼭 필요한 여자! 그러나 무엇이, 그녀의 어떤 점이 그랬을까? 뭐라고 이름 지을 수 있고 어떻다고 분석할 수 있는 뭔가가 있었던가? 오 아니다. 오 그렇지 않

---

* 11세기부터 기록되기 시작한 '러시아 연대기'의 두 권. 『이파티옙스카야 연대기』는 가장 오래된 연대기의 하나로, 고대 러시아의 역사를 알려주는 귀중한 문서다.

다! 그러나 그녀는 조물주가 위에서 아래까지 단숨에 그린, 비길 데 없이 단순하고 힘찬 한 가닥의 선이었고, 마치 목욕 후에 갓난애를 강보에 꼭 싸듯 그 신성한 윤곽 그대로 그의 영혼의 팔에 맡겨졌던 것이다.

그런데 지금 그는 어디에 있고 무엇을 하고 있는가? 숲, 시베리아, 파르티잔 부대. 그들은 포위당했고, 그는 그들과 한 운명이다. 이 얼마나 기괴하고 기막힌 처지인가. 그러자 또다시 유리 안드레예비치는 눈앞이 희미해지고 머리가 몽롱해지기 시작했다. 모든 것이 그의 눈앞에서 어른거렸다. 그때, 올 것 같았던 눈 대신 하늘에서 빗방울이 후두두 떨어지기 시작했다. 도시의 거리, 건물과 건물 사이에 내걸린 커다란 플래카드처럼 숲속 빈터 한끝에서 다른 쪽 한끝으로 몇 배나 확대된, 그가 너무도 숭배하는 존재의 환영이 어렴풋이 공중에 펼쳐졌다. 그 얼굴은 울고 있었고, 거센 비가 입을 맞추며 그것을 적시고 있었다.

"가도 돼." 주술사가 아가피야에게 말했다. "암소에게 주문을 다 외웠으니까 곧 나을 거야. 성모님께 기도해. 그분이야말로 빛의 궁전이자 살아 있는 말씀의 책이니까."

8

타이가 서쪽 경계에서 전투가 계속되고 있었다. 그러나 타이가가 너무 넓어서, 타이가의 눈으로 보면 전투는 먼 국경 지대에서 벌어지는 일이나 마찬가지였고, 그 타이가 속에 숨어 있는 숙영지는 사람이 너무 많아 아무리 많은 사람이 전투에 나가도 언제나 그보다 많은 사람이 남아 있었기 때문에 결코 비는 일은 없었다.

　먼 곳에서 울리는 전투의 굉음도 타이가의 숙영지까지는 미치지 못했다. 갑자기 숲속에서 몇 발의 총성이 울렸다. 총성은 몇 발 연달아 울리더니 단번에 무질서한 속사로 바뀌었다. 총성이 들리는 곳에 있다가 갑작스러운 충격에 놀란 사람들은 혼비백산해 사방으로 달아났다. 숙영지의 예비군으로 편입되어 있던 사람들은 저마다 자신의 짐마차 쪽으로 뛰어갔다. 큰 소동이 일어났다. 모두가 전투태세를 갖추기 시작했다.

　소동은 이내 가라앉았다. 잘못된 경보라는 것이 밝혀졌다. 사람들은 또다시 총격이 일어났던 곳으로 몰려가기 시작했다. 군중이 차츰 불어났다. 서 있는 사람들에게 새로 온 사람들이 다가갔다.

　군중은 피투성이가 되어 바닥에 쓰러진 인간 통나무를 에워싸고 있었다. 절단된 그것은 아직 숨을 쉬고 있었다. 오른팔과 왼다리가 잘려나가 있었다. 이 불행한 사람이 남은 한 팔과 한 다리로 어떻게 숙영지까지 기어올 수 있었는지 아무도 상상할 수 없었다. 잘린 팔과 다리는 소름이 끼칠 만큼 무참한 피투성이의 살덩어리가 되어 장황한 글이 쓰여 있는 판자와 함께 그의 등에 매어져 있었고, 판자에는 무지막지한 욕과 함께 이것은 이러저러한 적군 부대의 만행에 대한 보복으로 취한 조치라고 쓰여 있었는데, 그 부대는 숲의 파르티잔과는 아무 관계도 없는 부대였다. 그 밖에도 판자에는 정한 날짜까지 파르티잔이 항복하고 비친 군단 대표에게 무기를 인도하지 않으면 모두가 이와 똑같은 꼴을 당할 거라고 덧붙여져 있었다.

　팔과 다리를 잃은 이 수난자는 피를 흘리며 금방이라도 의식을 잃

12장 눈 덮인 마가목　191

고 숨이 끊어질 것 같은 힘없는 목소리와 꼬이는 혀로, 비친 장군이 지
휘하는 후방군의 취조와 징벌 부대에서 받은 고문과 학대에 대해 이야
기했다. 그는 교수형을 선고받았으나 은사恩赦로 팔다리만 잘렸고, 파
르티잔에게 겁을 줄 목적으로 처참하기 짝이 없는 모습으로 숙영지에
돌려보내진 것이었다. 적은 숙영지의 첫번째 경비 지점까지 그를 신고
와 바닥에 내려놓고 기어가라고 명령했고, 멀리 뒤에서 공포를 쏘며
그를 몰아냈다.

희생자는 간신히 혀를 움직였다. 그의 불분명한 말을 알아듣기 위해
사람들은 허리를 낮게 구부리고 귀를 기울였다. 그가 말했다.

"조심들 해요, 형제들. 적은 우리를 돌파했습니다."

"엄호 부대를 보냈어. 대격전이 벌어지고 있어. 버틸 수 있다고."

"돌파했어요. 돌파했어요. 그들은 기습을 노리고 있어요. 나는 압니
다. 아, 이제 글렀네, 형제들. 피를 너무 많이 흘렸어요, 피가 목으로 올
라오네요. 나는 끝났습니다."

"이봐, 가만히 누워서 좀 쉬게. 말하지 말고. 여보게들, 말 시키지
마. 해로워."

"한 군데도 성한 데가 없을 만큼 두들겨 팼습니다. 흡혈귀 같은 놈
이, 그 개새끼가. 뭐하는 놈인지 말하지 않으면 내 피로 내 몸을 씻게
될 거라고요. 하지만 형제들, 내가 진짜 도망병이라고 하면 뭐라고 말
하겠습니까. 그래요. 나는 그놈의 부대에서 이리로 도망쳐 오고 있었
습니다."

"자네가 말하는 그놈이 누군가. 대체 누가 자네를 이 꼴로 만들었나?"

"오, 형제들, 가슴이 답답해 죽겠습니다. 숨 좀 쉬게 해주세요. 바로

말할 테니. 아타만 베케신. 시트레제 대령. 비친 군단 놈들입니다. 당신들은 숲속에 있어서 아무것도 모릅니다. 도시는 온통 신음소리로 가득합니다. 산 사람으로 무쇠를 끓이고 있어요. 산 사람의 가죽을 벗겨 혁대를 만들고요. 먹살을 움켜잡고 어딘지 모를 어둠 속에 처박습니다. 주위를 더듬어보면 우리 안이죠. 화물차 속. 한 우리 안에 속옷 바람의 인간을 마흔 명 넘게 집어넣습니다. 그래놓고 우리 문을 열고 화물차 안으로 손을 집어넣죠. 손에 잡히는 대로 밖으로 끌어냅니다. 닭 모가지를 비트는 것과 똑같습니다. 맹세컨대. 목을 매달고, 총개머리로 치고, 심문해요. 너덜너덜해지도록 두들겨 패고 상처에 소금을 뿌리고 끓는 물을 끼얹습니다. 토하거나 배설을 하면 그것을 먹게 합니다. 아이들과 여자들이 무슨 일을 당하고 있는지, 오오 하느님!"

불행한 남자는 마지막 숨을 헐떡거렸다. 그는 말을 끝내지 못하고 갑자기 외마디 소리를 지르더니 숨을 토했다. 사람들은 그가 죽은 것을 알자 모자를 벗고 성호를 그었다.

저녁에는 이보다 훨씬 더 무서운 소식이 숙영지 내에 퍼졌다.

죽어가던 사람을 둘러쌌던 군중 속에 팜필 팔리흐도 있었다. 그는 그 남자를 보았고, 그 이야기를 들었으며, 판자에 쓰여 있던 협박문도 전부 읽었다.

자기가 죽었을 때 자기 가족에게 덮칠 운명에 대해 느끼던 끝없던 공포가 그 순간 극에 달했다. 상상 속에서 그는 이미 서서히 고문당하는 가족의 모습을, 고통으로 일그러진 그들의 얼굴을 보았고, 그들의 신음과 도움을 구하는 외침을 듣고 있었다. 미래의 고통에서 그들을 구하고 자신의 고통도 줄이기 위해 그는 광란 상태에서 직접 그들을 해치워버렸다. 딸들과 그렇게 끔찍이 사랑했던 아들 플레누시카를 위해 목각인형을 깎아주었던 그 면도날처럼 날카로운 도끼로 아내와 세 아이를 참살했던 것이다.

그 끔찍한 일을 저지른 뒤 그가 곧바로 자살하지 않은 건 놀라운 일이다. 그는 무슨 생각을 하고 있었을까? 그 앞날에 무엇이 남아 있었을까? 어쩔 작정이고 어쩔 심산이었을까? 그는 이제 너무도 명백한 미치광이었고, 돌이킬 수 없는, 인생에 종지부를 찍은 존재였다.

리베리와 닥터, 군 소비에트위원들이 그를 어떻게 처리할지 의논하는 동안 그는 고개를 툭 떨어뜨리고 탁하고 흐린 초점 없는 눈을 이마 너머로 치뜨고 숙영지 안을 그저 서성거렸다. 어떤 힘으로도 누를 수 없는 비인간적인 고뇌를 드러낸 흔들리는 미소가 그 얼굴에서 떠나지 않았다.

아무도 그를 동정하지 않았다. 모두가 그를 외면했다. 그에게 린치를 가해야 한다는 목소리가 사방에서 일어났다. 그러나 지지를 얻지 못했다.

이제 세상에서 그가 할 일이라곤 아무것도 없었다. 새벽녘에 그는 광견병에 걸린 짐승이 자기 자신으로부터 달아나듯 숙영지에서 자취를 감췄다.

9

겨울은 이미 오래전에 시작되었다. 혹한이 이어지고 있었다. 갈기

갈기 찢어진 소리와 아무런 맥락도 없는 형태가 얼음안개 속에 나타나 멈췄다 움직였다 하다 사라졌다. 지상에서 익숙하게 봐온 것과는 전혀 다른, 뭔가 다른 것으로 바뀌어버린 듯한 태양이 새빨간 공이 되어 숲에 걸려 있었다. 그 태양에서 꿀처럼 짙은 호박색 광선이 꿈속이나 동화 속처럼 서서히, 그리고 촘촘히 번지다가 공중에서 굳어 나무에 얼어붙었다.

펠트 장화를 신어 보이지 않는 발이 둥근 발바닥을 겨우 땅에 디뎌 한 발짝 뗄 때마다 빠드득 빠드득 험한 소리로 눈을 깨우며 사방으로 움직이고 있었다. 그리고 그것을 메우려는 듯이 바실리크를 쓰고 폴루슈보크를 걸친 형상들이 마치 우주 공간을 떠도는 천체처럼 대기 속에서 돌고 있었다.

아는 사람끼리는 걸음을 멈추고 말을 주고받았다. 그들은 방금 목욕탕에서 나온 듯한 새빨간 얼굴을, 수세미처럼 얼어붙은 구레나룻과 콧수염을 기른 얼굴을 서로 가까이 댔다. 그들의 입이 끈적끈적하고 짙은 증기 구름을 토하고, 그 엄청난 양은 얼어붙은 듯이 토막토막 이어지는 두 사람의 빈약한 말수와는 너무도 어울리지 않았다.

오솔길에서 리베리는 닥터와 마주쳤다.

"아, 당신인가요? 정말 오래만이군요! 저녁에 내 처소로 오십시오. 거기서 묵도록 해요. 옛날 생각 하면서 이야기나 좀 합시다. 알려줄 것도 있고요."

"전령이 돌아왔습니까? 바리키노 소식이 있습니까?"

"내 가족이나 당신 가족에 대한 건 없습니다. 하지만 그래서 거꾸로 안도할 수도 있죠. 말하자면 늦지 않게 도망쳤다는 겁니다. 그렇지 않다면 무슨 풍문이라도 있었을 겁니다. 그건 그렇고, 나중에 만나서 천천히 이야기합시다. 그럼, 기다리겠습니다."

그의 움막으로 찾아간 닥터는 똑같은 질문을 되풀이했다.

"내 가족에 대해서 아는 것이 있으면 그것만이라도 말해주십시오."

"또다시 당신은 자기 코끝만 보려 하는군요. 우리의 가족들은 안전한 곳에 무사히 있습니다. 하지만 그보다 중요한 것이 있어요. 굉장한 소식이오. 고기 좀 드시겠습니까? 차가운 송아지 고기입니다."

"아니요, 됐습니다. 다른 이야기로 빠지지 말고요. 요점으로 돌아갑시다."

"괜찮다고 했잖습니까. 나는 먹겠습니다. 숙영지에 괴혈병이 돌고 있어요. 사람들은 빵이고 야채고 다 잊어버렸습니다. 가을에 여자 피란민들이 여기 있었을 때 체계적으로 호두와 딸기를 더 모아두었어야 했는데. 하지만 지금 우리의 상황은 더없이 좋아졌습니다. 내가 늘 예상했던 대로 된 겁니다. 얼음이 움직이기 시작했어요. 콜차크는 모든 전선에서 퇴각하고 있고요. 이건 자연의 힘에 의한 완전한 패배라 할 수 있습니다. 어때요? 내 말의 의미를 알겠습니까? 그런데도 당신은 줄곧 한탄만 하고 있었죠."

"내가 언제 한탄만 했다는 겁니까?"

"언제나 그랬죠. 특히 비친이 우리를 포위했을 때."

닥터는 지난가을에 있었던 반란자들의 총살, 팔리흐의 처자식 살해, 언제 끝날지 모르던 피비린내나는 폭력과 살인을 떠올렸다. 백군과 적군 광신자들의 만행은 서로 잔인함을 겨루고, 잔학이 잔학을 낳으며 기하급수적으로 늘어났다. 속이 메스꺼워지는 피 냄새가 목구멍까지

치밀어오르고 머리로 치받치며 눈을 가물거리게 했다. 한탄과는 전혀 다른 것이었다. 하지만 리베리에게 그것을 어떻게 설명할 수 있을까?

움막에는 향긋한 숯냄새가 감돌았다. 그 냄새가 입천장에 스며 코와 목구멍을 간질였다. 엄폐호 안은 철제 삼발이 위에서 나무껍질 횃불의 불빛이 희미하게 비치고 있었다. 불탄 나무껍질 끝이 아래 놓아둔 물이 담긴 대야로 다 떨어지면, 리베리는 새로 불을 붙여 삼발이에 꽂았다.

"뭔지 알겠습니까. 기름이 떨어졌습니다. 장작은 너무 말랐고요. 횃불은 금방 타버리죠. 참, 숙영지의 괴혈병 말입니다만. 정말로 송아지 고기 안 드실 겁니까? 괴혈병 말입니다. 당신 생각은 어떤가요, 닥터? 참모들을 모아 상황을 설명하고, 괴혈병과 그 대책에 대해 한바탕 강의를 해야 할 것 같은데요."

"날 안달하게 하지 마시오, 제발. 우리 가족에 대해 뭐 정확히 알고 있는 건 없습니까?"

"나는 당신 가족에 대해 정확한 정보는 아무것도 없다고 이미 말했는데요. 하지만 최근 전황이 담긴 군사보고서를 통해 알게 된 건 아직 말하지 않았죠. 내전이 끝났습니다. 콜차크는 격파됐어요. 붉은 군대가 철도 간선을 따라 동쪽으로 추격하고 있으니까 곧 그들을 바닷속에 처넣을 겁니다. 적군 별동대는 우리와 합류하려고 서두르고 있습니다. 후방에 분산되어 있는 다수의 잔적들을 소탕하기 위해서요. 러시아 남부는 완전히 소탕됐습니다. 어때요, 기쁘지 않습니까? 그래도 부족합니까?"

"그럴 리가요. 기쁩니다. 그런데 우리 가족은 어디 있습니까?"

"바리키노에는 없습니다, 참으로 다행이죠. 아니나 다를까, 여름에 카멘노드보르스키가 퍼뜨렸던 소문은 내가 생각했던 대로 사실무근이었습니다—정체 모를 부대가 바리키노를 습격했다는 말도 안 되는 소문 기억납니까?—하지만 마을은 텅텅 비어 있었습니다. 아무래도 거기서 무슨 일이 일어났던 모양인데, 내 가족이나 당신 가족이 그곳을 떠난 건 아주 잘한 일이죠. 우리의 가족들이 무사하다고 믿읍시다. 척후의 보고에 의하면, 많지 않은 잔류자들은 그렇게 생각하고 있는 모양입니다."

"그럼 유랴틴은요? 거긴 어떻게 됐습니까? 어느 쪽 수중에 있습니까?"

"역시 뭐가 뭔지 모를 이야기지만, 명백한 착오입니다."

"그렇다면?"

"아직 백군이 있다는 거죠. 물론 당치도 않고, 결코 있을 수 없는 일입니다. 그건 내가 지금 확실히 증명해주겠소."

리베리는 새로 횃불을 꽂고 너덜너덜해진 군용 지도를 꺼내 필요한 구역을 보이게 하고 나머지는 접은 뒤 연필을 들고 지도 위에서 설명하기 시작했다.

"보십시오. 이 전투 지역 전체에서 백군은 격퇴되었습니다. 여기도, 여기와 여기, 이 전 구역에서. 잘 보입니까?"

"네."

"그러니까 그들은 유랴틴 방면에 있을 수가 없습니다. 그렇지 않으면 보급로가 차단되어 독 안의 쥐가 되니까요. 그들 장교가 아무리 무능하다 해도 그걸 모를 리 없습니다. 슈바를 걸쳤군요? 어딜 가시려고요?"

"잠시만 실례하겠소. 곧 돌아오겠습니다. 마호르카와 나무 타는 연기로 공기가 탁하군요. 속이 좋지 않아요. 바깥바람 좀 쐬고 오겠습니다."

엄폐호에서 땅 위로 나온 닥터는 출구 옆에 의자 대신 놓여 있는 굵은 통나무 위의 눈을 장갑 낀 손으로 털어냈다. 그는 거기 앉아 허리를 구부리고 두 손으로 머리를 괴고 생각에 잠겼다. 겨울의 타이가, 숲의 숙영지, 파르티잔 속에서 지낸 십팔 개월은 이제 그의 머릿속에 없었다. 그는 그것들을 잊어버렸다. 그의 머릿속에는 가족 생각뿐이었다. 그들의 신상에 대한 무서운 추측이 꼬리를 물고 이어졌다.

토냐가 슈로치카를 안고 눈보라 속 들판을 혼자 걸어간다. 슈로치카는 담요에 싸여 있고, 눈 속에 깊이 처박힌 발을 빼내려고 안간힘을 쓰는 그녀를 눈보라가 휘덮고 바람이 땅바닥에 쓰러뜨리고, 그녀는 다시 일어나지만 힘이 빠질 대로 빠진 다리로 제대로 서 있을 수가 없다. 아, 그런데 그는 항상 잊고 있었다. 잊고 있었다. 그녀에게는 아이가 둘이고, 아직 젖먹이도 있다는 것을. 칠림카에서 보았던 감당할 수 없는 긴장과 고통으로 이성을 잃은 그 여자 피란민들처럼, 그녀의 두 팔도 자유롭지 못하거늘.

그녀의 두 손은 바쁘고, 주위에 도와줄 사람 하나 없다. 슈로치카의 아빠는 어디에 있는지 모른다. 그는 먼 곳에, 언제나 멀리 떨어진 곳에, 평생 그는 멀리 떨어진 곳에 있다. 그런 사람이 아빠일까, 그런 사람이 진정한 아빠일까? 그녀의 아버지는 어디 있을까? 알렉산드르 알렉산드로비치는 어디에 있을까? 뉴샤는 어디에? 다른 사람들은 어디에? 오, 이런 물음은 던지지 않는 것이 낫다, 생각하지 않는 것이 낫다. 차라리 생각하지 말자.

닥터는 엄폐호로 돌아가려고 통나무에서 일어섰다. 갑자기 그의 머릿속에 새로운 생각이 번득였다. 그는 리베리에게 돌아가려던 생각을 바꿨다.

스키, 건빵이 담긴 자루, 달아나는 데 필요한 것은 모두 이미 오래전에 준비해두었다. 그 물건들은 경비선 밖에 있는 커다란 전나무 밑동 눈 밑에 묻혀뒀고, 확실히 하기 위해 특별한 표시도 해두었다. 그는 눈더미 한복판에 다져진 오솔길을 따라 그쪽으로 갔다. 밝은 밤이었다. 보름달이 빛나고 있었다. 닥터는 야간 경비 배치를 알고 있었으므로 무사히 그곳을 빠져나올 수 있었다. 그러나 얼어붙은 마가목이 서 있는 빈터 가까이 왔을 때, 멀리서 보초가 큰 소리로 그를 부르더니 곧바로 몸을 곧추세우고 스키를 지쳐 전속력으로 미끄러져 왔다.

"서라! 쏜다! 누구냐? 암호를 대라."

"왜 그러나, 형제, 정신 나갔나? 아군이잖나. 몰라본 건가? 당신들의 닥터 지바고일세."

"그런가! 미안하군, 젤바크* 동지. 몰라봤어. 하지만 젤바크 당신이라도 여기서부터는 더 나아갈 수 없어. 반드시 규칙을 지켜야 해."

"아, 그런가. 암호는 '붉은 시베리아', 응답은 '간섭군 타도!'일세."

"그럼 이야기가 달라지지. 가고 싶은 데로 가게. 그런데 왜 이 밤중에 서성거리지? 환자라도 있나?"

"잠도 오지 않고 목도 마르고 해서. 좀 걷다 눈이라도 좀 삼켜볼까 하고. 마가목 열매가 얼어붙어 있길래, 가서 조금 따먹어보려고 했지."

---

* 지바고의 별명으로, '혹, 부스럼'이라는 뜻.

"겨울에 나무열매라, 그런 게 나리들의 바보 같은 생각이지. 삼 년 동안 때리고 또 때려댔는데도 고쳐지질 않는군. 의식이란 게 없어. 마가목이건 뭐건 마음대로 먹으라지. 내가 알 게 뭐야?"

보초는 스키 위에 몸을 세우고 길게 바람을 가르는 소리를 내며 점점 더 속도를 올려 단단한 눈밭을 지치면서 멀어졌다. 그리고 이윽고 듬성듬성한 머리털처럼 성긴 벌거벗은 겨울의 덤불 뒤로 사라졌다. 닥터가 걷던 오솔길은 방금도 말했던 그 마가목으로 그를 이끌었다.

마가목은 반은 눈에 덮이고 반은 얼어붙은 잎과 열매를 매단 채, 눈을 잔뜩 이고 있는 가지 두 개를 그에게로 내밀고 있었다. 그는 라라의 크고 흰 두 팔, 둥그스름하고 풍만한 두 팔을 생각하며 가지들을 붙잡아 앞으로 끌어당겼다. 마가목은 마치 의식적으로 응답하듯 그의 머리에서 발끝까지 온몸에 눈을 뿌렸다. 그는 자신이 무슨 말을 하는지도 모르는 채 무심코 중얼거렸다.

"너를 꼭 찾으리라, 그림 같은 나의 미녀, 나의 공주, 마가목, 그리운 나의 혈육이여."

밝은 밤이었다. 달빛이 환했다. 그는 타이가 속 그 비밀의 전나무 밑동까지 헤치듯 들어가, 그가 묻어두었던 물건들을 파내 숙영지를 떠났다.

13장
조각상이 있는 집 맞은편

1

볼샤야 쿠페체스카야 거리는 말라야 스파스카야 거리와 노보스발로치니 골목길 쪽으로 작은 언덕길을 구불구불 내려간다. 그 거리에서는 도시의 한결 높은 지대의 집과 교회가 올려다보였다.

한 모퉁이에 조각상들로 꾸며진 짙은 회색 집이 서 있다. 그 건물의 경사진 토대에 올려진 거대한 장방형 돌벽에 정부의 새 신문과 포고문, 결의문 등이 까맣게 붙어 있었다. 통행인들은 삼삼오오 모여 서서 한참 동안 말없이 게시물을 읽었다.

최근에 녹은 눈도 말라버린 건조한 날씨였다. 얼어붙기 시작했다. 추위도 현저히 심해졌다. 얼마 전까지만 해도 이 시간이면 이미 어두컴컴해졌는데 주위는 아직 낮처럼 환했다. 겨울은 최근에야 끝났다. 비어 있는 공간을 채우고 있던 밝은 빛은 저녁이 되어도 떠나지 않고 우물거리고 있었다. 빛은 마음을 흔들고, 멀리로 데려가고, 겁먹고 긴장되게 했다.

백군이 적군에게 도시를 넘겨주고 떠난 것도 최근이었다. 총격과 유혈이 멎고, 전쟁의 불안은 끝났다. 겨울이 지나고 봄이 깊어진 것과 마찬가지로 그 일 또한 사람들을 겁먹고 긴장되게 했다.

길어진 낮의 빛 속에서 통행인들이 읽고 있었던 게시물에 이런 글이 적혀 있었다.

'주민들에게 알림. 유자격자들을 위한 노동수첩을 한 부 50루블에, 유랴틴 소비에트 식량부, 전前 게네랄-구베르나토르스카야, 현現 옥탸브리스카야 거리 5, 137호실에서 배부함.

노동수첩을 소지하지 않거나 부정하게 소지한 자, 특히 허위로 등록한 자는 전시하의 엄정한 조치에 따라 엄벌함. 노동수첩 이용에 대한 상세한 지침은 유랴틴 시 인민위원회 공보 금년 제86호(통산 1013호)에 공표되었고 유랴틴 소비에트 식량부 137호실에 게시됨.'

또다른 고시에서는 시중에 비축된 식량이 충분하지만, 부르주아가 은닉해 식량 배급을 방해하고 식량 사정을 혼란에 빠뜨리고 있다고 쓰여 있었다. 그 고시는 다음과 같은 말로 끝났다.

'식량을 저장하거나 은닉한 죄상이 드러난 자는 즉각 총살함.'

세번째 고시에는 이렇게 적혀 있었다.

'식량 문제의 올바른 해결을 위해 착취계급에 속하지 않는 자들은 소비조합 코뮌에 통합됨. 자세한 사항은 전 게네랄-구베르나토르스카야, 현 옥탸브리스카야 거리 5, 137호실로 문의.'

군에 대해서는 다음과 같은 경고가 나와 있었다.

'무기를 인도하지 않은 자, 합법적인 새 허가증 없이 무기를 휴대한 자는 법에 따라 엄정하게 재판에 회부함. 허가증 갱신은 옥탸브리스카야 거리 6, 63호실, 유랴틴 혁명위원회에서.'

2

게시물을 읽고 있던 한 무리에게 오랫동안 씻지 않아 꾀죄죄하고 배낭을 메고 지팡이를 짚은 초췌한 몰골의 남자가 다가갔다. 자랄 대로 자란 머리에 아직 새치는 보이지 않았지만, 제멋대로 자란 어두운 아맛빛 턱수염은 희끗희끗했다. 그는 닥터 유리 안드레예비치 지바고였다. 슈바는 이미 오래전에 빼앗겼거나 식량과 바꾼 듯, 그는 몸에 맞지 않은 반소매 헌옷을 춥게 걸치고 있었다.

어깨에 멘 배낭에는 마지막으로 지나왔던 교외의 어느 마을에서 동냥한 먹다 남은 빵조각과 돼지비계 한 조각뿐이었다. 그는 약 한 시간 전에 철도 쪽에서 시내로 들어와 시의 관문에서 이 네거리까지 오는 데 꼬박 한 시간이 걸렸고, 며칠 내내 걸어 완전히 지치고 쇠약해져 있었다. 그는 자주 발을 멈췄는데, 그럴 때마다 다시 볼 수 있을 거라고 생각지도 못했던 도시에 돌아온 것이 마치 살아 있는 사람을 만난 것처럼 기뻐서 엎드려 이 도시의 포석에 입맞추고 싶은 충동을 간신히 참았다.

그는 긴 도보 여행의 절반을 철도 선로를 따라 걸었다. 어느 철도나 방치된 채 제 기능을 하지 못하고 모든 것이 눈에 파묻혀 있었다. 그가 지나온 길 옆에는 객차와 화차를 연결한 백군의 편성열차가 눈더미에 가로막히거나, 콜차크군의 총퇴각으로 내버려지거나, 연료가 떨어진 채 서 있었다. 이렇게 중간에 멈춰 눈에 파묻힌 열차가 마치 리본처럼, 거의 빈틈없이 수십 베르스타나 이어져 있었다. 그것은 철도를 따라 노략질을 하고 다니는 무장 도둑떼의 요새가 되고, 범죄자와 정치적 도망자, 그 시기에 어쩔 수 없이 방랑자 신세가 된 자들의 은신처가 되고 있었는데, 무엇보다도 철로를 따라 맹위를 떨치며 부근의 마을들을 전멸시킨 발진티푸스 희생자와 동사자의 공동묘지와 납골당으로 변해 있었다.

'인간은 인간에게 늑대다*'라는 옛말을 실증한 시대였다. 나그네는 나그네를 보면 가던 방향을 바꾸고, 우연히 마주치면 자기가 살해되지 않기 위해 상대를 죽였다. 드물긴 하지만 인육을 먹는 일도 있었다. 인간이 만든 문명의 법칙은 자취를 감췄다. 야수의 법칙이 세상을 지배했다. 인간은 유사 이전 혈거시대穴居時代의 꿈을 꾸고 있었다.

이따금 길 한쪽에서 숨죽이며 걷다가 두려운 듯 오솔길을 먼저 빠져나가는 고독한 사람의 그림자가 보였는데, 유리 안드레예비치는 될 수 있는 한 그들과 마주치지 않으려 돌아갔지만, 어딘가에서 만난 적 있는 사람들 같았다. 그에게는 모두가 파르티잔 숙영지에서 도망쳐 나온 사람들 같았다. 대개는 그렇지 않았지만, 딱 한 번 들어맞은 적이 있었다. 국제 침대열차 차체를 완전히 뒤덮은 눈더미에서 한 소년이 기어나와 용변을 보고 다시 눈더미 속으로 돌아갔는데, 그는 분명 숲의 형

---

* homo homini lupus. 인간의 적은 인간이라는 뜻의 라틴어 경구.

제 중 하나였다. 총살로 죽은 줄 알았던 테렌티 갈루진이었다. 그는 총알이 급소를 빗나가 오랫동안 정신을 잃고 쓰러져 있다가 의식이 돌아오자 처형장에서 기어나가 잠시 숲속에 몸을 숨기고 상처가 낫기를 기다렸고, 그뒤 가명을 쓰고, 눈에 묻힌 열차에 몰래 숨어 사람들 눈을 피해가며 고향 크레스토보즛비젠스크로 가고 있었다.

이런 모습과 광경은 왠지 지상의 일이 아닌 것 같은 초현실적인 인상을 주었다. 어딘가 미지의 행성에서 실수로 다른 행성에서 온 미지의 존재 한 조각 같았다. 오로지 자연만이 역사에 충실하게 남아, 근대의 화가들이 그린 것과 똑같은 광경을 눈앞에 펼쳐 보여주고 있었다.

밝은 잿빛과 어두운 분홍빛으로 물든 조용한 저녁이었다. 밝은 저녁놀을 배경으로 가느다란 자작나무의 검은 우듬지가 고대문자처럼 선명하게 떠올랐다. 얇은 얼음의 잿빛 운무 밑으로 검은 개울이 흐르고, 개울가에 산처럼 쌓였던 흰 눈도 아래쪽은 이미 검은 개울물에 녹아내렸다. 그리고 그날, 버들개지 솜털처럼 부드러운 저녁이 차고 투명한 잿빛으로, 한두 시간 후면 이곳 유랴틴의 조각상들이 있는 집 맞은편에도 찾아오려 하고 있었다.

닥터는 정부의 포고문을 읽기 위해 집의 돌벽에 있는 게시판으로 다가갔다. 그러나 그의 시선은 자꾸 맞은편 건물 이층의 창문들을 향했다. 거리 쪽으로 난 이 창문들은 전에는 하얗게 회칠이 되어 있었다. 창문 안쪽 두 방에는 집주인의 세간들이 가득차 있었다. 그러나 지금은 창문 유리 아래쪽에만 얇은 얼음막이 덮여 있을 뿐 회칠이 벗겨져 투명해 보였다. 이 변화는 무엇을 의미하는 걸까? 집주인이 돌아온 걸까? 아니면 라라가 나가고 새로운 사람들로 거주자가 모두 바뀐 걸까?

이 불확실함이 닥터를 동요시켰다. 불안을 억누를 수 없었다. 한길을 가로질러 정면의 차도에서 현관으로 들어선 그는 미치도록 그리워했던 낯익은 계단을 올라갔다. 숲의 숙영지에 있었을 때 그는 이 주철 계단의 격자무늬를, 소용돌이치는 그 무늬 하나하나를 얼마나 자주 떠올렸던가. 계단 모퉁이에서 발밑의 격자무늬 너머로 내려다보자, 계단 밑에 어지럽게 널려 있는 낡은 물통과 함지, 부서진 의자가 눈에 들어왔다. 지금도 그 모퉁이는 그대로였다. 변한 것은 아무것도 없고 모든 것이 예전 그대로였다. 닥터는 과거를 고스란히 간직한 계단에 거의 감사하고 싶은 심정이었다.

전에는 문에 초인종이 있었다. 그러나 닥터가 포로가 되어 숲으로 끌려가기 전에 이미 부서져 소리가 나지 않았다. 문을 두드리려고 보니, 전과는 달리 문에 무거운 자물통이 채워져 있었다. 자물통은 군데군데 떨어져 있긴 하지만 훌륭한 장식이 붙어 있는 예스러운 떡갈나무 외장에 아무렇게나 박힌 고리에 매달려 있었다. 예전 같으면 이런 흉물스러운 짓은 허용되지 않았을 것이다. 문을 파서 박는 잘 잠기는 자물통을 쓰고, 부서지면 곧 자물통장이가 와서 고치곤 했다. 아주 사소하지만 이것 역시 그가 없는 사이에 전반적인 형편이 더욱 나빠졌다는 것을 말해주고 있었다.

닥터는 라라와 카텐카가 집에 없을 것이고, 어쩌면 유랴틴에도 없고, 이 세상에도 없을지 모른다고 각오했다. 그는 가장 무서운 절망에 대비하고 있었다. 다만 나중에 마음에 걸리지 않도록 전에 그와 카텐카가 그토록 두려워했던 벽의 구멍을 더듬어보기로 마음먹고, 갑자기 쥐가 손에 닿을 것 같아 먼저 발로 벽을 찼다. 약속된 그 구멍에서 뭔가 찾을 거라고 기대하지는 않았다. 구멍은 벽돌로 막혀 있었다. 유리 안드레예비치는 벽돌을 빼내고 손을 밀어넣었다. 오, 기적이었다! 열쇠와 편지가 있었다. 편지는 큰 종이에 꽤 길게 쓰여 있었다. 닥터는 층계참의 창가로 다가갔다. 더 크고, 더 놀라운 기적이었다! 그에게 쓴 편지였다! 그는 단숨에 읽어내려갔다.

주여, 참으로 행복합니다! 당신이 살아 있다는 말을 들었어요. 도시 근처에서 당신을 본 사람이 나에게 달려와 알려줬어요. 당신이 먼저 바리키노로 갈 것 같아 나와 카텐카도 그곳으로 당신을 맞으러 갑니다. 만일을 위해 열쇠를 여기 놓아둬요. 내가 돌아올 때까지 어디에도 가지 말고 기다려줘요. 그래요, 당신은 모르겠지만, 나는 지금 이 아파트의 앞쪽, 거리 쪽 방에 살고 있어요. 당신도 곧 짐작할 거예요. 주인의 세간 일부를 팔지 않을 수 없었기 때문에 집안은 텅 비고 어질러져 있죠. 먹을 것을 조금 남겨둘게요. 찐 감자뿐이지만. 쥐가 손대지 못하게 내가 해놓은 것처럼 냄비뚜껑 위에 다리미나 뭔가 무거운 걸 올려둬요. 미칠 것처럼 기뻐요.

편지 앞쪽은 여기서 끝나 있었다. 닥터는 뒤쪽에도 빽빽이 쓰여 있는 것을 알아채지 못했다. 그는 손바닥에 편 종이를 입술에 갖다 대고, 잘 보지도 않고 접어서 열쇠와 함께 호주머니에 집어넣었다. 그의 미칠 것 같은 기쁨에 찌르는 듯한 고통이 섞여들었다. 그녀가 아무 망설임도, 한마디 설명도 없이 바리키노에 간다고 한 것은, 그의 가족이 거기에 없다는 의미이지 않을까. 이 생각은 불안을 일깨웠고, 한편으로

208

가족을 생각하자 더욱 견딜 수 없는 아픔과 슬픔이 밀려들었다. 왜 그녀는 그의 가족에 대해, 그들이 어디 있는지에 대해, 마치 그들이 이 세상에 존재하지도 않았다는 듯이 아무 말도 쓰지 않았을까.

그러나 그런 생각에 잠겨 있을 시간이 없었다. 거리에 어둠이 내리기 시작했다. 어두워지기 전에 해야 할 일이 많았다. 무엇보다 한길에 게시되어 있는 포고문을 읽어둬야 했다. 마음을 놓을 수 없는 시절이었다. 의무적 법령을 모르고 위반하면 목숨을 잃을 수도 있었다. 문의 자물쇠도 열지 않고 지친 어깨에서 배낭을 내려놓지도 않은 채 그는 한길로 내려가 온갖 인쇄물이 잔뜩 붙어 있는 벽으로 다가갔다.

3

인쇄물은 신문기사, 의사록, 회의에서의 연설, 포고 등이었다. 유리 안드레예비치는 제목을 죽 훑어보았다. '유산계급의 징발과 과세제도에 대해. 노동자 관리에 대해. 공장위원회에 대해.' 이것은 이 도시에서 시행되던 제도를 대신해, 도시에 들어온 새로운 권력이 내리는 명령이었다. 이 명령은 백군이 지배하던 시기에 주민들이 잊어버렸을지도 모를 자신들의 원칙적 강성을 상기시키려는 것이었다. 그러나 유리 안드레예비치는 끝없이 이어지는 그 단조로운 반복에 현기증이 났다. 이런 제목은 대체 몇 년도의 것이었을까? 첫번째 혁명 때였을까, 아니면 그다음 시기였을까, 아니면 백군이 몇 번인가 저항을 시도한 뒤였을까? 무슨 내용이었지? 작년? 재작년? 그는 평생에 딱 한 번, 이 한 발짝도 양보하지 않는 말과 직설적인 이 사상의 절대성에 감동을 느낀 적이 있었다. 하지만 신중하지 못하게 딱 한 번 감동했다는 이유로 앞으로 몇 년이고 몇십 년이고 절대 바뀌지 않고 날이 갈수록 더 생활과 동떨어지고 이해할 수도 없고 실행될 가능성도 없는 이 미치광이 같은 똑같은 절규와 요구 외에는 없는 벌을 받아야 하는 걸까? 너무도 민감했던 그 공명의 한순간 때문에 그는 영원히 자신을 노예로 만들어버린 걸까?

찢어진 보고서 조각이 어디선가 그의 손에 들어왔다. 그는 그것을 읽었다.

'기아에 대한 정보는 지방 조직들의 믿을 수 없는 태만을 보여주는 것이다. 명백한 불법 행위에, 투기가 공공연히 이루어지고 있지만, 현지 노동조합 지도부는 무엇을 했는가, 시와 지방 공장위원회는 무엇을 했는가? 유랴틴 화물역, 유랴틴-라즈빌리예, 라즈빌리예-리발카 철도 구역의 각 창고를 대대적으로 수색하고 그 자리에서 투기꾼을 총살하는 등의 준엄한 진압 수단을 취하지 않는 한 이 기아에서 벗어나지 못할 것이다.'

'참으로 대단한 맹목이다!' 닥터는 생각했다. '곡물이 세상에서 자취를 감춘 지 오래인데 이제 와서 새삼스레 창고를 수색한다고? 투기꾼도 그렇지, 그것도 예전의 법령으로 이미 오래전에 근절시키지 않았나? 농민이고 농촌이고 대체 어디에 남아 있단 말인가? 자기들이 계획하고 조치해서 이미 돌들이 어느 하나도 제자리에 얹혀 있지 못하고 다 무너진* 지 오래인데, 대체 이 무슨 망각이란 말인가? 오래전에 현실성을 잃어버린 빈껍데기나 다름없는 주제를 해마다 식지 않는 정열로 늘

어놓으면서 주변의 현실은 전혀 알려고도 보려고도 하지 않는구나!'

닥터는 현기증이 났다. 그는 갑자기 의식을 잃고 길바닥에 쓰러졌다. 의식이 돌아오자, 사람들이 그를 일으켜 부축하며 그가 가려는 곳으로 데려다주겠다고 말했다. 그는 고맙지만 괜찮다고 했고, 길 바로 맞은편이라고 설명했다.

4

그는 다시 이층으로 올라가 라라의 아파트 문을 열었다. 층계참은 여전히 아주 환했고, 아까 왔을 때에 비해서도 전혀 어두워지지 않은 것 같았다. 해가 길어진 것이 그는 기쁘고 감사했다.

문 여는 소리에 방안에서는 대소동이 일어났다. 아무도 없는 빈방은 생철 깡통들이 넘어지는 요란한 소리로 그를 맞았다. 큰 쥐들이 일제히 마룻바닥으로 털썩털썩 뛰어내려 사방으로 흩어져 달아났다. 닥터는 이 어둠 속에서 수없이 번식되었을 혐오스러운 생물 앞에서 불쾌한 무력감에 사로잡혔다.

여기서 하룻밤을 지내려면 무엇보다 먼저 쥐떼의 습격을 막아야 했기 때문에 그는 따로 분리되어 있고 문이 잘 잠기는 방을 고른 다음, 깨진 유리와 생철 조각으로 쥐구멍을 모두 막기로 했다.

그는 현관방에서 왼쪽으로 돌아, 이 집에서 아직 낯선 구역으로 들

---

* 「마태복음」 24장 2절 참조.

어갔다. 통로를 대신하는 어두운 방을 지나 거리 쪽을 향한 창문이 두 개 있는 밝은 방으로 들어갔다. 맞은편에 길을 사이에 두고 조각상이 있는 집이 거무스레하게 보였다. 그 돌벽 아래쪽에 신문이 잔뜩 붙어 있었다. 통행인들은 이쪽 창문에 등을 돌리고 서서 신문을 읽었다.

방안에도 바깥과 마찬가지로 초봄 저녁의 싱그럽고 산뜻한 햇살이 비쳐들고 있었다. 방 안팎의 빛이 똑같아, 방과 바깥을 분리하는 벽이 없는 것 같았다. 단 하나의 작은 차이만 있었다. 유리 안드레예비치가 서 있는 라라의 침실은 바깥 쿠페체스카야 거리에 비해 조금 더 싸늘했다.

한두 시간 전 마지막 노정에서 가까스로 이 도시에 발을 들여놓았을 때, 유리 안드레예비치는 갑자기 심하게 체력이 떨어지는 것을 느끼고 이러다 병이 나지 않을까 두려웠다.

그런데 지금 방안과 바깥의 빛이 똑같다는 것을 알자 아무 이유도 없이 기쁨을 느꼈다. 바깥과 방안에서 똑같이 느껴지는 싸늘한 공기는 황혼의 거리를 지나가는 사람들과 도시의 분위기, 이 세상의 삶과 그를 부드럽게 맺어주었다. 그의 두려움은 씻은 듯이 사라져버렸다. 병이 날 것 같은 예감은 이제 머릿속에 없었다. 곳곳에서 스며드는 봄날 저녁의 투명한 빛이 그에게 희망 가득한 앞날을 약속해주는 것 같았다. 그는 모든 것이 좋아졌고, 자신이 인생에서 찾고 있는 모든 것을 얻고, 모든 사람을 찾아내 화해시키고, 모든 것을 생각하고 그것을 표현할 수 있으리라는 믿음이 생겼다. 그리고 가장 가까운 증명으로 라라와의 기쁜 재회를 기다렸다.

조금 전까지 느꼈던 체력의 한계는 사라지고 광적인 흥분과 억누를 수 없는 조급함이 그것을 대신했다. 이 예사롭지 않은 활기는 조금 전의 한계보다 한결 더 확실한 발병의 조짐이었다. 유리 안드레예비치는 가만히 앉아 있을 수 없었다. 다시 한길로 뛰쳐나가고 싶었고, 그것은 이런 이유에서였다.

이곳에 정착하기 전에 그는 우선 이발과 면도를 하고 싶었다. 그럴 생각으로 그는 시내를 지나오면서 예전에 이발소였던 집들의 유리창을 들여다보았었다. 일부는 빈집이거나 다른 용도로 쓰이고 있었다. 지금도 이발소인 곳은 자물쇠가 채워져 있었다. 이발하고 면도할 수 있는 곳은 한 곳도 없었다. 유리 안드레예비치에게는 면도기가 없었다. 만일 라라의 집에 가위가 있었다면, 아쉬운 대로 처리할 수 있었을 것이다. 그러나 그녀의 화장대를 구석구석 모조리 뒤졌지만, 가위는 보이지 않았다.

그는 전에 말라야 스파스카야 거리에 양장점이 있었던 것이 생각났다. 만약 그 가게가 아직도 그곳에서 영업을 하고 있다면, 그리고 가게 문 닫는 시간 전에 거기로 갈 수 있다면 재봉사에게 가위를 빌려달라고 부탁할 수 있겠다고 생각했다. 그는 다시 한길로 뛰어나갔다.

5

기억은 그를 배반하지 않았다. 양장점은 예전의 장소에 그대로 있었고, 영업도 계속하고 있었다. 양장점은 보도와 똑같은 높이로 전면 진열장이 거리 쪽을 향해 있었고, 출입구도 거리를 향해 있었다. 창문으로 들여다보면 작업장 맞은편 벽까지 보였다. 재봉사들이 일하는 모습이 행인들에게도 보였다.

가게 안은 무척 붐볐다. 본직이 재봉사인 사람들 외에도 아마추어인 듯한 사람들, 그러니까 유랴틴의 나이든 상류층 부인들이 조각상이 있는 집 벽에 게시된 포고대로 노동수첩을 교부받기 위해 이곳에서 일하고 있는 것 같았다.

그녀들의 손놀림은 본직 재봉사들의 신속한 손놀림과 한눈에 구별되었다. 가게에서 만들고 있는 것은 군용 피복뿐이었다. 솜바지와 솜외투와 재킷, 그리고 파르티잔 숙영지에서 유리 안드레예비치가 이미 보았던 털색이 다양한 개가죽을 조각조각 이어붙인 광대풍의 슈바였다. 아마추어 재봉사들이 서투른 손놀림으로 접어넣은 옷단을 재봉 바늘 밑에 밀어넣고, 거의 모피 가공이라 할 수 있는 손에 익지도 않은 일을 하느라 애를 먹고 있었다.

유리 안드레예비치는 창문을 두드리고 안으로 들어가고 싶다고 손짓했다. 저쪽에서도 똑같이 손짓으로 개인 주문은 받지 않는다고 응답했다. 유리 안드레예비치는 포기하지 않고 같은 몸짓을 되풀이하며 가게 안에 들어가서 이야기하게 해달라고 우겼다. 그들은 거절의 몸짓을 하며 일이 바쁘니 방해하지 말고 돌아가라고 대답했다. 한 재봉사가 의아해하는 얼굴로 부아가 난 듯 두 손바닥을 앞으로 내밀며 대체 무슨 볼일이냐고 눈으로 물었다. 집게손가락과 가운뎃손가락으로 그는 가위로 수염을 자르는 시늉을 했다. 재봉사는 그의 몸짓을 이해하지 못했다. 누군지 모르지만 돼먹지 못한 놈이 그들을 희롱하며 즐거워하고 있다고 생각하는 것 같았다. 남루한 옷차림과 기묘한 행동 때문에 그는 환자나 미치광이 같은 인상을 풍겼다. 가게 안에서 여자들이 서로 쳐다보며 킬킬거리면서 손을 흔들어 그를 창가에서 쫓아버리려고 했다. 그는 건물 안마당으로 통하는 길이 있을 거라 생각했고 이내 그것을 찾아 양장점으로 통하는 문을 발견하고, 뒤꼍에서 문을 두드렸다.

6

문을 연 사람은 검은 옷을 입은 얼굴이 가무잡잡한 중년의 여자 재봉사였는데, 엄한 표정으로 보아 아마도 이 가게의 책임자 같았다.

"정말 끈질기네요! 참으로 악착같아. 그래, 무슨 일인지 빨리 말해요, 바쁘니까."

"놀라지 마십시오, 나는 가위가 필요합니다. 잠깐만 빌려주십시오. 당신이 있는 이 자리에서 수염만 깎고 바로 돌려주겠습니다."

여자 재봉사의 눈에 의심쩍고 놀라는 기색이 나타났다. 틀림없이 머리가 모자란 사람이라고 생각한 듯했다.

"나는 먼 데서 왔습니다. 이제 막 도시에 도착했죠. 수염을 자르고 싶습니다. 그런데 이발소가 한 군데도 없군요. 그래서 내가 직접 하려고 했는데, 가위가 있어야 말이죠. 꼭 좀 빌려주십시오."

"알겠어요. 내가 잘라주죠. 그런데 명심해요. 만일 당신이 어떤 꿍꿍이속으로 변장하려고 외모를 바꾸려고 하는 것이거나, 뭔가 정치적인 수작을 한다면 가만두지 않겠어요. 당신 같은 사람 때문에 우리 목숨을 잃을 수는 없으니까, 당국에 신고할 거예요. 지금은 그럴 때가 아니라고요."

"맙소사, 그런 걱정 마십시오!"

재봉사는 닥터를 안으로 들여 창고 크기쯤 되는 옆방으로 데려갔고, 잠시 뒤 그는 이발소의 것처럼 목둘레가 커다란 시트를 두르고 의자에 앉게 되었다.

재봉사는 잠시 방에서 나갔다가 가위와 빗, 모양새가 다른 몇 종류의 바리캉, 가죽숫돌과 면도칼을 가지고 돌아왔다.

"나는 안 해본 일이 없어요." 이발 도구가 모두 갖춰져 있는 것에 놀란 닥터에게 그녀가 설명했다. "이발사 일도 했어요. 요 앞 전쟁 때 간호사를 하며 이발과 면도를 배웠죠. 먼저 가위로 수염을 자른 뒤에 깨끗이 면도합시다."

"머리는 조금 짧게 깎아주면 좋겠습니다."

"해보죠. 아무리 무지한 사람인 척해도 당신이 인텔리겐치아라는 건 금방 알 수 있어요. 요새는 날짜를 일주일이 아니라 열흘 단위로 세요. 오늘은 17일이고, 7일은 이발소가 쉬는 날이에요. 당신은 그걸 모르는 것 같군요."

"전혀 몰랐습니다. 당신은 내가 왜 가장하고 있다고 생각하죠? 내가 말했잖습니까. 나는 먼 데서 왔다고요. 이곳 사람이 아닙니다."

"진정해요. 움직이지 말고요. 다치겠어요. 그래요, 외지에서 왔다고요? 뭘 타고 왔죠?"

"두 발로요."

"길을 걸어왔다고요?"

216

"길을 걷고, 철도 선로를 따라 걸었죠. 열차들, 열차들이 눈 속에 파묻혀 있더군요! 일등열차, 특급열차, 온갖 열차가요."

"이제 여기 조금 남았어요. 여기만 자르면 끝나요. 가족 때문인가요?"

"가족 때문이라니요! 이전의 신용조합 일 때문입니다. 순회 검사원입니다. 회계 감사차 출장을 갔었어요. 지독한 곳으로 출장을 갔었죠. 동시베리아에 발이 묶였습니다. 돌아올 방법이 없었죠. 기차가 어디 있습니까. 걷는 것 말곤 방법이 없었어요. 한 달 반이 걸렸습니다. 죽을 고생을 했죠. 도중에 겪은 일은 죽을 때까지도 다 말할 수 없을 겁니다."

"그런 이야기는 하지 않는 게 좋아요. 여러 가지를 알려줘야겠군요. 그건 그렇고, 거울 여기 있어요. 시트 밑으로 손을 내밀어 받아요. 한번 봐요. 자, 어떤 것 같아요?"

"좀더 자르면 좋을 거 같은데요. 더 짧게요."

"너무 짧으면 머리칼이 서버려요. 아무튼 아무 말 않는 게 좋아요. 요즘은 무슨 일이건 입 다물고 있는 게 상책이에요. 신용조합이니 일등열차가 눈에 파묻혀 있다느니 검사원이라느니 회계 감사원이라느니, 그런 말은 아예 잊어버려요. 무슨 봉변을 당할지 몰라요! 그런 건 이제 통하지 않는 시절이라고요. 거짓말을 하려면 차라리 의사나 교사라고 하는 편이 나아요. 자, 이제 수염도 대충 깎았으니 이번에는 면도로 깨끗이 밉시다. 비누칠을 해서 쓱쓱 밀면 십 년은 젊어 보일 거예요. 물이 식어서 다시 뜨거운 물을 가져와야 하니까 잠깐 기다려요."

'이 여자, 이 여자가 누구더라?' 기다리는 동안 닥터는 생각했다. '나와 연관이 있는 사람 같은데, 분명 아는 여자야. 만난 적이 있거나 소

문으로 들은 적이 있거나. 그녀는 누군가를 생각나게 하는데. 하지만 젠장, 대체 누구지?'

재봉사가 돌아왔다.

"자, 이제 면도할 차례예요. 그래요, 쓸데없는 말은 하지 않는 것이 나아요. 불변의 진리죠. 침묵은 금이고 말은 은이라는 속담도 있잖아요. 특급열차니 신용조합이니 하는 말은 꺼내지도 말고, 기왕이면 의사나 교사라고 둘러대요. 죽을 고생을 다 했다느니 하는 건 혼자 마음속으로나 간직하라고요. 요새 그런 말에 놀라는 사람이 있기나 한 줄 알아요? 면도 괜찮아요?"

"조금 아프군요."

"그럴 거예요, 날이 잘 들지 않는 것 같네요. 조금만 참아요. 어쩔 수 없어요. 수염이 자랄 대로 자라 억센데다 살갗이 면도에 길들지 않아서 그런 거니까. 그래요. 요즘은 어지간한 일에 놀라지도 않아요. 이만저만 혼난 게 아니거든요. 우린 슬픔을 겪었죠. 백군이 지배했을 때는 많은 일이 있었어요! 약탈, 살인, 납치. 그들은 인간 사냥을 했으니까요. 이를테면, 보잘것없는 지방관리가 한 사람 있었는데, 어떤 중위가 그자의 마음에 들지 않았던 모양이에요. 그는 교외의 숲 근처에 병사들을 보내 매복시켰죠. 크라풀스키 집 건너편이에요. 결국 중위는 무기를 빼앗기고 라즈빌리예로 호송됐어요. 그런데 그 무렵 라즈빌리예는 지금의 주州* 체카와 마찬가지였어요. 처형장이요. 왜 이렇게 고개를 움직이죠? 긁혔나요? 알겠어요, 이봐요, 알겠어요. 하지만 어쩔 수

---

* 혁명 뒤 행정구역이 바뀌고 그 명칭도 달라졌다.

없어요. 여기는 털이 난 반대 방향으로 밀어야 하는 곳인데다 털이 솔처럼 뻣뻣해서 그래요. 까다로운 데라고요. 그래서 그때 그 아내가 히스테리를 일으켰어요. 중위의 아내가요. 콜랴! 나의 콜랴! 하면서. 그녀는 사령관에게 직접 찾아갔어요. 직접 찾아갔다고 하지만 말이 그럴 뿐이죠. 누가 들여보내주기나 하나요. 그런데 도와준 사람이 있었어요. 그 바로 이웃 거리에 사는 어떤 여자가 사령관과 아는 사이라 전에도 여러 사람을 도와줬거든요. 게다가 그 사령관도 참 보기 드물게 인간적이고 인정 많은 사람이었어요. 갈리울린 장군이요. 그런데 주위에는 린치, 잔학 행위, 질투극뿐이었죠. 완전히 스페인 소설처럼요."

'라라 이야기로군.' 닥터는 짐작했지만, 조심하느라 침묵을 지키며 더 자세히 캐묻지는 않았다. '그녀가 "스페인 소설처럼요"라고 말했을 때, 다시 누군가가 아주 강렬하게 머릿속에 떠올랐어. 이 자리에는 전혀 어울리지 않는 말이니까.'

"지금은 당연히 완전히 달라졌어요. 물론 신문이니 밀고니 총살이니 하는 건 지금도 있지만요. 하지만 근본정신이 완전히 달라요. 첫째로, 새 정권이에요. 이제 막 통치를 시작했을 뿐 궤도에 오르지는 못했죠. 둘째로, 뭐니뭐니해도 그들은 서민 편이고, 거기에 그들의 강점이 있어요. 우리 자매는 나까지 해서 넷이에요. 모두 노동자였고요. 자연히 볼셰비키 편이 되었죠. 정치활동가와 결혼한 한 언니가 죽었어요. 언니의 남편은 이 지방 어느 공장에서 지배인으로 일했어요. 아들이 하나 있는데, 그 조카가 지금 이곳 시골 봉기자들의 우두머리예요, 유명인이라고 할 수 있죠."

'그렇군!' 유리 안드레예비치의 머릿속이 번득였다. '리베리의 이모였어. 이 고장의 명물, 미쿨리친의 처제, 미용사에 재봉사에 전철수도 하는, 못하는 게 없는 그 유명한 여자. 하지만 꼬리가 밟히지 않게 계속 잠자코 있자.'

"조카는 어렸을 때부터 민중에게 애착을 느꼈어요. 스뱌토고르-보가티르인 아버지 밑에서 노동자들에게 둘러싸여 자랐죠. 바리키노의 공장에 대해서는 들어봤겠죠? 이게 무슨 일이람! 아, 나는 왜 이렇게 바보 같을까! 턱의 절반은 미끈한데, 나머지 절반을 밀지 않았네요. 이 야기에 빠져서. 보면서 왜 가만히 있었어요? 비누가 다 말라버렸네. 물을 다시 데워 와야겠어요. 식어버렸어요."

툰체바가 돌아오자 유리 안드레예비치가 물었다.

"바리키노라 하면 일종의 축복받은 오지, 어떤 소동도 미치지 않던 산간벽지 아닙니까?"

"뭐, 축복받은 곳이라 할 수도 있지만, 그런 벽지에서 여기보다 더 무참한 일이 있었나봐요. 어디서 온 누구인지도 모르는 무장집단이 바리키노를 지나갔어요. 우리말을 쓰지 않더군요. 그들은 한 집도 남기지 않고 집안에 있는 사람들을 모조리 거리로 끌어내 총살했어요. 그러고는 어딘가로 사라졌죠. 시체는 그대로 눈 위에 버려져 있었고. 겨울이었어요. 왜 그렇게 움직여요? 하마터면 목을 벨 뻔했잖아요."

"당신의 형부가 바리키노에 살았다고 했잖습니까. 그도 화를 입은 겁니까?"

"아니에요. 하늘이 돌보셨죠. 그와 그의 부인은 제때 도망쳤어요. 새 부인이요, 두번째 부인. 그들이 어디로 갔는지는 모르지만, 살아 있는 건 확실해요. 모스크바에서 이주해 온 가족도 있었는데, 그 사람들은 그들보다 먼저 떠났어요. 젊은 닥터가 가장이었는데, 그는 행방불명이 되었다죠. 소식이 없다는 게 무슨 의미겠어요! 남은 사람들을 슬프게 하지 않으려고 그렇게 말하는 거죠. 사실은 죽었거나, 살해됐거나 했을 거예요. 찾고 또 찾았는데도 발견되지 않았다니까. 그러는 동안 그 가족 중 나이든 누군가에게 소환 명령이 내려졌어요. 그는 대학교수였대요. 농업 전문가이기도 했고. 내가 듣기로는 정부에서 직접 불렀다나 그래요. 그들은 두번째 백군이 들어오기 전에 유랴틴을 거쳐 떠났어요. 또 움직이네요, 동지? 면도날을 대고 있는데 그렇게 꿈지럭대면 베이기 십상이에요. 이발사의 손이 많이 가는 손님이군요."

'그러니까, 모스크바에 있다는 거로군!'

7

'모스크바에 있다! 모스크바에 있다!' 그는 세번째로 주철 계단을 올라가며 한 발짝 뗄 때마다 마음속으로 외쳤다. 텅 빈 아파트는 이번에도 뛰어내리고 떨어지고 이리저리 달아나는 쥐들의 대소동으로 그를 맞았다. 유리 안드레예비치는 아무리 지쳤다 해도 절대 이 불쾌한 것들 옆에서는 눈을 붙일 수 없었다. 그는 여기서 지내기 위한 준비로, 가장 먼저 쥐구멍 막는 일부터 시작했다. 마루고 벽 아래쪽이고 그야말로 손도 댈 수 없는 상태였지만, 다행히도 침실은 다른 방들에 비해 그나마 좀 낫고 쥐도 훨씬 적었다. 그러나 서둘러야 했다. 밤이 다가오고 있었다. 아니나 다를까 부엌 식탁 위에는, 아마 그가 찾아올 거라고 예상했기 때문인지, 벽에서 떼어 등유를 반쯤 부어둔 램프와 뚜껑이 열린 성냥통이 놓여 있었는데, 세어보니 성냥은 열 개비였다. 성냥이든 등유든 뭐든 아껴야 했다. 침실에 심지가 있는 접시 등잔이 있었지만, 기름 자국만 남아 있을 뿐 쥐들이 바닥까지 기름을 핥아버린 것 같았다.

벽 하단 가장자리에 댄 널빤지가 마루에서 떨어져 벌어진 틈새가 몇 곳 있었다. 유리 안드레예비치는 깨진 유리 조각을 뾰족한 쪽이 안으로 가게 차곡차곡 몇 겹으로 쌓아 틈새를 막았다. 침실 문은 문지방에 잘 맞았다. 그 문을 꽉 닫고 자물쇠를 잠그면, 틈새가 잔뜩 있는 다른 방으로부터 완전히 격리될 수 있었다. 한 시간 남짓 걸려 유리 안드레예비치는 그 일을 끝마쳤다.

침실 한구석에는 타일을 붙인 벽난로가 비스듬히 자리잡고 있었는데 타일이 천장까지 붙어 있지는 않았다. 부엌에는 장작이 열 단쯤 남아 있었다. 유리 안드레예비치는 라라에게서 두 아름쯤의 장작을 약탈하기로 마음먹고, 한쪽 무릎을 짚고 왼팔 위에 장작을 얹기 시작했다. 그것을 침실로 날라 난롯가에 쌓은 뒤 방안을 살폈는데, 그는 이내 그녀가 어떤 생활을 하고 있었는지 짐작할 수 있었다. 방문을 잠그고 싶었지만 자물쇠가 망가져 있었기 때문에 문 틈바구니에 종이를 꽉꽉 채워 열리지 않도록 한 뒤 유리 안드레예비치는 천천히 난로에 불을 지피기 시작했다.

아궁이에 장작개비를 쌓으면서 보니 장작을 쪼갠 절단면에 도장이 찍혀 있는 것이 얼핏 눈에 들어왔다. 그는 눈에 익은 도장에 깜짝 놀랐다. 그것은 어느 창고에서 반출된 것인지를 표시하기 위해 톱으로 켜기 전에 통나무에 찍은 오래된 낙인 자국이었는데, 첫 두 글자는 카$_K$와 데$_\Pi$였다. 일찍이 크류게르가 번창하던 시절 고장에서 남아도는 목재를 팔 때, 바리키노의 쿨라비셰프 벌채지에 나온 통나무에 이 두 글자의 낙인을 찍었었다.

라라의 부엌에 이 장작이 있다는 것은 그녀가 삼데뱌토프를 알고 있고, 전에 닥터의 가족에게 필요한 것을 모두 대주었던 것처럼 그가 라라도 보살펴주고 있다는 것을 뜻했다. 이 발견은 닥터의 심장을 칼로 도려내는 것 같았다. 예전에도 그는 안핌 예피모비치의 원조를 오히려 부담스럽다고 생각한 적이 있었다. 지금은 그때의 호의에 대한 부담감에 다른 감정이 섞였다.

안핌이 라리사 표도로브나의 아름다운 눈 때문에 그녀를 돌봐주는 것은 아닐 것이다. 유리 안드레예비치는 안핌 예피모비치의 자유분방한 매너와 라라의 여성적인 무모함을 생각해보았다. 두 사람 사이에 아무 일도 없었을 것 같지는 않았다.

난로 속에서 바짝 마른 쿨라비셰프 장작이 파직파직 불똥을 튀기며 맹렬히 타올랐고, 불기운이 퍼짐에 따라 유리 안드레예비치의 질투도 처음에는 어렴풋한 의혹에 지나지 않았으나 점차 확고부동한 확신으로 바뀌었다.

그의 마음은 온통 고통에 휩싸였고. 하나의 고통이 다른 고통을 밀어냈다. 그는 그 의혹을 쫓아버릴 수가 없었다. 그의 생각은 굳이 그가 애쓰지 않아도 저절로 하나의 대상에서 다른 대상으로 비약했다. 새로운 힘으로 솟구쳤던 가족에 대한 그리움이 질투가 낳은 망상을 일시적으로 밀어냈다.

'그러니까, 당신들은 모스크바에 있는 거야, 나의 가족들?' 가족이 무사히 모스크바에 도착한 것을 툰체바가 증명해준 것 같았다. '내가 없는 동안 또다시 그 길고 고통스러운 여로를 되풀이한 건가? 거기까지 어떻게 갔지? 알렉산드르 알렉산드로비치에게 내려졌다는 소환 명령은 대체 뭐였을까? 아마도 대학에서 다시 강의를 하라는 것이었겠지? 우리집은 어떻게 됐을까? 아니, 그보다, 그 집이 아직 남아 있긴 할까? 오, 신이여, 얼마나 괴롭고 힘들었을까! 오, 생각하지 말아야지, 생각하지 말아야지! 머릿속이 뒤죽박죽이야! 내가 어떻게 된 거지, 토냐? 병에 걸린 것 같아. 토냐, 토네치카, 토냐, 슈로치카, 알렉산드르 알렉산드로비치, 나와 당신들 모두는 이제 어떻게 될까? 나의 하느님, 어찌하여 나를 버리십니까?* 어찌하여 당신들은 한평생 나에게서 멀리 떨어져 있는가? 어찌하여 우리는 언제나 헤어져 있는가? 하지만 머지 않아 곧 만나게 되겠지, 만날 거야, 안 그래? 안 되면 걸어서라도 당신들이 있는 곳으로 찾아갈 거야. 우리는 만나게 될 거야. 모든 일이 다시 다 잘될 거야, 그렇지 않아?

이런 나를 대지大地는 잘도 받쳐주고 있구나, 토냐는 임신하고 있었으니 틀림없이 아기를 낳았을 텐데 나는 그것을 까맣게 잊고 있지 않았던가? 물론 이런 건망증이 처음은 아니다. 출산은 어땠을까? 그들은 유랴틴을 거쳐 모스크바에 갔다고 했다. 비록 라라가 그들과 알고 지내지는 않았다 해도, 아무 관계도 없는 그 재봉사이자 이발사까지도 그들의 운명을 알고 있는데, 라라는 어째서 편지에 그들에 대해서는

---

* 「시편」 22장 1절.

아무것도 쓰지 않았을까. 정말 이해되지 않는 무관심과 냉담이다! 삼데뱌토프와의 관계에 대해 그녀가 침묵한 것만큼이나 뭐라고 설명할 수 없는 일이다.'

유리 안드레예비치는 다시 침실 벽을 찬찬히 바라보았다. 그는 주변에 놓여 있거나 벽에 걸려 있는 물건은 어느 것도 라라의 것이 아니며, 어딘가로 숨어버린 미지의 집주인이 놓고 간 세간은 라라의 취향을 조금도 말해주지 않는다는 것을 알고 있었다.

그러나 그렇게 생각하다가도 역시, 벽에 걸린 확대된 사진 속 남녀의 시선이 자신을 향한다고 느끼자 그는 갑자기 불쾌해졌다. 무취미한 가구들에서 적의가 풍겨나오고 있었다. 그는 이 침실에서는 자신이 이질적이고 불필요한 존재라고 느꼈다.

그런데 어리석게도 그는 얼마나 자주 이 집을 떠올렸는가, 얼마나 이 집을 그리워했는가, 그것도 마치 방이 아니라 라라에 대한 그리움 속으로 들어가듯이! 이런 감상을 옆에서 보면 얼마나 우스꽝스러울까! 삼데뱌토프처럼 강하고 실천적이고 잘생긴 사람들이 과연 이렇게 행동하고 이렇게 자신을 표현할까? 왜 라라는 결함 있는 성격을 가진 그를, 그의 모호하고 현실과 동떨어진 사랑의 말을 좋아할까? 그런 혼돈이 정말 그녀에게 필요할까? 그녀는 그를 위한 그런 존재이기를 바랄까?

그러나 그가 방금 표현했듯, 그녀는 그에게 어떤 존재일까? 오, 그 대답은 언제나 그의 마음속에 준비되어 있었다.

지금 저 바깥은 봄날의 저녁이다. 대기 전체에 소리들이 표시되고 있다. 놀이에 정신이 팔린 아이들의 목소리가 마치 공간 전체가 생명으로 넘쳐나고 있다는 신호인 듯 멀거나 가까운 곳곳에서 들려온다.

그리고 저멀리 펼쳐져 있는 광경이 바로 러시아다. 바다 너머까지 이름을 떨쳤던 비할 데 없이 거룩한 어머니 그의 러시아, 수난자이자 고집쟁이이자 미치광이이며 결코 예견할 수 없는 대담한 파멸의 위험이 도사린 모험에 뛰어들지 않고는 못 배기는, 그러면서도 장난스럽고 못 견디게 사랑스러운 러시아! 오, 존재한다는 것은 얼마나 달콤한 일인가! 이 세상에 살며 삶을 사랑한다는 것은 얼마나 달콤한 일인가! 오, 이 삶과 존재 그 자체에 얼마나 감사한지, 이 삶과 존재를 정면으로 마주보며 얼마나 감사의 말을 하고 싶었던지!

그것이 바로 라라다. 삶과 존재 그 자체와 이야기할 수는 없지만, 그녀는 그것들의 대표자이고 그것들의 표현이며, 존재의 말없는 원천들에 주어진 청각과 말의 선물이다.

그가 방금 그녀를 순간적으로 의심하고 중상한 것은 모두 말도 안 되는 거짓이다. 그녀는 나무랄 데 없이 모든 것이 너무나 완벽하다!

환희와 회한의 눈물이 그의 눈앞을 가렸다. 그는 난로 아궁이를 열고 부지깽이로 속을 뒤적였다. 불이 붙어 불꽃이 타오르는 것은 뒤로 밀고, 다 타지 않은 굵은 잉걸은 통풍이 좋은 난로 앞쪽으로 긁어왔다. 잠시 그는 난로를 닫지 않고 그대로 두었다. 그는 얼굴과 손에서 뛰노는 불꽃의 열기와 빛을 즐겼다. 움직이는 불꽃의 반사가 그를 마침내 깨어나게 했다. 아, 지금 그녀가 옆에 없다는 것이 너무도 쓸쓸하게 느껴졌고, 지금 이 순간 그녀를 생생히 실감나게 해주는 뭔가가 너무도 절실했다!

그는 호주머니에서 구겨진 편지를 꺼냈다. 그는 편지가 처음과 다르게 접힌 것을 보고야 뒷면에도 긴 글이 적혀 있다는 것을 알았다. 그는 구겨진 편지를 펴서 난로의 춤추는 불빛에 비추며 읽어나갔다.

"당신 가족에 대해서는 알고 있겠죠. 그들은 모스크바에 있어요. 토냐는 딸을 낳았고요." 그뒤 몇 줄은 지워져 있었다. 그리고 이렇게 이어졌다. "편지에 쓰는 건 어리석은 것 같아 지웠어요. 만나서 실컷 이야기해요. 나는 서두르고 있고, 말을 빌리러 가요. 만일 빌리지 못하면 어떻게 해야 할지. 카텐카를 데려가는 건 힘들 거예요……" 마지막 문장은 지워져 읽을 수 없었다.

'안핌에게 말을 빌리러 달려갔던 거고 떠난 걸 보면 말을 빌린 거야.' 유리 안드레예비치는 편안한 마음으로 생각했다. '만일 그녀가 양심에 조금이라도 거리낌이 있었다면 이렇게 자세히 쓰지는 못했을 거야.'

8

따뜻해지자 닥터는 난로 배기통 뚜껑을 덮고 약간의 요기를 했다. 음식이 들어가자 갑자기 견딜 수 없이 졸렸다. 옷도 벗지 않고 소파에 눕자마자 깊은 잠에 빠져들었다. 방문과 벽 뒤에서 시작된 쥐들의 뻔뻔한 소동 소리도 들리지 않았다. 그는 괴로운 꿈을 두 번 연달아 꾸었다.

그는 모스크바의 어느 집 방안에 있었는데, 유리가 끼워진 문을 잠그고, 그래도 마음이 놓이지 않아 문손잡이를 잡고 열리지 않도록 안쪽에서 잡아당기고 있었다. 문밖에서는 그의 어린 슈로치카가 어린이용 외투에 수병 바지를 입고 작은 모자를 쓴 귀여운 모습으로 안쓰럽게 울면서 문을 열어달라 두드리고 있었다. 아이 뒤에서는, 지금 같은 시절에는 흔한 일이지만, 수도관인가 하수도인가가 터져 폭포 같은 물이 굉음을 울리며 아이와 문에 물보라를 뿌리고 있었는데, 어쩌면 그것은 어느 황량한 계곡이 이 문 앞에서 가로막혀, 수세기 동안 계곡에 축적되었던 냉기와 암흑이 미친 듯한 격류가 되어 광포하게 문을 두드리고 있었던 것인지도 모른다.

무서운 소리를 울리며 세차게 떨어지는 물에 아이는 극도로 두려워하고 있었다. 아이가 뭐라고 외치는지는 들리지 않고, 굉음이 그 소리를 삼켜버렸다. 그러나 유리 안드레예비치는 아이의 입을 보고 "아빠! 아빠!" 하고 외치고 있다는 것을 알았다.

유리 안드레예비치의 가슴은 갈가리 찢기는 것 같았다. 그는 아이를 끌어당겨 품에 꼭 끌어안고 뒤도 돌아보지 않고 눈이 닿는 곳 어디로든 도망치고 싶었다.

하지만 그는 눈물을 줄줄 흘리면서도 잠긴 문손잡이를 잡아당기며 아이를 들어오지 못하게 했고, 아이의 어머니가 아닌 다른 여자가 반대쪽 문에서 금방이라도 들어올 것 같아서, 그녀에 대한 거짓된 명예와 의무감에 아이를 희생시키고 있었다.

유리 안드레예비치는 땀과 눈물로 범벅된 채 잠에서 깼다. '열이 있군. 병이 난 거야.' 그는 곧바로 이렇게 생각했다. '티푸스는 아니다. 질병처럼 보이지만 무겁고 위험한 피로, 무서운 전염병처럼 위험이 따르는 어떤 병이고, 삶과 죽음 중 어느 쪽이 이기느냐에 달려 있다. 그나저나 왜 이렇게 잠이 쏟아질까!' 그는 다시 잠들어버렸다.

꿈속은 어두운 겨울 아침, 가로등이 켜진 모스크바의 어느 번잡한 거리였고, 이른아침부터 붐비는 거리에 첫 전차가 종을 울리며 달려가고, 새벽녘 포장도로에 쌓인 잿빛 눈에 가로등 불빛이 노란 줄무늬를 그리는 것으로 보아 혁명 전인 것 같았다.

길게 뻗은 아파트에는 수많은 창문이 한쪽으로만 나 있고, 높이는 고작해야 이층쯤인데 어느 창문에나 커튼이 마루까지 낮게 드리워져 있다. 방에서는 사람들이 여장도 풀지 않은 채 다양한 자세로 잠들어 있고, 방안은 열차 안을 떠올릴 만큼 난잡해서 기름이 밴 신문지 위에 먹다 남은 도시락이니 토스트, 닭튀김을 먹고 치우지 않은 몸통과 날개와 다리 뼈들이 뒹굴고, 마루 위에는 나그네와 떠돌이와 잠시 지내러 온 친척들과 지인들이 밤에 자기 전에 벗어둔, 짝을 이룬 구두가 여러 켤레 놓여 있다. 잠옷 위로 되는대로 허리띠를 맨 여주인 라라가 긴 아파트를 끝에서 끝까지 바삐 뛰어다니며 소리 없이 그들을 돌봐주고, 그는 어리석게 그 뒤를 끈질기게 좇으며 뭔가 엉뚱한 변명을 늘어놓지만, 그녀는 그를 상대할 틈이 없는 듯 변명을 늘어놓는 그를 향해 미심쩍은 눈길을 던지면서 은방울이 굴러가는 듯한 독특한 웃음만 순진하게 터뜨렸으며, 그것은 두 사람 사이에 남은 유일한, 친밀함의 표현이었다. 그가 모든 것을 바쳤던 그녀는, 모든 것을 헌신짝처럼 내버렸을 만큼 무엇보다 사랑했던 그녀는, 그에게 너무나 멀고, 너무나 차갑고 너무나 매력적인 존재였다!

9

그 자신이 아니라, 그 자신보다 더 전체적인 무언가가 어둠 속의 발

광체처럼 밝고 부드러운 언어로 속삭이며 울고 있었다. 그의 영혼이 그와 함께 울고 있었다. 그는 자신이 가여웠다.

'나는 아프다, 병이 났다.' 꿈과 열에 들뜬 헛소리와 인사불성을 오가다 순간적으로 의식이 돌아오면 그는 생각했다. '역시 티푸스의 일종이다, 책에도 나오지 않고 의과대학에서 배우지도 않았던 것. 뭐든 만들어 먹어야 한다, 안 그러면 굶어죽을 것이다.'

팔꿈치를 짚고 몸을 일으키려 했지만 자신에게 꼼짝할 힘도 없다는 것을 알자 그는 다시 그대로 의식을 잃었거나, 잠이 들어버렸다.

'옷을 입은 채 여기에 누운 지 얼마나 됐을까?' 의식을 차린 순간에 그는 생각했다. '몇 시간? 며칠? 내가 쓰러졌을 때는 봄이 시작되고 있었다. 그런데 지금 창문에는 성에가 끼어 있다. 묽고 더러운 성에, 그래서 방안이 어둡다.'

부엌에서는 쥐떼가 접시를 뒤집어엎고 벽을 타고 요란하게 올라갔다가 묵직한 몸으로 바닥에 쿵 하고 떨어져, 우는 듯한 콘트랄토* 소리로 역겨운 비명을 질렀다.

그는 또다시 잠들었다가 다시 깨 성에가 그물무늬를 그리며 하얗게 덮여 있던 창문이 노을의 분홍빛 열기로 물드는 것을 보았고, 그것은 크리스털잔에 따른 레드와인 같았다. 아침노을일까, 저녁노을일까? 그는 그것을 몰라서 자신에게 물었다.

한번은 아주 가까운 곳에서 사람 목소리가 들리는 것 같았는데, 그는 착란이 시작된 징후라고 판단하고 절망에 빠졌다. 그는 자기연민에

---

* 여자 목소리 중 가장 낮은 음역의 소리.

빠져 눈물 흘리면서, 소리 없는 속삭임으로 그에게서 등을 돌리고 그를 저버린 하늘을 원망했다. '나의 하느님, 어찌하여 나를 버리십니까, 꺼지지 않는 영원한 빛이여, 어찌하여 불쌍한 나를 이국의 어둠으로 덮으십니까!'

그러다 갑자기 그는 꿈을 꾸고 있는 것이 아니라 모든 것이 의심의 여지도 없이 현실이라는 것을 깨달았는데, 그는 옷을 벗고 몸을 씻고 깨끗한 셔츠를 입은 상태로 소파가 아니라 새 시트를 깐 침대에 누워 있었고, 침대 옆에는 라라가 자신의 머리와 그의 머리가 엉키고 자신의 눈물과 그의 눈물이 한데 뒤범벅이 되도록 그에게로 몸을 굽히고 그와 함께 울고 있었다. 그는 행복한 나머지 다시 의식을 잃었다.

10

조금 전 그는 헛소리를 하며 무정한 하늘을 원망했지만, 이제 하늘은 끝없이 넓어지며 그의 침대로 내려와 크고 흰 여인의 두 팔을 그에게 내밀고 있었다. 그는 기쁨으로 두 눈이 캄캄해지는 것을 느끼며 의식이 마비되는 듯한 끝없는 행복의 심연으로 빠져들었다.

그는 한평생 가족을 위해 일하고, 병자를 치료하고, 사색하고, 연구하고, 작품을 쓰며 바쁘게 일했다. 그랬기 때문에 지금 바삐 움직이는 것을 멈추고, 뭔가를 얻으려고 노력하는 것도 생각하는 것도 모두 멈추어 모든 일을 잠시 자연에 맡겨버린 것이 너무도 행복했고, 그는 그저 자비롭고 매혹적이고 아낌없이 아름다움을 주는 자연의 두 팔 안에서 하나의 사물이 되고 구상이 되고 작품이 되면 그만이었다!

유리 안드레예비치는 빠른 속도로 회복되었다. 라라는 백조같이 하얀 매력적인 모습으로 그의 물음에 속삭이듯 촉촉한 목소리로 대답해주고, 그에게 음식을 먹이고, 내내 병간호를 하며 돌봐주었다.

낮은 목소리로 주고받는 두 사람의 대화는 아무리 사소한 것이라도 플라톤의 대화처럼 깊은 의미가 있었다.

영혼의 합일보다 더욱 강하게 두 사람을 하나로 묶은 것은 그들을 다른 세계로부터 떼어놓고 있는 심연이었다. 그들은 현대인이 가진 전형적인 모든 것을 싫어했는데, 틀에 박힌 열정, 겉만 번지르르한 의기양양함, 학문과 예술에 종사하는 수많은 사람들이 기를 쓰고 퍼뜨려서 천재성을 거의 찾아볼 수 없는 희귀한 것으로 만들어버린 죽음과도 같은 지루한 상상력을 몹시 싫어했다.

그들의 사랑은 위대했다. 그러나 사랑하는 사람들은 그 미증유의 감정을 알아채지 못한 채 사랑을 한다.

두 사람에게―그리고 바로 그 점에 그들의 독자성이 있지만―파멸에 이르게 될 두 인간 존재에게 마치 영원의 입김 같은 열정의 입김이 날아드는 그 순간순간은, 그들에게 자신과 삶에 대한 끊임없는 새로운 열림의 순간, 알아봄의 순간이었다.

11

"당신은 꼭 가족에게 돌아가야 해요. 나는 하루라도 쓸데없이 당신을 여기 붙잡아둘 생각은 없어요. 하지만 사정이 이렇잖아요. 우리가 소비에트 러시아*와 하나가 된 순간, 그 황폐가 우리를 집어삼키고 말았어요. 소비에트 러시아는 시베리아와 동쪽에서 잠시 구멍을 막고 버티고 있을 뿐이에요. 당신은 아무것도 몰라요. 당신이 아픈 동안 도시는 완전히 달라졌어요! 우리 창고에 있던 식량이 자꾸자꾸 중앙으로, 모스크바로 실려가고 있어요. 하지만 그런 건 바다에 물 한 방울을 떨어뜨리는 거나 마찬가지죠. 아무리 퍼 날라도 밑 빠진 독에 물 붓기고, 우리에겐 아무것도 남지 않았어요. 우편도 끊어지고, 기차도 여객 열차도 모두 없어지고 곡물 수송 열차만 움직이고 있어요. 마치 가이다의 반란** 때처럼 다시 불만의 목소리가 일고 있고 그 불온한 공기에 대항해 체카가 날뛰고 있어요.

그런데 그렇게 겨우 살아나 피골이 상접한 몸으로 대체 어디를 가겠다는 거죠? 정말 또 걸어가려고요? 당신 절대 못 가요! 나아서 체력이 회복되면 또 몰라도.

꼭 그러라는 건 아니지만, 내가 당신이면 가족에게 돌아가기 전에 일을 좀 해보겠어요. 그것도 꼭 전문 분야에서요. 후한 대접을 받거든요, 내 경우라면 도道 보건부 같은 데서요. 보건부는 예전 위생국에 존속하고 있어요.

스스로 판단해봐요. 당신은 자살한 시베리아 백만장자의 아들이고, 아내는 이곳 공장주이자 지주의 딸이에요. 그리고 당신은 파르티잔 부

---

* 소비에트 사회주의 공화국 연방을 통속적으로 이르던 말.
** 1918년 5월말, 러시아 영내 체코 군단의 무장해제 때 일어난 반란. 그들의 지도자가 라돌라 가이다(1892~1948), 본명 루돌프 가이들 대령이었다.

대에 있었지만 도망쳤고. 그건 변명의 여지도 없이 혁명군으로부터의 이탈, 의무 회피예요. 당신 같은 경우에 아무 일도 하지 않고 빈둥거리다가는 큰일나요. 내 입장도 당신과 마찬가지지만. 그래서 나는 도 인민교육부에 취직할 생각이에요. 내 발등에도 불이 떨어졌어요."

"발등에 불이 떨어졌다고? 스트렐니코프는?"

"바로 그 스트렐니코프 때문이에요. 나는 전에도 그 사람에게는 적이 많다고 말했었어요. 붉은 군대가 승리했어요. 그래서 지금, 수뇌부 가까이에 있어서 너무 많은 것을 알게 된 비당원 군인부터 모가지예요. 모가지로만 끝난다면, 흔적도 없이 사라져 살해되지만 않는다면 그나마 다행이죠. 하지만 파샤는 그런 군인 가운데서도 가장 앞줄에 속한 사람이에요. 그는 큰 위험에 처해 있어요. 그는 극동에 있었다고 해요. 나는 그가 도망쳐서 자취를 감췄단 얘기를 들었어요. 그들이 그를 쫓고 있어요. 하지만 그 사람 이야기는 이제 그만할게요. 나는 울고 싶지 않은데, 한마디만 더 했다가는 큰 소리로 울어버릴 것 같아요."

"사랑했군, 아직도 그를 사랑하오?"

"나는 그 사람과 결혼했잖아요. 그는 내 남편이에요, 유로치카. 그는 고결하고 밝은 사람이에요. 나는 그 사람에게 큰 죄를 지었어요. 내가 그 사람에게 해될 짓을 전혀 안 했다고 한다면 그건 거짓말이겠죠. 그는 가치 있고 더없이 정직한 사람이고, 나는 그 사람과 비교도 할 수 없는 쓰레기예요. 그래서 그 사람에게 죄스러워요. 하지만 이제 그만할게요. 언젠가 기회가 있으면 다시 이야기할게요, 약속해요. 그건 그렇고, 당신 아내 토냐는 정말 훌륭한 여성이에요. 보티첼리의 그림 같은 사람이죠. 나는 그녀의 출산을 도왔어요. 우리는 아주 친해졌고요.

하지만 이 얘기도 나중으로 미룰게요. 우리 같이 일해요. 둘이서 벌어요. 그럼 매달 수백만의 보수를 받을 수 있어요. 여기서는 최근의 권력 교체가 있기 전까지는 시베리아 화폐가 통용되고 있었어요. 그런데 얼마 전 완전히 무효가 되어서 그후로 오래, 당신이 아파 누워 있는 내내 돈 한 푼 없이 지냈어요. 그랬어요. 상상해봐요. 믿어지지 않겠지만 그래도 어떻게든 견뎌냈어요. 그런데 지금은 이전의 재무국에 화물열차로 가득 지폐가 실려왔는데, 열차가 적어도 마흔 대나 된대요. 파란색과 빨간색, 두 가지 색으로 커다란 종이에 한꺼번에 인쇄되어 있고, 우표처럼 뗄 수 있대요. 파란 건 5백만 루블, 빨간 건 천만 루블이에요. 금세 변색될 것처럼 인쇄가 조잡하고 잉크도 번져 있나봐요."

"나는 그 돈을 본 적이 있어. 우리가 모스크바를 떠나기 직전에 발행된 거지."

12

"당신은 바리키노에서 그렇게 오랫동안 뭘 하고 있었지? 아무도 없는 빈집이었잖소? 뭐하느라 그렇게 오래 걸렸지?"

"카텐카와 집을 치우고 있었어요. 당신이 거기로 먼저 올까봐. 당신에게 당신 집이 그런 꼴로 변한 걸 보여주고 싶지 않았거든요."

"어떤 꼴이었길래? 왜, 심하게 어질러져 있었소?"

"어질러져 있었죠. 엉망이었어요. 내가 치웠어요."

"왠지 말하고 싶어하지 않는 것 같군. 당신은 내게 말하지 않고 뭔가 숨기는 것 같아. 하지만 당신이 그렇다면 억지로 들을 생각은 없어. 토냐 이야기나 해줘. 딸아이의 세례명은 뭐지?"

"마샤. 당신 어머니 이름을 딴 거예요."

"가족 얘기를 들려줘."

"그건 나중에요. 울음을 간신히 참고 있다고 했잖아요."

"그 삼데뱌토프, 당신에게 말을 빌려준 사람, 그는 흥미로운 사람이지. 당신은 어떻게 생각하지?"

"정말 흥미로운 사람이죠."

"나는 안픾 예피모비치를 아주 잘 알아. 여기서는 우리 가족과 잘 지냈거든. 우리가 낯선 이 고장에서 자리잡을 수 있게 여러모로 도와줬어."

"알아요. 그가 말해줬어요."

"그와 친하게 지냈나? 당신에게도 도와주려고 열심이었겠지?"

"그는 그저 정말 나에게 잘해줬을 뿐이에요. 그 사람 아니었으면 나는 정말 어떻게 됐을지 몰라요."

"그랬을 거야. 분명 친밀한 동지관계로 교제했겠지? 보나마나 당신 뒤를 어지간히 쫓아다녔을 거 같은데."

"물론. 줄곧 그랬어요."

"그럼 당신은? 미안하오. 이런 것까지 묻는 게 아닌데. 내가 무슨 자격으로 당신에게 캐묻지? 미안하오. 내가 좀 지나쳤군."

"아, 아니에요. 당신의 관심은 아마도 다른 것—우리가 어떤 관계였느냐는 거겠죠? 그 사람과의 교제에 뭔가 좀더 개인적인 것이 있었는지가 알고 싶은 거죠? 물론 그런 건 없었어요. 안픾 예피모비치에게는 헤아릴 수 없을 만큼 큰 신세를 져놓고 아무 보답도 못하고 있지만, 설령 그 사람이 수만금의 금은보화를 가져다준다 해도, 또 나를 위해 목숨을 바친다 해도 나는 그 사람에게는 조금도 끌리지 않을 거예요. 나는 태어나면서부터 나와 조금의 공통점도 없는 그런 부류의 사람에게 적의를 느꼈어요. 세상살이의 문제에서는 누구도 그런 능숙하고 자신만만하고 고압적인 사람들을 못 따라가죠. 하지만 마음의 문제에서는 콧수염 기른 남자들처럼 허세만 떠벌려서 역겨워요. 나는 애정과 인생 문제를 전혀 다르게 생각해요. 하지만 그뿐만이 아니에요. 도덕적인 면에서 안핌은 또 한 사람, 그 사람보다 훨씬 더 혐오스러운 인물을 생각나게 해요. 나를 이런 여자로 만든 장본인, 지금의 나를 있게 한 인간."

"이해가 가지 않는군. 이런 여자라니? 무슨 의미지? 설명해줘. 당신은 세상 누구보다도 훌륭한 사람이야."

"아, 유로치카, 당신 너무하는군요. 나는 진지하게 얘기하는데 당신은 마치 살롱에 있는 사람처럼 빈말을 하잖아요. 내가 어떤 여자냐고요? 나는 이미 금이 가버린 여자, 깨진 채 살아갈 여자예요. 나는 너무 어린 나이에 용서할 수 없을 만큼 빨리 여자가 되어. 전시대의 자신감 넘치는 중년 남자, 뭐든지 누릴 수 있고 뭐든지 자기 뜻대로 할 수 있었던 기생충에게, 그의 거짓되고 저속한 해석대로 최악의 밑바닥까지 인생을 알아버린 여자라고요."

"짐작은 하고 있었어. 그럴 거라고 생각했지. 하지만 잠시만 들어봐. 그 무렵의 당신이 아직 성숙하지도 않은 처녀를 빼앗기고, 어린 소녀로서 더없이 큰 고통, 미지의 것에 대한 공포로 얼마나 떨었을지 상상이 가. 하지만 그것은 이미 지난 일이잖소. 나는 이렇게 말하고 싶어.

그것을 슬퍼해야 하는 건 당신이 아니라 당신을 사랑하는 나 같은 사람이라고. 어쩌다 한발 늦었던가, 그때 왜 당신 곁에 있지 못했나, 그랬다면 당신이 그런 걸 겪지 않았을 텐데. 정말로 그것을 슬퍼하며 머리털을 쥐어뜯으며 절망할 사람은 오히려 나란 말이오. 이상한 일이지만 나는 나 자신보다 못한 인간, 아무 인연도 없는 인간에 대해서만 못 견딜 만큼 가슴이 타는 격렬한 질투를 느끼는 것 같아. 상대가 나보다 훨씬 나은 사람이라면 전혀 다른 감정을 느낄 거야. 이를테면 나와 마음이 통하는 사람, 내가 좋아하는 사람이 내가 사랑하는 여자를 똑같이 사랑한다면, 나는 그 사람에 대해 슬픈 형제애의 감정을 느낄 뿐 다툼이나 경쟁은 하지 않을 거야. 물론 내가 숭배하는 대상을 그와 공유할 수는 없지. 하지만 나는 물러설 거야, 질투와는 전혀 다른 감정, 연기를 내면서 타거나 피비린내를 풍기지는 않지만 견딜 수 없는 고통의 감정을 억누르면서. 나와 같은 분야의 일에서 도저히 따라갈 수 없는 우월한 재능으로 나를 굴복시키는 예술가와 대결할 때도 역시 똑같은 일이 일어날 거야. 분명 나는 내 모색을 단념할 것 같아, 나를 압도하는 그 시도를 되풀이해봤자 헛일일 테니까.

그런데 이야기가 빗나갔군. 나는 당신이 무엇에 대해서도 불평할 것도 후회할 것도 없다고 생각하는 여자였다면, 이렇게나 열렬하게 당신을 사랑하지는 않았을 거야. 나는 넘어진 적도 발을 헛디딘 적도 없는 언제나 바른 사람들은 좋아하지 않아. 그런 사람의 미덕은 생명을 잃은 무가치한 것이지. 그런 사람에게는 인생이 참된 아름다움을 드러내주지 않아."

"내가 말하고 싶은 게 바로 그런 아름다움이에요. 그것을 보려면 때

묻지 않은 상상력과 어린애처럼 순수한 감수성이 필요해요. 하지만 나는 그걸 빼앗겨버린 거예요. 내가 만일 인생의 첫걸음부터 나와 아무런 인연도 없는 그토록 속악한 각인이 찍힌 인생을 보지 않았다면, 나도 어쩌면 인생을 보는 나 나름의 눈을 길렀을지도 몰라요. 그뿐만이 아니에요. 막 첫발을 내딛기 시작한 내 인생에 그런 부도덕한 자기향락적인 범용함이 끼어들었기 때문에 고결한 한 남자와의 결혼마저도 순조롭게 결실을 맺지 못했어요. 그렇게 뜨겁게 나를 사랑해주고 나도 똑같은 사랑으로 응답할 수 있었던 그와의 결혼생활마저도."

"잠깐만. 당신 남편 이야기는 나중에 하지. 내가 질투하는 건 나보다 못한 사람에 대해서지 대등한 사람에게는 하지 않는다고 했잖소. 나는 당신 남편에게는 질투를 느끼지 않아. 그보다도 그 사람은?"

"'그 사람'이라니요?"

"당신을 불행하게 만든 그 작자. 그가 누구지?"

"모스크바에서 꽤 이름난 변호사였어요. 아버지의 친구인데, 아버지가 돌아가시고 우리가 가난하게 지낼 때 엄마를 물질적으로 도와줬어요. 독신이고, 부자였어요. 내가 너무 그 사람 욕을 해서 오히려 관심과 실제로 있지도 않은 의미만 키운 것 같군요. 실은 아주 흔히 있는 일이죠. 원한다면 이름을 말해줄게요."

"아니. 나는 알아. 그를 한 번 본 적이 있어."

"정말이요?"

"언젠가 호텔에서, 당신 어머니가 음독자살을 기도했을 때. 깊은 밤이었지. 우린 둘 다 어린 김나지움 학생이었고."

"아, 기억나요. 당신들은 호텔방 현관의 어둠 속에 서 있었어요. 아마 나는 그 장면을 다시 기억해내지 못했을 텐데, 전에 언젠가 당신이 나에게 그 일을 상기시켜줬었어요. 분명 멜류제예보에서였을 거예요."

"거기에 코마롭스키도 있었지."

"그랬나요? 그랬을지도 몰라요. 나는 그 사람과 같이 있는 일이 많았으니까. 우리는 자주 같이 있었어요."

"왜 그렇게 빨개지지?"

"당신 입에서 '코마롭스키'라는 이름을 들어서요. 처음인데다 뜻밖이니까."

"나는 그때 동급생 친구와 함께 있었어. 그때 그 방에서 그 친구가 나한테 가르쳐줬지. 그는 그 코마롭스키가 자신이 묘한 데서 우연히 마주쳤던 그 인물이라는 걸 알아챘던 거야. 미하일 고르돈이라는 친구인데, 김나지움 학생이었던 그 친구는 언젠가 여행중에 백만장자였던 내 아버지가 자살하는 걸 목격했어. 내 아버지와 같은 기차에 타고 있었거든. 아버지는 달리던 기차에서 몸을 던져 돌아가셨어. 그때 아버지의 동행자가 아버지의 법률고문이었던 코마롭스키였지. 코마롭스키는 아버지를 술독에 빠뜨려 사업을 위기에 몰아넣었고, 결국 파산으로까지 몰고 가 아버지를 죽음의 파멸로 떠밀었어. 아버지가 자살한 것도, 내가 고아가 된 것도 다 그자 때문이야."

"그럴 수가! 어떻게 그런 놀라운 디테일이 있을 수 있죠! 그게 사실이라면! 그럼, 그 사람은 당신에게도 악령이잖아요? 우리가 어떻게 그런 인연으로 맺어져 있었죠? 이건 숙명이라고밖에 할 수 없어요!"

"그래서 나는 참을 수 없을 만큼 미친듯이 그자를 질투하는 거고."

"무슨 말이에요? 나는 그 사람을 사랑하지 않는 정도가 아니에요.

나는 그를 경멸해요."

"당신은 자기 자신의 전부를 그렇게 잘 알고 있나? 인간의 본성은, 특히 여자의 본성은 참으로 알쏭달쏭한 모순으로 가득해! 당신은 그 사람을 더없이 혐오하지만, 어쩌면 그 혐오의 한구석에서 그에게 예속되어 있는지도 몰라. 강요당한 것이 아니라, 당신이 당신의 자유의지로 사랑하는 다른 사람에 대해서보다 훨씬 더 예속되어 있는지도."

"당신은 정말 무서운 말을 하는군요. 하지만 당신이 하는 말은 늘 정곡을 찌르니까 그 모순도 진실처럼 들려요. 정말 그렇다면 얼마나 무서운 일일까!"

"진정해요. 귀담아들을 거 없어. 내가 말하고 싶은 건, 내가 그 어둠을 질투한다는 거야, 그 어두운 무의식, 설명도 할 수 없고 추측도 할 수 없는 그것을. 나는 당신의 화장대 위 물건들도, 당신의 살갗에 배어나온 땀 한 방울도, 당신에게 달라붙어 당신의 피에 해를 끼칠지도 모를 공중에 떠도는 전염성 병균까지도 질투해. 그런 병균과 마찬가지로 코마롭스키를 질투하는 거야, 언젠가 그자가 당신을 빼앗아가지 않을까, 언젠가 나, 혹은 당신의 죽음이 우리를 갈라놓지 않을까를 생각하면 견딜 수가 없어. 당신은 내가 알 수 없는 소리만 늘어놓는다고 생각할 거야. 하지만 나는 더 알기 쉽게 잘 설명할 수가 없어. 나는 마치 미친 사람처럼 모든 것을 다 잊어버리고 한없이 당신만 사랑하고 있어."

13

"당신 남편에 대해 좀더 이야기해줘. '우리는 운명의 책 같은 줄에 적혀 있다'고 셰익스피어도 말했지."

"어디서요?"

"『로미오와 줄리엣』*에서."

"그를 찾으러 멜류제예보에 갔을 때, 나는 그 사람에 대해 많은 이야기를 했어요. 그리고 유랴틴에서 당신을 처음 만나, 그 사람이 자기 차량 사무실에서 당신을 체포하려고 했다는 이야기를 들었을 때도 그랬고요. 그 사람이 자동차에 타는 것을 먼발치에서 봤다는 이야기도 했던 것 같은데, 그래요, 어쩌면 말하지 않았을지도 몰라요. 나는 그 사람에 대한 호위가 그렇게까지 삼엄한 걸 보고 많이 놀랐어요! 내 눈에는 변한 것이 거의 없어 보였으니까요. 여전히 아름답고, 성실하고, 단호한 얼굴, 내가 세상에서 본 얼굴 중에 가장 성실한 얼굴이죠. 허세 없는 남자다운 성격, 꾸미지 않는 자세. 언제나 그랬지만, 그는 그때도 똑같았어요. 그런데 딱 한 가지, 나는 그의 변화를 알아채고 불안한 마음이 들었어요.

추상적인 뭔가가 용모에 배어들어 그의 정체성을 빼앗아버렸달까. 살아 있는 사람의 얼굴이 어떤 사상의 묘사, 원칙, 체현이 되어 있었던 거예요. 그 모습을 보자 내 심장은 옥죄이는 것 같았죠. 나는 그것이 그 사람이 몸을 바친 권력의 결과라는 걸 알았어요. 고결한 힘이지만

---

* 5막에 나오는 로미오의 대사.

분명 인정사정없고 비정하며, 언젠가는 그도 그것의 먹이가 되고 말 힘. 그때 나는 그의 숙명을 가리키는 손가락을 봤던 것 같아요. 어쩌면 내 생각이 틀렸을지도 모르죠. 당신이 그 사람과 만났다는 이야기를 들은 영향이었는지도 모르고요. 당신과 나는 감정적으로 공통성이 있고, 나는 그 외에도 여러 면에서 당신의 영향을 받는 것 같아요!"

"아니, 그보다 혁명 전 당신들의 삶에 대해 이야기해줘."

"나는 어린 시절부터 순수함을 동경했어요. 그 순수함의 구현이 그 사람이에요. 우리는 거의 같은 집에서 자란 것이나 다름없어요. 나와 그 사람과 갈리울린. 나는 그의 어린 첫사랑이었어요. 그는 나와 얼굴만 마주쳐도 새파래지며 그 자리에 얼어붙어버렸거든요. 이런 말을 하는 게 좋지 않다는 건 알아요. 하지만 모르는 척하는 게 더 나빠요. 나는 그의 순진한 정열을 지배하는 연인이었어요. 어린애가 자존심으로 숨기려 하지만 자기도 모르게 얼굴에 나타나 모든 사람에게 들키고 마는 숨기려야 숨길 수 없는 정열의 대상. 우리는 친구였어요. 성격은 정말 달랐고요. 당신과 내가 똑같은 것과는 정반대죠. 나는 이미 그때 속으로 그를 선택했어요. 어른이 되면 이 멋진 소년과 인생을 함께해야겠다고, 마음속으로는 그 순간 그 사람과 결혼을 했던 셈이죠.

그는 정말 재능이 넘쳤어요! 특별했어요! 고작 평민 출신의 전철수인가 철도 경비원의 아들이지만, 타고난 재능과 끈질긴 노력만으로 높은 수준에 도달했어요─이 말로는 부족해, 그래 이렇게 말할게요─수학과 인문과학 두 전문 분야에서 대학교육 수준을 넘어 현대 학문의 정점에 도달했다고. 그건 정말 쉽지 않은 일이에요!"

"그런데 왜 가정생활이 순조롭지 않았지, 그렇게 서로 사랑했는데?"

"아, 대답하기 어려운 질문이군요! 지금부터 그 이야기를 해볼게요. 그런데 이상한 느낌이 들어요. 나같이 부족한 여자가 당신같이 똑똑한 사람에게 지금 러시아의 삶에, 인간의 삶에 무슨 일이 일어나고 있는지 어떻게 설명해야 할까요. 그리고 왜 가정이 붕괴되고 있는지, 그건 당신이나 나의 가정도 마찬가지지만, 그것을 어떻게 설명해야 좋을까요? 그래요, 그건 사람들에게 문제가 있는 게 아니라, 성격이 맞느냐 맞지 않느냐, 사랑이 있느냐 없느냐의 문제 같아요. 모든 창조된 것과 완성된 것, 일상의 모든 습관과 인간의 보금자리, 모든 질서, 그 모든 것이 사회 전체의 대변혁과 개편으로 무너져버렸어요. 모든 일상이 근본에서부터 뒤집히고 파괴됐어요. 남은 건 오직 한 가지, 비일상적이고 아무짝에도 쓸모없는 힘, 벌거벗은 채 입을 것마저 빼앗긴 인간의 영혼뿐이에요. 그러나 그것만은 전혀 변함없어요. 왜냐하면 그것은 언제 어느 시대에서나 추워서 얼어붙은 채 덜덜 떨고 있었고, 바로 옆에 있는 역시나 벌거벗은 외로운 사람들에게 손을 뻗고 있었으니까. 당신과 나는 최초의 인간, 몸에 걸칠 것이 아무것도 없었던 아담과 이브 같아요. 지금 우리도 이 세계의 종말 속에서 몸에 걸칠 것도 몸을 누일 집도 없이 떨고 있어요. 그리고 당신과 나는 수천 년에 걸쳐 이 세상에서, 그 세월과 우리 사이에서 창조되어온 끝없이 위대한 것들에 대한 마지막 기억이고, 우리는 이 사라진 기적을 기념하기 위해 지금 숨쉬고, 사랑하고, 울고, 서로를 부둥켜안고 서로에게 매달려 있어요."

14

잠시 쉰 뒤 그녀는 훨씬 더 차분하게 말을 이었다.

"나는 이렇게 말하고 싶어요. 만일 스트렐니코프가 다시 옛날의 파셴카 안티포프로 돌아온다면. 만일 그가 광기 어린 반역을 그만둔다면. 만일 시간을 되돌릴 수 있다면. 만일 어딘가에서, 그게 세상끝이라 하더라도 우리집 창문에 기적처럼 불이 들어오고 파샤의 책상에 램프와 책이 다시 놓인다면, 나는 무릎으로 기어서라도 그곳으로 갈 거라고요. 모든 것이 내 안에서 술렁거리고 있어요. 나는 과거가 부르는 소리에, 정절貞節이 부르는 소리에 거역할 힘이 없어요. 아마 모든 걸 내려놓게 될 거예요. 가장 소중한 것까지도. 당신을. 이렇게 자유롭고 너무도 자명한 당신과 나의 친밀함을요. 오, 용서해줘요. 내가 말하려던 건 그런 게 아니었어요. 그건 진심이 아니야."

그녀는 그의 목에 매달려 흐느껴 울었다. 그러나 이내 평정을 찾았다. 그녀는 눈물을 닦으며 말했다.

"하지만 이건 당신을 토냐에게 밀어내는 의무의 목소리이기도 해요. 아아, 우리는 왜 이토록 가련할까! 우리는 대체 어떻게 될까요? 우리는 어떻게 해야 할까요?"

그녀는 완전히 마음을 가라앉히고 말을 이었다.

"우리 가정의 행복이 왜 망가졌느냐는 당신 질문에 나는 아직 대답하지 않았군요. 나는 나중에야 그걸 똑똑히 깨달았어요. 말할게요. 이건 비단 우리만의 이야기가 아닐 테니까. 다른 수많은 사람의 운명이기도 할 테니까."

"말해줘요, 나의 현명한 사람이여."

"우리는 전쟁 직전, 그러니까 전쟁이 시작되기 이 년 전에 결혼했어요. 일자리를 구해 우리 힘으로 살아가고 집을 장만했을 때, 전쟁이 터졌죠. 나는 지금은 확신을 가지고 말할 수 있어요, 전쟁은 모든 것의 원인, 그때부터 오늘에 이르기까지 줄곧 우리 세대가 겪은 모든 불행의 원인이에요. 나는 내 어린 시절을 똑똑히 기억해요. 아직은 평화로운 지난 세기의 개념이 유효했던 시대. 이성의 목소리를 믿고 살아갈 수 있었던 시대. 양심의 목소리가 속삭이는 것을 사람들은 당연하고 필요한 것으로 받아들였어요. 한 인간이 다른 인간의 손에 죽는 건 아주 드문 일, 비정상적이고 예외적인 일이었죠. 살인은 연극이나 탐정소설, 신문 사회면에나 있는 것이지 일상에서는 절대 일어나지 않는 일이라고 누구나 생각했어요.

그런데 온화하고 소박하고 차분했던 이 일상이 갑자기 유혈과 통곡의 세계로 전도되더니, 집단적 광기가, 매일 매시간 되풀이되는 살육이 시작되고, 그것이 합법적이고 칭찬받는 행위가 돼버렸어요.

그런 일들이 아무 일 없이 지나갈 리는 만무해요. 어떻게 그 모든 것이 한꺼번에 무너졌는지는 아마 당신이 나보다 더 잘 기억할 거예요. 열차 운행도, 도시의 식량 보급도, 가정생활의 기반도, 도덕적 규범도."

"계속해. 나는 당신이 무슨 말을 할지 알아. 당신은 모든 걸 너무도 잘 이해하고 있어! 당신 이야기는 정말 흥미로워!"

"그때 러시아 땅에 허위가 찾아왔어요. 애초에 불행은, 그뒤에 일어난 모든 악의 근원은, 개인의 의견이라는 가치를 믿지 않게 되었다는 점에 있어요. 이제 도덕적 감각에 따라 행동하는 시대는 가버렸고, 지

246

금은 모두가 목소리를 맞춰 함께 노래해야 한다, 억지로 강요된 관념으로 살아가야 한다는 생각이 확산된 거예요. 알맹이 없는 상투적인 글귀가, 처음에는 제정주의 때, 그다음에는 혁명에서 나타나 군림하게 됐어요.

사회 전체에 퍼진 이 망상은 모든 것을 삼키고, 모든 것에 전염됐어요. 모든 것이 그 영향을 받게 됐죠. 우리의 가정도 그 파멸적인 영향에 저항할 수 없었어요. 어딘가에 금이 가고 말았어요. 우리의 가정을 가득 채웠던 자유롭고 활달한 공기는 사라지고, 어리석고 거창한 호언이 우리의 대화에 스며들어 진부한 세계적인 주제를 과장되게 꾸미며 영리한 척하기 시작했어요. 파샤처럼 섬세하고 자기 자신에게 충실한 사람이, 본질과 겉만 그럴싸한 외관을 언제나 어김없이 구별하던 사람이, 그렇게 가정에 몰래 숨어든 허위를 어떻게 알아채지 못하겠어요?

그런데 바로 그때 그 사람은 돌이킬 수 없는 운명적인 실수를 범하고 말았어요. 그 사람은 시대정신, 말하자면 보편적인 사회악을 개인적이고 가정적인 악으로 잘못 받아들였어요. 우리의 논의가 부자연스럽고 틀에 박힌 듯 딱딱해진 것이 자기 탓이고, 자기가 융통성이 없고 상자 속 사나이*이기 때문에 그런 거라고 생각해버린 거예요. 그런 사소한 일이 부부생활에서는 유의미할 수도 있다는 것이 당신은 믿어지지 않겠죠. 당신은 그것이 얼마나 중요한 일이었는지, 그런 아이 같은 생각 때문에 파샤가 얼마나 어리석은 짓을 하고 말았는지 상상할 수도 없을 거예요.

---

* 안톤 체호프의 단편소설 제목.

그 사람은 누가 요구하지도 않았는데 자기 스스로 전쟁에 나갔어요. 자신의 존재가 우리에게 부담이 되고 있다고 생각하고, 그 부담에서 우리를 벗어나게 해주려고 그런 짓을 했던 거예요. 이것이 그의 광기의 시작이었죠. 마치 어린애 같은, 방향을 잘못 잡은 일종의 자존심 때문에, 보통 사람들이 아무렇지도 않게 생각하는 인생의 흔한 일에 대해 분노를 터뜨린 거예요. 그는 사건들의 움직임, 역사에 대해 심통을 부리기 시작했어요. 역사와의 불화가 시작된 셈이었죠. 지금도 여전히 그 사람은 역사와 싸우고 있어요. 거기서 그런 도발적이고 광적인 행동이 나오는 거예요. 그 사람은 그 어리석은 야심 때문에 확실히 파멸의 길을 걷고 있어요. 오, 내가 그 사람을 구할 수 있다면 얼마나 좋을까요!"

"당신은 믿을 수 없을 만큼 순수하고 강렬하게 그를 사랑하는군! 그를 사랑해요, 사랑해. 나는 그 사람에게는 질투를 느끼지 않아, 당신을 방해하지 않겠어."

15

어느새 여름이 왔다 지나갔다. 닥터는 완전히 회복되었다. 머지않아 모스크바로 떠날 생각으로 그는 일단 세 개의 일자리를 얻었다. 화폐 가치가 급속히 하락하고 있었기 때문에 여러 가지 일을 해야만 했다.

닥터는 매일 꼭두새벽에 일어나 쿠페체스카야 거리로 나가, 영화관 '거인' 옆을 지나, 지금은 '붉은 식자공'으로 명칭이 바뀐, 예전의 우랄

카자크 군 인쇄소 쪽 내리막길을 내려간다. 고롯스카야 거리 모퉁이에 있는 총무국 문에 붙은 '청원 접수' 표지판이 그를 맞이한다. 광장을 비스듬히 가로질러 말라야 부야놉카로 나간다. 그리고 스텐고프 공장을 지나 병원 뒷마당을 가로질러 육군병원 진료소로 들어가는데, 그곳이 그의 주된 일터였다.

그가 다니는 길의 절반은 한길 위에 울창한 가지를 드리운 나무 그늘로 덮여 있고, 그 옆에는 대부분 잔뜩 솜씨를 부린 목조 주택들이 늘어서 있는데 어느 집이나 뾰족한 삼각 지붕, 격자 담장, 문장이 새겨진 대문, 장식 테를 두른 덧문이 있었다.

진료소 옆은 한 상인의 부인인 고레글랴도바의 정원이었는데, 선조에게 물려받은 정원에 옛날 러시아풍으로 지어놓은 아담한 건물이 호기심을 불러일으켰다. 옛 모스크바공국 시대 대귀족의 저택 같은 그 집은 유약을 바른 다면체 타일과 피라미드 모양의 작은 각뿔로 뒤덮여 있었다.

유리 안드레예비치는 열흘에 서너 차례 이 진료소에서 나와 스타라야 미아스카야 거리에 있는 이전의 리게티의 집으로, 이제는 유랴틴 도 보건부가 자리잡은 그곳으로 회의에 출석하기 위해 갔다.

도시의 정반대편, 아주 멀리 떨어진 지구에 안픠의 아버지 예픠 삼데뱌토프가 안픠을 낳다가 죽은 아내를 기념해 시에 기증한 건물이 있었다. 전에 그 건물에는 삼데뱌토프가 세운 산부인과 연구소가 있었다. 지금 그곳은 로자 룩셈부르크*를 기념하는 내외과 속성 양성소가

---

* 1871~1919. 독일에서 활동한 폴란드 출신의 사회주의 이론가이자 혁명가.

되었다. 유리 안드레예비치는 거기서 일반병리학 외에 몇 개 선택과목을 강의하고 있었다.

그가 모든 일을 마치고 한밤중에 지칠 대로 지치고 허기진 채 돌아오면, 라리사 표도로브나는 그 시간에도 식사 준비를 하고 빨래를 하는 등 집안일에 한창이었다. 머리카락이 헝클어지고 양쪽 소매를 걷어붙이고 치맛자락을 말아올린 그녀의 이런 산문적이고 일상적인 모습에 그는 깜짝 놀라며 숨이 막히도록 숭고한 매력을 느끼곤 했는데, 무도회에 가려고 대담하게 앞가슴을 드러내고 바닥까지 옷자락이 닿는 사각거리는 풍성한 드레스를 입고 하이힐을 신어 키가 훤칠해진 그녀를 보았다 해도 이보다 더 큰 매력을 느끼진 못했을 것이다.

그녀는 요리를 하거나 빨래를 하고 남은 비눗물로 마룻바닥을 닦았다. 때로는 어떤 기색도 없이 차분하게 자기 것과 그의 것, 카텐카의 속옷을 다리거나 수선했다. 때로는 식사 준비며 빨래며 청소를 해치운 뒤 카텐카를 공부시키기도 했다. 또 때로는 개혁 뒤의 새로운 학교에 교사로 복귀하기 위한 준비로서, 자기 자신을 정치적으로 재교육하기 위해 지침서와 씨름했다.

이 모녀에 대한 애정이 커질수록 그는 오히려 두 사람을 가족처럼 친밀한 존재로는 생각지 않으려 했는데, 자기 가족에 대한 의무감과 처자를 배신하고 있다는 죄책감이 두 사람과 자신 사이에 엄격하게 선을 긋게 하기 때문이었다. 선을 긋는 그의 태도에도 라라와 카텐카는 전혀 모욕을 느끼지 않았다. 오히려 이런 비가족적인 방식이야말로 그에게는 흉허물 없이 터놓고 지내는 것을 배제한, 깊은 존경의 표현이었다.

이 양가적인 감정은 언제나 고통스럽고 슬펐지만, 유리 안드레예비치는 아직 벌어져 아물지 않은 상처에 익숙해지듯 그것에도 익숙해졌다.

16

그렇게 두세 달이 지났다. 10월의 어느 날, 유리 안드레예비치는 라리사 표도로브나에게 말했다.

"아무래도 근무를 그만두어야 할 것 같아. 언제나 똑같은 해묵은 일의 반복일 뿐이야. 처음에는 더 바랄 게 없을 만큼 만사가 잘되어가더니만. '성실한 일은 언제나 대환영이다. 사상, 특히 새로운 사상이라면 더욱 환영이다. 어떻게 환영하지 않을 수 있겠는가. 잘해보자. 일하고, 싸우고, 탐구하자' 하는 생각이었지.

그러나 정작 일을 해보니까 사상 같은 건 그저 껍데기일 뿐 혁명과 권력을 찬양하기 위한 말의 장식이었어. 이젠 듣기만 해도 지겨워. 게다가 나는 그 분야의 명인도 아니고.

어쩌면 그들이 정말 옳을지도 모르지. 물론 나는 그들과 함께할 수 없지만. 하지만 나는 그들이 영웅이며 빛나는 개성이고, 내가 인간의 몽매함과 노예근성을 옹호하는 하찮은 인간이라는 생각에는 도무지 타협할 수가 없어. 혹시 니콜라이 베데냐핀이라는 이름을 들은 적 있나?"

"네 물론이요. 당신과 가까워지기 전에도 들었었고, 당신도 곧잘 이야기했잖아요. 시모치카 툰체바도 그분 이야기를 해요. 그녀는 그분의 신봉자예요. 하지만 부끄럽게도 그분 책은 아직 읽지 못했어요. 나는 철학만 다룬 저술은 좋아하지 않아요. 철학은 예술이나 인생에서 소량의 양념 구실을 하는 것만으로도 족하다고 생각하니까. 철학에만 골몰하는 것은 겨자만 먹는 것처럼 이상해 보여요. 미안해요, 쓸데없는 이야기로 말을 끊어서."

"아니, 그 반대야. 나도 같은 의견이거든. 내 생각도 상당히 비슷해. 그래, 그건 외삼촌에게 맞는 말이지. 어쩌면 나는 외삼촌에게 나쁜 영향을 받았는지도 몰라. 그들은 한목소리로 나를 천재적인 진단의, 천재적인 진단의 하며 치켜세우잖아. 사실 나는 좀처럼 오진하는 일이 없지. 하지만 그것이 바로 그들이 싫어하는 직관이라는 것이고, 그들은 내가 그것으로 사물을 단숨에 파악하는 완전한 인식의 죄를 범하고 있다고 하지.

나는 지금 의태擬態의 문제, 말하자면 주위 환경의 색채에 대한 유기체의 외적 적응이라는 문제에 사로잡혀 있어. 여기에, 이 색채의 모방 속에 내부에서 외부로의 놀라운 전이가 숨어 있지.

나는 대담하게도 강의에서 그 점을 다뤄보았어. 그랬더니, 꺼져! 하더군. '관념론이다, 신비주의다, 괴테의 자연철학이다, 신新셸링주의다.'

아무래도 그만둬야 할까봐. 도* 위생보건부와 연구소는 스스로 물러나지만, 병원 쪽은 쫓겨날 때까지 버텨볼 작정이야. 당신을 놀라게 하고 싶지 않지만, 때때로 당장 오늘내일은 아니라도 체포당할 것 같은 느낌이 들어."

"괜찮아요, 유로치카. 다행히도 아직까지는 그런 일이 없었잖아요. 하지만 당신 말이 맞아요. 조심해서 나쁠 건 없죠. 내가 알고 있는 한

---

* '주(州)'로 바뀌었지만 그대로 부르고 있다.

새로운 정권이 뿌리를 내릴 때까지는 몇 단계를 거치게 될 거예요. 첫번째 단계는 이성의 승리, 비판정신, 편견과의 싸움이죠.

그다음에 두번째 단계가 찾아와요. 공감을 가장한 '기식자들'의 어두운 세력이 판을 치죠. 시기, 비방, 음모, 증오가 횡행해요. 당신 말대로 우리는 지금 이 두번째 단계 초기에 있어요.

그 예는 멀리서 찾을 것도 없어요. 호다츠코예에서 예전 정치 유형수 두 사람이 이곳 혁명재판소 위원으로 옮겨왔는데, 노동자 출신인 티베르진과 안티포프예요.

두 사람 다 나에 대해 잘 알고 있고, 한 사람은 남편의 아버지, 그러니까 내 시아버지예요. 이들이 전임한 건 아주 최근의 일인데, 벌써부터 나는 우리 모녀의 인생이 걱정돼요. 무슨 짓을 할지 모르는 사람들이거든요. 안티포프는 나를 싫어해요. 언젠가 그들은 나뿐만 아니라 최고의 혁명적 정의니 하는 명분으로 파샤까지도 파멸시킬 거예요."

이 대화의 결론은 상당히 빨리 닥쳤다. 마침 그 무렵 진료소와 그 옆의 말라야 부야놉카 거리 48호, 고레글랴도바 미망인의 집에서 한밤중에 가택수색이 벌어졌다. 수색 결과, 감춰둔 무기가 발견되고 반혁명 조직의 존재가 드러났다. 많은 시민이 체포되고, 가택수색과 체포가 이어졌다. 용의자들 일부는 강을 건너 달아났다는 풍문이 떠돌았다. 사람들은 수군거렸다. "그럼 뭐해, 도망쳐봤자 아닌가? 강도 강 나름이지. 만약 블라고베셴스크라면 아무르강 이쪽은 소비에트정권, 강 건너는 중국이잖아. 그럼 물로 첨벙 뛰어들어 헤엄쳐 건너면 아듀, 흔적도 안 남아. 그래야 진짜 강이라고 할 수 있지. 하지만 이곳 강은 사정이 전혀 달라."

"어수선해졌어요." 라라가 말했다. "우리의 안전한 시기는 끝난 것 같아요. 당신도 나도 틀림없이 체포될 거예요. 그렇게 되면 카텐카는 어떻게 되는 거죠? 나는 엄마예요. 불행을 피하기 위해 뭔가 손을 써야 해요. 어떻게 할지 결정해둬야 한다고요. 생각만 해도 머리가 돌 것 같아요."

"생각해봅시다. 하지만 이런 판국에 무슨 방법이 있을까? 우리가 그 타격을 막을 수 있을까? 이건 운명이야."

"달아날 수도 달아날 곳도 없어요. 하지만 어딘가 사람들 눈에 띄지 않는 데 틀어박혀 숨을 죽이고 있을 수는 있어요. 이를테면 바리키노 같은 데로 가는 거예요. 나는 가끔 바리키노의 집을 생각해요. 상당히 멀고 모든 것이 황폐해졌지만. 거기라면 여기처럼 사람들 눈에 띄는 일은 없을 거예요. 겨울도 다가오고 있어요. 거기서 겨울을 날 준비는 내가 할게요. 거기 가면 우리에게 손이 뻗칠 때까지 일 년은 버틸 수 있을 거예요. 시내와의 연락은 삼데뱌토프가 도와줄 거예요. 어쩌면 그는 우리를 숨겨주는 데 동의할지도 몰라요. 네? 당신 생각은 어때요? 분명 거기는 지금 아무도 없고 비어 있어 아주 음산할 거예요. 적어도 내가 3월에 갔을 때는 그랬어요. 게다가 늑대들도 나온댔고요. 무서워요. 하지만 지금은 인간이, 그중에서도 특히 안티포프나 티베르진 같은 인간이 늑대보다 더 무서워요."

"어떻게 말해야 할지 모르겠군. 빨리 모스크바로 가라, 출발을 늦추지 말라고 언제나 나를 몰아세웠던 건 당신이었잖아. 이제는 여행하기도 편해졌어. 역에 가서 알아봤어. 암상인에 대해서도 눈을 감아주는 것 같고, 무임승차한 사람도 전부 열차에서 끌어내지는 않는 모양이더군. 사살하는 것도 지친 거지, 좀 덜해졌어.

모스크바에 아무리 편지를 보내도 답장이 오지 않아 걱정이야. 어떻게든 거기로 가서 가족의 안부를 알아봐야겠어. 당신도 언제나 말했던 일이잖아. 그런데 지금 바리키노로 가자는 당신 말을 대체 내가 어떻게 받아들여야 하지? 설마 당신 혼자서 그런 무섭고 쓸쓸한 곳으로 간다는 건 아니겠지?"

"물론이죠. 당신이 없으면 생각할 수도 없는 일이죠."

"그러면서 나를 모스크바로 쫓아보내려는 건가?"

"그래요. 그렇게 해야 해요."

"들어봐. 이러면 어떨까? 좋은 계획이 있어. 모스크바로 같이 가는 거야. 카텐카도 데리고 나와 함께."

"모스크바로요? 정신 나갔군요! 뭐하려요? 안 돼요, 나는 남아 있어야 해요. 이 근처 어딘가에서 기다리고 있어야 해요. 파셴카의 운명이 결정될 거예요. 그가 나를 필요로 하면 금방 뛰어갈 수 있는 여기서 그의 운명을 기다려야 한다고요."

"그럼 카텐카는 어떻게 되는 거지."

"이따금 시무시카가 찾아오고 있어요, 시마 툰체바요. 며칠 전 당신에게도 이야기했잖아요."

"그랬지. 당신한테 찾아오는 것을 자주 봤어."

"정말 놀랐어요. 남자들은 대체 어디다 눈을 두는 거죠? 내가 당신이라면 나는 분명 그녀에게 반했을 거예요. 정말 매력적인 여자예요! 인물도 좋고! 키 크죠. 날씬하죠. 지혜롭죠. 교양 있죠. 친절해요. 분별력도 있고요."

"도망쳐 이곳으로 온 날, 그 사람 언니가 내게 면도를 해주었지, 재봉사 글라피라 말이야."

"알아요. 그 자매들은 사서로 일하는 큰언니 압도탸와 함께 살고 있어요. 성실하고 부지런한 가족이죠. 긴급한 경우에는, 그러니까 당신과 내가 끌려가게 되면, 카텐카를 그들에게 부탁할 생각이에요. 아직 결정한 건 아니지만."

"하지만 그건 정말 막다른 골목에 다다랐을 때 이야기지. 그렇게까지 되려면 아직 멀었어."

"시마는 머리가 조금 이상해진 게 아니냐는 이야기가 있어요. 분명 그녀는 완전히 정상이라고는 말할 수 없어요. 하지만 그건 그녀가 아주 깊이가 있고 독창적인 사람이기 때문이에요. 그녀는 아주 교양이 있는데 그건 인텔리겐치아의 교양이 아니라 민중적인 교양이에요. 그녀와 당신의 사상에는 놀랄 만큼 공통점이 있어요. 그녀라면 마음 놓고 카탸*의 양육을 맡길 수 있어요."

17

그는 또다시 역으로 나가봤지만, 아무 소득 없이 빈손으로 돌아왔다. 모든 것이 미진한 채로 남아 있었다. 그도 라라도 한치 앞을 내다볼 수 없었다. 첫눈이라도 내릴 것처럼 어둡고 추운 날이었다. 길게 뻗

---

* 카텐카의 애칭.

은 한길보다 더 넓어 보이는 네거리 위 하늘은 겨울빛을 띠고 있었다.

유리 안드레예비치가 집에 돌아와 보니, 시무시카가 라라를 찾아와 있었다. 두 사람이 주고받는 대화는 손님이 여주인에게 강의를 하는 느낌을 주었다. 유리 안드레예비치는 그들을 방해하고 싶지 않았다. 게다가 잠시 혼자 있고 싶었다. 그들은 옆방에서 이야기하고 있었다. 방문이 그쪽으로 열려 있었다. 문에는 천장에서 마루까지 커튼이 쳐져 있었는데 그 너머로 그들이 나누는 이야기가 단어 하나하나까지 또렷이 들렸다.

"내가 바느질을 해도 신경쓰지 말아요, 시모치카. 열심히 듣고 있으니까요. 전에 학교에서 역사와 철학 강의를 들은 적이 있어요. 당신 이야기는 정말 내 마음에 와닿아요. 게다가 듣고 있으면 마음이 편안해져요. 요새는 걱정이 많아 잠도 제대로 못 자요. 우리에게 만약의 일이 일어난다면 카텐카를 그 위험에서 구하는 것이 엄마로서 내가 할 일이죠. 그 아이에 대해 진지하게 생각해야 해요. 하지만 나는 그런 일에 강한 편이 못 돼요. 그 생각을 하면 우울해요. 이렇게 우울해지는 건 피로와 수면 부족 탓도 있겠죠. 당신 이야기를 듣고 있으면 마음이 가라앉아요. 게다가 금세라도 눈이 내릴 것 같네요. 눈 오는 날 지적인 이야기를 오래 경청하는 건 참 즐거운 일이에요. 눈이 내릴 때 창문을 곁눈질해 보면 누군가가 마당으로 걸어들어오는 것 같은 느낌이 들지 않나요? 시작해요, 시모치카. 들을 테니까요."

"지난번에 어디까지 이야기했죠?"

유리 안드레예비치는 라라의 대답 소리가 들리지 않았다. 그는 시마가 하는 말에 귀를 기울이기 시작했다.

"문화니 시대니 하는 말을 쓸 수도 있어요. 하지만 그런 말은 사람에 따라 해석이 분분해요. 그런 모호한 말은 혼란을 일으킬 우려가 있으니까 쓰지 말기로 하고 다른 표현으로 바꿀게요.

나는 인간은 두 가지 요소로 이루어져 있다고 말하고 싶어요. 신과 일이에요. 인간정신의 발달은 아주 긴 기간에 걸쳐 성취된 개개의 일로 이루어진다고 생각해요. 그 일들이 여러 세대 사람들에 의해 수행되고, 하나가 또하나의 뒤를 이어왔어요. 이집트가 그런 일의 하나였고, 그리스도도 그런 일의 하나였고, 성서 속 예언자들의 신에 대한 인식 또한 그런 일의 하나였어요. 그런 일 가운데서도 시대적으로 가장 새롭고 아직 무엇으로도 대체될 수 없으며, 영감에 의해 현대의 모든 사람에게 작용하고 있는 일은—그리스도교예요.

나는 당신에게 그리스도교가 이 세상에 가져다준 미증유의 새로운 것을 생생한 그대로, 당신이 알고 있고 익숙한 것이 아닌 예기치 못한 방법으로 더 간결하고 직접적으로 전하기 위해 기도서에서 몇 구절을, 길지 않지만 그것마저 아주 간략하게 말해보려 해요.

송가의 대부분은 구약과 신약의 장면을 나란히 잇고 있어요. 구약 세계의 여러 장면, 이를테면 타지 않는 떨기나무, 이스라엘 백성의 이집트 탈출, 불타는 아궁이 속의 소년들, 고래 뱃속에 들어간 요나, 이런 것들과 대비되는 것이 신약의 세계, 이를테면 성모 수태와 그리스도의 부활과 같은 표상이에요.

그 표상들이 빈번히, 거의 언제나 중첩되기 때문에 구약의 예스러움과 신약의 새로움, 이 둘의 차이가 한결 또렷하게 드러나죠.

송가에는 성모마리아의 원죄 없는 잉태와 유대인이 홍해를 건넌 것을 비교하는 대목이 정말 많아요. 이를테면 〈흑해의 수면에는 이따금 처녀인 신부의 모습이 비치도다〉라는 송가에는 '이스라엘 백성이 건넌 뒤 바다는 닫히고, 임마누엘*을 낳은 뒤 순결한 동정녀는 더럽혀지지 않았도다'라는 구절이 있어요. 다시 말해 이스라엘 백성이 건넌 뒤 바다는 다시 건널 수 없게 되었고, 동정녀는 주님을 낳은 뒤에도 여전히 순결했다는 거예요. 이 대비 속에는 어떤 일들이 놓여 있을까요? 양쪽 다 초자연적인 사건이에요, 양쪽 다 기적으로 인정되는 사건이죠. 그러면 이렇게 서로 다른 시대, 가장 오래된 태고 시대, 그리고 훨씬 뒤의 새로운 로마 시대가 저마다 대체 어떤 것을 기적으로 보았을까요?

하나는, 민족의 지도자인 족장 모세가 마법의 지팡이를 한 번 휘두르며 명령을 내리자 바다가 둘로 갈라지며 한 민족 전체, 수십만이나 되는 수많은 사람들이 지나갈 수 있었다는 것, 마지막 사람이 지나가자 바다는 다시 닫혀 뒤쫓아오던 이집트인들을 삼켜버렸다는 거예요. 이러한 광경은 고대의 정신에도 부합되는데 마법사의 목소리에 순순히 따르는 대자연의 힘, 로마 원정군을 연상시키는 무수한 사람들, 민중과 그 지도자 등등 모든 것이 생생하게 보이고 들려 그야말로 압도될 것 같아요.

또하나는, 한 처녀, 고대 세계 같으면 돌아보지도 않았을 평범한 한 처녀가 남몰래 한 아기에게 생명을 주고, 이 세상에 생명을, 생명의 기적을, 만인의 생명을 가져다주는데, 나중에 이것은 '만인의 생명'이라 불려요. 그녀의 출산은 학자들에게서 혼외의 불법으로 간주됐을 뿐만

---

* '하느님이 우리와 함께 계시다'라는 뜻의 히브리어.

아니라, 자연의 법칙에도 어긋난 것이었어요. 그녀는 필연의 힘이 아니라 기적과 영감에 의해 자식을 낳은 거예요. 이것이야말로 복음서의 근저를 이루는 그 영감, 범용함에 대해서는 독자성을, 일상성에 대해서는 축제를 대치시키는 복음서가, 온갖 강제에 맞서 생명을 구축하려 하는, 영감 그 자체예요.

이 얼마나 거대한 의미를 갖는 변화일까요! 어찌하여 하늘에는(왜냐하면 이 모든 것은 하늘의 눈으로 평가되어야 하고, 하늘의 면전에서, 유일하고 거룩한 틀 속에서 이루어져야 하기 때문에), 어찌하여 하늘에는 고대의 관점에서 보면 그야말로 보잘것없는 개인적인 인간의 상황이 민족의 대이동과 같은 가치를 갖는 것으로 비쳤을까요?

이 세상에 어떤 움직임이 생겨났어요. 로마가 끝나고, 수數의 지배가 끝나고, 무기의 힘에 의해 개인뿐만 아니라 주민 모두가 가축 무리처럼 똑같이 살아야 하는 의무가 끝난 거예요. 지도자와 민중이라는 건 과거의 것이 되었어요.

그것에 대신해 등장한 것이 개성, 자유의 설교였죠. 개개의 인간으로서의 삶이 신의 이야기가 되고, 그 내용으로 우주의 온 공간을 가득 채우게 된 거예요. 수태고지절* 노래 하나에서 불리듯이 아담은 신이 되려 했다가 잘못을 저질러 신이 되지는 못했지만, 지금은 아담을 신으로 만들기 위해 신이 인간이 된 거예요('인간을 신으로 만들기 위해 신이 인간이 되었다**').

---

* 천사 가브리엘이 마리아에게 예수의 잉태를 알린 것을 기념하는 날. 3월 25일.
** 초대 그리스도교의 교부 아타나시우스(298~373)가 한 말. 그는 328~383년에 알렉산드리아 주교로 재임했으며, 아리우스파의 종속주의적 그리스도론에 대항해 그리스도

시마는 계속했다.

"같은 주제로 좀더 이야기할게요. 잠시, 이야기를 벗어나볼까요. 노동자들을 염려하고 모성을 보호하고 권력과 싸운다는 점에서 우리의 혁명 시대는 영원히 잊을 수 없는 전대미문의 시대이고, 후세에 길이 남을 업적을 이룩했어요. 지금 한창 퍼지고 있는 삶에 대한 이해나 행복의 철학에 대해 말하자면, 그건 진지하게 이야기되고 있긴 하지만 우스꽝스럽기 짝이 없는 구시대의 유물이에요. 지도자들과 민중에 관한 미사여구는, 만일 그것이 삶을 거꾸로 되돌려놓고 역사를 수천 년 전으로 뒷걸음치게 할 힘을 가지고 있다면 우리를 유목민과 족장이 있었던 구약 시대로 되돌려놓을 수도 있어요. 하지만 다행히도 그건 불가능해요.

그리스도와 막달레나에 대해 몇 마디 할게요. 이건 그녀에 대해 적힌 복음서의 이야기가 아니라 수난주간의 성화요일이나 성수요일의 기도에 나오는 말이에요. 그런데 라리사 표도로브나, 내가 말하지 않아도 당신도 잘 알 거예요. 나는 다만 당신에게 그것을 상기시키고 싶을 뿐이지 가르칠 생각은 전혀 없어요.

슬라브어 스트라스티***는, 당신도 잘 알다시피, 우선은 고난의 의미예요, 주의 스트라스티, '주는 스스로 고난으로 나아가셨다'(스스로 고난으로 나아가시는 주여)처럼. 또한 이 단어는 나중에 러시아어에서는 악덕이나 정욕의 의미로 쓰여요. '나의 넋은 짐승처럼 스트라스티의

를 육화한 하느님의 로고스로 보았으며, 따라서 아버지 하느님과 아들 그리스도는 '호모우시오스(homoousios, 동질)'라고 주장했다.
*** 열정, 고난, 수난 등의 뜻.

노예가 되어'라느니 '낙원에서 쫓겨난 나의 스트라스티를 억누르고 돌아가려 노력하리라' 등등. 내가 타락한 여자라서 그런지도 모르지만, 관능의 억제와 금욕에 바쳐진 부활절 전의 이런 기도문을 나는 좋아하지 않아요. 나는 이렇게 조악하고 평범한 기도문은 다른 정신적 글들에 있는 고유한 시정도 없고, 배가 나오고 기름이 번들번들한 수사가 지은 거라고 생각해요. 하지만 문제는 수사 자신들이 계율을 어기는 생활을 하면서 다른 사람들을 속여왔다는 데 있는 게 아니에요. 그들은 자기들 양심에 따라 살면 그만이죠. 문제는 그들에게 있는 것이 아니라 그 기도문의 내용에 있어요. 이러한 한탄은 육체의 갖가지 약점, 몸이 살쪘는가 말랐는가 하는 것에 불필요한 의미를 부여하고 있거든요. 그래서 역겨워요. 여기서는 뭔가 불결하고 중요하지도 않은 비본질적인 것이 부당한 높이로 치켜세워져 있어요. 미안해요, 중요한 이야기를 밀쳐뒀군요. 이제 내가 이야기를 지체했던 것을 보상하죠.

나는 부활절 전야 그리스도의 죽음과 부활의 경계에 왜 막달레나 이야기가 놓여 있는지 늘 궁금했어요. 그 이유는 모르지만, 생명과 이별하는 순간, 그리고 생명이 부활하기 직전에 생명이 무엇인가 하는 것을 화제에 올리는 것은 참으로 시의적절하다고 생각해요. 그런데 그처럼 화제에 올리는 것이 얼마나 실제적인 스트라스티로 솔직하게 이루어지고 있는가가 문제예요.

그녀가 마리아 막달레나인지, 이집트의 마리아인지, 아니면 또다른 마리아인지에 대해서는 논란이 있어요. 그것이 누구건 아무튼 마리아는 주님에게 이렇게 청해요. '내 머리털을 풀듯이 내 빚을 풀어주옵소서'라고. 이건 '내가 머리털을 풀듯이 내 죄를 용서해주옵소서'라는 뜻이에요. 용서와 회한의 갈망이 얼마나 훌륭하게 물질적으로 표현되어 있는지! 마치 손으로 만질 수도 있을 것 같아요.

그리고 같은 날*에 불리는 다른 성가에도 더욱 자세하게 비슷한 내용이 들어 있는데 거기서는 막달레나 이야기라는 것이 더 분명해져요.

거기서 그녀는 자신의 과거를, 몸에 밴 습관 때문에 매일 밤 몸이 불타는 괴로움을 무서우리만치 생생하게 한탄해요. '밤은 억누를 수 없는 음욕의 불길로 나를 불태우며 달빛도 없는 암흑의 죄 정욕으로 나를 괴롭히도다.' 그녀는 그리스도에게 자신이 흘리는 회한의 눈물을 받아들여달라고, 그 깨끗한 발을 자기 머리털로 씻기 위해 자기 마음으로부터의 한숨에 귀를 기울여달라고 간청하지만, 그 머리털의 소리 속에는 역시나 낙원에서 망연자실한 채 부끄러워하는 이브가 숨어 있어요. '깨끗한 당신의 발에 입을 맞추며 내 머리털로 발을 닦으리다. 그러면 낙원의 이브, 대낮의 소음에 귀가 멀며 두려워 몸을 숨기리다.' 그리고 이 머리털 이야기에 이어 갑자기 찢어지는 듯한 탄식의 외침이 일어나요. '나의 수많은 죄를, 당신의 운명의 심연을 어느 누가 헤아릴 수 있겠습니까?' 신과 생명, 신과 개성, 신과 여성은 얼마나 친밀한가요, 얼마나 대등한가요!"

---

* 성화요일.

18

　유리 안드레예비치는 역에 나갔다가 지쳐서 돌아왔다. 이날은 열흘마다 돌아오는 그의 휴일이었다. 휴일이면 그는 보통 그동안 부족했던 잠을 청했다. 그는 소파에 기대 비스듬히 눕거나 완전히 몸을 쭉 뻗고 누웠다. 그는 졸음과 싸우며 시마의 이야기에 귀를 기울이고 있었는데, 그녀의 논리는 그에게 큰 즐거움을 주었다. '물론 이건 전부 콜랴 외삼촌의 말을 그대로 옮기고 있는 건데,' 그는 생각했다. '그래도 정말 재능이 많고 영리한 여자야!'

　그는 소파에서 벌떡 일어나 창가로 갔다. 라라와 시무시카가 알아듣기 힘든 목소리로 속삭이는 옆방과 마찬가지로 이 방의 창문도 마당을 향하고 있었다.

　날씨가 험해졌다. 마당은 어두웠다. 까치 두 마리가 마당에 날아들어 앉을 곳을 찾아 빙빙 돌았다. 바람에 까치의 깃털들이 부풀어올랐다. 까치들은 먼저 쓰레기통 뚜껑에 내려앉았다가 곧이어 담장으로 날아가더니 땅바닥으로 내려와 마당을 걷기 시작했다.

　'까치는 눈이 내릴 징조지.' 닥터는 생각했다. 그 순간 두꺼운 커튼 뒤에서 말소리가 들렸다.

　"까치는 소식이 온다는 징조예요." 시마가 라라에게 말했다. "당신에게 손님이 찾아오거나, 편지가 오겠군요."

　잠시 뒤 유리 안드레예비치가 며칠 전에 고쳐 철사에 매단 초인종이 울렸다. 라리사 표도로브나가 커튼 뒤에서 나와 종종걸음으로 현관문을 열러 갔다. 유리 안드레예비치는 문가에서 들리는 말소리로 시마의 언니 글라피라 세베리노브나가 찾아왔다는 것을 알았다.

"동생을 찾으러 오셨어요?" 라리사 표도로브나가 물었다. "시무시 카가 와 있어요."

"아니에요, 동생 때문은. 하지만 그렇다면. 집으로 돌아가려던 참이었다면 같이 가죠. 그런데 나는 다른 볼일로 왔어요. 당신 친구에게 온 편지를 가져왔어요. 내가 전에 우체국에서 일을 했어서 다행이에요. 많은 사람의 손을 거쳐 마지막으로 아는 사람을 통해 내 손에 들어왔어요. 모스크바에서 왔더군요. 다섯 달이나 지났어요. 수취인을 찾을 수 없었던 거예요. 하지만 나는 그가 누군지 알고 있었죠. 전에 면도를 해준 적이 있거든요."

꼬깃꼬깃하고 손때가 묻고 봉투가 열려 너덜해진 여러 장의 긴 편지는 토냐에게서 온 것이었다. 닥터가 미처 의식하기도 전에 편지는 이미 그의 손에 쥐어져 있었는데, 그는 라라가 자기에게 봉투를 건네준 것도 알아채지 못했다. 편지를 읽기 시작했을 때만 해도 닥터는 아직 자기가 어느 도시에 있고 누구의 집에 있는지 의식하고 있었으나, 편지를 읽어가는 동안 그 의식이 차츰 흐릿해졌다. 시마가 나와서 그에게 작별인사를 했다. 그는 기계적으로 대답했을 뿐 그녀에게 주의를 기울이지 않았다. 그녀가 나간 것을 알아채지 못했다. 그는 지금 자기가 어디에 있고 주위에 무엇이 있는지 점점 완전히 잊어버렸다.

"유라," 안토니나 알렉산드로브나는 이렇게 쓰고 있었다. "우리에게 딸이 생긴 거 알아? 돌아가신 당신 어머니 마리야 니콜라예브나의 이름을 따서 마샤라고 지었어.

이제 완전히 다른 소식을 전할게. 몇몇 저명한 사회활동가들, 입헌

민주당 소속 교수들, 우파 사회주의자들이 러시아 국외로 추방당하게 됐어. 멜구노프, 키제베테르, 쿠스코바와 그 밖의 몇몇, 그리고 니콜라이 알렉산드로비치 그로메코 삼촌, 아버지와 그 가족인 우리도.

이건 정말 불행한, 특히나 당신이 없다는 점에서 너무나 불행한 일이지만 우리는 따르지 않을 수 없고, 어쩌면 이렇게 무서운 시대에 더 나쁠 수도 있었는데 그나마 가벼운 추방에 그친 걸 신에게 감사해야겠지. 당신을 찾아 여기 함께 있었다면 같이 갈 수 있었을 텐데. 그나저나 당신 지금 어디 있어? 이 편지는 안티포바의 주소로 부칠 거고, 혹시라도 그녀가 당신을 찾게 되면 전해주리라 믿어. 다행히 신이 도우셔서 나중에 당신을 찾았을 때 우리 가족의 일원으로 당신에게도 출국 허가가 나올지, 나는 그것이 무척 걱정돼. 나는 당신이 살아 있고 언젠가는 만날 거라고 믿고 있어. 당신을 사랑하는 내 마음이 나에게 그렇게 귀띔하고 있고, 나는 그 목소리를 믿어. 당신을 찾을 즈음에는 러시아 사정이 좋아져서 당신이 별도로 출국 허가를 얻을 수 있을지도 모르고, 그러면 우리는 또다시 한자리에 모이게 되겠지. 하지만 이 글을 쓰면서도 그런 꿈같은 행복이 정말 이루어질지 나 자신도 믿지 못하고 있어.

무엇보다도 슬픈 건 나는 당신을 사랑하는데 당신은 나를 사랑하지 않는다는 거야. 나는 이 선고의 의미를 찾아내 해석하고 그건 어쩔 수 없는 일이라고 인정하려 노력하면서, 지나온 내 모든 인생을, 그리고 내가 나 자신에 대해 알고 있는 모든 것을 돌이켜보며 생각했지만, 그것이 어떻게 시작되었는지, 대체 내가 무엇을 했기에 이런 불행이 닥쳤는지 도무지 모르겠어. 아무래도 당신이 나를 오해하고 있는 것 같아.

당신은 나를 냉담한 눈으로 보고, 일그러진 거울에 비춰보고 있어.

그래도 나는 당신을 사랑해. 아 내가 당신을 얼마나 사랑하는지 당신이 알 수만 있다면! 나는 당신의 남다른 점을, 좋은 점과 나쁜 점을 모두 사랑하고, 당신의 평범하면서도 특별한 결합으로 갖게 된 모든 소중한 측면을, 그게 없었으면 분명 추해 보였겠지만 훌륭한 내면이 배어나오는 것 같은 당신의 얼굴을, 부족한 의지를 보완해주는 것 같은 당신의 재능과 지성도 사랑해. 그 모든 것이 나에게는 더없이 소중하고, 나는 당신보다 더 나은 사람을 보지 못했어.

하지만, 내가 당신에게 무슨 말을 하려는지 알아? 당신이 나에게 이렇게까지 소중한 존재가 아니고, 또 내가 이렇게까지 당신을 좋아하지 않는다 해도, 나는 나의 사랑이 식었다는 슬픈 진실을 깨닫지 못하고 마음으로는 언제나 당신을 사랑한다고 생각할 거라는 거야. 당신을 사랑하지 않는 것이 얼마나 굴욕적이고 비참한 벌인가만을 두려워하며 내가 당신을 사랑하지 않는다는 것을 깨닫는 것을 무의식적으로 피할 거란 뜻이야. 나도 당신도 알지 못할 거야. 나의 마음이 나에게 진실을 감출 테니까. 왜냐하면 사랑하지 않는다는 건 거의 살인이나 마찬가지고, 나는 누구에게도 그런 타격을 주는 것을 견딜 수 없거든.

아직 최종적으로 결정된 건 아무것도 없지만, 우리는 파리로 가게 될 것 같아. 당신이 어렸을 때 따라갔던 먼 나라, 아버지와 삼촌이 자랐던 나라로 나도 갈 거야. 아버지가 당신에게 안부를 전하셔. 슈라는 많이 자랐고, 미남은 아니어도 듬직한 사내아이가 되어가는데 당신 이야기만 나오면 항상 울음이 터지고 쉽게 그치지 않아. 더이상은 못 쓰겠어. 눈물로 심장이 터질 것 같아. 그럼, 안녕. 끝없는 이별, 고난, 한치 앞도 볼 수 없는 처지, 당신의 어둡고 긴 여로를 위해 당신에게 축복의 성호를 긋게 해줘. 나는 당신을 조금도 원망하지 않아, 조금도, 다만 당신이 원하는 대로, 당신이 좋다면, 자신의 삶을 살아가길 바랄 뿐이야.

그 무섭고 숙명적인 우랄을 떠나기 전, 나는 아주 짧은 동안이었지만 라리사 표도로브나와 알고 지냈어. 그녀는 고맙게도, 내가 힘들었을 때 늘 곁에 있어줬고, 해산할 때도 나를 도와줬어. 나는 그녀가 좋은 사람이라고 진심으로 인정해야겠지만, 솔직히 말해서 그녀는 나와 정반대되는 사람이야. 나는 삶을 단순히 살며 올바른 길을 찾기 위해 이 세상에 태어났지만, 그녀는 삶을 복잡하게 살며 정도에서 벗어나기 위해 태어났어.

이제 그만, 끝내야겠어. 편지를 가지러 왔고, 이제 나는 떠날 준비를 해야 해. 오 유라, 유라, 사랑하는 사람, 나의 소중한 사람, 나의 남편, 우리 아이들의 아버지, 대체 어쩌다 이렇게 됐을까? 우리는 이제 다시는, 다시는 만나지 못하게 돼버렸어. 지금 내가 쓴 것을, 당신 그 의미를 이해하겠어? 이해하는 거야, 이해하고 있어? 사람들이 나를 재촉하고 있어, 마치 형장으로 끌고 가기 위해 나를 찾아온 신호 같아. 유라! 유라!"

유리 안드레예비치는 슬픔으로 말라버리고 고통에 짓이겨진 눈물 한 방울 없는 초점 없는 눈을 편지에서 들었다. 그는 주위의 아무것도 보지 못하고 아무것도 의식하지 못했다.

창밖에 눈이 내리기 시작했다. 눈은 바람에 옆으로 흩날리며 차츰 빨리 차츰 많이 내리기 시작했는데 마치 잃어버린 것을 되찾으려 쉼없이 서두르는 것 같았고, 창밖으로 내리는 눈을 바라보는 유리 안드레예비치에게는 마치 토냐의 편지를 계속 읽고 있는 듯, 눈앞에서 어른거리며 지나가는 것은 작고 건조한 눈의 결정이 아니라 빼곡하게 쓴 가늘고 검은 글자들 사이, 하얀 지면의 좁은 행간들이 하얗게 하얗게 끝도 없이 이어지는 것 같았다.

유리 안드레예비치는 자기도 모르게 신음하며 가슴팍을 움켜잡았다. 그는 정신을 잃고 쓰러지려는 자신을 느끼며 비틀비틀 몇 발짝 소파로 다가가 그대로 정신을 잃고 쓰러졌다.

14장
다시 바리키노에서

1

겨울이 되었다. 함박눈이 펑펑 쏟아지고 있었다. 유리 안드레예비치는 병원에서 돌아왔다.

"코마롭스키가 왔었어요." 그를 맞으러 나온 라라가 힘없이 목쉰 소리로 말했다. 둘은 복도에 서 있었다. 그녀는 호되게 얻어맞기라도 한 것처럼 넋이 나간 모습이었다.

"어디로? 누구를 찾아서? 지금 여기에 있나?"

"물론 아니에요. 오전에 왔었고, 저녁에 다시 온다고 했어요. 곧 올 거예요. 당신에게 할 이야기가 있대요."

"왜 왔을까?"

"그 사람이 하는 말을 들었지만 나는 잘 모르겠어요. 극동으로 가는 길에 우리를 만나러 일부러 길을 돌아 유랴틴에 들렀대요. 당신과 파샤를 만나는 게 주목적이라면서요. 당신들에 대해 꽤 많은 이야기를 했어요. 그 사람 말로는, 우리 세 사람, 당신과 파툴랴와 내가 목숨이 위험한 처지에 놓였고, 자기가 시키는 대로 하면, 우리는 살 수 있대요."

"나는 나가 있겠어. 그를 만나고 싶지 않아."

라라는 와락 울음을 터뜨리며 닥터 앞에 무릎을 꿇고 그의 두 다리를 안으며 얼굴을 묻으려 했지만, 그가 억지로 그녀를 부둥켜안아 일으켰다.

"나를 봐서라도 있어줘요. 부탁이에요. 그와 마주하는 게 두려워서가 아니에요. 하지만 같이 있는 건 고통스러워요. 부탁이니, 제발 단둘만 있게 하진 말아줘요. 게다가 그는 빈틈없고 노련한 사람이에요. 어쩌면 실제로 뭔가 좋은 조언을 해줄지도 몰라요. 당신이 그를 싫어하는 건 당연해요. 하지만 제발 좀 참아줘요. 옆에 있어줘요."

"이게 무슨 일이지, 나의 천사? 마음을 가라앉혀. 뭐하는 거야? 왜 무릎을 꿇는 거야. 일어나요. 기운을 내. 악마의 유혹 따윈 떨쳐버리라고. 그가 당신을 완전히 겁먹게 만들었군. 내가 같이 있잖소. 필요하다면, 당신이 원한다면, 나는 그자를 죽일 수도 있어."

삼십 분쯤 지나자 해가 졌다. 완전히 어두워졌다. 반년 동안 마룻바닥의 구멍은 전부 막았다. 유리 안드레예비치가 구멍이 생기는 즉시 판자로 막았기 때문이다. 털이 북슬북슬한 커다란 고양이도 키웠는데, 고양이는 늘 가만히 앉아 수수께끼 같은 명상에 빠졌다. 쥐들이 집밖으로 나간 것은 아니지만 한결 조심스러워졌다.

코마롭스키를 기다리는 동안 라리사 표도로브나는 배급받은 흑빵을 썰어 찐 감자 몇 알과 함께 접시에 담아 탁자에 놓았다. 이전 집주인이 식당으로 쓰던 방이 그대로 있어서 거기서 손님을 맞기로 했다. 이 방에는 커다란 떡갈나무 식탁과 같은 검은색 나무로 만든 묵직한 대형 식기장이 있었다. 식탁 위에는 피마자 기름병에 심지를 넣은 닥터의 휴대용 램프가 타고 있었다.

코마롭스키는 거리에 쏟아지는 눈을 온몸에 뒤집어쓴 채 12월의 어둠 속에서 나타났다. 그의 슈바와 모피 모자, 덧신에 쌓인 눈이 떨어져 마루에 물웅덩이를 이루었다. 전에 그는 수염을 기르지 않았는데 지금은 콧수염과 턱수염을 자라는 대로 내버려두어, 수염에 엉겨붙은 눈이 녹자 광대처럼 보였다. 새것 같은 재킷과 줄이 잘 서 있는 줄무늬 바지를 입고 있었다. 그는 인사를 하기 전에 먼저 주머니에서 빗을 꺼내 젖고 헝클어진 머리를 잘 빗고, 젖은 콧수염과 눈썹을 손수건으로 문질렀다. 그리고 말없이 의미심장한 표정으로 양손을 동시에, 왼손은 라리사 표도로브나에게, 오른손은 유리 안드레예비치에게 내밀었다.

"우리는 서로 아는 사이라고 봐도 되지 않겠습니까." 그는 유리 안드레예비치에게 말했다. "당신도 알겠지만, 나는 당신 아버님과 잘 아는 사이였소. 내 품에서 숨을 거두셨지. 아까부터 당신을 보며 닮은 데가 있는지 찾았는데, 아무래도 아버님을 닮지는 않은 것 같군요. 호방한 분이었죠. 한번 마음먹으면 금세 해치우는 성격이었고. 외모로는 어머님 쪽을 닮았군요. 상냥한 분이었죠. 몽상가였고."

"라리사 표도로브나가 당신 이야기를 들어보라고 부탁하더군요. 나에게 용건이 있다고 하던데요. 그래서 응낙했습니다. 별로 내키지는 않았지만요. 나는 당신과 알고 지내고 싶은 마음도 없고, 당신과 아는 사이라고 생각하지도 않습니다. 그러니 얼른 본론으로 들어가죠. 무슨 일입니까?"

"인사나 좀 합시다, 친애하는 두 분. 나는 모든 것을 완전히 이해하고, 모든 것을 철저히 알고 있어요. 실례지만, 두 사람은 아주 잘 어울리는군요. 참으로 잘 어울리는 최고의 한 쌍입니다."

"됐습니다. 당신과 아무 상관도 없는 일에 간여하지 마십시오. 당신에게 공감 따윈 원하지 않아요. 자신이 어떤 입장인지 잊고 있군요."

"그렇게 발끈할 일이 아니지, 젊은 양반. 아니, 그러고 보니 역시 아버님을 닮은 것 같군. 아버님도 성질이 불같았지, 그래요, 허락한다면, 당신들의 축복을 빌겠습니다. 하지만 유감스럽게도, 당신들은 나의 자식들이나 마찬가지로, 말뿐만 아니라 실제로도 아무것도 모르고 아무것도 생각하지 않는 철부지 아이들이오. 나는 이곳에 온 지 이틀밖에 되지 않았지만 당신들에 대해서는 당신들이 알고 있는 것보다 더 많이 알고 있소. 당신들은 알아채지 못한 모양이지만, 지금 당신들은 심연의 끄트머리를 걷고 있어요. 위험을 벗어나기 위해 뭔가 대책을 세우지 않으면 자유는커녕 목숨을 잃을 수 있단 말입니다.

공산주의적인 스타일이란 것이 있소. 이 기준에 딱 들어맞는 사람은 그렇게 많지 않죠. 하지만 유리 안드레예비치, 아무도 당신처럼 이렇게 공공연히 그 삶과 사고방식의 스타일을 깨지는 않아요. 왜 그렇게까지 쓸데없이 자극하는지 이유를 모르겠습니다. 당신은 이 세계에 대한 비웃음이고, 모욕이오. 그것이 당신만 아는 비밀로 그친다면 모르겠지만. 이곳에는 모스크바에서 온 유력자들이 있어요. 그들은 당신의 속마음을 꿰뚫어보고 있단 말이오. 당신들 두 사람은 이곳에 있는 테미스*의 사제들에게는 영 비위에 맞지 않아요. 안티포프와 티베르진 동지는 라리사 표도로브나와 당신에게 이를 갈고 있소.

당신은 남자요, 말하자면 자유로운 카자크지. 미친 짓을 하든 자기 목숨을 가지고 놀든 그건 당신의 신성한 권리죠. 하지만 라리사 표도로브나는 자유로운 사람이 아니오. 그녀는 어머니예요. 한 아이의 목숨, 한 아이의 운명이 그녀에게 달려 있어요. 환상에 빠져 구름 위에서 노닐 처지가 아니란 말입니다.

나는 오전 내내 입이 아프도록 이곳의 사정을 좀더 진지하게 생각하라고 설득하고 충고했소. 하지만 그녀는 내 말을 조금도 귀담아듣지 않더군. 그러니 당신이 라리사 표도로브나에게 내 말을 들으라고 거들어줬으면 하오. 그녀는 카텐카의 안전을 가지고 놀 권리가 없으며, 내 주의를 무시해선 안 됩니다."

"나는 지금까지 내 의견을 남에게 억지로 강요한 적이 한 번도 없습니다. 특히 가까운 사람에게도요. 라리사 표도로브나가 당신 말을 듣든 안 듣든 그건 그 사람 자유입니다. 내가 관여할 일이 아니죠. 게다가 나는 당신이 무슨 말을 했는지 전혀 모릅니다. 당신의 의견이 뭔지 전혀 모른단 말입니다."

"이런, 당신은 갈수록 아버님을 생각나게 하는군. 그분도 당신처럼 완고했지. 그럼, 본론으로 들어가죠. 그런데 이건 상당히 복잡한 이야기이니 인내심이 필요하오. 끊지 말고 들어주시게.

지금 상부에서는 커다란 전환을 준비하고 있소. 아니, 아니, 이건 아주 믿을 만한 데서 나온 정보니 의심할 거 없소. 좀더 민주주의 노선으

---

* 그리스신화에 나오는 정의의 여신.

로 이동해, 말하자면 일반적 법질서에 대한 양보가 있을 것 같습니다, 그것도 아주 가까운 미래에.

그러나 바로 그 결과로 폐지 대상이 된 징벌 기관은 최후를 앞두고 극악해져서, 지방에서 그 원한을 풀려고 서두르고 있죠. 유리 안드레 예비치, 이제 당신이 처치될 날이 멀지 않았어요. 당신 이름이 명단에 올라 있단 말이오. 농담이 아니라 내 눈으로 직접 본 것이니 믿어도 좋습니다. 늦기 전에 살길을 찾아야 하오.

하지만 이건 서론일 뿐이오. 이제 본론으로 들어가겠소.

지금 연해주, 태평양 연안 지역에서는 전복당한 임시정부와 해산당한 헌법제정회의에 충성을 맹세한 정치 세력들이 결집하고 있소. 두마의원, 사회활동가, 지방자치기관의 유력자들, 실업가, 기업주 등등. 그리고 의용군 장군들도 거기에 잔존 병력을 집결하고 있소.

소비에트정권은 이 극동 공화국의 성립을 못 본 척하고 있어요. 변경에 그런 것이 생기는 것이 적화赤化 시베리아와 외부세계 사이의 완충지대가 되기 때문에 소비에트정권으로서도 이득이지. 이 공화국 정부는 연립정권이 될 겁니다. 각료 의석의 반 이상이 모스크바의 요구로 코뮤니스트들 손으로 넘어갈 건데, 그건 기회가 오면 그들의 도움으로 쿠데타를 일으켜 공화국을 손아귀에 넣으려는 것이오. 뱃속이 훤히 들여다보이지만, 문제는 오직 하나, 남은 시간을 어떻게 활용할 것인가 하는 것이오.

나는 혁명 전에 블라디보스토크에서 아르하로프, 메르쿨로프 형제와 그 밖의 상사商社와 은행의 소송을 다룬 적이 있소. 그쪽에서는 나를 잘 알고 있지. 그래서 내각을 조직하고 있는 그곳 정부의 특사가 찾아와 반은 비밀리에, 반은 소비에트정부가 묵인하는 가운데 나에게 극동 정부의 법무 장관 자리를 제안했소. 나는 그것을 승낙하고 지금 그곳으로 가는 중이오. 방금 말한 것처럼 이것은 소비에트정권의 묵인 아래 진행되고 있지만, 그다지 공공연한 일은 아니라 이 일에 대해서 이러니저러니 떠들어선 안 됩니다.

나는 당신과 라리사 표도로브나를 데려갈 수 있어요. 거기서라면 당신은 바다를 건너 손쉽게 가족에게 갈 수 있을 겁니다. 물론 그들이 추방당한 건 이미 알고 있겠죠. 떠들썩한 사건이었으니까. 지금도 모스크바 전체가 그 이야기를 하고 있을 만큼. 라리사 표도로브나에게는 파벨 파블로비치를 위험에서 구해주겠다고 이미 약속했소. 독립된 합법적인 정부의 일원으로서 나는 동시베리아에서 스트렐니코프를 찾아내 우리 자치령으로 넘어오도록 원조할 생각이오. 만일 그가 도망쳐 나오지 못할 때는, 내가 동맹군이 억류하고 있는 자들 가운데서 모스크바 중앙정부에 필요한 인물과 교환할 것을 제의할 생각이오."

라리사 표도로브나는 이야기를 거의 따라가지 못하고, 의미도 잘 이해하지 못했다. 그러나 코마롭스키가 마지막에 닥터와 스트렐니코프의 안전에 대해 언급하자, 무심하고 방관하는 듯하던 침묵을 깨고 귀를 세우고 얼굴을 살짝 붉히며 끼어들었다.

"유로치카, 이 계획이 당신이나 파샤에게 얼마나 중요한지 이해하겠죠?"

"당신은 너무 쉽게 사람을 믿으려 들어. 이제 겨우 계획에 불과한 것을 실현된 것처럼 받아들여서는 안 돼. 빅토르 이폴리토비치가 의도적으로 우리를 속이려 한다는 건 아니지만, 그래도 이것은 아직 완전히 공중누각이야! 그런데 빅토르 이폴리토비치, 나도 몇 마디 하겠습니다. 내 운명을 걱정해주는 건 고맙지만, 설마 내가 내 운명을 당신에게 맡길 거라 생각하는 건 아니겠죠? 스트렐니코프에 대해 당신이 염려해주는 것에 대해서는 라라가 생각해야 할 일입니다."

"대체 문제가 뭔데요? 우리가 이 사람 제안대로 함께 가느냐, 가지 않느냐의 문제일 뿐이에요. 당신을 떼어놓고 나 혼자 가지 않을 거란 걸 잘 알잖아요."

코마롭스키는 유리 안드레예비치가 진료소에서 가져와 식탁에 내놓은 희석한 알코올에 자주 손을 내밀고 감자를 먹으면서 취해갔다.

2

늦은 시각이었다. 이따금 타버린 심지 끝이 끊어지며 불꽃이 파직거리며 타올라 방안을 밝게 비췄다. 이윽고 모든 것은 다시 어둠에 잠겼다. 주인들은 졸음이 쏟아졌지만, 단둘이 해야 할 이야기가 있었다. 그러나 코마롭스키는 돌아가려고 하지 않았다. 그가 여기 있다는 것만으로도 육중한 떡갈나무 식기장이나 창밖의 얼어붙은 12월의 어둠처럼 방안을 답답하게 압박하는 느낌이 들었다.

코마롭스키는 두 사람 쪽이 아니라 그들의 머리 너머 어느 한 점을 술에 취해 둥그렇게 뜬 눈으로 응시하며 졸린 듯 혀 꼬부라진 소리로 똑같은 말을 지루하게 끝도 없이 늘어놓았다. 그는 극동이라는 말을 계속 입에 올렸다. 그 이야기를 장황하게 반복하며 몽골의 정치적 중요성에 대한 자기 의견을 라라와 닥터에게 피력했다.

유리 안드레예비치와 라리사 표도로브나는 어쩌다가 이야기가 몽골 쪽으로 새버렸는지 알 수 없었다. 그 이야기로 어떻게 옮겨갔는지 못 듣고 놓쳤기 때문에 상관없는 그 주제가 한결 더 지루할 뿐이었다.

코마롭스키가 말했다.

"시베리아는 무한한 부의 가능성을 안고 있는, 말하자면 새로운 아메리카 대륙과 마찬가지요. 위대한 러시아 미래의 요람이자, 우리의 민주화와 번영과 정치적 건전화의 보장이지. 그러나 그보다도 더 매력적인 가능성을 안고 있는 것이 몽골, 우리 위대한 극동의 이웃인 외몽골*의 미래요. 그것에 대해 뭐 아는 것이 있소? 당신들은 이런 이야기에 귀를 기울이지 않고 하품하고 눈만 깜박거리는 것이 부끄럽지도 않은 모양이지만, 그곳은 150만 제곱베르스타의 광대한 면적에 무한한 지하자원이 있는 선사시대의 미개척지이자, 중국이고 일본이고 미국이고 할 것 없이 모두가 손을 뻗치려고 호시탐탐 노리는 곳이오. 물론 그럴 경우 우리 러시아의 권익은 손실을 입겠지. 그러나 이 지구의 머나먼 변방에서 세력권을 어떻게 분할하든 러시아의 권익은 모든 당사국이 인정하고 있는 것이오.

중국은 몽골의 봉건적 신권정치의 후진성을 이용해 이득을 취하려는 몽골 라마교 승려와 귀족들에게 영향력을 행사하고 있소. 일본은 그곳 농노제 지지자들인 왕족―몽골어로 호―을 발판으로 삼고 있고. 적색 공산주의 러시아는 함질스, 다시 말해 몽골의 반란 유목민연합과

---

* 몽골 영토 가운데 고비사막 이북을 가리킴. 현재는 몽골공화국과 러시아의 투바공화국으로 분리되었다.

동맹을 맺고 있소. 나는 자유선거를 통해 선출된 쿠릴타이*가 통치하는, 진정으로 번영하는 몽골을 보고 싶소. 개인적으로 우리는 이런 점에 끌리는 겁니다. 몽골 국경에 한걸음만 발을 들여놓으면 세계는 당신들 것이 되고, 당신들은 새처럼 자유로워질 거라는 것."

라리사 표도로브나는 자신들과 아무 관계도 없는 화제를 넌더리가 날 만큼 장황하게 늘어놓는 그에게 끝내 화가 나고 말았다. 참을 수 없을 만큼 이어진 지루함에 지친 그녀는 마침내 결연히 코마롭스키에게 손을 내밀고, 불쾌한 기분을 노골적으로 드러내며 적의를 띠고 작별인사를 했다.

"너무 늦었어요. 이제 돌아가주세요. 나는 자야겠어요."

"날 이렇게 냉대하지 말아줘, 설마 이런 시간에 바깥으로 내쫓으려는 건 아니겠지. 이 밤중에 불빛도 없는 낯선 도시에서 길을 찾을 수 있을지 자신이 없단 말이야."

"좀더 일찍 그 점을 생각하고 이렇게 지체하지 말았어야죠. 당신을 붙잡은 사람이 있었던 것도 아닌데."

"오, 왜 그렇게까지 매정하게 말하지? 숙소를 어떻게 정했느냐 하는 것쯤은 물어볼 만도 한데."

"전혀 관심 없어요. 이런 말에 모욕을 느낄 사람도 아니잖아요. 설사 당신이 여기 묵고 싶다고 하더라도 나는 당신을 나와 카텐카가 자는 방에 들일 수 없어요. 다른 방은 쥐가 있어서 안 되고요."

"나는 쥐 따위는 두렵지 않아."

---

* 중세에서 근세까지의 몽골 최고정치회의.

14장 다시 바리키노에서 279

"그럼, 알아서 해요."

3

"무슨 일 있어, 나의 천사? 벌써 며칠째 한잠도 못 자고 음식에도 전혀 손대지 않고 실성한 것처럼 온종일 돌아다니고만 있잖아. 당신은 줄곧 생각에만, 생각에만 빠져 있어. 뭘 그렇게 걱정하지? 그렇게 불안해할 거 없어."

"병원에서 수위 이조트가 또 왔었어요. 이 집 세탁부와 그렇고 그런 사이거든요. 그래서 여기도 잠깐 들러 나를 위로해줬어요. 그 사람이 무서운 비밀을 가르쳐준다면서 말했어요. 당신은 감옥을 피할 수 없다고요. 오늘 내일이라도 당장 끌려갈지 모른다고요. 그리고 그다음이 가엾게도 내 차례라고. 어디서 들었지, 이조트? 하고 물었더니, 틀림없는 데서 들었으니 믿을 만하다고 하더군요. 폴칸*에서 나온 이야기라면서요. 폴칸은 당신도 짐작하겠지만, 이스폴콤**을 비꼰 말이에요."

라리사 표도로브나와 닥터는 크게 웃었다.

"그 사람 말이 옳아. 드디어 위험이 문 앞까지 왔나보군. 당장이라도 사라져야겠어. 문제는 어디로 갈 것인가 하는 것뿐이지. 모스크바로 달아나는 건 생각할 것도 없어. 그러자면 출발 준비가 너무 복잡해서 금방 눈치챌 테니까. 아무튼 아무도 모르게 비밀리에 해야 해. 이건 어

---

* 러시아 전설에 나오는 반인반견의 괴물.

** 인민위원회.

때요, 나의 기쁨? 당신 생각대로 하면 어떨까 하는데. 얼마 동안은 땅속에 숨어 있어야 할 것 같은데 기왕이면 바리키노가 좋겠어. 보름이나 한 달쯤 거기 가 있도록 하지."

"고마워요, 정말 고마워요. 아, 정말 기뻐요. 그런 결정을 내리기까지 분명 많이 힘들었을 거예요. 하지만 당신 집으로 가자는 건 아니에요. 거기서 산다는 건 당신에게는 생각도 할 수 없는 일일 테니까. 텅 빈 방을 보기만 해도 마음이 무겁고 여러 가지 생각이 교차하겠죠. 내가 모를 것 같아요? 그건 타인의 고통 위에 행복을 쌓는 짓이고, 당신 마음속의 소중하고 신성한 것을 짓밟는 짓이에요. 당신에게 그런 희생을 치르게 할 생각은 조금도 없어요. 게다가 문제는 그것뿐만이 아니에요. 당신 집은 망가질 대로 망가져서 살 수 있도록 손보는 건 거의 불가능한 상태예요. 나는 비어 있는 미쿨리친의 집을 생각하고 있어요."

"맞는 말이야. 배려해줘서 고맙군. 하지만 조금만 기다려. 줄곧 물어봐야겠다고 생각하면서도 잊곤 했어. 코마롭스키는 어디에 있지? 아직도 여기 있는 건가, 아니면 떠난 건가? 내가 그자와 다투다 계단에서 떠민 뒤로 아무 얘기도 듣지 못한 것 같은데."

"나도 전혀 몰라요. 알 게 뭐예요. 그 사람이 왜 궁금한데요?"

"그의 제안에 대해 나와 당신이 서로 다르게 대응했어야 하지 않았나 하는 생각이 자꾸 들어서. 우리의 처지가 서로 다르니까. 당신은 보살펴야 할 딸이 있어. 설사 당신이 나와 함께 파멸의 길을 가겠다고 해도 당신은 그래선 안 될 처지야.

그건 그렇고, 바리키노 이야기로 돌아가지. 물론 이런 한겨울에 식량도 없고 힘도 없고 희망도 없이 그런 황량한 벽지로 간다는 건 이만

저만 미친 짓이 아니지. 하지만 우리에게 그 미친 짓 외에 아무것도 남아 있지 않다면, 내 사랑, 우리 그 미친 짓이라도 해봅시다. 다시 한번 고개 숙이고. 안쬠에게 말을 빌리고. 그 사람이 거래하는 암상인에게 사정해서, 갚을 길은 조금도 없지만 그래도 밀가루와 감자를 신용으로 빌려달라고 하고. 우리에게 은혜를 베풀었다고 곧바로 바리키노로 말을 찾으러 오지는 말고, 꼭 말을 써야 할 일이 생겼을 때 찾으러 와달라고 하고. 잠시 우리끼리 살아봅시다. 갑시다, 내 사랑. 일주일 동안은 그 집에 있는 것들을 잘라 불을 때면서, 아껴 쓰면 일 년을 땔 수 있는 장작을 해놓는 거야.

또 버릇이 나와버렸군. 흥분해서 중언부언하는 걸 용서해줘. 이렇게 어리석은 감상 없이 당신과 이야기할 수 있다면 얼마나 좋을까! 하지만 실제로 우리에겐 이제 선택의 여지가 없어. 당신이 그것을 뭐라고 부르건 간에, 죽음은 우리의 문을 두드리고 있어. 우리에게 남은 시간은 불과 며칠. 그러니 그 시간을 우리 나름대로 누리자고. 인생과의 이별을 위해, 이별 전의 마지막 만남을 위해 그 시간을 유용하게 쓰는 거야. 우리에게 소중했던 모든 것에, 우리가 길들어왔던 관념에, 우리가 살기를 꿈꾸었고 양심이 우리에게 가르쳐준 모든 것에 작별을 고하고, 희망과도 헤어지는 거야. 우리 서로에게도 작별인사를 하고. 한번 더 아시아에 있는 대양의 이름처럼 위대하고 잔잔한 밤의 밀어를 나누면서. 나의 숨겨진 금단의 천사, 당신이 전쟁과 혁명의 하늘 아래 나와 함께 내 인생 최후에 서 있다는 것은 괜한 일이 아니야. 당신은 먼 옛날, 내 유년 시절의 평화로운 하늘 아래서, 지금과 마찬가지로 내 인생이 시작됐을 때 만난 사람이니까.

당신은 그날 밤 김나지움 졸업반 학생으로 커피색 교복을 입고 변두리 호텔방의 칸막이 뒤 어두컴컴한 곳에 앉아 있었지. 그때도 당신은 지금과 조금도 다르지 않았어, 입이 다물어지지 않을 만큼 예뻤어.

그뒤 나는 살아오면서, 그때 당신이 나의 내면에 불러일으켰던 매혹의 빛을, 나의 전 존재에 흘러들어와 당신 덕분에 이 세상의 다른 모든 것을 통찰할 수 있는 열쇠가 되었던 점차 흐려지는 빛과 사라져가는 소리를 정의하고 명명하려고 여러 차례 시도했었지.

교복을 입은 당신이 방 안쪽 어둠 속에서 그림자처럼 떠올랐을 때, 소년인 나는 당신에 대해 아무것도 모르면서도 당신에게 이끌리는 힘을 괴롭도록 느꼈고, 이 연약하고 야윈 소녀는 이 세상에서 생각할 수 있는 모든 여성적인 것으로 마치 전기처럼 가득 충전되어 있다고 확실히 깨달았어. 만일 이 소녀에게 가까이 다가가거나 손가락 하나라도 건드리는 날에는, 한순간 섬광이 방안을 대낮처럼 비추고 나는 그 자리에서 곧바로 감전되어 죽거나, 한평생 그 불꽃에 자석처럼 끌려가 그 무거운 짐과 슬픔으로 충전되리라는 것을 느꼈지. 눈물이 주체할 수 없이 흘렀고, 내 안의 모든 것이 빛을 번뜩이며 울고 있었어. 소년인 내가 못 견디게 가엾었고, 그 이상으로 소녀인 당신이 가엾었어. 나의 전 존재는 경악하면서, 만일 사랑하는 것과 여성의 자력을 흡수하는 것이 이렇게 괴로운 일이라면 여자가 되는 것, 자력이 된다는 것, 사랑을 일깨워주는 건 얼마나 더 괴로운 일일까 하고 스스로에게 물었지.

마침내 이 말을 하고 말았군. 미치광이 같다고 해도 상관없어. 나의 전부가 그랬으니까."

몸이 좋지 않은 라리사 표도로브나는 옷도 벗지 않고 침대 가장자리에 누워 있었다. 그녀는 웅크리고 누워 플라토크를 감싸고 있었다. 유리 안드레예비치는 그 옆의 의자에 앉아 이따금 긴 사이를 뒀다가 다시 조용조용 말을 이었다. 라리사 표도로브나는 팔꿈치를 짚고 몸을 일으켜 한 손에 턱을 괴고 입을 벌린 채 유리 안드레예비치의 얼굴을 쳐다보았다. 때로는 그의 어깨에 기대 눈물이 흐르는 것도 의식하지 못한 채 조용히 행복의 눈물을 흘렸다. 마침내 그녀는 침대 밖으로 몸을 내밀어 그를 끌어안고 기쁨에 차서 속삭였다.

"유로치카! 유로치카! 당신은 정말 총명해요! 당신은 모든 것을 알고, 모든 것을 꿰뚫어봐요. 유로치카, 당신은 나의 성채, 나의 피난처, 나의 확신이며, 이런 말을 해도 하느님은 나의 모독을 용서해주실 거예요. 오, 얼마나 행복한지 몰라요! 가요, 가요, 내 사랑. 그곳에 도착하면 내가 뭘 걱정하는지 당신에게 말할게요."

그는 그녀가, 어쩌면 아닐지도 모르지만, 자신이 임신했다는 사실을 암시하는 거라 생각하고 이렇게 말했다.

"알고 있어."

4

그들은 잿빛 겨울 아침에 도시를 떠났다. 평일이었다. 한길에는 사람들이 저마다의 일로 오가고 있었다. 아는 사람과 종종 마주쳤다. 바닥이 울퉁불퉁한 네거리의 낡은 급수장에서는 집에 우물이 없는 주부들이 물통과 멜대를 옆에 놓고 줄을 서서 차례를 기다리고 있었다. 닥

터는 삼데뱌토프에게 빌린 털이 굽슬굽슬하고 노르스름한 잿빛 뱟카
산産 말이 앞으로 내달리려는 것을 고삐로 제어하며, 무리 지어 있는
주부들을 조심스럽게 우회했다. 썰매는 조금만 빨리 몰아도 흘린 물이
얼어 뭉굿이 올라온 도로에서 인도로 미끄러져, 가로등이나 인도의 연
석에 가로대를 부딪혔다.

한길을 걸어가던 삼데뱌토프를 전속력으로 달려 따라붙었지만, 그
가 그들과 자기 말을 알아보았는지, 뒤쫓아오며 뭐라고 소리치지는 않
는지 뒤돌아 확인하지도 않고 그대로 지나쳤다. 다른 곳에서도 그렇게
코마롭스키를 앞질렀는데, 그가 아직 유랴틴에 있구나 하고 생각했을
뿐이었다.

글라피라 툰체바가 건너편 인도에서 큰 소리로 외쳤다.

"어제 떠났다고 하던데요. 사람들 얘기는 역시 믿을 수가 없단 말이
야. 감자 사러 가는 거예요?" 그리고 대답이 들리지 않는다는 듯이 한
손을 내젓더니, 잘 가라는 듯 뒤에서 손을 흔들었다.

시마를 만났을 때는 썰매를 세우려고 했는데, 말을 세우기가 불편한
장소라 힘이 들었다. 자꾸 내달리려는 말을 제어하기 위해 줄곧 고삐
를 세게 잡아당기고 있어야 했다. 두세 장의 플라토크로 몸 위에서 아
래까지 감싼 시마의 모습은 마치 통나무처럼 보였다. 무릎을 구부리지
않은 꼿꼿한 자세로 도로 한가운데 썰매까지 다가온 그녀는 작별인사
를 하며 여행길의 행운을 빌어주었다.

"당신이 돌아오면 할말이 있어요, 유리 안드레예비치."

드디어 시내를 빠져나왔다. 겨울에 이 길을 다닌 적이 없지는 않지
만, 유리 안드레예비치의 기억에는 여름 길만 남아 있었기 때문에 초

행길처럼 낯설었다.

식량이 담긴 자루와 그 밖의 짐은 썰매 앞부분 활목 끝 쪽에 놓고 건초를 쑤셔넣어 단단히 잡아매두었다. 유리 안드레예비치는 이 지방에서는 코숍카라 불리는 포셰브니* 밑바닥에 무릎을 구부리고 서거나 썰매 가장자리에 비스듬히 앉아 삼데뱌토프에게서 얻은 펠트 장화를 신은 두 발을 밖으로 늘어뜨린 채 말을 몰았다.

겨울이면 늘 그렇듯 한낮이 지나 해가 질 때까지 아직 멀었는데도 벌써 해가 기우는 느낌이 들자, 유리 안드레예비치는 조랑말에 사정없이 채찍질을 했다. 말은 쏜살같이 달렸다. 코숍카는 수레바퀴 자국이 깊게 팬 눈길을 보트처럼 떴다 가라앉았다 하며 달려갔다. 카탸와 라라는 슈바를 입어 몸놀림이 둔했다. 도로가 옆으로 기울거나 푹 꺼진 데서는 썰매 한 끝에서 다른 끝으로 굴러가 굼뜬 가마니처럼 건초 속에 처박히곤 했는데 두 사람은 외마디 소리를 지르고 배를 잡고 웃어댔다. 이따금 닥터는 일부러 한쪽 활목을 눈더미 위로 올려 썰매를 쓰러뜨려서 라라와 카탸를 눈 속으로 나가떨어지게 했다. 다칠 리 없고, 장난삼아 한 것이었다. 그러고는 말에게 몇 걸음 주르륵 끌려갔다가 말을 멈춰 세운 뒤 썰매를 바로세웠다. 그러면 눈을 털고 썰매에 다시 올라탄 라라와 카탸는 웃다가 화를 냈다가 하며 눈을 흘겼다.

"내가 파르티잔에게 붙잡혔던 곳을 가르쳐줄게." 시내에서 꽤 떨어진 곳에서 닥터는 두 사람에게 이렇게 약속했지만, 겨울의 벌거벗은 숲, 죽음 같은 정적, 게다가 아무것도 없는 곳으로 바뀐 지형을 식별하

* 폭이 넓고 낮은 썰매.

지 못해 약속을 지킬 수 없었다. "여기다!" 하고 그는 소리쳤지만, 눈밭에 서 있는 모로와 베트친킨의 첫번째 광고탑을 파르티잔에게 붙잡혔던 숲속의 두번째 광고탑으로 잘못 본 것이었다. 그 광고탑은 사크마 분기점이 있는 숲의 같은 장소에 그대로 있었지만, 막상 그 옆을 지날 때는 눈을 어른거리게 하는 짙은 서리가 격자무늬처럼 검은빛과 은빛으로 숲을 정교하게 뒤덮고 있어 보지 못했다. 결국 광고탑을 지나쳤다.

날듯이 달려 해가 지기 전에 바리키노에 들어간 그들은 미쿨리친의 집으로 가는 길목의 첫번째 집인, 전에 지바고 가족이 살던 집에서 썰매를 세웠다. 그들은 약탈자들처럼 우르르 집안으로 뛰어들어갔고, 곧 어두워질 시간이었다. 집안은 벌써 컴컴했다. 서둘러야 했기 때문에, 유리 안드레예비치는 망가질 대로 망가지고 지저분해진 집안 꼴을 반도 살펴보지 못했다. 눈에 익은 가구의 일부는 아직 온전했다. 바리키노는 버려진 상태였고, 이미 시작된 파괴를 끝까지 밀어붙일 사람은 남아 있지 않았다. 가족의 물건은 하나도 눈에 띄지 않았다. 그러나 가족이 떠날 때 그는 여기에 없었기 때문에 그들이 무엇을 가져가고 무엇을 놓고 갔는지 알 리 없었다. 옆에서 라라가 말했다.

"서둘러야 해요. 곧 밤이에요. 생각에 빠질 때가 아니라고요. 만일 여기서 살 거라면 말은 광에, 식량은 현관에, 우리는 이 방에 자리를 잡아야겠죠. 하지만 나는 반대예요. 우리는 그것에 대해 충분히 이야기했어요. 당신 마음만 무거워질 뿐이고, 그러면 내 마음도 그럴 거예요. 여긴, 당신들 침실이었나요? 아니, 아이 방이군요. 당신 아들의 침대가 있어요. 카탸에게는 작겠어요. 그래도 창문은 멀쩡하고 벽과 천장에 금이 가지도 않았군요. 게다가 이 멀쩡한 난로. 지난번에 왔을 때 나는 이 난로에 감탄했었죠. 만일 당신이 꼭 여기 있겠다고 한다면, 나는 반대지만, 그래도 외투를 벗고 당장 일을 시작할게요. 먼저 난로에 불부터 지펴야겠죠. 불을 때고, 때고, 계속 땔 거예요. 첫날은 밤낮으로 불을 꺼뜨리지 말고 때야 해요. 그런데 왜 그래요, 내 사랑? 왜 아무 말이 없어요."

"잠시만. 아니 아무것도 아니야. 정말 미안하오. 그래, 미쿨리친의 집으로 가는 게 낫겠군."

그들은 다시 썰매를 몰았다.

5

미쿨리친의 집 문에는 빗장에 자물쇠가 잠겨 있었다. 유리 안드레예비치는 오랫동안 씨름한 끝에 나사못에 붙어 함께 떨어져나온 판자째로 자물쇠를 잡아뗐다. 아까와 마찬가지로 이번에도 서둘러 집안으로 뛰어들어가, 슈바도 모자도 벗지 않고 펠트 장화를 신은 채 안쪽으로 들어갔다.

곧바로 눈에 띈 것은 집안 구석구석에 놓인 물건들이 아주 잘 정리되어 있는 모습이었는데, 이를테면 아베르키 스테파노비치의 서재가 그랬다. 최근까지 누군가가 살고 있었던 것 같았다. 하지만 대체 누구일까? 만일 주인 부부이거나 그중 한 사람이라면 지금은 어디로 몸을 숨겨버린 걸까. 그리고 왜 현관문에 홈을 파서 끼우는 자물쇠가 아니라 자물통을 채워놓았을까? 또 만약 주인 부부가 여기서 오랫동안 살고 있었다면, 왜 집안이 모두 치워져 있지 않고 일부만 치워져 있는 걸까, 이 침입자들은 아무리 생각해도 그들이 미쿨리친 부부가 아닌 것 같았다. 그렇다면 대체 누구일까? 닥터와 라라는 이 알 수 없는 일에 불안을 느끼지는 않았다. 고민하지도 않았다. 그즈음 가재도구를 거의 털린 빈집이 적지 않았잖은가? 쫓기며 숨어 지내는 사람도 적지 않았잖은가? "수배를 받고 있는 백군 장교일 수도 있어." 두 사람은 입을 모아 그렇게 결론을 내렸다. "돌아오면, 말하고, 함께 지내는 거야."

전에도 그랬듯이 유리 안드레예비치는 이번에도 서재의 문지방 위에 못박힌 것처럼 서서, 넓은 내부에 놀라고 창가에 놓인 크고 훌륭한 책상에도 놀랐다. 그리고 이번에도 역시 이렇게 안정되고 쾌적한 환경에서라면 긴 호흡으로 뭔가 결실을 맺는 일을 하고 싶어질 것 같다고 생각했다.

미쿨리친의 집 정원의 부속건물에는 광 바로 옆에 마구간이 있었다. 그러나 마구간은 잠겨 있어 유리 안드레예비치는 그 안이 어떤지 알 수 없었다. 시간 여유가 없었기 때문에 이날 밤은 자물쇠가 걸려 있지 않은 광에 말을 두기로 했다. 그는 조랑말을 썰매에서 풀어, 땀이 식자 우물에서 길어온 물을 먹였다. 유리 안드레예비치는 썰매 바닥에 깔았던 건초를 말에게 줄 작정이었으나, 오는 동안 짓밟혀 가루처럼 되어버렸기 때문에 사료로는 쓸 수 없었다. 다행히 광과 마구간 상부에 있는 널찍한 건초장 벽의 모서리 네 곳에 충분한 양의 건초가 있었다.

그날 밤에는 옷도 벗지 않고 슈바를 입은 채, 온종일 뛰어놀다 지친 아이들처럼 행복한 기분으로 달콤하고 깊은 잠에 빠졌다.

6

잠을 깬 유리 안드레예비치는 창가에 놓인 매혹적인 책상을 아침 일찍부터 넋을 잃고 바라보았다. 뭔가를 쓰고 싶어 손이 근질근질했다. 그러나 라라와 카텐카가 잠자리에 들 때까지 그 즐거움은 미루기로 했다. 방은 두 개뿐이지만, 치우자니 일이 많았다.

그는 밤에 할 일을 기대하고 있었지만, 특별한 목표를 세우지는 않았다. 그저 펜을 들고 뭔가를 쓰고 싶은 열정에 사로잡힌 것뿐이었다.

그는 그저 뭔가를 끄적거리고 싶었다. 처음에는 아직 메모해두지 않은 오래전 일을 생각나는 대로 적어보면서 너무 오랫동안 쓰지 않아 어느 틈에 잠들어버린 능력을 흔들어 깨우는 것으로 만족할 생각이었다. 그러는 동안 라라와 그가 이곳에 조금이라도 더 머무를 수 있게 되고 뭔가 새로운 의의가 있는 일을 시작할 수 있는 시간 여유가 생기기를 바랐다.

"당신 바빠요? 뭐해요?"

"불을 때고 있는데. 왜?"

"빨래통이 있어야겠어요."

"이렇게 때다가는 사흘도 못 가서 장작이 바닥나겠는걸. 이전의 우리집 헛간에 다녀와야겠어. 어때, 아직도 남아 있을까? 제법 남아 있으면 몇 번 오가며 날라 와야겠지. 그것이 내일 할 일이야. 빨래통이 필요하다고 했지. 분명 어디서 봤는데, 그게 어디였는지 얼른 생각나질 않는군."

"나도 그래요. 어디서 봤는데 생각나질 않아요. 분명 엉뚱한 곳에 있었기 때문에 보고도 잊어버린 걸 거예요. 하는 수 없죠. 어떻게 되겠죠. 아무튼, 청소할 물을 많이 데워놓았어요. 그 물이 남으면 나와 카탸 것을 빨려고 해요. 당신 것도 더러워진 거 있으면 전부 내놔요. 청소가 끝나고 그럭저럭 준비가 되면, 저녁에 자기 전에 모두 목욕을 해요."

"얼른 속옷을 가져오지. 고마워. 찬장과 무거운 건 당신 말대로 모두 벽에서 떼어놓았어."

"잘했어요. 그럼 빨래통 대신 설거지통으로 빨아볼게요. 그런데 기름이 아주 끈적거려요. 먼저 벽에서 이 기름부터 씻어내야겠어요."

"난로가 데워지면 뚜껑을 덮고 다시 서랍을 정리해야겠어. 책상이건 장롱이건 서랍을 열 때마다 온갖 새로운 것들이 나오는걸. 비누며 성냥이며 연필이며 종이며 문방구며. 바로 보이는 데 뜻밖의 것이 놓여 있고 말이야. 탁상 램프에 등유가 가득 들어 있기도 하고. 이건 미쿨리친의 것이 아닌데, 내가 알지. 이건 어딘가 딴 데서 가져온 거야."

"멋진 선물이에요! 그건 모두 수수께끼의 세입자가 둔 선물일 거예요. 마치 쥘 베른의 세계 같은데요. 어머나, 무슨 일이람! 또 쓸데없이 수다를 떠는 동안 물이 끓고 있었네."

두 사람은 바쁘게 서두르며 양손에 이것저것을 들고 이 방 저 방으로 뛰어다니다 몇 번 서로 부딪치기도 하고, 길을 가로막고 나타나 다리 밑에서 맴도는 카텐카와 부딪치기도 했다. 아이는 방안 구석구석을 왔다갔다하면서 청소를 훼방 놓고, 꾸지람을 들으면 토라지고, 몸이 얼어버린 것처럼 춥다고 칭얼거리기도 했다.

'지금의 아이들은 불쌍해, 우리의 집시 같은 생활의 희생자, 우리의 방랑생활에도 불평하지 않는 참가자.' 닥터는 마음속으로는 이렇게 생각하면서 아이에게 말했다.

"그래, 미안하다, 얘야. 그런데 그렇게 추울 리가 없어. 거짓말에 생떼야. 이렇게 난로가 뜨겁게 타잖니."

"난로는 뜨거워도 나는 춥단 말이에요."

"그럼 저녁까지만 좀 참으렴, 카튜샤*. 내가 불을 활활 지펴줄 테니까. 그리고 엄마가 널 뜨거운 물로 씻어준다는 얘기 들었지? 지금은 이걸 가지고 놀아라." 그는 리베리의 싸늘한 광을 뒤져 크고 작은 블록, 기차, 증기기관차, 주사위놀이나 은행놀이를 하는 데 쓰는, 바둑무늬 칸에 갖가지 색이 칠해져 있고 숫자가 적힌 두꺼운 판지 같은 오래된 장난감들을 모조리 꺼내와 마룻바닥에 쏟아놓았는데, 어떤 것은 온전하고 어떤 것은 망가져 있었다.

"아, 이게 다 뭐예요, 유리 안드레예비치?" 카텐카는 어른 같은 말투로 항의했다. "다 아니에요. 이건 어린애들이나 갖고 노는 거라고요. 나는 컸단 말이에요."

그러나 이내 카텐카는 양탄자 한가운데 편안히 자리잡고 앉더니 장난감들을 건축 재료처럼 사용해서 자신이 가져온 인형 닌카의 집을 지었고, 그 집은 지금까지 카텐카가 끌려다니는 동안 쉴새없이 바뀌었던 일시적인 집보다 훨씬 더 집 같고, 안정감을 주었다.

"가정에 대한 저 본능 좀 봐요. 그 어떤 것도 무너뜨릴 수 없는 둥지와 질서에 대한 갈망이에요!" 부엌에서 딸아이의 소꿉장난을 보며 라리사 표도로브나가 말했다. "아이들이란 거리낄 것이 없고 정직해서

---

* 카텐카의 애칭.

진실을 두려워하지 않아요. 하지만 우리는 시대에 뒤떨어지는 게 두려워 우리에게 가장 소중한 것을 배반하고, 싫으면서도 찬양하고, 이해하지도 못하는 것에 동의해요."

"빨래통을 찾았어." 닥터가 어두운 복도에서 그것을 들고 나오며 말했다. "정말 엉뚱한 데 있더군. 빗물이 새는 천장 아래 마루에, 지난가을부터 내내 거기 있었던 것 같아."

7

시내에서 가져온 식량으로 사흘은 충분히 먹을 수 있는 음식을 장만해놓은 라리사 표도로브나는 감자 수프와 구운 양고기에 감자를 곁들여 지금껏 보지 못한 진수성찬을 차렸다. 카텐카는 왕성한 식욕을 보이며 양껏 먹어대고 깔깔거리며 까불더니, 이윽고 배도 부른데다 몸이 따뜻해지자 소파 위에서 엄마의 숄을 덮고 잠이 들었다.

라리사 표도로브나는 막 식사 준비를 끝낸 참이라 지치고 땀에 젖어 딸만큼 졸렸으나 요리를 멋지게 해낸 데 흡족해하며 설거지를 미루고 앉아서 잠시 휴식을 취했다. 아이가 잠든 것을 확인한 그녀는 손으로 턱을 괴고 식탁 위로 몸을 내밀며 말했다.

"나는 이 생활이 헛되지 않고 어떤 목적에 도움이 된다면 어떤 수고도 아끼지 않을 거고 힘든 일을 해도 행복할 거예요. 우리가 여기 있는 것이 당신과 함께 있기 위해서라는 걸 나에게 끊임없이 상기시켜줘요. 내가 계속 기운을 낼 수 있고 아무 생각도 하지 못하게 틈을 주지 말아요. 엄밀히 말하면 이런 이유 때문이죠, 상황을 냉정한 눈으로 봐요, 우리가 지금 무슨 일을 하고 있고, 이 모든 게 다 뭐죠? 우리는 남의 집에 쳐들어와 마치 제 집인 양 떡하니 자리를 차지하고는, 이게 인생이 아니라 연극이고 진짜가 아니라 아이들 말마따나 '그런 척'을 하는 우스꽝스럽기 짝이 없는 인형놀이에 지나지 않는다는 걸 모른 척하기 위해 우리 스스로를 채찍질하고 있어요."

"하지만, 나의 천사, 이곳에 오자고 주장한 사람은 당신이잖아. 내가 오랫동안 반대하고 동의하지 않았다는 걸 당신도 기억할 텐데."

"맞아요. 그걸 부인하진 않아요. 그러니까 잘못한 건 나예요. 당신이라면 다시 생각하고 망설이는 것이 당연하지만, 나는 모든 것이 일관적이고 논리적이어야 하니까요! 우리가 어제 당신의 예전 집에 들어갔을 때, 당신은 아들의 침대를 보고 정신이 아찔할 만큼 고통스러워했어요. 당신에게는 권리가 있지만, 나에게는 그게 허락되지 않아요, 카텐카에 대한 걱정도, 미래에 대한 생각도, 당신에 대한 사랑 앞에서 버려야 한다고요."

"라루샤*, 나의 천사, 정신을 차려요. 생각을 고쳐먹고 결심을 바꾸는 건 지금도 늦지 않았어. 나는 처음부터 코마롭스키의 계획을 좀더 진지하게 고민해야 한다고 조언했어. 우리에게는 말이 있어. 당신이 원한다면, 내일 당장 유랴틴으로 돌아가지. 코마롭스키는 아직 거기 있고, 돌아가지 않았을 거야. 썰매에서 거리를 걸어가고 있던 그 사람을 봤고, 그는 우리를 못 본 것 같았으니까. 분명 그를 찾을 수 있을 거야."

---

* 라리사의 애칭.

"나는 아직 제대로 몇 마디도 하지 않았는데 당신은 불만이라는 듯이 말하는군요. 하지만 말해봐요, 내가 잘못한 건가요? 운에 맡기고 아무데나 몸을 숨길 거였으면, 유랴틴에서도 할 수 있었어요. 만약 우리가 정말로 목숨을 구할 생각이었다면, 분명 그럴 수 있었어요. 구역질 나는 인간이긴 하지만 세상 물정에 밝고 실무적인 그 사람이 궁리하고 제안한 계획이 있었으니까요. 어쨌든 우리는 여기 왔고, 여기는 다른 어떤 곳보다도 우리에게 위험해요! 눈보라가 휘몰아치는 끝없는 평원이에요. 그리고 여기엔 우리뿐이라고요. 밤중에 눈에 파묻히게 되면 아침에 기어나갈 수도 없을 거예요. 정체 모를 은인이 나타났는데, 그가 사실은 강도이고 우리를 찔러 죽일 수도 있어요. 하다못해 당신에게 총이라도 있어요? 아니잖아요. 나는 당신의 그 태연함이 놀라울 뿐이고, 그것이 나까지 물들이고 있어요. 그래서 제대로 생각을 할 수가 없다고요."

"그렇다면 당신은 어떻게 하고 싶은 거지? 나보고 뭘 어떻게 하라는 거요?"

"뭐라고 대답해야 할지 모르겠어요. 계속해서 날 지배해줘요. 내가 당신을 맹목적으로 사랑하는 당신의 것이고, 불평할 줄 모르는 노예라고 계속 상기시켜줘요. 오, 그래요, 말할게요. 우리 가족들은, 당신 가족도 나의 가족도, 우리보다는 처지가 천 배는 나아요. 하지만 그게 우리와 무슨 상관이죠? 중요한 건 사랑의 선물도 다른 선물과 같다는 거예요. 그 선물이 아무리 크다 해도 축복이 없다면 드러나지 않아요. 당신과 나는 하늘나라에서 입맞춤하는 것을 배우고, 그 능력을 시험하기 위해 아이가 되어 함께 이 세상에 보내진 것 같아요. 그것은 표리도 없고, 높고 낮음도 없고, 모든 존재가 평등하고, 모든 것이 기쁨을 가져다주며, 모든 것이 영혼이 되는 하나의 완전한 결합의 왕관이에요. 그러나 야성적이고 매 순간 복병이 기다리고 있는 이 사랑의 부드러움에는 뭔가 아이처럼 길들여지지 않은 금지된 것이 있어요. 그것은 독단적이고 파멸적인 자연의 힘 같은 것이고, 가정의 평화에 적의를 품어요. 나의 의무는 그것을 두려워하고 믿지 않는 거고요."

그녀는 두 팔로 그의 목을 껴안고 눈물을 애써 참으며 말을 마쳤다.

"우리는 서로 입장이 달라요. 당신에게는 구름 위로도 날 수 있는 날개가 주어져 있지만, 여자인 나는 지면에 붙어 날면서 어린 것을 감싸줄 날개가 있을 뿐이에요."

그녀의 한마디 한마디가 깊은 감동을 주었지만, 그는 감정에 빠지지 않으려고 내색하지 않았다. 그는 자신을 억누르며 말했다.

"그래, 지금 우리가 하는 떠돌이 생활은 거짓되고 긴장되어 있어. 당신 말이 백 번 옳아. 하지만 이런 생활을 생각해낸 건 우리가 아니야. 이렇게 몸부림치며 떠돌아다니는 건 모두에게 일어나고 있는 일이고, 이 시대의 정신이지.

나도 온종일 이 문제에 대해 생각해봤어. 나는 여기서 조금이라도 더 오래 머물기 위해 최선을 다할 생각이야. 나는 이루 말할 수 없을 만큼 다시 일을 하고 싶어. 농사를 짓고 싶단 뜻은 아니야. 그건 전에 우리가, 우리 가족이 했던 일이고 또 성공도 했었지. 하지만 또다시 그렇게 일할 기력은 없어. 나는 다른 일을 생각하고 있어.

생활이 모든 측면에서 점차 질서를 찾아가고 있어. 아마도 언젠가는 책도 다시 출판되겠지.

그래서 생각해봤어. 삼데뱌토프와 계약해서, 물론 그에게 유리한 조건으로, 내가 여기 머무는 동안 시집 같은 문학책이나 의학 교과서 따위를 쓴다는 조건으로 지원을 받아 여기서 반년쯤 머무를 수 있지 않을까 하고. 아니면 세계적으로 유명한 작품을 번역할 수도 있겠지. 나는 언어에 자신이 있고, 얼마 전에 광고를 보니까 페테르부르크에 번역물만 전문으로 하는 대형 출판사가 있더군. 그런 일을 하면 분명 돈을 벌 수 있을 거야. 그런 일을 하게 된다면 정말 좋을 텐데."

"반가운 소리예요, 나도 같은 생각이었으니까. 나도 오늘 그런 생각을 했거든요. 하지만 나는 우리가 여기 계속 있게 되리라곤 믿지 않아요. 오히려 머지않아 더 먼 어딘가로 휩쓸려갈 것 같아요. 하지만 여기서 머무는 동안만이라도 당신한테 부탁하고 싶은 게 있어요. 앞으로 며칠이 될지 모르지만 저녁에는 나를 위해 하루 몇 시간만이라도 할애해, 전에 종종 들려주곤 했던 시를 모두 적어둬요. 반은 잊어버리고 반은 적어두지 않았잖아요, 당신이 그걸 전부 잊어버릴까봐 걱정이 된다고요. 전에도 가끔 그랬다고 했잖아요."

8

날이 저물자 그들은 빨래를 하고 남은 더운물을 맘껏 쓰며 목욕을 했다. 라라는 카텐카를 씻어주었다. 날아갈 듯한 개운함을 느끼며 유리 안드레예비치는 창가의 책상 앞에 앉았고, 그가 등지고 있는 방에서는 라라가 목욕가운을 입고 머리에 수건을 터번처럼 말아올린 채 향굿한 냄새를 풍기며 카텐카의 잠자리를 봐주고 자신도 잠자리에 들 준비를 하고 있었다. 유리 안드레예비치는 집필에 집중할 힘이 차오르길 기대하며, 주위에서 일어나는 일 하나하나에 주의를 기울이고 행복한 마음으로 그것들을 받아들이고 있었다.

줄곧 잠든 척하고 있던 라라가 마침내 잠이 든 것은 새벽 한시였다. 그녀와 카텐카가 입은 속옷과 방금 새로 깐 침대 시트는 레이스가 달려 있고 청결하게 다림질되어 반짝거렸다. 그런 시절이었지만 라라는 어떻게든 풀 먹이는 일을 게을리하지 않았다.

유리 안드레예비치는 행복감에 차올라, 생명의 숨결을 내뿜는 정적 속에 있었다. 램프 불빛은 새하얀 종이 위에 노란 빛을 뿌리고, 잉크병에 든 잉크 표면에서 황금빛으로 반짝였다. 창밖으로 차가운 겨울밤이 푸르스름하게 보였다. 유리 안드레예비치는 그 풍경을 좀더 잘 보려고 차갑고 어두운 옆방으로 가 창밖을 내다보았다. 온통 눈으로 뒤덮인 설원에 비치는 보름달 달빛은 마치 달걀흰자나 흰색 페인트처럼 끈적끈적하게 만져질 것 같았다. 새하얀 밤의 장관은 이루 형언할 수 없었다. 닥터의 마음은 평화로웠다. 그는 따뜻하고 환한 방으로 돌아가 펜을 들었다.

그는 글씨에 영혼이 들어가지 않아 개성을 잃어버리는 일이 없도록, 글씨가 손의 생생한 움직임을 잘 전달할 수 있도록 신경쓰면서 자간을 넓게 잡고, 자신이 가장 잘 기억하고 그의 마음속에서 점차 완성도를 갖춰가던 「크리스마스의 별」「겨울밤」 같은 시를, 그리고 그것과 비슷하지만 만들었다가 잊어버리고 내버려둔 채 다시 발견하지 못했던 시들을 하나씩 써내려갔다.

그러고 나서 예전에 시작했으나 미완의 상태로 두었던 것들로 옮겨 갔고, 그 속에 푹 빠져서는 당장 끝까지 쓴다는 생각은 없었으나 빠르게 그 뒤를 써내려갔다. 그러는 동안 흥이 나고 도취 상태에 빠져 그는 새로운 시로 옮아갔다.

문득 떠오른 몇 가지 비유와 쉽게 흘러나온 두세 연의 시구를 쓰고 나자, 이제는 그의 시가 그를 굴복시키며, 이른바 영감이라는 것이 다가오는 것이 느껴졌다. 그런 순간이면 창조를 지배하는 힘의 관계는 역전한다. 주도권을 쥐는 것은 인간도, 인간이 그 표현을 찾고 있는 영혼의 상태도 아니며, 표현하는 수단인 언어 그 자체가 된다. 아름다움과 의미를 담는 그릇이자 집인 언어 그 자체가 시인을 대신해 생각하고 말하기 시작하고, 언어는 외부에서 울리는 소리가 아니라 내적 흐름을 지닌 힘과 격렬함이라는 점에서 이내 음악으로 바뀐다. 그런 뒤 세찬 흐름으로 강바닥의 돌을 매끄럽게 갈고 닦으며 방앗간의 바퀴를 돌리는 거대한 물줄기처럼, 흐르는 언어 그 자체가 자신의 규칙의 힘에 따라 흘러가면서 운율과 리듬을, 그리고 더욱 중요한 수많은 형식과 구성을, 아직까지 알려지지 않고 확인되지도 명명되지도 않은 그것들을 창조해낸다.

그런 순간이면 유리 안드레예비치는 그 중요한 일이 자신이 아니라 자신보다 훨씬 높은 곳에 존재하는 힘에 의해 이루어진다고 느꼈는데, 그것은 우주의 생각과 포에지詩趣의 상태이고, 미래에 이룩될 일이며, 다음에 올 한걸음, 역사의 발전 속에서 나아가야 할 한걸음이었다. 그 자신은 일이 시작되는 데 필요한 계기이고 지점에 지나지 않는다고 느꼈다.

그 느낌은 잠시 그를 자책감과 자신에 대한 불만, 하찮은 존재라는 자의식에서 벗어나게 해주었다. 그는 고개를 들고 주위를 둘러보았다.

그는 눈처럼 하얀 베개에 잠들어 있는 라라와 카텐카의 얼굴을 보았다. 그들의 순결한 얼굴, 순결한 속옷, 순결한 방, 밤과 눈과 별과 달의 순결함이 의미의 물결이 되어 닥터의 가슴속으로 밀려들어왔고, 그는 환희에 찬 존재의 순결함에 기뻐하며 감동의 눈물을 흘렸다.

"주여! 주여!" 그는 소리 내어 속삭였다. "이 모든 것이 저에게 주어진 것입니까? 어찌하여 이토록 많은 것을 주십니까? 어찌하여 당신은 당신이 임하시는 곳에 저를 허락하시고, 더없이 소중한 당신의 대지로 들여, 이 별들 아래, 이 무모하고 불운하고 불평 없는 이 대지의 발아래에 있도록 허락하십니까?"

유리 안드레예비치는 새벽 세시에야 책상과 종이에서 눈을 들었다. 몸과 마음이 몰입된 절대적인 집중 상태에서 행복하고 강하고 평화로운 상태로 현실로 돌아왔다. 창밖으로 멀리 뻗은 탁 트인 공간의 정적 속에서 갑자기 흐느끼는 듯한 구슬픈 소리가 들려왔다.

그는 창밖을 내다보려고 불 꺼진 옆방으로 들어갔으나 유리창에는 그가 일을 하는 사이에 성에가 가득 껴 아무것도 보이지 않았다. 유리 안드레예비치는 틈새로 들어오는 바람을 막으려고 현관문 밑에 둘둘 말아놓은 양탄자를 옆으로 치우고 어깨에 슈바를 걸치고 밖으로 나갔다.

그림자 한 점 없이 온통 새하얀 눈밭에 달빛이 눈부시게 비치고 있었다. 처음에는 눈이 부셔 아무것도 볼 수 없었다. 곧 목소리를 죽여 흐느끼는 듯한 울부짖는 소리가 들리다 다시 멀어졌고, 그는 골짜기 저편 눈밭 언저리에 짧게 그은 선보다 굵지 않은 네 개의 그림자가 늘어져 있는 것을 보았다.

늑대들은 나란히 서서 대가리를 쳐들고 주둥이는 미쿨리친의 집 쪽을 향한 채 달을 향해, 혹은 창문 위에 비친 은색 달그림자를 향해 짖어댔다. 늑대들은 얼마 동안 움직이지 않고 서 있었지만 유리 안드레예비치가 그것들이 늑대라는 것을 알아채자마자, 그 생각이 당장 전해지기라도 한 듯 늑대들은 몸을 돌려 개처럼 꽁지를 빼고 사라져버렸다. 닥터는 늑대들이 어느 방향으로 가는지도 알아채지 못했다.

'반갑잖은 소식인데!' 그는 생각했다. '더 있을지도 몰라. 어디 아주 가까운 데 저놈들 소굴이 있지 않을까? 혹시 골짜기 안에 있을지도 몰라. 정말 끔찍하군! 게다가 광에 삼데뱌토프의 말이 있잖아! 분명 말 냄새를 맡은 거야.'

그는 라라가 겁먹지 않도록 당분간 그녀에게는 이야기하지 않기로 마음먹었고, 집으로 들어가 현관문을 잠그고, 따뜻한 공간에 차가운 공기가 들어오지 않게 중간 문을 닫고 틈새와 금간 곳을 막은 뒤에 책상으로 되돌아갔다.

램프는 아까와 마찬가지로 환하게 인사를 하듯 잘 타고 있었다. 그러나 글을 쓰고 싶은 생각이 사라졌다. 마음이 진정되지 않았다. 그의 머릿속에는 늑대와 그들이 처한 다른 갖가지 위험만 떠올랐다. 게다가 그는 피곤했다. 바로 그때 라라가 잠에서 깼다.

"당신은 아직도 따뜻하게 타오르고 있었군요, 나의 밝은 촛불!" 그녀는 잠에 취한 촉촉한 목소리로 낮게 속삭였다. "이리 와서 잠깐 내 옆에 앉아봐요. 내가 무슨 꿈을 꿨는지 들려줄 테니까."

그는 램프의 불을 껐다.

9

　다시 하루가 조용한 광기 속에서 지나갔다. 집안에서 어린이용 썰매를 발견했다. 얼굴이 발갛게 달아오르고 슈바로 몸을 감싼 카텐카가 깔깔거리면서, 닥터가 아이를 위해 삽으로 눈을 단단히 다지고 그 위에 물을 부어 얼린 비탈길에서 눈을 치우지 않은 오솔길로 미끄러져 내려갔다. 아이는 썰매에 단 새끼줄을 끌며 몇 번이고 비탈을 기어올랐고 얼굴에서 웃음이 떠나지 않았다.

　몸이 얼어붙을 만큼 점점 추워졌다. 밖에는 해가 비치고 있었다. 눈은 대낮의 광선 아래서 노랗게 보이고, 그 벌꿀 같은 노란색에 이른 석양의 오렌지색 여운이 달짝지근한 침전물처럼 내려앉았다.

　라라가 어제 빨래를 한데다 모두 목욕까지 해서 집안이 눅눅했다. 김 때문에 창문에는 성에가 두껍게 꼈고, 벽지에는 습기 때문에 시커먼 얼룩들이 졌다. 방안은 어둡고 음침했다. 유리 안드레예비치는 장작과 물을 나르고 쉬지 않고 집안을 살펴보며 자꾸만 새로운 일거리를 찾아냈고, 그러면서 라라의 끝도 없는 집안일을 거들었다.

　두 사람은 이런저런 일을 하며 바삐 움직이다가 우연히 손이 닿으면 상대의 손에 그대로 손을 두고, 서로에 대한 다정한 마음의 맹렬한 공격에 무장해제되어, 옮기려고 들었던 짐을 목적지까지 가져가지 못한 채 내려놓았다. 그 순간이면 모든 것이 두 사람 손에서 빠져나가고 머릿속에서 사라졌다. 그렇게 몇 분, 몇 시간이 흐르고, 그러다 시간이 너무 흘러버린 것을 알고 정신을 차린 두 사람은 오랫동안 카텐카를 혼자 내버려두었고, 말에게 물도 건초도 주지 않았다는 것을 생각해내고 자책하며 멈췄던 일을 다시 잡고 잃어버린 시간만큼 보상하기 위해 서둘렀다.

닥터는 수면 부족으로 머리가 몽롱했다. 숙취와 같은 달콤한 안개가 머릿속에 남아, 지끈거리고 아픈 것도 같은 나른한 행복감에 젖어 있었다. 그는 멈췄던 집필을 이어가고 싶어 애타는 마음으로 밤을 기다렸다.

그를 가득 채우고 있는 졸음의 안개가 작업의 전반前半을 해주었는데, 주위의 모든 것이 흐릿하고, 그의 사고도 그런 상태에 있었다. 모든 것을 안개처럼 감싸는 그 아련한 몽롱함은 최종적으로 명확한 형상화를 앞두고 나타나는 특징적인 단계였다. 아무렇게나 쓴 초고의 혼란과 마찬가지로, 낮 동안의 무료한 비활동성은 밤의 집필을 위해 꼭 필요한 사전준비 역할을 했다.

비록 기진맥진하긴 했지만 그가 손을 대지 않고 그대로 둔 것은 하나도 없었다. 모든 것이 변화해 다른 모습이 되었다.

유리 안드레예비치는 바리키노에 더 오래 머무르려는 희망은 이루어지지 않을 것이고, 라라와 이별할 시간이 곧 닥칠 것이고, 그녀를 잃는 것은 피할 수 없는 일이며, 그녀를 잃는 동시에 자신은 살아갈 의욕도, 삶 자체도 잃어버리고 말 거라고 느끼고 있었다. 그 슬픔이 그를 괴롭혔다. 그러나 그보다 더 큰 감정은, 애타는 마음으로 밤을 기다려 자신의 슬픔을 누구나 눈물 흘릴 수 있는 표현으로 토로해보고 싶은 열망이었다.

온종일 그의 머릿속을 떠나지 않고 있던 늑대는 이제 달빛이 비치는 설원 위의 늑대가 아니라 늑대에 가탁한 시의 테마가 되어, 닥터와 라라를 파멸시키거나 그들을 바리키노에서 몰아내려 하는 적대적인 힘의 상징으로 바뀌었다. 이 적개심의 시상이 그의 머릿속에서 자라 밤이 깊어지면 태곳적 괴물의 발자국이 발견된 슈티마에 있는, 닥터의 피를 빨아먹고 라라에게 욕정을 느끼는 동화 속 거대한 용의 모습으로 나타났다.

밤이 되었다. 닥터는 간밤처럼 책상 위의 램프를 켰다. 라라와 카텐카는 간밤보다 일찍 잠자리에 들었다.

간밤에 그가 쓴 글은 두 개의 범주로 나뉘었다. 예전에 쓴 시를 다듬어 단정한 필기체로 정서했다. 새로운 작품은 점과 생략이 가득하고 알아볼 수 없을 만큼 휘갈겨 썼다.

그렇게 휘갈겨 쓴 초고들을 읽어보며 닥터는 여느 때와 같은 실망을 느꼈다. 간밤에는 이 다듬어지지 않은 단편斷片들이 눈물이 날 만큼 그를 감동시켰고 몇몇 뜻밖의 표현에는 그 자신도 깜짝 놀랐었다. 그런데 바로 그 구절들이 이제는 고통스러울 만큼 또렷하게, 억지로 짜맞춘 것처럼 그를 실망시켰다.

그는 평생 일반적이고 습관적인 형식의 너울을 빌려 쓰면서도 그것이 잘 억제되어 눈에 띄지 않게 조심스럽게 감춰지는 독창성을 꿈꿨고, 그의 글을 읽거나 듣는 사람이 형식은 알아차리지 못하지만 내용은 이해하는, 절제되고 자연스러운 독자적인 스타일을 갖고자 노력해왔다. 누구의 주의도 끌지 않는 눈에 띄지 않는 스타일을 얻기 위해 끊임없이 애써왔는데, 그는 자신이 아직도 그 이상과 멀리 동떨어져 있다는 것이 소름끼쳤다.

간밤에 그는 거의 어린애의 옹알이처럼 단순하고 자장가처럼 잔잔한 표현으로 사랑과 두려움, 갈망과 용기가 뒤섞인 자신의 감정을 단어와는 거의 아무런 상관 없이 감정 자체가 저절로 말하는 듯이 표현할 생각이었다.

다음날 이 다듬지 않은 초고를 훑어본 그는 뿔뿔이 흩어진 시구를 하나로 이어줄 내용의 끈이 없다는 것을 깨달았다. 유리 안드레예비치는 간밤에 썼던 것을 지워버리고, 똑같이 서정적인 방식으로 용감한 예고리*의 전설을 써내려가기 시작했다. 그는 광대한 공간을 표현할 수 있는 5음보의 율격으로 시작했다. 내용과는 관계없이 운율에 내재한 규칙적인 울림이, 그 뻔한 인위성이 그를 짜증나게 했다. 그는 과장된 음보와 시 속 휴지休止를 포기하고, 산문에서 쓸데없는 어휘를 잘라내듯 시절詩節을 4음보로 줄였다. 쓰기는 더 어려워졌지만, 훨씬 더 매력적이 되었다. 그 결과 생동감이 넘쳤지만, 여전히 장황했다. 그는 애를 쓰며 시행을 더 짧게 줄였다. 이제 3음보로 압축되자, 졸음의 마지막 자취까지 사라지며 그는 타오르는 듯한 흥분을 느꼈고, 시절의 좁은 간격 자체가 시절을 채우는 것 이상으로 암시를 불러일으켰다. 단어로 언급되지 않은 사물들이 암시를 통해 실로 생생하게 그려졌다. 쇼팽의 어느 발라드에서 느린 말발굽소리를 들을 수 있듯이, 그는 시의 표면에서 말발굽소리를 들었다. 승리자 예고리가 말을 타고 끝없이 광활한 스텝을 달려가고, 유리 안드레예비치는 그 뒤에서 차츰 멀어지며 작아지는 그 모습을 바라보았다. 유리 안드레예비치는 저절로 제자리를 찾아 몰려들어가면서 미처 따라잡을 수 없을 만큼 마구 쏟아져나오는 단

---

* 백마를 타고 용을 무찔렀던, 초기 그리스도교 순교자 성 게오르기우스를 말함.

어들과 시행들을 정신없이 써내려갔다.

그는 어느 틈에 라라가 침대에서 나와 책상으로 다가온 것도 알지 못했다. 발꿈치까지 내려오는 긴 잠옷을 입은 그녀는 매우 야위고 실제보다 훨씬 키가 커 보였다. 유리 안드레예비치는 갑자기 그녀가 창백하고 잔뜩 겁먹은 얼굴로 옆에서 손을 뻗으며 나지막이 속삭이자 흠칫 몸을 떨었다.

"들려요? 개가 짖고 있어요. 두 마리는 되는 것 같아요. 아, 정말 끔찍해요, 아주 불길한 징조예요! 어떻게든 아침까지만 견디고 바로 떠나요, 떠나자고요! 나는 이제 이곳에 잠시도 더 있고 싶지 않아요."

오랜 설득 끝에, 한 시간쯤 지나자 라리사 표도로브나는 마음을 가라앉히고 다시 잠이 들었다. 유리 안드레예비치는 현관으로 나갔다. 늑대들이 간밤보다 더 가까이 와 있었다가 전날보다 훨씬 더 빨리 모습을 감춰버렸다. 이번에도 유리 안드레예비치는 그놈들이 어느 쪽으로 사라졌는지 확인할 수 없었다. 늑대들이 떼를 지어 있어 몇 마리인지 세어볼 수도 없었다. 그가 보기에는 간밤보다 더 많아진 것 같았다.

10

바리키노에 머문 지 십삼 일이 지났지만, 상황은 아무것도 달라지지 않았다. 지난밤에는 주중에 사라졌던 늑대들이 다시 나타나 울어댔다. 이번에도 그놈들을 개로 착각하고 불길한 징조에 잔뜩 겁을 먹은 라리사 표도로브나는 지난번과 똑같이 내일 아침에는 떠나겠다고 결심했다. 그녀에게는 갑자기 밀려드는 우울한 불안과 평정 상태가 번갈아 찾아왔는데, 그런 불안감은 일을 열심히 하는 여자에게는, 즉 하루종일 자신의 감정을 발산하거나, 시간이 남아돌아 절도도 없이 애정을 즐기는 태평한 사치에 익숙하지 않은 여자에게는 자연스러운 것이었다.

모든 것이 전과 똑같이 되풀이되었고, 이 주일이 지난 이날 아침, 전에도 여러 번 그랬듯이 라리사 표도로브나가 또다시 짐을 꾸리기 시작했을 때는 그들이 도착해서 보낸 지난 일주일하고도 반의 시간은 아예 존재하지도 않았던 시간 같았다.

집안은 다시 눅눅해졌고, 방안은 잔뜩 흐린 날씨 때문에 어두웠다. 추위는 수그러들었지만 시커멓고 낮게 드리운 구름을 보니 당장이라도 눈이 퍼부을 것 같았다. 유리 안드레예비치는 며칠째 잠을 제대로 자지 못해 심신이 지칠 대로 지쳐 있었다. 두 다리에 힘이 없고, 머릿속은 뒤죽박죽이고, 쇠약해진 탓에 몹시 추위를 느껴 몸을 웅크리고 손을 비비면서 그는 라리사 표도로브나가 어떤 결심을 했을지, 또 그것에 어떻게 대응해야 할지 고민하며 온기 없는 방안을 서성거렸다.

그녀의 태도는 모호했다. 지금 그녀는 아무리 힘들더라도 자리만은 완전히 잡을 수 있는 일상적인 생활 영역, 다시 말해 고상하고 정직하고 지각 있는 삶을 영위하게 해줄 직무와 이 혼란스러운 자유를 맞바꿀 수 있다면, 아마 인생의 절반을 내던질 수도 있을 것 같았다.

그녀는 이날도 평소와 똑같이 하루를 시작해 침구를 정리하고 방을 치우고 청소한 뒤, 닥터와 카챠에게 아침을 차려주었다. 그러고는 짐을 꾸리기 시작하더니 닥터에게 말을 준비해달라고 부탁했다. 떠나기로 확실히 마음을 굳힌 것이었다.

유리 안드레예비치는 말리지 않았다. 최근 그들이 자취를 감춘 뒤 체포의 물결이 최고조에 오른 유랴틴으로 돌아가는 것은 미친 짓이었다. 하지만 나름의 위험이 있는 이 겨울의 사막에 무기도 없이 외따로 남아 있는 것 또한 미친 짓이었다.

더구나 닥터가 광들에서 긁어모은 건초 한 아름도 거의 떨어지고 새로 찾을 수도 없었다. 물론 오랫동안 머물 가능성이 있었다면 닥터는 식량과 말먹이를 구할 새로운 방법을 찾아 뛰어다녔을 것이다. 그러나 불확실한 며칠을 지내기 위해 그럴 필요까지는 없었다. 닥터는 결국 자포자기하는 심정으로 마구를 채우러 갔다.

그는 마구 채우는 일에 서툴렀다. 삼데뱌토프에게 배우긴 했었다. 그러나 자꾸만 잊어버렸다. 아무튼 서툰 솜씨로 일을 끝냈다. 그는 멍에를 채에 가죽끈으로 묶고 느슨해진 띠를 감고 쇠장식이 붙은 띠 끝을 채 중 하나에 감고 한쪽 발을 말 옆구리에 의지한 채 목에 대는 마구 양쪽 끝을 세게 잡아당겨 단단히 죄었다. 마침내 그는 말을 현관 앞으로 끌고 가 매놓고 이제 떠날 수 있다고 라라를 부르러 안으로 들어갔다.

그는 극도로 혼란에 빠진 그녀를 보았다. 그녀와 카텐카는 당장 떠날 수 있게 옷을 갖춰 입고, 짐도 다 꾸려져 있었지만, 라리사 표도로브나는 두 손을 맞잡고 눈물을 글썽이며 유리 안드레예비치에게 잠깐만 앉으라고 부탁하고는 자신도 안락의자에 털썩 주저앉았다가 벌떡 일어나 "그렇지 않아요?" 하며 자신이 말을 탄식으로 스스로 가로막고 노래하는 듯 호소하는 듯 높은 목소리로 아주 빠르게 앞뒤가 맞지 않는 말을 쏟아냈다.

"내 잘못이 아니에요. 나도 어떻게 이 지경이 됐는지 모르겠어요. 하지만 지금 갈 수 있겠어요? 곧 어두워질 거예요. 어둠 속에서 옴짝달싹 못할 거예요. 그 무서운 숲속에서. 그렇지 않아요? 당신이 하자는 대로 할게요. 나는 도저히 결정을 못 내리겠어요. 자꾸 뭔가가 나를 붙잡아요. 기분이 이상해요. 당신도 알겠지만. 그렇지 않아요? 왜 당신은 입을 다물고 아무 말도 하지 않죠? 이러지도 저러지도 못한 채 우리는 오전 내내 시간만 허비했고 나머지 반나절은 뭐하느라 허비했는지도 모르겠어요. 내일이면 우리는 이런 일을 되풀이하지 않을 거고, 더욱 신중해지겠죠, 그렇지 않아요? 하룻밤 더 있기로 할까요? 내일은 더 일찍 일어나 동틀 무렵, 여섯시나 일곱시에 떠나요. 당신 생각은 어때요? 당신은 난로에 불을 지피고, 하룻저녁 더 글을 쓸 수 있고, 여기서 하룻밤만 더 지내는 거예요. 아, 정말 특별하고 매력적인 밤이 될 거예요! 왜 아무 대답이 없어요? 맙소사, 내가 또 잘못했군요, 불쌍하게도!"

"당신은 과장하고 있어. 날이 저물려면 아직 멀었어. 아직 이른 시간이란 말이야. 하지만 당신 좋을 대로 하지. 그래요, 머물기로 하지. 진정해. 제발 그렇게 흥분하지 말고. 외투를 벗고 짐을 풀어요. 카텐카가 배가 고프다고 하잖소. 뭘 좀 먹어야겠어. 당신 말이 맞아, 갑작스럽게 준비도 없이 떠나는 건 무모한 짓이야. 제발 흥분을 가라앉히고, 울지 좀 마. 곧장 난로에 불을 지피겠소. 하지만 그전에 마침 현관 앞에 썰매를 채운 말이 있으니 그걸 끌고 전에 살던 집 헛간에 가서 남아 있는 마지막 장작을 가져와야겠어, 장작도 곧 떨어질 테니까. 제발 울지 좀 말라니까. 곧 돌아오겠소."

11

헛간 앞 눈 위에 유리 안드레예비치가 낸 썰매 자국이 몇 군데 원을 그리며 남아 있었다. 문지방 앞의 눈은 이틀 전 *그가* 장작을 나르느라 짓밟혀 더러워져 있었다.

아침부터 하늘을 뒤덮었던 구름이 흩어지고 있었다. 날이 갰다. 날씨는 더 추워졌다. 이 일대를 다양한 간격으로 둘러싸고 있는 바리키노 원림園林이 헛간 바로 가까이까지 뻗쳐 있어 마치 닥터의 얼굴을 들여다보며 그에게 무슨 생각을 일깨우려 하는 것 같았다. 그해 겨울에는 눈이 두꺼운 층을 이루며 헛간 문지방보다 높이 쌓였다. 지붕이 내려오고 헛간이 허리를 구부리고 있는 것 같았다. 처마 바로 위에 거대한 버섯 갓처럼 걸린 눈이 거의 닥터의 머리 위까지 드리워져 있었다. 처마 위로 마치 눈에 날카롭게 박힌 것처럼 갓 태어난 초승달이 낫으로 자른 듯 잿빛 섬광으로 반짝이고 있었다.

이른 오후이고 날은 아직 환했지만 닥터는 마치 늦은 밤에 자신의 삶 속 어둡고 울창한 숲에 서 있는 듯한 기분을 느꼈다. 그는 자신의 마음속에 그런 어둠이 있다고 느꼈기 때문에 슬펐다. 어린 초승달은 이별의 예고처럼 고독한 형상으로 거의 그의 얼굴 바로 앞에 떠 있었다.

유리 안드레예비치는 피로로 쓰러질 것만 같았다. 그는 헛간 문지방 너머로 장작을 썰매 안으로 던져놓았는데, 여느 때보다는 조금씩 안아다 놓았다. 추위 속에서 눈에 얼어붙은 장작을 만지는 일은 비록 장갑을 꼈어도 고통스러웠다. 아무리 빨리 움직여도 몸이 따뜻해지지 않았다. 그의 속에서 뭔가가 멈추더니 툭 끊어졌다. 그는 자신의 불행한 운명을 저주하며, 슬픔에 젖은 순종적이고 성실하고 깨끗한, 아름다운 사람의 생명을 지켜달라고 신에게 기도했다. 초승달은 여전히 헛간 위에 걸려 있었지만, 온기를 주지도 않았고, 밝게 비춰주지도 않았다.

갑자기 말이 자기가 왔던 쪽을 돌아보더니 머리를 쳐들고 처음에는 겁먹은 듯 조용하게, 다음에는 확신하는 듯 큰 소리로 울었다.

'왜 저러지?' 닥터는 생각했다. '뭐가 좋아서? 두려워서 울 리는 없어. 말은 두려움 때문에 울지는 않는데. 말이 만약 늑대 냄새를 맡았다면 그놈들에게 신호를 보낼 만큼 바보 같은 짓을 할 리는 없어. 게다가 마치 기분이 좋은 듯 힝힝거리잖아. 집으로 돌아가고 싶어 저러는 게 분명해. 잠시만 기다려라, 곧 떠날 테니까.'

유리 안드레예비치는 헛간을 뒤져 장작 외에도 불쏘시개로 쓸 나무 부스러기와 장화의 몸통처럼 말려 있는 커다란 자작나무 껍질들을 더 얹은 뒤, 짐을 자루로 덮고 밧줄로 묶고는 썰매와 나란히 걸어 미쿨리친의 집으로 돌아왔다.

말이 또다시 울었는데, 이번에는 멀리서 우는 다른 말에게 보내는 응답이었다. '누구의 말이지?' 닥터는 몸을 떨며 생각했다. '우리는 바리키노가 텅 비어 있다고 생각했는데, 그래, 우리가 틀렸는지도 몰라.' 그는 미쿨리친의 집에 손님이 와 있고, 말 울음소리가 정원 쪽에서 들려오고 있다고는 생각하지 못했다. 그는 말을 끌고 뒷마당을 멀리 돌아 공장 부지의 부속건물 쪽으로 갔는데, 눈더미에 가려 집의 정면은 보이지 않았다.

그는 천천히(뭐 때문에 서두르겠는가?) 장작을 광으로 나르고, 말을 풀어 썰매는 광에 넣은 뒤 말을 바로 옆의 찬바람이 도는 텅 빈 마구간으로 끌고 갔다. 바람이 덜 들어오는 오른쪽 모퉁이 칸에 말을 넣고, 남은 건초 몇 줌을 구유에 던져주었다.

그는 불안을 느끼며 집으로 걸어갔다. 정면 현관 옆에 마구가 채워진 윤기 흐르는 살찐 검은색 암말이 끄는 널찍한 시골 썰매가 서 있었다. 그 옆에는 말과 똑같이 윤기가 흐르고 살집이 좋은 낯선 젊은이가 고급 외투를 입고 가끔 손바닥으로 말 옆구리를 가볍게 두드리기도 하고 말굽 뒤쪽 위의 털을 살펴보기도 하면서 말 주위를 서성거리고 있었다.

집에서 말소리가 들렸다. 엿들을 생각도 없었고 또 거리가 멀어 어쩌다 한마디씩 들릴 뿐이었지만 유리 안드레예비치는 자기도 모르게 걸음을 늦추다가 갑자기 그 자리에 우뚝 섰다. 라라와 카텐카에게 이야기하는 코마롭스키의 목소리였다. 그들은 출구 옆 첫번째 방에 있는 것이 분명했다. 코마롭스키와 라라는 다투고 있었고, 목소리를 들어보니 라라는 흥분해서 울부짖으며 그의 말에 맹렬히 반박하다가도, 또 금세 그의 말에 동의하기도 하는 듯했다. 유리 안드레예비치는 그 순간 코마롭스키가 어쩐지 자신에 대해 이야기하고 있다는 느낌을 받았는데, 신뢰할 수 없는 남자다('양다리를 걸치고 있다'—유리 안드레예비치는 이런 말을 들은 것 같았다), 라라와 그의 가족 중 어느 쪽을 더 소중히 여기는지 알 수 없다, 닥터에게 의지해선 안 된다. 그랬다가는 '두 마리 토끼를 잡으려다 이도저도 아닌 꼴만 된다'는 이야기였다. 유리 안드레예비치는 안으로 들어갔다.

예상대로 그들은 첫번째 방에 있었고, 코마롭스키는 바닥까지 닿는 슈바를 입고 서 있었다. 라라는 카텐카의 외투깃을 잡고 단단히 여미고 있었다. 그녀는 고리를 찾지 못하자 아이에게 꼼지락거리지 말라고 소리쳤고, 카텐카는 "엄마, 살살 해요, 숨막혀 죽겠어요"라고 투덜거렸다. 세 사람 모두 외출복을 입고 떠날 채비를 갖추고 서 있었다. 유리 안드레예비치가 방안에 들어서자 라라와 빅토르 이폴리토비치가 한꺼번에 그에게 급히 달려들었다.

"당신 어디 갔었어요? 그렇게 찾았는데!"

"잘 있었소, 유리 안드레예비치! 지난번에 서로 거친 말이 오갔는데도 보다시피 이렇게 초대도 없이 또다시 불청객으로 왔소."

"안녕하세요, 빅토르 이폴리토비치."

"대체 어디 갔었어요?" 라라가 또다시 물었다. "이제 이 사람 이야기를 들어보고 나서 당신과 내가 어떻게 해야 할지 얼른 결정해요. 시간이 없어요. 서둘러야 해요."

"왜 이렇게 모두 서 있죠? 앉으세요, 빅토르 이폴리토비치. 어디 갔었느냐니, 라로치카? 내가 장작을 가지러 간 걸 알지 않았나. 나는 다녀와서 말을 돌봤어. 빅토르 이폴리토비치, 자, 앉으십시오."

"놀라지 않네요? 어떻게 놀라지도 않아요? 우린 그가 가버린 뒤에 그 제안을 선뜻 받아들이지 않았던 걸 후회했잖아요. 그런데 당신은 지금 그가 바로 눈앞에 있는데도 놀라지 않는군요. 하지만 그가 가져온 새로운 소식을 들으면 틀림없이 놀랄 거예요. 빅토르 이폴리토비치, 그 이야기를 이 사람에게 들려주세요."

"라리사 표도로브나가 어떻게 이해했는지는 모르겠지만, 내 이야기는 이런 거요. 나는 내가 떠났다는 소문을 일부러 퍼뜨린 뒤 며칠간 머무르며, 당신과 라리사 표도로브나가 지난번 우리가 이야기했던 문제를 다시 한번 좀더 신중하게 생각하고 결정할 수 있도록 시간을 주려고 했었소."

"하지만 이제 더이상 지체할 수가 없어요. 지금이 떠나기에는 가장 좋은 시간이에요. 내일 아침에요…… 빅토르 이폴리토비치에게 직접 듣는 게 낫겠어요."

"잠깐만, 라로치카. 죄송합니다, 빅토르 이폴리토비치. 왜 외투를 입고 서서 이러십니까? 외투를 벗고 앉으십시오. 이건 중대한 문제입니다. 허둥거리며 잠깐 사이에 매듭지을 수는 없는 문제예요. 미안하군요, 빅토르 이폴리토비치. 우리의 논쟁은 심적으로 미묘한 부분을 건드리는 것 같군요. 그런 문제를 이러니저러니 하는 건 우스꽝스럽고 난처한 노릇입니다. 그러나 사실 나는 당신과 함께 떠나는 건 한 번도 생각해본 적이 없습니다. 라리사 표도로브나의 경우는 다르죠. 우리 두 사람의 관심이 서로 다를 수 있고 우리가 하나가 아니라 서로 다른 운명을 가진 둘이라는 것을 깨닫고 있던 차에 이런 드문 기회가 찾아왔고, 그런 만큼 나로서는 라라, 특히 카탸를 위해 당신의 계획에 대해 좀더 신중하게 생각해야 한다고 했던 겁니다. 사실 라라는 그 제안에 대해 끊임없이 생각하고 수없이 이야기하고 있었죠."

"하지만 당신이 함께 간다는 전제하에서 그런 거예요."

"우리가 헤어지는 건 나에게나 당신에게나 상상도 할 수 없는 괴로운 일이겠지만, 우린 그것을 감수하는 희생을 치러야 할지도 몰라. 내가 간다는 건 말도 안 되니까."

"하지만 당신은 아직 아무것도 모르잖아요. 잘 들어봐요. 내일 아침에…… 빅토르 이폴리토비치!"

"라리사 표도로브나는 내가 말해준 소식을 이미 염두에 두고 있는 것 같군요. 유랴틴에 극동 정부에서 준비한 직원용 열차가 떠날 채비를 하고 기다리고 있소. 모스크바에서 어제 도착했는데 내일 동부로 출발할 겁니다. 그건 우리 교통부 소속 열차죠. 차량의 반이 국제 침대 차량으로 구성돼 있소.

나는 이 열차로 가야 하오. 내 동료로 초빙하는 사람들을 위한 좌석들이 있소. 아주 편안하게 타고 갈 수 있을 거요. 이런 기회는 두 번 다시 오지 않아요. 나는 당신이 경솔한 말을 하는 사람이 아니고 우리와 함께 떠나지 않기로 한 결심을 뒤집지 않을 거라는 것도 압니다. 하지만 아무리 그렇다 해도, 라리사 표도로브나를 위해 다시 한번 생각해봐요. 그녀는 당신이 안 가면 자기도 가지 않겠다고 하니까. 블라디보스토크까지는 안 가더라도 적어도 유랴틴까지만이라도 우리와 함께 갑시다. 거기서 다시 생각해보기로 하고. 하지만 정말 서둘러야 하오. 잠시도 지체해선 안 됩니다. 나는 말을 다루는 데 서툴러서 마부 한 명을 데려왔소. 내 썰매에 우리 다섯 명이 다 탈 순 없을 거요. 그런데 당신에게는 삼데뱌토프에게 빌린 말이 있는 것 같던데. 그 말로 장작을 실어 왔다고 하지 않았습니까. 아직 마구를 풀지 않았겠죠?"

"아닙니다, 풀었습니다."

"그렇다면 서둘러 다시 마구를 채워요. 내 마부가 당신을 도와줄 거요. 그런데 생각해보니, 썰매는 집어치웁시다. 좀 비좁긴 하겠지만 내 썰매로 어떻게든 가보지. 제발 서둘러주시오. 여행에 꼭 필요한 것만 챙기고, 집은 이대로 두고, 잠글 것도 없소. 문단속보다 아이 목숨 구하는 일이 더 급하니까."

"나는 당신을 이해하지 못하겠습니다. 빅토르 이폴리토비치. 당신은 마치 내가 같이 가겠다고 동의한 것처럼 말하는군요. 부탁이지만, 라라가 그렇게 결정했다면 데리고 떠나주십시오. 그리고 이 집에 대해서 당신은 걱정할 것 없습니다. 당신이 떠나면 나는 남아서 집을 치우고 잠가둘 겁니다."

"무슨 말이에요, 유라? 당신은 왜 자신도 믿지 않는 그런 잠꼬대 같은 소리를 해요? '라리사 표도로브나가 결정했다면'이라니요. 내가 당신과 함께가 아니면 떠나지 않으리란 걸, 나 혼자서는 아무런 결정도 내릴 수 없다는 걸 당신도 알잖아요. 그런데 '당신이 떠나면 나는 남아서 집을 치우겠다'라니요?"

"그렇다면 마음을 굳혔단 얘기로군. 그럼 다른 부탁이 있소. 라리사 표도로브나가 허락한다면, 당신과 단둘이서 몇 마디 나누고 싶은데."

"좋습니다. 꼭 그래야 한다면 부엌으로 가시죠. 괜찮지, 라루샤?"

12

"스트렐니코프는 체포되어 최고형을 선고받고 형이 집행되었소."

"그런 무서운 일이. 그게 정말 사실입니까?"

"그렇다고 들었소. 아마 확실할 거요."

"라라한테는 말하지 마십시오. 미쳐버릴 겁니다."

"물론이죠. 그래서 단둘이서 이야기하자고 했던 거요. 그가 처형됐으니 이제 그녀와 딸은 목전에 위험이 닥친 셈이오. 저 모녀를 구할 수 있게 당신이 날 도와주시오. 무슨 일이 있어도 함께 가진 않을 생각이오?"

"그렇다니까요. 이미 말했잖습니까."

"하지만 당신이 가지 않으면 그녀도 가지 않을 거요. 어떻게 해야 할지 모르겠군. 그렇다면 다른 방법으로라도 날 도와주어야겠소. 말만이라도, 거짓말을 해서라도 당신이 양보한다는 낌새를 보여주시오, 설득당한 것처럼. 난 당신과 헤어지는 걸 상상할 수도 없다고 말이오. 만약 당신이 우리를 전송하러 온다면, 여기서도 거기서도, 또 유랴틴 역에서도 그녀에게 당신도 곧 따라올 거라고 믿게 할 수 있을 겁니다. 당장은 아니더라도 나중에 당신에게 어떤 기회를 마련해주면 그때는 그것을 받아들이겠다고 약속하는 거요. 어쩌면 그녀에게 거짓 맹세라도해야 하겠지. 그리고 그건 빈말이 아니오. 내 명예를 걸고 맹세하건대, 나는 당신이 그렇게 해달라는 신호만 보내면 곧바로 당신을 여기서 우리가 있는 곳으로 데려와 더 먼 곳, 당신이 원하는 곳으로 갈 수 있게해주겠소. 그러나 적어도 라리사 표도로브나에게 당신이 전송하러 온다는 것만은 확신시켜야 하오. 그렇게 믿도록 온 힘을 기울여주시오. 이를테면, 물론 시늉만이지만 당신이 썰매를 준비하러 가면서 기다릴시간이 없으니 당장 떠나라고 우리를 재촉하는 거요."

"파벨 파블로비치의 총살 소식을 듣고 너무나 놀라 정신이 없군요. 당신이 하는 말도 제대로 귀담아듣지 못했습니다. 하지만 당신 말에 동의합니다. 그들이 스트렐니코프를 처치했다면, 라리사 표도로브나와 카탸의 목숨 또한 위협받고 있다고 봐야겠죠. 우리 두 사람 중 누군가는 틀림없이 체포될 테니 어차피 우리는 헤어지게 될 겁니다. 그럴 바에야 차라리 당신이 우리를 갈라놓고 그들을 땅끝으로라도 멀리 데려가는 편이 낫겠군요. 나는 지금 당신에게 내 의견을 말하고 있지만, 이미 일은 당신 계획대로 진행되고 있습니다. 어쩌면 종국에는 내가 완전히 무너져내려 자존심이고 긍지고 내팽개치고 당신한테 기어가서 그녀의 목숨을 구해달라고, 내 가족에게 갈 수 있는 배편과 나 자신의 구원을 애걸하며 당신을 통해 그 모든 것을 얻기 위해 매달릴지도 모르고요. 하지만 이 모든 것에 대해 생각할 시간이 필요합니다. 나는 그 소식을 듣고 완전히 얼이 빠졌습니다. 너무 괴로워서 제대로 사고하고 판단할 수가 없습니다. 어쩌면 나 자신을 당신 손에 맡김으로써 돌이킬 수 없는 실수를 저지르고, 그것이 죽는 날까지 나를 소름끼치게 할지도 모릅니다. 하지만 나는 도무지 갈피를 잡을 수가 없는 상태여서 당장 내가 할 수 있는 일이라고는 고작해야 당신 말에 기계적으로 찬성하고 어쩔 도리 없이 당신 말에 따르는 것뿐이군요. 그럼 저 사람의 행복을 위해 연극을 하죠, 썰매를 준비해서 곧 뒤따라가겠다고 말하고, 나는 여기 혼자 남겠습니다. 그런데 문제가 하나 있습니다. 곧 어두워질 텐데 지금 어떻게 떠나죠? 길이 숲속으로 나 있는데 늑대들이 있어요. 조심해야 합니다."

"압니다. 소총과 권총이 있소. 걱정 마시오. 그리고 추위를 녹일 보드카도 좀 가져왔고. 양이 충분하죠. 좀 나눠줄까요?"

'내가 무슨 짓을 한 거지? 내가 무슨 짓을 한 거지? 넘겨주고, 포기하고, 양보해버렸다. 당장 그들을 따라잡아 다시 데려와야겠다. 라라! 라라!

들릴 리 없겠지. 맞바람이 불고 있다. 그리고 그들은 큰 소리로 이야기하고 있을 것이다. 그녀에게는 마음 푹 놓고 즐거워할 이유가 얼마든지 있다. 그녀는 자신이 속고 있고 잘못 생각하고 있다고는 의심조차 못할 것이다.

그녀는 이렇게 생각할 것이다. 모든 일이 더할 나위 없이 잘 풀렸다고. 그녀의 유로치카, 고집불통인 그가 창조주의 도움으로 마침내 고집을 꺾었고, 자신과 함께 안전한 곳으로, 법과 질서가 보호해주는 곳으로, 우리보다 훨씬 지각 있는 사람들이 있는 곳으로 가게 되었다고. 만약 그가 의지를 꺾지 않고 고집을 부려 내일 열차를 타지 않더라도 빅토르 이폴리토비치가 그를 위해 다른 열차를 보내 데려올 테니 곧 자신들과 합류할 거라고.

물론 지금 그는 이미 마구간에서 흥분되고 상기된 상태로 서둘러 서툰 솜씨로 썰매를 채우고 말을 듣지 않아 엉키는 두 손으로 말에 마구를 씌우고 있을 것이고, 그러고는 지체 없이 말을 채찍질해 전속력으로 달려와, 우리가 숲에 들어가기도 전에 들판 한가운데서 따라잡을 거라고.'

그녀는 틀림없이 그렇게 생각하고 있을 것이다. 유리 안드레예비치는 마치 사과 조각이 목구멍에 걸린 것 같은 고통을 삼켜버리려고 애쓰며 그녀에게 손을 흔들고는 고개를 돌려버렸을 뿐, 그들은 작별인사도 제대로 하지 못했다.

닥터는 슈바를 한쪽 어깨에 걸친 채 현관 앞에 서 있었다. 소매를 꿰지 않은 한쪽 손으로 그는 처마 아래 가늘고 잘록한 나무 기둥을 마치 목을 조르듯 꽉 움켜쥐었다. 그의 모든 신경은 온통 저멀리 있는 하나의 점에 쏠렸다. 언덕의 오르막길이 조금 보이고 그 가장자리에 자작나무 몇 그루가 군데군데 서 있었다. 그 탁 트인 공간에 뉘엿뉘엿 지는 해의 나지막한 햇살이 떨어지고 있었다. 지금은 움푹 들어간 곳을 지나느라 거의 보이지 않지만, 곧 거기서 빠져나와 빠르게 질주하는 썰매가 보일 것이다.

"안녕, 안녕." 그 순간을 기다리며 닥터는 몇 번이고 같은 말을 되풀이했지만, 가슴속에서 치솟는 말들은 황혼의 얼어붙은 대기 속으로 소리도 없이 빨려들어갔다. "안녕, 내 하나뿐인 사랑, 영원히 잃어버린 내 사람."

"간다! 간다!" 그가 메마르고 핏기 없는 입술로 속삭이는 사이 썰매는 움푹 들어간 곳에서 쏜살같이 튀어나와 자작나무 하나하나를 지나쳐 달리다가 서서히 속도를 늦추더니 아, 얼마나 기쁜 일인지, 마지막 자작나무 앞에서 멈췄다.

오 그의 심장이 얼마나 요란하게 뛰던지, 두 다리는 얼마나 후들거리던지, 너무 흥분한 나머지 마치 어깨에서 흘러내리려는 슈바처럼 온몸이 흐늘거리는 것 같았다! '오 하느님, 저에게 그녀를 되돌려주기로 하신 겁니까? 대체 무슨 일일까? 해질녘이 가까운 저 능선에서 무슨 일이 일어난 것일까? 어떻게 된 것일까? 저들은 왜 꿈짝 않고 서 있을까? 아니다. 다 끝났다. 간다. 그들이 떠난다. 그녀가 마지막으로 한번 더 집을 보기 위해 멈춘 것이 분명하다. 아니 어쩌면 유리 안드레예비치가 출발했는지 확인하기 위해서, 내가 출발해서 뒤따라오고 있는지 확인하고 싶었던 것은 아닐까? 가버렸다. 가버렸다.

다행히 해가 아직 있다면(어두워지면 그들을 볼 수 없을 테니), 그저께 밤 늑대들이 서 있던 골짜기 쪽 눈밭에서 그들은 다시 한번 마지막으로 언뜻 모습을 보일 것이다.'

그리고 그 순간도 왔다가 지나가버렸다. 검붉은 태양은 눈 덮인 푸른 산등성이 위로 여전히 둥글게 떠 있었다. 태양이 파인애플같이 달콤한 빛을 들판 가득히 뿌리자 눈은 그 빛을 탐욕스럽게 빨아들였다. 이윽고 썰매가 다시 나타났다가 빠르게 달려갔다. '안녕 라라, 다음 세상에서 다시 만날 때까지, 안녕, 나의 아름다움이여, 안녕, 나의 기쁨이여, 마르지 않는 나의 영원한 기쁨이여.' 이윽고 그들은 완전히 사라졌다. '이제 다시는 당신을 보지 못하겠지, 이 세상에서는 영원히 당신을 만나지 못하겠지.'

그사이 날이 어두워졌다. 눈 위에 흩뿌려졌던 황혼녘의 구릿빛 반점들이 금세 빛을 잃으며 사라졌다. 아스라한 잿빛 원경은 짙은 자줏빛이 어린 라일락색 어스름 속으로 빠르게 가라앉았다. 갑자기 옅어진 것처럼 창백해진 분홍빛 하늘을 배경으로 희미하게 윤곽이 떠오른 길 옆 자작나무의 손으로 뜬 섬세한 레이스 같은 윤곽이 자욱한 안개에 얼룩처럼 보였다.

슬픔으로 유리 안드레예비치의 감수성은 예민해졌다. 그는 모든 것을 수십 배나 예민하게 느꼈다. 그를 둘러싼 것들이 특별해지고, 공기까지도 독특함을 띠었다. 겨울밤은 모든 것에 우호적인 증인처럼 동정심으로 충만해 있었다. 그는 이런 어스름을 지금까지 한 번도 본 적이 없었고, 이 밤도 외로움과 이별의 슬픔에 빠진 그를 위로하기 위해 처음으로 깃든 듯했다. 언덕 위의 숲도 늘 그렇게 지평선을 등지고 파노라마처럼 둘러서 있던 것이 아니라 그를 동정하기 위해 땅에서 솟아나 방금 그곳에 자리잡은 것 같았다.

닥터는 이 시각의 그 놀라운 아름다움을, 동정하려고 달라붙는 것들을 뿌리치려는 듯 손을 내젓고, 그에게 몸을 뻗는 노을빛을 향해 중얼거리듯 속삭였다. '고맙다. 이제 됐어.'

그는 세상을 등지고 닫힌 문 쪽으로 얼굴을 향한 채 여전히 현관 앞에 서 있었다. '나의 찬란한 태양이 졌구나.' 그의 안에서 어떤 말이 자꾸 되풀이되고 있었다. 그러나 그 말을 연달아 입 밖으로 꺼낼 기력이 없었고, 경련하는 목구멍이 그 말을 끊어버렸다.

그는 집안으로 들어갔다. 이중의 독백이, 두 가지 독백이 그의 안에서 시작되었다가 완성되었다. 무미건조하고 사무적인 독백, 그리고 라라를 향해 끝없이 넘쳐나는 독백이었다. 그의 생각은 이렇게 나아갔다. '이제 모스크바로 가자. 우선은 살아남자. 불면증에 지지 말자. 자지 않아도 된다. 지쳐 곯아떨어질 때까지 밤에도 일을 하자. 그리고 한 가지 더. 당장은 침실 난로에 불부터 피우자. 오늘밤 여기서 얼어죽을 이유는 없으니까.'

그러나 한편으로는 이렇게 자기 자신과 이야기했다. '잊을 수 없는 나의 아름다운 사람! 내 품이 당신을 기억하는 한, 당신이 내 두 팔과 입술에 있는 한, 나와 당신은 함께 있는 것이다. 나는 당신에 대한 내 눈물을 당신만큼 값진, 길이 남을 무언가로 씻어낼 것이다. 당신에 대한 기억을 한없이 부드럽고 슬픈 묘사로 써내려갈 것이다. 그 일을 끝낼 때까지 여기 머물자. 그런 뒤에 이곳을 떠나자. 나는 당신을 이렇게 그릴 것이다. 무시무시한 폭풍이 바다를 휘저어놓고 가면 가장 강력하고 가장 멀리까지 뻗어가는 파도의 흔적이 모래 위에 남듯, 당신을 종이에 남길 것이다. 바다는 밑바닥에서 자신이 들어올릴 수 있는, 너무 가벼워 저울로도 달 수 없는 해초, 조개껍데기, 병마개, 조약돌과 함께 밀려와 모래 위에 군데군데 끊기는 구불구불한 선을 그려놓는다. 원경 속으로 무한하게 뻗어가는 이 선은 가장 높은 파도의 경계선이다. 인생의 폭풍도 그런 식으로 당신을 내 해안으로 밀어올렸지, 나의 사랑. 나는 당신을 그렇게 그릴 것이다.'

그는 집안으로 들어가 문을 잠그고 슈바를 벗었다. 그날 아침 라라가 정성 들여 잘 정돈해두었지만 급히 짐을 싸느라 다시 엉망이 되어버린 침실에 들어섰을 때, 헝클어진 침대, 의자나 마룻바닥에 아무렇게나 던져진 물건들을 보았을 때, 그는 무릎을 꿇고 딱딱한 침대 모서리에 가슴을 기댄 채 이부자리에 머리를 묻고 아이처럼 훌쩍훌쩍 울었다. 그러나 오래 울지는 않았다. 유리 안드레예비치는 이내 다시 일어나 얼른 눈물을 닦은 뒤, 지치고 넋이 나간 듯한 표정으로 주위를 둘러보다가 코마롭스키가 남기고 간 술병을 들어 마개를 뽑고 반쯤 따라 물을 넣고 눈을 섞어, 그가 방금 흘린 눈물의 절망감만큼이나 강렬한 맛을 느끼며 갈증을 달래려는 듯 그 혼합물을 천천히 꿀꺽꿀꺽 삼켰다.

14

유리 안드레예비치에게 뭐라고 형용할 수 없는 일이 일어났다. 그는 서서히 미쳐가고 있었다. 전에는 이런 기묘한 생활을 한 적이 없었다. 그는 집도 살피지 않았고, 자기 몸도 제대로 돌보지 않았으며, 라라가 떠난 뒤로 낮밤을 뒤바꾸며 시간관념도 잃어버렸다.

그는 술을 마시고 라라에게 바치는 글을 썼지만, 쓴 것을 지우고 다시 쓰고 할수록 그의 시와 노트 속 라라는 실제 살아 있는 라라로부터, 딸 카탸와 함께 떠난 아이의 살아 있는 어머니의 모습으로부터 점점 더 멀어졌다.

유리 안드레예비치가 고치고 다시 쓰고 한 것은 표현력과 정확성을 높이기 위해서이기도 하지만, 직접적으로 관련된 사람들에게 상처나 피해가 가지 않도록 개인적 경험이나 실제 사건들을 너무 노출시키지 않으려는 내면적인 자제 때문이기도 했다. 그래서 아직도 피가 돌고 김을 올리며 식지 않은 것은 그의 시에서 배제되었고, 피가 튀어 병을 일으키는 것들 대신 고요하고 넓은 비전이 그 자리를 차지했으며, 그 비전은 특수성을 누구나 아는 보편성으로 끌어올렸다. 그는 아직 그 목적에 이르지는 못했지만, 그 넓은 비전 자체는 라라가 여행중에 그에게 개인적으로 보낸 위로처럼, 멀리서 보내온 그녀의 인사처럼, 꿈에 나타난 그녀의 모습처럼, 또는 그의 이마에 닿는 그녀의 손길처럼 그에게 다가왔다. 그는 시에 남은 그 고귀한 흔적들을 사랑했다.

그는 라라를 향한 애가哀歌를 쓰는 동시에 다른 여러 가지 것에 대해, 자연에 대해, 일상에 대해 그동안 휘갈겼던 메모를 서둘러 손질했다.

글을 쓸 때는 언제나 그랬듯이 개인의 삶과 사회적 삶에 대한 온갖 생각이 머릿속에서 한꺼번에 떠올랐다.

그는 역사, 역사의 과정이라 불리는 것에 대해 자신이 보통 사람들과는 다르게 파악하고 있다고 다시금 생각했고, 그에게는 그것이 식물계와 비슷한 것으로 그려졌다. 눈 덮인 겨울에 앙상한 활엽수림의 나뭇가지들은 어느 노인의 사마귀에 난 털처럼 가냘프고 초라하다. 그러나 봄이 되면 불과 며칠 사이에 숲이 달라져 구름에 닿을 듯 자라고 잎이 무성해진 숲속에서 우리는 숨을 수도, 길을 잃을 수도 있다. 이런 변화는 동물의 생장보다 훨씬 빠른 속도로 진행된다. 그것은 동물이 식물만큼 빨리 자라지 않기 때문이지만, 식물의 경우에도 우리가 식물이 자라는 순간을 직접 눈으로 볼 수 있는 것은 아니다. 숲은 움직이지 않으며, 우리가 그 변화의 순간을 포착할 수도 없다. 숲은 언제 봐도 움직이지 않는 것처럼 보인다. 영원히 성장하고 끊임없이 변화하지만 그 변화를 눈으로 포착할 수 없는 사회의 삶과 역사가 우리의 눈에 움직이지 않는 것으로 보이는 것도 그러한 까닭에서다.

톨스토이는 역사에서 나폴레옹이나 통치자들, 장군들의 발기인發起人적 역할을 부정했지만, 그 생각을 끝까지 전개시키지는 않았다. 그도 똑같은 생각을 했지만, 명확하게 결론을 내릴 수는 없었다. 어느 누구도 역사를 만들 수 없다. 풀이 자라는 것을 볼 수 없듯이 역사도 볼 수 없는 것이다. 전쟁, 혁명, 황제, 로베스피에르는 역사의 유기적인 한 부분을 이루는 역사의 대행자요, 역사의 효모일 뿐이다. 혁명은 활동적인 사람들, 편협한 광신자들, 자기를 규제하는 천재들에 의해 수행된다. 그들은 몇 시간, 혹은 며칠 사이에 옛 질서를 전복해버린다. 혁명은 몇 주, 혹은 몇 년이나 계속되지만 그것을 이끈 편협한 정신은 그 후로 수십 년, 수백 년 동안 성물처럼 숭배의 대상이 된다.

라라를 향한 애가를 쓰면서, 그는 혁명이 하늘에서 지상으로 강림한 신처럼 숭배되던 멜류제예보에서의 그 아득한 여름을 생각하며 눈물 흘렸다. 혁명은 그 여름의 신이었고, 누구나 자기 식대로 미쳐 있었으며, 모두의 삶도 저마다 자연스레 그것에 어울리는 모습으로 존재했으며, 예증할 수는 없지만 누구나 최고의 정치 방침으로서 그 정당성을 확신하고 있었다.

온갖 잡다한 생각들을 기록하면서, 그는 예술은 언제나 미에 봉사하고, 미는 형식을 지니는 데서 오는 기쁨이고, 형식은 존재의 유기적 열쇠이며, 존재하기 위해 살아 있는 모든 것은 형식을 지녀야 하고, 그런 식으로 예술은 비극적인 것도 포함해 존재의 기쁨에 대한 이야기라는 자신의 생각을 검토하고 기록했다. 이러한 사색과 기록 또한 그에게 기쁨을 주었지만, 비극적이고 눈물로 가득찬 그것 때문에 그는 기진맥진하고 머리가 아팠다.

안핌 예피모비치가 그를 보러 왔다. 그도 역시 보드카를 가져와서는 안티포바와 그녀의 딸이 코마롭스키를 따라 떠났다고 말했다. 안핌 예피모비치는 선로 보수용 수동차를 타고 왔다. 그는 말을 제대로 관리하지 않았다고 닥터를 나무라고는, 유리 안드레예비치가 사나흘만 더 기다려달라고 부탁하는데도 뿌리치고 말을 끌고 가버렸다. 그러나 닥터가 말한 기한 내에 다시 돌아와 최종적으로 바리키노에서 영원히 데리고 나가주겠다고 약속했다.

유리 안드레예비치는 글을 쓰거나 일에 몰두하다가도 이따금 불현듯 떠나간 여자가 머릿속에 생생하게 떠올라 상실의 슬픔과 날카로운 박탈감에 몸부림쳤다. 어린 시절 어느 여름날에 무성한 자연 속에서 새들이 지저귀는 소리 속에서 돌아가신 어머니의 목소리를 들었을 때처럼, 라라에게 길들여지고 그녀의 목소리에 익숙한 청각이 때때로 그를 속였다. 마치 옆방에서 '유로치카!' 하고 부르는 듯한 환청이 들리곤 했다.

그 일주일 동안 그에게 또다른 감각의 혼란이 일어났다. 그 주 끝 무렵에 그는 집 아래쪽 용이 사는 골짜기가 나오는 종잡을 수 없는 악몽을 꾸다 밤에 잠에서 깼다. 그는 눈을 떴다. 골짜기 바닥에서 섬광이 번쩍거리고, 누군가가 쏜 총성과 그 반향이 들렸다. 이상하게도 닥터는 그런 묘한 일이 일어났는데도 곧바로 다시 잠들었고, 아침이 되자 모든 것이 꿈이었다고 스스로 결론을 내렸다.

15

그 일이 있고 얼마 후 어느 날이었다. 닥터는 마침내 이성의 목소리에 귀를 기울였다. 그는 무슨 일이 있어도 자살할 거라면 더 빠르고 효과적이고 덜 고통스러운 방법을 찾는 것이 좋겠다고 자신에게 말했다. 그는 안핌 예피모비치가 오는 대로 떠나겠다고 스스로에게 약속했다.

땅거미가 내려앉기 직전 아직 빛이 남아 있을 때, 그는 저벅저벅 눈을 밟는 커다란 발소리를 들었다. 누군가가 힘차고 의연한 걸음걸이로 침착하게 집 쪽으로 다가오고 있었다.

이상하다. 대체 누구일까? 안쪽 예피모비치라면 말을 가져갔으니 말을 타고 왔을 것이다. 텅 빈 바리키노에는 지나가는 사람도 없었다. '나를 데리러 왔다.' 유리 안드레예비치는 단정지었다. '도시로 호출하거나 소환하려는 것이다. 아니면 체포하러 왔을 것이다. 그런데 그들은 나를 어떻게 데려가려는 거지? 그럴 거라면 두 명이 왔을 것이다. 미쿨리친이다. 아베르키 스테파노비치.' 그는 발소리의 주인을 유추하며 즐거운 생각에 잠겼다. 아직 정체를 알 수 없는 낯선 자는 자물통이 거기 있을 거라고 예상한 듯 빗장이 부서진 문을 더듬거렸고, 자신 있게 걸어들어와 중간 문을 열고 들어와서 조심스레 닫았다.

　그 이상한 인기척이 문을 등지고 책상 앞에 앉아 있던 유리 안드레예비치에게 다가왔다. 미지의 인물을 맞이하기 위해 의자에서 일어나 문 쪽으로 몸을 돌려 보니, 그는 이미 문가에 꼼짝도 하지 않고 서 있었다.

　"누굴 찾습니까?" 닥터는 아무 생각 없이 기계적으로 물었지만 대답을 기대하지 않았고, 그래서 아무 대답이 없는 것에 놀라지 않았다.

　들어온 사람은 잘생긴 얼굴에 늘씬하고 균형 잡힌 체격을 가진 남자로, 짧은 모피 재킷과 모피 바지를 입고, 따뜻한 산양가죽 장화를 신고, 소총을 가죽끈으로 묶어 어깨에 메고 있었다.

　닥터는 그가 나타난 순간에만 놀랐을 뿐 그가 온 사실에 대해서는 놀라지 않았다. 이 집에 사람이 살았던 흔적을 봤기 때문에 충분히 예상할 수 있는 일이었다. 들어온 사람은 이 집에 있던 물건들의 주인이 틀림없었다. 그의 모습은 닥터가 전에 만난 적이 있는 듯 눈에 익었다. 아마 이 방문자도 이 집에 누군가가 살고 있다는 이야기를 들은 듯했다. 그는 사람이 있다는 것에 놀라지 않았다. 어쩌면 이 집에서 누구를 만나게 될지 이미 알고 있었을지도 모른다. 혹은 닥터를 알고 있었는지도.

'누구지? 이 사람은 누구지?' 유리 안드레예비치는 고통스럽게 기억을 뒤졌다. '오, 이자를 대체 어디서 봤을까? 혹시? 몇 년도인지는 기억나지 않지만 뜨거운 5월의 어느 아침. 라즈빌리예의 기차역. 불길하기 짝이 없는 인민위원의 차량. 명석한 사고, 직선적인 논리, 엄격한 원칙, 정당성, 정당성, 정당성. 스트렐니코프다!'

16

그들은 러시아에 사는 러시아 사람들만이 이야기할 수 있는 방식으로, 특히 공포와 우울과 미칠 것 같은 격정에 빠진 그 무렵 러시아 사람들이 하던 방식으로 오랜 시간 이야기를 나누었다. 날이 저물었다. 주위가 어두워졌다.

스트렐니코프는 어떤 사람과도 언제나 조급한 대화를 하긴 했지만, 이번에는 뭔가 다른 자기만의 이유가 있어 쉬지도 않고 이야기를 늘어놓는 것 같았다.

그는 혼자 있지 않으려고 안간힘을 쓰는 듯 끊임없이 지껄이면서 닥터와의 대화에 매달렸다. 양심의 가책이나 그 자신을 괴롭히는 슬픈 기억이 두려운 걸까, 아니면 견딜 수 없이 자신이 싫고 치욕스러워 죽고 싶을 만큼 자기불만에 시달리고 있는 걸까? 그것도 아니면, 뭔가 무섭고 단호한 결정을 내렸지만 혼자서는 감당하기가 힘들어 가능한 한 닥터와 잡담을 하며 그 실행을 지연시키려 안달하고 있는 걸까?

어쨌든 스트렐니코프는 자신을 괴롭히는 중대한 비밀은 숨긴 채, 자신에게 편한 다른 이야기만 끝도 없이 늘어놓고 있었다.

그것은 세기의 질병이요 시대의 혁명적 광기였다. 모든 사람의 마음속은 그들의 외관이나 말과는 달랐다. 떳떳한 사람은 아무도 없었다. 누구에게나 자신은 모든 것에 죄를 지었고, 숨은 범죄자이며, 아직 발각되지 않은 사기꾼이라고 느낄 만한 이유가 있었다. 아주 사소한 구실만 생겨도 상상력을 발휘해가며 자학의 향연을 벌였다. 사람들은 공상에 빠져 형이상학적인 무아경 속에서, 한번 고개를 들면 그대로는 제동이 걸리지 않는 자기고발의 열정에 사로잡혀 공포 때문만이 아니라 파괴적이고 병적인 충동에 따라 멈추지 않고 스스로를 비방하고 중상했다.

지난날 군사재판의 당사자이자 주요 군사 지도자였던 스트렐니코프는 분명 그러한 죽음을 앞둔 자의 진술을 서면으로든 구술로든 수없이 읽고 들었을 것이다. 하지만 지금 그 스스로가 그와 같은 자기폭로의 발작에 사로잡혀 자신의 모든 것을 재평가하고, 모든 것을 결산하고, 열띤 흥분 속에서 모든 것을 참혹하게 왜곡하고 있었다.

스트렐니코프는 이 고백에서 저 고백으로 비약하며 두서없이 이야기를 이어갔다.

"치타에서 구한 것들입니다. 서랍과 찬장 속에 가득한 진귀한 물건들을 보고 놀랐겠죠? 전부 우리 적군赤軍이 동시베리아를 점령했을 때 징발한 것들입니다. 물론 전부 혼자서 여기로 가져온 건 아닙니다. 내

주위에는 늘 믿음직하고 헌신적인 사람들이 있었죠. 양초, 성냥, 커피, 차, 필기구 등은 군사 물품으로 징발한 것들인데, 일부는 체코군, 일부는 일본군과 영국군 겁니다. 진귀하죠, 그렇지 않아요? '그렇지 않아요?'라는 말은 아내가 잘 쓰던 말인데, 당신도 분명 알아챘을 겁니다. 여기 왔을 때 바로 말할까 말까 망설였지만, 지금 이야기하겠습니다. 나는 그녀와 내 딸을 보러 왔습니다. 그들이 여기 있다는 정보를 너무 늦게 들었습니다. 그래서 늦었습니다. 소문과 보고를 통해 그녀와 가까이 지내는 사람이 있다는 걸 알았고 처음 '닥터 지바고'라는 이름을 들었을 때, 어찌된 영문인지 나는 지난 몇 년 사이에 보았던 그 수많은 얼굴 중에서 심문을 받기 위해 내 앞에 불려왔었던 그 닥터를 기억해냈습니다."

"그래서 당신은 그때 그자를 쏘지 않았던 걸 후회했습니까?"

스트렐니코프는 이 질문을 묵살해버렸다. 어쩌면 그는 자신의 독백에 끼어든 이 말을 듣지도 못했을 것이다. 그는 방심한 상태로 생각에 깊이 빠져 독백을 이어갔다.

"물론 나는 당신을 질투했고, 지금도 질투하고 있습니다. 어떻게 안 그렇겠습니까? 멀리 동쪽에 있는 나의 다른 은신처가 발각되자 나는 몇 달 전 이곳으로 와 숨어 지냈습니다. 나는 날조된 죄목으로 군법회의에 회부될 처지였습니다. 군법회의에 넘어가면 그 결과가 어떨지 쉽게 짐작할 수 있었죠. 나는 아무 죄가 없습니다. 여건이 좋아지면 언젠가 나 자신의 결백을 증명하고 명예를 회복할 수 있을 거라는 희망을 품고 있었습니다. 그래서 나는 체포되기 전에 행방을 감추고, 당분간 이곳저곳을 떠돌아다니며 숨어 지내기로 작정했죠. 언젠가는 결국 구제될 테니까요. 나를 팔아넘긴 건, 나의 신뢰를 이용해 배신한 그 젊은 악당이었습니다.

나는 사람들이 다니는 길을 피해 굶주리면서 도보로 시베리아를 가로질러 서쪽으로 가고 있었습니다. 늘 눈더미 속에 숨거나 눈에 파묻힌 열차 안에서 잤는데, 시베리아 철도 선로에는 눈에 파묻힌 열차들이 끝도 없이 줄지어 있었습니다.

우연히 한 떠돌이 소년을 만났는데, 집단 총살 때 다른 사형수들과 함께 섰다가 살아남은 파르티잔 같았습니다. 그는 시쳇더미 속에서 기어나와 숲에 몸을 숨겼고, 몸이 회복되자 나처럼 이 은신처에서 저 은신처로 떠돌아다닌다고 하더군요. 어쨌든 그 녀석 말은 그랬습니다. 그저 쓸모없는 미성년에 사악하고 소심하고, 실업학교를 다니다 2학년 때 낙제해서 학교에서 쫓겨난 놈이었습니다."

스트렐니코프가 자세하게 덧붙일수록 의사는 점점 더 그 소년이 누군지 알 것 같았다.

"그의 이름은 테렌티, 성은 갈루진이었습니까?"

"맞습니다."

"그렇다면 파르티잔과 총살에 관해 했던 이야기는 모두 사실입니다. 그는 한마디도 꾸며내지 않았어요."

"그 녀석의 유일한 좋은 점은 자기 어머니를 끔찍이도 사랑한다는 거였죠. 녀석의 아버지는 인질로 잡혀 총살을 당했다더군요. 어머니도 투옥되어 아버지와 같은 운명을 기다리고 있다는 것을 알자 녀석은 어머니를 구해낼 수 있다면 무슨 짓이라도 하겠다고 결심했어요. 그는 그 지역 군 비상위원회에 가서 자수하고 그들을 위해 일하겠다고 제의했고, 군 비상위원회에서는 어떤 중대한 배신을 조건으로 그의 죄를 용서해주겠다고 약속했습니다. 그는 내가 숨어 있던 장소를 일러바쳤습니다. 그러나 나는 다행히 그의 배신을 눈치채고 때맞춰 몸을 피했죠.

정말 엄청난 노력을 하며 천신만고 끝에 나는 시베리아를 가로질러 겨우 여기 도착했고, 나는 이곳에서 워낙 잘 알려진 사람이니까 그들이 내가 설마 이곳에 숨으리라고는 생각지도 못할 거라고 여겼습니다. 그들은 내가 이렇게 대담한 행동을 하리라고는 상상도 못할 거라고요. 그리고 실제로 그들은 내가 이 집과 안전하다고 생각되는 다른 은신처에 숨어 있는 동안 치타 부근에서 계속 나를 찾아다녔습니다. 하지만 이제 그것도 끝났습니다. 그들이 내 꼬리를 잡았어요. 아. 어두워지고 있군요. 내가 좋아하지 않는 시간입니다. 나는 오래전부터 불면증에 시달리고 있거든요. 그게 얼마나 고통스러운 일인지 당신은 알 겁니다. 혹시 내 양초가 아직 남아 있다면—질 좋은 진짜 스테아린 양초! 그렇지 않아요?—조금 더 이야기합시다. 당신만 괜찮다면 촛불을 켜놓고 호사스럽게 밤새 이야기하고 싶습니다."

"양초는 충분해요. 나는 한 통밖에 뜯지 않았습니다. 나는 여기 있던 등유 램프를 썼습니다."

"혹시 빵 있습니까?"

"없습니다."

"당신은 뭘 먹고 살았습니까? 이런, 바보 같은 질문을 했군. 감자겠군요. 알겠습니다."

"맞습니다. 감자는 얼마든지 있어요. 여기 살았던 부부는 경험 많은 살림꾼들이었습니다. 그들은 감자 저장법을 잘 알고 있더군요. 지하실에 모두 온전하게 저장되어 있었습니다. 썩지도 얼지도 않고 말짱하게."

스트렐니코프는 갑자기 혁명에 대해 이야기하기 시작했다.

17

"이건 모두 당신에게 해당되는 이야기가 아닙니다. 아마 당신은 이해할 수 없을 겁니다. 당신은 전혀 다른 방식으로 성장했을 테니까요. 도시 변두리의 세계, 철도와 병영 같은 노동자 주택, 그런 세계가 있었습니다. 불결, 비좁음, 빈곤, 노동자들에 대한 모욕, 여자들에 대한 능욕. 방탕한 자식들, 비단 안감을 댄 제복을 입은 대학생과 상인들이 시끄럽게 웃으며 뻔뻔하게 방탕을 저질러도 처벌받는 일이 없던 세계. 사람들은 조롱과 무시에 대한 울분을 폭발시킴으로써, 알몸으로 벗겨진 채 모욕당하고 물건 취급을 받는 눈물과 수모에서 벗어나려 했습니다. 만사에 고민이 없고, 세상에 아무것도 요구하지 않고, 아무것도 주지 않고 아무것도 남기지 않는 그 기생충들의 당당한 변절은 또 어떻던가요!

그러나 우리는 삶을 군사행동으로 받아들였고, 우리가 사랑하는 사람들을 위해 거대한 바위를 굴렸습니다. 우리가 그들에게 슬픔밖에 주는 것이 없더라도, 우리는 그들을 모욕하지 않았습니다. 왜냐하면 우리도 그들 이상으로 큰 고통을 당했으니까요.

그러나 이야기를 계속하기 전에 당신에게 말해둘 것이 있습니다. 요점은 이겁니다. 만약 당신이 당신의 목숨을 소중히 생각한다면, 지체하지 말고 이곳을 떠나야 합니다. 나에 대한 포위망이 점점 좁혀오고 있고, 나에게 무슨 일이 일어나면 당신도 그 일에 휩쓸릴 겁니다. 지금 나와 이야기하고 있다는 것만으로도 당신은 이미 연루된 거니까요. 이 모든 것을 제쳐두고라도 이곳엔 늑대가 너무 많고, 며칠 전에는 나를 보호하기 위해 총을 쏠 수밖에 없었습니다."

"총을 쏜 사람이 당신이었군요?"

"네. 당신도 그 소리를 들었습니까? 나는 또다른 은신처로 가는 중이었는데, 그곳에 도착하기도 전에 여러 가지 낌새로 보아 그곳이 이미 발각되었고 거기 있던 사람들이 살해되었다는 걸 알았습니다. 나는 당신과 이곳에 오래 머무르지 않을 것이고, 오늘밤만 보내고 아침에 떠날 생각입니다. 그러니 당신이 허락한다면 이야기를 계속하겠습니다.

그러나 모자를 젖혀 쓰고 각반을 찬 채 젊은 여자를 고급 마차에 태우고 돌아다니는 트베르스카야-얌스카야 거리의 멋쟁이들이 모스크바에만, 러시아에만 있을까요? 거리, 밤의 거리, 세기의 밤의 거리, 준마들, 바람둥이들은 어디에나 있었습니다. 그러나 19세기에 통일성을 부여하고, 19세기를 하나의 역사적 시기로 구별지은 건 무엇이었을까요? 그것은 사회주의 사상의 출현이었습니다. 혁명이 일어나고, 헌신적인 젊은이들은 바리케이드에 올라갔습니다. 사회평론가들은 야수같은 돈의 뻔뻔함에 재갈을 물려 가난한 인간들의 존엄성을 높이고 지키기 위해 머리를 짜냈습니다. 마르크스주의가 등장했습니다. 그것은 악의 뿌리가 무엇인지 파헤치고, 그 치유책을 찾았습니다. 그것은 세기의 강력한 힘이 되었습니다. 그 모든 것이 세기의 트베르스카야-얌스카야 거리였습니다, 더러움, 성스러움의 광채, 방탕, 노동자 지역, 전단들, 바리케이드들.

아, 소녀였을 때, 김나지움 학생이었을 때 그녀는 정말 예뻤습니다! 당신은 모를 겁니다. 그녀는 브레스트 철도 직원들이 많이 사는 건물에 살던 학교 친구들을 자주 찾아왔습니다. 당시에는 브레스트 철도라 불렸는데 그뒤로 명칭이 몇 번 바뀌었죠. 내 아버지는 지금 유랴틴 특별법정의 위원이지만 그때는 철도 노동자였습니다. 나는 늘 거기서 그녀를 만났죠. 아직 어린 소녀였지만 그때 이미 그녀의 얼굴과 눈에서 과민한 생각과 세기의 불안을 읽을 수 있었습니다. 시대의 모든 테마, 모든 눈물과 분노, 모든 동기, 축적된 모든 보복과 긍지가 그녀의 얼굴과 자태, 그 소녀다운 수줍음과 대담한 아름다움이 섞이는 데 쓰인 것 같았습니다. 그녀의 이름으로, 그녀의 입으로 시대를 고발하고 있었던 겁니다. 그 점이 중요합니다. 그렇지 않은가요? 그것은 어떤 운명, 그 표지입니다. 자연이 그녀에게 부여한 어떤 것, 그녀가 그것에 대해 생득권을 가진 어떤 것 말입니다."

"그녀에 대해 참으로 잘 표현하는군요. 나도 그 시절 당신이 묘사한 그대로의 그녀를 봤습니다. 김나지움에 다니는 여학생에 지나지 않았지만, 그녀 안에서 그 여학생은 이미 아이답지 않은 비밀의 여주인공과 하나였습니다. 그녀의 용의주도한 자기방어의 그림자가 벽에 어른거리고 있었습니다. 그것이 내가 본 그녀의 모습이었고, 나는 그런 그녀를 기억합니다. 당신은 아주 완벽하게 표현했어요."

"당신도 봤고 기억한다고요? 그래서 당신은 어떤 행동을 했습니까?"

"그건 전혀 다른 얘깁니다."

"그래요, 그런데 아십니까, 이 19세기 전체와 파리의 모든 혁명, 게르첸*에서 시작돼 수세대에 걸친 러시아 망명자들, 불발로 끝나거나 성취된 차르 암살 계획, 세계의 모든 노동운동, 유럽의 의회와 대학의 모든 마르크스주의, 완전히 새로운 사상체계, 논증의 혁신과 속도, 조롱하는 태도, 연민이라는 이름으로 고안된 무자비한 구제책들, 이 모든 것을 자기 속에 흡수하고 종합적으로 표현한 것이 바로 레닌이었고, 그것들은 모두 그때까지 이루어진 잘못에 대한 응징의 상징으로, 구세계를 공격하기 위한 것이었습니다.

레닌의 등장으로 전 세계의 눈앞에 거대한 자태의 러시아가 인류의 모든 슬픔과 불행을 보상해주는 구원의 촛불처럼 힘차게 떠올랐습니다. 그런데 내가 왜 이런 이야기를 하는 걸까요? 당신에게는 그저 시끄러운 심벌즈의 공허한 소리 같을 텐데요.

나는 그 소녀를 위해 대학에 갔고, 그녀를 위해 교사가 되어 당시 나에게는 전혀 생소했던 유랴틴으로 갔습니다. 그녀를 위해 산처럼 책을 쌓아놓고 닥치는 대로 읽으며 많은 지식을 흡수해 그녀가 도움을 필요로 할 때 언제라도 활용할 수 있게 했습니다. 삼 년의 결혼생활 뒤 나는 다시 한번 그녀의 마음을 얻기 위해 전쟁터로 나갔고, 전쟁이 끝나 억류생활에서 돌아와서는 내 이름이 이미 전사자 명단에 있는 것을 알고는 가명을 써서 온몸으로 혁명에 뛰어들어 그녀가 겪었던 온갖 부당한 처사를 갚아주고, 그녀의 마음에서 그 불쾌한 기억들을 씻어내 다시는 과거로 돌아가는 일이 없도록 하고, 또 이 세상에 트베르스카야―

---

* 알렉산드르 게르첸(1812~1870). 러시아 소설가이자 사상가. 러시아 농민사회주의 이론을 창시했다.

얌스카야 거리 같은 것은 더이상 존재하지 않도록 하려고 했습니다. 그러나 그들은, 나의 아내와 딸은, 곁에, 바로 곁에 있었습니다! 그들을 만나러 달려가고 싶은 간절한 마음을 억누르느라 죽을힘을 다했습니다! 하지만 나는 그보다 먼저 내 필생의 과업을 완수하고 싶었습니다. 오, 그러나 나는 지금 그들을 한 번이라도 볼 수 있다면 모든 것을 내던지겠습니다! 그녀가 방안에 들어오면 마치 창문이 활짝 열린 것처럼 방안이 공기와 빛으로 가득했었는데."

"그녀가 당신에게 얼마나 소중한 존재인지 알겠습니다. 실례되는 질문이지만, 그녀가 당신을 얼마나 사랑하는지는 알고 있습니까?"

"미안합니다. 뭐라고 하셨죠?"

"그녀에게 당신이 얼마나 소중한 존재인지 아느냐고요. 그녀가 당신을 세상 누구보다 소중하게 생각한다는 것을 알고 있느냐고 물었습니다."

"당신이 그걸 어떻게?"

"그녀가 그렇게 말했습니다."

"그녀가요? 당신한테 말입니까?"

"네."

"미안합니다. 이런 부탁을 해선 안 되는 줄 알지만, 지나치게 무례한 일이 아니라면, 당신이 대답해줄 수 있다면, 그녀가 뭐라고 말했는지 정확하게 되풀이해줄 수 있습니까?"

"기꺼이 하겠습니다. 당신은 순수함의 구현이고, 당신만한 남자는 본 적이 없고, 진정 높은 수준에 도달한 유일한 사람이며, 당신과 함께 살았던 그곳으로 돌아갈 수만 있다면 세상 끝에서 그 집 문턱을 향해 무릎으로 기어서라도 갈 거라고 말했어요."

"미안합니다. 너무 사적인 부분을 건드리는 게 아니라면, 그녀가 언제 어떤 상황에서 그런 말을 했는지 기억해줄 수 있습니까?"

"그녀가 이 방을 치우면서 양탄자를 털려고 밖으로 나갔을 때였습니다."

"어떤 양탄자였죠? 이 방에 두 개가 있는데."

"저기, 큰 것이오."

"그녀가 들기엔 많이 무거웠을 텐데요. 당신이 거들어줬겠죠?"

"네."

"당신은 양탄자 반대쪽 끝을 잡고, 그녀는 몸을 뒤로 젖히고 그네를 타듯 팔을 높이 치켜들어 흔들고 먼지를 피하느라 얼굴을 이리저리 돌리고, 그러다가 눈을 가늘게 뜨고 웃음을 터뜨렸겠죠. 그렇지 않아요? 나는 그녀의 버릇을 잘 압니다. 그러고는 마주보고 다가가면서 무거운 양탄자를 처음에는 두 겹, 다음에는 네 겹으로 접었을 거고, 그녀는 농담을 하고 장난을 쳤을 겁니다. 그렇지 않습니까? 네?"

그들은 자리에서 일어나 각자 다른 창문 쪽으로 걸어가, 서로 다른 쪽을 바라보았다. 잠시 침묵한 뒤, 스트렐니코프는 유리 안드레예비치에게 다가갔다. 그는 유리 안드레예비치의 두 손을 꼭 잡고 자기 가슴에 얹으며 조금 전처럼 쫓기듯이 이야기를 이었다.

"용서하십시오, 내가 당신의 소중한 비밀을 건드렸다는 걸 잘 알고 있습니다. 하지만 가능하다면, 조금만 더 물어보고 싶습니다. 가지 말아줘요. 나를 혼자 내버려두지 말아줘요. 나는 곧 갈 겁니다. 생각해보십시오, 육 년의 이별, 가혹하기 그지없던 인고의 육 년을요. 그러나 아직 모든 자유를 쟁취한 건 아니라고 생각했습니다. 자유를 쟁취하면 내 손이 풀려나 그들에게 돌아갈 수 있을 거라고 생각했죠. 그러나 내가 쌓은 모든 것이 무너지고 말았습니다. 나는 내일 체포될 겁니다. 당신은 그녀를 사랑하고 그녀와 가까운 사람입니다. 당신은 아마도 훗날 언젠가 그녀를 다시 만나게 되겠죠. 아니, 아니, 내가 지금 무슨 부탁을 하려는 걸까! 이건 미친 짓입니다. 나는 체포될 것이고, 변명 한마디 못하게 될 겁니다. 그들은 다짜고짜 달려들어 고함과 폭언으로 내 입을 틀어막아버릴 겁니다. 그들이 어떻게 할지 내가 모르겠습니까!"

18

결국 그는 진짜 잠이 들었다. 유리 안드레예비치는 침대에 눕자 오랜만에 정말 곧바로 자기도 모르는 사이에 곯아떨어졌다. 스트렐니코프는 이날 밤새 머물렀다. 유리 안드레예비치는 그를 옆방에서 자게 했다. 유리 안드레예비치는 몇 번인가 몸을 뒤척이거나 바닥으로 미끄러진 담요를 끌어올리거나 하는 짧은 순간에 잠이 깼지만, 잠이 주는 강한 활기의 회복을 느끼며 기쁨 속에서 다시 잠이 들었다. 동틀 무렵, 그는 어린 시절에 관한 짧고 빠르게 장면이 바뀌는 꿈을 꾸었는데, 그 꿈들이 너무나 또렷하고 앞뒤가 들어맞아서 현실로 착각될 정도였다.

예를 들어, 이탈리아 어느 해변을 그린 어머니의 수채화가 갑자기 바닥으로 떨어지고, 유리 깨지는 소리에 유리 안드레예비치는 잠에서 깼다. 그는 눈을 떴다. 아니, 이건 뭔가 다른 소리다. 이건 분명히 안티포프, 라라의 남편, 파벨 파블로비치의 소리, 바크흐가 말한 그 슈티마 골짜기에서 늑대들을 위협하는 소리다. 아니, 그것이 아니다. 그림 액자가 벽에서 떨어진 것이다. 그것이 마룻바닥에 떨어져 산산조각이 난 것이다, 하며 그는 다시금 꿈나라로 돌아가 계속되는 꿈속에서 그것을 확인했다.

그는 너무 오래 잔 탓에 두통을 느끼며 일어났다. 한동안 그는 자신이 누구인지, 어디에 있는지, 어떤 세계에 있는지 기억나지 않았다.

그러다 갑자기 기억났다. '그래, 스트렐니코프가 찾아와 그와 밤을 지냈지. 늦었군. 옷을 입어야겠어. 지금쯤 그도 일어났겠지, 아직 자고 있으면 깨워서 함께 커피를 마셔야겠군.'

"파벨 파블로비치!"

대답이 없었다. '아직 자고 있나. 깊이 잠들었나보군.' 유리 안드레예비치는 서두르지 않고 옷을 입은 뒤 옆방으로 갔다. 스트렐니코프의 군인용 파파하는 책상 위에 있지만 그는 집안 어디에도 보이지 않았다. '산책이라도 나갔나.' 닥터는 생각했다. '모자도 없이 나가다니. 몸을 단련하려는 건가. 나는 오늘 바리키노를 떠나야 하는데. 너무 늦었군. 게다가 늦잠을 자버렸어. 아침마다 이 모양이지.'

유리 안드레예비치는 난로에 불을 붙인 뒤 양동이를 들고 우물물을 길러 나갔다. 현관에서 몇 발짝 떨어진 곳에, 총에 맞은 파벨 파블로비치가 눈더미에 얼굴을 처박은 채 길을 가로질러 누워 있었다. 그는 자신의 머리에 총을 쐈고 피가 흐른 왼쪽 관자놀이 아래의 눈이 피에 물들어 빨간 덩어리로 굳어 있었다. 옆으로 튄 핏방울들이 눈과 엉겨 마치 얼어붙은 마가목 열매처럼 작고 붉은 구슬이 되어 있었다.

15장
끝

1

이제 죽기 전까지 유리 안드레예비치의 생애 마지막 팔구 년, 그 시기의 그리 복잡할 것 없는 이야기만 남았다. 그간에 그는 차츰 쇠약해지고 닥터로서도 작가로서도 지식과 능력을 잃은 듯 자기 자신을 방치했는데, 잠깐씩 우울과 침체의 늪에서 벗어나 생기를 되찾으면 자신의 활동으로 되돌아갔으나 그런 돌발적 회복은 순간뿐이었고, 이내 다시금 자신과 세상의 모든 것에 대한 오랜 무관심 상태에 잠기곤 했다. 그 몇 년 동안 지병이던 심장병도 악화되었는데, 이미 오래전에 그 스스로 진단을 내리기는 했지만, 병세의 심각함에 대해서는 자각하지 못하고 있었다.

그가 모스크바에 도착했을 때는 소비에트체제 기간 중에서도 가장 이중적이고 기만적이었던 네프[*] 초기였다. 그는 파르티잔 포로였다가 유랴틴으로 귀환했을 때보다 훨씬 더 초췌해져, 덥수룩하고 남루했다. 또다시 여행길에 오른 그는 하나씩 값나가는 옷가지를 빵과 바꾸고, 벌거숭이로 다닐 수는 없었으므로 낡고 해진 누더기를 얻어 입었다. 두번째 장만한 슈바와 양복도 그렇게 팔아치우고, 회색 파파하를 쓰고 각반을 차고 다 해진 죄수복처럼 단추가 모조리 떨어진 낡은 군대 외투 차림으로 모스크바 거리에 나타났다. 그 모습은 수도의 광장과 가로숫길과 기차역에 넘쳐나는 수많은 적군 병사들 속에서 전혀 구별이 되지 않았다.

그는 모스크바에 혼자 온 것이 아니었다. 그가 어딜 가든 잘생긴 시골 소년이 뒤를 졸졸 따라다녔는데, 소년도 그와 똑같이 군복 차림을 하고 있었다. 그들은 그런 모습으로 모스크바에 무사히 남아 있었던 지인들의 객실에 나타났는데, 유리 안드레예비치가 어린 시절을 보낸 그곳들에서 사람들은 그를 알아보았고, 여행 후에 몸을 씻었는지 확인한 뒤―아직도 티푸스가 맹위를 떨치고 있었다―그와 그의 동행인을 반겨주었는데, 그들은 유리 안드레예비치가 나타난 첫날, 그의 가족이 모스크바를 떠나 외국으로 간 사정을 이야기해주었다.

두 사람은 극도의 두려움에 사람 만나는 것을 꺼려 혼자 손님이 되어 침묵하면 안 되거나 대화에 끼어야만 하는 자리를 피했다. 두 사람은 대개 사람들이 많이 모인 자리에만 키가 껑충한 모습을 드러냈는데, 가능하면 눈에 잘 띄지 않는 어딘가 구석에서 묵묵히 저녁 시간을 보내며 사람들의 대화에는 거의 끼어들지 않았다.

---

* 1921~1927년 소비에트의 신경제정책.

어린 동행인을 데리고 다니는 남루한 차림에 키가 크고 야윈 닥터는 마치 서민 출신의 진리 탐구자 같았고, 언제나 그를 따르는 소년은 맹목적으로 순종하고 헌신하는 제자나 추종자 같았다. 이 젊은 동행인은 누구일까?

2

유리 안드레예비치는 여행의 끝 무렵 모스크바에 가까워졌을 때는 열차를 탔지만, 그전까지는 훨씬 먼 거리를 걸어서 이동했다.

그가 지나온 시골의 풍경은 시베리아나, 숲의 포로가 되었다가 탈출해 우랄에서 보았던 것보다 나을 것이 없었다. 다만 그때는 한겨울이었고 지금은 늦여름의 따뜻하고 건조한 가을 날씨라 여행하기에는 훨씬 편했다.

그가 지나온 마을의 절반은 적의 습격이 휩쓸고 지나간 것처럼 텅 비고 논밭은 수확되지 않은 채 버려져 있었는데, 이 모든 것은 전쟁과 내전의 결과였다.

9월 말의 이삼일 동안 그는 높은 절벽을 이룬 강변을 따라 걸었다. 유리 안드레예비치 쪽으로 흐르는 강은 그의 오른쪽에 있었다. 왼쪽에는 구름이 덮인 지평선까지 추수하지 않은 논밭이 막막하게 펼쳐져 있었다. 때때로 참나무, 느릅나무, 단풍나무가 주종을 이룬 활엽수림이 나타나곤 했다. 숲은 깊은 골짜기를 이루며 강을 향해 달려와 깎아지른 듯한 절벽과 가파른 경사로 길을 가로막았다.

추수를 못한 들판의 잘 익은 호밀은 무거워 고개를 들지 못하다 저절로 땅 위에 떨어져 흩어졌다. 유리 안드레예비치는 죽을 만들어 먹을 수 없는 최악의 경우에는 땅에 떨어진 낟알을 한 움큼 입에 넣고 힘겹게 씹으면서 연명했다. 제대로 씹히지도 않는 낟알은 소화시키기 힘들었다.

유리 안드레예비치는 그렇게 불길한 밤색, 변색한 오래된 금의 색깔을 띠는 호밀을 본 적이 없었다. 제때 수확하면 호밀은 대체로 이보다 훨씬 밝은 빛을 띠었다.

불 없이 타오르는 불꽃의 색채, 소리 없이 도움을 외치는 호밀밭들을 이미 겨울 빛을 띤 광막한 하늘이 차갑고 평온하게 뒤덮고 있었고, 그 하늘에는 마치 얼굴 위로 그림자를 드리운 듯 가운데는 검고 가장자리는 하얗게 층층을 이룬 긴 눈구름이 쉴새없이 흘러가고 있었다.

모든 것이 서서히, 일정하게 움직였다. 강이 흘러갔다. 강을 맞이하는 도로가 있었다. 그 길을 따라 닥터는 걸어갔다. 그가 걸어가는 방향으로 구름이 떠가고 있었다. 호밀밭도 움직이지 않는 것이 아니었다. 호밀밭 위에서 뭔가가 조금씩 쉼없이, 혐오감을 불러일으키며 움직이고 있었다.

들판에는 유례가 없을 정도로 무수한 쥐들이 번식해 있었다. 들판에서 밤을 맞아 어느 밭둑에서 노숙해야 했을 때는 쥐들이 닥터의 얼굴과 팔뚝을 타고 다니며 소매와 바지 속까지 파고들었다. 낮에는 욕심껏 배를 채운 무수한 쥐들이 길 위를 떼 지어 돌아다니며 사람 발에 밟히면 미끄럽고 찍찍거리며 꿈틀거리는 진창으로 변하곤 했다.

털이 자랄 대로 자라고 들개처럼 사나워진 동네 개들이 닥터에게 달려들어 물어뜯을 기회를 살피는 듯 서로 눈짓을 하며 적당한 거리를 두고 떼로 따라다녔다. 개들은 주로 사체를 뜯어먹고 살았는데, 들판에 들끓는 쥐고기도 마다하지 않았고, 멀찌감치 떨어져 닥터를 주시하며 뭔가를 기다리는 듯 대담하게 그의 뒤를 따라오곤 했다. 이상하게도 그 개들은 숲속에는 들어가지 않고, 숲에 가까워질수록 그 수가 줄어들다 마침내 방향을 돌려 자취를 감췄다.

그 무렵 숲과 들판은 완전히 대조적이었다. 인적 없는 들판은 주인이 떠나며 저주받은 고아처럼 버려져 있었다. 그러나 사람들로부터 해방된 숲은 풀려난 죄수처럼 자유로워 보였다.

사람들은, 특히 시골의 아이들은 호두가 익기를 기다리지 못하고 아직 파르스름한 열매를 가지째 꺾어댔다. 그러나 사람의 손길이 닿지 않은 언덕과 골짜기의 숲이 우거진 비탈은 꺼칠꺼칠한 황금빛 잎들로 완전히 뒤덮여 마치 가을 햇볕에 피부가 거칠어지고 먼지가 낀 것처럼 보였다. 그중 가장 탐스러운 것은 리본으로 묶은 것처럼 서너 개씩 한데 뭉쳐 예쁘게 불거진 호두였는데, 여물 대로 여물어 금방이라도 떨어질듯 가지에 매달려 있었다. 유리 안드레예비치는 여행 동안 끊임없이 호두를 소리 내며 깨물어 먹었다. 가방에도 주머니에도 호두를 가득 채워넣었다. 일주일 내내 호두가 그의 주식일 때도 있었다.

닥터가 보기에 들판은 중병에 걸려 열에 시달리고, 숲은 건강이 회복되어 희망적인 상태에 있는 것 같았는데, 그래서인지 숲에는 신이 살고 있는 것 같았고, 들판에서는 악마의 비웃음소리가 들리는 것 같았다.

3

닥터는 여행하는 도중 완전히 불타 주민들도 버리고 떠난 마을을 지나간 적이 있었다. 불타기 전 그 마을은 강 쪽에서 도로를 가로질러 집들이 한 줄로 늘어서 있었다. 강과 맞닿은 곳에는 집이 없었다.

마을에는 그나마 외부만 시커멓게 그슬린 집이 몇 채 남아 있었다. 그러나 그 집들도 이미 텅 비어 사람은 없었다. 다른 농가들은 잿더미가 되어 까맣게 그슬린 굴뚝만 서 있었다.

강가의 절벽에는 전에 주민들이 생계 수단이었던 맷돌을 만들려고 쪼았던 벌집 같은 구멍들이 있었다. 남아 있는 집들 가운데 마을 끝에 있는 집 앞마당에 맷돌이 되다 만 둥그런 돌덩어리가 세 개 놓여 있었다. 그 집 역시 다른 집들과 마찬가지로 비어 있었다.

유리 안드레예비치는 그 집에 들어갔다. 고요한 저녁 무렵이었는데, 닥터가 들어가자 한줄기 바람이 집안으로 불어오는 것 같았다. 지푸라기와 검불 따위가 바닥에서 사방으로 날리고, 벽에 아직 붙어 있던 종잇조각이 펄럭거렸다. 집안의 모든 것이 들썩이고 바스락거렸다. 쥐들은 온 집안을 찍찍거리며 돌아다녔는데, 그 주변 모든 지역처럼 그 농가에도 쥐들이 우글거렸다.

닥터는 농가에서 나왔다. 들판 너머로 해가 지고 있었다. 황금빛 따스한 석양이 건너편 강변을 물들이고, 강변에 흩어진 관목 수풀과 작은 웅덩이가 생기 없이 반사되어 반짝거리며 강 한복판까지 뻗어 있었다. 유리 안드레예비치는 길을 건너가 풀밭에 놓여 있는 맷돌 하나에 걸터앉았다.

그때 강둑 위로 밝은 아맛빛 덥수룩한 머리가 쑥 올라오더니 이어서 어깨, 손이 나타났다. 누군가가 강에서 물을 양동이에 가득 채우고 절벽 길을 올라오고 있었다. 그는 닥터를 보자 상반신만 올라온 채 멈추고 말했다.

"물 좀 드릴까요, 좋은 분이겠죠? 날 해치지 않으면 나도 당신을 해치지 않을게요."

"고맙군요. 좀 마십시다. 걱정 말고 이리 와요. 내가 왜 당신을 해치겠소?"

강둑으로 모습을 드러낸 사람은 아직 어린 소년이었다. 맨발에 옷은 찢어지고 머리는 덥수룩했다.

말은 호의적으로 하면서도 소년은 불안과 경계의 눈으로 닥터를 보았다. 무슨 이유인지 소년은 묘하게 흥분하는 듯했다. 그는 양동이를 땅에 털썩 내려놓더니 갑자기 닥터 쪽으로 달려들었고, 문득 멈춰 서서 중얼거렸다.

"설마…… 설마…… 그래 아니야, 그럴 리가 없어. 내가 꿈을 꾸는 걸 거야. 실례지만, 동지, 뭘 좀 물어봐도 됩니까. 당신이 제가 아는 사람 같아서요. 그래 맞아! 맞아! 닥터 아저씨 맞죠?!"

"그런데 너는 누구지?"

"못 알아보시겠어요?"

"모르겠어."

"모스크바를 떠날 때 같은 열차에 탔었잖아요. 같은 차량에. 저는 강제노동 징용자로 호송되고 있었어요."

바샤 브리킨이었다. 소년은 닥터 앞에 엎드려 그의 두 손에 입을 맞추며 울기 시작했다.

　불타버린 그 마을은 바샤의 고향, 베레텐니키였다. 그의 어머니는 죽고 없었다. 마을이 파괴되고 불길에 싸였을 때 바샤는 채석장 땅굴에 숨어 있었고, 어머니는 그가 도시로 끌려간 줄 알고 슬퍼하다 실성해서 지금 닥터와 그가 나란히 앉아 이야기하고 있는 이 펠가강에 몸을 던졌다. 바샤의 여동생 알룐카와 아리시카는 정확한 정보는 아니지만 다른 지방의 고아원에서 지낸다고 했다. 닥터는 바샤를 모스크바에 데려가기로 했다. 바샤는 오면서 유리 안드레예비치에게 자신이 겪었던 무서운 일들을 들려주었다.

4

　"들판에 버려진 곡식은 지난해 가을보리예요. 씨를 뿌리자마자 일이 터졌어요. 폴랴 아주머니가 막 떠난 뒤였죠. 팔라샤 아주머니 기억나세요?"

　"아니, 전혀 모르겠는걸. 누구지?"

　"펠라게야 닐로브나를 모르신다고요? 함께 기차에 탔잖아요. 탸구노바요. 살이 통통하게 찌고 얼굴이 하얀 활발한 아주머니 말이에요."

　"머리를 늘 땋았다 풀었다 하던 여자?"

　"땋은 머리, 땋은 머리! 맞아요! 그 사람이에요. 머리를 땋은!"

　"아, 기억나는구나. 잠깐. 그러고 보니 그뒤에 시베리아에서도 만난 적이 있어. 어느 도시의 길가에서."

"정말이요? 팔라샤 아주머니를요?"

"왜 그러니, 바샤? 왜 미친듯이 내 손을 잡아 흔드는 거냐. 그만해, 손 떨어져나가겠다. 그런데 왜 소녀처럼 빨개졌지?"

"아주머니는 어떻게 지내고 계셨어요? 빨리 이야기해주세요, 빨리요."

"내가 만났을 때는 건강하고 무사했어. 그녀가 네 이야기를 했었는데. 너희 집에 갔다던가, 함께 지냈다던가. 기억이 잘 안 나, 헷갈리는구나."

"맞아요, 맞아요! 우리집에 있었어요, 우리집에! 우리 엄마는 그 아주머니를 친동생처럼 사랑하셨어요. 얌전한 분이었어요. 일을 잘했고요. 바느질 솜씨가 훌륭했어요. 아주머니가 함께 살 동안 집안에는 없는 것이 없었어요. 그런데 나쁜 소문이 퍼져 아주머니가 곤란해졌고, 베레텐니키에서 쫓겨나고 말았어요.

우리 마을에 하를람 그닐로이*라는 농부가 있었어요. 그는 폴랴 아주머니를 쫓아다녔어요. 고자질쟁이인데, 이 사람은 코가 없었어요. 아주머니는 그를 거들떠보지도 않았죠. 그래서 그는 저한테까지 이를 갈았어요. 그는 저와 폴랴 아주머니에 대해 험담을 퍼뜨리고 다녔어요. 그래서 아주머니가 결국 떠난 거예요. 모든 것이 끝나버렸어요. 거기서부터 모든 일이 시작됐어요.

그 근처에서 무서운 살인 사건이 벌어졌어요. 부이스코예 근처 숲에 있는 농장에서 과부가 죽었어요. 숲 근처에 혼자 살았거든요. 그녀는 고무끈으로 묶는 긴 남자 장화를 신고 다녔어요. 그리고 사나운 개를

---

* '부패한, 타락한'이라는 뜻.

키우고 있었는데, 묶여 있지만 줄이 가는 데까지는 농장 안을 돌아다닐 수 있었어요. 그 개의 이름은 고를란이었어요. 그녀는 집안일이나 농사일이나 남의 손을 빌리지 않고 혼자 해냈어요. 그런데 예상보다 그해 겨울이 빨리 닥쳤어요. 눈도 일찍 내렸고요. 과부는 미처 감자를 캐지 못했어요. 그래서 그녀는 베레텐니키에 와서 돈이나 감자를 품삯으로 줄 테니 도와달라고 청했어요.

저는 감자를 캐주기로 했어요. 하지만 농장에 가서 보니 하를람이 먼저 와 있었어요. 그가 저보다 먼저 일하기로 승낙했었대요. 그녀가 저에게 그걸 말해주지 않았던 거예요. 그런 문제로 다투고 싶지는 않았어요. 함께 일하기로 했죠. 우리는 고약한 날씨 속에서 감자를 캤어요. 비와 눈이 내려 온통 진창이었어요. 우리는 감자를 캐고 또 캐고, 감자 잎과 줄기를 태워 따뜻한 연기로 감자를 말렸어요. 일이 끝나자 그녀는 양심적으로 품삯을 치러줬어요. 하를람을 보낸 뒤 그녀는 저에게 눈짓을 하더니 부탁할 일이 있으니 나중에 다시 오든지 남아 있어 달라고 했어요.

그래서 나중에 다시 찾아갔어요. 그녀가 말하길, 여분의 감자를 정부에 공출당하고 싶진 않아. 너는 참 좋은 청년이지. 이 일을 비밀로 해줄 거라 믿어. 그래서 이렇게 털어놓는 거야. 감자를 저장할 굴을 파고 싶은데 보다시피 날씨가 이 모양이야. 굴 파기에는 너무 늦었지―겨울이 빨리 와서. 나 혼자서는 어쩔 도리가 없어. 네가 이 일을 도와준다면 품삯은 톡톡히 치를게. 말려서, 묻어줄래, 하는 거예요.

저는 그녀를 위해 굴을 팠고, 비밀 은신처처럼 바닥은 넓고 위로 갈수록 좁은 물병처럼 굴을 팠어요. 그러고는 불을 피워 굴 안을 건조시키고 덮혔어요. 심한 눈보라가 쳤어요. 감자를 굴로 옮기고 위를 흙으로 덮었어요. 정말 감쪽같이 해놓았죠. 저는 물론 굴에 대해서는 한마디도 하지 않았어요. 아무에게도 안 했어요. 어머니, 여동생들에게도. 맹세코요!

그랬는데, 한 달쯤 지나 농장에 강도가 들었어요. 부이스코예에서 그곳을 지나갔던 사람들 말로는, 문이 활짝 열려 있고 집안이 온통 어질러져 있는데 과부는 보이지 않고, 고를란은 사슬을 끊고 달아났다는 거예요.

그리고 얼마 후. 세밑에 겨울 들어 처음으로 눈이 눈아 땅이 드러났어요. 성 바실리의 날 저녁*에는 비가 많이 와서 언덕의 눈이 녹고 땅이 드러났어요. 고를란이 돌아와서 눈이 녹아 드러난 땅, 감자를 묻었던 굴이 있는 곳을 앞발로 파헤치기 시작했어요. 고를란이 미친듯이 흙을 파헤치자, 마침내 고무끈이 달린 장화를 신은 과부의 발이 나타났어요. 정말 끔찍했어요!

베레텐니키 마을 사람들은 모두 그 과부를 동정하고 불쌍히 여겼어요. 그러나 하를람을 의심한 사람은 없었어요. 어떻게 그런 의심을 하겠어요? 상상도 할 수 없는 일이잖아요? 만일 그가 그런 일을 저질렀다면 그 약삭빠른 사람이 베레텐니키에 남아서 얼쩡거리고 있었겠어요? 걸음아 날 살려라 하고 어디론가 멀리 줄행랑쳤겠죠.

마을의 부농들은 이 끔찍한 사건을 듣고 기뻐했어요. 마을 사람들을 선동하기 좋으니까요. 그들은 이렇게 말하고 다녔어요. 여기 도시 사

---

* 12월 31일 저녁으로, 고기만두를 빚는 풍습이 있다.

람들이 한 짓을 보아라. 이건 당신들에 대한 교훈이고 위협이다. 곡식을 감추거나 감자를 몰래 파묻지 말라는 경고다. 그런데 당신들은 어리석게도 숲속의 강도를 의심하고, 비적들이 그런 일을 저질렀다고 믿고 있다. 어리석은 민중이여! 당신들은 도시 사람들보다 훨씬 수가 많다. 잘 들어라, 그들은 마음만 먹으면 당신들을 굶어죽일 수도 있다. 재산이 소중하다면 시키는 대로 해라. 우리가 좋은 방법을 가르쳐주겠다. 당신들이 피땀 흘려 거둔 것을 빼앗기 위해 그들이 몰려오면, 곡식 한 톨 남지 않았다고 말해라. 그리고 쇠스랑을 들고 맞서라. 공동체를 배반하는 자는 조심하는 게 좋을 것이다. 그러자 당황한 마을 장로들이 머리를 맞대고 회의를 열었어요. 고자질쟁이 하를람은 마치 기다렸다는 듯이 나섰죠. 시내에 가서, 속닥—속닥—속닥. 지금 마을에서 이런 일이 벌어지고 있는데 당신들은 앉아서 구경만 할 겁니까? 우리에게는 빈농위원회가 필요하다. 지시만 내리면 내가 즉시 그들을 솎아낼 수 있다. 그러더니 어느 틈엔가 자취를 감추고 다시는 나타나지 않았어요.

그다음부터는 저절로 일이 벌어졌어요. 획책한 사람도 없고, 죄지은 사람도 없었어요. 시내에서 적군이 파견됐죠. 순회재판이 열렸어요. 곧 제가 불려갔어요. 하를람이 꾸며낸 말 때문이었죠. 강제노동을 피해 도망쳤고, 마을에 반란을 선동했고, 과부를 죽인 혐의였어요. 저는 수감됐어요. 하지만 다행히도 마룻바닥을 뜯어내고 달아날 수 있었어요. 땅굴에 숨었죠. 제 머리 위에서 마을이 불탔지만—저는 보지 못했고, 제 머리 위에서 사랑하는 어머니가 강의 얼음 구멍에 몸을 던졌지만—저는 몰랐어요. 그 모든 일이 저절로 일어났던 거예요. 적군 병사들에게 농가 한 채를 제공하고 술을 주자 그들은 죽도록 퍼마셨어요. 밤에 그들의 부주의로 집에 불이 붙었고, 이웃집으로 번졌어요. 마을 사람들은 창밖으로 뛰어내려 달아났지만, 이 마을에 새로 온 그 병사들은 누가 일부러 불을 지른 것도 아닌데 남김없이 산 채로 모두 불에 타 죽었어요. 우리 마을 사람들, 화재를 당한 베레텐니키 마을 사람들에게 불탄 집에서 떠나라고 한 사람은 없었어요. 그들 스스로가 두려워서 떠난 거예요. 게다가 부농들이 소문을 퍼뜨렸어요―열 중 하나는 총살될 거라고. 제가 나왔을 때는 마을 사람들이 모두 뿔뿔이 흩어진 뒤라 아무도 보이지 않았어요. 지금 어디선가 떠돌고 있겠죠."

5

닥터와 바샤는 네프 초기인 1922년 봄에 모스크바에 도착했다. 따뜻하고 화창한 날들이 이어졌다. 구세주 성당의 황금빛 둥근 지붕 위에 반사된 햇살이 네모난 돌로 포장된 틈새에 풀이 무성하게 자란 광장으로 쏟아졌다.

개인 거래 금지령이 풀려, 엄격한 범위 내이긴 하나 자유로운 상거래가 허용되고 있었다. 시장에서는 고물에 한해 거래가 이루어졌다. 작은 규모의 거래가 오히려 투기적인 암거래를 조장했다. 암상인들의 미미한 거래는 황폐한 도시에 어떤 새로운 재화를 만들어내지도, 실질적인 도움도 주지 못했다. 그러나 무익한 전매가 되풀이되어 열 배의 이익을 올리는 경우도 있었다.

몇몇 알뜰한 가정에서는 어느 한곳에 자신들의 책들을 내놓기도 했다. 그들은 시 소비에트에 협동조합서점을 열겠다고 신청했다. 그리고 사용처 허가를 받았다. 혁명 초기부터 비어 있던 신발 창고나 그 무렵 폐점된 화원의 온실을 사용할 수 있는 허가를 받아, 그 넓고 둥근 천장 밑에 자신들이 이따금 사 모았던 빈약한 장서들을 내놓고 팔았다.

전에 세상이 험악했을 때 몰래 흰 빵을 구워 팔았던 대학교수의 아내들이 이제는 모든 자전거가 징발되어 놀고 있는 자전거포 같은 데서 공공연히 빵을 구워 팔았다. 그녀들은 이제 이정표를 전환해 혁명을 받아들이고*, '예, 좋습니다' 같은 공손한 말 대신 '그래' 또는 '좋지' 따위의 말을 거침없이 하게 되었다.

모스크바에 오자 유리 안드레예비치는 말했다.

"바샤, 너도 뭔가 일을 해야 할 텐데."

"저는 공부를 하고 싶어요."

"물론 그래야지."

"그리고 또 한 가지, 기억을 되살려서 어머니의 초상화를 그리고 싶어요."

"아주 좋은 생각이다. 하지만 그러려면 그림을 그릴 줄 알아야 하잖아. 전에 해본 적 있니?"

"아프락신 상가에서 아저씨가 안 볼 때 목탄으로 그려본 적이 있어요."

"아 그래. 다행이구나. 한번 해봐."

바샤는 그림에 큰 재주는 없었지만, 응용미술을 배울 만한 자질은

---

* 네프를 자본주의의 복귀로 여기고, 소비에트정권에 협력한 지식인들을 '이정표 전환파'라 불렀다.

충분했다. 그래서 유리 안드레예비치는 지인을 통해 바샤를 구舊 스트로가노프 학교* 일반학부에 입학시킨 뒤 나중에 인쇄기술학부로 옮기게 했다. 그는 여기서 석판 기술, 인쇄와 제본 기술, 예술적 장정 기법을 배웠다.

닥터와 바샤는 서로 힘을 합치게 되었다. 닥터가 다양한 테마로 글을 쓰면, 바샤는 그것을 시험 과제라는 명목으로 학교에서 인쇄했다. 만든 소책자는 소량에 불과했지만, 그의 지인들이 최근에 연 서점에 배포할 수 있었다.

유리 안드레예비치의 철학과 의학적 견해, 건강과 질병에 대한 정의, 생물 변이설과 진화, 유기체의 생물학적 기초인 개체 이론, 니콜라이 외삼촌이나 시무시카의 사상과 공통점이 많은 역사와 종교에 대한 견해, 그리고 닥터가 머문 적 있는 푸가초프의 사적史跡에 대한 기록, 그리고 그의 시와 단편소설 같은 것들이었다.

그의 책은 평이한 대화체로 쓰여 있지만 논쟁의 여지가 있을 만큼 자의적이고 검증은 불충분하지만 생생한 독창성이 담겨 있어 대중성과는 거리가 멀었다. 그러나 책들은 곧 매진되었다. 애호가들이 높게 평가했다.

그 무렵 시작詩作이나 작품의 번역, 이론 연구 등 모든 것이 전문화되기 시작하고, 모든 분야의 연구소가 창설되었다. 각종 사상의 회관들, 예술사상 아카데미들이 등장했다. 그와 같은 허울좋은 시설들 절반에서 유리 안드레예비치는 전임 닥터로 일했다.

---

* 1825년에 스트로가노프 백작이 세운 학교로, 현재 모스크바 국립예술산업아카데미의 전신이다.

닥터와 바샤는 오랫동안 친구처럼 함께 살았다. 이 기간에 그들은 곳곳에 있는 거의 무너져가는 집들을 전전했는데, 어느 곳이든 살기 불편하기는 매한가지였다.

모스크바에 도착하자마자 유리 안드레예비치는 십체프에 있는 옛집을 찾아갔는데, 거기서 그는 그의 가족이 모스크바를 경유할 때 그곳에 한 번도 들르지 않았다는 것을 알게 되었다. 가족들의 국외 추방으로 모든 것이 변해 있었다. 닥터와 그의 가족들에게 할당된 방에는 다른 사람들이 입주해 있었고, 그와 그의 가족 소유의 가재도구는 아무 것도 남아 있지 않았다. 유리 안드레예비치를 위험인물로 여기는 듯 모두 그를 피했다.

마르켈은 출세해 이미 십체프에 살고 있지 않았다. 그는 무치노이 고로도크의 관리인이 되었고, 직책에 따라 그의 가족에게는 관리인의 아파트가 할당되었다. 그러나 그는 흙바닥이지만 수도와 커다란 러시아식 페치카가 있는 옛 주택청소부의 집에서 살길 원했다. 이 도시의 수도관과 난방장치는 겨울이면 얼어 터져버렸지만 주택청소부의 집만은 따뜻하고 수도도 얼지 않았기 때문이다.

이 무렵 닥터와 바샤 사이에 틈이 벌어지기 시작했다. 바샤는 그동안 눈부시게 성장했다. 말하고 생각하는 것이 이미 베레텐니키의 펠가 강가에 살던 맨발에 머리가 덥수룩한 꼬마가 아니었다. 혁명이 선언한 진실의 명백함, 그 자명함에 그는 점점 매료되었다. 그리고 닥터가 이해하기 어렵고 비유적인 말을 하면, 닥터 자신이 스스로 약점을 의식하고 있기 때문에 얼버무릴 수밖에 없는 것이라며 그를 비난했다.

닥터는 여러 관청을 돌아다녔다. 두 가지 이유 때문이었다. 가족의 정치적 복권과 귀국 허가, 또하나는 아내와 아이들이 있는 파리로 갈수 있는 출국 허가를 요청하는 것이었다.

바샤는 그런 일에 닥터가 열의가 없고 부진한 데 놀랐다. 유리 안드레예비치는 아무리 노력해도 안 될 거라고 지레 포기해버리고는, 자기로서는 할 만큼 했으니 더이상의 노력은 헛되다고 선언했던 것이다.

바샤는 점점 더 닥터를 비난했다. 바샤의 정당한 비난에는 그도 화를 내지 않았다. 그러나 그와 바샤의 우정에 금이 갔다. 마침내 그들은 절교하고 헤어지기로 했다. 닥터는 함께 쓰던 방을 바샤에게 내주고 자신은 무치노이 고로도크로 옮겼는데, 주택 관리의 전권을 쥔 마르켈이 그를 위해 옛 스벤티츠키의 집 구석방을 마련해주었다. 그 구석진 끝 방에는 스벤티츠키의 낡아서 못 쓰게 된 욕실과 그 옆에 창문이 하나밖에 없는 방, 거의 무너져서 기울어진 부엌이 있었고, 부엌의 뒷문은 반쯤 망가져 내려앉아 있었다. 유리 안드레예비치는 그곳으로 옮긴 후에는 의사 일도 내팽개치고 점점 타락했으며, 지인들과 만나지도 않고 갈수록 곤궁해졌다.

6

잿빛 겨울의 어느 일요일이었다. 난로 연기는 기둥 모양으로 지붕 위로 바로 올라가지 못하고, 난로에 연결해놓은 사용이 금지된 간이 난로의 양철 연통 때문에 창문 통풍구에서 검은 줄기로 흩어졌다. 도시의 생활은 아직도 정상화되지 않고 있었다. 무치노이 고로도크의 주민들은 세수도 못한 더러운 몰골로 돌아다녔고, 각종 부스럼에 추위, 감기에 시달렸다.

일요일에 마르켈 시챠포프의 가족은 모두 집에 모여 있었다.

시챠포프 가족들은 식탁에 둘러앉아 점심을 먹고 있었는데, 빵 배급제가 실시되던 시절에는 바로 이 식탁 위에서 거주자들을 모아놓고 배급표 규정대로 분배한 뒤, 새벽에 전체 거주자들의 배급표를 가위로 잘라 몫을 나누고, 계산하고, 분류해 묶은 것을 종이에 싸서 빵집에 가져갔으며, 빵을 구워서 가져오면 또다시 탁자 위에서 빵을 자르고 잘게 쪼개고 무게를 달아 거주자들에게 나눠주었다. 그러나 그러던 것도 이제는 모두 과거의 이야기가 되었다. 식량 배급 규정이 바뀌어 다른 방법으로 관리되고 있었다. 가족들은 긴 탁자에 둘러앉아 게걸스럽게 소리 내며 먹고 마시며 맛있게 씹어대고 있었다.

주택청소부의 방은 한복판에 우뚝 솟은 듯한 널따란 러시아식 페치카가 크게 자리를 차지하고 있었고, 같은 높이의 널빤지 침상에 놓아둔 솜 넣은 이불 끝자락이 난로와 나란히 내려와 있었다.

입구 정면 벽에는 얼지 않은 수도꼭지 하나가 개수대 위로 튀어나와 있었다. 방의 양옆에는 기다란 벤치가 놓여 있고 그 밑에 개인 소지품이 든 보따리와 트렁크가 처박혀 있었다. 왼쪽은 식탁이 차지하고 있었다. 식탁 위 벽에는 식기용 선반이 붙어 있었다.

페치카는 활활 타고 있었다. 방안은 뜨거울 정도였다. 페치카 앞에는 마르켈의 아내 아가피야 티호노브나가 소매를 팔꿈치까지 걷어붙이고 긴 부집게를 페치카 속까지 넣어 냄비들 간격을 필요에 따라 좁히기도 하고 넓히기도 하고 있었다. 땀에 젖은 그녀의 얼굴은 페치카의 불꽃에 비쳐 흔들렸고, 때때로 끓고 있는 수프에서 피어오르는 수증기에 가려지곤 했다. 냄비들을 한쪽으로 밀어놓은 뒤, 그녀는 페치카 깊숙한 곳에서 철판 위에 있는 피로크를 꺼내 뒤집더니 노릇하게 잘 구워지도록 다시 페치카 속에 집어넣었다. 그때 유리 안드레예비치가 두 개의 양동이를 들고 방안으로 들어왔다.

"맛있게들 들게."

"이리 오게. 앉아서 같이 들지."

"고맙지만, 벌써 먹었네."

"뭐 제대로 먹지도 못했을 텐데. 이리 와서 따뜻한 걸 좀 들라니까. 꺼릴 거 있나? 냄비에 구운 감자가 있네. 피로크와 죽. 돼지비계도."

"아니, 정말 괜찮네, 고맙군. 미안하고. 마르켈, 이렇게 자주 드나들면서 방안에 찬바람을 일으켜서 미안하네. 물을 좀 많이 길어 가고 싶어서 말이야. 스벤티츠키의 욕조를 깨끗이 씻었는데, 거기에 물을 가득 채우려고 하거든. 대여섯 번만 길어 가도 되겠나. 그러면 한동안 폐를 끼치지 않아도 될 테니까. 이거 참, 미안하네. 달리 물을 얻을 데가 없어서."

"별말씀을, 마음껏 가져가시게. 시럽은 없지만 물이야 얼마든지 있으니까. 실컷 쓰게나. 우리가 물값 받을 사람들은 아니잖나."

그들은 식탁에 앉아 껄껄 웃어댔다.

유리 안드레예비치가 다섯째와 여섯째 양동이에 물을 길으러 세번째 그 방에 들어갔을 때, 그들의 말투가 바뀌며 말이 달라졌다.

"사위들이 당신이 누구냐고 묻는군. 내가 말을 했는데─믿지를 않아. 물을 길어 가는 것은 얼마든지 좋아. 대신 마룻바닥에 지저분하게 흘리지는 말게. 문가에 흘린 물 안 보이나? 저게 얼면 어떻게 물을 길으러 다니려고 그러나, 문을 꼭 닫아야지, 멍청한 사람 같으니. 문 닫으라고, 밖에서 찬바람 들어오잖아. 우리 사위들은 당신이 누군지 말해도 믿지를 않아. 당신 같은 사람에게 그렇게 많은 돈이 허비되다니! 그래 공부하고 또 공부해서, 그 성과가 대체 무엇이었나?"

유리 안드레예비치가 다섯번째인가 여섯번째 들렀을 때, 드디어 마르켈은 눈살을 찌푸렸다.

"자, 이제 한 번만 더 하면 끝이야. 이보게, 형제, 염치가 있어야지. 내 딸년 마리나가 역성들지만 않았어도 문을 잠가버렸을 걸세. 당신의 출신성분이 아무리 고귀하다고 해도. 우리 마리나*를 기억하나? 저기 식탁 끝에 있는 머리 까만 계집아이 말이야. 얼굴 붉히고 있는 것 좀 보게. 저애가 말하더군, 그 사람에게 너무 심하게 하지 마세요, 아버지, 라고. 누가 심하게 했다는 건지, 원. 마리나는 중앙전신국 전신기사이고, 외국어를 잘하지. 저애가 당신을 불쌍해해. 당신 일이라면 물불 가리지 않고 동정을 한단 말이야. 하지만 당신이 그렇게 된 게 내 탓은 아니지 않나. 사실 그 위험한 시기에 집을 버리고 시베리아로 달아난 게 잘못이지. 그건 당신 잘못이었어. 우리는 그 배고픈 시절에 백군의 봉쇄 속에서 참고 견디며 흔들리지 않고 살아남았어. 그건 당신 잘못이야. 당신은 톤카**도 구하지 못했고, 그래서 그녀는 아마 외국에서 헤매고 있을 거야. 나야 뭐. 당신 집안 문제니까. 따지는 건 아니지만, 하나만 묻지, 그 많은 물을 어디에 쓰려는 거지? 마당에 쏟아놓고

---

* 마린카의 원래 이름.
** 토냐의 애칭.

스케이트장이라도 만들 참인가? 나 원 참, 물에 빠진 암탉 꼴이라니, 당신을 보니 화가 치미는군."

식탁에서 또다시 웃음이 터졌다. 마리나는 불만스러운 눈초리로 모두를 둘러보고 뭔가 비난하는 말을 했다. 유리 안드레예비치는 그녀의 목소리를 듣고 놀랐지만, 아직 그 목소리의 비밀은 알지 못했다.

"마르켈, 집안에 물청소할 곳이 많아서 그러네. 청소를 해야 해. 바닥도 닦고. 빨 것도 많고."

식탁의 모두가 놀라는 눈치였다.

"그런 말을 하다니 부끄럽지도 않나, 도대체 중국 빨래방*이라도 차린 건가, 알 수가 없군!"

"유리 안드레예비치, 괜찮다면 우리 딸을 보내드릴까. 그애가 빨래도 하고 청소도 해줄 텐데. 필요하다면 바느질도 해주고. 얘야, 넌 아무것도 걱정할 것 없다. 이분은 다른 사람들과 달라, 훌륭한 분이지. 파리 한 마리도 해치지 않을 사람이다."

"아니요, 아가피야 티호노브나, 그럴 필요 없어요. 마리나가 나 때문에 손에 구정물을 묻히는 건, 절대 사양합니다. 왜 나 때문에 궂은일을 해요? 나 혼자서도 할 수 있습니다."

"당신은 구정물을 만질 수 있는데 왜 내가 못해요? 쓸데없이 고집을 부리는군요, 유리 안드레예비치. 왜 마다해요? 내가 당신 방에 손님으로 찾아가면 정말 나를 쫓아낼 건가요?"

마리나는 가수가 되어도 좋았을 것이다. 훌륭한 톤과 노래하기 알맞

---

* 당시 모스크바 쿳린스카야 광장 근처에 중국인들이 일하는 빨래방이 있었다.

은 힘있는 맑은 목소리를 지니고 있었다. 작은 소리로 말하는데도 보통의 대화에서 필요한 것보다 힘이 있었고, 그 목소리는 그녀의 것이라기보다 목소리 자체에 생명이 있는 것 같았다. 마치 다른 방이나 그녀의 등뒤에서 들려오는 것 같았다. 그 목소리는 그녀를 보호하는 수호천사였다. 그런 목소리를 가진 여자를 모욕하거나 슬프게 하고 싶지 않았다.

바로 그 일요일, 물을 길으러 갔던 일을 계기로 닥터와 마리나의 우정이 시작되었다. 그녀는 종종 그를 찾아와 집안일을 해주었다. 그러던 어느 날 그녀는 그의 곁에 남아서 더이상 집으로 돌아가지 않았다. 그때부터 마리나는 첫 아내와 이혼하지 않은 상태였던 유리 안드레예비치의 세번째 여자가 되었고, 정식으로 작스*에 혼인신고를 하지 않은 채 살았다. 그들 사이에 아이들이 태어났다. 시챠포프 부부는 딸이 닥터의 아내가 되었다고 자랑스러워했다. 마르켈은 유리 안드레예비치가 마리나와 결혼식도 올리지 않고 혼인신고도 하지 않는다고 불평했다. "당신, 정신 나갔어요?" 그의 아내는 반박했다. "안토니나가 아직 살아 있잖아요? 중혼을 하란 말이에요?" 마르켈도 지지 않았다. "당신도 참 어리석군. 톤카와 무슨 상관이야. 그녀는 없는 거나 마찬가지야. 그녀를 보호해줄 법은 아무데도 없어."

유리 안드레예비치는 가끔 자신들의 결혼은 스무 통의 편지 또는 스무 개의 장으로 된 소설이 있듯이 물 스무 양동이로 이루어진 로망이라고 농담했다.

---

* 3AГC. 혁명 후에 생긴 시민신분등록소의 약칭.

마리나는 이 시기에 생긴 닥터의 괴벽을 이해해주었고, 그것은 자신의 타락을 의식하는 인간이 지니는 광기 같은 것이었는데, 그녀는 그가 집안을 어지르거나 변덕을 부려도 너그러이 넘겨주었다. 그의 불평이나 신경과민, 분노도 참아주었다.

그녀의 헌신은 여기서 끝나지 않았다. 그의 잘못으로 그들은 제 발로 곤경에 빠질 때가 많았고, 그런 때 마리나는 그를 혼자 두지 않으려고 전신국 근무도 팽개치고 함께 있어주었는데, 그녀는 직장에서 좋은 평가를 받고 있었기 때문에 그렇게 어쩔 수 없는 휴직을 한 후에도 곧 다시 복직할 수 있었다. 또한 그녀는 유리 안드레예비치의 공상 같은 제의에 함께 밖으로 나가 삯일을 하기도 했다. 아래층 위층 할 것 없이 거주자들을 위해 장작을 켜주는 일이었다. 네프 초기에 한몫 잡은 일부 투기꾼들이나 정부 쪽에 가까운 학자나 예술가들은 자신의 집을 짓고 가구를 만들기 시작했다. 한번은 마리나와 유리 안드레예비치가 톱밥이 묻은 신발로 방안을 더럽히지 않으려고 조심스럽게 어느 주택의 서재 안으로 땀을 흘리며 장작을 옮기고 있었는데, 주인이 거만하게 무슨 책에 몰두한 채 그들 부부에게는 눈길도 주지 않았다. 두 사람에게 나무를 주문하고 돈을 지불한 것은 그 집 안주인이었다.

'저 돼지 같은 놈은 대체 뭐에 저리 열심이지?' 닥터는 호기심이 발동했다. '대체 뭘 저렇게 미친듯이 연필까지 끄적거리며 읽는 거지?' 장작을 나를 때 책상 옆을 지나가며 어깨 너머로 힐끗 그가 읽고 있는 것을 보았다. 책상 위에 놓인 것은 예전에 바샤가 브후테마스*에서 인

---

* BXYTEMAC. 고등예술기술학교의 약칭.

쇄했던 유리 안드레예비치의 소책자들이었다.

7

마리나와 닥터는 스피리도놉카에 살았고, 그 옆 말라야 브론나야 거리에 고르돈이 셋방을 얻어 살고 있었다. 마리나와 닥터는 캅카와 클라시카라는 두 딸을 얻었다. 카피톨리나*, 애칭으로 카펠카라 불리는 딸은 일곱 살이고, 얼마 전에 태어난 클라브디야**는 육 개월이 되었다.

1929년 초여름은 몹시 더웠다. 친구들은 모자도 쓰지 않고 반소매 차림으로 두세 거리를 걸어 서로의 집을 예사로이 방문했다.

고르돈의 방은 구조가 특이했다. 한때 양장점이 있었던 건물로, 안은 두 개의 층으로 나뉘어 있었다. 두 층은 밖에서 볼 때는 하나의 유리창으로 이어져 있었다. 그 유리창에 금색으로 재단사의 성과 직업이 쓰여 있었다. 유리창 안쪽에 있는 나선형 계단이 위아래 층을 잇고 있었다.

지금 이 공간은 세 칸으로 나뉘어 있었다.

작업실에 마룻바닥을 추가하는 방식으로 두 층 중간에 한 층을 추가했고, 거기에는 살림방치고는 특이한 창문이 하나 있었다. 창문은 높이가 1미터쯤 되었고, 바닥 높이에 위치했다. 그리고 창문에는 금색 글자의 흔적이 가득했다. 그 글자 틈으로 들여다보면 방안에 있는 사람

---

* 캅카의 원래 이름.
** 클라시카의 원래 이름.

들의 다리가 무릎까지 보였다. 바로 그 방에 고르돈이 살고 있었다. 그 방에 지바고와 두도로프, 그리고 마리나가 아이들을 데리고 앉아 있었다. 어른들과 달리 아이들은 이 창문의 틈으로 온몸이 보였다. 잠시 뒤에 마리나가 아이들을 데리고 밖으로 나갔다. 세 남자만 남게 되었다.

같은 학교에 다녔고, 햇수를 셀 수 없을 만큼 오랜 세월 동안 우정을 이어온 그들은 한여름의 느긋한 잡담을 오래도록 나누었다. 그들의 대화는 보통 어떤 식으로 이루어졌을까?

그런 대화 자리에서는 누군가 풍부한 이야깃거리를 제공하는 사람이 있기 마련이다. 그 사람은 늘 자연스럽게 이야기를 잘 연결지으며 대화를 끌고 나간다. 이 세 사람 가운데 그런 사람은 유리 안드레예비치였다.

나머지 두 사람은 늘 말문이 막혀버리곤 했다. 그들에게는 말솜씨가 없었다. 그들은 이야기하다 말문이 막히면 부족한 어휘를 보완하려는 듯 담배를 피워대고, 양손을 내두르며 방안을 걸어다니고, 똑같은 말을 여러 번 되풀이했다("이보게, 형제, 아니지. 그건 아니지, 아니지, 암, 암, 아니지").

그들은 이런 소통에서 그들이 보이는 그런 과장된 연극이 성의나 관대함이 아니라 그것과는 정반대로 그들의 지식 부족과 결함을 나타낸다는 것을 모르고 있었다.

고르돈과 두도로프는 둘 다 훌륭한 교수 집단에 속해 있었다. 그들은 훌륭한 책, 훌륭한 사상가, 훌륭한 작곡가 사이에서, 그리고 어제도 오늘도 매일같이 언제나 훌륭한 음악에 파묻혀 살아가고 있었지만, 평범한 취미를 가진 불행이 몰취미의 불행보다 훨씬 나쁘다는 것을 깨닫지 못했다.

고르돈과 두도로프는 자신들이 지바고에게 비난을 퍼붓는 것도, 친구에 대한 진심과 어떤 감화를 주고 싶은 우정에서 나온 것이 아니라 그들에게 자유롭게 사고하거나 뜻대로 대화를 이끌어갈 능력이 없기 때문이라는 것을 모르고 있었다. 그래서 전속력으로 달리는 마차처럼 그들의 대화는 그들을 완전히 엉뚱한 곳으로 데려가곤 했다. 그러나 그들은 그것을 돌이키지 못하고 결국 엉뚱하게 비약해 어딘가에 충돌했다. 그래서 그들은 전속력으로 유리 안드레예비치와 부딪쳐서는 설교와 충고만 늘어놓았다.

그에게는 그들의 용수철 같은 열정, 건들거리는 관심, 논증의 메커니즘이 빤히 들여다보였다. 그러나 그는 그렇다고 말하지 못했다. '이보게 친구들, 자네들이나 자네들이 대표하는 집단, 그리고 자네들이 좋아하는 이름과 권위자들의 영광과 예술 따위는 어쩌면 그렇게 절망적일 만큼 평범한 것뿐인가! 자네들에게 유일하게 활력이 있고 명백한 것은 자네들이 한때나마 나와 동시대를 살았고 나를 알고 있다는 사실뿐일세.' 그러나 친구들에게 이런 고백을 한들 무엇이 달라지겠는가! 그래서 유리 안드레예비치는 그들에게 상처 주지 않으려고 잠자코 그들의 말에 귀를 기울였다.

두도로프는 얼마 전에 첫번째 형기를 마치고 유형지에서 돌아왔다. 한때 박탈되었던 권리도 되찾았다. 대학에 복직해 강의할 수 있는 허가도 받았다.

그는 유형 때 자신이 느꼈던 감정과 정신적 상태에 대해 친구들에게 이야기하기 시작했다. 그는 거짓 없이 솔직하게 말했다. 그의 발언은 두려움이나 외부인의 판단에 근거한 것이 아니었다.

그는 유죄판결의 논거, 수감됐을 때나 출옥했을 때의 처우, 특히 조사관과의 개인 대면 등을 통해 자신의 머리에 새바람이 불어들어 정치적으로 재교육되었고, 그 덕분에 많은 것에 눈이 열리고 인간적으로 성장하게 되었다고 말했다.

두도로프의 논증은 그 진부함으로 고르돈의 공감을 샀다. 그는 인노켄티에게 고개를 끄덕이며 공감하고, 찬성했다. 두도로프가 말하고 느끼는 것의 진부함이 특히 고르돈을 감동시켰던 것이다. 그는 이 진부한 감정의 모방성을 자신들의 보편적 인간성을 나타내는 것으로 생각했다.

인노켄티의 경건한 상투어는 시대의 정신에 속하는 것이었다. 그러나 바로 그들의 영합주의와 속이 들여다보이는 위선이 유리 안드레예비치를 격분시켰다. 자유롭지 못한 인간은 언제나 자신의 노예 상태를 이상화한다. 중세에도 그랬고, 예수회도 항상 그 점을 이용했다. 유리 안드레예비치는 소비에트 인텔리겐치아들의 최고 업적, 즉 그 무렵의 말로 시대의 정신적 절정이라 일컬어지던 정치적 신비주의를 참아줄 수가 없었다. 유리 안드레예비치는 논쟁을 일으키고 싶지 않아 그런 인상을 친구들에게는 숨겼다.

그러나 그는 완전히 다른 이야기인, 두도로프의 감방 동지였던 보니파티 오를레초프의 이야기에는 흥미를 느꼈는데, 그는 티혼*파 사제였

---

* 바실리 벨라빈(1865~1926). 러시아정교회 총 대주교. 혁명 이후 정부는 정교분리를 선언하며 교회 소유물을 몰수하고 성직자를 박해했다. 티혼은 1918년 차르 일가 살해를 공개적으로 규탄하고 교회 탄압에 항의했다.

다. 체포된 이 사제에게는 흐리스티나라는 여섯 살 난 딸이 있었다. 사랑하는 아버지의 체포와 그뒤의 운명은 어린 딸에게 큰 타격이었다. '컬트 종사자'니 '공민권 상실자'니 하는 말은 이 어린 딸에게 치욕적인 오명으로 여겨졌던 것이다. 아마도 딸은 그 오명을 언젠가 자신의 집안 이름에서 씻어버리겠다고 어린 마음에 맹세했던 모양이다. 그토록 어린 아이가 자신에게 부여한 목적은 그녀 안에서 꺼지지 않는 결의로 불타올라 지금까지도 그녀를 열렬한 공산주의 추종자가 되게 했다는 것이었다.

"나는 이제 가야겠어." 유리 안드레예비치가 말했다. "화내지 마, 미샤, 방안은 답답하고 거리는 찌는 듯이 덥군. 숨도 못 쉬겠어."

"바닥에 통풍구가 열려 있을 텐데. 미안하군, 우리가 담배를 너무 많이 피웠어. 자네가 있을 때는 담배를 피우지 말아야 하는데, 늘 잊어버려. 나보다는, 저렇게 멍청이 같은 집 구조를 원망하게. 다른 집이나 하나 알아봐줘."

"그럼 나는 갈게, 고르도샤*, 그만하면 실컷 이야기했어. 사랑하는 동지들, 나를 그토록 걱정해줘서 고마워. 변덕을 부리는 것이 아니라 내 병 때문이야. 심장경화증이라는 병이지. 심근벽이 닳아서 점점 얇아지는데, 언젠가 갈라져 터질 수도 있어. 아직 마흔도 안 됐는데. 술꾼도 방탕아도 아닌데 말이야."

"자네 장송곡을 부르려면 아직 멀었어. 바보 같은 소리. 더 살아야지."

"현대에는 미세한 형태의 심장출혈이 많이 늘었어. 출혈이 있다고

---

* 고르돈의 애칭.

다 치명적인 건 아니야. 어떤 경우에는 살아남기도 하니까. 전형적인 현대병이지. 나는 그 원인이 정신적 질서라고 생각해. 지금의 사람들 대부분은 항구적이고 조직적인 비양심 속에 살기를 요구받고 있거든. 날마다 자신이 느끼는 것과는 반대로 표현하고, 좋아하지 않는 것을 변호하며, 불행을 가져다주는 것에 기뻐하는데 어떻게 병에 안 걸리겠나. 우리의 신경조직은 속이 빈 것도, 허구도 아니니까. 그건 물리적인 육체의 섬유로 이루어진 것이란 말일세. 우리의 영혼도 공간을 차지하고, 입속 치아처럼 우리 몸속에 자리잡고 있는 것이지. 무한정으로 대가 없이 혹사할 수 있는 것이 아니야. 인노켄티, 자네가 유형생활에서 성장하고 재교육되었다는 식의 이야기는 참 듣기 괴로웠어. 그것은 마치 말이 승마장에서 자기 스스로 조련을 했다고 말하는 것과 같아."

"나는 두도로프 편이네. 자네는 단지 인간의 말에 낯설어진 것뿐이야. 이제 인간의 말이 자네한테 통하지 않게 된 거라고."

"그럴지도 모르지, 미샤. 어쨌든 미안하지만, 나를 보내주게. 숨쉬기가 힘들어. 정말이지, 엄살이 아니야."

"잠깐만. 그건 하나의 구실이지. 우리는 보내줄 수 없어. 자네가 우리에게 정직하고 진실한 대답을 해주기 전에는. 이제는 자네도 사고방식을 바꿀 때가 되었다는 데 동의하나? 자네는 그 관계들을 어떻게 할 생각인가? 토냐와 마리나, 그들하고의 관계를 확실히 해야 하지 않겠나? 그들은 자네 머릿속에 멋대로 존재하는 불모의 관념이 아니라 살아 있는 존재, 고통과 감정을 느끼는 여자들이란 말이야. 그리고 또하나, 자네 같은 인물이 무익하게 허송세월하는 건 부끄러운 일이야. 자네는 몽상과 나태에서 깨어나 그 용납할 수 없는 오만을 버리고 벌떡 일어나 사태를 파악해야 해, 그래, 그래, 그 눈뜨고 보기도 힘든 오만을 버리고 주어진 환경 속에서 자신의 직무에 임해 실천을 계속해야지."

"좋아, 내가 대답해주지. 나도 최근에 종종 그 생각을 했거든, 그래서 부끄러움을 무릅쓰고 자네들에게 뭔가를 약속하겠네. 모든 것이 잘될 거야. 그것도 빠른 시일 내에. 두고 보게. 정말이야, 맹세하지. 모든 것이 바람직하게 되어가고 있어. 나는 믿을 수 없을 만큼 정열적으로 살고 싶어졌어. 산다는 건 언제나 더 나은 곳으로, 더 높은 곳을 향해 나아가는 일이고 그것을 성취하는 것 아니겠나.

고르돈, 자네가 마리나를 옹호해줘서 기뻐, 전에 토냐를 위해서도 그랬듯이. 하지만 나와 그들 사이에는 아무런 문제가 없어. 나는 그들과 싸우지도 않고, 아무와도 그 문제로 다투지 않아. 자네는 처음에 나를 비난했지, 나는 마리나를 너라고 부르는데 마리나는 나를 당신이나 부칭까지 붙여 유리 안드레예비치라고 부르는 걸 내가 아무렇지도 않게 생각한다고. 하지만 그런 부자연스러움에서 오는 난센스는 이미 사라진 지 오래됐고, 이제 우리 사이는 서로 평등해.

자네에게 또하나 좋은 소식을 전해주지. 파리에서 다시 편지가 오기 시작했어. 아이들이 많이 커서 제 또래 프랑스 아이들과 아주 스스럼없이 지낸대. 슈라는 초등학교, 즉 에콜 프리메르를 마쳤고, 마냐는 곧 입학한다는군. 나는 내 딸에 대해서는 아무것도 몰라. 그들은 프랑스 국적을 갖게 됐지만, 나는 왠지 그들이 곧 돌아올 거고 그렇게 되면 저절로 모든 일이 잘될 거라고 믿고 있어.

여러 가지로 미루어봤을 때 장인과 토냐는 마리나와 아이들에 대해 이미 알고 있는 것 같아. 나는 그 일에 대해서는 편지에 쓰지 않았거든. 여기 사정이 다른 경로로 그들에게 알려진 게 분명해. 토냐의 아버지로서 알렉산드르 알렉산드로비치는 당연히 격분하고 마음이 상했을 거야. 그래서 우리의 편지 왕래가 거의 오 년이나 끊긴 거겠지. 알다시피 내가 모스크바로 돌아온 뒤로 한동안 편지 왕래가 있었거든. 그러다가 갑자기 답장이 오지 않았지. 모든 것이 중단됐어.

바로 얼마 전부터 다시 편지가 오기 시작했어. 이번에는 온 식구가, 아이들까지 보내와. 따뜻하고 애정 넘치는 편지들이지. 뭔가 좀 누그러진 모양이야. 아마 토냐에게 무슨 변화가 있었는지도 모르고, 제발 누구든 새로운 사람을 만나면 좋겠어. 모르겠어. 나도 이따금 편지를 보내고 있어. 아, 그런데 이제 정말 더이상은 견딜 수 없군. 나는 가겠네. 안 그러면 질식해서 쓰러질 거야. 그럼 잘 있게."

다음날 아침, 마리나가 사색이 되어 고르돈에게 달려왔다. 집에 아이를 맡아줄 사람이 없어서 작은딸 클라샤는 담요에 둘둘 싸서 한 손으로 가슴에 안고, 다른 한 손으로는 뒤에 처져 끌려오는 카파의 손을 잡고 있었다.

"유라 여기 있어요, 미샤?" 그녀는 몹시 흥분한 목소리로 물었다.

"간밤에 집에서 자지 않았습니까?"

"들어오지 않았어요."

"그럼 인노켄티한테 갔나보군요."

"거기도 가봤어요. 인노켄티는 대학에 나가고 없던데요. 이웃 사람들이 유라를 알아요. 거기 오지 않았대요."

"그럼 대체 어디 갔을까요?"

마리나는 클라샤를 소파에 내려놓았다. 그녀는 히스테리를 일으켰다.

8

이틀 동안 고르돈과 두도로프는 마리나 곁을 떠나지 않았다. 그들은 번갈아가며 그녀를 보살폈고, 그녀를 혼자 두지 않았다. 그리고 교대로 닥터를 찾으러 돌아다녔다. 그가 갔을 만한 곳은 모두 가보았다. 무치노이 고로도크와 십체프에 있는 옛집에도 가보고, 그가 전에 근무했던 사상의 회관이나 사상의 집은 물론, 그의 옛 지인들을, 그들에 대해 거의 아무것도 모르고 주소도 알아낼 수 없었지만 어쨌든 수소문하며 찾아다녔다. 그러나 전부 헛수고였다.

그들은 거주등록도 되어 있고 재판을 받은 적도 없지만 당시 사정상 결코 모범적이라고 할 수 없는 그에게 관헌의 주의를 돌리게 하는 것은 좋지 않다고 생각해 민경에도 알리지 않았다. 그래서 마지막 극단적인 경우만 아니라면 민경에는 알리지 않기로 결정했다.

사흘째 되던 날, 유리 안드레예비치의 이름으로 마리나와 고르돈과 두도로프 세 사람 모두에게 각각 편지가 왔다. 그 편지에는 불안과 걱정을 끼친 것에 대해 거듭 사과하는 말이 적혀 있었다. 그는 용서를 빌면서, 자기를 그냥 가만히 내버려둬달라고, 결국은 다 헛되이 끝날 테니 자기를 찾는 일을 단념하라고 경고하듯 간청했다.

그는 될 수 있는 대로 빨리, 그리고 완전하게 자신의 운명을 바꾸기 위해 얼마 동안 홀로 지내면서 일에 집중하고, 새로운 활동 무대에서 자신을 정립할 것이며, 그것을 이룬 뒤에는 다시는 옛날의 생활로 돌아가지 않을 거고, 그때가 되면 비밀 은신처를 떠나 마리나와 아이들이 있는 곳으로 돌아가겠다고 썼다.

그는 고르돈에게 보낸 편지에, 마리나를 위해 그의 이름으로 돈을 부치겠다고 썼다. 마리나가 직장에 다시 나갈 수 있도록 보모를 구해 달라는 부탁이었다. 그에게 돈을 부치는 것에 대해서는, 그녀의 주소로 송금하면 수령통지서에 기재된 금액을 본 사람이 강탈할 수도 있기 때문이라고 설명했다.

곧 돈이 왔는데, 닥터나 그의 친구들의 형편에 어울리지 않을 만큼 큰 액수였다. 마리나는 아이들을 돌볼 보모를 구했다. 전신국에 복직도 했다. 그녀는 오랫동안 마음이 편치 않았지만, 유리 안드레예비치의 기이한 행동에 전부터 익숙했던 터라 마침내 이 돌발적인 행동과도 타협했다. 유리 안드레예비치의 부탁과 경고에도 불구하고 친구들과 그의 가족인 이 여자는 그의 예고대로 되리라는 것을 알면서도 계속해서 그를 찾아다녔다. 그들은 그를 찾지 못했다.

9

그동안 그는 그들과 얼마 떨어지지 않은 바로 지척에서, 그들이 찾아다닌 곳 중에서도 가장 가까운 곳에 살고 있었다.

그가 사라진 그날, 그는 고르돈의 집에서 어두워지기 전에 브론나야 거리로 나와 스피리도놉카의 집 쪽으로 가고 있었는데, 백 걸음도 채 가기 전에 그를 향해 걸어오던 이복동생 옙그라프 지바고를 우연히 만났다. 유리 안드레예비치는 삼 년 넘게 옙그라프를 보지 못했기 때문에 소식을 전혀 모르고 있었다. 옙그라프는 바로 얼마 전 우연히 모

374

스크바에 오게 되었다고 했다. 언제나 그랬듯 하늘에서 뚝 떨어진 것처럼 나타났지만 옙그라프는 닥터가 묻는 말에 아무 대답도 하지 않고 그저 미소나 농담으로 얼버무렸다. 그러더니 사소한 이야기는 건너뛰고 곧바로 유리 안드레예비치에게 두세 가지 물어보고는 그의 슬픔과 혼란을 간파했고, 좁고 구불거리는 골목길 모퉁이에서, 두 사람을 스쳐지나기도 하고 다가오기도 하는 인파 속에서 그를 도와 구원할 실질적인 계획을 세웠다. 유리 안드레예비치의 잠적과 은둔생활은 바로 옙그라프가 고안한 것이고 그의 생각이었다.

그는 유리 안드레예비치에게 예술극장 옆에 있는, 그 무렵 아직도 카메르게르스키라고 불리던 뒷골목의 방을 구해주었다. 그는 닥터에게 생활비를 주었고, 학문 활동의 전망이 있는 병원의 일자리를 열심히 알아봐주었다. 그는 생활 전반에 걸쳐 지원을 아끼지 않았다. 마지막으로 그는 파리에 있는 유리 안드레예비치의 가족의 불안정한 상황도 어떻게든 곧 끝내주겠다고 약속했다. 유리 안드레예비치가 그들이 있는 곳으로 가든가, 그들이 이곳으로 올 수 있도록 해주겠다는 것이었다. 옙그라프는 자신이 직접 모든 일을 처리하고 모든 준비를 해주겠다고 약속했다. 그의 지원은 유리 안드레예비치를 고무시켰다. 전에도 늘 그랬듯, 그가 가진 권력의 수수께끼는 여전히 풀리지 않은 상태였다. 유리 안드레예비치도 굳이 그 비밀을 캐려 하지 않았다.

10

   그의 방은 남향이었다. 방에 있는 두 창문은 예술극장 맞은편 집들의 지붕을 마주보고 있고, 그 지붕들 너머 오호트니 랴트 위로 여름해가 높이 떠 골목의 포장도로에 그림자를 드리우고 있었다.

   유리 안드레예비치에게 그 방은 일하는 곳 이상이고, 서재 이상이었다. 그 시기에 그는 열정적으로 일에 몰두해 집필 계획과 작품 구상을 담기에 책상 위에 쌓아놓은 노트들이 모자랄 정도였고, 머릿속에 떠오른 수많은 계획과 생각은 화가의 작업실 벽에 미완성 그림들이 윤곽만 그려진 채 가득 걸려 있듯 구석구석 공기 속을 떠다녔는데, 이처럼 닥터가 거주하는 방은 정신의 풍요로운 향연장, 광기의 곳간, 계시의 창고였다.

   다행히 병원과의 교섭이 지연되어, 유리 안드레예비치가 새로운 직장에 나갈 날은 무한정으로 미뤄졌다. 그렇게 늦춰진 시간을 활용해 그는 글을 쓸 수 있었다.

   유리 안드레예비치는 이미 써둔 시를 정리하기 시작했는데, 단편적인 기억들을 정리하고, 옙그라프가 어디선가 구해 온 그의 글들도, 일부는 그의 자필 원고이고 일부는 누군가가 베껴 쓴 것들도 정리했다. 그러나 그것들은 너무 두서가 없어서 새로 쓰는 것보다 더 많은 노력이 요구됐다. 그는 곧 이 작업을 포기하고, 미완성의 단상들에서 새로운 스케치를 하며 새 작품을 써나갔다.

   그는 바리키노에 처음 갔을 때 빠르게 쓸 수 있었던 것처럼 논문의 개요를 간략하게 구성해보거나 머리에 떠오른 시구들, 처음이나 끝,

또는 중간 구절을 생각나는 대로 써보았다. 때로는 몰려드는 생각을 붙잡지 못했는데, 어떤 단어의 첫 음절이나 약자를 속기로 써놓고도 생각을 따라잡지 못할 때가 많았다.

그는 마음이 급해졌다. 상상력이 쇠진해지고 집필이 지지부진할 때는 노트 여백에 그림이라도 그려서 상상력을 붙잡아 일으키려 했다. 그 여백에는 숲속의 빈터나 중앙에 '모로와 베트친킨. 파종기. 탈곡기' 광고탑이 서 있는 도시의 네거리 같은 것이 그려졌다.

논문이나 시의 주제는 오로지 하나였다. 언제나 도시였다.

11

나중에 그의 기록 중에서 다음과 같은 것이 발견되었다.

1922년에 내가 모스크바로 돌아왔을 때, 모스크바에는 사람이 거의 없었고 도시의 반이 파괴되어 있었다. 그 모스크바는 혁명이 일어난 처음 몇 년의 결과였는데, 지금도 똑같은 모습이다. 주민이 줄어들었고, 새로 지어진 건물도 없고 낡은 건물이 수리되지도 않았다.

그러나 그런 모습으로도 모스크바는 여전히 현대의 대도시이고, 진정 도시야말로 현대의 새로운 예술적 영감을 주는 유일한 대상이다.

블로크나 베르하렌*, 휘트먼** 같은 상징주의 시인들의 작품에 보

---

* 에밀 베르하렌(1855~1916). 벨기에 태생의 프랑스 시인. 극작가.

이는 외견상 서로 조화되지 못하고 제멋대로인 듯한 사물과 관념의 무질서한 열거는 문체상의 변덕스러움이 아니다. 그것은 현실의 생활에서 얻거나 실제를 스케치한 온갖 인상의 새로운 구조다.

그들이 시 한 줄 한 줄에 형상을 연속적으로 끌고 가듯, 19세기 말의 분주한 도시의 거리는 당시의 군중과 사륜마차들을 싣고 우리 앞으로 흘러 지나가고, 그뒤 금세기 초인 지금은 전동차와 지하철을 싣고 지나가는 것이다.

이런 상황에서 목가적인 소박함은 어디에서도 볼 수 없다. 그런 거짓된 자연스러움은 문학적 모조품이고 부자연스러운 진부함이자, 실제의 전원에서 오는 것이 아니라 학자들의 도서관에서나 나오는 교과서적인 표현일 뿐이다. 오늘날의 시대정신과 생생하게 이어지고 자연스럽게 부응하는 생생한 언어―그것은 어버니즘***의 언어다.

나는 분주한 도시의 교차로에 살고 있다. 햇빛에 눈이 멀 것 같은 여름의 모스크바는 마당의 아스팔트 위에서 작열하고, 높은 곳에 있는 유리창처럼 빛을 반사하며, 구름과 거리에 흐드러진 꽃들 속에서 호흡하며 나의 주위를 맴돌아 머리를 몽롱하게 하고, 나에게 자기를 찬양하는 시를 쓰게 해 다른 사람들의 머리까지 몽롱하게 해주기를 바란다. 모스크바는 그런 의미에서 나를 키우고 나의 손에 예술을 쥐여주었다.

밤낮으로 벽 너머에서 끊임없이 웅성거리는 거리는 현대의 정신

** 월트 휘트먼(1819~1892). 미국 시인.

*** 도시적 사회가 지닌 특유한 생활양식이 발전되고 확대되는 과정을 가리킨다. 도시화, 도시주의라고 번역된다.

과 밀접하게 결부되어 있고, 마치 어둠과 비밀로 가득찬 채 아직 올라가지는 않았지만 이미 각광의 조명으로 붉게 물든 무대의 커튼과 함께 시작된 서곡 같다. 끊임없이 움직이며 문과 유리창 밖에서 둔하지만 활기차게 아우성치는 도시는 우리들 각자의 삶으로 들어가는 끝없이 거대한 도입부다. 그런 특징 때문에 나는 도시에 대해 쓰고 싶은 것이다.

지바고가 남긴 시작 노트에서 그런 시는 찾아볼 수 없다. 어쩌면「햄릿」*이라는 시가 그 범주에 속하지 않을까?

12

8월 말 어느 아침, 유리 안드레예비치는 가제트니 골목 모퉁이의 정거장에서 노면전차를 탔는데, 대학교에서 쿳린스카야 광장 방면으로 니키츠카야 거리를 따라 올라가는 노선이었다. 그는 당시 솔다톤콥스카야라 불리던 봇킨스카야 병원에 처음 출근하는 길이었다. 그 병원에는 전에 일 때문에 방문한 적이 있어 초행은 아니었다.

유리 안드레예비치는 운이 없었다. 잘못 만난 전차는 가는 내내 그를 불행하게 만들었다. 철로 홈에 바퀴가 빠져 움직이지 못하는 사륜마차 때문에 길이 가로막히기도 했다. 전차 지붕이나 바닥의 절연체가

---

* 이 책 425~426쪽 참조.

고장으로 누전이 되어 터져버리기도 했다.

전차 운전수는 때로 스패너를 들고 멈춰 선 전차에서 내려 차량을 한 바퀴 돌아본 뒤, 바퀴와 뒷문 사이에 깊숙이 들어가 고장난 곳을 수리했다.

이 불운한 전차는 모든 선로의 운행을 가로막았다. 이미 멈춘 전차들과 뒤이어 오던 전차들이 줄줄이 거리를 메워 온통 난리가 났다. 줄지어 늘어선 전차의 꼬리는 마네시*까지 이르고, 거기서 더 멀리까지 이어졌다. 뒤의 전차에 타고 있던 사람들은 조금이라도 빨리 가기 위해 모든 혼란의 원인이 된 바로 그 전차에 우르르 올라탔다. 무더운 아침에 사람들로 꽉 찬 전차 안은 숨이 막힐 지경이었다. 우왕좌왕 뛰어다니는 사람들 머리 위로는 계속 하늘로 높이 솟아오르던 어두운 보라색 비구름이 니키츠카야 대문 쪽에서부터 점점 퍼지고 있었다. 천둥비가 몰려오고 있었다.

유리 안드레예비치는 차량 왼쪽 일인용 좌석에 잔뜩 짓눌려 창문에 붙다시피 앉아 있었다. 음악원이 있는 니키츠카야 거리의 왼쪽 보도가 내내 그의 눈앞에 있었다. 그는 하는 수 없이, 딴생각을 할 때 같은 멍한 시선으로, 거리를 걷거나 탈것에 탄 사람들을 하나도 놓치지 않고 뚫어지게 바라보았다.

아마포로 카밀러와 수레국화를 수놓은 밝은색 밀짚모자를 쓰고 몸에 꼭 끼는 구식 보라색 옷을 입은 백발의 노부인이 숨을 헐떡이며 손에 든 납작한 종이 다발로 부채질을 해가며 그가 있는 쪽 보도를 느리

---

* 크렘린 옆의 건물로, 현재 전시장으로 사용된다.

게 걸어가고 있었다. 코르셋을 꽉 죈데다가 더위에 지친 그녀는 축 처지고 땀에 흠뻑 젖어 있었다. 그녀는 레이스 손수건으로 땀에 젖은 눈썹과 입술을 닦았다.

노부인은 노면전차가 가는 방향으로 걸어갔다. 유리 안드레예비치는 수리가 끝난 전차가 출발해 그녀를 추월할 때마다 그녀의 모습을 시야에서 놓치곤 했다. 그러다가 전차가 또다시 고장으로 멈추면 그 부인이 시야에 나타나 다시 전차를 앞지르곤 했다.

유리 안드레예비치는 서로 다른 시간에 다른 속도로 출발한 전차들이 목적지에 언제 어떤 순서로 도착하는지를 계산하는 학창 시절의 수학 문제를 떠올렸지만, 그 문제를 푸는 공식은 전혀 기억나지 않았고, 이내 그 생각을 접고 다른 생각으로, 훨씬 더 복잡한 사고 속으로 빠져들었다.

그는 자기 옆에서 서로 다른 속도로 움직이는 사람들이 계속 늘어가는 것을 보면서, 인생에서 누군가의 운명이 다른 사람의 운명을 추월할 때, 누가 누구보다 오래 살아남는가에 대해 생각했다. 그는 인생의 경주장을 지배하는 상대성원리 비슷한 것을 생각했으나, 끝내는 생각의 갈피를 놓치고 그와 같은 접근을 포기해버렸다.

번개가 치고 천둥이 울렸다. 이 불운한 열차는 수도 없이 고장을 일으키다가 쿳린스카야에서 동물원으로 가는 언덕길에서 또다시 멈췄다. 잠시 뒤 보라색 옷을 입은 노부인이 다시 창문 프레임으로 들어왔다가 전차를 앞질러 멀어졌다. 굵은 빗방울이 차도와 보도로, 그 부인의 머리 위로 떨어지기 시작했다. 나무들 사이로 돌풍이 몰아쳐 나뭇잎들을 뒤흔들고 부인의 모자를 날려 보내고 스커트를 말아올리더니 느닷없이 잠잠해졌다.

닥터는 욕지기가 치밀며 발작의 기미를 느꼈다. 겨우 참으며 자리에서 일어나 창문 줄을 힘껏 위아래로 잡아당겨 열려고 했다. 창문은 꿈쩍도 하지 않았다.

사람들이 창틀이 못으로 단단히 고정되어 있다고 소리쳤지만, 발작을 참으며 불안에 휩싸인 의사는 그 소리를 듣지 못하고 들으려 하지도 않았다. 그는 반복해서 창틀을 위로 아래로 자기 쪽으로 세 차례 세게 잡아당겼는데, 갑자기 전에 없었던 참을 수 없는 통증이 느껴지며 몸속 어딘가가 부서져 치명적인 일이 일어난 것 같았고 모든 것이 끝났다는 것을 깨달았다. 그 순간 열차가 움직이기 시작했지만, 프레스냐 거리를 따라 아주 조금씩 나아가다 또 멈춰 섰다.

초인적인 의지로 버티면서 닥터는 긴 의자들 사이 통로에 빽빽이 선 사람들 사이를 비틀거리며 겨우 헤치고 나아가 뒷문에 도달했다. 사람들은 자리를 비켜주지 않고 그를 밀쳐댔다. 신선한 공기가 그를 소생시키는 듯했고, 모든 것이 끝난 게 아니라 나아진 것 같았다.

그가 뒷문 쪽 사람들을 헤치고 나아가자 사람들은 또다시 욕설과 발을 차며 불평했다. 그는 그 소리에 아랑곳하지 않고 군중 속을 빠져나와 멈춘 전차의 승강대에서 내려가 한 걸음, 두 걸음, 세 걸음 내딛다가 포석 위로 거꾸러져 다시 일어나지 못했다.

이야기하는 소리, 실랑이하는 소리, 조언하는 소리로 주위가 소란스러워졌다. 몇몇은 전차에서 내려 쓰러진 남자를 둘러쌌다. 그들은 곧 그가 숨을 쉬지 않고 심장이 멎어버렸다는 것을 알아챘다. 길을 걸어가던 사람들도 시체를 둘러싼 사람들에게 몰려왔는데, 사람들은 죽은 이가 전차에 치인 것이 아니고 전차와는 아무 관계도 없다는 것을 알자 일부는 안심하고 일부는 실망했다. 사람 수가 불어났다. 보라색 옷을 입은 부인도 군중에게 다가와 죽은 이를 보고 사람들 이야기에 잠시 귀를 기울이더니 제 갈 길을 가버렸다. 이 부인은 외국인이었지만 사람들이 시체를 전차에 태워 저 앞 병원으로 옮겨야 한다느니, 민경을 불러야 한다느니 하고 주장하는 것을 알아들을 수 있었다. 그녀는 어떻게 결정되는지 지켜보지 않고 다시 걸음을 옮겼다.

보라색 옷을 입은 나이 많은 부인은 멜류제예보에서 온 스위스 국적의 마드무아젤 플레리였다. 그녀는 지난 십이 년 동안, 고국으로 돌아갈 수 있도록 출국 허가를 내달라고 서면으로 계속 청원하고 있었다. 그러다가 바로 얼마 전 그 청원이 결실을 맺었다. 그녀는 출국비자를 받으러 모스크바에 온 것이었다. 그녀는 둘둘 말아 끈으로 묶은 서류 다발로 얼굴을 부채질하며 출국비자를 받으러 대사관에 가고 있었다. 그녀는 자신이 이번으로 그 전차를 열번째 앞질렀고, 지바고를 앞지르며 살아남았다는 것을 모르는 채 걸어갔다.

13

복도에서 문 너머로 방안의 한구석이 보이고 거기에 탁자가 비스듬히 놓여 있었다. 속을 파내 만든 통나무배 모양으로 끝으로 갈수록 좁아지는 관이 탁자에서 문 쪽을 향한 채 놓여 있고, 그 끝에 고인의 발이 있었다. 유리 안드레예비치가 전에 글을 쓰던 탁자였다. 방안에 다른 것은 아무것도 없었다. 원고들은 서랍에 들어가고, 그 탁자에 관이 얹혀졌다. 잘 두드려 부풀린 베개들로 받친 시신은 관 속에서 마치 언덕 비탈에 누운 듯 높이 들려 있었다.

이런 계절에는 희귀한 흰색 라일락, 시클라멘, 시네라리아가 항아리나 바구니에 담겨 시신을 둘러쌌다. 꽃들이 창문에서 들어오는 햇빛을 가리고 있었다. 햇빛은 둘러싼 꽃을 뚫고 백랍 같은 얼굴과 두 손, 관의 널빤지와 관에 박은 천을 희미하게 비쳤다. 탁자 위에 마치 지금 막 움직임이 멎은 듯이 그림자의 아름다운 무늬가 그려졌다.

그 시절에는 화장이 일반적이었다. 아이들이 연금 혜택을 받고 교육을 보장받을 수 있게, 또 마리나에게 해가 가지 않도록 하기 위해 그들은 교회장을 포기하고 일반 시민들처럼 화장을 하기로 결정했다. 그리고 관계 당국에 통보했다. 그들은 당국의 담당자가 오기를 기다리고 있었다.

담당자를 기다리는 동안 그 방은 마치 옛 거주자가 나가고 새로운 거주자가 들어오는 사이에 비어 있는 것 같았다. 정적을 깨는 것은 까치발로 조심조심 내딛는 발소리와 고인에게 작별을 고하려는 사람들이 부주의하게 발을 끄는 소리뿐이었다. 조문객은 많지 않았지만 그래도 예상했던 것보다는 훨씬 많았다. 거의 이름 없던 이 인물의 사망 소식은 놀라운 속도로 주변에 퍼졌다. 생전의 다양한 시기에 그를 알았던 사람들, 그가 살아오며 잊어버렸던 사람들이 많이 찾아왔다. 그의 학술적 사상과 뮤즈는 더욱 많은 미지의 사람들을 모여들게 했는데, 그들은 자신들의 마음을 끈 그 사람을 한 번도 만난 적이 없지만 지금 처음으로 그를 만나 마지막 작별의 시선을 던지기 위해 모여들었다.

어떠한 의식도 없이 오직 숨막히는 적막만 감돌았고, 상실감이 손에 만져질 것 같은 적막 속에서 오직 꽃들만이 부족한 성가와 의식을 대신해주었다.

꽃들은 단순히 향기를 뿜으며 피어 있는 것이 아니라 마치 합창처럼, 어서 흙으로 돌아가라고 재촉하는 듯이 향기를 뿜어내고 있었고, 마치 무슨 의식을 거행하는 것처럼 향기로운 힘을 모두에게 나눠주고 있었다.

식물의 왕국이 죽음의 왕국에 가장 가까운 이웃이라는 것은 쉽게 상상할 수 있다. 아마도 대지의 푸름 속에, 묘지의 나무들 사이에, 화단에서 솟아난 꽃망울 속에 우리가 풀고자 하는 변화의 비밀과 생명의 수수께끼가 담겨 있는지도 모른다. 마리아는 무덤에서 부활한 예수를 처음에는 알아보지 못하고 묘지를 걷는 정원사라고 생각했다. (마리아는 그분이 동산지기인 줄 알고[*]……)

14

고인이 생전 마지막으로 살았던 카메르게르스키 골목으로 운구되고, 그의 죽음에 큰 충격을 받은 친구들이 이 무서운 소식에 놀라 초주검이 된 마리나를 데리고 정면 현관에서 문이 활짝 열린 아파트로 뛰어들어왔을 때, 그녀는 정신을 잃고 바닥에 쓰러져 좌석과 등받이가

---

[*] 「요한복음」 20장 15절 참조.

있는 기다란 대형 궤 끝에 머리를 짓찧으며 몸부림쳤고, 시신은 주문한 관이 도착해 방 정리가 끝날 때까지 현관의 그 기다란 궤 위에 놓여 있었다. 그녀는 하염없이 울며 중얼거리고 목멘 소리로 통곡했는데, 그 소리는 거의 그녀의 의지와 상관없이 미친듯이 터져나오고 있었다. 그녀의 곡소리는 농민들의 그것처럼, 아무도 의식하지 않고 누구도 알아보지도 못하는 상태로 이어졌다. 마리나는 시신을 꼭 껴안고 있었는데, 정리가 끝나 필요 없는 가구들이 치워진 방으로 고인을 옮겨 염을 하고 도착한 관에 안치해야 하는데도 떼어놓을 수 없었다. 그것이 모두 어제의 일이었다. 오늘이 되자 그녀의 걷잡을 수 없던 광란은 무딘 통증으로 가라앉았지만, 여전히 심신이 마비된 듯 한마디도 하지 못하고 자신의 존재조차 의식하지 못했다.

그녀는 어제 낮부터 밤까지 줄곧 그 자리에 있었다. 젖을 먹이기 위해 클라바*가 안겨 들어왔고, 카파**가 젊은 보모와 함께 들어왔다가 안겨서 나갔다.

그녀는 가족과, 그녀처럼 슬픔에 젖은 두도로프와 고르돈에게 둘러싸여 있었다. 그녀의 아버지 마르켈도 긴 의자에 앉아 조용히 훌쩍거리다가 큰 소리로 코를 풀었다. 울고 있던 어머니와 자매들이 그녀 곁에 다가왔다.

모여든 사람들 중에 유독 눈길을 끄는 두 남녀가 있었다. 그들은 가족보다 자신들이 망자와 더 친밀한 사이라는 인상을 주지 않으려고 조심하는 듯했다. 그들은 마리나와 그 딸들, 고인의 친구들과 슬픔을 경

---

* 클라브디야의 애칭.
** 카피톨리나의 애칭.

쟁하지 않고 그들에게 깍듯했다. 두 남녀는 어떠한 요구도 하지 않았지만, 고인에 대해 분명 어떤 특별한 권리를 가진 듯했다. 무슨 까닭인지 그들의 그 불가해하고 비밀스러운 권리에 대해 언급하거나 문제삼는 사람은 아무도 없었다. 사실 처음부터 차분하게 장례식을 진행하고 모든 일을 순조롭게 처리한 것은 그들이었고, 그들은 자신들이 그 일을 맡은 것이 만족스러운 듯했다. 두 사람의 고매한 마음은 누구에게도 분명히 보였고, 사람들에게 기묘한 인상을 주었다. 그들은 장례식뿐만 아니라 그의 죽음에도 관련이 있는 것처럼 보였는데, 그의 죽음의 원인이라거나 간접적 원인이라는 것이 아니라, 뒤늦게 이 사건을 받아들이고 체념하지만, 가장 중요한 원인이 다른 데 있음을 알고 있는 것처럼 보였다. 그들을 아는 사람은 거의 없었고, 몇몇만 그 두 사람에 대해 짐작하고 있었을 뿐 대부분은 전혀 알지 못했다.

그러나 탐색하는 듯하고, 호기심을 불러일으키는 가늘고 긴 키르기스인의 눈을 가진 남자와, 차분하고 아름다운 여자가 관이 있는 방에 들어오자, 마리나를 비롯해 앉아 있거나 서서 서성거리던 모두가 아무 반대도 없이 약속이라도 한 듯 벽 가에 놓인 의자와 등받이 없는 의자에서 일어나 한쪽으로 비키면서 복도나 현관으로 나가 이 남녀만 문을 반쯤 닫은 방안에 남게 되었는데, 사정을 잘 아는 두 사람이 장례에 관한 중요한 일을 어떤 방해도 소란도 없는 상태에서 긴급히 의논하려고 온 것 같았다. 그래서 모두가 일어서서 나간 것이었다. 둘만 남자 그들은 벽 가에 있는 등받이가 없는 의자에 각각 앉아 이야기하기 시작했다.

"뭘 좀 알아봤나요, 옙그라프 안드레예비치?"

"화장은 오늘 저녁입니다. 삼십 분 뒤 의료노동자조합에서 사람이

와서 시신을 조합사무소로 옮겨갈 겁니다. 네시에 시민장이 열릴 거고요. 제대로 된 서류가 하나도 없었습니다. 노동수첩은 기한이 지났고, 조합원증도 갱신하지 않았고, 조합비도 몇 년 동안 내지 않았더군요. 이 모든 것을 정리해야 했어요. 그래서 이렇게 늦어진 겁니다. 시신이 나가기 전에—그나저나 시간이 얼마 안 남아서 준비를 해야겠는데요—당신이 원한 대로 여기 혼자 있게 해드리겠습니다. 실례합니다. 듣고 있습니까? 전화가 왔군요. 잠깐 실례하겠습니다."

엡그라프 지바고는 닥터의 미지의 동료들, 그의 학교 동창들, 병원의 하급 직원들과 출판 종사자 등으로 붐비는 복도로 나왔고, 마리나는 걸치고 있던 코트의 밑자락으로 아이들을 감싸 두 팔에 안고(이날은 추웠고 현관에서 정면으로 바람이 들어왔다), 마치 죄수를 면회 온 사람이 교도관이 면회실로 데려가주길 기다리는 사람처럼 벤치 끝에 걸터앉아 방문이 다시 열리기를 기다렸다. 복도는 사람들로 붐볐다. 모여 있던 사람들 일부는 이미 그곳에 없었다. 계단으로 통하는 문이 열려 있었다. 많은 사람이 현관과 층계참에서 서성거리며 담배를 피우고 있었다. 밑으로 내려가 거리에 가까울수록 사람들은 더욱 큰 소리로 자유롭게 이야기했다. 엡그라프는 웅성거리는 소리 때문에 귀를 곤두세우며 예의를 지키려는 듯 수화기를 손바닥으로 가린 채 낮은 목소리로 통화했는데, 아마도 장례식 절차나 닥터의 사망 경위에 대해 답변하는 것 같았다. 그는 방으로 돌아왔다. 대화가 계속되었다.

"화장이 끝난 뒤 제발 그냥 가버리지 마십시오, 라리사 표도로브나. 중요한 부탁이 있습니다. 나는 당신이 어디서 묵는지 모릅니다. 어디로 가면 당신을 만날 수 있는지 알려주십시오. 아주 가까운 시일에, 내

일이나 모레쯤 형이 남긴 원고들을 정리하고 싶습니다. 당신의 도움이 필요합니다. 당신이 가장 많이, 누구보다 많이 알고 있을 테니까요. 이르쿠츠크에서 온 지 이틀째라고 들었는데, 모스크바에 오래 머물지 않을 거라고. 이 집에 온 것도 형이 이곳에서 마지막 몇 달을 산 것도, 이런 일이 벌어진 것도 전혀 모르고 다른 목적으로 우연히 온 것이라고 들었습니다. 당신 이야기 중에 이해되지 않는 부분도 있지만 설명해달라고 하지 않을 것이고, 아무튼 나는 당신이 어디서 묵는지 모릅니다. 원고를 정리하는 며칠 동안만 이 집에서든 가까운 다른 곳에서든 기다려줘요. 마침 이 건물에 다른 방이 두 개 있습니다. 그건 어떻게 준비될 겁니다. 내가 건물 관리인을 알거든요."

"내 이야기가 이해되지 않는다고 하셨나요. 뭐가 그런 거죠? 나는 모스크바에 도착해 짐은 보관소에 맡겨두고 예전 모스크바 거리를 좀 걸었어요. 절반은 잊어버려—기억도 나지 않는 거리를요. 쿠즈네츠키 다리를 걸어 내려가다 쿠즈네츠키 골목을 올라가는데, 갑자기 뭔가를 보고 전율을 느꼈어요. 몹시 낯익은 카메르게르스키 골목에서요. 그곳은 총살당한 내 남편 안티포프가 학생 시절에 방을 얻어 살던 곳이었어요. 바로 이 방, 우리가 함께 앉아 있는 여기요. 그래서 혹시 운이 좋으면 옛날 주인 부부가 아직도 여기 살고 있을지 모른다고 생각하고 들어와봤어요. 그런데 그들은 어디에도 없고, 이전과는 완전히 달라져 있고, 그 사실을 나는 나중에, 그리고 오늘에야 이런저런 이야기를 듣고 알게 됐는데, 당신이 여기 와 있었고, 그런데, 내가 왜 이런 이야기를 하고 있죠? 나는 벼락을 맞은 것 같았어요. 현관문이 활짝 열려 있고, 방에 사람들이 가득하고, 관이 있고, 그 관 속에 죽은 사람이 있었죠, 누가 죽은 걸까? 하고 나는 안에 들어가 들여다보고는 내가 미쳐서 꿈을 꾸는 거라고 생각했죠, 당신도 그 자리에서 모든 걸 다 봤잖아요, 아, 내가 왜 당신에게 이런 이야기를 하고 있을까요?"

"잠깐만요, 라리사 표도로브나, 말을 끊어 미안하지만 내 말을 들어 봐요. 나와 형은 이 방에 그런 놀라운 우연이 있었다는 걸 전혀 몰랐습니다. 이를테면 이곳이 전에 안티포프가 살았던 곳이라고는 상상도 못했어요. 그러나 당신의 말에서 한 가지 놀라운 사실을 알았습니다. 그게 뭔지 말하죠, 용서하십시오. 안티포프, 군사적 혁명활동에서는 스트렐니코프였던 그에 대해서는, 나도 내전 초기에 자주 들었습니다, 거의 매일같이, 그리고 한두 번 그를 개인적으로 만나기도 했지만, 물론 그때는 이렇게 그의 이름이 가족 문제에서 중요한 의미가 되리라고는 꿈에도 생각지 못했습니다. 그런데 미안합니다만, 혹시 내가 잘못 들었는지도 모르지만, 아까 당신은 '총살당한 안티포프'라고 말하더군요. 당신은 그가 권총으로 자살했다는 걸 몰랐습니까?"

"네, 그런 말도 들었지만, 나는 믿지 않았어요. 파벨 파블로비치는 결코 자살할 사람이 아니에요."

"하지만 엄연한 사실입니다. 형 말로는, 당신이 블라디보스토크로 가기 위해 유랴틴으로 떠났던 바로 그 집에서 자살을 했다고 했습니다. 당신이 딸과 함께 떠난 뒤 곧 일어난 일이죠. 형이 자살한 시신을 수습해 매장했다고 했고요. 당신이 그런 이야기를 듣지 못했다니, 어떻게 된 일이죠?"

"아니요. 나는 다른 이야기를 들었어요. 그럼, 그 사람이 권총으로 자살한 게 사실이었나요? 여러 사람이 그렇게 말했지만 나는 믿지 않았어요. 게다가 그 집에서였다고요? 도저히 있을 수 없는 일이에요! 지금 당신이 하는 이야기는 아주 사소한 것이라도 나에게 아주 중요해요! 제발 말해줘요, 그 사람과 지바고가 만났어요? 대화를 나눴나요?"

"죽은 유리의 말에 따르면, 그들은 오랜 시간 대화를 나눴어요."

"정말인가요? 하느님 감사합니다. 그랬다면 더 바랄 것이 없어요(안티포바는 천천히 성호를 그었다). 모든 일이 어쩌면 그렇게도 잘 들어 맞았을까요, 하늘이 맺어준 인연인 것처럼! 나중에 다시 와서 자세하게 전부 물어봐도 될까요? 아무리 사소한 것이라도 나에게는 소중해요. 하지만 지금 나는 제정신이 아니에요. 그렇지 않아요? 너무 흥분해 있어요. 잠시 진정하고 쉬면서 생각을 정리해야겠죠?"

"오, 물론이죠."

"그렇겠죠?"

"당연히요."

"아, 깜박 잊고 있었군요. 화장한 뒤에 가버리지 말라고 부탁했죠. 좋아요. 약속할게요. 나는 가지 않겠어요. 당신과 함께 이 방으로 돌아와서 당신이 원하는 대로 필요한 만큼 머물게요. 유로치카의 원고를 꼼꼼히 정리해요. 당신을 도울게요. 아마도 나는 정말 당신에게 도움이 될 거예요. 나에게도 위안이 되는 일일 거고요! 나는 내 심장의 피로, 혈관 하나하나로, 그의 필체의 버릇까지 모두 느낄 수 있어요. 그 일이 끝나면 나도 당신에게 부탁할 일이, 당신도 나를 도와줄 수 있지 않겠어요? 당신은 법률가라고 하던데, 어쨌든 예전이나 현재의 제도를 잘 알고 있겠죠. 한 가지 중요한 뭔가를 알아보는 일인데, 어느 기관에 가서 어떤 조회를 해봐야 하는지 알고 싶어요. 그런 일은 누구나 할 수 있는 게 아니지 않겠어요? 나는 어떤 무섭고 두려운 일에 대해 당신의 조언을 듣고 싶어요. 한 아이에 관한 거예요. 하지만 그건 화장이 끝난 뒤에 돌아와서 이야기해요. 나는 평생을 찾아다녀야 했죠. 그렇지 않았겠어요? 만약 어떤 아이의 소식을 알아야 하고, 다른 사람에게 양육을 맡겼던 아이를 꼭 찾아야 할 경우에 혹시 참고할 전국 고아 시설 목록 같은 게 있을까요? 집 없는 아이들에 대한 전국적 조사 자료나 명부 같은 게 있을까요? 당장 대답하지 않아도 되지만, 부탁할게요. 나중에, 나중에요. 오, 너무 끔찍해요, 끔찍해요! 인생이 너무도 끔찍하지 않아요? 내 딸이 도착한 뒤에는 어떻게 될지 모르지만, 일단은 이 집에 있을게요. 카튜샤는 음악과 연기에 아주 뛰어난 재능이 있어서, 자기가 쓴 희곡의 모든 장면을 혼자서 연기하고, 남의 흉내도 잘 내고, 게다가 오페라의 모든 파트를 악보도 없이 따라 부를 수 있어요. 정말 뛰어나지 않아요? 나는 연극학교나 음악원 중 그애가 원하는 곳에 예비과정으로 보내고 싶었고, 그러면 기숙사를 정해야 해서 그애가 오기 전에 모든 수속을 밟아두려고 왔고, 끝나는 대로 돌아갈 생각이었어요. 지금 당신에게 그런 이야길 다 할 순 없지 않겠어요? 나중에 다시 말할게요. 이제 마음이 가라앉기를 기다리면서, 잠시 말없이 생각을 정리하고 두려움을 물리치도록 노력해야겠어요. 그보다 유라의 친지들을 밖에서 너무 오래 기다리게 했군요. 문 두드리는 소리를 두 번이나 들은 것 같아요. 무슨 일이 있는지, 웅성거려요. 장의조합에서 사람이 온 걸 거예요. 나는 여기 앉아서 생각을 정리할 테니까 당신은 문을 열고 사람들을 들여보내요. 이제 시간이 됐겠죠? 잠깐만요, 잠깐만요. 관 밑에 둘 발판이 필요해요, 그게 없으면 유로치카한테까지 닿을 수 없어요.

나는 발끝으로 서봤는데 무척 힘들었어요. 마리나 마르켈로브나와 그 아이들에게도 필요할 거예요. 더구나 그건 장례식에서 빠뜨릴 수 없는 의례잖아요. '나에게 마지막 키스를 해주오'의 시간. 오오, 그런데 나는 할 수가 없어요, 할 수가 없어요. 너무 고통스러울 거예요, 그렇지 않겠어요?"

"이제 사람들을 들어오게 하겠습니다. 그런데 그전에 한 가지만 더요. 당신은 너무나 수수께끼 같은 말을 했고, 분명 당신을 괴롭히는 문제에 대한 몇 가지 질문을 했습니다. 나로서도 대답하기 어려운 문제들을요. 나는 당신이 알아주었으면 합니다. 나는 당신이 걱정하는 모든 문제에 대해 기꺼이 당신을 돕겠습니다. 그리고 기억하십시오. 어떤 경우에라도 결코 절망해선 안 됩니다. 희망을 품고 행동하는 것이—불행에 처한 우리의 의무입니다. 아무것도 하지 않고 절망하는 것은—의무의 망각이자 위반입니다. 이제 마지막 인사를 하러 온 사람들을 모시겠습니다. 발판은, 당신 말이 맞습니다. 하나 구해놓겠습니다."

하지만 안티포바는 이미 듣고 있지 않았다. 그녀는 옙그라프 지바고가 방문을 열자 복도에 있던 사람들이 방안으로 우르르 몰려들어오는 소리를 듣지 못했고, 그가 장의조합 관계자들이나 주요 조문객들과 말하는 소리도 듣지 못했으며, 사람들이 움직이며 옷이 스치는 소리, 마리나의 통곡 소리, 남자들의 기침 소리, 여자들의 울음소리와 신음소리도 듣지 못했다.

단조롭게 반복되는 소리는 그녀를 흔들어 현기증을 일으켰다. 그녀는 기절하지 않기 위해 온 힘을 끌어모아 몸을 지탱했다. 심장이 터질 것 같고, 머리가 지끈거렸다. 그녀는 고개 숙인 채 추측과 상상, 회상 속으로 빠져들었다. 그녀는 그 속으로 들어가 잠시나마, 몇 시간이나마 사라진 채, 그때까지 그녀가 살아 있을지조차 알 수 없는 먼 미래의 한때를, 자신이 몇십 살 더 먹은 노파가 된 미래의 한때를 그려보았다. 그녀는 상념 속으로 빠져들어 자신의 불행 속, 가장 깊은 심연의 끝까지 침잠해갔다. 그녀는 생각했다.

'아무도 남지 않았다. 한 사람은 죽었다. 다른 한 사람은 스스로 목숨을 끊었다. 그리고 살아남은 건 단 한 사람, 그녀가 죽여야 했고, 죽이려 했지만 죽이지 못했던 그 사람, 그녀의 인생을 그녀도 모르는 죄악의 사슬로 바꾸어버린 이질적이고 쓸모없고 하찮은 그 사람만 남았다. 그 속된 괴물은 우표 수집가들이나 아는 저 아시아의 신화적인 뒷골목을 유령처럼 누비고 다니는데, 나에게 필요한 가까운 사람들은 아무도 남지 않았다.

아, 그러고 보니 그날은 크리스마스였어, 그 속된 괴물을 쏘기 전, 나는 바로 이 방에서 아직 소년이었던 파샤와 어둠 속에서 이야기를 나눴고, 지금 여기서 작별하려는 유라는 아직 내 인생에 들어오기 전이었지.'

그녀는 그 크리스마스 날 파셴카와 무슨 이야기를 나눴는지 기억해보려 애썼지만, 창틀 위에서 타오르며 유리창에 낀 얼음을 동그라미 모양으로 녹이던 촛불 말고는 아무것도 기억나지 않았다.

탁자 위에 누워 있는 고인이 마차썰매를 타고 거리를 지나가다가 길에서 그 불빛에 눈길을 던졌다는 것을 그녀가 상상이나 할 수 있을까? 밖에서 불빛을 본 순간부터—'탁자 위에서는 촛불이 타올랐다, 촛불이 타올랐다'—그의 운명이 그의 인생 속에서 시작되었다는 것을?

그녀의 생각은 흩어져 사라졌다. 그녀는 생각했다. '어쨌거나 교회에서 장례식을 올리지 못한다는 건 너무 안타까운 일이야! 품위 있고 엄숙한 장례식을! 죽은 이들 대부분은 그럴 만한 가치가 없지. 하지만 유로치카는 그럴 만한 가치가 충분한 훌륭한 사람이었어! 그 모든 것에 어울리는 충분한 자격을 갖춘, 〈관 위에 흘리는 눈물은 할렐루야의 노래〉*를 들을 자격이 되고도 남는 사람이었는데.'

그녀는 비록 인생의 짧은 기간이었지만 그의 곁에 늘 함께 있었고, 자신이 언제나 그에 대해 생각했다는 사실에 자부심과 안도가 파도처럼 밀려오는 것을 느꼈다. 언제나 그에게서 풍기던 자유와 무사태평의 숨결이 지금도 그녀를 감싸고 있었다. 그녀는 앉아 있던 등받이 없는 의자에서 조급하게 일어섰다. 알 수 없는 뭔가가 그녀 안에서 일어났다. 그녀는 그 힘을 빌려, 자신의 고통을 옭아맨 고통의 심연에서 신선한 대기가 있는 곳으로 풀려나, 잠시나마 전처럼 해방의 환희를 느끼고 싶었다. 그 행복이란 그녀에게는 그와 마지막으로 이별하는 행복, 누구에게도 방해받지 않고 그에게 엎드려 실컷 울 수 있는 기회와 권리였다. 그런 격정에 사로잡혀 그녀는 마치 안과 의사가 강력한 안약을 몇 방울 떨어뜨린 것같이 글썽거리는 잘 보이지 않는 눈으로 모여 있는 사람들을 둘러보았고, 사람들은 일제히 움직이며 코를 풀거나, 옆으로 비켜서서 방을 나가더니 마침내 그녀만 남겨두고 문을 닫았고, 그녀는 재빨리 성호를 그으며 탁자로 다가가, 옙그라프가 준비해놓은

---

* 장례식 때 부르는 노래.

발판을 딛고 올라가 고인 위에서 크게 세 번 성호를 긋고, 차가운 그의 이마와 손에 입을 맞췄다. 차가워진 그의 이마가 마치 꼭 쥔 주먹처럼 움츠러든 듯했지만, 그녀는 그것을 알아차리지 못했다. 그녀는 얼어붙은 듯 잠시 아무 말도 하지 않고, 아무 생각도 하지 않고, 울지도 않고, 관과 꽃들과 그의 몸을 자신의 머리와 가슴과 영혼으로, 그리고 영혼처럼 커다란 두 손으로 감쌌다.

15

오열을 억누르느라 그녀는 온몸을 떨고 있었다. 끝까지 참으려 했지만, 갑자기 한계를 넘은 듯 눈물이 왈칵 터졌고, 눈물은 그녀의 뺨과 옷과 손으로, 그녀가 매달려 있는 관 위로 떨어졌다.

그녀는 아무 말도 하지 않았고, 생각도 하지 않았다. 사상과 공감대, 앎, 확신 같은 상념은 하늘에 떠다니는 구름처럼, 옛날 어느 밤 그들이 나누었던 대화처럼 그녀의 마음속에 자유롭게 떠올랐다 날아가버렸다. 그때 그런 것들이 그녀에게 행복과 해방감을 가져다주었었다. 머리로 생각하는 것이 아니라 따뜻하고, 서로에게 지식의 영감을 주는 대화였다. 본능적이고 직접적인 앎이었다.

그녀는 그와 같은 앎으로 가득차 있었지만, 지금은 죽음에 대한 암울하고 해명할 수 없는 앎, 즉 죽음에 대한 각오, 죽음 앞에서 당황하지 않는 평온함으로 가득차 있었다. 그녀는 마치 이미 스무 번이나 인생을 살면서 수없이 유리 지바고를 잃고 또 이런 일에 온 마음으로 경험을 쌓아온 듯했고, 그래서 이 관 옆에서 그녀가 느끼고 행동한 것은 때에 알맞게 아주 적절했다.

아, 그것은 얼마나 자유롭고, 비할 것이 없는 유일무이한 사랑이었던가! 그들은 다른 이들이 콧노래를 부르듯 생각을 했다.

그들이 사랑한 것은, 흔히 사랑에 대해 잘못 말하는 것처럼, 필연에 의해서이거나 '정열에 불타서'가 아니었다. 그들이 사랑한 것은 주위의 모든 것이, 발아래 대지, 머리 위의 하늘, 구름과 나무가 그것을 원했기 때문이었다. 그들 주변에 있는 것들이 아마도 그들 자신보다 훨씬 더 그들의 사랑을 축복했을 것이다. 거리에서 스치는 낯선 사람들, 산책길 저멀리 펼쳐진 광야, 그들이 만나고 살았던 방, 그런 것들이 더 기뻐했을 것이다.

아, 그것이 바로 그들을 끌어당기고 일체가 되게 한 것이었다! 최고의 선물인 아찔한 행복의 순간에도 마음을 끌어당기는 가장 숭고한 것이 그들을 버리는 일은 결코, 결코, 단 한 번도 없었다. 그것은 세계의 보편적 표상이라는 환희, 그 그림 전체에, 그 모든 아름다운 광경 속에, 이 우주 전체에 그들이 속해 있다는 감각이었다.

그들은 오직 그 일체감만을 호흡했다. 그래서 인간을 자연 위에 올려놓는 것, 즉 유행처럼 번지던 현대의 인간숭배는 그들의 마음을 끌지 못했다. 정치화된, 거짓된 사회성의 원리는 그들에게 조악한 수제품에 지나지 않았고 전혀 이해할 수 없는 것이었다.

16

그녀는 평범하고 일상적인 말로 그에게 이야기하기 시작했고, 그것은 명랑하고 격의 없고 생활의 일면을 담은 대화의 말이었고, 합창이나 비극의 독백, 시적 발화, 음악, 그리고 오직 감정이라는 조건으로만 정당화되는 모든 예술이 의미를 갖지 않는 것과 마찬가지로 현실의 틀을 깨면서 의미를 갖지 않는 말이었다. 그녀의 가볍고 편견 없는 대화에 실린 과도함을 정당화하는 조건은 그녀가 흘리는 눈물이었고, 그 눈물 속에 그녀의 꾸밈없는 일상적인 말이 가라앉았다 떠올랐다 하며 부유하고 있었다.

바로 이 눈물에 젖은 말이, 마치 바람이 따뜻한 비에 엉긴 비단처럼 젖은 나뭇잎을 뒤흔들듯, 그녀의 부드럽고 빠른 속삭임에 달라붙는 것 같았다.

"우리는 또다시 함께 있게 됐군요, 유로치카. 신은 우리를 또다시 만나게 하셨어요. 이 얼마나 무서운 일인가요! 오, 나는 견딜 수가 없어요! 오, 주님! 저는 큰 소리로 외치고 또 외칩니다! 생각해봐요! 우리가 다시 여기서, 우리의 무기고에서 만나다니. 당신이 떠나면, 내 인생은 끝이에요. 또다시 뭔가 거대한, 알 수 없는 것이 닥쳤어요. 삶의 수수께끼, 죽음의 수수께끼, 천재의 매혹, 꾸밈없음의 매혹, 아, 우리는 그것들을 이해하고 있었죠. 하지만 세상의 자질구레한 일들, 세상을 다시 개조하는 일 따위는 미안하지만 우리의 일이 아니었어요.

안녕, 나의 위대한 사람, 안녕, 나의 자랑, 안녕, 나의 깊고 빠른 강물이여, 온종일 흐르는 당신의 물소리를 내가 얼마나 사랑했는지, 당신의 차디찬 물결 속에 뛰어드는 것을 내가 얼마나 좋아했는지 모를 거예요.

눈 속에서 우리가 헤어졌던 그날 기억해요? 어떻게 나를 속일 수가 있어요! 내가 당신을 두고 떠날 수 있을 거라 생각했어요? 오, 알아요, 당신이 나를 위해 그랬다는 걸 알아요. 그리고 그때부터 모든 것이 무너졌어요. 주님, 제가 거기서 무엇을 겪고, 무엇을 견뎌냈는지요! 하지만 당신은 아무것도 모릅니다. 오, 내가 무슨 짓을 했을까요, 유라, 내가 무슨 일을 저질렀을까요! 나는 죄인이에요, 당신이 알 수 없을 만큼! 하지만 내 잘못이 아니에요. 그때 나는 석 달 동안 병원에 있었고, 그중 한 달은 의식도 없었어요. 그때부터 나는 살아 있는 사람이 아니었어요, 유라. 내 마음은 연민과 고통으로 지옥 같았어요. 하지만 나는 가장 중요한 것을 말하고 있지 않아요, 밝히고 있지 않아요. 나는 그걸 말할 수가 없어요, 그럴 힘이 없어요. 나는 이런 자리에만 서면 공포로 소름이 돋고 머리칼이 곤두서요. 나는 지금 내가 제정신인지조차 자신이 없어요. 하지만 당신도 알겠지만, 나는 다른 사람들처럼 술을 마시지도 못해요. 그런 길로는 들어서지 못해요. 술에 취한 여자는─이미 끝이니까요. 그건 상상할 수도 없는 일이지 않아요?"

그녀는 좀더 이야기하고 흐느끼며 괴로워했다. 갑자기 그녀는 놀란 듯이 고개를 들고 주위를 둘러보았다. 방에서는 아까부터 사람들이 근심하며 서성거리고 있었다. 그녀는 발판에서 내려와 휘청거리면서 아직 마르지 않은 남은 눈물을 짜내듯 손바닥으로 두 눈을 훔쳐 마룻바닥에 뿌리듯이 하며 관에서 물러났다.

남자들이 관으로 다가가 밑에 깔려 있던 수건 세 장을 잡고 관을 들었다. 출관이 시작되었다.

17

라리사 표도로브나는 카메르게르스키 골목에서 며칠 동안 지냈다. 엡그라프 안드레예비치와 이야기했던 대로, 그녀의 도움으로 원고 정리가 시작되었지만, 다 끝마치지는 못했다. 그녀가 엡그라프 안드레예비치에게 부탁한 일에 대해서도 의논했다. 그는 그녀의 이야기를 듣고 아주 중요한 사실을 알게 되었다.

어느 날 라리사 표도로브나는 집에서 나가 다시는 돌아오지 않았다. 그녀는 당시 거리에서 체포되어 북쪽에 있는 수많은 일반 수용소나 여자 수용소 중 하나로 들어가 그곳에서 죽었거나, 아니면 나중에 소실된 명단 속 이름 없는 번호가 되어 잊혀버린 채 소식이 끊어진 것으로 보인다.

16장
에필로그

1

1943년 여름, 쿠르스크 돌출부 돌파와 오룔 시 해방* 뒤, 최근 소위로 진급한 고르돈과 두도로프 소령은 각자 전체 부대로 귀대했는데, 고르돈은 모스크바 파견근무를 마친 뒤였고, 두도로프는 모스크바에서 사흘의 휴가를 보낸 뒤였다.

두 사람은 귀대 길에 만나 체른이라는 작은 도시에서 밤을 지내게 됐는데, 도시는 비록 파괴되기는 했지만 퇴각하는 적이 짓밟고 간 '무인지대' 대부분의 거주지처럼 완전히 파괴된 것은 아니었다.

깨진 벽돌과 미세한 먼지, 가루가 된 쇄석이 산을 이룬 도시의 폐허 한복판에서 파괴를 면한 건초 저장소를 발견한 두 사람은 밤이 되자

---

* 2차세계대전 때 동부전선에서 일어난 가장 주목할 만한 전투 중 하나. 선제공격을 가한 독일군을 소련군이 저지하고 반격해 오룔, 벨고로드, 하르코프를 재탈환했다.

그곳에 누웠다.

그들은 잠을 이루지 못했다. 밤새 이야기를 나누었다. 새벽 세시경 깜빡 잠이 들었던 두도로프는 고르돈이 바스락거리는 소리에 잠이 깼다. 그는 물속에서 허우적거리는 듯한 몸짓으로 부드러운 건초 더미 속에 푹 파묻히기도 하고 이리저리 몸을 움직이며 속옷가지들을 둘둘 챙겨 말기도 하더니, 역시 허우적거리는 몸짓으로 건초 더미 꼭대기에서 건초 저장소 문 쪽으로 기어내려가기 시작했다.

"어딜 가려는 거지? 아직 이른데."

"강가로 내려가려고. 빨래를 좀 해야겠어."

"정신 나갔나. 저녁이면 부대에 도착하고 세탁부 탄카가 갈아입을 옷을 내줄 텐데. 뭘 그렇게 서두르나."

"그때까지 못 참겠어. 땀에 푹 젖었어. 아침에는 더울 거야. 얼른 물에 헹궈 꼭 짜면 햇볕에 금방 마르겠지. 좀 씻고, 옷을 갈아입어야겠어."

"그래도 그건 부적절한 행동이야. 어쨌든 자네는 장교 아닌가."

"아직 이르잖아. 모두 자고 있어. 나는 숲속에서 할 거야. 아무도 안 보는 데서. 자네는 잠이나 자, 아무 말 말고. 잠이 다 달아나겠어."

"나도 다시 잠들긴 글렀어. 같이 가지."

그래서 그들은 방금 떠오른 해에 벌써 뜨거워진 하얀 돌들의 폐허를 지나 강가로 걸어갔다. 전에는 한길이었던 곳 한가운데 땅바닥에서, 내리쬔 햇볕에 얼굴이 빨개진 채 사람들이 땀을 흘리며 코를 골고 있었다. 그들은 대부분 이 지방에 사는 사람들로 집을 잃은 노인들, 부녀자들, 어린애들이었는데, 그중에는 자기 부대에 뒤처져 뒤따라가는 붉은 군대 병사들도 있었다. 고르돈과 두도로프는 사람을 밟지 않도록 조심스럽게 발밑을 살피며 잠든 그들 사이를 걸어갔다.

"조용히 말해, 안 그러면 마을 사람들이 다 깨서 씻지도 못해."

그들은 낮은 목소리로 간밤에 하던 이야기를 이어갔다.

2

"이게 무슨 강일까?"

"몰라. 물어보지 않았어. 아마 주샤강이겠지."

"아니, 주샤강은 아니야. 다른 강일 거야."

"글쎄, 모르겠는데."

"그 일이 일어난 데가 주샤강이었지. 흐리스티나 사건."

"그래, 그런데 이런 데가 아니었어. 하류 어디였어. 교회에서는 그녀를 성자 반열에 올렸다더군."

"거기에는 '코뉴시냐*'라는 석조 건물이 있었지. 사실 그곳은 솝호즈**의 양마장인데, 이제 그것이 역사적 명칭이 된 거야. 오래되고 벽이 두꺼운 코뉴시냐. 독일군이 그 건물을 보강해서 난공불락의 요새로 만들었지. 거기서는 사방으로 포격할 수 있어서 우리 진격이 저지당했어. 우리는 코뉴시냐를 점령해야만 했어. 흐리스티나는 기적적인 용기와 기지를 발휘해 그 독일군 진지에 잠입해 그 마구간을 폭파했지만 생포되어 목이 매달리고 말았지."

---

* 고유명사로 쓰였지만, 원래 '마구간'이라는 뜻이다.
** 국영농업기업 '소벳스코예 호쟈이스트보(Советское хозяйство)'의 약칭.

"어째서 두도로바가 아니고 흐리스티나 오를레초바지?"

"그때는 우리가 결혼을 하지 않은 상태였거든. 1941년 여름, 우리
는 전쟁이 끝나면 결혼하기로 약속했었어. 그뒤 나는 다른 부대와 함
께 돌아다녔어. 정말 한없이 부대를 옮겨다녔지. 그 끝없는 이동 때문
에 그녀와 소식이 끊겨버렸어. 그뒤로는 그녀를 못 만났어. 나도 다른
사람들과 마찬가지로 그녀의 영웅적인 행위와 죽음을 소식으로 접했
어. 신문과 부대의 포고로. 여기 어딘가에 그녀의 기념비를 세울 거라
고 하던데. 듣기로는, 죽은 유리의 동생인 지바고 장군이 이 일대를 돌
아다니며 그녀에 대한 자료를 수집하고 있다는군."

"미안하군, 괜히 그 여자 이야기를 꺼내서. 고통스러운 일일 텐데."

"그게 문제가 아니야. 그나저나 시간 가는 걸 잊고 있었어. 나는 자
네를 방해하고 싶지 않아. 옷을 벗고 물에 들어가 할일을 해. 나는 강
둑에 누워 풀잎이라도 씹고 있을게―한숨 잘 수도 있고."

얼마 뒤 그들은 다시 이야기를 시작했다.

"자네는 어디서 그렇게 빨래하는 법을 배웠나?"

"필요가 가르쳐줬지. 우리는 운이 나빴어. 수용소 중에서도 가장 지
독한 곳으로 갔거든. 살아남은 사람이 거의 없어. 도착했을 때부터 이
야기하지. 우리 조가 열차에서 내렸어. 온통 눈 덮인 광야였지. 멀리
숲이 보이더군. 총구를 아래로 향한 경비병, 양치기 개들. 거의 동시에
약간의 시차를 두고 다른 새로운 그룹들이 실려왔어. 눈 덮인 벌판에
커다란 다각형을 이루며 우리는 서로를 보지 못하게 등을 안쪽으로 향
하고 서 있었어. 명령에 따라 무릎을 꿇었고, 총살한다는 위협 때문에
고개도 까딱하지 못한 채 우리는 언제 끝날지 모르는 굴욕적인 점호를

받기 시작했어. 전원이 계속 무릎은 꿇은 채. 그런 다음 우리 조가 일어섰고, 그룹들이 제각각 끌려가고, 우리 조에게 이런 명령이 떨어졌지. '여기가 너희의 수용소다. 알아서 각자 자리를 잡아라.' 탁 트인 하늘 밑에 눈 덮인 벌판이 있고, '굴라크Гулаг 92 야я 엔н 90'이라는 글자가 적힌 말뚝 하나밖에. 아무것도 없었어."

"그랬군. 우리는 그렇게까지 나쁘지는 않았어. 운이 좋았지. 그건 내가 첫번째 형기를 마치고 두번째 형기를 채우고 있었기 때문이었어. 게다가 체포 조항과 조건도 달랐어. 석방되자 나는 첫번째처럼 복권해 다시 대학에서 강의할 수 있었고 말이야. 그후 전쟁에 동원됐지만, 자네처럼 징벌로서가 아니라 정식 소령 계급장을 달고서였어."

"그래. '굴라크 92 야 엔 90'이라는 숫자가 적힌 말뚝이 전부였어. 처음에 우리는 그 엄동설한에 맨손으로 작은 나뭇가지를 꺾어다 임시 막사를 지었어. 믿기지 않겠지만, 그렇게 우린 손으로 막사를 조금씩 지었네. 나무를 베어 옥사를 짓고, 울타리를 치고, 영창과 경비탑도 짓고. 그 모든 것을 우리가 직접. 그리고 목재를 공급하는 노동이 시작되었지. 삼림벌채. 숲은 벌거숭이가 됐어. 우리는 썰매 한 대에 여덟 명이 한 조로 가슴까지 눈에 파묻혀가며 나무를 날랐어. 전쟁이 시작된 것도 한참이나 몰랐지. 그들이 숨긴 거야. 그런데 갑자기 이런 제의가 들어왔어. 징벌 조에서 전선에 지원할 수 있고, 장기전에서 살아 돌아오면 석방해준다고 말이야. 그때부터 진격, 또 진격, 전기가 흐르는 수 킬로미터의 철조망, 지뢰, 박격포, 몇 달에 걸친 맹렬한 총격전이 있었어. 중대에서 우리를 결사대라고 부른 것도 다 이유가 있었어. 한 사람도 남지 않고 전멸했으니까. 나는 어떻게 살아남았을까? 어떻게 살아

남을 수 있었을까? 하지만 상상해보게, 그런 피의 지옥도 강제수용소의 공포에 비하면 행복했거든, 상황의 심각성 때문이 아니라 전혀 다른 이유에서."

"그래, 형제, 고생이 많았군."

"거기서 빨래는 물론이고 배워야 할 건 다 배웠네."

"놀라운 일이야. 자네가 겪은 유형流刑의 운명 앞에서뿐만 아니라 그에 앞선 1930년대의 모든 생활에 대해서도, 심지어 자유의 몸으로서, 그리고 대학의 연구생활과 책, 금전, 쾌적한 삶의 조건에 비해 보아도 전쟁은 정화하는 바람, 신선한 공기였고, 구원의 숨결이었어.

나는 집단화는 실패한 거짓 정책이라고 생각하지만, 과오를 인정할 수는 없었어. 그 실패를 감추기 위해 모든 공포 수단을 동원해 사람들이 생각하고 판단하는 것을 금지하고, 사람들이 있지도 않은 것을 보고 명백한 사실과 정반대되는 것을 증언하도록 강제해야 했지. 그것 때문에 비할 데 없이 잔인했던 예조프 사건*, 적용을 염두에 두지 않은 헌법 공포, 선거의 원칙에 기초하지 않은 선거가 도입됐지.

그리고 전쟁이 일어나자 전쟁의 실제적인 공포, 실제적인 위험, 실제적인 죽음의 위협은 날조된 비인간적인 통치에 비하면 축복이었고, 오히려 안도감을 줬어, 사문死文의 마법적 힘이 그것들에 의해 파괴됐기 때문이지.

수감중인 자네와 같은 처지의 사람들뿐만 아니라 전방과 후방의 모든 사람이 굳건하게, 가슴 가득 더욱 자유롭게 숨을 쉬고 기쁨과 진정

---

* 1937~1938년 인민위원 예조프가 주도한 대규모 숙청으로, 100만 명을 총살했다.

한 행복을 느끼면서 그 죽음과 구원의 무서운 전투의 용광로에 뛰어들었던 거야.

전쟁은 몇십 년에 걸친 혁명의 연쇄 중에서도 특수한 고리야. 혁명의 본질 속에 직접적으로 내재했던 온갖 원인의 영향은 끝났어.

혁명의 간접적인 결과가, 결실의 결실이, 결과의 결과가 나타나기 시작했어. 재앙에서 단련된 불굴의 의지, 시련, 영웅주의, 그리고 거대하고 절망적인 미증유의 뭔가에 대한 준비. 그 우스꽝스럽고 놀라운 특질들이 세대의 정신적인 색채를 구성하고 있지.

그런 것들이 흐리스티나의 순교적 죽음, 나의 부상, 우리의 사상자수, 전쟁에서 흘린 소중한 피의 대가에도 불구하고 나를 행복감으로 가득 채워주고 있어. 내가 오를레초바의 죽음의 무게를 견딜 수 있는 건, 우리 한 사람 한 사람의 삶을 비추는 자기희생의 빛이 그것을 덜어주기 때문이야.

슬프게도 자네가 끝없는 고통을 겪고 있었던 그때, 나는 자유로운 몸이 됐어. 그때 오를레초바가 역사학부에 입학했지. 학문적 관심사가 그녀를 내게로 이끌어 내가 그녀를 지도하게 됐어. 나는 이미 오래전 첫번째 유형을 마쳤을 때, 그러니까 그녀가 아직 어린애였을 때 그 뛰어난 소녀를 눈여겨봤었어. 내가 언제 얘기한 적이 있어서 자네도 기억할지 모르지만, 유리가 아직 살아 있을 때야. 아무튼, 그 무렵 그녀는 내 수업을 듣는 학생 중 하나였어.

그 무렵 학생들이 선생들을 비판하는 관습이 성행하기 시작했어. 오를레초바도 그 일에 열렬히 빠져들었지. 그녀가 왜 그렇게 나를 매섭게 공격했는지는 신만이 아실 거야. 그녀의 공격이 너무나 집요하고 호전적이고 부당해서 이따금 학과의 다른 학생들이 들고일어나 나를 옹호하기까지 했으니까. 오를레초바는 유머 감각이 뛰어났지. 그녀는 나를 지칭하고 있다는 걸 누구나 알아챌 수 있는 가짜 성을 지어서는 벽보 위에서 마음껏 나를 조롱했어. 그런데 갑자기, 정말 우연한 어떤 일 때문에 그 뿌리 깊은 적의가 오랫동안 남몰래 이어져온 나에 대한 그녀의 젊고 견고한 사랑을 위장하기 위한 것이었다는 걸 알게 됐어. 나는 그녀에게 언제나 일관된 태도로 대했지만.

우리는 1941년, 그러니까 전쟁 첫해, 그 직전과 선전포고 직후에 함께 멋진 여름을 보냈어. 모스크바 근교의 다차 마을에서 남녀 대학생 몇몇과 있었고, 그중에 그녀도 있었는데 나중에 우리 부대도 거기에 주둔했지. 군사훈련, 수도 근교 의용군 부대 편성, 흐리스티나의 낙하산 훈련, 모스크바 상공에서 독일군의 첫 공습이 있었던 날 밤의 타오르던 불길, 그런 상황 속에서 우리의 우정은 싹트고 무르익었어. 이미 자네에게 말했지만, 그때 우리는 약혼했고, 곧 부대 이동이 시작되면서 헤어지게 됐어. 그후로 나는 그녀를 보지 못했지.

전세가 갑자기 호전되어 독일군이 수천 명씩 항복하기 시작했을 때, 나는 두 번의 부상으로 두 번이나 병원에 입원하고는 고사포 부대에서 제7참모부로 전속됐어. 참모부에는 외국어를 하는 사람들이 필요했지. 그래서 나는 바다 속에서 뭔가를 발굴하듯 자네를 찾아내 우리 부대로 전속해달라고 강력하게 요청했던 거야."

"세탁부 타냐*는 오를레초바를 잘 알고 있었어. 둘은 전선에서 만나

---

* 타티야나의 애칭.

친구가 되었지. 그녀는 흐리스티나에 대해 많은 이야기를 해줬어. 타냐도 유리처럼 온 얼굴에 미소를 짓는 습관이 있는데, 본 적 있나? 한 순간 들창코와 광대뼈 윤곽이 희미해지면서 매력적이고 사랑스러운 얼굴이 되지. 우리 나라에서는 아주 흔한 얼굴이지만."

"무슨 말인지 알겠네. 그랬을 거야. 주의깊게 보지는 못했지만."

"탄카 베조체레데바라니, 정말 야만적이고 끔찍한 별명 아닌가. 이건 절대로 성姓이 아니라 뭔가 날조되고 왜곡된 거야. 자네는 어떻게 생각하나?"

"그건 그녀가 그렇게 설명했기 때문이야. 그녀는 부모가 누군지 모르는 고아 출신이거든. 아마도 언어가 아직 순수하고 때 묻지 않은 러시아 오지 어디선가는 아버지가 없는* 아이라는 의미로 베좃챠라고 불렀을걸. 길 위의 삶에서 이 별명은 이해하기도 어렵고, 또 뭐든지 귀로 듣고 이해하다보니 잘못 전해져서 말하자면 자신들의 생활에 맞는 조악한 표현으로 고쳐 부르다 그렇게 됐을 거야."

3

이것은 고르돈과 두도로프가 체른에서 밤을 보내면서 대화를 나눈 뒤 얼마 안 돼, 완전히 파괴된 카라체프라는 도시에서 있었던 일이다. 여기서 소속 부대를 따라가던 중 두 친구는 본대를 뒤따르는 자기 부

---

* 베스 옷차(без отца).

대의 후위대 몇 명을 만나게 되었다.

맑고 잔잔하면서도 더운 가을 날씨가 한 달 넘게 이어졌다. 오룔과 브랸스크 사이에 있는 축복받은 땅 브랸시나*의 비옥한 흑토는 구름 한 점 없는 파란 하늘의 열기로 데워져 초콜릿-커피처럼 검게 반짝이고 있었다.

국도와 합류하는 쭉 뻗은 중앙 도로가 도시를 가로지르고 있었다. 거리 한쪽에는 지뢰에 파괴된 집들이 건축 폐기물로 변해 있고, 과수원에는 뿌리가 뽑힌 채 쪼개지고 새까맣게 탄 나무들이 바닥에 쓰러져 있었다. 도로 건너편 다른 쪽에는 빈터가 이어졌는데 아마도 도시가 폭파되기 전에도 이곳에는 건물이 없어 방화나 폭탄의 피해가 없었던 모양이었다.

예전에 건물들이 있었던 쪽에서는 집을 잃은 주민들이 타다 남은 잿더미를 헤집어 뭔가를 찾아내서는, 불에 탄 먼 골목골목에서 한 장소로 모으고 있었다. 다른 주민들은 서둘러 움집을 짓고, 지붕에 떼를 입히기 위해 땅을 토막토막 자르고 있었다.

맞은편 건물이 없는 곳은 텐트들로 하얗게 덮여 있고, 트럭과 임시 수송 부대의 유개짐마차, 사단본부와 연락이 끊긴 이동 붕대소, 길을 잃고 뒤엉켜 서로를 찾고 있는 각종 보급창과 경리부, 식량 창고 부대가 북적거리고 있었다. 보충 부대의 미성년 병사들이 이질로 여위고 초췌해지고 검게 그을린 핏기 없는 얼굴로 배를 채우기 위해 걸음을 멈추고 휴식을 취하고는, 회색 사이드캡을 쓰고 무거운 회색 외투를

---

* 현재의 브랸스크.

걸친 채 서쪽을 향해 무겁고 느린 발걸음을 다시 옮기고 있었다.

폭파로 절반이 날아가고 재로 변한 도시는 아직도 불타고 있었고, 멀리 지연작전용 지뢰가 깔린 곳에서는 폭발이 이어지고 있었다. 안마당을 헤집던 사람들은 발아래 땅이 울리면 일손을 멈추고는 허리를 펴고 삽에 몸을 기댄 채 폭발이 일어난 쪽으로 고개를 돌려 한참 바라보곤 했다.

그곳에서 공중으로 회색, 검은색, 벽돌색, 연기를 피우는 불꽃색 먼지구름이 솟아올랐고, 처음에는 여러 개의 기둥이나 분수처럼 솟아올랐다가 서서히 둔중한 덩어리가 되어 버섯 모양으로 퍼지면서 산산이 흩어져 땅에 다시 내려앉았다. 그러면 일손을 멈췄던 사람들은 다시 일을 시작했다.

건물이 없는 쪽 빈터 한쪽은 관목들로 에워싸여 있고 고목들은 넓게 그늘을 드리우고 있었다. 관목들은 빈터를 나머지 다른 공간으로부터 차단했는데, 마치 그곳은 외따로 놓여 차가운 박명薄明 속에 빠져 있는 뜰 같았다.

이 빈터에서 세탁부 타냐와 그녀의 소속 연대 동료 두세 명, 몇몇 동행자, 고르돈과 두도로프가, 타냐와 그녀에게 맡겨진 부대의 일용품을 실어갈 트럭을 아침부터 기다리고 있었다. 일용품은 빈터 위에 쌓아놓은 산더미 같은 상자들 속에 들어 있었다. 타티야나는 그 상자들을 지키며 한 발짝도 떠나지 않았고, 다른 사람들도 트럭을 타고 갈 수 있는 기회를 놓치지 않기 위해 상자 근처에 있었다.

그들은 이미 다섯 시간 이상 기다렸다. 기다리는 것 말고 할일이라곤 아무것도 없었다. 그들은 온갖 삶의 풍파를 겪은 이 수다스러운 젊은 여자의 그칠 줄 모르는 잡담에 귀를 기울였다. 그녀는 지바고 소장을 만난 이야기를 이제 막 시작한 참이었다.

"그건 말이죠. 어제였어요. 나는 장군에게 개인적인 용무로 불려갔어요. 지바고 소장에게요. 그는 이 근처를 지나갈 때 흐리스티나에게 흥미를 갖고 여러 사람에게 캐물었어요. 그녀를 직접적으로 알고 있는 증인들에게요. 그 사람들이 내 이야기를 했나봐요. 그녀와 내가 친구 사이라고 하니까. 나를 불러오라고 명령한 거죠. 그래서 사람들이 와서 나를 데려간 거예요. 나는 그가 전혀 무섭지 않았어요. 특별한 데도 없고 다른 사람들과 똑같았어요. 눈은 죽 째지고, 머리털은 검었어요. 그래요, 나는 내가 아는 사실을 말했어요. 그는 듣더니 고맙다고 말하더군요. 그러고는 물었어요. 어디 출신이고 뭐하는 사람이냐? 물론 나는 대답을 피했어요. 뭐 자랑할 게 있겠어요? 버려진 아이. 대충 그렇죠. 다들 알잖아요. 감옥도 들락거리고, 방랑생활도 하고. 그런데 그가 어려워하지도 말고 부담을 느낄 것도, 부끄러워할 것도 없다고 말하는 거예요. 뭐, 그래서 나는 처음에는 조심스럽게 몇 마디 하다가 차츰 말이 많아졌고, 그가 고개를 끄덕끄덕하니까 용기가 나더라고요. 나는 꼭 하고 싶은 이야기가 있었어요. 당신들은 들어도 믿지 않을 테고, 꾸며댄 이야기라고 하겠지만요. 그래요, 그 사람도 그랬어요. 내가 이야기를 끝내자 그는 일어나더니 농가 안에서 이리저리 막 걸어다녔어요. 그가 얼마나 놀라운 이야기인지 한번 말해보라고 하더군요. 대체 무슨 이야기지, 하고는 이렇게 말하는 거예요. 지금은 내가 시간이 없지만, 다시 부를 테니 걱정 마라, 한번 더 너를 부르겠다. 그는 이런 이야기를 듣게 될 줄은 몰랐다고 했어요. 나는 너를 이렇게 두지 않겠다고요. 이 일은 더 알아야 하고, 자세한 사항을 밝혀내야 한다고요. 그러고는 말했어요. 어쩌면 나는 네 숙부이고, 너는 장군의 조카인지도 모른다. 그게 맞는다면 너를 여기서 데리고 나가 대학에 보내주고 네가 원하는 대로 해주겠다. 맹세코 그렇게 말했어요. 고약한 장난인지도 모르지만."

그때 폴란드와 서부러시아에서 건초를 실어 나르는 데 쓰는 길고 양옆이 높은 빈 짐마차 한 대가 빈터로 들어왔다. 옛날에는 마부라고 불렸고 지금은 현역 군인인 수송대 병사가 멍에를 한 말 두 필을 몰고 있었다. 그는 빈터로 들어와 앞으로 뛰어내리더니 마구를 풀기 시작했다. 타티야나와 몇 명의 군인을 제외한 모든 사람이 마부를 에워쌌고, 섭섭하지 않게 해줄 테니 그들이 원하는 데까지 태워달라고 간청했다. 그러나 병사는 자신에게는 말과 짐마차를 달리 이용할 권리가 없고 주어진 특별 임무만 수행해야 한다며 거절했다. 그는 마차에서 떼어낸 말을 데리고 어딘가로 가더니 돌아오지 않았다. 땅바닥에 앉아 있던 사람들이 모두 일어나서 빈터에 남겨진 채 서 있는 빈 짐마차에 올라탔다. 짐마차의 출현과 마부와의 교섭으로 중단됐던 타티야나의 이야기가 다시 시작되었다.

"그래서 장군에게 뭐라고 대답했지?" 고르돈이 물었다. "괜찮다면 우리에게 그 이야기를 해주겠나."

"못할 것도 없죠."

그래서 그녀는 그들에게 자신의 무서운 과거를 이야기해주었다.

4

"나는 정말 할 이야기가 많아요. 사람들은 내가 평범한 출신이 아니라고 말했어요. 나는 사람들이 해준 말을 마음속에 새겨두고 있었는데, 나의 어머니는 라이사 코마로바이고, 그녀는 백군이 점령한 몽골의 러시아 장관 코마로프 비밀 동지의 아내라고 했어요. 그런데 그 코마로프는 내 아버지가 아니에요. 친아버지가 아닐 거라고요. 물론 나는 교육을 받지 못했고, 아빠도 엄마도 없이 고아로 자랐어요. 어쩌면 당신들에게는 내 이야기가 그저 우스울지도 모르지만, 나는 내가 알고 있는 것을 말하는 것뿐이고, 당신들도 내 입장에서 들어주셔야 해요.

그래요. 이제부터 내가 당신들에게 하는 이야기는 전부 실제로 있었던 일이에요. 그 일은 크루시치 너머 시베리아 저쪽 끝, 그러니까 카자크촌 저편, 중국 국경 근처에서 일어났어요. 우리가, 즉 우리의 적군이 백군의 주요 도시에 접근했을 때, 바로 이 코마로프 장관이 와서 엄마와 가족 모두를 특별열차에 태워 데려간다고 했어요. 엄마는 깜짝 놀랐고, 함께 가는 게 아니면 절대 가지 않겠다고 했어요.

게다가 그 코마로프는 나에 대해서는 모르고 있었어요. 내가 세상에 태어났다는 것을 몰랐다고요. 엄마는 그와 오랫동안 헤어져 있을 때 나를 낳았고, 누가 그에게 이 사실을 말할까봐 겁을 먹고 있었어요. 그는 어린애를 끔찍이 싫어했는데, 고함을 치고 발을 쿵쿵 차면서 어린애는 집안의 쓰레기이자 걱정거리일 뿐이며, 시끄러워서 견딜 수가 없다고 소리지르곤 했어요.

그래요, 바로 그때 적군이 가까이 다가왔고, 엄마는 나고르나야 대피역의 여자 전철수인 마르파를 부르러 사람을 보냈는데, 그곳은 우리가 있는 도시에서 세 구간이나 떨어진 곳이었어요. 그것에 대해 설명할게요. 처음이 니조바야 역, 다음이 나고르나야 대피역, 그다음이 삼소놉스키 고개. 엄마가 어떻게 그 여자 전철수를 알았는지 이제야 알지 않았겠어요? 전철수 마르파는 도시에서 채소를 팔고 우유를 운반하고 있었어요. 그래서 안 걸 거예요.

그런데 들어보세요. 난 그 일을 아무래도 잘 모르겠어요. 나는 그들이 엄마를 속였다고, 엄마에게 거짓말을 했다고 생각해요. 그들이 무슨 말을 했는지는 신만이 아시겠지만, 아마 그들은 하루 이틀이면 혼란이 가라앉을 거라고 말했던 것 같아요. 엄마는 나를 영원히 낯선 사람 손에 맡길 생각은 아니었어요. 영영 맡기려던 건 아니었다고요. 엄마가 아이를 버리는 건 있을 수 없는 일이잖아요.

물론 어린애란 다 그렇죠. 아주머니에게 가봐, 아주머니가 당밀과자를 주실 거야, 착한 아주머니란다. 무서워할 거 없어. 그때 내가 얼마나 울었는지, 어린애가 얼마나 슬프고 엄마를 그리워했는지, 그 일은 떠올리고 싶지도 않네요. 나는 목매달아 죽어버리고 싶었고, 어리지만 거의 실성했죠. 아직 어린 꼬마였어요. 엄마는 마르푸샤* 아주머니에게 내 양육비를 줬을 거예요. 그것도 많이.

신호소에 부속된 집과 마당은 풍요로웠어요. 소와 말, 여러 종류의 새들이 있고, 채소를 가꿔 먹을 땅은 얼마든지 있었고, 집도 무료이고, 노선 바로 옆에 정부 초소까지 있었어요. 고향 쪽에서 열차가 올 때는

---

* 마르파의 애칭.

경사가 심해 헐떡이며 어렵사리 고개를 넘었고, 당신들이 사는 라세야 쪽에서 올 때는 내리막이 심해 브레이크를 밟아야 했어요. 울창한 숲이 헐벗는 가을에는 아래로 보이는 나고르나야 역이 마치 작은 받침접시 위에 놓인 것처럼 보였어요.

나는 농민의 풍습대로, 바실리 아저씨를 그냥 아빠라고 불렀어요. 그는 유쾌하고 친절한 사람이었지만, 사람을 지나치게 잘 믿고, 술에 취하면 돼지가 거세한 돼지에게 전하고, 거세한 돼지가 마을 전체에 떠벌린다는 속담처럼 떠벌렸어요. 그는 처음 만난 사람에게도 속마음을 전부 털어놓는 사람이었거든요.

그런데 나는 여자 전철수를 한 번도 '엄마'라고 부르지 않았어요. 친엄마를 잊을 수가 없었고, 왠지 그 마르파 아주머니가 너무 무서웠어요. 그래요. 나는 여자 전철수를 마르파 아주머니라고만 불렀어요.

그래요, 시간은 흘러갔어요. 몇 년이 지났죠. 몇 년인지는 기억도 나지 않아요. 그 무렵에 나는 열차가 들어오면 깃발을 들고 달려나갔어요. 말에서 마구를 풀고 암소를 데리러 가는 것쯤은 일도 아니었죠. 마르파 아주머니는 나에게 실 잣는 법도 가르쳐줬어요. 집안일은 말할 것도 없죠. 마루를 쓸고, 청소하고, 음식을 준비하고, 빵을 반죽하는 일쯤은 일도 아니었어요, 나는 다 할 줄 알았어요. 아, 깜빡 잊었는데, 나는 페텐카를 돌봤어요, 페텐카는 다리가 마비되어 세 살인데도 걷지 못하고 누워만 있었는데, 내가 그 아이를 돌봤어요. 이렇게 몇 년이 흘렀는데, 마르파 아주머니가 내 건강한 두 다리를 보면서, 어째서 저 다리는 마비되지 않는 거냐, 페텐카가 아니라 저 다리가 마비되었어야 한다고 말하는 것을 듣고 나는 큰 충격에 빠졌어요, 페텐카가 다리를 못 쓰게 된 것이 마치 내 탓이라고 하는 것 같던 그 눈초리, 이 세상에 어떤 악의와 어둠이 존재하는지 생각해보세요.

더 들어보세요, 흔히 말하듯 이건 시작일 뿐이에요, 그뒤에 무슨 일이 있었는지 들으면 당신들은 아마 놀라 자빠지실 거예요.

네프가 시행되던 때였고, 그때는 천 루블이 1코페이카까지 가치가 떨어졌었죠. 바실리 아파나시예비치는 아랫마을에 가서 소 한 마리를 팔고 돈자루를 두 개씩이나—그 돈은 케렌카라고 불렸어요, 아니, 잘못 말했어요—레몬, 레몬이라고 불렸는데, 그는 그 돈으로 술을 마시고 나고르나야 사람들에게 자기가 부자가 되었다고 자랑하려고 나갔어요.

내 기억에는 바람 부는 가을날이었는데, 바람이 지붕을 할퀴고 사람이 서 있기도 어렵고 증기기관차도 세찬 맞바람에 올라오지 못할 정도였어요. 언덕 위에서 낯선 할머니가 내려오는 것이 보였는데, 바람에 치마와 플라토크가 흩날렸어요.

낯선 할머니가 배를 부둥켜안고 신음하며 집안에 좀 들어가게 해달라고 사정했어요. 벤치에 할머니를 앉혔더니—아이고, 배 아파, 사람 죽네 하고 비명을 질렀어요. 그러면서 돈은 얼마든지 줄 테니 제발 병원에 데려다달라고 사정하는 거예요. 아빠가 우리집 말 우달로이를 마차에 매고 그 할머니를 태워서, 집에서 15베르스타 떨어진 마을 병원으로 데려갔어요.

나와 마르푸샤 아주머니가 잠자리에 들고 얼마 후, 마차가 안마당으로 들어오고 우달로이가 창문 밑에서 우는 소리가 들렸어요. 돌아오기에는 너무 이른 시간이었어요. 그랬어요. 마르푸샤 아주머니는 불을 켜고 콥타를 걸치고 아빠가 문을 두드리는 것도 기다리지 않고 문고리를 풀었어요.

문고리를 풀자 문 앞에 아빠가 아니라 얼굴이 검고 무서운 낯선 사내가 서 있었고, 그가 말했어요. '소 판 돈이 어디 있는지 말해. 나는 숲에서 네 남편을 죽였지만, 너는 여편네니까 돈이 어디 있는지만 말하면 살려주지. 말 안 하면 알지, 사정 봐주지 않겠어. 시간 끌지 않는 게 좋을 거야. 나는 우물쭈물할 시간이 없어.'

오, 맙소사, 사랑하는 동지들, 우리가 어땠을지 입장을 바꿔놓고 한번 생각해보세요! 우리는 벌벌 떨면서 이제 죽는구나 하며 너무 무서워서 입도 뻥긋 못했어요! 그는 바실리 아파나시예비치를 이미 도끼로 죽였다고 말했어요. 그리고 두번째 불행은 그 초소 안에 우리와 그 강도가 함께 있다는 것이었어요, 우리집에 강도가 있었다고요, 틀림없는 강도가.

그때 마르푸샤 아주머니는 이미 넋이 나갔어요. 남편이 죽었다는 소리에 심장이 터져버린 거예요. 하지만 정신을 붙들어야 했고 절대 그걸 드러내면 안 됐어요.

마르푸샤 아주머니는 우선 그의 발밑에 몸을 내던졌어요. 제발 살려주십시오, 죽이지 마십시오, 나는 모릅니다. 돈에 대해서는 아무것도 듣지 못했어요, 처음 듣는 소리예요 하고 말했어요. 하지만 그는 그런 말이 통할 만큼 단순한 바보가 아니라 악마였어요. 그때 갑자기 아주머니에게 그를 속여 넘길 꾀가 떠올랐어요. '그래요, 하는 수 없죠, 말할게요, 당신 마음대로 하세요. 그 돈은 마루 밑에 둔다고 했어요. 내가 문짝을 들어올리면 내려가세요.' 그러나 악마는 아주머니의 속셈을

418

꿰뚫어봤어요. '안 되지, 이 여편네야, 수작 부리지 말고 네가 직접 기어들어가. 마루 밑이든 지붕 위든 네가 가서 가져와, 나는 돈만 있으면 되니까. 명심해, 나를 속이거나 바보 취급하면, 가만두지 않겠어.'

다시 그녀는 말했어요. '아이고, 왜 그렇게 의심이 많으신가요. 나도 그러고 싶지만, 그럴 힘이 없어요. 나는 계단에서 불을 비출 테니 걱정 마시고, 당신이 믿도록 내 딸을 함께 밑으로 내려보내겠어요.' 그 딸이란 나를 두고 한 말이었어요.

맙소사, 사랑하는 동지들, 그 말을 들었을 때 내 심정이 어땠을지 생각해보세요! 이제 죽는구나 싶었어요. 눈앞이 캄캄해지고 다리가 후들거려 서 있을 수조차 없었죠.

하지만 그 악당도 바보가 아닌지라 우리 두 사람을 한쪽 눈으로 째려보고 눈을 가늘게 뜨고 이빨을 드러내며 웃더니, 누굴 바보로 아나, 수작 부리지 마 하는 거예요. 그는 그녀가 나를 가엾게 여기지 않는 걸 보고 친딸이 아니라 남의 핏줄이라는 걸 알아차린 것 같았고, 한 손으로 페텐카를 낚아채고 다른 한 손으로는 지하실으로 가는 문짝을 들더니, 등불을 비추라고 말하고는 페텐카와 함께 사다리를 타고 내려갔어요.

그때 마르푸샤 아주머니는 이미 정신이 나가서 아무것도 이해하지 못하고, 꼭 실성해버린 것 같았어요. 악당이 페텐카와 함께 마루 밑으로 들어가자마자 아주머니는 입구, 즉 지하실 문을 쾅 닫고 자물쇠를 채우고 그 위에 무거운 궤짝을 올려놓으려 했고, 궤짝이 무겁자 나에게 고갯짓을 하며 도와달라고 했어요. 궤짝을 옮겨놓자 정신이 나간 아주머니는 그 위에 앉아서 기뻐하더군요. 그녀가 궤짝 위에 앉자 밑에서 강도가 바닥을 두드리며 문을 여는 것이 좋을 거라고 소리소리를 지르면서 열지 않으면 페텐카를 당장 죽인다고 했어요. 문짝이 두꺼워 잘 들리진 않았지만, 무슨 의미인지는 알 수 있었어요. 그는 숲의 짐승보다 더 흉악하게 으르렁거리며 공포를 자아냈어요. 그래요, 그리고 소리쳤죠, 당장 페텐카를 죽이겠다고. 하지만 그녀는 아무것도 이해하지 못했어요. 거기 앉아서 웃으며 나에게 윙크까지 했어요. 밀을 빻아라, 예멜랴, 이번주는 네 차례다*, 네가 뭔 짓을 해도 나는 궤짝에서 꼼짝 않을 거야, 열쇠는 내 손에 있으니까, 하는 것 같았어요. 나는 아주머니에게 별짓을 다 했어요. 귀에 대고 소리치고 궤짝에서 밀어젖히고요. 지하실 문을 열어 페텐카를 살려야 했으니까요. 이걸 어떡해! 대체 내가 뭘 해야 하지?

그런데 악당은 계속 마룻바닥을 두드리고, 시간은 흘러가는데, 아주머니는 궤짝 위에 앉아 눈알만 굴리며 듣지도 않는 거예요.

시간이 흘러—아이고 아버지, 아이고 아버지, 나는 그때까지 살아오면서 온갖 것을 보고 겪었지만 그렇게 무서운 일은 처음이었고, 나는 죽을 때까지 페텐카의 그 가냘픈 목소리가 귀에 들릴 것만 같아요—천사같이 귀여운 페텐카가 지하실에서 울며 신음했어요—그 저주받은 악마가 페텐카를 목 졸라 죽였던 거예요.

이제 어떡해야 하나, 나는 생각했어요. 이 미치광이 노파와 살인을 저지른 강도를 어떡해야 하지? 하지만 시간은 흘러갔어요. 그런 생각을 하는데 창문 밑에서 우달로이가 우는 소리가 들리는 거예요. 그래요. 말이 마구를 단 채 마치 나에게, 얼른 타요, 타뉴샤**. 착한 사람들

---

* '누구도 믿지 않는다'는 뜻의 러시아 속담.
** 타티아나의 애칭.

에게 빨리 달려가서 도와달라고 해요, 하는 듯이 내내 밖에 서 있었던 거예요. 창밖을 보니 동이 틀 무렵이었어요. 네 말대로 할게, 가르쳐줘서 고마워, 우달로이, 그래 가자 하고 나는 생각했죠. 막 그런 생각을 하는데, 마치 누군가가 숲속에서 이렇게 말하는 것 같았어요. '기다려, 서두르지 마, 타뉴샤, 우리에게는 다른 방법이 있어.' 그래서 나는 다시금 숲속에 나 혼자가 아니라는 걸 알았어요. 마치 우리집 수탉이 우는 소리처럼 들리는, 낯익은 증기기관차의 기적 소리가 밑에서 들려왔고, 나는 그 소리를 듣고 그 증기기관차가 나고르나야 역에서 언제나 증기를 토하고 있었던 보조기관차라 불리는 기관차라는 걸 알았죠. 화물차량을 언덕 위로 끌어올릴 때 뒤에서 밀어주는 거요. 그건 혼합열차인데 매일 밤 그 시간에 통과했어요―밑에서 그 낯익은 그 증기기관차가 나를 부르고 있었던 거예요. 그 소리를 듣자 심장이 두근거렸어요. 그리고 생각했죠, 살아 있는 모든 것이, 말 못하는 온갖 기계가 분명한 러시아어로 나와 이야기를 하다니, 나도 마르푸샤 아주머니처럼 실성해버린 걸까?

별생각을 다 하고, 열차는 가까워지고, 생각하고 말고 할 시간이 없었어요. 나는 랜턴을 움켜쥐고 아직 날이 완전히 밝기 전에 힘껏 내달려 철로 한가운데로 뛰어들어서 랜턴을 앞뒤로 흔들었어요.

자 이제 무슨 말이 필요하겠어요. 나는 열차를 세웠어요. 다행히 열차는 바람 때문에 천천히 기어오다시피 오고 있었어요. 내가 열차를 세우자, 낯익은 기관사가 차창에서 몸을 내밀고 뭐라고 소리쳤지만 알아들을 수가 없었어요―바람 때문에. 나는 기관사에게 소리를 질러, 철로 초소에 강도가 들어 사람을 죽였다고, 강도가 집안에 있다고 도와달라고, 아저씨, 동지, 빨리, 빨리 도와주세요 하고 소리쳤죠. 그렇게 소리치는 동안 난방화차에 타고 있던 적군 병사들이 연달아 철로에 뛰어내렸죠. 그래요 군용 열차였어요. 그들은 뛰어내리며 '무슨 일이냐?' 하고 물었는데, 밤중에 열차가 숲속의 험한 언덕 위에서 멈췄으니 그들도 놀랐던 거예요.

모든 것을 안 그들은 지하실에서 강도를 끌어냈고, 그는 페텐카보다 더 가냘픈 목소리로 비명을 지르면서, 선량한 여러분, 제발 살려주십시오, 다시는 안 그러겠습니다 하고 애걸했어요. 그들은 그를 침목 위로 끌고 가 그의 손발을 레일에 묶었고, 열차가 그 위로 지나갔어요—사형私刑이었죠.

나는 너무 무서워서 옷을 가지러 집에 돌아가지도 못했어요. 나는 그들에게 열차에 태워달라고 부탁했어요. 그들은 나를 열차에 태우고 그곳을 떠나갔어요. 그뒤로 나는 거짓말 하나 안 보태고 말하지만, 우리 나라와 다른 나라의 반을 부랑자들과 떠돌며 온갖 곳을 다녔어요. 어렸을 때 그런 슬픔을 겪었지만 지금의 나는 얼마나 자유롭고 행복한지 몰라요! 하지만 사실은 별의별 불행을 다 겪고 죄도 많이 지었죠. 그건 모두 그뒤에 일어난 일인데, 그건 다음 기회에 이야기할게요. 그런데 그날 밤 철도 관리인이 정부 재산을 접수하고, 마르푸샤 아주머니 일을 처리하고, 아주머니의 생계를 해결해주기 위해 열차에서 내려 초소로 갔어요. 어떤 사람들은 아주머니가 그뒤 정신병원에서 미친 채로 죽었다고 했어요. 또 어떤 사람들은 아주머니가 다 나았다고도 했고요."

타냐의 이야기를 들은 뒤, 고르돈과 두도로프는 말없이 관목들 사이 빈터를 오랫동안 이리저리 거닐었다. 잠시 뒤 트럭이 왔고 트럭은 도로에서 둔하게 빈터 쪽으로 방향을 틀었다. 트럭에 상자들이 실리기 시작했다. 고르돈이 말했다.

"자네는 그 세탁부 타냐가 누군지 알겠나?"

"아, 물론이지."

"옙그라프가 그녀를 돌봐줄 거야." 잠깐 침묵한 뒤 그는 덧붙였다. "역사에는 흔히 그런 일이 있었지. 이상적이고 숭고하게 생각되었던 것이 타락하게 되는 것 말이야. 그렇게 해서 그리스는 로마가 되었고, 러시아 계몽운동은 러시아혁명이 되었어. 블로크는 어디선가 이렇게 말했지. '러시아의 무서운 시절을 산 아이들.' 여기에 바로 시대의 차이가 있어. 블로크가 그 말을 했을 때 그것은 비유적인 의미로, 수사적으로 이해해야만 했지. 그러니 아이들은 아이들이 아니라 아들들, 후손들, 인텔리겐치아들이었어. 공포는 무시무시한 것이 아니었고 섭리에 따른 묵시록적인 것이었지만, 그것과 이건 별개야. 그런데 지금은 비유적인 것이 글자 그대로의 뜻이 돼버려 아이들은 아이들이고, 공포는 무시무시한 것이지, 바로 거기에 차이가 있어."

5

오 년인가 십 년인가 지난 어느 고요한 여름날 저녁, 고르돈과 두도로프는 또다시 어느 높은 방에서, 끝없이 펼쳐진 어스름녘의 모스크바가 내다보이는 창문이 활짝 열린 창가에 앉아 있었다. 그들은 옙그라프가 편찬한 유리의 작품집을 읽고 있었는데, 많이 읽어 절반쯤은 외우고 있었다. 그들은 그것을 읽고 서로 의견을 나눈 뒤 저마다 생각에 잠겼다. 반쯤 읽었을 무렵 날이 어두워져 잘 보이지 않자 램프를 켰다.

이 작가가 태어난 도시, 이 작가가 반생을 보낸 곳, 그와 관련된 온 갖 일이 일어났던 모스크바가 멀리 눈 아래 펼쳐져 있었고, 그 모스크 바는 이제 그들에게는 그 일들이 일어났던 무대가 아니라 그날 저녁 그들이 그 책을 손에 들고 끝까지 읽어내려간 긴 이야기의 주인공처럼 여겨졌다.

비록 전쟁 뒤에 기대되던 광명과 해방이 생각했던 것처럼 승리와 함 께 찾아오지는 않았지만, 그것과는 상관없이 자유의 전조는 전쟁이 끝 난 뒤의 대기 속에 충만했다. 그리고 이러한 자유의 예감이 전후의 유 일한 역사적 내용을 구성하고 있었다.

창가에 앉은 옛친구들에게 이 영혼의 자유가 찾아왔고, 미래는 그날 저녁 눈 아래 보이는 거리 위에 손에 잡힐 듯이 내려앉아 있었으며, 그 들은 자신들이 그 미래에 발을 들여놓았고, 지금 그 속에 있다고 생각 했다. 이 성스러운 도시와 온 대지, 그날 저녁까지 살아남아 역사에 참 여한 사람들과 그들의 자식들에 대한 감격과 평온한 행복감이 그들에 게 스며들어 주변과 저멀리까지 펼쳐진 소리 없는 행복의 음악에 감싸 였다. 그리고 그들의 손에 들린 책 한 권은 그 모든 것을 알고 있고 그 들의 그런 감정을 지지하고 확신을 안겨주는 것 같았다.

17장
유리 지바고의 시

1 햄릿

소음이 가라앉았다. 나는 무대로 나갔다.
문설주에 기대어,
먼 메아리 소리 속에서
내 생애에 일어날 일을 붙잡아본다.

밤의 어둠이 무수한 쌍안경을 늘어놓고
나를 향하고 있다
아버지여, 당신은 모든 것이 가능하오니,
이 잔을 나에게서 거두어주소서*.

나는 당신의 확고한 의지를 사랑합니다
하여 이 배역을 맡는 데 동의합니다.
하나 지금은 다른 연극이 상연되고 있으니,
이번만은 나를 면해주십시오.

그러나 막의 순서는 이미 짜였고
그 길 끝은 피할 수가 없다.
나는 혼자인데, 사람들은 모두 바리새파**에 빠져 있다.
산다는 건―들판을 건너는 일이 아니다.***

2 3월

태양은 땀에 흠뻑 젖을 만큼 뜨겁고,
골짜기는 미친듯이 날뛴다.
젖을 짜는 튼튼한 아가씨들처럼,
봄에는 두 손에 일이 끓는다.

---

* 「마가복음」 14장 36절 참조.
** 기원전 2세기에 일어난 유대 민족의 한 종파로, 형식주의와 위선에 빠져 예수를 공격
했다.
*** '인생이 순탄한 것만은 아니다'라는 뜻의 러시아 속담.

눈은 녹고 푸른 정맥의 잔가지는
빈혈을 앓는다.
하지만 외양간에서는 생명의 김이 뿜어나오고
쇠스랑 갈퀴들은 건강하게 약동한다.

이 밤, 이 낮과 밤!
한낮의 물방울소리,
여위어가는 처마 고드름,
잠도 없이 재잘대는 실개천이여!

마구간과 외양간의 모든 문이 활짝 열리고
비둘기들은 눈밭의 귀리 알을 쪼아먹고,
만물에 생명을 주는 죄인—
거름더미는 신선한 공기 냄새를 풍긴다.

3 수난주간에

사방은 여전히 밤의 어둠.
아직 너무 이른 세상에
하늘에 뜬 수많은 별들
저마다 대낮처럼 빛난다
만약 대지가 말할 수 있다면,

「시편」 읽는 소리 자장가 삼아
부활절에 잠들 수 있을 텐데.

사방은 여전히 밤의 어둠.
아직 너무 이른 시간에
광장은 영원처럼
네거리에서 길모퉁이까지 엎드려 있고,
새벽과 온기가 오려면
다시 천 년*이다.

대지는 여전히 너무나 헐벗고,
종을 흔들고
맘껏 성가대를 흉내내려 해도
밤에 걸칠 옷이 없다.

성목요일부터
성토요일까지
강물은 강기슭을 할퀴고
소용돌이치며 흘러간다.

숲은 알몸을 드러내고,

---

* 「요한계시록」 20장 참조.

그리스도 성주간에
내내 기도하는 사람들처럼
소나무 줄기들이 무리 지어 있다.

멀지 않은 도시에서도
집회에 나갈 때처럼,
알몸의 나무들이
교회 창살 안을 기웃거린다.

그들의 시선 두려움으로 가득하다.
불안도 또렷하다.
정원은 울타리에서 나오고,
대지의 질서 흔들린다
그들이 신을 묻는다.

그들은 황제의 문*의 불빛을 본다,
검은 덮개, 줄지은 촛불,
눈물로 얼룩진 얼굴들―
갑자기 십자가 행렬이
성의聖衣를 받들고 걸어나온다,
대문 옆 자작나무 두 그루

---

* 러시아정교회의 사원에서 회중이 있는 곳과 지성소를 구분하는 문.

옆으로 비켜서야 한다.

행렬은 보도 가장자리를 따라
교회 안마당을 한 바퀴 돌고,
거리에서 현관 안으로 봄을,
봄의 이야기를,
성찬식 빵 맛을 품은 공기를,
봄의 탄내를 실어 온다.

3월은 눈을 흩뿌린다
불구자들이 모인 현관에
마치 누군가가 나와
법궤를 활짝 열어젖히고
실 한 오라기까지 전부를 나눠주듯이.

새벽까지 성가가 이어진다,
마음껏 흐느껴 우는 소리,
「시편」 또는 복음서 영창이
안에서 밖으로 가로등 아래 황무지에
더욱 나지막이 다다른다.

그러나 한밤에는 동물도 사람도 침묵에 잠길 것이다
날씨만 좋아지면,

부활의 힘으로
죽음과 싸울 수 있으리라는
봄의 소문을 듣고 나면.

4 백야

나에게 먼 곳의 시간이 떠오른다
페테르부르크 가장자리의 집.
스텝의 부유하지 않은 여지주의 딸,
너는—쿠르스크에서 태어난 너는, 대학에 다닌다.

너는—아름답고, 찬미자들이 있다.
이 하얀 밤에 우리 둘은,
너의 집 창턱에 기대어,
너의 마천루에서 아래를 내려다본다.

나비 같은 가스등을,
아침이 첫 전율로 건드렸다.
내가 너에게 은밀히 속삭이는 이야기는
어쩌면 그토록 잠든 먼 곳을 닮았을까.

끝없는 네바강 저편에

파노라마처럼 펼쳐진 페테르부르크처럼,
우리는 신비에 대한 겁먹은 믿음에
완전히 사로잡혀 있다.

저멀리, 울창한 땅의 경계에
이 하얀 봄의 밤에
꾀꼬리들이 천둥 같은 찬미의 소리로
숲의 경계를 가득 채운다.

미친 듯 튕기는 소리가 구른다
작고 가냘픈 새소리가
마법에 걸린 수풀 깊숙한 곳에서
환희와 소란을 일으킨다.

그곳으로 맨발의 여자 방랑자처럼
밤은 울타리를 따라 숨어들고,
밤이 엿들은 속삭임의 발자국은
창턱에서 내려와 밤을 좇는다.

엿들은 대화의 울림 속에서
나무울타리를 두른 정원마다
사과나무 귀룽나무 가지들이
희읍스름한 꽃으로 옷을 입는다.

유령처럼 하얀 나무들은
너무도 많은 것을 보았던 백야에게
작별인사를 꼭 하려는 듯
무리 지어 거리로 밀려간다.

5 봄의 진창길

저녁놀 불꽃이 스러진다.
고요한 침엽수림의 진창길로
우랄의 외딴 마을을 향해
한 남자가 말을 타고 달려간다.

말은 지쳐서 헐떡이고,
땅을 차는 말발굽소리 울리면
그 소리를 좇아 길을 따라
샘의 깔대기에서 물소리가 메아리친다.

그가 고삐를 놓고
천천히 가고 있을 때,
눈석임물이
온갖 소리와 굉음을 울리며 다가왔다.

어떤 이는 웃고, 어떤 이는 울고,
떠내려가던 돌은 부싯돌에 부딪혀 부서지고,
뿌리째 뽑힌 나무 그루터기는
소용돌이 속으로 휩쓸렸다.

그리고 저녁놀이 타던 곳,
멀리 어두운 침엽수 가지들 속에서,
커다란 경종처럼
꾀꼬리가 광란했다.

버드나무 한 그루가 과부의 머릿수건처럼
골짜기를 향해 가지를 늘어뜨리고,
꾀꼬리는 고대의 솔로베이−라즈보이니크처럼
일곱 그루 떡갈나무 위에서 휘파람을 불고 있던 곳.

이 불행, 이 연정에는,
어떤 열정이 예정되었는가?
그는 수풀에 있는 누구에게
알곡 같은 총탄을 퍼부었는가?

아마도 그는 금방이라도 숲의 요정이 되어
탈옥수의 은신처에서 빠져나와

기병이나 보병과 마주치러
이곳 파르티잔 전초를 향하겠지.

대지와 하늘, 숲과 들판은
이 진귀한 소리를 붙잡았다,
광기와 고통, 행복과 고뇌
알맞게 나눈 이 몫들을.

6 해명

삶은 이유도 없이 되돌아왔다,
언젠가 기묘하게 단절되었던 것처럼
나는 그 옛날 그 거리에 서 있다,
그때와 같은 여름, 같은 시간에.

사람들도 같고 걱정거리도 같고,
저녁놀 불꽃도 아직 식지 않았다,
마네시의 벽에 그를
죽음의 저녁이 서둘러 못박던 그때처럼.

싸구려 옷을 걸친 여자들이
밤이면 꼭 그때처럼 목 긴 구두를 더럽힌다.

이윽고 함석지붕 위에서 그녀들을
다락방이 십자가에 못박는다.

저기 한 여자가 지친 걸음으로
천천히 문지방으로 나와
반지하실에서 올라와
안마당을 비스듬히 가로지른다.

나는 다시 해명을 준비한다,
그리고 또다시 나는, 모든 일이 어떻게 되든 상관없다.
이웃 여자는 뒤뜰을 돌아가고
우리만 남겨놓는다.

     * * *

눈물을 거두고, 부어오른 입술을 오므리지 말고,
입술에 주름짓지 마라.
봄의 병으로
말라붙은 부스럼딱지가 성날 것이다.

내 가슴에서 손을 떼어라,
우리는 전류가 통하는 전선줄.
다시금 서로가 서로에게 무심코

우리를 던지는 그를 보아라.

세월이 흘러 당신은 결혼하고,
당신은 그 혼란을 잊을 것이다.
여자가 된다는 건—위대한 한걸음,
사람을 미치게 하는 건—영웅적인 일.

여자의 손과 등, 어깨와 목,
그 기적 앞에서
하인의 애착을 품고
내 평생을 숭배하리라.

그러나 밤이 아무리 나를
그리움의 가락지로 묶어두더라도,
세상에는 다른 곳으로 이끄는 힘이 더 강해
결별의 열망을 불러일으킨다.

7 도시의 여름

작은 목소리로 말하고
성급한 몸짓으로
목덜미에서 머리칼을 모아

전부 끌어올려 묶는다.

투구 쓴 여자가
그 무거운 깃 아래에서 위로 쳐다본다,
땋은 머리와 함께
고개를 젖히고.

거리의 뜨거운 밤은
악천후를 예고하고,
행인들은 지척거리며,
집집으로 흩어진다.

우레가 끊어졌다 이어져,
날카롭게 울려퍼지고,
바람이 일어
창문 커튼을 뒤흔든다.

정적이 찾아들지만,
대기는 여전히 후덥지근하고,
번개는 여전히
하늘을 손으로 마구 휘젓는다.

그러나 반짝이는

불타는 아침이
밤의 소나기가 만든
가로숫길의 웅덩이들을 다시 말리면,

아직 꽃을 피우고 있는
향기로운 늙은 보리수가
잠을 설쳐 우울한 얼굴로
그것을 바라본다.

8 바람

나는 끝났지만, 당신은 살아 있다.
바람은 하소연하고 울부짖으며,
숲과 다차*를 뒤흔든다.
소나무 한 그루 한 그루가 아니라,
끝없이 펼쳐진 먼 숲
모든 나무를 한꺼번에
해안의 수면에 떠 있는
돛단배 선체처럼 뒤흔든다.
그것은 무모한 용기

---

* '산장, 별장'이라는 뜻.

목적 없는 분노가 아니라,

당신을 위해 이 슬픔 속에서

자장가의 노랫말을 찾으려는 것이다.

9 홉* 덩굴

담쟁이가 얽힌 버드나무 아래,

우리는 비를 피할 은신처를 찾는다.

우리의 어깨에는 하나의 비옷이 걸쳐져 있고,

나의 두 팔이 당신을 감싼다.

내가 틀렸다. 이 수풀의 관목들은

담쟁이가 아니라 홉 덩굴로 엉켜 있다.

그래 그렇다면 이 비옷은

우리 밑에 널찍하니 펴는 게 낫겠다.

---

* 삼과에 속한 여러해살이 덩굴풀. 러시아어로는 '취기'라는 뜻도 있으며, 러시아에서는
결혼식을 마친 신혼부부의 집 앞에 행복을 기원하는 의미로 빵 부스러기와 함께 홉 열매
를 뿌리기도 한다.

10 아낙들의 여름

까치밥나무 이파리는 거친 천 같다.
집안에서 웃음소리와 유리들이 부딪친다,
잘게 썰고, 초를 치고, 후추를 뿌리고,
마리네이드에 정향을 넣는다.

숲은 비웃듯이 이 소음을 저쪽,
절벽의 가파른 비탈에 쏟아버리고,
그곳에 모닥불에 그슬린 듯
개암나무 한 그루가 태양에 타들어가고 있다.

여기서 길은 골짜기로 내려가고,
여기서 말라비틀어진 나무줄기도,
이 골짜기에 뭐든 쓸어모으는
넝마 줍는 가을도 처량하다.

그 어떤 꾀쟁이의 상상보다
우주는 더 단순하다는 것도,
수풀이 마치 물속에 잠긴 것처럼 늘어져 있다는 것도,
모든 것에는 끝이 있다는 것도.

당신 눈앞에서 모든 것이 불태워지고,

가을의 하얀 그을음이
거미줄처럼 창문에 줄을 그을 때
멍하게 바라보는 것이 무의미하다는 것도.

정원으로 나가는 길은 울타리에서 꺾여
자작나무숲 속으로 사라진다.
집안은 웃음소리와 부산스러운 집안일,
멀리서도 똑같은 소란과 웃음소리.

11 결혼 잔치

안마당 끝을 가로질러
잔치에 온 손님들은
아침까지 신부의 집으로
저마다 손풍금을 들고 건너왔다.

펠트를 박은
주인네 방문 너머에서
수다 떨던 소리가
한시부터 일곱시까지 멈추었다.

그러나 그저 자고만 싶은,

가장 졸린 새벽 무렵,
결혼 잔치에서 떠나가며 다시금
손풍금이 노래하기 시작했다.

그리고 연주자는
다시 바얀*으로 소리를 뿌리고
손뼉 치는 소리, 반짝이는 목걸이,
소란과 소음의 향연.

그리고 다시, 또다시,
차스투시카 부르는 소리가
술자리에서 잠을 자는 사람들 침대에까지
곧장 퍼져나갔다.

눈처럼 새하얀 처녀가
소음, 휘파람소리, 북새통 속에서
엉덩이를 흔들며
암공작처럼 이리저리 돌아다닌다.

머리를 흔들흔들,
오른손을 휘휘,

---

* 러시아 민속악기. 아코디언과 비슷하나 건반이 단추식이다.

마찻길 위에서 춤추는
암공작, 암공작, 암공작.

갑자기 유희의 열정도 소음도,
호로보트* 발소리도
지옥에 떨어지며
물에 빠진 듯 사라졌다.

시끄러운 안마당이 잠에서 깨어났다.
잡일을 알리는 메아리가
이야깃소리와
웃음소리에 뒤섞였다.

하늘의 무한 속으로, 높이높이
청회색 얼룩 회오리바람처럼
비둘기장에서 빠져나온 비둘기들이
떼 지어 날아갔다.

결혼 잔치 뒤에
잠이 든 사람들이
그것들을 풀어 날리는 것이

---

* 슬라브인의 전통춤, 윤무.

오랜 꿈이었다는 듯이.

삶이란 찰나일 뿐,
그저 우리 자신을 다른 이들 속에서
녹이는 것이다
마치 그들에게 주는 선물인 양.

창문 깊숙한 곳으로
밑에서부터 침입하는, 결혼 잔치일 뿐
다만 노래일 뿐, 다만 꿈일 뿐,
다만 회청색 비둘기일 뿐.

12 가을

나는 가족을 떠나보냈고,
가까운 사람들도 모두 흩어진 지 오래이고,
마음과 자연의 모든 것은
언제나 고독으로 가득차 있다.

나는 지금 초소에 당신과 함께 있고,
숲속은 아무도 없고 황막하다.
옛 노래처럼 샛길과 오솔길도

절반이 잡초로 뒤덮여 있다.

지금 슬픔에 잠긴 우리 두 사람을
통나무 벽이 바라본다.
우리는 목책을 뛰어넘겠다는 약속을 하지 않았고,
이대로 숨김없이 죽어갈 것이다.

우리는 한시가 되면 앉고 두시가 넘으면 일어나,
나는 책을 읽고, 당신은 수를 놓고,
그리고 새벽까지 알아채지 못하리라,
우리가 언제 키스를 그만두는지.

좀더 화려하게 좀더 분방하게
떠들어라, 흩날려라, 잎새들이여,
그리고 어제의 비탄의 술잔을
오늘의 우수로 넘치게 하라.

애착, 동경, 매혹이여!
9월의 술렁임 속으로 흩어지자!
가을의 바스락 소리에 온몸을 묻자!
얼어붙거나 미쳐버리자!

숲이 잎을 벗듯,

당신도 옷을 벗는다,
비단술 달린 가운을 입은 그대가
포옹에 몸을 맡길 때.

당신은—파멸로 가는 걸음의 축복,
삶이 질병보다 역겨울 때,
미의 뿌리는—용기,
이것이 우리를 서로에게 끌어당긴다.

13 옛날이야기

옛날, 아주 먼 옛날,
동화의 끝자락에서
한 기사가 길을 헤치며
스텝을 지나가고 있었다.

전장으로 서둘러 가는데,
스텝의 먼지 속에서
어두운 숲이
저멀리 나타났다.

그의 가슴에 문득,

불길한 예감이 파고들었다
늪을 피하고,
안장을 바짝 죄어라.

기사는 듣지 않고
전속력으로
숲이 있는 야산을 향해
질주했다.

쿠르간을 돌아,
말라붙은 골짜기로 들어가,
초지를 지나,
산을 넘었다.

얕은 골짜기에서 헤매다
숲길을 따라
산짐승 발자국을 좇아가다
물 있는 곳을 발견했다.

가슴속 외침도 듣지 않고,
직감에도 아랑곳하지 않고,
벼랑에서 말을 끌어내려
물을 먹이러 갔다.

개울가에 동굴이
동굴 앞에―여울목이 있었다.
마치 유황불이
그 입구를 밝히고 있는 듯했다.

자줏빛 연기가 피어올라
시야를 가리고,
아득한 외침소리가
침엽수림에 울려퍼졌다.

기사는 골짜기로
흠칫하며, 곧장
구원의 외침소리를 향해
나아가기 시작했다.

그리고 기사는 보았고,
창을 꽉 움켜쥐었다
꼬리와 비늘이 있는
용의 머리였다.

용은 목구멍에서
불꽃처럼 빛을 뿌리며,

어린 처녀의 몸을 세 바퀴나
휘감고 있었다.

큰 뱀의 몸뚱이가
채찍 끝처럼,
처녀의 어깨를
목으로 쓰다듬고 있었다.

그 나라의 풍습은
아름다운 처녀를
숲속 괴물에게
바치는 것이었다.

그 땅 사람들은
제물을 바쳐
자기네 보금자리를
큰 뱀으로부터 지켰다.

큰 뱀은 처녀의 팔을 휘감고
목을 비틀고,
이 산 제물에게
고통과 공포를 주었다.

기사는 간청하듯
하늘을 높이 올려다보고
싸우기 위해 창을
앞으로 쳐들었다.

꼭 닫힌 눈꺼풀.
아스라한 높이. 구름들.
물. 여울들. 강물들.
수년, 수세기.

찌그러진 투구를 쓴 기사,
싸움에서 쓰러진 기사.
발굽으로 큰 뱀을 짓밟은
충실한 군마.

말과 용의 사체는
모래 위에 쓰러졌다.
기사는 기절하고,
처녀는 망연자실했다.

한낮의 창공 밝게 빛나고
푸른 하늘은 은은하다.
그녀는 누구인가? 왕녀인가?

대지의 딸인가? 공작의 딸인가?

행복에 넘쳐
세 개의 개울처럼 눈물이 넘쳐흐르고,
영혼은
잠과 망각에 사로잡힌다.

정신이 돌아오지만,
피를 너무 흘려
힘을 잃어
맥박이 사라졌다.

그러나 그들의 심장은 뛰고 있다.
그녀도, 기사도
깨어나려 애쓰다
깊은 잠에 빠진다.

꼭 닫힌 눈꺼풀.
아스라한 높이. 구름들.
물. 여울들. 강물들.
수년, 수세기.

14 8월

약속한 대로, 어김없이
이른아침 태양이
커튼에서 소파까지
사프란색 빛을 비스듬히 찌른다.

태양은 뜨거운 황토로
근처 숲, 마을의 집들,
나의 침대, 축축한 베개와
책장 너머 벽 모서리를 덮었다.

나는 생각해보았다,
왜 베개가 젖어 있는지.
나를 배웅하려고 잇따라
당신들이 숲길을 따라 오고 있는 꿈을 꾸었다.

당신들은 무리로, 따로, 한 쌍으로 왔고,
갑자기 누군가, 오늘을 기억했다
구력 8월 6일*,
현성용** 축일.

---

* 신력 8월 19일.

** 예수가 팔레스타인 타보르산(山) 위에서 거룩한 모습을 드러낸 일. 「마태복음」 17장

이날은 대개 불꽃 없는 빛이
타보르산에서 나타나고,
징조처럼 선명한 가을이
사람들의 시선을 가만히 끈다.

당신들은 작고 보잘것없는
알몸으로 떨고 있는 오리나무숲을 지나
틀에 찍은 당밀과자처럼 바싹 탄,
생강처럼 붉은 묘지의 숲속으로 들어갔다.

숲의 고요한 나무 우듬지에
하늘이 웅장하게 맞닿아 있고,
수탉들 울음소리가
멀리까지 길게 울리고 있었다.

숲에서는 묘지 한가운데
죽음이 여자 측량기사처럼 서서,
나의 키에 맞는 구덩이를 파기 위해
죽은 나의 얼굴을 들여다보고 있었다.

1~8절, 「마가복음」 9장 2~8절, 「누가복음」 9장 28~36절 참조.

옆에서 누군가의 조용한 목소리가
모두에게 또렷이 들려왔다.
생전의 나의 예언자 같은 목소리가
육체의 부패에도 아랑곳없이 울리고 있었다.

"잘 있거라, 현성용 축일의 푸른 하늘과
두번째 구세주 축일의 황금빛이여,
여인의 마지막 애무로
내 숙명적인 시간의 고통을 덜어주오.

잘 있거라, 고난의 세월이여.
우리 작별하자, 굴욕의 심연에
도전하는 여인이여!
나는―그대의 싸움터.

잘 있거라, 활짝 편 날개여,
굴하지 않는 자유로운 비상이여,
말에 나타난 세계의 형상이여,
창조여, 기적이여."

15 겨울밤

눈보라가, 온 대지 위에 눈보라가
사방 구석구석으로 휘몰아쳤다.
탁자 위에서는 촛불이 타올랐다,
촛불이 타올랐다.

한여름 날벌레떼가
불꽃을 향해 날아들듯,
눈송이들이 안마당에서
창틀로 몰려들었다.

눈보라는 유리창에
찻잔과 화살을 그렸다.
탁자 위에서는 촛불이 타올랐다,
촛불이 타올랐다.

불빛 비치는 천장에
그림자 어리고,
엇갈린 팔, 엇갈린 다리,
엇갈린 운명.

작은 신발 두 짝이

탁 하고 마루에 떨어졌다.
밀랍은 침실용 촛대에서
눈물처럼 옷으로 떨어졌다.

그리고 모든 것이 눈의 어둠 속에서
회색과 흰색으로 사라졌다.
탁자 위에서는 촛불이 타올랐다,
촛불이 타올랐다.

어느 구석에서 바람이 촛불을 향해 불었고
유혹의 열기는
천사처럼 두 날개를
십자가 형상으로 펼쳐 올렸다.

2월 내내 눈보라가 몰아쳤고,
지금도 쉴새없이
탁자 위에서는 촛불이 타올랐다,
촛불이 타올랐다.

16 이별

문 앞에 서서 바라보지만 남자는

자기 집인 걸 알아보지 못한다.
그녀는 도망치듯 떠났다.
곳곳에 파괴의 흔적들.

방안은 온통 카오스.
눈물 때문에
편두통 발작 때문에 그는
그 황폐를 알아채지 못한다.

아침부터 귓속에서 소음이 들린다.
그는 제정신인가 꿈을 꾸고 있는가?
그리고 바다에 대한 추억은
왜 그리 그의 마음을 파고드는가?

유리창에 낀 성에 때문에
신의 빛을 볼 수 없을 때,
슬픔의 절망은 두 배로
바다의 황무지를 닮는다.

여인의 모든 점이
그는 너무 사랑스러웠다
밀려오는 파도에
해안선이 바다에 가까워지듯이.

폭풍이 지나간 뒤
파도가 갈대를 집어삼키듯
그의 영혼 밑바닥 위로
그녀의 윤곽과 형상이 떠나갔다.

고난의 세월 속에,
생각조차 할 수 없는 일상의 시간 속에
그녀는 운명의 파도를 타고
해저에서 나에게로 밀려왔다.

셀 수 없는 장애물을 넘어,
위험을 피하고 피해,
파도는 그녀를 싣고
바로 곁으로 데려왔다.

하지만 지금 그녀는 떠났고,
어쩌면 억지로 떠났다.
이별은 두 사람을 집어삼키고,
슬픔은 뼛속까지 스밀 것이다.

그는 주위를 둘러본다
그녀가 떠날 때

옷장 서랍에서 꺼내
뒤죽박죽 헝클어진 모든 것을.

그는 배회하다가
흩어진 천조각들을
구겨진 옷본들을
어둠이 내릴 때까지 서랍에 챙겨 넣는다.

그러다 바늘이 꽂혀 있는
짓다 만 옷감을 만지다 찔리고,
돌연 그녀가 보여
그는 소리 없이 흐느낀다.

17 만남

눈은 길을 덮고,
경사진 지붕을 덮는다.
나는 다리를 풀기 위해 걸어가고
당신은 문밖에 서 있다.

가을 외투를 입고 홀로,
모자도 덧신도 없이,

당신은 불안과 다투며
진눈깨비를 되새기고 있다.

나무들과 울타리들
저녁 어둠 속으로 아득히 사라진다.
내려앉는 눈 속에 홀로
당신은 구석에 서 있다.

눈이 녹아 머릿수건에서
소매와 옷깃 속으로 흘러내리고,
이슬방울처럼
머리카락 위에서 반짝인다.

금발의 풍성한 머리채로
얼굴이 환하게 빛난다,
머릿수건과 자태,
그 초라한 외투도.

눈은 속눈썹을 적시고,
당신의 두 눈에는 우수가,
당신의 모든 자태는
한 조각으로 만든 듯 조화롭다.

마치 안티몬*액에
담근 철처럼,
내 가슴에
당신을 조각해놓은 걸까.

그 겸허한 윤곽은
영원히 마음속에 새겨졌고,
그러니 세상이 아무리 몰인정해도,
그것이 무슨 문제인가.

그리고 이 밤은 더욱
눈 속에서 두 배 깊어지고,
나는 우리 사이에
경계선을 그을 수 없다.

우리는 어디서 온 누구일까
모든 세월이 흐르고
남은 건 소문뿐이고,
우리는 세상에 없다면?

---

* 푸른빛을 띤 은백색 금속 원소.

18 성탄의 별

겨울이었다.
스텝에서 바람이 불어왔다.
동산 비탈 위
동굴에서 갓난아기는 추웠다.

황소의 입김이 아기를 따뜻하게 해주었다.
가축들은
동굴 안에 있고,
구유 위로 따스한 안개가 감돌았다.

침상의 짚 검불과 수수 낟알들을
외투에서 떨어버리고,
한밤중에 양치기들은 졸린 듯
벼랑 위에서 먼 곳을 바라보았다.

저멀리 눈밭과 눈 덮인 묘지가 있었다
나무울타리, 묘비,
눈에 파묻힌 짐마차 끌채,
별이 가득한 묘지 위 하늘도.

그 가까이, 그때까지 보이지 않던,

초소의 작은 창문에 걸린
작은 램프보다 더욱 수줍은 듯
별 하나가 베들레헴으로 가는 길에서 반짝이고 있었다.

그 별은 하늘과 하느님 옆으로 비켜
건초처럼 불타오르고 있었다
방화한 불의 반사처럼,
농장과 헛간에 불이 난 것처럼.

그 별은
불타오르는 짚과 건초 더미처럼
온 우주 한가운데 우뚝 솟았고,
우주는 이 샛별에 놀랐다.

점점 붉게 타오르는 그 별빛이
무언가를 알리고 있었다
세 명의 점성가는
그 미지의 불꽃이 부르는 곳으로 길을 재촉했다.

선물을 실은 낙타들이 그들을 뒤따랐다.
마구를 채운 당나귀들이, 그중 하나 유독 작은 것이,
산에서 종종 내려갔다.

미래의 신비한 환영처럼.

그러자 멀리서, 뒤이어 모든 것이 나타났다

모든 세기의 모든 생각, 모든 꿈, 모든 세계,

미술관과 박물관의 모든 미래,

요정들의 모든 장난, 마법사들의 모든 일,

세상의 모든 욜카, 아이들의 모든 꿈.

빛나는 촛불들의 모든 떨림, 모든 사슬,

채색된 반짝이는 것들의 모든 광채……

……스텝에서 바람은 점점 더 사납고 격렬하게 불어왔다……

……모든 사과, 모든 금빛 구슬.

늪 일부는 오리나무 우듬지에 가려졌지만,

일부는 갈가마귀 둥지와 우듬지 너머로

이곳에서도 똑똑히 보였다.

당나귀들과 낙타들이 물방아 둑을 따라 걷는 것이

양치기들에게 아주 또렷이 보였다.

"다 함께 가서 기적을 찬양합시다."

그들은 양가죽 외투를 두르며 말했다.

눈 위를 걷는 동안 몸이 뜨거워졌다.

환한 눈밭 위 판잣집 뒤로

운모 조각을 뿌린 듯 빛나는 맨발 자국.
타고 남은 심지의 불꽃 같은 이 발자국들을 향해
양치기 개들은 별빛 아래서 으르렁거렸다.

동화 속 같은 혹한의 밤,
눈 쌓인 산마루에서 누군가가
내내 모습을 드러내지 않고 그들 속으로 끼어들었다.
개들은 어물어물 나아가다 두려운 듯 두리번거리며
한 양치기에게 달려들어, 불행을 기다렸다.

바로 이 길, 바로 이 장소를 가로질러
천사들 몇이 사람들 속에 섞여 걸어가고 있었다.
육체 없는 천사들의 모습은 보이지 않았지만,
걸음걸음 발자국을 남겼다.

바위 옆에 사람들이 몰려들었다.
날이 밝았다. 삼나무 줄기가 드러났다.
"당신들은 누구신가요?" 마리아가 물었다.
"우리는 양치기들이며 하늘의 사자들입니다.
당신 두 분을 찬양하러 왔습니다."
"다 함께는 들어올 수 없습니다. 입구에서 잠시 기다리십시오."

동이 트기 전, 재처럼 어스레한 어둠 속에서

몰이꾼과 양치기들이 추위에 발을 굴렀고,
걸어온 사람들과 말 탄 사람들이 서로 욕설을 퍼부었고,
움푹 파여 웅덩이가 된 통나무 옆에서
낙타들이 울부짖고, 당나귀들이 발길질했다.

날이 밝았다. 새벽은 잿가루처럼
마지막 별들을 하늘에서 쓸어 갔다.
그리고 마리아는 수많은 군중 속에서
동방박사들만 바위틈으로 들어오게 했다.

그는 온몸을 빛내며 잠들어 있었다
떡갈나무 구유 속에서 나무 구멍 속의 달빛처럼.
그를 감싼 것은 양가죽 외투가 아니라
당나귀의 입술과 황소의 콧구멍이었다.

그들은 외양간 어스름한 그늘 속에 서서,
조심스레 입을 열어 작은 소리로 속삭였다.
갑자기 더 깊은 어둠 속에서 누군가가
구유에서 왼쪽으로 한 박사를 살짝 밀었다

그가 돌아보자, 성탄의 별이
문지방에서 손님처럼 성처녀를 바라보고 있었다.

19 새벽

당신은 내 운명의 모든 것을 의미했다.
그뒤 전쟁이 일어나 황폐해지고,
참으로 오랫동안 당신의 소식을
들을 수도, 느낄 수도 없었다.

기나긴 세월이 지나고 또 지나
다시금 당신의 목소리가 나를 뒤흔들었다.
나는 당신이 남긴 글을 밤새 읽고
갑자기 의식을 차린 것처럼 되살아났다.

나는 사람들 쪽으로, 그 무리 속에,
그들의 활기찬 아침의 생기 속에 들어가고 싶다.
나는 모든 것을 산산이 부숴
모든 사람을 무릎 꿇게 할 준비가 되어 있다.

그리고 나는 단숨에 계단을 달려내려간다
마치 난생처음인 것처럼
눈 덮인 그 거리를
폐로가 된 마찻길을.

곳곳에서 사람들이 깨어나고

불을 켜고, 단란하게, 차를 마시고, 서둘러 전차를 탄다.
잠깐 사이
도시는 몰라보게 모습을 바꾼다.

눈보라가 대문 옆에서
촘촘히 떨어지는 눈송이들로 그물을 짜고,
시간에 늦지 않으려고
먹는 둥 마는 둥 달려간다.

마치 내가 그들의 거죽 안에 있는 듯
그들 모두를 대신해 느끼고,
눈이 녹듯 나 자신도 녹는다
나는 아침처럼 눈썹을 찌푸린다.

나와 함께 있는 것은 이름 없는 사람들,
나무들, 아이들, 집에만 틀어박힌 사람들.
나는 그들 모두에게 패했고,
오직 그것에 나의 승리가 있다.

20 기적[*]

전부터 불길한 예감에 시달리며,
그는 베다니^{**}에서 예루살렘으로 걸어가고 있었다.

벼랑 위 가시투성이 떨기나무는 볕에 시들고,
근처의 오두막에서 연기조차 피어오르지 않고,
공기는 뜨겁고 갈대들은 움직이지 않고,
고요한 사해_{死海}는 미동도 없었다.

바다의 쌉쌀함에 못지않은 쌉쌀함 속에서,
그는 몇 장의 작은 구름덩이와 함께
먼지투성이 길을 따라 어느 집으로,
제자들의 모임을 위해 도시로 가고 있었다.

그는 생각에 깊이 빠져 있었고,
우울에 잠긴 들판에서 쑥냄새가 풍겼다.
사위가 고요했다. 그는 홀로 그 속에 있었고,
그 고장은 망각 속에 반듯이 누워 있었다.
모든 것이 뒤섞여 있었다. 더운 날씨, 황야,

---

* 「마태복음」 21장 18~22절, 「마가복음」 11장 12~23절 참조.
** 예수의 친구인 마르다와 마리아, 그의 형제인 나사로의 집이 있던, 감람산 동남쪽의 작은 마을.

도마뱀들, 샘들, 개울들.

멀지 않은 곳에 무화과나무가
열매 하나 없이 가지와 잎사귀만 달고 서 있었다.
그는 나무에게 말했다. "너는 무엇을 위해 여기 있지?
멍한 네 모습에 나는 어떤 기쁨을 느껴야 할까?

나는 목마르고 배가 고픈데, 너는—헛꽃이니,
너와의 만남은 화강암을 만나는 것보다 더 쓸쓸하구나.
오, 너는 정말 무례하고 무능하구나!
죽는 날까지 그렇게 있어라."

질책의 전율이 나무에
번갯불이 피뢰침을 흐르듯 달려갔다.
무화과나무는 불에 타 잿더미가 되었다.

바로 그때 잎사귀와 가지, 뿌리와 줄기에게
순간이나마 자유가 있었다면,
자연의 법칙들이 간섭할 수 있었으련만.
그러나 기적은 기적이고, 기적은 하느님이다.
우리가 혼란에 빠져 무질서 속에 있을 때
그것은 어느 순간 불시에 덮쳐온다.

21 대지

봄은 파렴치하게
모스크바의 저택 안으로 뛰어든다.
장 뒤에서 나방이 홀쩍 날아올라
여름 모자 위를 기어다니고,
슈바는 트렁크 속에 감춘다.

목조의 중이층을 따라
비단향꽃무와 꽃무가 심긴
화분들이 놓여 있고,
방들은 넓은 대지처럼 숨을 쉬고
고미다락은 먼지 냄새를 풍긴다.

거리는 반쯤 열린 창과
허물없이 어울리고
백야와 황혼은
강가에서 서로 지나치지 못한다.

복도에서도 들린다
바깥에서 무슨 일이 일어나고 있는지,
4월과 물방울이
우연한 대화 속에서 무슨 말을 하고 있는지.

4월은 인간의 고통에 얽힌

수많은 이야기를 알고 있고,

울타리를 따라 저녁놀은 얼어붙고,

금줄을 잡아당긴다.

등불과 불안의 그 혼합은

바깥과 주거의 안락함 속에 있고,

어느 곳에서나 공기는 있는 그대로가 아니다.

버드나무의 투명한 잔가지가

갯버들의 부푼 봉오리가

창문에, 갈림길에

거리에 일터에 있다.

왜 안개 속 저 먼 곳은 홀쩍이며

부식되는 쓴 냄새를 풍길까?

이 거리距離가 지루해하지 않도록 하는 것

도시의 경계 저편에서

대지가 홀로 외로워하지 않도록 하는 것

그것이 나의 소명 아닐까.

그래서 이른봄에 친구들과

나는 만난다

우리의 저녁은―작별인사,

우리의 술자리는―유언,

존재의 추위를

고뇌의 남모르는 흐름으로 데우려는 것이다.

22 불운한 나날들

지난주

그가 예루살렘에 들어갔을 때

호산나를 외치는 목소리가 우렁차게 울렸고,

사람들은 나뭇가지를 들고 그의 뒤를 좇았다.

하지만 나날로 험악해지고 나날로 가혹해져,

사람들의 가슴을 사랑으로 울릴 수 없었다

사람들은 눈살을 찌푸리며 경멸했다

이제 이것이 마지막, 종말이라는 듯.

납덩어리처럼 무겁게

하늘이 마당에 누워 있었다.

바리새인들은 증거를 찾고 있었다

여우처럼 야단을 떨면서.

그리고 그는 신전의 어두운 세력에 의해
악당들에게 심판을 받는다
예전에 그를 찬미했던 그 열광으로
사람들은 이제 그를 저주한다.

이웃 마을에 있던 군중은
대문에서 엿보고,
결말을 기다리고 떠들어대며
서로를 떼밀었다.

이웃에서 귀엣말이 오가고,
사방팔방에서 소문이 들려왔다.
이집트로의 도망, 유년 시절이
이미 꿈처럼 회상되었다.

장엄한 비탈이 기억났다
황무지와 그 가파른 절벽,
모든 왕국을 주겠다고
사탄이 그를 유혹했던 곳.

그리고 가나에서의 결혼 잔치가,
기적에 놀라던 식탁이,
그가 안개 속에서 배를 향해

마른 땅을 밟듯 걸어갔던 바다가.

허름한 집에서 가난한 사람들과 만나고,
촛불을 들고 지하실로 내려가고,
그곳에서 죽은 자가 벌떡 일어나고,
갑자기 놀란 촛불이 꺼졌다……

23 막달레나* 1

밤이 되면, 나의 악마는 바로 거기에 있습니다.
그것은 과거에 대한 나의 속죄.
방탕의 기억들이 밀려와
내 가슴을 핥습니다
나는 뭇 사내들의 기분풀이 노예였고,
미친듯이 날뛰는 백치 여자였고,
거리는 나의 안식처였습니다.

몇몇 순간이 아직도 남았기에
죽음의 고요가 내리려 합니다.
그러나 그 순간이 지나가기 전에,

---

* 두 편의 막달레나 이야기는 「요한복음」 8장 3~11절, 「마태복음」 26장 6~13절, 「마가복음」 14장 3~9절, 「누가복음」 7장 36~50절, 12장 1~8절 참조.

끝에 다다른 나이기에
설화석고로 만든 그릇처럼
당신 앞에서 나를 산산이 부수려 합니다.

오, 지금 내가 있을 곳은 어디입니까
나의 스승이자 나의 구세주여,
만약 내 생업의 그물에 걸려
나에게 이끌려 온 새로운 손님처럼
밤마다 침대 옆에
영원이 기다리고 있을 때.

그러나 죄가 무엇을 뜻하는지 설명해주십시오
죽음과 지옥, 유황불이 무엇인지,
내가 모든 사람 앞에서
새순이 나무와 함께 자라듯 당신과 함께
나의 끝없는 우수 속에서 자라났을 때,

예수여, 내게서 당신의 발을 쉬실 때,
나는 내 무릎에 그것을 얹고
십자가 기둥을 끌어안는 것을
배울 것이고,
당신의 무덤을 마련할 때
나는 넋을 놓고 당신의 몸을 향해 가렵니다.

24 막달레나 2

사람들은 축일을 앞두고 몸단장을 합니다.
이런 북적임에서 멀리 벗어나
나는 작은 통에서 향유를 따라
당신의 순결한 두 발을 씻습니다.

손으로 더듬어보지만 신발을 찾을 수 없습니다.
눈물이 어려 나는 아무것도 보지 못합니다.
나의 풀린 머리 타래가
베일처럼 눈앞을 가립니다.

나는 당신의 두 발을 치마폭에 감싸고,
그 발에 눈물 흘렸습니다, 예수여,
내 목에서 푼 구슬 목걸이로 두 발을 휘감고,
부르누스*에 묻듯 두 발을 머리카락 속에 묻었습니다.

나의 눈에는 미래가 아주 소상히 보입니다
마치 당신이 잠시 정지시켜놓은 듯이.
나는 지금 시불라**의 예언처럼
천리안으로 미래를 예언할 수 있습니다.

---

* 아라비아인이 입는 두건 달린 외투.
** 고대의 무녀. 예수의 탄생과 재림을 예언했다.

내일은 성전의 휘장이 찢어져 떨어지고,
우리는 그 옆에 둥글게 둘러앉을 것이고,
대지는 발밑에서 흔들리고,
그것은 아마도 나에게 보내는 연민일 것입니다.

호송병들이 대열을 짜고,
기마병들이 움직이기 시작합니다.
폭풍 속에서 일어난 용오름처럼 머리 위로
이 십자가가 하늘에 닿으려 할 것입니다.

십자가에 못박힌 그리스도의 발아래 몸을 던지고,
까무러쳐 입술을 깨물 것입니다
당신은 수없이 많은 이에게
십자가 양끝을 따라 포옹의 팔을 벌릴 것입니다

세상의 누구를 위해 저리도 광활한 공간이,
저리도 큰 고통이, 그러한 권력이 있단 말입니까?
세상에는 어찌하여 저리도 많은 영혼과 생명이 있단 말입니까?
저렇게 많은 마을, 강, 숲은 또 무엇인가요?

그러나 그러한 사흘이 지나가고
그러한 공허 속으로 떠밀려갈 것이니,

나는 이 무서운 기간 동안
부활에 이를 때까지 자랄 것입니다.

25 겟세마네 동산[*]

길이 굽어지는 곳에 아득한 별의 반짝임이
무심히 내리비치고 있었다.
길은 감람산을 휘돌고
산 아래 케드론강이 흐르고 있었다.

풀밭은 산중턱에서 갑자기 끊어졌다.
그 너머에서 은하수가 시작되었다.
은회색 올리브나무들은 허공을 따라
아득히 활보하려 하고 있었다.

그 끝머리에 누군가의 동산이 있었다.
제자들을 담 너머에 남겨둔 채
그는 말했다. "지금 내 마음이 괴로워 죽을 지경이니
너희는 여기 남아서 나와 같이 깨어 있어라."

---

[*] 예수가 마지막 기도를 드리고 체포되었던, 예루살렘 부근에 있는 동산. 이 시는 「마태복음」 26장 36~46절, 「마가복음」 14장 32~42절, 「누가복음」 22장 39~48절 참조.

그는 전능과 기적을 일으키는 힘을
빌린 물건인 것처럼
싸우지도 않고 포기하고,
이제 우리와 같은 인간이고자 했다.

이때 밤의 저 먼 곳은
절멸과 공허의 가장자리 같았다.
우주의 공간에는 아무도 살지 않았고,
이 동산만이 생명이 있는 유일한 장소였다.

그리하여 이 칠흑을,
시작도 끝도 없는 공허한 나락을 응시하며,
이 죽음의 잔을 거두어달라고,
그는 피눈물로 아버지에게 기도했다.

인간적 번민을 기도로 달래고 나서
그는 울타리 밖으로 나갔다.
졸음에 겨워 제자들은
길섶 잡초밭에 여기저기 누워 있었다.

그는 그들을 깨워 말했다. "하느님은 그대들을
나의 시대에 살도록 허락하셨거늘 아직도 자고 있느냐.
인간의 아들의 때가 왔다.

그가 죄인들 손에 자기를 내어줄 것이다."

그렇게 말한 순간, 어디서 왔는지 알 수 없는
노예 무리와 부랑자 무리,
횃불과 칼, 그리고 맨 앞에는—
입술에 배신의 자국을 지닌 유다.

베드로는 칼을 뽑아 악당들을 격퇴하고,
그중 한 사람의 귀를 쳐서 잘라버렸다.
그러나 그는 이런 말을 들었다. "싸움은 칼로 해결할 수 없다,
칼을 도로 칼집에 꽂아라.

진정, 아버지가 여기 있는 나를 위해
날개 달린 무수한 군사를 보내지 않으시겠느냐?
그때는 내 머리카락 한 올도 손대지 못하고
원수들은 흔적도 없이 사라질 것이다.

그러나 생명의 책은
어떠한 성물보다 귀중한 그 페이지에 이르렀다.
쓰여 있는 것은 지금 성취되어야 할지니,
그것이 이루어지게 하라, 아멘.

알아두어라, 세월의 흐름은 잠언과 같아서

당장 불타오를 수도 있다는 것을.

그 가공할 위엄의 이름으로 나는

스스로 고통을 받아들이고 무덤으로 내려가리라.

나는 무덤으로 내려가 사흘 만에 일어나리라.

그리하여 강을 따라 뗏목이 흘러가듯이,

카라반의 짐배들처럼 세기世紀들은

나의 심판을 받기 위해 어둠 속에서 잇따라 흘러오리라."

러시아 인텔리겐치아의 연대기

1

보리스 파스테르나크는 『닥터 지바고』가 출판되기 훨씬 전부터 러시아의 위대한 시인으로 인정받았지만, 서방 세계에 그의 이름을 떨치게 된 것은 『닥터 지바고』와 그의 노벨상 수상 거부에서 비롯된다. 당시 소련의 시인 보리스 파스테르나크가 1958년도 노벨문학상 수상자로 선정되자, 작가의 의도와는 달리 그는 세계적 냉전의 소용돌이 속으로 휘말려들어갔다. 결국 그는 소비에트작가동맹에서 제명되는 비극을 겪어야 했고, 이 년 후인 1960년에 침묵과 고독 속에서 세상을 떠났다. 그러나 『닥터 지바고』에서 촉발된 동서 이데올로기적 충돌의 냉전도 19세기 러시아문학의 위대한 전통을 올바르게 이어받은 이 작품의 예술적 가치와 독창성을 손상시킬 수는 없었다.

파스테르나크는 1890년 모스크바의 교양 있는 유대인계 러시아인

가정에서 태어났다. 아버지는 모스크바의 회화·조각·건축 학교 교수이자 저명한 화가(특히 레프 톨스토이 『부활』의 삽화를 그렸다)였고, 어머니는 안톤 루빈시테인의 제자로, 뛰어난 재능을 가진 유명 피아니스트였다.

그는 1908년 모스크바대학교 법학부에 입학, 이듬해 역사-어문학부 철학과로 전과해 1913년에 졸업했고, 독일 마르부르크대학교에서 철학을 공부하고, 이탈리아 여행을 하기도 했다. 처음에는 음악가를 지망했으나, 1913년부터 시를 발표하면서 작가의 길로 들어섰다.

파스테르나크의 문학적 경력은 대체로 세 시기로 구분된다. 제1기는 첫 시집 『먹구름 속의 쌍둥이』를 발표한 1914년부터 『제2의 탄생』을 펴낸 1932년까지다. 파스테르나크의 작품 속에는 독일의 릴케와 동시대 시인 블로크의 영향이 역력히 엿보인다. 그는 첫 시집에 서문을 써준 미래파 시인 니콜라이 아세예프*와 친교를 맺었으며, 이해에 미래파 시 단체 첸트리푸가**에 가담했다. 계속해서 그는 두번째 시집 『방책을 넘어서』를 1917년에 발표했지만, 주요 작품으로 명성을 확립하고 독자들과 평론가들의 주목을 받게 된 것은 1922~1933년에 이르는 시기다. 시집 『나의 누이, 인생』(1922), 『주제와 변주』(1923), 『제2의 탄생』(1932)을 펴내고, 서사시 「시미트 중위」(1926)와 「1905년」(1925~1927)을 집필하고, 운문소설 『스펙토르스키』(1931) 등을 발표한 것도 이 시기였다.

그의 초기 시들은 예술적 향기가 짙고 세련되고 특이한 시풍으로 당시 시단에 새바람을 일으켰다. 그러나 코뮤니스트들은 그의 시에 상징

---

* 1889~1963. 러시아 시인.
** '원심분리기'라는 뜻.

주의의 영향이 보이며 동시대 여러 문제에서 도피하려는 경향과 시적 주제가 고독한 인텔리겐치아의 기분과 체험의 좁은 울타리를 벗어나지 못한다는 이유를 들며 맹렬히 비난했다. 후에 소비에트 비평에서도 그의 시에는 '부르주아적, 병적, 염세주의적, 형식주의적, 개인주의적'이라는 딱지가 붙어다닌다.

그의 시는 고전주의적 전통과 상징주의자들의 음악성, 그리고 초현실주의의 심상과 결합된 미래주의자들의 구어적 경향이 융합된 것으로 간주된다. 미하일 레르몬토프*의 시와 같이 간결하고 남성적이며 활기차고, 비상한 생기와 삶에 대한 다이내믹한 확신으로 충만하다. 어쨌든 당시 코뮤니스트들과 이후 소비에트 비평가들의 비난에도 불구하고, 이 시기 작품으로 그는 혁명 후의 시단에 공고히 자리를 잡았고, 아방가르드 시파의 지도자가 되었으며, 소비에트 및 망명 시인들의 전 세대에 걸쳐 지대한 영향을 끼쳤다.

제2기는 1933년부터, 애국적 분위기의 시집 『새벽 열차를 타고』(1941)에서 조국전쟁을 노래할 때까지인데, 이 기간에 그의 작품은 소련에서 한 편도 발표되지 않았다. 이 시기의 침묵은 스탈린 시대의 숙청이 파스테르나크에게 미친 유형무형의 압력이 상당했음을 반증한다. 이 시기에 그는 생계를 위해 번역에 몰두했는데 셰익스피어의 비극들과 괴테의 『파우스트』 등 많은 작품을 번역했다.

제3기는 2차세계대전 이후로, 이 시기에 그의 시는 새로운 국면을 맞이하게 되었고, 출판에 대한 기대도 없이 모스크바 근교 페레델키노

---

* 1814~1841. 러시아 사실주의 시인, 소설가.

작가촌의 별장에 틀어박혀 『닥터 지바고』를 집필하기 시작했다. 이 무렵 그의 시는 초기 시의 상징성과 난해성에서 탈피해 보다 구체적이고 직접적인 것이 된다.

전후戰後에도 그는 계속 침묵을 강요당하며 번역에 몰두했다. 전후에 나온 『파우스트』(1953), 『셰익스피어 비극집』(1953) 등은 모두 수준 높은 번역 작품으로 정치적 폭풍을 피해 번역에 몰두한 수확으로 평가된다.

스탈린 사후 해빙기에 『닥터 지바고』는 소련에서 출간될 희망이 있었지만, 원고가 검토된 후 출간 금지되었고, 1957년 이탈리아에서 최초의 러시아어판이 출간되었다. 그의 다른 산문 소품으로는 중편소설 『류베르스의 어린 시절Детство Люверс』과 단편들, 자서전이 있다.

2

이미 언급했던 대로 보리스 파스테르나크는 소련에서 1930년대에 일어난 예술에서의 모더니즘적 경향과 형식주의에 대한 일대 캠페인 이후 거의 아무것도 발표하지 못하고 침묵을 지켰다. 그러다가 스탈린이 사망한 일 년 후인 1954년 4월에 '산문소설 『닥터 지바고』에서 딴 시'라는 설명을 단 주옥같은 열 편의 시가 소비에트작가동맹에서 발행하는 『즈나먀』에 실렸다. '저자'라고 서명된 머리말에서 그는 이렇게 썼다.

이 소설은 올여름에 완결될 것이다. 소설의 시대 배경은 1903년에서 1929년까지다. (…) 주인공 유리 지바고라는 의사는 진실을 찾고 있는 사상가 타입의 인간이며 창조적 예술가의 기질을 지니고 있으며, 1929년에 죽는다. 그가 젊었을 때 쓴 몇 편의 시가 사후 발견되고, 작품의 마지막 장에 이것들이 첨부된다. 그중 몇 편을 여기에 재수록한다.

파스테르나크 자신이 기술했듯 그의 장편소설 『닥터 지바고』의 시대적 배경은 1905년의 1차 혁명과 1917년의 10월 혁명, 그리고 그 혁명이 현실화되어가는 시기다. 작품 속에서는 이 시기를 배경으로 차리즘의 러시아가 붕괴되는 일대 사회적 혼란 속에서 작가의 분신으로 볼 수 있는 유리 지바고로 대표되는 러시아 인텔리겐치아가 겪는 비참한 운명과 거대한 인간 비극이 그려져 있다. 『닥터 지바고』는 러시아 인텔리겐치아의 생애와 죽음의 이야기며, 인텔리겐치아가 혁명 속으로 들어가 혁명을 경험하는 과정과 혁명의 결과로서의 인텔리겐치아의 멸망사라고도 할 수 있다.

작품의 중심인물인 유리 지바고는 시베리아 부호 산업가의 아들로, 열 살에 고아가 되어 혁명 이전 러시아 상류계급 문화의 전형적인 산물로 자라나며, 마찬가지로 러시아 인텔리겐치아의 하나의 전형으로 그려진다. 전편을 통해 나타나는 지바고의 주요 목적은 자신의 영적 독립성을 지키는 것이다. 그는 간접적으로 전쟁과 혁명에 참여하지만 아웃사이더로 행동하고 '참여'하기를 거부한다. 지바고는 혁명이나 이념보다도 삶과 생명 자체를 강렬하게 사랑한다.

그러나 그는 사회로부터 탈출하거나 자신의 자유 속에 유폐되고자 하지는 않는다. 오히려 혁명을 환영하고 처음에는 혁명의 소용돌이와 보편적 정의라는 혁명의 꿈과 혁명의 비극적 미를 즐기기까지 한다. 그러나 코뮤니스트들이 그에게 어떻게 살고 어떻게 행동해야 할 것인가를 지시할 때 그는 저항하며 혁명에 대한 소외감을 느끼고, 소외감은 적대감으로 변한다.

자아의 절대적인 가치를 믿는 지바고는 틀에 박히는 것은 인간의 최후이며 인간에 대한 사형선고라는 듯 코뮤니즘의 획일적인 혁명 이념에 반대한다.

그는 모스크바를 떠나 우랄산맥의 작고 황량한 마을에서 조용한 삶을 향유한다. 어린 시절에 만났던 여인 라라와의 재회와 사랑은 왕성한 생명력을 일깨운다. 그러나 평온한 삶과 사랑은 순간이었을 뿐, 그는 강제로 파르티잔에 가담해 군의관으로 시베리아 전역을 누비게 된다. 그의 가족은 소비에트정부에 의해 러시아에서 추방당하고 라라는 체포를 피하기 위해 그의 곁을 떠나게 된다.

동족상잔의 비극이 끝날 무렵, 그는 완전한 고독에 빠지고 병을 얻어 모스크바로 돌아오고, 심장병으로 객사한다.

이 기념비적 소설은 파스테르나크의 시 작품의 주요 주제를 확대 발전시키고 있다. 다시 말해 시로써 충분히 표현할 수 없는 것, 작가가 이 세상에서 보고 듣고 체험하고 생각한 모든 것을 표현할 수 있는 서사시 형식을 취하고 있는 것이다. "나는 언제나 내가 이 세상에서 보고 이해한 모든 훌륭한 것을 폭약처럼 분출할 수 있는 소설을 꿈꿨다" 하고 파스테르나크는 말했다.

이 방대한 서사시는 서정시적 요소와 서사시적 서술이라는 두 가지 스타일의 혼용 외에도 다층적 스토리를 갖고 있다. 이 작품은 명백하게 자전적이며 파스테르나크 자신의 경험(우랄에서의 체류, 아내가 아닌 한 여자에 대한 사랑)에 기초하고 있다. 연대기적으로 이 작품은 세 세대를 포괄하며, 20세기의 사분의 일 동안의 러시아 현실상을 묘파한다.

무엇보다도 이 작품은 인텔리겐치아의 연대기지만 그 안에는 사회 각계각층 출신 60여 명에 이르는 인물이 파노라마처럼 출현한다. 모든 사람은 복잡하고 상징적인 플롯의 일부분을 형성하며, 각 개인의 운명적인 상호관련은 소설의 주요한 주제를 이룬다. 파스테르나크의 남자 주인공들과 여자 주인공들은 역사 무대의 배우들이 아니라, 변화와 우연의 광대한 우주에서 애증의 법칙을 따르는 인간으로서 등장한다.

이러한 광대한 스케일과 서사시적 전개는 레프 톨스토이의 『전쟁과 평화』에 비견될 수 있다. 이야기의 중심은 지바고와 라라에 있지만, 작품의 주인공은 시대 자체며, 모든 등장인물일 수 있다. 이런 의미에서 이 소설은 '다성악적 소설Полифонический роман'로 불릴 수 있다.

작품 속에서 사랑의 테마는 주요한 의미를 지닌다. 여기서 사랑은 인간 대 인간의 사랑(지바고와 라라의 사랑), 지바고의 예술 창조에 대한 사랑, 희생으로서의 사랑―즉 그리스도적인 사랑이라는 세 가지 양상으로 나타난다. 이러한 사랑의 테마는 피비린내나는 동족상잔의 비극과 현격한 대조를 이루며 종교적 색채를 띤다. 또한 작품 속에 짙게 밴 '고독'의 색채는 작품을 심오하게 한다. 사랑과 고독의 테마는 러시아 혁명이 가져온 좌절감, 환멸감과 묘한 하모니를 이룬다.

연속적인 장면, 대화, 묘사, 그리고 회상으로 엮인 이 복잡한 소설은

'유리 지바고의 시'를 포함해 총 17장으로 구성되어 있다. 파스테르나크는 이 작품 속에서 심리적인 해부와 현대의 분석적인 경향을 신중히 회피하고 있으며, '유려한 서술'적 전통을 탈피하고 있다. 암시적이며 사실적이고 상징적인 동시에 인상적이며 단편적이지만 매우 훌륭하게 통합된 이 소설은 난해하기 그지없다. 또한 독특한 형식을 지닌 이 소설은 드라마와 서정주의, 언어적 단순성과 감정의 복잡성, 시적 환상과 철학적 심오함이 결합되어, 어떠한 진부한 정의도 적합하지 않다. 『닥터 지바고』는 개인의 운명을 통해 본 사회사이며, 파스테르나크의 시를 훌륭하게 만드는 '감정을 통해 실재를 치환'하는 기술과 광휘를 갖고 있다.

시대의 양심으로 등장하는 지바고는 시대를 역행하려 하지 않는다. 그는 혁명으로 야기된 사회적, 경제적 변화를 받아들인다. 그가 겪는 시대와의 불화는 정치적이라기보다 우선 철학적이고 도덕적이다. 첫째로, 지바고는 명령과 집행이 진실로 인간을 변화시킬 수 있다고 믿는 혁명지도자들의 환상에 공감하지 않는다. 둘째로, 그는 폭력을 거부하며, 특히 당파적인 웅변이나 추상적인 공식으로 합리화되는 폭력을 단연코 거부한다. 지바고는 오직 선을 통해서만 최고의 선에 도달할 수 있다고 하면서 이렇게 말한다.

만일 인간의 내면에 잠들어 있는 맹수를 가두거나 감옥이나 내세의 보답 같은 협박으로 억누를 수 있다면, 인류의 드높은 엠블럼은 자기를 희생하는 설교자가 아니라 채찍을 든 서커스 조련사와 다름없을 겁니다.

492

그는 그리스도교적 윤리 속에서 찬양되는 인간의 덕성을 믿고 자연, 사랑, 미의 지고성을 단언한다. 지바고가 코뮤니즘을 반대하는 주요한 이유는 그것이 인간과 우주 사이의 연계성을 무시하기 때문이다. 강압과 억제, 공포와 획일화가 지배하는 사회의 그늘에서 시달리는 인텔리겐치아의 항의와 내적 생활의 추구, 자유에 대한 동경, 개성의 존중― 이런 것들이야말로 이 작품 속에 면면히 흐르는 작가 의식인 것이다.

삶의 이교적인 환희와 자연에 대한 범신론적인 사랑을 그리스도교적 개념의 형성과 형제애에 결합하고 있는 파스테르나크의 전체 철학은 코뮤니스트들의 도그마와 현격히 대치된다. 비록 그가 예술을 위한 예술의 이론에 반대했지만 그의 미학관은 레닌주의―스탈린주의―흐루쇼프주의의 강제적이고 야만적인 규준에서 이탈하고 있다. 파스테르나크는 문학을 대중교육의 수단으로 간주하는 것을 부정하고, 자신이 좋아하는 것―자연, 사랑, 삶, 고독―을 자유스러운 형식으로 계속 표현했다. 코뮤니스트들은 그를 '시대에 맞지 않고 민중과 유리된 퇴폐적인 형식주의자'라고 비방했지만, 그들 역시 그의 재능과 능력은 인정하지 않을 수 없었다.

편의주의자들이 스탈린 개인숭배에 열을 올리고 체제를 찬양하는 시기에 파스테르나크는 시대의 혼란 속에 말려들면서도 고독과 고립을 지키며 집단적인 신화에 대항해 개인주의적 신념과 자유를 위해 투쟁했다. 이 점이 소비에트문단의 역사에서 그를 독특한 존재가 되게 했고, 그의 운명을 결정지었던 것이다.

3

『닥터 지바고』와 이 소설의 저자는 아주 직접적으로 러시아문학의 전통을 이어받았고, 러시아의 현실 속에서 도덕적인 열정과 깊은 책임감을 가지고 있다. 소설의 철학적, 종교적, 신화적 모티프는 러시아 문학과 사상으로 짜인 형형색색의 교직물의 일부를 이룬다. 항거할 수 없는 역사의 발전 법칙에 직면한 개인의 문제는—푸시킨의 서사시 「청동의 기사Медный Всадник」에서 비극적인 본질이 탐색되고 톨스토이의 『전쟁과 평화』에서 현실과의 화해의 철학으로 부분적으로 해결되었던—푸시킨 시에 나타난 우울하고 항의적인 음조로 파스테르나크에 의해 다시금 탐색되고 있다. 푸시킨과 같이 파스테르나크는 그의 주인공을 파멸시키는 역사적 힘의 불가피성을 인지한다. 민중과 인텔리겐치아의 문제, 러시아인들의 본성에 내재한 요소로서의 묵시적이고 허무주의적인 문제, 가족의 개념, 역사와 환경의 보복을 각기 나름으로 경험하는 지바고 가족들, 러시아에 대한 신비적인 이해와 러시아의 운명에 대한 종교적이고 상징주의적인 극화—『닥터 지바고』에 내재한 이 모든 요소는 도스토옙스키와 솔로비요프, 블로크, 그리고 19세기 후반과 20세기 초반의 다른 여러 러시아 작가들과 사상가들의 전통을 이어받은 작가로서 파스테르나크를 조명해준다.

실제로 파스테르나크의 『닥터 지바고』는 톨스토이의 대서사시 『전쟁과 평화』와 밀접한 관련을 맺고 있다. 각 작품의 구조를 결정하고 작품의 핵심을 이루는 것은 러시아의 사회 현실을 포괄하는 격렬한 역사적 사건이다. 『전쟁과 평화』에서는 1812년의 나폴레옹전쟁이, 『닥터 지바고』에서는 1917~1921년의 혁명과 내란이 거대한 역사 흐름 속에서 중심 사건으로 다루어진다. 톨스토이와 파스테르나크는 거대한 역사 흐름 속에서의 개인을 근본적으로 무력한 존재로 묘사한다. 그러나 『전쟁과 평화』에서 개인의 무력함은 그것이 개인에 의해 몰이해되고 부정될 때만 비극적이지만, 『닥터 지바고』에서 그것은 무조건적으로 비극적이다.

1812년과 1917년의 두 사건이 지닌 상이한 역사적 성격은 파스테르나크와 톨스토이에게 상이한 개인관을, 개인이 맺고 있는 역사와 민중의 관계에 대해 근본적으로 서로 다른 이해를 갖게 했다. 톨스토이는 『전쟁과 평화』에서 1812년 전쟁의 민족적이고 애국적인 성격을 강조하며, 자신의 도덕적 가치들의 구현으로서 개인적인 '영웅'이 아닌 러시아 민중을 작품의 전면에 제시했다. 톨스토이의 관점에서 보면 전쟁이란 본질적으로 악한 것이다. 그러나 전쟁은 인간의 이기적인 추구를 교정해주는 것이기도 하다. 개인은 온전한 애국심, 본능적인 자기희생, 온건한 영웅주의를 통해 고양되고 고귀해지는 것이다. 이러한 길은 도덕적, 영적 부활을 향해, 그리고 자신의 운명, 자연, 삶과의 화해를 향해 활짝 열려 있다. 『전쟁과 평화』에 나오는 농부 플라톤 카라타예프는 '삶이 연결해준 모든 것을 사랑하고, 모두와 화목한' 존재다. 『전쟁과 평화』에는 1812년 전쟁의 구심적인 특성이, 다시 말해 민중과 인텔리겐치아가 민족정신, 애국정신으로 혼연일체가 된 범국민적인 화해의 분위기가 반영되어 있다.

1812년의 조국전쟁과는 달리 1917년의 러시아 혁명은 러시아 전체 사회구조를 뒤흔드는 강력한 원심력을 분출했다. 파스테르나크는 한

때 통합된 사회가 해체되어가고 있지만 여전히 구세계의 추억이 온전했던 시점에서 이러한 폭발을 묘사한다. 격렬한 혁명이 야기하는 황폐와 개인의 고독과 비극은 작품 속에 상징적으로 묘사되고, 마지막 장의 '유리 지바고의 시'에도 반영된다. 따라서 『전쟁과 평화』의 결말은 가정의 행복이라는 색조를 띠지만, 지바고의 세계는 이러한 행복은 망상이라는 날카로운 인식의 여운을 남긴다.

1917년의 혁명과 적군 백군의 피비린내나는 내전을 보는 파스테르나크의 냉정하고 객관적인 시각은 결과적으로 혁명에 대한 부정적 평가와 회의적 견해를 자연스럽게 초래했다. 이러한 이유 때문에 『닥터 지바고』는 정치적 메시지를 내포한 작품으로 자주 오해받았다. 그러나 역설적으로 느껴질지 모르지만 『닥터 지바고』의 주요한 정치적 충격은, 이 작품이 비정치적으로 쓰였다는 사실이다. 코뮤니스트 소설은 항상 인간을 '정치적인 동물'로서 묘사한다. 여기서 인간의 행위와 감정은 사회적, 경제적 상황에 의해서만 결정되어야 하는 것이다. 『닥터 지바고』에서 인간은 인간의 개인적 유일성 속에 투영되어 있으며, 인간의 삶은 역사적 사건들의 도해가 아닌 감동, 본능, 사상, 그리고 영적인 추구로 이루어진 역사적 사건들의 실재 속에서 일어나는 특이하고 경이로운 모험으로서 해석되고 있다. 파스테르나크는 정치를 덧없는 외부적 현상으로 다루며, 인간의 정신과 감정, 창조력과 같은 영원한 요소들에 집중한다.

지바고와 라라는 그들의 인간적 본능과 프라이버시와 존엄성을 지키고자 왜곡되고 파괴적인 정치적 폭력에 맞선다. 동시대인들과 그들을 뚜렷이 구분하는 것은 그들이 희생자이지 역사의 대리인이 아니라는 사실이다. 그들이 반동적이라는 의미가 아니다. 개성과 자유와 내면의 영원한 가치를 추구하는 지바고와 라라의 사랑의 테마는 바로 그점을 강조하고 있다. 『닥터 지바고』의 전편에 흐르는 비극적이고 절망적인 색조는 전체적으로 반혁명의 이미지를 부각시킨다. 그러나 이 작품 속에서 뭔가 미래에 대한 빛을 느끼게 하는 것은 파스테르나크 자신의 생명과 삶에 대한 한없는 신뢰와 애착, 그리고 에필로그에 나오듯이 "자유의 예감이 전후의 유일한 역사적 내용을 구성하고 있었다"는 인식 때문일 것이다.

마지막으로 언급되어야 할 것은 보리스 파스테르나크가 이 작품에서 시도했던 장르는 시로 쓴 소설, 즉 시소설이라는 점이다. 그는 『닥터 지바고』를 발표하면서 이렇게 밝혔다.

'유리 지바고의 시'는 소설을 쓰기 위한 중요한 발판이었다. 이 소설은 시와 소설을 접목한다는 데서 윤곽을 정할 수 있었다.

작가의 이러한 말은 시를 토대로 소설이 쓰였다는 것을 의미하며, 왜 '유리 지바고의 시'가 소설의 마지막 장에 기록되어 있는가에 대한 설명이 되기도 한다. 즉 '유리 지바고의 시' 한 편 한 편은 소설 『닥터 지바고』의 부분들을 통해 그 사상과 내용이 나타나며, 그 반대로 소설 『닥터 지바고』의 부분들은 '유리 지바고의 시' 한 편 한 편의 내용과 사상을 담고 있는 것이다.

이를테면 시 속의 이름 없는 남자 주인공은 소설의 남자 주인공인 유리 지바고와 성경 속 그리스도, 그 밖의 러시아 신화, 전설 속 남자

주인공에 비유되고, 시 속의 여자 주인공은 소설 속 여자 주인공인 라라와 그녀가 상징하는 러시아, 그 밖의 러시아 신화, 전설 속 여자 주인공, 특히 막달레나의 모습으로 구현되는 것이다. 이처럼 '유리 지바고의 시'는 소설 『닥터 지바고』를 함축하고 시를 토대로 소설이 쓰였다고 볼 때, 소설의 테두리를 넘는 이 시들의 깊은 의미와 중요성이 이해되어야 할 것이다.

번역 대본으로는 1958년 이탈리아 밀라노의 G. 펠트리넬리 출판사에서 간행한 러시아어판을 사용했음을 밝혀둔다.

박형규

1890년	1월 29일(신력 2월 10일), 대학교수 레오니트 파스테르나크, 피아니스트 로잘리야 카우프만 부부의 장남으로 태어남.
1908년	모스크바대학교 법학부 입학. 음악적 재능을 보이고 작곡도 함.
1909년	모스크바대학교 역사-어문학부 철학과로 전과.
1912년	봄, 독일 마르부르크대학교에서 신칸트주의 학파 철학자 헤르만 코엔의 지도하에 철학을 공부함. 전공은 철학이었지만 음악에 더 흥미를 가졌고, 시를 쓰기 시작함.
1913년	문예지 『서정시Лирика』에 최초로 시를 발표. 여름, 모스크바대학교 졸업시험을 통과함.
1914년	첫 시집 『먹구름 속의 쌍둥이Близнец в тучах』 출간. 알렉산드르 블로크의 영향이 두드러지게 보임. 혁명 전 미래파 시 단체 '첸트리푸가Центрифуга'에 아세예프 등과 함께 참여함. 블라디미르 마야콥스키와 가까이 지내지만 언제나 논쟁을 벌임. 과거와 낡은 문화와의 단절을 표방하는 미래파에 반발을 느낌. 초기 시에는 19세기 철학적 서정시인들(러시아의 미하일 레르몬토프, 표도르 튜체프, 독일의 라이너 마리아 릴케)의 전통을 따르는 경향이 보임.
1917년	두번째 시집 『방책을 넘어서Поверх барьеров』 출간. 여름, 시집 『나의 누이, 인생Сестра моя жизнь』을 완결하고 1922년에 출간. 이 시집들에서 파스테르나크 시의 가장 중요한 특징인 자연과 삶의 불가분적 결합이 나타나며, 상징성과 난해성이 두드러짐. 시의 전통적 형식과 기법을 거부하고 독자적

인 형식을 모색함.

1923년 『주제와 변주Темы и вариации』출간. 이후 서사시에 관심을 갖고 「1905년Девятьсот пятый год」(1925~1927) 「시미트 중위Лейтенант Шмидт」(1926) 등을 쓰고, 1931년에 운문 소설 『스펙토르스키Спекторский』발표. 고리키는 1차 혁명에 대한 서사시를 높게 평가함.

1930~1931년 시집 『제2의 탄생Второе рождение』집필(1932년 출간). 예전의 시와 같이 가정과 세계, 세태 풍속과 실재가 결합된 시풍을 보임. 작품 속에서 '장막이 없는' 삶을 희구함.

1934년 1차 소비에트작가동맹회의에서 파스테르나크의 작품을 둘러싼 논란이 격렬해짐. 이후 문단에서 그의 위치는 복잡해지고, 창작활동을 거의 하지 못한 채 번역에 전념함. 괴테의 『파우스트』를 비롯해 많은 외국 문학작품과 조지아 시인들의 작품을 번역함. 이 시기의 침묵은 스탈린 시대의 숙청이 파스테르나크에게 미친 유형무형의 압력이 상당했다는 것을 반증함.

1941년 시집 『새벽 열차를 타고На ранних поездах』출간. 이전의 시학과 결별하고 정통적인 명확한 문체를 지향함.

1943년 9월, 오룔 전투에 대한 책을 쓰기 위해 여단의 일원이 되어 전선을 여행함. 탐방기, 인상기, 일기를 연상시키는 시에 관심을 돌림. 전장의 노동자 등을 그린 시는 진실한 힘으로 충만함(「공병의 죽음Смерть сапёра」등).

1945~1956년 출판에 대한 기대 없이 모스크바 근교 페레델키노 작가촌 별장에서 침묵과 고독 속에서 오랫동안 숙고했던 장편소설 『닥터 지바고Доктор Живаго』집필. 1953년 스탈린이 사망하고 1954년 4월, 이 장편소설에 실린 시들 중 열 편의 시가 소비에트작가동맹에서 발행하는 『즈나먀Знамя』에 발표됨.

초기 시의 상징성과 난해성에서 벗어나 보다 구체적이고 직
접적인 시풍을 보임.

1957년 『닥터 지바고』의 첫 러시아어판이 이탈리아에서 출간됨.

1958년 노벨문학상 수상자로 선정되고, 작가동맹에서 제명됨. 노벨
문학상 수상을 거부함.

1960년 5월 30일, 모스크바 근교 페레델키노 작가촌 별장에서 사망.

문학동네 세계문학전집 발간에 부쳐

세계문학은 국민문학 혹은 지역문학을 떠나 존재하는 문학이 아니지만 그것들의 총합도 아니다. 세계문학이라는 용어에는 그 나름의 언어와 전통을 갖고 있는 국민문학이나 지역문학의 존재를 인정하면서 그것을 넘어서는 문학의 보편적 질서에 대한 관념이 새겨져 있다. 그 용어를 처음 고안한 19세기 유럽인들은 유럽문학을 중심으로 그 질서를 구축했지만 풍부한 국민문학의 전통을 가지고 있는 현대의 문학 강국들은 나름의 방식으로 세계문학을 이해하면서 정전(正典)의 목록을 작성하고 또 수정한다.

한국에서도 세계문학 관념은 우리 사회와 문화의 변화 속에서 거듭 수정돼왔다. 어느 시기에는 제국 일본의 교양주의를 반영한 세계문학 관념이, 어느 시기에는 제3세계 민족주의에 동조한 세계문학 관념이 출현했고, 그러한 관념을 실천한 전집물이 출판됐다. 21세기 한국에 새로운 세계문학전집이 필요하다는 것은 명백하다. 우리의 지성과 감성의 기준에 부합하는 세계문학을 다시 구상할 때가 되었다.

문학동네 세계문학전집은 범세계적으로 통용되는 고전에 대한 상식을 존중하면서도 지난 반세기 동안 해외 주요 언어권에서 창작과 연구의 진전에 따라 일어난 정전의 변동을 고려하여 편성되었다. 그래서 불멸의 명작은 물론 동시대 세계의 중요한 정치·문화적 실천에 영감을 준 새로운 작품들을 두루 포함시켰다.

창립 이후 지금까지 한국문학 및 번역문학 출판에서 가장 전문적이고 생산적인 그룹을 대표해온 문학동네가 그간 축적한 문학 출판 경험을 바탕으로 새로운 세계문학전집을 펴낸다. 인류가 무지와 몽매의 어둠 속을 방황하면서도 끝내 길을 잃지 않은 것은 세계문학사의 하늘에 떠 있는 빛나는 별들이 길잡이가 되어주었기 때문이다. 우리가 자부심과 사명감 속에서 그리게 될 이 새로운 별자리가 독자들의 관심과 애정에 힘입어 우리 모두의 뿌듯한 자산이 되기를 소망한다.

문학동네 세계문학전집 편집위원
민은경, 박유하, 변현태, 송병선, 이재룡, 홍길표, 남진우, 황종연

지은이 **보리스 파스테르나크**
1890년 러시아 모스크바에서 태어났다. 1914년 첫 시집 『먹구름 속의 쌍둥이』를 발표하고, 『방책을 넘어서』 『나의 누이, 인생』 『주제와 변주』 『제2의 탄생』 등의 시집, 운문소설 『스펙토르스키』 등을 썼다. 1957년에 유일한 장편소설 『닥터 지바고』의 러시아어판이 이탈리아에서 처음 출간되고 이듬해 1958년에 노벨문학상 수상자로 선정되며 세계적 명성을 얻지만, 수상을 거부했다. 1960년 모스크바 근교 페레델키노 작가촌에서 숨을 거두었다.

옮긴이 **박형규**
고려대학교 노어노문학과 교수, 한국러시아문학회 초대회장, 러시아연방 주도 국제러시아어문학교원협회(MAPRYAL) 상임위원을 역임하고, 현재 한국러시아문학회 고문, 러시아연방 국립 톨스토이박물관 '벗들의 모임' 명예회원이다. 국제러시아어문학교원협회 푸시킨 메달을 수상하고, 러시아연방국가훈장 우호훈장(학술 부문)을 수훈했다. 지은 책으로 『러시아문학의 세계』 『러시아문학의 이해』(공저) 등이 있고, 옮긴 책으로 『안나 카레니나』 『부활』 『전쟁과 평화』 『죄와 벌』 『백치』 외 다수가 있다.

세계문학전집 172
닥터 지바고 2
ⓒ 박형규 2018

1판 1쇄 2018년 12월 10일
1판 2쇄 2020년 9월 11일

지은이 보리스 파스테르나크 | 옮긴이 박형규 | 펴낸이 염현숙

책임편집 김혜정 | 편집 이종현 오동규 | 독자모니터 유부만두 장선아
디자인 김현우 이원경 | 저작권 한문숙 김지영 이영은
마케팅 정민호 정진아 함유지 김혜연 김수현 | 홍보 김희숙 김상만 지문희 김현지
제작 강신은 김동욱 임현식 | 제작처 영신사

펴낸곳 (주)문학동네
출판등록 1993년 10월 22일 제406-2003-000045호
주소 10881 경기도 파주시 회동길 210
전자우편 foret@munhak.com | 대표전화 031) 955-8888 | 팩스 031) 955-8855
문의전화 031) 955-1930(마케팅) 031) 955-1904(편집)
문학동네카페 http://cafe.naver.com/mhdn | 트위터 @munhakdongne
북클럽문학동네 http://bookclubmunhak.com

ISBN 978-89-546-5425-8 04890
      978-89-546-0901-2 (세트)

잘못된 책은 구입하신 서점에서 교환해드립니다.
기타 교환 문의 031) 955-2661, 3580

www.munhak.com

● 문학동네 세계문학전집은 계속 출간됩니다